Bodie Thoene

München – das Abkommen

Die Zion-Passion 3

FRANCKE
Verlag der Francke-Buchhandlung GmbH

2. Auflage 1993
ISBN 3-86122-057-1

Originaltitel: Munich Signature

Published by Bethany House Publishers, Minneapolis, USA

Deutsch von Agentur Lardon/Jörg Freyburger
Umschlaggestaltung: Reproservice Jung, Wetzlar
Umschlagillustration: Dan Thornberg
Satz: Druckerei Schröder, 3552 Wetter/Hessen
Druck: St.-Johannis-Druckerei, Lahr 28986/1993

Edition C, Nr. E 92

Inhaltsverzeichnis

Prolog

San Francisco 1984

Tikki Thurston verschränkte die Arme und betrachtete verärgert den kirschroten, glänzenden BMW, der in der Garage der Embarcadero Motors stand. Die Kühlerhaube des Wagens war aufgeklappt wie das Maul eines Riesen und verschluckte fast den Automechaniker, als dieser sich über den Motor beugte und murmelte: „Uh, ah, hm, hm, schöne Bescherung ..."

Mark hatte ihr oft gesagt, dieser Mann sei der beste BMW-Mechaniker in ganz San Francisco. Ein Umstand, der seine Ausrufe als sehr unheilverkündend erscheinen ließ. Sie fühlte sich so, als wäre sie zur Vorsorgeuntersuchung zum Zahnarzt gegangen und hätte dort feststellen müssen, daß jeder Zahn einer Wurzelbehandlung und einer Krone bedürfe. Um Reparatur und Wartung des Wagens hatte sich immer Mark gekümmert. Als der Abschleppwagen eingetroffen war, hatte sie einfach den einzigen Namen genannt, den sie im Zusammenhang mit Autoreparaturen gehört hatte. „Embarcadero Motors, bitte." Dorthin hätte Mark den Wagen abschleppen lassen – wenn Mark hiergewesen wäre.

Aber Mark war *nicht* hier. Er hatte sie vor fünf Monaten wegen einer jungen Frau verlassen, die als Fremdsprachenassistentin in seiner Anwaltskanzlei arbeitete. Er habe etwas dagegen, mit einer Musikerin verheiratet zu sein, hatte er gesagt. Er brauche in seinem Leben den Reiz des Intellekts, eine Frau, die denke. Er wolle über Politik und Gerichtsfälle reden, über Dinge, die wirklich etwas bedeuten. Bach und Mozart bringe ihn zum Gähnen, ganz zu schweigen von Tikki und ihrem Gerede über Konzerte, Publikum und dieses Orchesterzeug. Das, hatte er behauptet, habe am Ende jedes Interesse zerstört, das er einmal an ihr gehabt hatte.

Sie schaute auf ihre Armbanduhr. Es war Viertel nach sechs, also schon nach Feierabend. Sie starrte auf den Rücken des Mechanikers und fragte sich, ob er ihr wohl Überstunden berechnen würde. Sie ahnte, die Sache würde teuer werden, was auch immer kaputt war.

„Uh, ah", sagte der Mechaniker wieder. Er seufzte wie ein Arzt, der die Röntgenbilder eines todgeweihten Patienten untersucht.

„Und? Sieht's sehr schlecht aus?", fragte Tikki besorgt.

„Sehr schlecht." Er schob sich unter der Kühlerhaube hervor, zog aus seiner Gesäßtasche einen Lappen und wischte sich daran die Hände ab.

„Dieses Auto ist zwölf Jahre alt. Selbst ein BMW muß einmal das Handtuch werfen." Er zuckte die Schultern.

„So übel?" Tikki hätte heulen können. Sie konnte das jetzt nicht brauchen. Nicht heute abend. Der Brief in ihrer Handtasche fiel ihr ein. *Dieser Mann* wollte zum Konzert kommen! Sie hatte es eilig.

„Wieviele Meilen haben sie auf diesem alten Mädchen heruntergefahren?" Der Mechaniker beugte sich durch die Fahrertür und schaute auf den Tacho. „Über Zweihunderttausend. Beachtlich lange Lebensdauer."

Tikki erwähnte ihm gegenüber nicht, daß der Kilometerzähler schon vor acht Monaten kaputtgegangen war. „Gibt es keine Möglichkeit, den Wagen wieder auf die Beine zu bringen?"

„Klar. Den Motor auswechseln. Besser aber sagen Sie Ihrem reichen Gatten, daß Sie ein neues Auto brauchen! Oder, noch besser: *Ich* sag's ihm!"

Der Mechaniker wußte nichts von der Trennung. Er gehörte nicht zu ihrem Bekanntenkreis. „Mark und ich sind ... nicht mehr zusammen", gab sie ihm zur Antwort.

„Wieviel würde es kosten, den Motor wieder instandzusetzen?", fragte sie müde, während sie den Kofferraum öffnete und ihr Cello herausnahm.

„Mehrere tausend. Sie sollten sich dazu durchringen, ein neues Auto zu kaufen."

„*Lump*", murmelte Tikki dem kleinen Wagen zu und schloß laut die Kofferraumtür. „Ich muß *genau* wissen, was es kosten wird", sagte sie kurz angebunden zu dem Mechaniker.

„Natürlich, ich kann Ihnen einen Kostenvoranschlag machen." Auf seinem Gesicht war noch immer Belustigung zu lesen.

Einen Kostenvoranschlag! Sie war zur Zeit nicht in der Lage, irgend etwas zu kaufen. Wie Nadeln traten ihr Tränen in die Augen, als sie vom Rücksitz die Plastikhülle fischte, die ihr langes, schwarzes Konzertkleid barg. Dieser Ärger mit dem Wagen war das Tüpfelchen auf dem I. Gemein, diese Demütigungen. Schon hundertmal hatte sie sich überlegt, ihren Beruf an den Nagel zu hängen und zurück zu ihrer Familie zu gehen, nach Israel. Zweimal schon hatte sie nach Jerusalem telefoniert – siebzehn Dollar kosteten Heimwehgespräche mit Rachel und Mosche. In keinem der großen Orchester in Israel aber war eine

Stelle frei. So hart ihre derzeitige Lage in San Francisco auch war, es gab für sie in Jerusalem zur Zeit keine Chance.

In diesem Augenblick dachte sie an den Brief in ihrer Handtasche. „Ich lernte Ihre Mutter in Österreich kennen", schrieb der Mann, „vor vielen, vielen Jahren." Der Fremde meinte nicht Rachel, er sprach von Tikvahs wirklicher Mutter, die sie nie gekannt hatte. Er schrieb über Leah Feldstein, die große Cellistin, die einst Wien mit ihrer Musik bezaubert hatte. Im Lauf der Jahre hatte Tikki ab und zu Menschen getroffen, die sich an Leah Feldstein noch erinnerten. In Jerusalem war Tikki im Schatten dieser großen Begabung aufgewachsen. Sie hatte Musik studiert und geübt und gespielt – stets in dem Bewußtsein, daß sie das Spielniveau ihrer leiblichen Mutter nie erreichen würde. Tikvah würde nie Erste Cellistin eines Orchesters werden, und den Traum, einmal als Solistin aufzutreten, hatte sie längst aufgegeben. Heute abend würde sie als Dritte Cellistin vor einem Verehrer von Leah Feldstein auftreten. „Ich lernte Ihre Mutter in Österreich kennen, vor vielen, vielen Jahren ..."

Heute abend würde dieser Mann – vor kurzem Witwer geworden, wie er schrieb – kommen, um sich an seine Jugend zu erinnern und an jenen Teil von Wien, der starb, als Hitler einmarschierte. Er würde Tikvah ansehen und wahrscheinlich die Bemerkung machen, sie sähe ihrer Mutter sehr ähnlich, mit Ausnahme der blauen Augen. Leahs Augen waren braun gewesen, warm und voll, wie Schokolade. Alle erinnerten sich daran. Braunes, kurzgeschnittenes Haar. Schimmerndes Lächeln. Zierlicher Körperbau. Kräftige Hände. Hier aber hörte die Ähnlichkeit auf. Leah war all das gewesen, was ihre Tochter Tikvah nicht war. Kein Zweifel, Mark hatte eine so selbstsichere und mit so viel Ausstrahlung begabte Frau wie Leah niemals verlassen.

Heute abend würde Tikvah zweifellos wieder mit den Maßen ihrer Mutter gemessen und für nicht ausreichend befunden werden. Verärgert winkte Tikvah ein Taxi herbei, das sie zur Konzerthalle bringen sollte. Der Taxifahrer war Iraner – ein eigenartiger Umstand, der Tikvah beschäftigte, als sie die schrecklichen Nachrichten von den letzten Drohungen des Irans gegenüber Israel aus seinem Radio hörte. Das konnte es nur in Amerika geben: daß eine israelische Cellistin mit ihrem Instrument auf dem Rücksitz eines von einem Iraner gefahrenen Taxis saß. Obwohl der Mann ihre Herkunft nicht kannte, fuhr er, als wollte er sie umbringen. Er schoß über die Hügel von San Francisco, stach mitten in die Flotte der anderen Taxis, betätigte unablässig seine Hupe und verfluchte laut die Ungläubigen, die ihm die Straße streitig machten. Tikvah faßte den Entschluß, von nun an die Öffentlichen Verkehrsmittel zu benutzen, bis ihr Auto repariert wäre. Besser, einem möglichen Überfall in den U-Bahn-Labyrinthen die Stirn zu bieten, als mit einem iranischen Fahrer in einem vierrädrigen Vehikel eingesperrt zu sein.

Sie zahlte das Verlangte und gab, einer unbewußten Aufwallung gehorchend, dem Mann auch noch ein Trinkgeld, um damit seine Verrücktheit abzukühlen. Es waren noch anderthalb Stunden bis zum Konzert, aber Tikki ging eiligen Schrittes auf das Licht zu, das durch die Glastür des Musikereingangs aus dem Konzertgebäude leuchtete. Sie fühlte sich irgendwie verfolgt, und die Konzerthalle erschien ihr wie der Leuchtturm zu einem sicheren Hafen. In einem kleinen Seitenflügel, ein Dutzend Stufen hoch, saß der Wachmann an seinem Tischchen und las den *Chronicle.* Er blickte auf, als sie ihr Instrument die Treppe hinaufwuchtete. Aus seinem schwarzen Gesicht sprach Besorgnis. Er hob die Hand, als wollte er Tikki anhalten. Zwei Stufen vor dem Treppenabsatz blieb sie stehen.

„Hallo, Freddy", sagte sie, über seine Handbewegung erstaunt.

„Früh dran", entgegnete er und schaute hinunter in die Eingangshalle. „Ich hab' ihm gesagt, er soll besser bis *nach* dem Konzert warten."

„Wem?"

In dem Augenblick betrat ein großgewachsener, kräftig gebauter Mann den Korridor. Er war ungefähr einsfünfundachtzig groß; sein sandfarbenes Haar zeigte graue Strähnen. Er trug einen Nadelstreifenanzug mit Weste. *Sieht aus wie ein Anwalt, dachte Tikvah. Mark hatte einen ganzen Wandschrank voll mit derartigen Anzügen.* Die Schuhe des Mannes glänzten trotz des Regenwetters makellos. Er trug über dem einen Arm einen Trenchcoat und hielt in der anderen Hand einen Styroporbecher mit Kaffee. Sein Gesicht war zerfurcht, von Sorgenfalten durchzogen. Ein dicker Schnurrbart bedeckte seine Oberlippe. Seine Nase sah aus, als sei sie gebrochen gewesen, aber ihre leichte Krümmung paßte gut zu seinem männlichen Ausdruck. Er schien Mitte vierzig zu sein.

„Ich wollte warten", erklärte der Mann, stellte seine Kaffeetasse auf dem Tischchen ab und hielt Tikvah die Hand hin.

Sie blieb auf der Treppenstufe stehen. Das Cello in der einen, das Kleid in der anderen, konnte sie ihm nicht die Hand geben. Sie war sich nicht einmal sicher, ob sie das überhaupt wollte. Sie hatte jetzt keine Lust, mit einem Anwalt zu sprechen. Ohne Zweifel hatte ihn Mark wegen irgendeiner Scheidungsabmachung hergeschickt.

„Falls Sie im Namen von Mark hier sind ..."

Für einen Augenblick schien er verwirrt. „Mark?", fragte er, neigte leicht seinen Kopf und ließ dann seine Augen von ihrem Gesicht auf den Cellokasten gleiten. „Haben Sie meinen Brief nicht bekommen?" Er hatte einen offenen Gesichtsausdruck, wenn auch seine Stimme ein wenig unsicher klang.

„Ihren Brief?"

„Ja. Ich habe Ihnen geschrieben." Er ließ seine Augen von ihrem Cello wieder zurück wandern. „Sie sind doch Tikvah?"

Tikvah schaute Freddy an, der die Schultern zuckte und mit den Augen rollte.

„Ja."

„Und Sie haben Vitorio mitgebracht?"

„Vitorio ...?" Wie konnte dieser Fremde den Namen ihres Instruments kennen, den Namen, den Leah dem alten Pedronelli-Cello gegeben hatte?

„Sie sehen Leah so ähnlich!" Er sprühte förmlich vor Begeisterung. „Ich hätte Sie als ihre Tochter erkannt, selbst wenn ich Sie nur auf der Straße gesehen hätte." Er beugte sich vor und berührte den Cellokasten mit einer Vertraulichkeit, die Tikki einen Schritt zurückweichen ließ. Es war, als hätte er *sie* berührt!

„Aber –" Sie versuchte ihren Kopf von allen Sorgen, die sie mit sich in die Eingangshalle geschleppt hatte, zu befreien. „Sind sie ...?" Sie konnte sich an den Namen des Mannes, der ihr geschrieben hatte, nicht erinnern. Jedenfalls schien dieser die Eingangshalle versperrende Kerl zu jung, als daß er ihre Mutter in Österreich gekannt haben könnte.

„Ja." Er nickte und verschränkte beinahe schüchtern seine Arme. Ein Ausdruck sanften Gefühls stieg in seine Augen; sie suchten Tikvahs Gesicht. „So ungemein ähnlich", flüsterte er; „nur ihre Augen waren braun."

Ja, das war der Mann, der den Brief geschrieben hatte, von der Kalifornischen Universität Los Angeles, der den Spuren der Tochter Leah Feldsteins vom Staate Israel aus nachgegangen und der nach San Francisco gekommen war, sie spielen zu hören. „Ja. Meine Mutter hatte braune Augen, wurde mir gesagt. Ich selbst habe sie nie gesehen." Ihre Stimme klang verdrossen. Dieser Mann war auf einer Art Pilgerreise hierher gekommen. Da war nichts, dem er hätte huldigen können. Er würde enttäuscht abreisen.

„Ich erinnere mich an ihre Augen. Braune Augen. Warm und voller

Liebe." Er ignorierte die Bemerkung Tikvahs. „Und an den alten Vitorio ..." Erneut berührte er den Kasten. „Er war ein Freund. Er sang für mich. Würde es Ihnen etwas ausmachen ...? Darf ich einen Blick auf ihn werfen?"

Tikki resignierte. Sie würde ihn das Instrument sehen lassen. Was war das nur mit diesen Menschen? Diesen alten Verehrern von Leah Feldstein? „Doktor –" Sie konnte sich an den Namen des Mannes nicht erinnern.

In diesem Moment erhob sich Freddy zu seiner vollen Körpergröße von einsneunzig. „Wollen Sie, daß ich den Kerl rauswerfe, Mrs. Thurston?" Er hielt seine Arme ausgestreckt, als wolle er zupacken. „Wenn Sie nicht wollen, müssen Sie ihm nichts zeigen. Gar nichts!", knurrte er.

Der Gesichtsausdruck des Fremden veränderte sich; er wirkte erstaunt, fast verletzt. „Ich versichere Ihnen –", stammelte er. „Ich habe nicht die Absicht –"

Freddy senkte sein Kinn, was einer offiziellen Drohgebärde gleichkam. „Wenn Sie das Instrument begaffen wollen, dafür haben wir das Kabuff mit dem Kartenverkauf. Sie können sich eine Eintrittskarte kaufen – wie jeder andere auch!" Dann murmelte Freddy zu Tikvah: „Ein Wort von Ihnen, Misses, und dieser Kerl liegt flach."

„Nein, nein, Freddy." Tikki legte die Hand auf seinen muskulösen Arm. „Ist schon gut."

„Hätte ich gewußt, daß Sie den Burschen nicht kennen, ich hätte ihn nicht reingelassen!" Freddy schien enttäuscht zu sein, daß er nicht die Erlaubnis bekommen hatte, den Mann im Nadelstreifen „ein wenig zu kitzeln." Viel Gelegenheit, seine Tapferkeit unter Beweis zu stellen, gab es für ihn hier nicht. Dieser Ort wurde ja nur von Klassikmusiktypen besucht. Es war hier nicht so wie bei den Rockkonzerten unten im Moscone Center, wo er regelmäßig hingerufen wurde, wenn es galt, Groupies und Drogenabhängigen eins auf den Deckel zu geben.

„Nein, wirklich", sagte sie mit sanfter, fast besorgt klingender Stimme. Der Fremde rückte sich seine Krawatte zurecht und strich sich nervös mit dem Finger über den Oberlippenbart. „Alles in Ordnung. Er ist ein alter Freund meiner Mutter." Sie wünschte, sie könnte sich an die Briefunterschrift erinnern. *Doktor ... soundso.*

„Es tut mir wirklich leid. Ich hätte Sie nicht belästigen sollen." Der Fremde wollte in seine Manteltasche greifen. Als aber Freddy einen Schritt vortrat, zögerte er und nahm einen Momentlang sogar die Hände hoch. „Ich will nur meine Eintrittskarte herausholen. Sie sehen, ich habe mir bereits eine gekauft." Mit Daumen und Zeigefinger zog er vorsichtig einen Umschlag hervor, der von dem Zeichen des Konzerthauses geziert war. Die Wörter *KRONENBERGER* und *WIRD ANRUFEN* waren darauf gekritzelt.

Kronenberger! Das war der Name! „Es ist gut, Freddy", sagte Tikvah, die jetzt lächelte. „Dr. Kronenberger hat mir bereits geschrieben. Ich hatte ihn vor dem Konzert nur noch nicht erwartet. Und jemand ... ganz anderen ... vermutet."

Der großgewachsene Dr. Kronenberger lachte erleichtert und wedelte dabei mit dem Umschlag. „Jedenfalls, ich habe mir gleich mehrere Karten besorgt. Ich werde eine Woche hiersein, verstehen Sie. Um mich für eine Stelle in der Kinderklinik der Medizinischen Fakultät zu bewerben. Deshalb habe ich Karten für einige Konzerte gekauft. Ich hatte gehofft –" Er kam wieder ins Stottern. „Ich hoffte, ich könnte ..."

„Ich bin nicht Leah Feldstein", versetzte Tikvah sanft, ja beinahe entschuldigend.

„Sie müssen sehr jung gewesen sein, als sie meine Mutter spielen hörten."

„Sehr jung. Aber es ist mir gelungen, mir ein paar ihrer alten Aufnahmen zu beschaffen, und ich versichere Ihnen –"

Tikvah blinzelte ihn erstaunt an. „Aber Sie ... Sie müssen doch noch ein Kind gewesen sein!" Sie selbst hatte lediglich zwei Vorkriegsaufnahmen der Wiener Symphoniker gehört. Wie hatte es ein damals so junger Mann fertiggebracht, sie zu sammeln? „Sie haben Aufnahmen?"

„Zwei Dutzend. Sie war außergewöhnlich." Erneut füllten sich seine Augen mit einem sanften Schein. „Ich war erst fünf, sechs. In diesem Alter ungefähr. Und da war sie: im Zentrum eines Wirbelsturms. Ich erinnere mich an alles sehr genau. Ziemlich genau."

Tikvah fühlte, wie ihr Tränen in die Augen stiegen; ihre Kehle war wie zugeschnürt. „Ich habe meine Mutter nicht gekannt."

Dr. Kronenberger beugte sich vor, um ihr das Cello aus der Hand zu nehmen. „Ich dachte mir schon, daß das wohl so sein würde. Als man mir erzählte, Ihre Mutter sei 1948 gestorben und daß sie im selben Jahr eine Tochter geboren hätte, fühlte ich irgendwie, daß ich mit Ihnen reden muß. Ihnen sagen muß, wie sie aus der Sicht eines Kindes war. Ich dachte mir, vielleicht kann ich Ihnen meine Eindrücke mitteilen, Ihnen das geben, woran ich mich erinnere, und –"

Tikvah konnte nicht sprechen. Sie stand nur da und blickte verwirrt den Mann an, der Vitorio hielt. Sie hatte in Jerusalem von Jacov, Rachel und Mosche von Leah gehört. Sie hatte von der Musik der Wiener Virtuosin gehört. Aber es gab so vieles, von dem sie nichts wußte. „Warum?", fragte sie den Doktor.

Er berührte sie am Ellbogen und schien sie die Freitreppe hinab in einen der Übungsräume führen zu wollen. „Weil", gab er sanft zur Antwort, „weil wir eine Generation von Kindern sind, die ohne jede Möglichkeit aufwuchsen, unsere Eltern kennenzulernen. Ich bin Ihrer Mutter im Wiener Musikverein in eben jener Stunde begegnet, in der mein Vater umgebracht wurde." Tikvah folgte ihm hinunter in die Halle, als wäre er jetzt ihr Führer durchs Leben. „Sie versteckte meinen Bruder Ludwig und mich in einem Übungsraum unter der Bühne. Später sperrte sie die Tür ab und nahm unseren Vitorio –" Er wuchtete den Cellokasten herum. „Ja! *Dieses* Instrument!" Indem er seinen Schritt verlangsamte, blickte er Tikvah tief in die Augen. Sie lächelte, machte seine Erinnerungen zu den ihren. „Und sie spielte die Bach-Suiten für uns."

„Die Bach-Suiten!" Tikvah atmete heftig. „Die habe ich bei meinem ersten Auftritt gespielt." Sie zitterte dabei wie ein kleines Mädchen.

„Ja!" Der Doktor sah die Erregung in ihrem Gesicht. „Ich dachte es mir: Sie würden das wissen wollen! Ich wußte es!" Er öffnete die Tür eines dunklen, leeren Übungsraums und trat dann einen Schritt zur Seite. „Und ich bin hergekommen, Ihnen mehr als nur das zu erzählen ... Es gibt so vieles mehr!" Er schaltete das Licht des kleinen Zimmers an und flüsterte: „Ich heiße Karl. Würden Sie ... die Bach-Suiten für mich spielen? Auf Vitorio?"

Es war eine schlichte Bitte. Tikvah gewährte sie mit einem Nicken. Liebevoll zog sie den Bogen aus dem Futteral und nahm das ehrwürdige, alte Instrument aus seinem samtigen Nest. Karl Kronenberger saß ihr gegenüber auf einem Klavierhocker und ließ seinen Tränen freien Lauf, während sie die hellen und unkomplizierten Stücke mit ihren einfachen Vorzeichen ein ums andere Mal spielte, wie Leah sie gespielt hatte. Als Tikvah geendet hatte, ließ sie den Bogen sinken und saß still dem Mann gegenüber, der nun kein Fremder mehr zu sein schien. „In der Art?", fragte sie nach einer langen Pause.

Karl nickte. „Genau so. Ich konnte dann nichts sagen." Er fuhr mit der Hand an den Schnurrbart, als ob das alles erklären würde. „Ich konnte ihr nicht sagen ... wie ... *schön*!"

„Vitorio ist derselbe. Die Stücke sind dieselben. Aber was ich ihr sagen wollte ... Über etwas anderes als den *Klang* der Musik. Etwas noch Schöneres. Es war in ihrem Gesicht, wenn sie spielte." Er schloß die Augen, als erstünde ihm innerlich alles neu. „Ich konnte ihr das aber nicht sagen, konnte nicht sprechen. Aber Ihnen kann ich es jetzt sagen. Ich habe dieselbe Schönheit in *Ihrem* Gesicht gesehen, Tikvah." Er lächelte und fragte: „Wissen Sie, daß Sie schön sind, Tikvah? *Schön*! Wie sie es war. Ich hatte nicht erwartet, es ... in Ihnen ... auch zu finden."

Tikvah errötete und schlug die Augen nieder. Sie hätte nicht gedacht, noch erröten zu können. „Bitte", protestierte sie, ohne zu wissen, ob sie das wollte, „bitte, ich ... ich ..."

„Es tut mir leid", stimmte er ihr zu. Er sagte bald zu viel. „Ich ... ich werde ein paar Tage hiersein." Er schaute jetzt mit seltsamem Blick das Cello an, und eine Flut von Erinnerungen strömte durch seinen Kopf. „Mögen Sie ... chinesisches Essen?"

„Ist das eine Einladung zum Abendessen?"

„Es gibt da, kurz hinter Washington, das Far East Café. Wirklich ausgezeichnet. Peking-Ente, und ... wir könnten nach dem Konzert ein Taxi nehmen –"

„Keine Taxis mehr", lachte Tikvah. „Was halten Sie davon, wenn wir Vitorio auf einem Cable Car mitnehmen?"

1. Lebende Fenster

Deutschland 1938

Während dieser schrecklichen Nacht beleuchtete das sanfte Glühen des Mondes die Kirchenglasfenster, die ringförmig die Kuppel der Großen Synagoge von Nürnberg umliefen. Fenster, vor vierhundert Jahren gearbeitet, und sie erzählten die Geschichte von den sieben Schöpfungstagen, von der Sünde des Menschen, von der großen Flut und den Wassern, die Noahs Arche trugen. Glänzende Felder aus Farbe und Licht, die sich an der vergoldeten Kuppel entlangzogen und wortlos die Geschichte der Thora darstellten. Generationen von Kindern hatten die Geschichten einfach durchs Hinsehen in sich aufgenommen, während sie neben ihren Vätern unten im Altarraum saßen. Kleine Knaben hatten ihre Nacken zurückgebeugt, um über das Bild von Vater Abraham nachzudenken, wie er Gott seinen Sohn auf dem Altar von Morija opfern will. *Hätte Abraham das Messer wirklich in Isaak gesenkt?* Die Vorstellung des Glaubens ließ Söhne neben ihren Vätern erzittern. *Würde Papa in mich das Messer stoßen?*

Streitereien unter Geschwistern gewannen eine neue Bedeutung, wenn die Kinder über die Glasfenster nachdachten. Sie stellten Joseph in seinem vielfarbigen Mantel dar, wie er nach Ägypten verkauft wurde. *Ach, wie grämte sich sein Vater Jakob, als die Brüder zurückkehrten mit dem zerrissenen Mantel.*

Von dieser Stelle an war die Hälfte der Kuppelrundung der Sklaverei Israels und dem Leben Moses gewidmet. Den zehn Plagen über Ägypten. Der Feuersäule. Der Durchquerung des Roten Meers. Moses erhält auf dem Berge Sinai die Gesetzestafeln, während die undankbaren Hebräer am Fuße des Berges sündigten. Dann Moses, wie er, im Zorn, die Tafeln zerschmettert und über die Anstifter des Aufruhrs das Urteil spricht. Das war ein Abbild des Zorns Gottes über die Sünder, die ihre Befreiung vergaßen.

Bis zu dieser Nacht konnten sich jene, die unter diesen Bildern zu Männern herangewachsen waren, nichts Furchtbareres vorstellen als den Zorn Gottes. Aber hier war Nürnberg. Es war die deutsche Stadt, in der die Gesetze der Nazis gegen die Juden verabschiedet worden waren, vor drei Jahren – die Nürnberger Gesetze!

Und hier war das große Versammlungsfeld der Nazis. Jedes Jahr im September kam die Hitlerjugend zu Tausenden, ebenso die SA und der Reichsarbeitsdienst mit den polierten Schaufeln und die Bonzen der Partei. Scheinwerfer erhellten abends dann den Himmel über Nürnberg. Zusammenkünfte wurden veranstaltet und von allen hohen Parteiführern Reden gehalten. Jahr um Jahr waren die Reihen der Gläubigen gewachsen, bis aus Tausenden Hunderttausende geworden waren.

Heute nacht schien der zügellose Haß stärker zu sein als die Gebete der unter der Kuppel versammelten Juden.

Zweihundert jüdische Männer waren heute nacht unter der Kuppel zusammengekommen. Seidene Gebetsriemen bedeckten ihre Köpfe; sie stimmten die letzten Gebete an, die an diesem Ort gebetet werden würden. Und Gott klagte um sie, wie Jakob um seinen Sohn Joseph geklagt hatte, als der Patriarch den zerrissenen Mantel sah. Das Licht des Mondes strömte durch die Glasfenster und fiel in hellfarbenen Rauten auf die weißen Gebetsriemen. Heute nacht trug jeder einen vielfarbigen Mantel – wie Joseph. Sie nahmen die Färbung und den Inhalt der über ihnen abgebildeten Geschichten an. Sie wurden eins mit den Leiden aller Zeiten. Plötzlich war der Gram ihrer Väter auf sie gekommen, und sie wurden zu lebenden Fenstern, die weinten und beteten, während die Schatten der Zerstörung näherrückten.

„Wieder ist es unser Schicksal, hinauszuwandern in die Wüste", flüsterte der betagte Rabbi von Nürnberg. Tränen flossen über seine zerfurchten Wangen und befeuchteten seinen weichen, weißen Bart. „Es sei denn, es geschieht ein Wunder."

„Ruhm und Stärke sei dem Ewigen ...“

Das Knirschen von den Stahlketten der Abrißfahrzeuge war deutlich zu hören.

„Ehre sei dem Ewigen in Seinem Namen ...“

Ganz nahe rückte das Dröhnen der Motoren – der Planierraupe, des Krans mit der Abrißbirne.

„Kniet nieder vor dem Herrn in Anbetung Seiner Heiligkeit ...“

Stimmen schrien: „Juda verrecke!"

„Und die Stimme des Herrn erklang über den Wassern ...“

„Juden raus! Juden raus! Das jüdische Ungeziefer raus aus Deutschland!"

„Die Stimme des Ewigen donnert über die gewaltigen Wasser. Die Stimme des Ewigen, stark und ...“

„Vernichtet die Juden! Weg mit dem Tempel!"

„Die Stimme des Ewigen zerschmettert die Zedern des Libanon!“

Eine Kugel durch Moses Kopf ließ das Fenster in tausend Stücke zerspringen. Sie regneten auf die Versammelten herab. „Putzt sie weg!"

„Die Stimme des Ewigen blitzt wie Feuer, die Stimme des Ewigen macht die Eichen erzittern und macht die Wälder brach; und in Seinem Tempel preist ein jedes Seinen Ruhm."

Die Glasfenster zerbrachen, eines nach dem anderen; und die Splitter regneten auf die Häupter der Klagenden, bis diese gezwungen waren, unter den langen Holzbänken Schutz zu suchen. Und als dann der Lärm der Gewehrfeuer verstummte, gellte eine Stimme durch ein Megaphon: „Im Namen des Führers Adolf Hitler, im Namen des deutschen Volkes: Ihr habt Befehl, dieses Gebäude zu verlassen oder wir lassen es auf euch hinabstürzen!"

Erneut ertönte das Gegröle aus den Kehlen junger Nazis, die durch das Megaphon brüllten: „Wir geben euch noch genau eine Minute! Verlaßt das Gebäude, oder ihr werdet mit ihm zerstört!"

Der alte Rabbi erhob seine knöchernen Hände, die Versammelten zu segnen. Jeder hob eine Glasscherbe auf und ordnete sich in die Reihe ein, um dem wütenden Mob entgegenzugehen. *„Weise uns den Weg zu Dir, o Ewiger, auf daß wir gewißlich auferstehen."*

Als der alte Rabbi aus der Synagoge trat, schwang die Abrißbirne hart gegen die Kuppel und zerbrach den Davidstern. Die Lade wurde dem alten Mann aus den Armen gerissen, und die Thorarolle von der Menge zertreten. Gebetsriemen zerrissen in Fetzen. Den Juden wurde in die Gesichter gespien. Einige der Versammelten brachte man wegen ihres gebetsinnigen Widerstandes in Konzentrationslager. Andere wurden zum Arbeitsdienst in den öffentlichen Parkanlagen der Stadt eingeteilt. Der Rabbi von Nürnberg wurde gefesselt und auf einen Lastwagen geladen, der nach Hamburg fuhr. Dort wartete ein Schiff. Auf den persönlichen Befehl Adolf Hitlers wurde der Rabbi eingeschifft mit einer Gruppe todgeweihter Männer und Frauen.

* * *

Seit knapp zwei Stunden schon war durch die verhangenen Fenster Sonnenlicht hereingesickert. Aber Elisa achtete nicht darauf. Still lag sie neben Murphy und betrachtete seinen breiten, muskulösen Rükken, wie er sich im ebenmäßigen Rhythmus des Schlafs hob und senkte. Sie wünschte, er würde erwachen und sie wieder in seine Arme schließen; aber er schlief weiter, und so studierte sie zufrieden seine Schultern und bewunderte die glatte, olivfarbene, sanft über den Rippen gestraffte Haut. Sie fuhr die Ränder der hellbraunen Linien nach, die von den kurzärmeligen Hemden und den Badehosen des letzten Sommers zurückgeblieben waren. Auf dem linken Schulterblatt fand sich ein kleines, himbeerfarbenes Muttermal. Sie beschloß, es zu küssen – später, wenn er wach wäre. Wie ein Forscher in einem neuen Land beanspruchte sie John Murphy für sich.

Es war ihr erster gemeinsamer Morgen. Seltsam, wie schnell die Schrecken der letzten Nacht in ihrem Gedächtnis zurückwichen. Gedanken an ihre bange Flucht aus Wien und die Kämpfe am Nationaltheater kamen ihr an diesem Morgen nicht. Sie hörte das Klappern von Töpfen in der Küche und hörte die Stimme Dr. Litovs, aber diese Geräusche schienen Teile eines fernen Traums zu sein. Solange Murphy schlief, wollte sie nur neben ihm liegen. Sie würde von ihm nicht so leicht lassen.

Sie streckte die linke Hand aus und hielt sie einige Zentimeter über seinem Kopf. Der blaue Ehering aus Lapislazuli an ihrem Finger bedeutete jetzt etwas. Mehr als nur kleine Blätter auf Gold gegen den blauen Steinhintergrund, war er ein Gelöbnis: „Dies ist mein Geliebter und mein Freund.“ Sie flüsterte die Worte des in hebräischen Schriftzeichen in die Blätter verschlungenen Verses.

Als würde Murphy antworten, seufzte er tief auf, drehte sich aber nicht zu ihr her. „Bist du wach?“, fragte er schläfrig.

„Hm-hmmm. Schon seit Stunden.“

Er griff nach hinten, nach ihrem Arm, um ihn sich um den Körper zu legen. Sie kam näher heran und schmiegte sich eng an ihn.

„Wie kommt's, daß du mich nicht geweckt hast?“

„Ich wollte dich betrachten.“ Sie küßte das Muttermal auf seinem Schulterblatt.

„Habe ich im Schlaf vor mich hin geredet?“, fragte er scherzhaft und führte ihre Finger zu seinen Lippen.

„Ich weiß nicht. Du hattest dein Gesicht von meinem weggedreht.“

„Da kann man von Glück sagen. Wenn mein Gesicht so schlimm aussieht, wie es sich seit gestern abend anfühlt –“ Er rollte sich herum und grinste. Elisa fuhr zurück. Sein linkes Auge war beinahe zugeschwollen, und seine Wange war rot von dem Feuerblitz aus Albert Sporers Waffe.

„Oh, Murphy!“ Elisa sah ihn voller Sorge an.

„Sag mir doch, daß du mich nicht wegen meines Aussehens geheiratet hast."

Sie kicherte, nahm sich dann aber zusammen. „Ich habe dich nicht wegen deines Aussehens geheiratet", wiederholte sie und brach dann beim Anblick seines verunstalteten Gesichts erneut in Lachen aus.

„Oder wegen meines Geldes?" Er zog sie näher an sich.

„Nein. Deswegen hast du *mich* geheiratet, erinnerst du dich?"

„Nach der letzten Nacht werde ich dir wahrscheinlich etwas zurückzahlen, denke ich." Er küßte sie.

„Enttäuscht?" Sie ließ ihre Finger durch sein Haar gleiten, während er sie sanft auf das Kissen zurückdrückte. Dann stützte er sich auf einen Ellbogen und schaute sie mit einem Ausdruck der Dankbarkeit an. Ihr goldenes Haar fiel fächerförmig über das Kissen, und in ihren blauen Augen blitzte Vergnügtheit. Sie erwiderte seinen Blick.

„Ah! *So* zu erwachen!", murmelte Murphy und preßte seinen Mund auf den ihren. Bei ihr war kein Widerstreben. Sanft hielt sie ihn fest. Eine Welle von Wärme durchwogte sie.

„Murphy", flüsterte sie. Er unterdrückte ihre weiteren Worte mit einem erneuten Kuß.

„Ich weiß", sagte er außer Atem, „du bist wie chinesisches Essen."

Erstaunt über die seltsame Bemerkung, schob sie ihn weg. „Was?"

Er lächelte und fuhr mit den Fingern die Linien ihres Halses nach. „Ich dachte, ich hätte genug, und eine Stunde später bin ich wieder hungrig nach dir."

Sie schmiegte sich an ihn. „Wenn ich daran denke, was mir gefehlt hat!"

„An nichts anderes ... habe auch ich ... gedacht ..."

* * *

Das Zimmer war genau so, wie Elisa es beschrieben hatte. Leah fühlte sich in dem massiven Federbett ganz verloren. Sie zog sich den frischen, reinlichen Bezug der Decke bis unter ihr Kinn und starrte zu den schweren Holzbalken hinauf, die von den Jahrhunderten dunkel gefärbt worden waren. Hier in Wattenbergers Gutshaus war unter diesem soliden Dachgebälk ein Gefühl der Sicherheit zu spüren. Elisa hatte es ihr vorausgesagt. Zum ersten Mal seit den letzten Monaten hatte Leah die Nacht durchgeschlafen und war nur aufgewacht, weil sie Ottos rührende Abschiedsworte vernahm. *Ein seltsamer Mann. Ein tapferer Mann, der nach Wien zurückkehrte, während wir hierbleiben dürfen.* Vielleicht wäre es ihr eines Tages möglich, ihm richtig zu danken. Dann kam ihr schmerzvoll wie ein Stich zu Bewußtsein, daß er mit dem in seinen Geist eingebrannten Namen Shimon Feldstein nach Wien zurück ging. Würde er Shimon finden? Würde er ihm helfen können?

Solche Gedanken und Fragen stahlen Leah den Frieden, den sie wenige Augenblicke zuvor empfunden hatte. Sie setzte sich auf und blickte sorgenvoll zu dem Fenster hinüber, vor dem die Läden geschlossen waren. Draußen konnte sie das Geräusch unruhig gegen ein Gatter stampfender Pferde hören. In das Geklirre von Trense und Zaumzeug mischten sich aufgeregte Stimmen.

„Wir können sie zu Pferde bis zu Gustav Strohs Hütte bringen."

„Kleine Gruppen – immer zwei oder auch drei. Gustav kann sie durch das Zillertal führen und der junge Henri kann sie dann nach Italien zu Pater Prato bringen."

„Otto sagt, wir müssen uns beeilen. Es sind bestenfalls Tage, ehe sie zurück sind." Leah erkannte die Stimme von Frau Marta. In der Stimme der Bauersfrau war keine Spur von Angst oder Kummer. Diesen Morgen schien sie ihre Gefühle vollkommen im Griff zu haben, ganz so, als hätte sie von ihrem ältesten Sohn nicht Abschied nehmen müssen..

Leah schlang sich eine Bettdecke um die Schultern und setzte den Fuß auf den kühlen Boden. Auf Zehenspitzen ging sie ans Fenster und hielt den Atem an, während sie lauschte, wie sie die Flucht ihrer Gäste besprachen, die Fluchtlinge waren.

„Die Frau, die Otto gestern nacht brachte?" Leah spähte durch einen Spalt des Fensterladens. Dieser kräftige, rotbärtige junge Mann war Franz; er hatte sich in Elisa verliebt.

„Die Arme!", sagte Marta. „Ich habe sie in der Dachkammer untergebracht. Laß sie ruhig bis nach dem Frühstück schlafen. Unsere Elisa ist eine gute Freundin von ihr, Franz."

Ordentlich legte Franz einen Sattel auf den Rücken einer Stute, deren rotes Fell zu seinem Bart in Konkurrenz trat. „Das kann sein, Mama, aber ich denke, wir sollten jede Gruppe in der Reihenfolge hinausbringen, in der sie zu uns gekommen sind. Oder, Papa?"

„Ihr Name ist Leah. Sie sieht aus, als würde ihr der Schlaf gut tun. Fahl wie ein Gletscher. Seit Wochen kein Sonnenlicht. Alle eingesperrt in einer kleinen Wohnung in Wien, hat uns Otto erzählt."

Leah schaute zu den Balken hinauf. Sie war keineswegs darüber unglücklich, die letzte derer zu sein, die diesen Ort verließen. Vielleicht würde Otto irgendwie Shimon finden, während sie hier warteten. Sie könnten Österreich gemeinsam durch das Zillertal verlassen. Sie wären zusammen, in Italien und der Schweiz und dann, wer weiß, in Jerusalem. Dies hier wäre der beste Platz, der nächstgelegene Ort, um auf Otto zu warten, mit ihm zusammenzutreffen. Sie atmete laut aus. In ihrer Erregung hatte sie den Gang der Unterhaltung verloren, die unter ihrem Fenster geführt wurde.

Drei Kinder standen mit Tränen in den Augen im Halbkreis um Frau Marta. Das älteste war ein Junge von elf oder zwölf Jahren, der mannhaft sein Kinn hob und sich auf die Lippen biß, um sich seiner Tränen zu erwehren. Zwei kleine Mädchen weinten hemmungslos; Frau Marta wischte ihnen mit der Schürze die Tränen ab und strich ihnen sanft über die langen Zöpfe.

„Na, nun kommt, kein Grund zu weinen. Wenn das alles vorbei ist – und das wird sicher bald sein –, werdet ihr zurückkommen und bleiben, solange ihr wollt, und Papa beim Melken von Gerta und Zilli helfen."

„Wir werden Sie vermissen", schniefte das kleinere der beiden Mädchen. „Wer wird für uns singen und abends mit uns beten?"

Marta zog das Kind an sich. „Überall gibt es Menschen, die gerne mit Kindern singen und auch mit ihnen beten. In Italien werdet ihr für eine Weile bei einem Priester sein. *Dort* werdet ihr Gebete hören!"

„Kann er gutes Roggenbrot backen?"

„Ihr habt das Tiroler Roggenbrot wohl schätzen gelernt, wie?" Jetzt machte Marta eine dramatische Pause. „Niemand backt es so wie ich." Sie schnalzte mit der Zunge. „Aber ich habe euch frische Laibe in eure Rucksäcke gesteckt."

„Mama –" Franz hielt die Pferde an den Zügeln. „Wir müssen gehen. Kommt, Kinder. Wir haben eine lange Reise vor uns. Kommt, wir müssen uns beeilen."

In ihr Bettuch gepackt, sah Leah die Kinder traurig auf ihre Pferde steigen und Franz in den Wald folgen. Ihre Köpfchen drehten sich herum; lange blickten sie zum Gutshaus herüber, bis sie es nicht mehr sehen konnten.

Als sie außer Sichtweite waren, hörte Leah die sanfte Stimme Frau Martas, die ihnen nachschaute. „Der Herrgott sei mit euch, ihr kleinen Lämmchen!"

Nach einer langen Zeit wischte sich Marta die Augen und wandte ihre Blicke dem Kruzifix zu, das über der Haustür hing. Sie machte das Zeichen des Kreuzes und ging hinein. Es gab noch andere, um die man sich zu kümmern hatte. Alles Weitere lag in der Hand Gottes.

2. Feuer und Wasser

Auf dem Gesicht Ernst von Raths lag ein düsterer Ausdruck von Kummer. Er gefiel sich nicht in der Rolle des jungen, sorgenlosen deutschen Diplomaten, der ausging, um sich die Sehenswürdigkeiten von Paris anzuschauen. Eine starke Frühlingswindbö heulte durch das Stahlskelett des Eiffelturms, als er Thomas von Kleistmann die gewaltigen Metalltreppen des Gebäudes hinauf folgte.

Thomas blickte über seine Schulter nach hinten, wie um Ernst für den mühseligen Aufstieg Mut zuzusprechen. Als Antwort nahm Ernst die kleine Taschenkamera hoch. Der Turmaufzug surrte in schnellem Lauf neben ihnen. Er war vollgestopft mit Touristen, die durch das Eisengitter lugten. Als die Augen dieser Fremden auf Ernst und Thomas fielen, legten die beiden auf einer Plattform eine Pause ein. Ernst schoß ein Bild von Thomas mit Paris im Hintergrund. Dann nahm Thomas die Kamera, und von Rath stellte sich auf, allerdings ohne zu lächeln. Er hatte nicht mehr gelächelt, seit Le Morthomme an dem Buchstand erschossen worden war. Vollkommenes Schweigen war eingekehrt. Kein Wort, keine Anweisung aus Berlin. Kein Versuch der Kontaktaufnahme seitens britischer Agenten, nicht einmal von der französischen Regierung.

Thomas lehnte sich an die Brüstung und schaute nachdenklich über die Stadt. „Was schlägst du vor, Ernst? Was sollen wir jetzt machen?" Der Wind griff nach seinem Mantel und zerwühlte sein dichtes schwarzes Haar.

Ernst sah durch das Aussichtsfernrohr und machte noch ein Photo. „Die perfekten Touristen, was?", sagte er ernst. „Von der Gestapo verfolgt, streifen wir durch Paris. Besuchen die Kabaretts und die Cafés und hoffen auf ein Wort der Ermutigung."

„Und wenn Kontakt mit uns aufgenommen wird?" Thomas betrachtete die leeren Stufen oben und unten, als würde er die Architektur beurteilen. Zufrieden darüber, daß sie diesmal nicht verfolgt worden waren, atmete er erleichtert auf. „Wie sollen wir wissen, ob die Kontaktperson nicht einer von Himmlers Leuten ist? Gestapo im Schafspelz?"

Sorgenvoll senkte von Rath eine Augenbraue. „Eben. Wie sollen wir das wissen?" Sein Blick traf sich mit dem von Kleistmanns. „In welche Lage haben wir uns da gebracht?"

„Es ist viel zu spät, sich das jetzt zu fragen", sagte Thomas achselzuckend. Er hielt inne und änderte dann mit einer Handbewegung das Thema. „Sie sagen, der Führer sei wütend über die Anschuldigung, er würde mit dem Einmarsch in die Tschechoslowakei liebäugeln." Er lächelte. „Goebbels ist sehr geschickt in Propaganda, stimmt's? Er baut das Bild eines unschuldigen Hitler auf, der, von der ganzen Welt verleumdet, den Harmlosen spielt."

„Genau das macht mir Sorgen." Ernst knöpfte wegen des Windes seinen Mantel zu. „Vielleicht glauben es die Briten nicht –"

„Und *wenn* sie es nicht glauben?"

„Sie werden nicht versuchen, wieder Verbindung mit dem Oberkommando aufzunehmen."

Thomas gab ihm einen Klaps auf den Rücken. „Wenn das der Fall ist, werden wir nicht mehr Verschwörer gegen das Reich sein."

„Dann kommt es zum Krieg."

„Das kann schon sein. Wir haben alles getan, was wir konnten, um ihn zu verhindern."

Ernst schaute verärgert drein. „Du scheinst erleichtert darüber, daß es vorbei sein könnte."

„Ich sage nur: Wir können nichts tun."

„Du könntest zurückfahren und mit Churchill sprechen."

„Was gäbe es da noch zu sagen? *Was?* Er hat unsere Aufzeichnungen über die Wiederbewaffnung vor dem Parlament verlesen."

„So, so. Das Reich arbeitet also hübsch fleißig am Aufbau einer Luftwaffe, die Europa dezimieren kann? Das sind keine Neuigkeiten. Der amerikanische Flieger Charles Lindbergh hat der Weltöffentlichkeit bereits gesagt, daß die deutsche Luftwaffe unschlagbar ist."

Thomas blickte durch das Metall hinauf in den frischen, blauen Himmel, als könnte er schon deutsche Flugzeuge erblicken. „Ernst, ich fürchte, daß alle Fakten und Aufzeichnungen, die wir unter Lebensgefahr weitergegeben haben, nichts anderes bewirkt haben, als daß sich die englische Regierung vor Angst windet und um Frieden bettelt. Vielleicht sind ihnen Zweifel gekommen und sie nehmen an, daß meine Warnungen in Wirklichkeit vom Deutschen Oberkommando stammen. Vielleicht glauben sie, ich bin mit diesen Informationen auf Geheiß des Führers gesandt worden. Es ist ja kein Geheimnis mehr, daß er von der ganzen Welt gefürchtet sein will."

Von Rath hätte über die Ironie in der britischen Reaktion auf ihre Informationen beinahe gelächelt. „Gewarnt vor den Plänen einer tschechischen Invasion ..." Er verhaspelte sich und setzte dann mit Bitternis in der Stimme neu an. „Und sie steckten ihre Köpfe tiefer in den

Sand. Jetzt wettert der Führer gegen die lügnerischen Beschuldigungen, er bereite eine solche Invasion vor, und Chamberlain scheint verständnisvoll, und die ganze Aufregung tut ihm leid." Plötzlich, als die Schritte eines Mannes und einer Frau auf der Treppe über ihnen hörbar wurden, schwiegen sie. Ernst fingerte geschäftig an seiner Kamera herum, während ein junges Pärchen an ihnen vorüberging. Als sie außer Hörweite waren, ergriff Ernst wieder das Wort. „Ich frage noch einmal, Thomas: Was machen wir jetzt?"

Thomas hielt es für das Vernünftigste, nichts zu tun. Er war davon überzeugt, daß Hitlers großer Plan eines noch größeren Reiches nicht durchkreuzt werden könne. „Ich werde abreisen. Berlin."

„Wirst du dort mit Admiral Canaris sprechen?"

Thomas antwortete nicht. Die Erwähnung des Namens Canaris hatte ihn nervös gemacht. Er blickte Ernst verärgert an. Diesen Namen auszusprechen, barg das Risiko, daß ihn der Wind hörte und in die Ohren Tausender von Feinden trug. Thomas selbst war verboten worden, Canaris im Zusammenhang mit dieser Operation zu erwähnen. Woher wußte Ernst, daß der Leiter der Abwehr etwas damit zu tun hatte?

„Nein, Ernst", antwortete er schließlich, „ich gehe einfach nur heim. Ganz egal, was daraus wird – Deutschland ist noch immer meine Heimat. Wir können nichts mehr tun, verstehst du? Ich glaube, die englischen Herrschaften sind von Informationen über den Stand der deutschen Kriegsvorbereitungen gestopft voll. Und was die tschechoslowakische Frage anbelangt, so ist es offensichtlich, daß die Briten kein Interesse daran haben, solange England und Frankreich nicht davon betroffen sind."

Er ergriff Ernsts Arm. „Ich sage dir: Auf dieser Seite des Kanals kümmert es keinen Menschen, was Deutschland macht oder wer am Ruder ist. Begreifts du das denn nicht, Ernst? Wir sind so ziemlich allein. Und wenn ich sage wir, dann meine ich diejenigen von uns, denen das, was Adolf Hitler Deutschland angetan hat, überhaupt nicht schmeckt. Ich spreche von mir. Ich fühle mich sehr einsam. Ich habe Heimweh nach dem, was mein Leben einst war." Thomas holte tief Luft. Dann blickte er über die Gärten und Dächer von Paris. Er dachte an Elisa und ihre Familie. Er dachte ebenso an seinen Verrat und an seinen fehlgeschlagenen Versuch, die Dinge irgendwie wieder einzurenken.

„Ja, einsam", antwortete Ernst niedergeschlagen.

„Um dir die Wahrheit zu sagen: Ich glaube, ich hätte mir keine solchen Sorgen gemacht, wenn der Kerl mich anstelle von Le Morthomme erschossen hätte. Wenn es wieder zum Krieg kommt, will ich meinen Dienst nicht bei der Abwehr leisten. Nein, ich werde an die Front gehen. Ich werde nach einem ehrenvollen Weg suchen, dem, was sich in ein unehrenhaftes Leben verkehrt hat, ein Ende zu setzen. Es wird bestimmt auf der anderen Seite jemand mit einem Gewehr geben, der sich darüber freuen wird, einen deutschen Offizier zu töten. Glaubst du nicht auch, Ernst?"

„Vielleicht wird es dazu nicht kommen."

Thomas lachte und widersprach der Hoffnung von Raths auf Frieden. „Hier ist für uns nichts mehr zu tun, Ernst. Kein Zweifel, der Führer arbeitet in dieser Sekunde seine Pläne zur Eliminierung der Tschechen aus. Ich fahre jetzt nach Hause. Nach Berlin. Ich werde den Eintritt ins stehende Heer beantragen. Die Tschechen sind gute Kerle, wie ich höre. Ich will in der Spitze der Einheit sein, wenn die Wehrmacht die Grenze überschreitet."

* * *

Ein für die Jahreszeit ungewöhnlich kalter Wind klirrte von der Nordsee her und fuhr hundert Kilometer flußaufwärts in das Gewimmel am Hamburger Hafen. Einige Einheimische hoben die Köpfe zum verhangenen Himmel und behaupteten, erfahrungsgemäß bringe ein solcher Wind Schnee. Kleine, graue Flocken, schmutzig vom Rauch aus den Werften, wirbelten zur Erde und lösten sich in rußige Lachen auf, kaum daß sie die kopfsteingepflasterten Straßen berührt hatten. Niemand schien von diesem Vorfall alarmiert oder überrascht. Einige witzelten sogar, jetzt, da der Führer die Industrie mit ihrer gesamten Kapazität am Laufen habe, würde ihr Schwung ganz Hamburg, ja vielleicht ganz Deutschland erwärmen, und der Schnee würde nie wieder liegen bleiben.

Im Innern des Stahlwerks Thyssen rauchten und zischten die Hochöfen des Reichs mit der Hitze geschmolzenen Metalls und weißglühender Feuer, die jeden Gedanken an den kalten Wind draußen verbrannten. Diese Feuer, die Stahl für Panzer und Schiffe und Gewehre produzierten, wurden gespeist mit dem Fleisch von Menschen. Die Schotts der Hochöfen strahlten ein unirdisches Licht ab, das die glänzenden Körper von Sträflingen beleuchtete, die aufgrund ihrer Kraft und ihrer Größe aus den lebenden Toten von Dachau ausgewählt wurden. Zu dem trommelnden Takt der Maschinen und dem Klang von Metall auf Metall hoben müde Arme überladene Schaufeln Kohle, denn die Produktion von Panzerplatten für das Kriegsschiff *Bismarck* ging unerbittlich ihren Gang. Gleich Becken und Kesselpauken spielte die Fabrik der Höllc eine Sinfonie. Und sie verzehrte die Körper und die Seelen derer, die für das Reich das Inferno in Gang hielten.

Shimon Feldstein arbeitete schon seit sechzehn Stunden in seiner Schicht. Er hatte den Platz eines Mannes eingenommen, der vor dem offenen Maul eines Hochofens zusammengebrochen und gestorben war. Das Gefühl für sein eigenes Leid war schon längst gemindert. Er grub seine Schaufel in den schwarzen Haufen und warf die Kohle in die unersättlichen Feuer. *Bumm! Schaufeln. Zack! Schwingen. Bumm! Schaufeln ...* Einmal mußte seine Schicht enden. Einmal ... Wenn nicht, würde er wie der Mann sterben, der umgefallen war und sich ihm zu Füßen gekrümmt hatte. Dann würde es Schluß sein mit der Hitze. Der Durst würde gelöscht werden. Ein anderer würde seine Schicht übernehmen. Es gab einen nicht endenden Bedarf an Arbeitskräften für Hitlers Vierjahresplan. Shimon würde nicht vermisst werden. Von niemandem betrauert werden, außer von Leah.

Der Gedanke an sie half ihm, noch einmal seine Arme zu heben, wie er es seit Monaten immer wieder getan hatte. Die Vorstellung ihres Gesichts begabte sein Herz mit dem Willen, zu überleben.

Über seinem Kopf hob sich der gigantische Kessel geschmolzenen Stahls aus dem Feuer. Er schwang auf die Maschine zu, die ihn zu Metallplatten zurechthämmern würde. Sie waren für das Schlachtschiff bestimmt, das in Hamburgs Werften gebaut wurde – *der Stolz des Reichs.*

Als der Kessel auf seinem unheilschwangeren Weg über ihren Köpfen ein wenig ins Taumeln geriet, sprangen Spritzer aus der gelbglühenden Flüssigkeit. War diese Stelle erreicht, trat der schwitzende Vorarbeiter auf der Laufplanke über ihnen immer einen Schritt zurück in den Schutz seines Glaskabuffs. Die Augen hinter der dunklen Schutzbrille sahen es mit Vergnügen, wenn der Behälter noch einen weiteren Strahl reinen Stahls ausgießen würde, um für die Sollerfüllung bei diesem Vierundzwanzigstundentag zu sorgen. Das Werk schloß nie. Die Feuer wurden stets am Brennen gehalten. Die stetigen Taktgeräusche seiner Sträflinge wurden nur selten unterbrochen. Und sollte es selbst einmal zu einem Hitzschlag oder einem Todesfall kommen – der Kapo hatte seinen Arbeitern eingebläut, die Bewegung des

Kessels über ihnen sei das, wofür sie lebten. Unterbrechungen würden nicht geduldet. Ein Produktionsrückstand bedeutete Schläge, Extraschichten, weniger Essen. Seine Methoden hatten sich gut bewährt. Heute nacht blieb Shimon zusätzliche zwölf Stunden hier; ein Exempel wurde an ihm statuiert, an ihm, der innegehalten hatte, um nach einem gestürzten Kameraden zu sehen. Der große, schwitzende Jude hatte auf den Knien gelegen, um Hilfe gerufen und um Wasser gebettelt, um die Lippen eines Sträflings damit zu benetzen; doch dieser war bereits tot. Die anderen in der Schicht würden es sich zweimal überlegen, ehe sie wieder aus dem Trott fielen.

Der Ladebaum, der den zischenden Stahl hielt, zitterte und knirschte bei der Beförderung seiner Last. Niemand schaute zu dem Lärmen auf. Der Kapo hatte für weniger schon Arbeiter erschossen. Das Dröhnen der brennenden Hochöfen war ohrenbetäubend. Es gab hier keine Minute Stille. Das Quietschen eines Hakens oder das Schrillen eines Behälters luden ohnehin nicht zum stillen Nachdenken ein.

Es war nicht das ohrenbetäubende Dröhnen, das die Männer unterhalb des geschmolzenes Flusses dazu veranlaßte, für einen Augenblick aufzuschauen, um den Güssen über ihnen ihren eigenen Tod entströmen zu sehen. Es war das Licht – blendend, gleißend, betörend schön in seiner Schrecklichkeit. Schreie gingen im Getöse unter, verbrannte Lungen schnappten nach Luft, Feuer verzehrte das Fleisch muskulöser Rücken.

Explosionen folgten, als das flüssige Metall mit den Kohlehaufen in Berührung kam und sie augenblicklich entzündete. Für den Bruchteil einer Sekunde nahm Shimon den schlaffen Körper des Kapos wahr, wie dieser von der Laufplanke herabtaumelte und kopfüber in die Ausläufer einer zweiten tosenden Explosion stürzte. Todesqualen schlugen wütende Klauen in Shimons Rücken. Er wurde von den Füßen gehoben und durch die wirbelnde Luft geschleudert. Nachdem der erste Guß flüssigen Stahls die Kohle erreicht hatte, verwandelte sich die gewaltige Stahlfabrik binnen Sekunden in ein Krematorium. Es gab keine Fluchtmöglichkeit. Nur wenige der Arbeiter, die in diesen kurzen Augenblicken starben, wußten, welche Gewalt ihnen das Leben genommen hatte.

Die Lichter der Automobile, Löschzüge und Krankenwagen leuchteten schwach, als sie einen Häuserblock von der sengenden Hitze des Flammenmeers entfernt stehenblieben. Sirenenlärm ging im Getöse des donnernden Infernos genauso unter wie das Krachen sich verdrehenden Metalls, als die Fabrik in sich zusammenfiel.

Hochrangige Industriebeamte des Reiches schrien ihre Antworten heraus auf Fragen von Reportern, die am Platz des Geschehnisses zusammengekommen waren. „Die Ursachen werden sorgfältig untersucht ... Witwen und Waisen erhalten eine Ausgleichszahlung ... Ohne Zweifel das Werk von Juden und ausländischen Saboteuren ... Die Stahlproduktion verzögert sich nur für kurze Zeit. Eine Frage von Tagen ..."

Es war die Meinung aller, daß niemand den Brand überlebt haben konnte. Neben der Handvoll loyaler Vorarbeiter, die man verloren hatte, war der Rest ohnehin eine Bande gemeiner Verbrecher gewesen. In dieser Hinsicht hatte das Reich Glück gehabt. „Überlebende? In dieser Hölle könnte ja nicht einmal der Teufel leben! Heil Hitler!"

* * *

Shimon umklammerte den Pfeiler des Docks hundert Meter von der Stelle entfernt, an der die eingestürzte Fabrik brannte. Die Feuer erhellten die Nacht wie das Tageslicht. Teile des Gebäudes, die mit ihm in den Fluß geschleudert worden waren, brannten jetzt auf der Wasseroberfläche.

Die Schmerzen, die Shimon den Rücken hinauf- und hinabrasten, ließen ihn wieder und wieder aufschreien. Aber seine Stimme verklang ungehört oder unbeachtet. Er wollte sterben. Solche Todesqualen waren zu viel für ihn; er konnte sich über das Wunder, überlebt zu haben, keine Gedanken machen. Er erwog nicht, wie es geschehen war, daß er ins Wasser fiel, als sich die Welt um ihn herum in ihre Bestandteile aufgelöst hatte. War er direkt aus dem Gebäude herausgeschleudert worden? War er zum Pier gekrochen und hatte sich selbst ins kühle Wasser geworfen? Hatte ihn eine gütige Hand hochgehoben und beschirmt?

Es war egal. Jetzt erschütterte eine weitere Explosion die Nacht. Shimon zog den Kopf ein. Metall regnete herab und fiel in das ihn umgebende Wasser. Selbst die Luft war hitzegeladen. Der Rauch ließ ihn beinahe ersticken. Zu sterben wäre eine Gnade.

Die Luft wurde von einer Reihe weiterer Explosionen erschüttert. Mit letzter Kraft hielt Shimon den Atem an und ließ sich unter die Wasseroberfläche gleiten, als auch schon ein neuer Trümmerhagel um ihn her ins Wasser stürzte. Nur seine Hände blieben oben, mit denen er eine rostige Eisenspitze umfaßt hielt, die aus dem zersplitterten Holz ragte. Diese Eisenspitze loslassen hieße, das Leben lassen, für immer wegzugleiten und die kalten Wasser in seine gefolterten Lungen einzuatmen. Und doch, Shimon konnte nicht loslassen. Wieder und wieder warf ihn sein Durst nach Atemluft an die erhitzte Oberfläche. Dort japste er und rief Leahs Namen, bevor er sich noch einmal unter die Wasseroberfläche gleiten ließ. „Leah! Leah! Lieber Gott –"

Während dieser ganzen schrecklichen Nacht hielt er die Eisenspitze umklammert, bis schließlich die Feuer ins Tageslicht übergingen und erstarben. Als der Morgen anbrach, hörte er die Erklärungen und Flüche seiner Herren, als diese die Ebenen des Docks über ihm absuchten.

„Das Werk von Juden und Saboteuren. Zweihundert tote Arbeiter ungefähr. Eine kleine Fabrik – kein großer Verlust für das Reich, im Grunde genommen."

* * *

Der Himmel über Hamburg war noch schwarz vom Rauch der gestrigen Explosion. Der Gehweg war rußbedeckt. Aber die alte Frau schien dem Schmutz keine Beachtung zu schenken.

Trotz ihrer achtundsiebzig Jahre bewegte sich Frau Trudence Rosenfelt mit einer gewissen Würde und Bestimmtheit, welche die Menschenmenge vor der Hamburger Einwanderungsbehörde zurückweichen ließ, wenn sie sich näherte. Vielleicht war es der Gehstock und die kleine Menschentraube, die ihr nachfolgte, weswegen ihr die Leute Platz machten. Sie hielt den Stock hoch und genau vor ihr Gesicht, wie ein Tambourmajor, der zu Hause in New York bei der Parade zum amerikanischen Unabhängigkeitstag eine Kapelle anführte. Ihre Gestalt wurde von zwergenhaften Köpfen und Schultern umgeben; aber da war der Stock, der selbst für den kleinsten der sieben Mitglieder der Familie Holbein, die im Eilschritt hinter ihrer Großmutter dreinliefen, deutlich zu sehen war. Sie nannten sie Babbie.

Frau Rosenfelts Enkelin Maria war im siebten Monat schwanger und watschelte wie eine Ente hinter Trudence her. Marias fünf Töchter folgten wie hüpfende Küken und wurden von ihrem Vater Klaus in einer Reihe gehalten. Klaus, groß wie ein Turm, beschützte das Ende der Prozession. Er konnte Babbies Stock mit Leichtigkeit erspähen, als sie sich durch das Gewühl furchtsamer Juden schlängelten, die vor der

Behörde in der Hoffnung versammelt waren, eines der kostbaren Ausreisevisa zu bekommen.

„Dicht dranbleiben, Kinder!“ Babbie Rosenfelt rief dies mit hoher Falsettstimme. „Haltet euch an den Händen!“, befahl sie auf Englisch. Oft sprach sie mit ihrer Familie in einer seltsamen Mischung von Englisch und Jiddisch, der Muttersprache ihrer alten New Yorker Umgebung. Früher hatte sie sogar versucht, das Jiddische aus ihrem Wortschatz zu tilgen und sich strikt der reinen englischen Satzstruktur zu bedienen.

Seit Hitler gegen Juden die Nürnberger Rassengesetze erlassen hatte und die Porzellanfabrik der Familie vom nationalsozialistischen Staat beschlagnahmt worden war, weigerte sich die alte Frau, Deutsch zu sprechen. „Also lehre die Kinder gutes Amerikanisch, Maria“, ermahnte sie ihre Enkelin, die ihren Namen von einer alten italienisch-katholischen Freundin her hatte, die noch immer aus der Bronx schrieb.

Die alte Frau, die ihre kleine Sippschaft die Treppen des imposanten Bauwerks hinaufführte, war unter ihrer jüdischen Nachbarschaft in Hamburg zu einem Objekt der Bewunderung und des Neids geworden. Frau Trudence Rosenfelt war Amerikanerin, das war sie! Wohl hatte sie Herbert Rosenfelt geheiratet, *er ruhe in Frieden*; wohl war sie seit fünfzig Jahren in Deutschland; aber sie hatte nie die Staatsbürgerschaft ihres Goldenen Landes aufgegeben! Jeder wußte, daß sie zurückgehen würde. Und zweifellos würde es ihr gelingen, auch ihre Enkelin und Klaus, diese Bohnenstange von einem Ehemann, mitsamt den Kindern mitzunehmen!

Was nur wenige Juden in Deutschland fertigbrachten, Frau Rosenfelt war dieses Kunststück gelungen. Und das, indem sie den gestrengen Offizier, der befugt war, Ausreisevisa zu erteilen oder zu verweigern, kaum eine Handvoll Male besucht hatte. Heute war die alte Frau gekommen, die versprochenen Visa für sie und ihre Familie abzuholen. Die wertvollen Ausweispapiere würden heute nachmittag zwei Uhr fertig sein. Der düster blickende deutsche Offizier mit dem sich lichtenden Haar und der Nickelbrille hatte es ihr gesagt.

Es war fünf Minuten vor zwei, als Frau Trudence ihren amerikanischen Paß einem der beiden diensttuenden Wachtposten an der Tür hinhielt. Der gutaussehende junge Mann starrte mit hartem Blick auf das verblaßte Paßbild; dann starrte er mit hartem Blick auf die runzlige alte Frau, die herausfordernd vor ihm stand.

„Sag ihm auf Deutsch, daß ich Amerikanerin bin“, wies Frau Trudencc auf Englisch ihre Enkelin an. „Sag ihm, gut, es mag sein, daß ich eine alte Frau bin, aber mein Paß ist gültig, und ich bin *Amerikanerin*!" Sie hielt ihre vorspringende Nase bei diesen Worten hoch erhoben. Ihre ganze Eigenwilligkeit forderte den jungen Mann dazu heraus, den Versuch zu machen, ihr Einhalt zu gebieten.

Ruhig wiederholte Maria die Worte, die ihr Babbie laut auf Englisch verkündet hatte. Frau Rosenfelt hätte deutsch sprechen können, aber sie würde ihre Lippen nicht mit *dieser* Sprache schänden!

Jetzt fragte der Wachtposten, weshalb auch Maria und Klaus und fünf kleine Mädchen mit zu der Behörde gekommen waren. Frau Rosenfelt verstand ihn und antwortete auf Englisch: „Sag diesem *Schmo*" – sie neigte den Kopf leicht in Richtung des Postens, während sie Maria die Anweisungen gab – „daß ihr *meine* Familie seid. Rechtmäßige Amerikaner ..."

Pflichtschuldig wiederholte Maria diese Worte.

Der Posten nickte kurz und trat zur Seite, um die alte Frau und ihre Begleiter durchzulassen. Sie gingen unter den Augen des Deutschen Adlers weiter, der auf der Hakenkreuzfahne über der Glastür des Foyers prangte wie ein eiserner Geier, der erwog, welche Juden er verschlingen sollte und welche nicht. Frau Rosenfelt hatte vor langer Zeit beschlossen, daß der Appetit der Nazis auf Grausamkeit nicht mit dem Fleisch ihrer Familie gestillt werden würde.

Die Kinder gruppierten sich eng um die Beine ihrer Mutter und ihrer betagten Großmutter. Klaus legte seine langen, schmalen Hände auf die Schultern seiner beiden Ältesten, Trudy und Katrina. Frau Rosenfelt war die einzige, die sich nicht im mindesten von dem Dutzend schwarzbehemdeter SS-Leute einschüchtern ließ, die im Foyer aus dem Aufzug stiegen.

Weitere kleine Gruppen hoffender Juden wandten ihre Augen von dem Stampfen der Nazi-Stiefel auf dem Marmorboden. Frau Rosenfelt allerdings folgte den daherstolzierenden Rohlingen mit den Augen, als diese auf die Türen zugingen und den Wachposten gegenüber im Chor mit „Heil Hitler!" grüßten.

„*Nebbich!*", murmelte die alte Frau im Ton spöttischer Mißbilligung. Denn das war es, was sie von diesen Zugehörigen der „Herrenrasse" hielt.

Klaus hob voll belustigter Verwunderung die Augen. Und als hätte er sich von ihrem Mut eine kleine Scheibe abgeschnitten, gestattete er es sich, einen Blick auf die Schwarzhemden zu werfen, die sich draußen vor dem Gebäude rücksichtslos durch die Menge schoben. Ein

Strom von zusätzlichen Beinamen wogte ihm durch den Kopf; aber er würde sie nicht gebrauchen, bis sie alle sicher aus diesem verfluchten Land weg waren. Klaus schaute wieder die alte Frau an, die ebenfalls ganz in Schwarz gekleidet war. Er hatte Babbie nie in einer anderen Farbe gesehen; Maria hatte ihm erzählt, seit Herbert Rosenfelt vor sechsundzwanzig Jahren gestorben war, hatten die Hamburger Schneider die Anweisung, für die Kleider Frau Rosenfelts nur schwarze Stoffe anzuliefern.

Von ihren schwarzen, hochgeknöpften Schuhen bis zu dem langen schwarzen Spitzenkragen ihres Kleides war Babbie Rosenfelt ein nicht zu übersehender Anachronismus. Sie schien nicht in dieses Jahrhundert zu passen, ganz zu schweigen von diesem schrecklichen Jahrzehnt des grassierenden Antisemitismus. Sie trug ein Ridikülhandtäschchen – eine schwarzsamtene Umhängetasche. In dem Täschchen war eine kleine Münzbörse, eine Puderdose, ein Spiegel und eine Handvoll Pfefferminzbonbons für ihre fünf Urenkelinnen als Belohnung für gutes Benehmen.

Ein Paar Pincenezgläser baumelten von einer seidenen Kordel, die am Knopf ihrer Bluse befestigt war. Falls ein Kind sich schlecht aufführte, setzte sich die alte Dame einfach diese Gläser auf die Nase, um daraus dem Übeltäter einen fürchterlich mißbilligenden Blick zuzuwerfen. Streitereien, launischem Aufbrausen oder saloppen Tischmanieren wurde augenblicklich Einhalt geboten; sie wurden durch einen einzigen schrecklichen Blick aus diesen verblaßten, blauen Augen korrigiert. Dann zog die alte Dame leicht ihre rechte Augenbraue hoch und ließ das Pincenez hinunterfallen bis ans Ende der Kordel. Es prallte auf ihrem Busen auf und schwang herum wie ein gehängter Verbrecher in Miniaturausgabe. Sie hatte großen Erfolg damit. Konfrontiert mit diesen arroganten Nazi-Beamten, schlug sie Frau Rosenfelt mit deren eigenen Waffen. Es brauchte schon einen tapferen Mann, dem herausfordernden Blick der Augen dieser alten Frau gewachsen zu sein. Bislang jedenfalls war das noch keinem der Bürokraten gelungen.

Anfangs hatte Klaus angenommen, daß es wegen der Art war, in der Babbie Rosenfelt das Wort „Amerikanerin“ wie eine Bombe hinwarf. Noch hatte Hitler schließlich Hoffnung, die Amerikaner in Frieden wiegen zu können. Als sie ihren Kampf um den Erhalt von Ausreisevisa ausgedehnt hatte, begann Klaus allerdings zu begreifen, daß die Staatsbürgerschaft der alten Frau nur wenig mit ihrer Kraft, einzuschüchtern, zu tun hatte. Sie behandelte die gesamte deutsche „Herrenrasse“ einfach mit genau der Verachtung, die sie verdiente. Sie war zu alt; eines Nachmittags beim Kaffee sagte sie, diese arischen Bullenbeißer könnten sie, wenn es nach ihr ginge, *schtupen*. Es gab in ihrem Leben, seit sie ihr ihre geliebte Porzellanfabrik gestohlen hatten, um dort Gedenkplatten mit Hakenkreuzen darauf zu machen, nur noch eine Sorge: wie sie ihre Familie *nach Hause* bringen könnte.

Genau um vierzehn Uhr stand Frau Rosenfelt vor dem Schreibtisch Oberst Hans Bleichs. Klaus, Maria und die Kinder standen erwartungsvoll im Halbkreis hinter ihr.

„Wir sind wegen unserer Papiere gekommen.“ Babbie Rosenfelt fingerte nach ihrem Pincenez und schaute durch es hindurch auf den angekahlten Kopf des Oberst.

Dieser sprach ein Englisch mit schwerem Akzent und durchsetzt mit deutschen Redewendungen. „Frau Rosenfelt –“ Er schien nervös zu sein. Er rieb sich mit der Hand durch sein spärliches Haar. „Sie sind recht pünktlich.“ Er hielt inne und lächelte ein bißchen. „Tja, aber trotzdem, ich bedaure ... Ihre Papiere sind nicht hier.“

„Nicht hier?“, brachte sie voller Verachtung hervor. „Wollen Sie damit sagen, das Deutsche Reich sei nicht pünktlich?“ Das war bei dem herrschenden preußischen Geist der Genauigkeit eine grobe Beleidigung.

Der Oberst drückte sich hoch. „Es gibt da ein Problem. Der Gatte ihrer Enkelin –“ Er blickte zu Klaus hin. „Er hat Chemie an der Hamburger Universität gelehrt, richtig?“

Klaus fühlte sich unter dem Blick des Offiziers heiß werden. Natürlich hatte er an der Universität gelehrt. Wenn Hitler keine Gesetze gemacht hätte, die Juden ihrer Lehrtätigkeiten entbanden, wäre Klaus zweifellos noch immer dort.

Frau Rosenfelt trat zwischen den Oberst und Klaus. Sie hielt ihren Stock in der einen und ihr Pincenez in der anderen Hand. „Und was hat das mit allem zu tun?“

Der Oberst räusperte sich. Er hätte gerne weiterhin Klaus angestarrt, als wäre er ein Verbrecher, aber die alte Frau versperrte ihm den Blick. „Die übergeordneten Stellen waren der Ansicht, daß vielleicht ... weil er eine Stelle in der Chemie hatte ... es gab Nachfragen an der Universität, und es bestand da die Sorge, daß vielleicht ... daß Klaus Holbein über einige Informationen verfügen könnte, die am besten innerhalb der Reichsgrenzen verbleiben sollten.“

Das war ausgemachter, vollständiger Unsinn, wie Klaus wußte. Er war nur Professor. Ein Lehrer der Chemie. Was konnte er wissen, das auf irgendeine Weise dem Reich schaden könnte? Er setzte an zu sprechen, aber die alte Frau neigte ihren Stock ein wenig – ein Zeichen dafür, daß die Reihen zu schweigen hatten. Das Pincenez wurde theatralisch zur Nase hochgehoben, und sie sah den Oberst mit einem Blick an, der alle Kinder bei ihrer Mutter Schutz suchen ließ.

Es trat ein langes, schreckliches Schweigen ein. Der Oberst begann zu schwitzen. Er wand sich ein wenig. Dann sagte Babbie Rosenfelt: „So. Zuerst beraubt das Reich und der Führer meinen Enkel seines Lebensunterhalts, weil er Jude ist. Dann sagen sie, er kann sonstwohin gehen und sich ein anderes Leben aufbauen, weil er Jude ist. Ich will Ihnen erzählen, welche Staatsgeheimnisse Klaus über das Reich kennt, Herr Oberst. Klaus weiß genau, welche der ‚arischen Rasse' zugehörigen Leute unfähig waren, die Prüfungen über Chemie auf der Universität Hamburg zu bestehen. Ein beängstigender Punkt, wenn man bedenken muß, daß womöglich ein Arier einen Kursus nicht besteht, der von einem Juden gegeben wird."

„Frau Rosenfelt, ich versichere Ihnen, die übergeordneten Stellen sind beim Prüfen –" Der Oberst konnte seine Augen nicht von dem Pincenez losreißen.

„Gut! Und während die übergeordneten Stellen beim Prüfen sind, werde ich meinem Großneffen Franklin D. Rosenfelt telegraphieren, der sicher seinerseits dem Führer telegraphieren wird, wenn ruchbar geworden ist, wie schlecht wir hier behandelt werden!"

Klaus und Maria tauschten Blicke. Der Großneffe, den Babbie erwähnt hatte, war noch keine zwei Jahre alt. Er lebte in Brooklyn und hatte seinen ungewöhnlichen Namen bekommen, weil er in derselben Nacht zur Welt kam, in der Franklin Roosevelt zum zweitenmal Präsident wurde. Natürlich klangen Roosevelt und Rosenfelt für ein deutsches Ohr ähnlich, und die Nazis verdächtigten den Präsidenten tatsächlich, Jude zu sein; aber das hieß, die Familienverbindungen doch ein wenig zu verzerren.

Jetzt formten sich Schweißperlen auf der Stirn des Offiziers. „Franklin D. Rosenfelt? Sie meinen –"

Die alte Frau stellte sich auf die Zehenspitzen. Das Pincenez blieb hoch oben auf ihrer Nase. Eine gewaltige Erscheinung! „Exakt!", spie Frau Rosenfelt hervor. „Mein Großneffe. Es wird ihn sehr interessieren, welchem Ärger wir wegen ein paar lumpiger Dokumente ausgesetzt waren. Und er wird das sicherlich an Hitler weitergeben, daß seine Verwandten in Deutschland gehalten werden, wenn sie lediglich nach Hause zu gehen wünschen –"

Der Oberst lächelte nervös. „Einen Moment, Frau Rosenfelt." Er sprach den Namen mit einer erstaunlichen Bewunderung aus. Er erhob sich von seinem Schreibtisch und eilte aus seinem Büro.

Eine Stunde später trank Babbie mit Maria und Klaus in ihrem Wohnzimmer Tee. Die fünf Mädchen bekamen Pfefferminzbonbons und wurden in ihre Schlafzimmer geschickt, um dort an einer Theateraufführung zu basteln.

„Ich habe Sadie gesagt, das Kind Franklin Delano Rosenfelt zu nennen, würde mit den Jahren eine recht dankbare Sache sein. Oi! Aber ich dachte nicht, daß es so bald so nützlich wäre!"

Mit den Pfefferminzbonbons hatte sie einen Stapel Reisedokumente und Ausreisevisa aus der schwarzsamtenen Handtasche gezogen. Sie breitete sie fein säuberlich auf dem Teetisch aus und zählte sie noch einmal.

3. Grenzen

Babbie Rosenfelt hatte mit ihrem kleinen Trick und ihrem beherzten Auftreten in der Hamburger Einwanderungsbehörde viel erreicht. All das bedeutete jedoch bis zu diesem Zeitpunkt nichts. Jetzt stand sie in der Amtsstube des amerikanischen Konsulats und linste durch ihr berüchtigtes Pincenez auf den widerspenstigen Botschaftssekretär.

„Es tut mir leid, Frau Rosenfelt." Der Sekretär zuckte mit der Geste bürokratischer Hilflosigkeit die Schultern.

„Aber Sie sehen doch, daß die von den Nazis ausgestellten Papiere nur für zwei Wochen gültig sind! Haben Sie keine Augen im Kopf, junger Mann? Wenn meine Enkelkinder hier nicht binnen zweier Wochen draußen sind, dann –" Sie fuhr sich mit einem Finger quer über die Kehle – eine unmißverständliche Handbewegung. „Wie Hühnchen beim Schlächter!"

Der ‚junge Mann' hinter dem Schreibtisch war in Wirklichkeit über fünfzig Jahre alt. Sein graues Haar war in der Mitte gescheitelt; er trug einen hohen Zelluloidkragen, der in Amerika Mode gewesen war, als er es Jahre zuvor verlassen hatte. Jahrelange Erfahrung hatte ihn gelehrt, selbst die hartnäckigsten Personen abzuwimmeln. Diese alte Frau war keine Gefahr für seinen Sachverstand.

„Sehen Sie, Frau Rosenfelt, es gibt jetzt Gesetze, die die Zahl derjenigen, die wir nach Amerika hineinlassen, begrenzen. Sie erinnern sich doch daran? Vor fünfzehn Jahren hätte es da keine Schwierigkeiten gegeben."

„Oi! Vor fünfzehn Jahren hing Hitler Tapeten auf, keine Juden!" Sie ließ das Pincenez fallen. „Vor fünfzehn Jahren war Deutschland ein zivilisiertes, kulturell hochstehendes Land!"

„Das mag schon sein, aber der Umstand bleibt bestehen, daß alle Quoten für die Einwanderung ausgelastet sind. Schon seit Monaten sind die Quoten für Deutsche ausgelastet. Jeder Jude, jeder Demokrat, jeder Sozialist im Reich will hier heraus. Was sollen wir tun?"

„Ihnen einen Platz geben, wo sie hingehen können. Ein paar Leben retten."

„Amerika ist schon voll mit vielen, vielen hungernden Menschen. Mit Arbeitslosen, die auf Stellensuche sind. Verstehen Sie? Tut mir leid, Frau Rosenfelt. Auf der Liste ist wirklich kein Platz mehr für ihre Enkeltochter und ihren Ehemann und noch fünf Kinder. Mir sind die Hände gebunden. Die Quote ist ausgelastet."

„Wieviele im Monat läßt mein Land derzeit einreisen?", fragte sie mit bitterem Ton.

„Eintausend."

„Nur achthundert", korrigierte die alte Frau. „Und dabei ist es ein so großes Land."

„Und wie, meinen Sie, werden die Leute leben, wenn wir die Quoten über den Haufen werfen und jeden unerwünschten –"

Frau Rosenfelt ließ ihren Stock auf dem Schreibtisch aufschlagen, um diese Diskussion zum Schweigen zu bringen. Der Kopf des Sekretärs ruckte empört zurück. „Genug geredet!" Ihre verblaßten blauen Augen blitzten verärgert. „Die Nazis haben uns die Ausreise nicht halb so schwer gemacht wie sie uns die Abreise. Wie lang ist denn diese Warteliste, von der Sie reden?"

„Ein Jahr." Er blickte weiterhin auf den Stock. Womöglich würde ihn diese verrückte, alte Frau gegen ihn gebrauchen.

Frau Rosenfelts Augen zogen sich zusammen. Sie lächelte verschlagen und streckte den Arm aus, um den Anzug des Sekretärs zu berühren. „Sie sehen aus wie jemand, der neue Kleider gebrauchen kann. Vielleicht auch Schuhe? Oder ein Automobil?"

Er bekam große Augen und er rückte von ihr ab. „Bestechungsversuche helfen Ihnen nicht weiter. Es wurde schon oft versucht. Ich sage Ihnen, die Liste ist voll.

„Dann sind Sie ein Narr." Sie beugte sich vor. „Wir haben noch zwei Wochen; dann laufen die Papiere ab."

„*Sie* können jederzeit nach Amerika gehen."

„Oi! Also meinen Sie, ich würde sie zurücklassen?"

„Arbeiten Sie drüben in den Staaten daran. Holen Sie sie nach."

„Zwei Wochen haben die Nazis Zeit gegeben. Nicht mehr. Sie werden die Reisepapiere nicht verlängern." Ihre knorrige Hand war zur Faust geballt. „Leute ihres Schlags sind mir schon tausendmal begegnet. Geld ist die Sprache, die Sie verstehen. Das ist eine Sprache, die ich sprechen kann. Nu? Liste oder nicht Liste, wir müssen Deutschland innerhalb von vierzehn Tagen verlassen. Wir werden es verlassen, und Sie werden dafür, daß Sie uns geholfen haben, ein reicher Mann sein."

Der Sekretär starrte die widerspenstige alte Frau vor ihm mürrisch an. Sie machte es möglich. Ja, die Liste war voll, aber vielleicht gab es einen anderen Weg. Es gab da noch den Frachter. Aber auch für ihn bestand eine Warteliste. Ein Kontingent für ihn und ein Kontingent für Captain Burton. Niemand brauchte ein Visum, um auf einen Frachter wie die *Darien* zu gelangen.

„Vielleicht gibt es eine Möglichkeit."

„Dachte es mir. Sie haben mir nur eine Menge *Stuß* vorgeschwätzt. Es gibt immer eine Möglichkeit."

„Dienstag morgen verläßt ein Schiff Hamburg. Vielleicht kann ich Ihrer Familie einen Platz darauf verschaffen."

„Dachte mir schon, daß Sie es könnten. Und wohin fährt dieses Boot?"

Jetzt war es an dem Sekretär, zu lächeln. „Weg von Deutschland, Frau Rosenfelt."

„Ist das alles? Weg? Also: Weg *wohin*?"

„Einfach nur *weg*. Das sollte Ihnen genügen. Sie können nach den Staaten gehen und dort solange an ihren Papieren arbeiten. Übermorgen legt das Schiff ab – und sie sind sicher."

Wie war es möglich, daß ein Schiff Deutschland ohne einen Bestimmungsort verließ? Die alte Frau nickte einmal kurz und zog in dem Bewußtsein die Stirn in Falten, daß die Quote einer jeden Nation bis an den Rand mit den Namen hoffender, verzweifelter Juden ausgelastet war. Und auf diese Weise würde ein solches Schiff zu einer eigenen Nation werden, eine Rückzugsinsel, bis ein Hafen gefunden werden konnte.

Langsam nahm Babbie Rosenfeld ihr Pincenez zur Nase hoch. Das war nicht das, worum sie gefeilscht hatte; aber es war immerhin besser als gar nichts. „Und wieviel wird diese Schiffsreise um die Welt kosten? Ich bin ganz Ohr. Wieviel, um das Leben meiner Familie zu retten?"

* * *

Der Doktor war Tscheche, wie Karl wußte, aber jetzt sprach der nette Mann in stark akzentuiertem Deutsch mit ihm. „Es hat noch keinen kleinen Jungen gegeben, der so viel Glück gehabt hat wie du, Karl." Das breite Gesicht schwebte über ihm wie ein heller, voller Mond. Jetzt, da sich Karl besser fühlte, dachte er daran, wie gerne er seinen Bruder sehen und mit ihm sein Geheimnis teilen würde.

Der Doktor blinzelte, als er Karl den Puls fühlte. „Stark. Ja, ja. Fühlst du dich jetzt besser?"

Karl nickte. Es ging ihm jetzt viel besser als in dieser ersten, furchtbaren Nacht, als sie in Prag angekommen waren. Seine Ohren hatten sich entzündet, und tagelang hatte er starke Schmerzen erdulden müssen. Es waren Tage, die er wirklich nur undeutlich im Gedächtnis hatte. Eindrücke von Elisa und dem langen Amerikaner John Murphy strömten ihm durch den Kopf. Karl mochte den Amerikaner gut leiden, der ihm immer märchenhafte Geschichten über Amerika und die dort lebenden Kinder erzählte. Er hatte Herrn Theo gern, der ebenfalls krank gewesen war; und er hatte Anna gern, die dagesessen und ihm stundenlang vorgelesen und ihm durchs Haar gestrichen hatte wie einst seine Mutter. Ja, Karl fühlte sich besser; aber der eine Schmerz, der noch nicht zurückgegangen war, war seine Sehnsucht, Ludwig wiederzusehen. Ludwig. Vater. Und in den dunkelsten Nächten, wenn der Schmerz ihn erwachen ließ, rief er nach Mama, obwohl sie im Himmel war.

Murphy kam durch die Tür ins Schlafzimmer. Er trug einen langen schwarzen Mantel, eine schief sitzende Krawatte und schwarze Lackschuhe, so daß er wie ein Ober in einem Restaurant aussah. „Wie geht's, wie steht's, Sportsmann?", fragte Murphy strahlend auf Amerikanisch. Murphy sprach oft Amerikanisch mit Karl und übersetzte ihm dann die Bedeutung. Eines Tages, versprach Murphy, würden er und Karl vielleicht nach Amerika gehen; da wäre es wichtig, diese sonderbare Sprache zu verstehen, obwohl seine Stimmritze es dem Jungen derzeit unmöglich machte, auch nur ein Wort hervorzubringen.

Karl zog seine schwache Hand unter der blauen Daunendecke hervor und machte Murphy gegenüber das Zeichen des nach oben gestreckten Daumens. Eine Möglichkeit, „In Ordnung" auszudrükken, hatte ihm Murphy gesagt.

Auf das Daumenzeichen lachte Murphy dröhnend und machte ebenfalls das Zeichen. „In Ordnung, mein Kleiner. Und groß und stark werden, ja?!"

Das war so die Art und Weise, wie Amerikaner ihre Zustimmung ausdrückten. Karl war der Meinung, es gäbe viel zu viele Arten und Weisen, als daß er sie alle lernen könnte; aber er hatte es gern, daß Murphy sie ihm alle miteinander beibrachte.

Der Doktor zuckte die Achseln und polkte mit dem Finger in seinem Ohr herum, als wollte er es von dem absonderlichen Mischmasch von Geräuschen säubern, die Murphy abgab. „Verstehst du denn, was dieser verrückte Amerikaner sagt, Karl?" Der Doktor lachte.

Karl nickte und hob erneut den Daumen.

„Wenn es ihm soweit gut geht, daß er reisen kann", sagte Murphy auf Tschechisch, „werden ihn Elisa und ich nach Amerika bringen.

Nach New York, wo dieser Doktor ist, von dem Sie sagen, er könne seinen Mund kurieren. Er wird dort einige Englischkenntnisse nötig haben."

Der Doktor nickte und legte sein Stethoskop in die große schwarze Tasche zurück. „Das klingt ziemlich anders als jedes Englisch, das meine armen Ohren je gehört haben!"

„Glauben Sie mir –" Murphy winkte Karl zu, der nun nichts mehr von der Unterhaltung verstehen konnte. „Was ich ihm beibringe, ist wirklich um einiges leichter auszusprechen als das Tschechische! Er müßte Stimmbänder so stark wie ein Nußknacker haben, um in Ihrer Sprache ‚Hallo!' sagen zu können!"

„Mag schon sein", stimmte der Doktor lächelnd zu; „aber Tschechisch ist eine schöne Sprache, eine Sprache für Poeten. Na, hoffen wir, daß Dr. Sohnheim sein Wunder an dem Kind zustande bringt." Jetzt machte der Doktor seine Tasche zu und schnalzte mißbilligend mit der Zunge. „Nicht zu glauben, daß die Nazis diesem Kind das Operieren seiner Verwachsung verweigert haben. Und auch, daß sie Dr. Sohnheim von seinem Lehrstuhl an der Universitätsklinik Berlin abberufen haben."

„Was die Nazis verloren haben, kommt Amerika zugute. Was sie dem kleinen Karl nicht zur Verfügung stellten, dafür wird trotzdem gesorgt werden. Derselbe Arzt, der ihn in Berlin behandelt hätte, wird jetzt Gelegenheit haben, das in New York zu tun."

Erneut sprach der Doktor deutsch mit Karl. „Siehst du, mein Junge? Du hast wirklich *sehr* viel Glück!"

Karl nickte zustimmend, obwohl er bis auf seinen Namen und die Erwähnung eines anderen Doktors sowie einer Stadt namens New York nichts verstanden hatte. Murphy hatte den Ort zuvor schon erwähnt. Er würde Karl gefallen, hatte Murphy versprochen. Karl träumte davon, diese Stadt zusammen mit Ludwig anzusehen. Laufende Bilder. Das Spiel namens *Baseball.* Parks, in denen man spielen konnte, ohne Angst vor der Gestapo haben zu müssen. Und Würste, die *Hot Dogs* hießen und die Karl essen würde, sobald sein Mund heil wäre. Aber solche Träume waren *zu* schön! Wenn Karl über alles nachdachte, wollte er manchmal vor Freude laut schluchzen; und dann kam immer Frau Anna ins Schlafzimmer gerannt, um nach ihm zu sehen. Sie schien beständig Angst zu haben; deshalb unterdrückte Karl jetzt den Drang loszuschluchzen, wenn er glücklich war. Er sparte sich seine Fähigkeit, Laute zu erzeugen, für seine einsamsten Momente auf, für die Augenblicke, in denen er dachte, ihm bräche das

Herz bei dem Gedanken an Ludwig. Vater, Mama. Wenn er weinte, rief Anna nach Elisa; sie saß dann auf der Bettkante und spielte für ihn auf dem lieben, alten Vitorio, wie es Leah getan hatte. Elisa spielte nicht annähernd so gut wie Leah, aber trotzdem brachte sie Vitorio für ihn zum Singen. Die Bach-Suiten waren seine Lieblingsstücke. Kleine, glückliche Tänze. Und immer, wenn er sie gehört hatte, war er in Hochstimmung.

„Für dich muß es schon ein Cello sein, was?", neckte ihn Elisa oft. „Mit einer Geige kannst du dich nicht zufriedengeben? Und Geige kann ich recht gut spielen."

Jedesmal schüttelte Karl verneinend den Kopf. *Nein.* Die Geige reichte nicht. Auf irgendeine Art war das alte Cello für ihn zu einer Stimme geworden. Ein Gebet. Eine Hoffnung. Er war nie ganz so einsam, wenn sie gespielt hatte. Er konnte die Augen schließen und an Ludwig denken, wie er in diesem kleinen Raum unter der Bühne in Wien neben ihm saß. Er konnte sich an Leahs starke, sanfte Finger erinnern, wie sie daran arbeitete, ihm die einfachen Stücke beizubringen. Als es ihm gut genug ging, um sich aufrichten zu können, beschloß Karl, daß er versuchen würde, Vitorio selbst zu spielen. Dann könnte ihn Elisa auf der Geige begleiten.

Elisas klare, helle Stimme drang ins Zimmer. „Wie geht es unserem Jungen?" Sie schwebte förmlich herein, strahlend und schön, in einem langen weißen Kleid. Sie sah wie ein Engel aus, dachte Karl. Sehr hübsch; selbst ein kaum sechsjähriger Junge konnte das sehen.

„Besser!", rief Murphy. „Beinahe prima, sagt der Doktor."

Elisa lächelte Karl zu und neigte sich herab, um ihn auf die Stirn zu küssen und sein zerzaustes Haar nach hinten zu streichen. Karl wollte sie fragen, wohin sie ginge, so festlich gekleidet. Murphy mochte wie ein Ober aussehen; sie aber sah wie eine Gräfin oder eine Königin in einem Bilderbuch aus. Er wünschte sich, sie möge ihm sagen, wohin sie gingen.

„Mein starker, tapferer Karl", flüsterte sie. „Ein solch guter Patient!"

Sie war so schön, daß Karl beschloß, sie zu heiraten, sobald er erwachsen war. Herr Murphy würde es nichts ausmachen, überlegte er. Er und Murphy kamen sehr gut miteinander aus.

Elisa unterhielt sich auf Tschechisch mit dem Doktor. Das machten sie immer so, wenn sie nicht wollten, daß Karl sie verstand; und er haßte es, ausgeschlossen zu sein. Der Doktor lächelte und winkte ihm zum Abschied; Elisa wandte ihre Aufmerksamkeit Murphys schiefsitzender Krawatte zu.

„Liebling", sagte sie und küße Murphy aufs Kinn, „du siehst aus, als wolltest du dich aufhängen."

„Ich habe das mit Absicht gemacht." Murphy küßte sie auf die Lippen und zog sie an sich. „Auf diese Weise konnte ich dich so kriegen." Er lachte über ihren Gesichtsausdruck gespielter Abneigung. Sie hatten Karl einen Augenblick vergessen. Karl liebte es, wenn sie vergaßen, daß er zuschaute. Er mochte es nicht, wenn sie daran erinnert wurden und zur Fortsetzung ihrer Erwachsenenspiele aus dem Zimmer gingen.

„Murphy!", schimpfte Elisa. „Nicht hier vor –"

„Oh." Sein selbstbewußtes Lächeln verschwand. „Richtig." Murphy gab sie frei und sagte Karl gute Nacht, zerzauste ihm sein blondes Haar und fügte hinzu, wie froh er sei, daß sein kleiner Freund sich viel besser fühlte.

Ein letzter Kuß von Elisa auf seine Stirn, dann gingen sie hinaus und ließen Karl mit der Frage allein, was das denn alles bedeute.

* * *

Als die letzten Strahlen des Sonnenlichts von den hohen Turmspitzen des Hradschin zurückgeworfen wurden, beendeten vierzig Diener die gewaltige Aufgabe, die sechstausend Kerzen in den Kristallüstern in der Großen Empfangshalle anzuzünden.

Auf dem Kopfsteinpflaster unten auf dem Vorplatz standen Fußgänger. Sie schauten zu den erleuchteten Fenstern hinauf und tauschten Bemerkungen aus. Mit einem Knall gingen die Scheinwerfer Dutzender von Wochenschaukameras an und sandten kleine Lichtblitze hinaus in die Dunkelheit. Musiker betraten das weiträumige Gebäude durch einen Seiteneingang, bei dem düster blickende Wachposten aufgereiht standen. Die Wachen waren erst kürzlich aus den besten und stärksten Offizieren der Tschechischen Armee ausgewählt worden. Sie überragten den kleingewachsenen Präsidenten um Haupteslängen und waren darauf vorbereitet, ihr Leben für ihn einzusetzen, damit sich nicht wiederholen könnte, was am Nationaltheater geschehen war.

Präsident Benes arbeitete, schlief und aß nun, wo er ging und stand, hinter einer menschlichen Mauer. Sie schützte ihn vor der Bedrohung durch die Nazis und Sudetendeutschen, die seinen Tod wünschten und sein Ende planten. Diesen Abend gab der Präsident der aufgeklärtesten Demokratie Europas ein Fest zu Ehren der Männer und Frauen, die ihr Leben gewagt hatten, um das seine zu retten. Aber selbst bei dieser festlichen Gelegenheit lauerte hinter jeder Tür die Gefahr. Sie machte sich darin bemerkbar, daß Handtaschen, Instrumentenkasten und Übermäntel nach Waffen abgesucht wurden. Der beinahe gelungene Mordanschlag im Nationaltheater hatte bewiesen, wie nahe Präsident Benes dem Tode gewesen war. Und wenn der Tod wie ein Schatten hinter der gedrungenen Gestalt dieses Mannes herlief, dann wurde er außerhalb des Landes in seiner Bedrohlichkeit berghoch. Die Totenkopf-Einheiten der SS warfen begehrliche Blicke über die Grenzen nach der Tschechoslowakei.

Als auf dem Hradschin musiziert wurde und die Kristallüster die goldverzierte Pracht des großen Prager Palastes beleuchteten, spielte sich in Deutschland eine andere Szene ab. Groll und Haß brodelte. Die Tschechoslowakei muß von der Landkarte gefegt werden!

* * *

Admiral Canaris saß unbeweglich und blätterte Thomas von Kleistmanns Gesuch durch. Er hob seine durchdringenden, blauen Augen und sah den vor ihm stehenden, gutaussehenden jungen Offizier verärgert an. „Wozu soll das Ihrer Ansicht nach gut sein?“, fragte er.

„Was bleibt einem deutschen, ehrenhaften Offizier anderes übrig?“, erwiderte Thomas.

„Eitles Geschwätz!“, fuhr ihn Canaris an. „Meinen Sie, Sie können mir Ihre Absichten verbergen, von Kleistmann. Sie haben doch nichts anderes vor, als ihr Leben im Namen des Vaterlandes hinzugeben.“

„Warum nicht? Auf was sonst sollte ich hoffen?“

„Es gibt kein Vaterland mehr. Kein Patriotismus ist wahrer als der, zu leben und sich als ein Gegner Hitlers und des Reichs seine Ehre zu bewahren. *Leben* Sie und dienen Sie der Wahrheit!“ Canaris schmetterte seine Faust auf den Schreibtisch.

„Wie kann ich das tun in Paris? Ohne eine Kontaktperson?“, sagte Thomas herausfordernd.

„Geduld“, versetzte Canaris, zerriß das Überstellungsgesuch und warf es in den Papierkorb.

„Woher soll ich wissen, daß ein Kurier, falls einer an mich herantritt, nicht ein Agent der Gestapo ist? Und wie sollen wir überhaupt noch etwas wissen?"

„Sie haben Angst vor der Gestapo? Sie, der Sie als Erster über die Grenze wollen, wenn Hitler die Tschechei stürmt? Sie, der sich nach dem Tod durch das Gewehr eines Feindes sehnt? Ich will Ihnen eines sagen: Wenn sie wegen einer tschechischen Gewehrkugel fallen, dann sind sie von einem Mann getötet worden, der sein Land verteidigt! Wenn Sie in den Händen der Gestapo sterben, sterben Sie in den Händen von Verrätern, die all das zerstören wollen, was am deutschen Volk gut ist! Öffnen Sie Ihre Augen und erkennen Sie die Wahrheit, Thomas, wie es Ihr Vater getan hätte! Sie könnten sterben, wie auch ich sicherlich sterben werde, aber wir dürfen den Tod nicht einfach als das Ende unserer Leiden betrachten. Wenn es schon sein muß, dann müssen wir unserem Tod einen Sinn geben! Wir müssen gegen das Übel kämpfen, das von unserem Volk und unserem Land Besitz ergriffen hat!"

„Die Engländer werden keinen Finger krumm machen. Der Führer hat recht."

Der Anflug eines Lächelns spielte Canaris um die Mundwinkel. „Was haben die Engländer damit zu tun? Das ist in erster Linie *unser* Kampf." Er beugte sich vor und flüsterte mit furchteinflößendem Nachdruck: „Hat der Führer auch Sie glauben gemacht, er sei unbesiegbar? Haben Sie auf diese Lügen gehört?"

„Ich habe nur zu sterben begehrt, wie es mein Vater getan hat."

„Vor Monaten habe ich Ihnen gesagt, Sie sollen die Hoffnung für ihr Leben aufgeben. Damit hatte ich nicht gemeint, daß Sie alle Hoffnung verlieren sollen." Canaris schien enttäuscht zu sein. „Auf diese Art hat keiner von uns dienen wollen. Aber es ist die einzige Möglichkeit, die uns bleibt." Der kleine Mann stand langsam auf, drehte sich herum und betrachtete eine Wand, die mit Photographien von Schlachtschiffen und Unterseebooten mit Reihen junger Soldaten in Habtachtstellung darauf dekoriert war. „Heute abend will Hitler die Truppen bei ihrer Parade vor dem Botschaftsgebäude inspizieren. Ich will, daß Sie mit mir kommen. Damit Sie sich in Erinnerung rufen, warum Sie bleiben müssen, wo Sie sind."

Thomas war ein Befehl erteilt worden. Er salutierte bestätigend und senkte dann die Augen. Es war ein Eifer in Canaris' Stimme, den es noch nicht gegeben hatte, als sie in Prag zusammengetroffen waren. Könnte es möglich sein, daß der Leiter der Abwehr im Oberkommando der Deutschen Wehrmacht irgendeine neue Hoffnung hegte?

Thomas fragte Canaris nicht. „Das sind die Soldaten, die vor zwei Wochen an der tschechischen Grenze waren.“

Canaris legte einen Finger auf die Lippen und lächelte. „Niemand darf das wissen. Nicht die Briten, nicht die Franzosen – noch nicht einmal der Führer.“ Er verzog die Nase und zuckte die Achseln. „Die Frage in dieser Stunde ist: Warum sind sie von der Grenze zurück? Und wie können wir sie davon abhalten, wieder dorthin zurückzukehren?“ Er sah zu Thomas auf, der gute fünfundzwanzig Zentimeter größer war. „Anstatt die Grenze Richtung Sudetenland zu überqueren, um mit ihnen zu sterben, sollten Sie sich überlegen, Thomas, wie Sie mithelfen können, sie hier auf deutschem Boden zu halten, ja?“

4. Eine Feier im Schatten der Dunkelheit

Elisas Kleid war aus schimmernder, weißer Seide; kleine, in Handarbeit umstickte Pailletten flossen ihr von Schultern und Taille herab. Heute abend, als sie eng am Arm ihres Gatten die große Freitreppe zum Ballsaal hinaufschritt, drehten die Leute die Köpfe nach ihr um, und Augen blitzten vor Neid auf den gutaussehenden amerikanischen Journalisten, der ihre Hand hielt und sich dicht an ihr Ohr hinabbeugte, um ihr Heimlichkeiten zuzuflüstern. Es gab nicht *einen* Mann in der weitläufigen Halle, der heute abend nicht liebend gern mit John Murphy getauscht hätte. *Eine solche Frau an seiner Seite zu haben!*

Murphy lächelte Elisa bedeutungsvoll zu und flüsterte: „Das kommt an. Das nächste Mal, wenn wir ausgehen, werde ich dich einen Arbeitskittel und einen Mantel anziehen lassen!"

„Dir gefällt mein Kleid nicht, Murphy?" Sie lächelte, denn sie wußte, daß er ganz wild auf das Kleid war. Er hatte sie vor dem heutigen Abend ein halbes Dutzend Male gebeten, es an- und wieder auszuziehen.

„Klar! Und mir gefällt auch, was drin ist!" Er grinste. „Und jedem anderen Kerl hier auch." Er drückte ihre Hand, als ein tschechischer Adeliger, ausgerüstet mit einem Monokel und mit einer Brust voller bedeutungsloser Ordensbänder die Hacken zusammenschlug und sich, während sie vorübergingen, tief verbeugte.

Elisa nickte höflich und flüsterte Murphy dann zu: „Hoffentlich treten sie mir heute abend nicht auf die Füße und lassen mich auf den Boden fallen."

„Glaube nicht, daß sie das nicht gerne täten." Murphy zog sie ein bißchen näher an sich, als sie das Ende der Treppe erreichten und von einem Mann in gepuderter Perücke und einer hellroten Uniform den Menschen im Großen Ballsaal angekündigt wurden:

„Madame Eliiissssaaaa Murphy und Monsier Johhn Murphy!"

Die Köpfe fuhren alle in eine Richtung herum, und ein höflich applaudierendes Klatschen brach im Raum aus. Murphy lächelte und wippte nervös auf den Zehenspitzen. Er hatte über solche Luxusgesellschaften bestimmt schon millionenmal geschrieben, aber noch nie war er der Ballkönig gewesen.

Elisa stützte sich auf seinen Arm auf und sagte lächelnd: „Ich bin so etwas nicht gewohnt. Für gewöhnlich gehöre ich nur zu den Musikern, wie du weißt."

Murphy lachte laut auf, erleichtert darüber, daß sie sich hier genauso wenig zuhause fühlte wie er. Wenn sich Präsident Benes zeigte, würde Murphy ein wenig seine Fähigkeiten spielen lassen können – ein paar Fragen stellen und den Rest der Burschen vielleicht ausstechen. Aber jetzt waren ihm diese Menschen doch ein bißchen zu etepetete. Natürlich hinderte ihre Zugehörigkeit zur Oberschicht die Greise nicht daran, die Hacken zusammenzuschlagen, ihre Schnurrbärte hochzuzwirbeln und wie ein Schwarm jugendlicher Liebhaber Elisa anzugaffen.

„Wenn irgendeiner von diesen Burschen zudringlich wird“, sagte er auf Englisch, „dann laß es mich wissen. Du hast einen Ehemann, der dich liebt, und mein rechter Haken ist nicht von Pappe.“

Elisa stellte sich auf die Zehenspitzen und küßte ihn zum Scherz auf die Wange. „Das hast du schon unter Beweis gestellt, als du Albert Sporer erledigt hast, Liebling. Ich glaube nicht, daß es einer von diesen Kerlen wagen würde, an dir vorbeizugehen.“

Ihre Worte riefen ein Gefühl in Murphy wach, das er als Kind empfunden hatte, als er den Zaun vor dem Haus seiner Freundin entlang ging. Er war verrückt nach Elisa. Sie war Myrna Loy und er war William Powell. Gable und Lombard. Romeo und Julia! Er war überzeugt, daß sie vor ihnen noch niemand geliebt hatte. Niemand hatte sich je so furchtbar gefühlt oder war so glücklich gewesen! Elisa und Murphy hatten das Heiraten *erfunden*, und wehe all den armen, alleinstehenden Prahlhänsen, die der Meinung waren, das Junggesellendasein sei etwas Beibehaltenswertes. Natürlich, räumte Murphy ein, es gab auf der ganzen, weiten Welt nur *eine* Elisa, aber es ist ein Unterschied, wenn man zwar verheiratet war, aber eben nicht mit ihr.

„Wir schwätzen dummes Zeug“, lachte Murphy und führte Elisa auf die Tanzfläche. Er wollte sich auf die Brust schlagen wie Tarzan und rufen: *Sie ist mein, Leute! Jetzt könnt ihr alle nach Hause gehen!*

„Murphy, nimm dich zusammen“, sagte Elisa ernst. Er nahm sie in seine Arme, und sie wirbelten nach der Melodie eines Strauß-Walzers los.

„Du bist eine gute Tänzerin“, bemerkte Murphy.

Sie nahm das Kompliment mit einem zufriedenen Nicken entgegen. „Ich habe dieses Stück oft genug gespielt. Das ist die beste Vorbereitung, um danach zu tanzen.“

„Wenn wir in die Staaten kommen, nehme ich dich mit ins Radio City oder ins Algonquin. Dort spielt Benny Goodman. Vielleicht auch Glenn Miller. Ich werde dir Boogie-woogie beibringen!“

Während sie über seine seltsame Bemerkung lachte, tippte ihm jemand auf die Schulter und klatschte ab. Das hatte Murphy nicht erwartet. Voller Abneigung maß er den großgewachsenen Mann mit Brille in der Uniform eines Obersten. Murphys ausgelassene Freude löste sich in Luft auf. Der aalglatte, junge Offizier führte Elisa mit sich weg unter die Tanzenden.

Murphy schaute ungeduldig auf die Armbanduhr und legte sich die Frage vor, ob dreißig Sekunden ausreichten, wieder abzuklatschen. Er zögerte noch einen Moment; dann ging er ihnen nach. Dreißig Sekunden – das war eine zu lange Wartezeit.

Da hörte die Musik auf zu spielen; die glitzernde Menge applaudierte und strömte von der Tanzfläche. Murphy nahm vom Lächeln der jungen Damen und Matronen, an denen er vorbeiging, kaum Notiz. Zu sehr war er damit beschäftigt, in der Gesellschaft Elisa zu erspähen. Er entdeckte sie an einem Tisch neben einer riesigen Schwanenskulptur aus Eis und vernahm das Geturtel sie umschwärmender Herren.

'tschuldigung, Jungs; sie ist vergeben. Er ging lässigen Schritts auf sie zu. Sie hob die Augen; ihre Blicke trafen sich. Ein eifernder junger Stutzer sprach auf sie ein; sie aber sah Murphy an. Lächelte Murphy an. Zog Murphy mit einem Blick zu sich, der flüsterte, in der ganzen Welt gäbe es für sie niemanden als nur ihn. Er winkte ihr zu, sie winkte zurück – eine Geste, die das Gerede des Mannes neben ihr zum Schweigen brachte. Der Mann deutete eine Verbeugung an und verzog sich, als Murphy sich näherte.

„Ich habe dich vermißt", sagte sie auf Englisch. „Hier hat noch niemand etwas von Boogie-woogie gehört."

Er lachte laut auf; so laut, daß ihn eine ganze Anzahl mißbilligender Blicke trafen. „Was hältst du davon, nach der Hauptattraktion den Highway zu kicken?"

Andauernd ließ Murphy amerikanische Slangausdrücke los, die sie nicht verstand. „Den Highway kicken?"

„Uns verdünnisieren. Türmen."

„Oh. Das erklärt alles." Sie nahm seinen Arm.

In diesem Augenblick brachen die Trompeten in eine Fanfare aus. Das Orchester spielte die tschechische Nationalhymne. Die kleine Gestalt Präsident Benes' erschien oben auf der Treppe. Leibwächter standen diskret, aber aufmerksam nahebei. Benes ging von Händedruck zu Händedruck, während die ihn umgebenden Männer die ausgestreckten Hände und die Gesichter der Gäste wachsam beäugten.

Murphy zerrte Elisa nach vorne, um mit dem Präsidenten zusammenzukommen. Die Augen des kleinen Mannes trafen sich mit den seinen. Hinter Benes befand sich der Offizier, der bei den ersten Schüssen jener Nacht im Theater am Arm verletzt worden war. Der dunkle Schatten der Erinnerung lag noch immer auf Benes' Gesicht, als er Murphy höflich grüßend die Hand gab und sich dann verbeugte, um Elisas Hand zu küssen.

Die Musik setzte wieder ein. Benes richtete sich auf und wandte sich an die Gäste. „Ich hoffe, die Feier gefällt Ihnen?“ fragte er verbindlich. „Das ist unsere Art, Danke zu sagen. Und unsere Art und Weise, die Nazis wissen zu lassen, daß wir noch immer sehr lebendig sind, ja?“

„Davon werden sie überzeugt sein, Herr Präsident, nachdem sie die auf sie wartende tschechische Armee an der Grenze entdeckt haben“, sagte Murphy grimmig im Wissen um die derzeitige Krise. „Sie sind die einzige Nation in Europa, die Herrn Hitler eingeschüchtert hat.“

„Ich bedauere, daß unsere Militäraktion an der Grenze uns dazu gezwungen hat, dieses Fest so lange hinauszuschieben.“ Benes wandte sich ab und sprach Elisa an. „Wenn ich mir bewußt gewesen wäre, daß Sie so *außerordentlich* schön sind, hätten wir alles andere stehen und liegen lassen, um Ihnen unsere Gastfreundschaft zu widmen.“

Elisa dankte mit einem Lächeln. „Hitler hat erklärt, er werde nie beabsichtigen, die tschechische Grenze zu überschreiten“, sagte sie ruhig. „Aber mein Bruder Wilhelm ist Pilot. Er hat die deutschen Divisionen gesehen. Sie können sehr stolz darauf sein, den Drachen so eingeschüchtert zu haben, daß er klein beigab.“

Benes schien ihre Worte nicht zu hören. Einen Moment lang ging ihm eine dunkle Wolke über das Gesicht. „Der Drache ist noch immer ein Drache, Mrs. Murphy“, gab er mit sorgenvoller Miene zur Antwort. Das Orchester spielte den „Donau“-Walzer. Dann faßte er sich wieder und reichte ihr die Hand. „Würden Sie mich mit diesem Tanz beehren?“

Murphy trat zurück, und Elisa tanzte mit dem Präsidenten der Tschechoslowakei davon. Bei diesem Tanz würde Murphy nicht versuchen abzuklatschen.

„Eine schöne Frau, ihre Gattin.“ Der verwundete Offizier, der den Arm in einer Schlinge trug, lächelte bewundernd zu Elisa und dem Präsidenten hinüber. „Er tanzt mit seiner Retterin.“

„Wie geht es Ihrem Arm?“ Murphy hatte eigentlich kein Interesse, sich mit dem Mann zu unterhalten, aber er empfand doch Teilnahme.

„Keine ernste Verletzung. Am Knochen vorbeigeschrammt. Nur

mein Arm, nicht unser Leben." Jetzt schlug der Offizier die Hacken zusammen und verbeugte sich kurz. „Ich würde Ihnen zum Dank gern die Hand geben, aber wie Sie sehen –"

Murphy räusperte sich verlegen. „Sporer war nur *ein* Mann; Ihre Armee aber hat dem Reich die Stirn geboten, und Hitler gab klein bei. Das ist wahrhaftig cinc Leistung."

Der Offizier lachte knapp und bitter. „Keine allzu große Leistung, John Murphy. Hitler hat noch immer ein Auge auf unsere Grenze in den Bergen des Sudetenlands geworfen. Er wird nicht den Versuch machen, sie zu überqueren, wenn wir ihm zu verstehen geben, daß wir kämpfen werden." Murphy schüttelte den Kopf. „Nein. Hitler wird mit dem Einsatz solcher Leute wie Albert Sporer versuchen, das Sudetenland zu bekommen mit Hilfe nationalsozialistischer Strohmänner. Dann wird er behaupten, die Bevölkerung des Sudetenlands hätte schon immer zum Reich gehören wollen. Und wenn er die Welt *davon* überzeugt hat, wird er den Einmarsch wagen."

* * *

Eine andere Art von Musik spielte geade in Berlin. Während die Kerzen des Hradschin voller Hoffnung flackerten, entflammte die Hitlerjugend ihre Fackeln und folgte den zahllosen Reihen von SA und SS in der endlosen Marschkolonne. Auf dem Balkon der Reichskanzlei stand Hitler über ihnen und segnete sie mit ausgestrecktem Arm. Als ihn das Licht der Fackeln traf, fielen Tausende von Stimmen in diesen Lobgesang ein:

„Freiheit das Ziel,
Sieg das Panier.
Führer, befiehl,
wir folgen dir!"

Falls eine solche Anbetung dem Führer gefiel, spiegelte sich sein Gefallen jedenfalls nicht in seinem Gesicht wider. Unbeweglich betrachtete er sie. Dies war sein Volk. Die jungen Menschen, die er erst vor vier Jahren gewonnen hatte, wurden jetzt zur Erfüllung seiner

Prophezeiung: *„In den Augen der Jugend wird wieder das Flackern des Raubtiers zu sehen sein!"*

In dieser Nacht leuchteten diese jungen Augen. In ihnen spiegelte sich das Gesicht ihres Führers. Ihres Gottes.

Wenn sich Eltern grämten ihrer verlorenen Kinder wegen – niemand hörte zu. Nicht einmal Gott, so schien es. In Deutschland gab es jetzt einen neuen Gott, ein neues Gesetz.

Stunde um Stunde dauerte der Fackelzug an.

5. Das Antlitz des Bösen

Albert Sporer war in Einzelhaft genommen worden, doch er teilte seine Zelle mit vielen anderen. Er saß auf der Strohmatratze und zog sich die Knie an die Brust, weil drei große Ratten umherrannten, um auf Leben und Tod um ein kleines Stück Brötchen zu kämpfen. Diese Kreaturen waren die eigentlichen Bewohner des Hradschins, dachte er. Ihnen gehörten die Grundmauern von Prag, wie sie zuvor schon ihren Vätern und Generationen von anderem Ungeziefer gehört hatten.

Sporer sah, wie die Ratten einander angriffen und bissen und im Kampf gegen die glitschigen Steine taumelten. *Wegen eines Brötchens zu sterben!* Das Drama en miniature amüsierte Sporer. Er berührte den kremigen Belag des Brötchens mit der Zunge, biß noch ein Stück ab und spuckte es in den Kampf. Vier weitere Ratten huschten aus einer Ritze zwischen den Steinen und beteiligten sich an der Schlacht. Noch ein Bissen. Die Wut wuchs erneut. Die bösartigen Attacken wurden noch brutaler.

Es gab viel für den Menschen von den Ratten zu lernen. In der Tat: Ein versprochener Bissen, eine auf die Straße geworfene Halbwahrheit konnte die Menschen dazu bewegen, einander umzubringen. War das nicht der Plan, den der Führer hinsichtlich der Tschechen im Sudetenland hatte? Dem deutschen Bevölkerungsteil das Versprechen hinzuwerfen, sich über ihre tschechischen Nachbarn stellen zu können, und sie würden randalieren und töten, um sich mit dem Reich zu vereinigen. Ein solcher Plan würde klappen – dessen war sich Sporer sicher. Anders als seine bepelzten Zellengefährten würde er diesen Ort recht bald verlassen.

Sporer blickte zu dem niedrigen Zellendach aus Stein hinauf und lächelte. Sie würden es nicht wagen, ihn zu exekutieren. Sie hatten nicht den Mut dazu. Sie würden ihn als Trumpf für ihre Verhandlungen hierbehalten, der auf den Tisch geworfen werden würde, wenn die Zeit gekommen war. Und sie würde kommen. Präsident Benes würde gezwungen werden, den Sudetendeutschen gegenüberzusitzen wie Henlein und Frank, und er würde sie fragen, was sie als Tauschobjekt für den Frieden innerhalb der Grenzen der Tschechoslowakei haben wollen. Sporer würde einer der geforderten Punkte sein.

Sporer würde wieder frei sein, und Schritt für Schritt dem nachgehen, was ihn in dieses dunkle Verlies hier auf dem Hradschin gebracht hatte. Hier inmitten dieses durch die steinernen Wände dringenden Gestanks sah Sporer alles sehr klar: die Frau in Otto Wattenbergers Büro, die Art, wie Otto sie beschützt hatte. Hatte sie nicht in der ersten Nacht des Anschlusses die Grenze von Österreich in die Tschechoslowakei überschritten? Aber ja! Und dieselbe Frau war rechtzeitig im Nationaltheater eingetroffen, den Mord an Benes zu verhindern. Ihr Name war Elisa. Ottos Frau. Und jetzt, in diesem Augenblick, genau über seinem Kopf, tanzte diese Frau. Hatte das nicht der Wächter gesagt? Die Frau, die seine Pläne durchkreuzt hatte, tanzte mit Präsident Benes!

Diese Erkenntnis war Sporer in dem Moment gekommen, in der er Elisa unter der Tür der Präsidentenloge gesehen hatte. Da erkannte er, wer ihn verraten hatte. Sporer würde freikommen und mit Otto abrechnen und das schöne Gesicht der Frau würde dann anders aussehen, wenn sie in den Spiegel schaute; dann würde er sie, allen sichtbar, auslöschen. Die Strafe für Verräter des Reichs besteht nicht nur in einer Zelle voller Ratten. Wenn die Gestapo die Grenzen der Tschechoslowakei überschritt, würde Albert Sporer mit ihnen marschieren. Und auf den Spitzen zweier Lanzen würde er die Köpfe derer tragen, die ihn und seinen Führer verspottet hatten!

* * *

Thomas erkannte unter den Offizieren des Generalstabs im eng besetzten Raum die beiden Führer der tschechischen NS-Partei sofort. Karl Hermann Frank und Konrad Henlein sahen in ihren schlecht sitzenden Uniformen deplaziert aus.

Während Hitler an der Stirnseite des Konferenzzimmers auf und ab schritt, beobachtete Thomas die beiden tschechischen Nazis. Hitler sprach von der Notwendigkeit, mit der deutschen Armee die Grenze zu überschreiten. Die beiden Männer wechselten betrübte Blicke. Vielleicht hatten sie von ihrem deutschen Gegenüber nur auf finanzielle Unterstützung gehofft. War es möglich, daß sie den Gedanken eines Einmarsches in das Sudetenland gerade jetzt nicht begrüßten, da die verwirrten Österreicher den deutschen Einmarsch in ihr Heimatland bedauerten?

Das Gesicht des Führers wurde immer röter, je mehr seine Erklärungen ihrem Gipfel zustrebten. „Ein Mann wie Sporer bedeutet uns gar nichts!“ Niemand wagte ihn zu unterbrechen. „Er hat uns im Stich gelassen. Benes stolziert immer noch auf der Prager Burg herum und hält Reden über die Entschlossenheit der Tschechen zu kämpfen.“ Er hob seine Faust gen Himmel. „Sporer ist bei seinen Bemühungen gescheitert, und damit ist auch die deutsche Rasse gescheitert. Er hat seinen Führer im Stich gelassen! Und wenn sie ihn töten? Welchen Unterschied macht das für uns? Ihr Dummköpfe seht ja nicht, daß jeder politische Nachteil in unseren Vorteil verwandelt werden kann. Sie werden ihn anklagen. Ja! Er wird für schuldig befunden und hingerichtet werden.“ Wieder zog Henlein seine Stirn in Falten und warf Frank einen kurzen Blick zu.

„Und wie können wir das verhindern, mein Führer?“, fragte Henlein mit knarrender Stimme.

„Es verhindern? Wir begrüßen es sogar! Ein solches Ereignis ist genau das, was wir brauchen, wenn Sie Ihre Aufgabe mit den Leuten im Sudetenland erledigt haben. Aufruhr – das ist es, was uns gerufen kommt! Und mit diesem Aufruhr wird unvermeidlich der Zusammenprall der tschechischen Armee mit der Zivilbevölkerung einher gehen. Menschen werden sterben!“ Er schrie diese Worte hinaus und schlug mit der Faust auf den Tisch. „Menschen *müssen* sterben! Wenn das nicht geschieht, welchen Grund hätten wir dann, einzugreifen? Sie und Sie“ – er deutete zuerst auf Henlein, dann auf Frank –, „Sie müssen da Gewißheit schaffen. Und stets müssen Sie von diesem mitleidigen tschechischen Präsidenten mehr forden, als er Ihnen gewähren kann.“

„Aber ... auf unseren Kopf ist ein Preis ausgesetzt! Er wird mit keinem von uns beiden verhandeln!“

Die Augen des Führers sprühten Blitze. „Er wird! Er wird darum betteln, daß Sie sich an den Verhandlungstisch setzen! Wird Sie bitten, das Blutvergießen zu beenden. Und wenn er Sie fragt, was Sie wollen? Dann fordern Sie mehr und mehr und mehr, bis er Ihnen nicht mehr geben kann, was Sie wollen.“ Hitler sah zufrieden aus. Er wies mit einem Schwung seiner Hand auf den Militärstab. „Dann werden wir einmarschieren. Es wird so weit kommen. Am ersten Oktober.“

Hitler war zu Ende. Ein erschöpfter Blick stand ihm in den Augen. Ohne Gute Nacht zu sagen, verließ er den Raum. Henlein und Frank sahen zufrieden, aber verwirrt aus.

General Franz Halder stand nickend da. „Jetzt haben Sie Ihre Weisungen“, sprach er die beiden Männer an. „Wir können jetzt unsere Stabssitzung fortsetzen. Sie entschuldigen uns. Heil Hitler.“ Damit entließ er die beiden. Thomas fühlte gallige Verachtung in seiner Kehle aufsteigen. Henlein und Frank verließen das Konferenzzimmer und schlossen die Tür hinter sich. Sie waren von dem Stoff, aus dem Verrätereien gemacht wurden. Zwischen diesen beiden war das Urteil über die Tschechoslowakei gesprochen. Das Land würde zusammenbrechen; es sei denn –

Canaris stand auf und wandte sich an die Anwesenden. „Ich schlage vor, wir begeben uns an einen gemütlicheren Ort." Keiner von ihnen würde in diesem Raum offen sprechen; ohne Zweifel war er mit verstecktem Abhörgerät versehen.

„Ein brillanter Plan", sagte einer wegen der Mikrophone.

„Er hat sich noch nie geirrt."

„Welch einen Führer wir haben!"

„Ich bedauere nur, daß er nicht *einen* Tropfen Schnaps in der Reichskanzlei duldet."

„Es würde unserer Unterhaltung ein wenig mehr Schwung geben."

Das Fehlen von Alkohol an diesem Ort hatte allerdings einen positiven Aspekt. Es gab den Männern einen guten Grund, das Gelände zu verlassen. Zweifellos würde der Führer diese Worte erfahren und sehr davon angetan sein, erwachsene Männer dazu veranlaßt zu haben, sich wegen eines Schlückchens Schnaps wie die Schule schwänzende Jungen davonmachen zu müssen. Solche kleinen Einlagen seiner Macht über das Privatleben seiner Offiziere bereiteten ihm immer große Freude.

Thomas verließ die Reichskanzlei mit Canaris. Er betrachtete die riesigen Steinsäulen und die auf der Spitze eines jeden Flutlichtpfeilers eingemeißelten Adler. Das Pflaster war mit dem Müll der nächtlichen Machtorgie übersät. Stille herrschte auf dem Platz. Leere. Thomas schaute zum Balkon hinüber, auf dem Hitler stundenlang mit ausgestrecktem Arm gestanden hatte.

* * *

Im Generalstab herrschte nach der Zusammenkunft beim Führer brütendes Schweigen. Thomas saß im Hintergrund des Zimmers, genau hinter Admiral Canaris, während die Stabsoffiziere und Oberbefehlshaber rauchend umhergingen und ihre nächsten Aktionen erwogen, bevor sie darüber sprachen.

Die Beklemmung war bei Thomas gewichen, die er beim Überqueren des Vorplatzes der Reichskanzlei empfunden hatte. Er war froh und voller Hoffnung, als er der Reihe nach die Patrioten ansah, die sich hier zusammengefunden hatten. Die Generäle Franz Halder, Ludwig Beck, Heinrich von Stülpnagel sowie Erich von Witzleben, General von Hase, Kommandant der Berliner Garnisonstruppen. General Georg Thomas, Kontrolleur der Streitkräfte. General Erich von Brockdorff–Ahlefeld, Kommandant der Potsdamer Garnisonstruppen. Graf Wolf von Helldorf, Befehlshaber der Berliner Polizei.

General Halder stand mit dem Gesicht zum Fenster, von dem man auf die dunklen, leeren Straßen Berlins schauen konnte. „General von Brauchitsch, der Oberbefehlshaber des Heeres, wurde von unserer Zusammenkunft unterrichtet und hat seine Zustimmung erteilt", sagte Halder leise.

Seine Worte räumten jeden Zweifel aus, der allenfalls in den Köpfen der Militärführer verblieben sein mochte. Halder wandte sich nach Canaris um und nahm, indem er an ihm vorbeiblickte, Thomas scharf in Augenschein.

„Sie haben mit den Führern der Briten gesprochen." Er trat näher; seine Augen schienen Thomas durchbohren zu wollen, ganz so, als könnte der General die Absichten dieser Führer in diesem jungen Offizier der Abwehr lesen.

„Ich traf mich mit Anthony Eden", brachte Thomas vor.

„Früherer Außenminister unter der Regierung Chamberlain." Canaris warf einen Aktenordner auf den Tisch. „Seine oppositionelle Einstellung gegen Italien – und das heißt, seine Opposition gegenüber Chamberlains Freundschaftsangebot an den Führer – führte zu seinem Sturz."

Halder zog die Stirn in Falten und schlug den Aktendeckel auf, um sich über den gutaussehenden britischen Diplomaten in Kenntnis zu setzen, der dem deutschen Druck auf sein Land zum Opfer gefallen war. „Ja. Schade. Er wäre nützlich für uns gewesen. Zumindest dachte er ähnlich." Er blickte scharf auf. „Aber Sie unterhielten sich auch mit Winston Churchill, ist das richtig?"

Thomas nickte. „Er allein scheint die Lage richtig einzuschätzen."

„Er ist ohne jede wirkliche Macht", seufzte Canaris und warf jetzt eine andere Akte auf den Tisch, die voller Schnipsel aus britischen Zeitungen war, die Churchills Pessimismus kritisierten. „Die *London Times* nennt ihn den ‚Jeremias unserer Tage'."

„Sollte das eine Kritik an Churchill sein?" General Beck schien überrascht. „Wissen sie denn nicht, daß der Prophet Jeremias mit seinen Untergangsrufen recht hatte?"

„Lesen Sie selbst, General", bemerkte Canaris trocken. „Sie wollen Churchill damit keine Komplimente machen."

Von Helldorf lächelte zynisch und drückte seine Zigarette im überquellenden Aschenbecher aus. „Kann es sein, daß die englische Presse von unserem lieben Adolf so eingenommen ist, wie es bei der deutschen der Fall zu sein scheint?"

„Welche deutsche Presse?", knurrte von Brockdorff. „Es gibt bei uns keine deutsche Presse mehr. Alle Journalisten mit ein bißchen Hirn sind geflohen oder um den Kopf gebracht worden. Wie Walter Kronenberger." Von Brockdorff war für seine Mißbilligung der erzwungenen Gleichschaltung der Presse bekannt. Er hatte den Fall Kronenberger bis zu dessen blutigem Ende in Wien verfolgt. „Alles, was wir noch haben, ist Dr. Joseph Goebbels mit seinem Propagandaministerium. Sollten wir das vergessen haben? Der klumpfüßige, kleine Satan! Es ist doch wirklich die Frage, warum er nicht vom Reich für rassisch unwert erklärt und sterilisiert worden ist."

„Der Führer hat den ersten Oktober als das Datum für den Einmarsch in die Tschechoslowakei bezeichnet. Das gibt uns Zeit, Pläne zu schmieden und sie in die Tat umzusetzen", meinte Halder.

Die anderen neigten sich vor. Es war an der Zeit, die Dinge anzugehen. „Wir haben den ganzen Sommer, um die Sache zu planen", fügte Beck hinzu.

Halders Blick suchte wieder Thomas. „Sie müssen mit den britischen Führern in Kontakt bleiben."

„Churchill ist kein Führer", unterbrach Canaris ungeduldig. „Er ist jetzt in England ohne politische Macht. Die in der englischen Regierung die Zügel in der Hand haben, sind vom britischen Botschafter in Berlin davor gewarnt worden, jemanden zu empfangen, der unautorisiert behauptet, das Deutsche Reich zu repräsentieren."

„Ah, ja. Dieser Nevile Henderson. Völlig entzückt von Hermann Göring, wie ich höre. Göring nahm ihn auf die Hirschjagd nach Karinhall mit, und schon sind die beiden die dicksten Freunde. Selbst der liebe Adolf steht mit Henderson auf gutem Fuß." Von Helldorfs Stimme war von Verachtung gegenüber dem britischen Botschafter erfüllt.

General von Witzleben verzog bei dem Gedanken an Henderson angewidert sein Gesicht. „Was also sollen wir tun?"

Erneut war es still im Raum. Thomas fuhr sich gedankenversunken über die Stirn. Vielleicht war die Stimme Winston Churchills mächtiger, als die Generäle dachten. Vielleicht ...

Canaris sprach ruhig, wählte seine Worte mit Bedacht. Längst war jeder der im Raum Anwesenden ein Kandidat für die Hinrichtung, falls auf ihre Pläne auch nur ein leiser Verdacht fiele. „Vielleicht ist es sogar gut, daß wir mit Chamberlain und seinem schwachen Kabinett keinen Kontakt aufbauen können. Könnten wir sicher sein, wenn wir sie in unser Vertrauen ziehen?"

„Nein", antwortete ein leiser Chor von Stimmen.

„Dann also", sagte Canaris, „müssen wir eben Kontakt mit Churchill halten. Ihn von unseren Hoffnungen in Kenntnis setzen, selbst wenn wir nicht alle unsere Pläne offenbaren. Von Kleistmann genießt das Vertrauen dieses Mannes. Vielleicht können wir zu einem Verständnis der Stimmung im britischen Parlament gelangen. Und wir werden möglicherweise in der Lage sein, Churchill einige Fakten zu unterbreiten, die den Engländern gegenüber der Gefahr ihres Landes und auch der Gefahr, in der die Tschoslowakei schwebt, die Augen öffnet." Canaris blickte sich im Zimmer um und erwartete die Fragen der Männer. „Churchill ist ein Ehrenmann. Die britische Presse mag voller Narren sein, aber sie ist noch immer eine freie Presse. Die amerikanische mag ebenso nach Frieden und der Appeasement-Politik rufen, aber dort gibt es einige, die keine Angst davor haben, sich offen zu äußern." Er atmete laut aus und lehnte sich zurück. „Hitler glaubt von sich, er sei der deutsche Gott der Schöpfung und Zerstörung. Als christliche Offiziere gibt es für uns nur die eine Pflicht: diesem Wahnsinn ein Ende zu machen. Und es ist tatsächlich Wahnsinn, meine Herren!"

* * *

Präsident Benes saß Murphy in einem großen, mit einem Foulard überzogenen Sessel gegenüber, der den ohnehin kleinen Mann noch kleiner erscheinen ließ. Er hatte die Beine übereinandergeschlagen und sich zurückgelehnt. Zwischen ihnen standen zwei Cognakschwenker auf dem Tisch.

Murphy musterte die Einzelheiten des Büros des Präsidenten. Ein breiter, astreich gemusterter Schreibtisch aus Walnußholz befand sich darin, so groß, daß er leicht hätte als Bett dienen können; Wände aus dunklen Eichenpaneelen, die im Licht des Kerzenleuchters mit rötlichem Farbton glühten; vom Boden bis zur Decke reichende Bücherregale voll mit Büchern über die amerikanische Demokratie; neben den Bücherregalen eine Zusammenstellung amerikanischer Präsidenten: Washington, Jefferson, Lincoln; in der Mitte dieser Montage ein Schwarzweißphoto, aufgenommen auf der Baustelle der Lincoln-Gedenkstätte, das Benes in jungen Jahren zeigte, wie er vor der Statue Lincolns steht.

Als würde Benes Murphys Gedanken lesen, bemerkte er, nachdem er in Gedanken versunken von seinem Cognak genippt hatte: „Präsident Lincoln. In meinen Augen ein Held. Ich ging in Amerika zur Schule, wie Sie vielleicht wissen. Ich lernte alles, was man über die Geschichte Ihres Volkes lernen sollte. Faszinierend. Etwas, dem eine junge Demokratie wie die unsere nacheifern sollte." Er hob die Augenbrauen und betrachtete das Photo. „Ihr Präsident Lincoln war ein tapferer Mann. Der Bürgerkrieg, ja, das ist eine tragische Sache – und doch ist es ihm gelungen, Ihr Land zu retten."

So ist das also!, dachte Murphy. *Er wirft die Probleme auf, die sein eigenes Land in zwei Teile spaltet, indem er unseren Bürgerkrieg zur Sprache bringt. Er liefert also dem amerikanischen Journalisten für seine Story den Aufhänger.* Es war ein guter Aufhänger, und Murphy ließ sich von Benes gerne weiter führen.

„Im Theater sind Sie einer Nachahmung Präsident Lincolns sehr nahe gekommen", stellte Murphy fest.

„Diese Vergleiche wurden auch schon in der amerikanischen Presse und anderswo gezogen." Benes begutachtete seinen Cognak, schwenkte ihn und sog den Duft flüchtig ein. „*Sie* haben die Geschichte aufgebracht, stimmt's?"

Er zuckte die Schultern. „Sie schien mir zu passen."

„Sie paßt sehr gut. Wird Ihre amerikanische Leserschaft das auch so sehen?"

Selbst ein Blinder konnte erkennen, daß die Tschechen am Rande des Bürgerkriegs standen. Die nach Westen zu ans Reich angrenzenden Deutschstämmigen schrien nach Selbstbestimmung. Henlein, ihr Anführer, stand in direktem Kontakt mit Hitler. Der Mordversuch Albert Sporers an Benes war nur ein weiterer Zwischenfall in einer langen, täglich länger werdenden Liste. „Amerika ist sich genau dessen bewußt, was hier geschieht."

„Dessen bewußt, ja. Die Frage ist nur, ob es sich um das Geschehen in unserer so weit entfernten kleinen Demokratie kümmert?"

Murphy konnte diese Frage nicht beantworten. Jedenfalls war die Story über den Mordanschlag nicht in den Schlagzeilen. Die Streiks in der Goodyear-Reifenfabrik von Akron bestimmten die Titelseiten. Angelegenheiten von innenpolitischer Wichtigkeit wurden im allgemeinen vorrangig behandelt. Selbst in den Publikationen des Hauses Trump standen Meldungen über Europa fast an letzter Stelle.

„Was haben Sie vor, Herr Präsident?“ Murphy vermied es, seiner Meinung bezüglich der letzten Frage Ausdruck zu verleihen.

„Vor? Wir haben vor, unerschütterlich als eine Nation bestehen zu bleiben, selbstverständlich. Dasselbe, was Ihr Präsident Lincoln für die Vereinigten Staaten vorhatte.“ Er lächelte.

Das war kein Aufreißer. Das waren nur Allgemeinplätze. „Um mehr auf Einzelheiten einzugehen: Es ist bekannt, daß die Henlein-Anhänger im Sudetenland jetzt von Berlin ihre Anweisungen erhalten. Die nationalsozialistische Partei ist innerhalb Ihrer Grenzen lebendig und rührig, sie ist im Anwachsen –“

„Genau wie innerhalb der Grenzen Ihres eigenen Landes“, versetzte Benes ohne die Spur einer Emotion.

Die Bemerkung brachte Murphy ein bißchen aus dem Konzept. „Ja, schon ... –“

„Wir befanden uns in angestrengten Verhandlungen mit Henlein, als wir hörten, die deutsche Armee marschiere vor unserer Haustür auf, bereit loszuschlagen. Dennoch sind wir beinahe jeder Forderung von Henleins Nazipartei entgegengekommen: mögliche Selbstbestimmung für das Sudetenland, unabhängige Wahlen deutschstämmiger Vertreter und so weiter.“ Er fuhr mit der Hand durch die Luft. „Obwohl wir ihm anboten, was er verlangte, brach er die Gespräche ab. Sie können sich selbst fragen, weshalb, Mr. Murphy. Und dann müssen Sie diese Frage beantworten, im Interesse Ihrer Leser, daß sie begreifen können, was sich hier abspielt.“

Er hielt inne und nippte wieder von seinem Cognak. Dann fuhr er langsam und bedächtig fort, als würde er die Angelegenheit einem Kind erklären. „Henlein und seine Kumpane haben von Berlin die Order erhalten, mehr zu verlangen, als wir ihnen jemals geben können. Und doch sind wir darauf eingerichtet, ihnen entgegenzukommen. Wir wollen in der Tschechoslowakei keinen Bürgerkrieg, Sie verstehen. Dennoch, sie haben die Gespräche abgebrochen. Sie wollen die Reichsflagge auf den Türmen des Hradschin wehen sehen. Sie wollen Herrn Hitler jede Rechtfertigung zuschanzen, gegen uns zu marschieren. Wenn Hitler die Befestigungsanlagen in unserem Sudetenland einnimmt, ist es nur eine Frage der Zeit, bis er hier ist. Hier in Prag. In diesem Büro."

Murphy wiederholte seine Frage: „Was haben Sie vor?"

Präsident Benes lehnte sich nach vorn. In seinen Augen schwamm grimmige Entschlossenheit. „Gegen sie zu kämpfen, natürlich. Großbritannien und Frankreich werden zu ihrem Vertrag mit uns stehen. Sie müssen, oder der Krieg, den sie so fürchten, wird hier zum Ausbruch kommen!"

„Glauben Sie, daß es dazu kommen wird?"

Benes lächelte kaum merklich und prüfte die Zweifel, die er daran hatte. „Wenn ich ehrlich bin: nein. Den Deutschen kann ein Krieg nicht wünschenswert sein. Sie sind darauf aus, unser Land einzunehmen, ohne einen Schuß abgeben zu müssen."

„Vor zwei Wochen hat Hitler gesagt, er habe nicht die Absicht einzumarschieren."

„Hm. Ja. Das hat er gesagt." Benes hob die Augenbraue auf eine Weise, die zum Ausdruck brachte, daß er über diese Geschichte amüsiert war.

„Würden die Tschechen allein gegen die Deutschen kämpfen?"

„Ja." Die Antwort war unmißverständlich. „Wir hätten keine andere Wahl. Aber jedenfalls haben wir schon unsere Entschlossenheit gezeigt."

Murphy glaubte dem kleinen Mann. Es war leicht zu begreifen, weswegen ihm sein Volk Respekt schenkte und Vertrauen entgegenbrachte. Ebenso leicht war einzusehen, warum Hitler Benes so verzweifelt den Tod wünschte. „Das alles sind Dinge, die ich Amerika vermitteln will", versprach Murphy, wahrend ihm ein Dutzend weiterer Fragen durch den Kopf ging, die er stellen wollte. „Und nun, würden Sie –"

Benes brachte ihn mit erhobenem Finger zum Schweigen. „Und nun, Mr. Murphy, müssen wir eine Weile über Sie sprechen, bevor wir unser kleines Geplauder beenden, ja?" Seine Augen waren von sanfter Anteilnahme erfüllt, die Murphy schmeichelte, obwohl er die politische Aussprache gerne weitergeführt hätte.

„Über mich?"

„Über eine kleine Information, die wir erhalten haben." Benes winkte mit der Hand einem schweigsamen Assistenten, der ein paar Schritte abseits stand. Der Mann händigte dem Präsidenten einen Aktenordner aus und trat dann, sich verbeugend, einen Schritt zurück. „Hier ist Ihr *Aufreißer* ... so lautet doch der Ausdruck?"

Murphy beugte sich in seinem Sessel vor. Er war mit den bisher erhaltenen Auskünften recht zufrieden. Was könnte ein größerer Aufreißer sein als ein Interview mit dem Präsidenten der belagerten kleinen Nation? „Ich weiß das zu schätzen –"

Wieder gebot ihm ein Wink seiner Hand Ruhe. Einige Minuten vergingen. Schließlich sah Benes auf. „Sie sprechen mehrere Sprachen ganz ordentlich. Können Sie auch unsere Sprache lesen, Mr. Murphy?"

„Nicht flüssig", gab er entschuldigend zur Antwort.

„Dann sollte ich Ihnen das darlegen, mein Freund." Erneut ein langer, forschender Blick. „Wir wissen aus sicheren Quellen, daß hier in Prag Ihr Leben in großer Gefahr ist."

„Unser Leben?"

„Ihres und das Ihrer Frau. Eine schöne Frau", fügte er hinzu. „Aber Schönheit ist gegenüber der Gestapo und der SS wenig wert. Sie beide werden getötet, wenn Sie in Prag bleiben. Unsere Agenten haben uns eine Warnung zukommen lassen, daß Sie auf keinen Fall nach Deutschland oder Österreich zurückkehren dürfen."

„Das hatten wir auch gar nicht beabsichtigt."

„Sehr weise. Die Gestapo hat Befehl, Sie als Spione zu verhaften und eiligst hinzurichten. Ich könnte mir vorstellen, daß die Hinrichtung auch einige Foltern mit einschließt, um Sie zum Sprechen zu bringen, woher Sie Ihre Informationen über den Mordversuch an mir hatten."

Murphy zog die Stirn in Falten und nickte langsam. So war es üblich in den Reihen der Deutschen. Die amerikanische Staatsbürgerschaft machte in diesem Fall wenig Unterschied. Männer und Frauen verschwanden ungeachtet ihrer Nationalität, ohne im Reich eine Spur zu hinterlassen.

„Vielleicht haben Sie nicht erwartet, daß ausgerechnet hier der Befehl erging."

„Hier in Prag?"

„Wenn der Präsident eines Landes nicht sicher ist, welchen Schutz erwarten Sie dann hier? In jeder europäischen Hauptstadt befinden sich jetzt Agenten der Gestapo. Mr. Murphy, ich würde Ihnen empfehlen, Ihre reizende Frau zu nehmen und Europa zu verlassen – bald."

„Wir hatten vor, zurück nach den Staaten zu gehen. Vielleicht."

„Bald." Benes wiederholte das Wort mit Nachdruck. Er schlug mit der flachen Hand auf die Akte. „Und wenn einmal Ihre Frau sicher ist, ist es Ihre Familie auch. Sie müssen so schnell wie möglich Ihre Auswanderung in die Wege leiten. Haben Sie noch nichts von Sippenhaft gehört? Wenn sich ein Mitglied der Familie gegen den Willen des Führers auflehnt, werden alle Familienmitglieder zur Verantwortung gezogen."

„Theo und Anna." Murphy sprach die Namen abwesend vor sich hin.

„Ja. Und ihre Söhne."

„Auch von ihnen wissen Sie?"

„Lieber Mr. Murphy, es gibt wenig, das wir nicht wissen. Und ich versichere Ihnen, obwohl es schwer zu akzeptieren ist: Unser Sicherheitsdienst ist nicht einmal halb so gründlich wie die Gestapo der Nazis. Himmler hat beim Sammeln von Informationen exzellente, erbarmungslose Arbeit geleistet. Auf einigen Gebieten sind die Informationen unvollständig. Noch arbeiten Menschen für uns, die mitten in ihrer Operation stecken. Wichtig aber ist: Sie haben Ihr Leben riskiert, um das meine zu retten. Jetzt ist Ihr Leben in Gefahr. Ihr Risiko wird jede Stunde, die sie in Prag bleiben, größer."

„Sind Sie sicher? Wir sind in Gefahr?" Murphy war so froh darüber gewesen, daß nicht der leiseste Gedanke an Gefahr in sein Bewußtsein Eingang gefunden hatte.

„Zweifeln Sie nicht an dem, was ich Ihnen gesagt habe. Wir haben um das Lindheim-Haus Wachen aufgestellt. Sie werden sie nicht sehen, aber seien Sie sicher, daß sie sorgfältig aufpassen werden. Zwei Menschen wurden letzte Woche in der Nähe davon festgenommen."

„Festgenommen? Aber weshalb?"

„Wir behandeln den Fall diskret. Aber es wäre gut, wenn Sie in der Zeit Ihres Hierseins wachsam blieben – was, wie ich Sie dringend bitte, nicht mehr lange sein darf, in Ihrem eigenen Interesse."

Murphy nahm die Schläge wie ein angeschlagener Preisboxer hin. „Ich werde mich mit meinem Verlag in Verbindung setzen."

„Wir haben uns die Freiheit erlaubt, das für Sie zu erledigen."

„Was?"

„Einer unserer amerikanischen Agenten hatte mit Mr. Trump über diese Angelegenheit ein Gespräch unter vier Augen."

„Nun ..." Murphy war sprachlos. Sollte er Präsident Benes für diese entsetzlichen Neuigkeiten danken? „Ich weiß nicht recht, was ich sagen soll."

„Auf Wiedersehen scheint mir das Vernünftigste zu sein, was Sie sagen können, Mr. Murphy. Ich kann nicht behaupten, daß es angenehm war, Sie kennengelernt zu haben; jedenfalls war es, wie ich sicher annehme, für uns beide sehr aufschlußreich."

Murphy zögerte. „Sehr aufschlußreich. Aber ich ... Ich will nicht, daß Elisa erfährt, daß ... daß wir eine Art ... ein Ziel darstellen könnten."

Der Präsident preßte seine Lippen zusammen. „Das habe ich vorausgesetzt. Deshalb habe ich mich mit Ihnen allein zusammengesetzt."

„Ihre Familie ... ihr Vater ... nun, Sie werden die Einzelheiten ja wahrscheinlich kennen."

Benes nickte. Murphy fuhr fort: „Sie haben schon genug durchgemacht. Elisa ins Land zu bringen, macht keine Schwierigkeit, denn wir sind ja verheiratet. Aber wir sind wegen des Kronenberger-Kindes bereits in Kontakt mit dem State Department getreten. Ein zeitlich begrenztes Visum für medizinische Betreuung wird erteilt werden. Aber für Theo und Anna und ihre Jungen haben sie uns wenig Mut gemacht. Die Quoten, Sie wissen ja. Ausgelastet. Und nicht nur die Quoten der Vereinigten Staaten."

Benes schüttelte traurig den Kopf. „Wir hier in Prag verschliessen vor den Flüchtlingen nicht die Türen. Sie kommen hierher, obwohl sie wissen, daß wir Hitlers nächstes Ziel sind. Haben Sie diese Tausende von Menschen gesehen, die vor den Botschaften stehen und um Visa betteln? Auf den Druck dieser verzweifelten Menschen hin hat der Straßenverkehr auf der Botschaftsallee gesperrt werden müssen. Und sie kommen doch immer wieder und immer wieder."

Benes reichte Murphy die Hand. Dieser machte eine kurze Verbeugung, wie es den europäischen Gebräuchen entsprach. Er nahm von viel mehr als nur einem Mann Abschied. „Vielleicht werde ich eines Tages meiner Frau und ihrer Familie von Ihrer heutigen Hilfe berichten können. Bis dahin müssen Sie sich mit meinem Dank zufriedengeben, und meiner Fürbitte, daß es Ihnen und Ihrem Land gutgehen möge."

Ein Lächeln spielte Benes um die Lippen. „Dann Auf Wiedersehen, John Murphy. Ich wünsche Ihnen eine sichere Reise."

6. Flucht vor dem Terror

„Du sagst gar nichts?!“ Elisa lehnte ihren Kopf gegen Murphys Schulter, während sie langsam die Karlsbrücke hinüberspazierten.

Murphy gab keine Antwort, wandte sich aber kurz zur Burg Hradschin um, wo, wie er wußte, in Präsident Benes' Büro noch immer Licht brannte. Murphy seufzte. Dann schaute er durch die Reihe der Heiligen auf der Brücke bis zu der Stelle, an der Sankt Nepomuk hinter einer flackernden Gemeinde geweihter Kerzen stand.

„Ist dir kalt?“, fragte er Elisa, da die klammen Nebel des Flusses sie einhüllten. Ein Schauer, der viel kälter war als die Flußnebel, lief Murphy durchs Herz. Er fühlte sich besiegt und unterworfen, seit dem Moment, da er das Büro des Präsidenten verlassen hatte.

„Nein, es geht.“ Elisa schmiegte sich enger an seinen Arm. Sie spürte, daß Murphy etwas tief bedrückte.

Sie gingen einige Schritte still weiter, bis Murphy neben der Statue Sankt Nepomuks stehenblieb. Mit Elisa war er durch ganz Prag spaziert. Er hatte oft angehalten und sie geküßt: vor der Bibliothek, auf den Treppen der Theyn-Kirche, vor einem Metzgerladen, an einer Straßenbahnhaltestelle. Wochenlang hatte er von ihren Küssen und Ihrem Lächeln gezehrt. Er hatte mit keinem Gedanken daran gedacht, daß auch nur eine weitere Seele auf Erden sie beobachten könnte.

Elisa schaute zu ihm auf. Ihre Lippen waren erwartungsvoll lächelnd geöffnet. Konnte es überhaupt einen romantischeren Ort als diesen hier auf der Karlsbrücke geben? Im Flackerlicht der Kerzen, das Rauschen des Flusses gegen die alten Pfeiler unter ihnen, bei lauer Luft. Und dennoch ... Auf einmal war der Abend voll unsichtbarer Beobachter geworden. In den dunklen Schatten stießen Feinde einander an: *„Das ist unsere Chance. Ein leichter Schubs und sie ertrinken in der Moldau ...“* Die Fenster heruntergekommener Häuser schienen jetzt Augen zu sein, hinter denen sich das Böse verbarg, von dem sie verfolgt wurden.

„Murphy?“, flüsterte Elisa. „Was ...?“

Er stand ganz ruhig da und schaute über sie hinweg zu dem Brükkenhaus hinüber, wo sie vor wenigen Minuten von einem Taxi abgesetzt worden waren. Seine Ängste nahmen die Form der Wirklichkeit an. Menschengestalten unterhalb der Brückenbögen beobachteten sie.

Murphy nahm Elisa beim Arm und zog sie vom Brückengeländer

zurück. Hier auf der Brücke gaben sie leicht zu treffende Ziele ab! Jeder Galgenvogel konnte sie mit dem Gewehr ohne Mühe wegputzen. „Komm“, sagte er barsch.

„Murphy?“ Sie blickte zum Brückenhaus zurück, wohin wieder und wieder Murphys Blicke zurückkehrten. Er beschleunigte seinen Schritt, bis sie beinahe rennen mußte, um mit ihm mitzuhalten. Der Schauer alter Ängste schwebte über ihr. Sie brauchte keine weiteren Fragen zu stellen. Das widerliche Gefühl, das sie von Wien und Deutschland her kannte, kam mit einer Gewalt über sie, in der die Euphorie, die sie von der Feierlichkeit mitgebracht hatte, zuschanden wurde.

Ihr Haus lag jenseits des Brückenausgangs und um eine Ecke der engen Gasse herum. Atemlos hielt sie sich bei Murphy untergehakt. Ihre Schuhe gaben auf dem Steinboden ein Echo. Die schiefen Giebel schienen sich auf sie hinabzusenken. In jedem Schatten lauerte eine unbekannte Gefahr; Murphy spürte sie, konnte sie jedoch nicht benennen.

In Elisas Augen waren Tränen gestiegen. Sie gingen um die Ecke und erblickten die beleuchteten Fenster des kleinen Prager Hauses. Hier war Wärme und Sicherheit. Sie machte sich von Murphy los und rannte die Stufen hinauf. Der Verzweiflung nahe betätigte sie den eisernen Türklopfer, während Murphy hinter ihr hinaufeilte und sich zwischen sie und die Straße stellte. Er suchte mit den Augen jedes der umliegenden Hausdächer ab.

Anna öffnete die Tür und lächelte. Aber ihr Lächeln verschwand schnell, als die beiden sich an ihr vorbei hineindrückten. Murphy schlug die Tür zu und verriegelte sie.

„Kinder!“, rief Anna. „Was ist los?“

Elisa atmete laut und erleichtert auf und wandte sich dann verwirrt an Murphy. „Was *war* los, Murphy?“, fragte sie.

Wie sollte er es erklären? Ihre Lage hatte sich nicht geändert, nur – er wußte jetzt Bescheid. „Nichts.“ Er schüttelte den Kopf. „Ich ... Ich glaube, wir haben bloß Gespenster gesehen. Ich jedenfalls. Wie Kinder im Dunkeln.“ Er täuschte ein verlegenes Lachen vor. Elisa sah ihn irritiert an.

„Ich bin Murphy nur nachgegangen, Mutter“, sagte sie stolz. „Ich hatte keine Gespensterangst.“

„Ach so, deshalb ranntest du vor mir her die Treppe hoch?“

„Also ...“ Anna sah vom einen zum anderen. „Vater ist zu Bett gegangen. Ich werde euch Tee machen, wenn ihr wollt, und dann liegt da etwas Wichtiges im Wohnzimmer.“

* * *

Zwei Telegramme warteten auf dem glänzenden Klavier aus Walnußholz; Anna hatte sie gegen einen Kerzenständer gelehnt. Murphy nahm an, daß sie wahrscheinlich den ganzen Abend über besorgt von ihr angestarrt worden waren.

„Vielleicht ist etwas von Leah dabei." Anna strich sich ihr Haar zurück; es war ihr in die Stirn gefallen. „Beide Telegramme brachte ein und derselbe Kurier keine zehn Minuten, nachdem ihr weggegangen wart."

„Leah", sagte Elisa voller Hoffnung und nahm die Umschläge in die Hand. Sie schloß die Augen; sie konnte es vor Erwartung kaum aushalten. „Murphy, rasch –" Sie drückte sie ihm in die Hand.

Er hoffte dasselbe. Falls Leah aus Österreich geflohen war, würde sie bestimmt wissen lassen, wo sie war und was sie vorhatte. Jeder Tag war vom Ausbleiben dieser Nachricht gezeichnet. „Öffne du sie." Er dachte, es sei das Beste, wenn Elisa die Worte selbst lesen würde.

Sie schüttelte den Kopf und stampfte ungeduldig mit dem Fuß auf. Die Telegramme seien an ihn adressiert, sagte ihre Geste. Weshalb verschwendete er Zeit?

Anna hielt sich diskret einige Schritte entfernt, als Murphy die Umschläge aufriß und zu lesen begann. Elisa drückte sich eng an seinen Arm und hatte, bevor er zu Ende war, die erste Nachricht durchgelesen.

„Amerika!", rief sie aus. „So bald?"

Anna trat hinzu und stellte sich auf die Zehenspitzen, um das Telegramm über Murphys Schulter hinweg einzusehen. „Von Trump, meinem Verleger in den Staaten", erklärte er. Dann las er laut vor:

> MURPHY STOP DRINGENDST SOFORTIGE RÜCKKEHR USA STOP SIE MIT FRAU UND KRONENBERGERKIND GEBUCHT ABFAHRT SOUTHHAMPTON AM FÜNFZEHNTEN AUF QUEEN MARY STOP WERDE SIE AM DOCK IN NEW YORK TREFFEN STOP TRUMP

Anna ließ sich langsam auf den Klavierhocker niedergleiten. „Am fünzehnten? Aber das ist ja schon in ein paar Tagen! Ach, meine Lieben! So bald verlaßt ihr Prag?"

Elisa schien nicht zuzuhören. Sie schüttelte ungeduldig Murphys Arm. „Das andere, Murphy", drängte sie. „Vielleicht ist es von Leah." Der Gedanke an eine Reise nach Amerika hatte ihre Erregung noch nicht zu dämpfen vermocht.

Murphy zog die Stirn in Falten; sein Gesicht war in Bewegung, während er die zweite Drahtnachricht las. Es war von Timmons und Johnson in Paris. Elisa murrte hörbar vor Enttäuschung über die Unterschrift.

PARIS INTERNATIONALE NACHRICHTENAGENTUR SONNTAG VIERZEHN UHR PARISER ZEIT ANRUFEN STOP NEUIGKEITEN ÜBER KINDER UND FAMILIE STOP TIMMONS UND JOHNSON

Die im Telegramm erwähnten Kinder waren Karl und Ludwig. Timmons und Johnson waren offenbar auf interessante Neuigkeiten über die Familie Kronenberger gestoßen.

Elisa konnte angesichts dieser Möglichkeit keine Begeisterung aufbringen. Sie wandte sich von Murphy ab und blieb, die Hand an der Stirn, stehen. Sie schwankte ein wenig. Murphy legte die gelben Telegramme auf das Klavier zurück und legte ihr seine Hände auf die Schultern. Morgen war noch genug Zeit, sich über die Fahrt nach Amerika Gedanken zu machen und nach Paris zu telefonieren. Jetzt aber war das Gewicht der Sorge um Leah und Ludwig und diese Ungewißheit beinahe erdrückend.

„Kein Wort", seufzte sie, „noch immer kein Wort."

„Sie sind wohlauf", sagte Anna sanft. „Karl und Maria Wattenberger sind fähige Leute. Gute Menschen. Wenn Otto mit ihnen den Gutshof erreicht hat –"

„Ach, Mama!", schluchzte Elisa auf und trat zu Murphy hin, um ihn zu umarmen. „Wir wissen noch nicht einmal so viel! Wissen noch nicht einmal, ob Otto sie aus Wien hinausbrachte. Und wenn er es nicht geschafft hat, werden wir nie ... nie erfahren ... was aus ihnen geworden ist! Es besteht keine Möglichkeit, zu den Wattenbergers durchzukommen."

Murphy strich ihr durchs Haar. Das weiße Kleid schimmerte im sanften Licht der Lampe. So hatte er sich das Ende des Abends nicht gewünscht. „Hör doch auf, dir darüber Sorgen zu machen", sagte er zärtlich.

„Aufhören, mir Sorgen zu machen?" Sie schob sich von ihm weg, als hätte sie sich an seinen Worten verbrannt. „Wie sollte ich mir keine Sorgen machen? Haben wir nicht schon genug durchgemacht, als Papa verhaftet war? Wann werden sie uns in Ruhe lassen?" Sie löste sich aus der Umarmung und ließ sich neben Anna auf den Klavierhokker niedersinken. Sie begann leise zu weinen; Anna legte den Arm um sie.

Ihrem frischgebackenen Schwiegersohn warf sie einen entschuldigenden Blick zu. Dreiundzwanzig Jahre lang war sie es gewesen, die Elisa tröstete. Eine schwer zu ändernde Gewohnheit. „Dein Mann hat recht, Elisa", sagte Anna tadelnd, aber nicht grob. „Es gibt eine Hoffnung, die heilt, und eine Hoffnung, die dich zerstört, wenn du dich zu sehr an sie hältst. Vor allem mußt du die Hoffnung in die Hand dessen legen, der deinen Vater befreite. Gott weiß, wo Leah ist, Elisa. Hast du das vergessen?"

„Ach, Mama!" Elisa weinte jetzt nur noch mehr. Murphy schaute hilflos und unglücklich drein. Er nahm die Telegramme und legte sie wieder weg. Vielleicht war es besser, die Frauen diese Dinge untereinander abmachen zu lassen.

„Anna", begann er, „Elisa, ich gehe jetzt zu Bett." Er nestelte an seiner Krawatte herum, um das zu unterstreichen. „Sprecht ihr beiden euch darüber aus. Ich ... ich wünschte, die Telegramme wären das gewesen, worauf wir gewartet haben." Elisa nickte nur. Anna nickte und gab ihm einen tröstenden Wink. Es würde alles gut sein. Elisa würde sich zusammenreißen. Morgen würden sie wahrscheinlich über andere Dinge reden. Über eine Reise nach Amerika. Über Neuigkeiten von der Familie Kronenberger in Paris. *Aber nicht heute*, schien Annas Blick sagen zu wollen, *Elisa muß Zeit haben zu weinen.* Nicht eine Träne war vergossen worden seit der Nacht, in der sie gemeinsam nach Prag zurückgekehrt waren. Vielleicht hatte ihr die Liebe zu Murphy keine Zeit gelassen, traurig zu sein und über Leahs Schicksal nachzugrübeln.

„Heilsames Weinen", murmelte Murphy verlegen auf Englisch. „Meine Mutter sagte immer, jede Frau braucht das von Zeit zu Zeit." Er lächelte halb, als Anna zustimmend nickte. Dann kniff er die Lippen zusammen und blickte voller Kummer Elisa an. Er wünschte, es gäbe etwas, das er ihr sagen oder tun könnte, um sie aufzuheitern. Als er sich nicht zu gehen anschickte, sah sie zu ihm auf. Ihre Augen glänzten tränenhell. *Wie schön kann eine Frau selbst beim Weinen aussehen!* sagte er sich. Es wollte ihm das Herz zerreißen.

„Ich komme später nach", schluchzte sie.

Er war entlassen. Es gab Dinge bei ihr, um die er sich nicht kümmern konnte. „Ja, dann ... Elisa."

* * *

Elisa schloß die Augen und lauschte, wie Murphys Schritte in der Eingangshalle verklangen. All die verdrängten Sorgen um Leah und den kleinen Ludwig kamen plötzlich mit lähmender Gewalt an die Oberfläche. Sie versuchte nicht, darüber zu sprechen; das brauchte sie auch nicht. Es war genug, daß Anna den stillen Kummer verstand. Gab es etwas Schlimmeres als diese nagende Ungewißheit? Warum hörte sie nichts von Leah?

Schreckliche Bilder gingen Elisa durch den Kopf. Wie die Handlung einer Tragödie. Sie stellte sich vor, wie die SS und Agenten der Gestapo Leah über Bergpässe verfolgten.

An diesem Abend waren alle Gründe, derentwegen sie Wien nicht zusammen verlassen hatten, vergessen. Eine seltsame Schuld schwebte jetzt über Elisa. Sie war in Sicherheit, Leah nicht. Warum hatte sie ihrer Trennung zugestimmt? In jener Nacht war es vernünftig erschienen. Jetzt erschien es überhaupt nicht mehr vernünftig.

„Ihr werdet wieder zusammen sein", hatte Leah Ludwig versprochen. Diesen Trost hatte sie Elisa nicht gespendet. Leah hatte nicht gesagt: „Wir werden wieder zusammen sein." Nein. Die beiden hatten sich voneinander verabschiedet, vielleicht für immer. Wenigstens für dieses Leben. Doch Elisa konnte die Endgültigkeit dieser Trennung noch immer nicht akzeptieren – nicht heute abend, da die Wirklichkeit sorglose Freude zunichte machte, die sie mit Murphy empfunden hatte.

„Ach, Mama", sagte sie leise zu Anna, „heute abend hatte Murphy Angst. Ich habe sie an seiner Hand gespürt, sie in seinen Augen gesehen. Und plötzlich empfand ich wieder diesen entsetzlichen Schrekken."

Anna kniff ihren Mund zusammen und wählte vorsichtig ihre Worte. Vor so vielem mußte man Angst haben. So viele Dinge, die einem die Gedanken beschwerten und Alpträume verursachten. „Ich spüre ihn auch. Hundertmal am Tag kommt alles auf mich zu: was uns bevorstehen könnte, was viele jetzt durchmachen müssen."

„Wie sollen wir so nur weitermachen?" Elisa schüttelte hilflos und entnervt den Kopf. „Überall ist es so dunkel um uns."

Anna nickte. Es würde nichts nützen, solche Empfindungen zu bagatellisieren. Eine solche Angst verleugnen hieße zu lügen. Sie war echt. Die Dunkelheit war echt, und die Ängste waren berechtigt. „Wenn ich mich am meisten fürchte, erinnere ich mich an das, was meine Mutter immer sagte: ‚Setze eine Brille auf, mit der du hundert Jahre weit sehen kannst, dann siehst du, wie es in hundert Jahren mit dir steht.' Wo wirst du in hundert Jahren sein? Wo werde ich sein? Und Papa? Und Wilhelm und Dieter? Und dein Murphy? Und Leah?"

„Hundert Jahre ist eine lange Zeit des Wartens." Elisa brachte ein Lächeln fertig.

„Sie wird schneller vergehen, als du dir vorstellen kannst. Und du kannst sicher sein, Elisa: Sie wird vergehen."

„Und bis dahin?"

„Bis dahin mußt du deinen Tee austrinken, dein Gesicht abwaschen und deine Gebete sprechen."

„Und nach Amerika gehen?", fragte Elisa leidend.

„Um Karls willen. Ja. Der Junge muß noch viel durchmachen, und wir müssen um der Kinder willen stark sein, Elisa. Wir müssen sie lehren, jetzt zu leben, aber auch, ihr Leben durch diese Brille der hundert Jahre zu sehen." Anna zog die Stirn in Falten. „Ein solcher Blickwinkel läßt meiner Meinung nach irgendwie jeden Augenblick, jede Tat, jedes Gebet viel wichtiger erscheinen. Vor allem in so düsteren Zeiten wie diesen."

Elisa schlüpfte nur für einen Moment in das dunkle Zimmer, in dem Karl schlief. Der Cellokasten stand geöffnet in der Ecke. Das Kind öffnete ihn jede Nacht vor dem Einschlafen. Wenn sie genau hinhörte, konnte sie Musik hören. Elisa lächelte. In hundert Jahren würde es das alte Cello wahrscheinlich immer noch geben. Eine andere Generation von Musikern würde die Musik von Bach, Schubert und Mendelssohn spielen, genau wie andere die Stücke gespielt hatten, bevor Leah und Elisa geboren wurden. Dieser Gedanke verscheuchte die Angstschauer, die ihr Herz ergriffen hatten. Sie schaute zärtlich auf

Karl hinab. Sein Kopf lag auf dem Kopfkissen, als hätte er der Musik gelauscht. Seine Finger waren gebogen, als berührte er die Saiten.

* * *

In Hamburg gab es ein Ereignis, das gefeiert werden wollte. Seit dem frühen Morgen war Hitlerjugend an den Docks eingetroffen, um begeistert ihre Fahnen zu schwingen, während Juden auf ihrem Weg zum Frachter an SS und Gestapo vorbei Spießruten liefen.

Die meisten der Juden waren Kinder, nicht älter als die Hitlerjungen. Einige waren Frauen, umringt von zitternden kleinen Kindern, dazu ein paar Männer, die es geschafft hatten, nicht als Feinde des Reichs eingesperrt zu werden. Alle hatten sie eines gemeinsam: Sie gehörten zu den Juden in Deutschland, die sich wie durch ein Wunder ihren Weg aus dem Land hinaus käuflich erworben hatten. Es waren achthundert Seelen, die das Glück gehabt hatten, Ausreisevisa ausgestellt zu bekommen. Sie verließen Deutschland, ohne mehr bei sich zu haben als die Kleider, die sie am Leib trugen, und ein paar Habseligkeiten. Aber sie waren am Leben, immerhin. Sie hatten wirklich Glück gehabt.

„Raus! Juden raus! Juden raus!"

„Mörder Christi! Endlich sind wir euch los!"

Die Juden erstiegen Planke um Planke und sammelten sich an Deck des alten, verrosteten Seelenverkäufers, der keineswegs für den Transport menschlicher Fracht gebaut war. Auf dem Frachter war nicht einmal genügend Platz für hundert Menschen, aber achthundert wurden in den Frachtdecks, den engen Gängen, auf den Treppen und in der Schiffsküche zusammengepfercht.

Die Gestapo ging herum, trat über Körper, prüfte immer wieder die Papiere. Ab und zu wurden Rufe des Schreckens und des Jammers laut, wenn sie ein weiteres Opfer, einen weiteren Feind des Reichs von Bord führten.

Siebenhundertsiebenundsiebzig Juden verließen an diesem Morgen den Hamburger Hafen. Die freie Presse würde Nachrichten und Photos zu dieser Abreise bringen und berichten, daß Juden tatsächlich erlaubt worden war, aus Deutschland abzureisen. Der Führer ermunterte Juden dazu; das war Tatsache. Hatte er nicht seine jugendlichen Mitstreiter zum Bejubeln der Abreise hergesandt?

Ja, Juden konnten Deutschland verlassen, wenn sie es wünschten und dafür teuer bezahlten. Und wenn sie eine Erklärung unterschrieben, anständig und korrekt von der deutschen Regierung behandelt worden zu sein.

Langsam und mit Schlagseite rumpelte der rostige Seelenverkäufer *SS Darien* aus dem Elbhafen der offenen See entgegen ... Die *SS Darien* hatte für die Reise kein Ziel festgelegt. Der Kapitän des Schiffes, die Besatzung und die Passagiere wußten noch nicht, wohin sie fahren würden. Sie kannten keinen Bestimmungshafen, in dem sie erwartet würden, kannten keine zukünftige Heimat. Keine Nation der Erde hatte die Erlaubnis zum Ankern erteilt. Keine Regierung hatte diesen Heimatlosen einen Hafenaufenthalt angeboten.

Die Wellen des Meeres aber waren ein sichererer Verbleib als der deutsche Boden. Diejenigen, die zurückbleiben mußten, waren dazu verurteilt, in einem Sturm umzukommen, der gewaltiger war, als ihn die Nordsee je erleben konnte.

Die *SS Darien.* Ziel: unbekannt. Fracht: siebenhundertundsiebenundsiebzig Juden, die noch einmal davongekommen waren.

7. Übungsplatz

Der Übungsplatz der SS-Einsatztruppe lag versteckt an einem Hügel ein paar Kilometer außerhalb von München. In den Baracken wohnten Männer aus verschiedenen Ländern, deren Führer mit dem Dritten Reich ein entsprechendes Abkommen getroffen hatten.

Diese Männer trennte mehr als nur die Sprache. Rassenbarrieren waren beim Training ein bekanntes Problem. Die aus der Tschechoslowakei mit arischem Blut verachteten die Araber, die aus Palästina zum Training gekommen waren. Die Franzosen haßten die spanischen Terroristen, die von Franco geschickt worden waren.

Doch es gab ein Band, das sie verknüpfte, der Judenhaß und die Zerstörung der westlichen Demokratien.

Dreizehn Araber waren auf die Bitte Haj Amin Husseinis hin zum Training gekommen. Die Auslöschung der Zionisten war ihr Ziel; das verband sie sehr stark mit Hitler. Heute standen diese dunkelhäutigen Araber im Halbkreis um eine Gruppe von zweiundzwanzig Sudetendeutschen aus der Tschechoslowakei.

In der Mitte dieser Gruppe stand ein altersschwacher Mercedes mit offener Motorhaube. Neben seinem rechten vorderen Kotflügel stand Georg Wand, ein Mann von kleiner Statur, aber groß in seinem Einsatz für das Dritte Reich.

Ein Beobachter, der über die hohe Steinmauer des Lagers geblickt hätte, würde diese Versammlung wahrscheinlich für einen Autoreparaturlehrgang gehalten haben. Tatsächlich aber war es eine Demonstration, wie mühelos ein Automobil und seine Insassen in die Luft gesprengt werden können.

Wand hielt ein Stück Kupferrohr nach oben, so daß jeder der Gruppe es sehen konnte. Es sei ein hundsgewöhnliches Rohr, wie es heutzutage jeder Klempner benutzte, erklärte er. Das Rohr werde an einem Ende versiegelt, dann mit Sprengstoff gefüllt. Am anderen Ende werde eine Zündkerze befestigt, die mit einem Draht verbunden sei.

Dann deutete er unter die Motorhaube und lächelte. „Das ist der Zündverteiler. Wie ihr seht, führen diese Drähte vom Verteiler zu den Zündkerzen des Motors. So! Man muß nur von einer der Zündkerzen den Stecker abmachen und ihn an unserer kleinen Bombe befestigen. Wenn das Opfer den Motor anläßt, zündet die Zündkerze den Sprengstoff."

Er brachte die Apparatur in Sekundenschnelle an, begleitet von einem zustimmenden Murmeln der Auszubildenden. Es war so leicht. Man konnte es im Dunkeln machen, einfach nach Gefühl.

„Und jetzt wollen wir demonstrieren, was passiert." Die Gruppe folgte ihm in einen Betonbunker. Dunkle Brillen wurden ihnen ausgehändigt, während sie ihre Plätze einnahmen, um so geschützt zu dem Mercedes hinausschauen zu können. Georg Wand zählte bis drei und betätigte den Auslöser, der das Auto startete. In diesem Augenblick fuhr durch die Karosserie des Wagens ein sengender Blitz und eine Feuerwolke verzehrte das Wageninnere, vernichtete die Puppen, die man zu Demonstrationszwecken hineingesetzt hatte. Die Motorhaube wurde zerfetzt; Trümmer flogen bis zu fünfzehn Meter weit in die Luft, ebenso Stücke glühenden Metalls, die jeden, der sich in der nächsten Umgebung aufhielt, niedermähen würde. Gut plaziert, könnte eine solche Autobombe Hunderte töten und verstümmeln!

Die Auszubildenden klatschten Beifall, während die letzten Metallklumpen auf den Boden um das brennende Skelett des Automobils niederfielen.

Georg Wand stellte sich fragend auf. „Wo könntet ihr das in Jerusalem einsetzen?"

Hände wurden hochgestreckt. Er wählte einen jungen Araber aus zu antworten. „Im jüdischen Einkaufsviertel. Oder vielleicht im Wagenpark des britischen Hauptquartiers."

„Und was wäre die Folge einer solchen Verwüstung?"

„Terror! Schrecken!"

„Mit welchem Ziel?"

„Die Regierung durch Einschüchterung dazu zu bringen, unsere Forderungen zu akzeptieren."

„Welche sind das?"

„Die sofortige Einstellung des jüdischen Landkaufs und der jüdischen Einwanderung."

Georg Wand lächelte zustimmend. Sein Goldzahn glänzte. „Gut. Sehr gut! Und nun ... im tschechischen Sudetenland? Was sind eure Ziele?"

Die Antwort der sudetendeutschen Auszubildenden wurde durch das Erscheinen eines großgewachsenen Offiziers der SS unterbrochen. Er schritt durch die Reihen der Auszubildenden und beugte sich vor, um Georg Wand einen Befehl ins Ohr zu flüstern. Männer von jenseits der Grenzen des Reichs in terroristischen Taktiken zu unterweisen, war eine Aufgabe, die nicht im Rahmen der üblichen Pflichten Wands als Gestapo-Offizier lag. Es war mehr sein Steckenpferd und erfüllte ihm den Wunsch, militärische Aktionen mitzuerleben. Jetzt aber hatte Heinrich Himmler Wichtigeres für ihn.

„Feldwebel Richter wird jetzt die Klasse übernehmen“, kündigte Wand ohne jede Feierlichkeit an. „Ich bin nach Berlin abberufen worden und wünsche euch allen guten Erfolg. Heil Hitler!“

Donnernder Applaus begleitete ihn aus dem Bunker und über das Gelände, in dem der Mercedes brannte. Wand war ein hervorragender Ausbilder. Er war in der Vergangenheit selbst ein gefürchteter Terrorist gewesen. Aber er würde nie der SS angehören; und diese Tatsache war die einzige Enttäuschung in seinem Leben.

* * *

Frau Rosenfelt stand an der Uferstraße, als der Frachter langsam vorüberfuhr. In der Hand hatte sie eine Rose, eine erste Frühlingsrose – mit der Hoffnung zu erblühen. Sie hatte sie heute morgen in ihrem Garten abgeschnitten, um Maria zu grüßen. Eine närrische Geste, unmöglich auszuführen. Babbie Rosenfelt hielt die Rose in ihrer Hand fest und blickte traurig dem Schiff nach. Sie konnte nur hoffen, daß Maria und Klaus es irgendwie schafften, die Kinder sicher unter Deck zu bringen.

Die alte Frau wandte sich zum Gehen. Mit dem Stock in der einen, der Rose in der anderen Hand marschierte sie schnellen Schrittes auf die gotischen Bögen der katholischen Kirche zu, die für die Seeleute aus Hunderten von Häfen zur Verfügung stand. Vom Glockenturm konnte sie vielleicht einen letzten Blick von Maria und den Kindern erhaschen ...

Sie beschleunigte ihre Schritte, bis das harte Kopfsteinpflaster ihren Knochen weh tat. Atemlos stieg sie die ausgetretenen Steinstufen hinauf und drückte dann kräftig gegen die Eisentüren. So schwer sie waren, sie schwangen doch in ihren gut geölten Angeln leicht auf.

Ihr Atem ergab in dem verlassen daliegenden Altarraum ein hohl klingendes Echo. Vor ihr erstreckte sich der Marmorboden bis zum Altar, den einst ein Kruzifix mit dem blutenden Jesus geziert hatte. Frau Rosenfelt erinnerte sich an diesen Christus. Vor Jahren hatten Handwerker ihrer Fabrik an der Restauration dieser Figur gearbeitet. Sie sog scharf den Atem ein, während sie ihre Augen von der Stelle, an der das Kreuz gewesen war, nach unten wandern ließ. Die Glasfenster mit Szenen aus dem Alten Testament waren entfernt worden. *Es darf hier nichts Jüdisches geben! Keine Verunreinigung in der Kirche!* Die Porzellanfigur der Maria mit dem Christuskind hinter dem Altar war weggeschafft worden. *Also deshalb hat Frau Häfner so laut geweint!* Babbie erinnerte sich an das Leid, das ihre liebe Hauswirtin zu ertragen hatte, als ihre Kirche durch Hitlers Gottlosigkeit geschändet wurde.

Frau Rosenfelt nahm das alles innerhalb weniger Sekunden wahr. Dann wandte sie sich ab und eilte auf die schmale Treppe an der rechten Seite zu, die nach oben in den Turm führte. Von dort aus würde sie den Frachter sehen können, die Arche ihrer Hoffnungen. Sie würde dort nur den Wind und das Flügelschlagen der Vögel hören, während sie ihre Abschiedsworte spräche. Hoch über der Jugend von Deutschland, die von Haß erfüllt war, würde sie ihre Rose niederlegen.

Jede Stufe des langen Aufstiegs wurde ihr zunehmend schwerer; sie wurde sich ihres hohen Alters bewußt. Es gab Zeiten, da vergaß sie, daß sie alt war. Diese Stufen aber erinnerten sie wieder daran. Zweimal mußte sie anhalten; schwer lehnte sie sich gegen die kalte Steinwand der Wendeltreppe, um wieder zu Atem zu kommen. Dabei hatte sie den einen Gedanken vor Augen, daß sich der Frachter von ihr weg bewegte, langsam, und in seinem rostigen Leib all die barg, die sie liebte. *Ein letzter Blick. Einmal noch sie sehen. Gott, nur noch ein letztes Mal!*

Die letzten zwanzig Stufen lagen vor ihr. Die großen, gußeisernen Glocken waren deutlich zu erkennen. So nah! Sonnenlicht strömte durch die leeren Bogenfenster herein. Frau Rosenfelt zwang ihre Beine dazu, sich zu bewegen. *Ein Abschied aus der Ferne* ... Sie sagte sich ihre geliebten Namen vor und stolperte ans Fenster. *Maria ... Klaus ... Trudchen ... Katrina ... Luisa ... Gretchen ... Ada-Marie ...*

Als sie ins Licht kam und sich gegen die steinerne Brüstung lehnte, erinnerte sie sich an den Säugling, den nur Gott kannte. „Du sollst in einem freien Land zur Welt kommen, kleiner Holbein!“ Sie weinte, als sie das rostüberzogene Schiff erblickte. Kleine Farbflecke und Bewegungen kennzeichneten die Passagiere auf Deck. *Und unter ihnen meine Familie*, dachte Babbie Rosenfelt. *Beschütze sie, lieber Gott!*

Sie schaute an den Braunhemden und erhobenen Fäusten derer vorbei, die noch immer vom Ufer aus die Passagiere verfolgten. Ihr altes Herz pochte ihr in den Ohren, als sie auf den steinernen Sims die Rose legte. Lange schaute sie dem Frachter nach, bis er nicht mehr zu sehen war.

Die Menge unten begann sich aufzulösen, aber Frau Rosenfelt verweilte immer noch im Kirchturm. Der leere, graue Fluß floß zur Nordsee. Sie umklammerte ihr schwarzes Samthandtäschchen, und plötzlich fiel ihr ein, daß noch immer Pfefferminzbonbons für die Kinder darin waren. Leise seufzend schüttelte sie den Kopf. Dann wischte sie sich eine Träne weg, die ihr die faltige Wange hinablief. „Benehmt euch gut, meine Kleinen", flüsterte sie, *„sehr gut, bitte!"*

* * *

Murphy erwachte früh, den Kopf voll mit Bruchstücken der Unterhaltung aus dem gestrigen Interview mit Präsident Benes. An Schlaf war nicht mehr zu denken, bis der Artikel geschrieben war. Starker Kaffee, ein Füllfederhalter und ein Blatt Papier waren wichtiger.

Elisa schlief noch, als Murphy aus dem Schlafzimmer schlüpfte und leise die Treppe hinab in die Küche schlich. Er kam an dem Zimmer vorbei, das Elisas Bruder Dieter zur Zeit mit Karl teilte, und ging dann auf Zehenspitzen an Theos und Annas Tür vorbei.

Es war nicht nötig gewesen, so leise zu sein. Theo und Dieter saßen sich gedankenversunken am Küchentisch gegenüber. Der kleine Karl hatte neben dem großen Gasherd, an dem Anna mit einer Kaffeetasse in der Hand stand, vorsichtig eine Wand aus Dominosteinen errichtet. Das altmodische, in Amerika hergestellte Radio im Eck trug eine drängend und besorgt klingende Stimme in den Raum. Murphy blieb bewegungslos unter der Tür stehen. Er erkannte die Stimme von Präsident Benes.

Anna sah auf, schüttelte den Kopf und bedeutete Murphy, sich zu setzen.

„Folglich –" Benes kam zu einem bedeutsamen Punkt. „Da unsere Regierung von außen herausgefordert wird, hat unsere Regierung beschlossen, jeden Mann zwischen sechzehn und sechzig Jahren einzuberufen und für den Dienst der Verteidigung unseres Vaterlandes zu verpflichten."

„Gut!" Der junge Dieter schlug triumphierend mit der Hand auf den Tisch. „Ich bin sechzehn! Ich kann kämpfen! Wilhelm ist nicht da und fliegt seine Flugzeuge, und ich bin so groß wie er!"

Anna litt sichtbar. Sie hatte ihren ältesten Sohn bereits in die tschechische Luftwaffe eintreten lassen; mußte sie nun auch Dieter gehen lassen?

Theo räusperte sich. Er nickte Dieter zustimmend zu. „Die Altersbeschränkung gilt auch für mich nicht. Wir werden uns zusammen verpflichten."

Anna setzte krachend die Kaffeetasse ab. In dem Lärm ging die Hälfte von Benes' letztem Satz unter. „Nein!", sagte sie wütend. „Das werde ich nicht zulassen! Ich werde das nicht zulassen, Theo! Du bist kaum von deinem Jahr in Dachau genesen, und ich –"

„Aber ich *bin* genesen, Frau!" Theo widersetzte sich mit einer für ihn untypischen Schroffheit. „Ich war während des letzten Krieges Offizier in einem der größten Luftwaffenverbände der Welt, und ich kann –"

„Und jetzt wird dieser Luftwaffenverband, in dem du kämpftest, uns Bomben auf den Kopf werfen!" Annas Augen blitzten. Ein Sohn war genug. Und jetzt Dieter *und* Theo? Das war zuviel!

„Desto mehr Grund, dem tschechischen Militär meine Erfahrung anzubieten! Und das werde ich tun! Ich bin viel jünger als die festgelegte Altersbeschränkung!"

„In der Gefangenschaft bist du um zehn Jahre gealtert!" Anna war den Tränen nahe.

Murphy begann sich zu bewegen. Er fühlte sich inmitten dieser Familienaussprache nicht wohl. Der kleine Karl schaute mit großen Augen Anna und Theo an. Er folgte ihrer Unterhaltung wie ein Zuschauer einem Tennismatch.

„Komm mit, Karl", sagte Murphy düster zu dem Kind.

„Nein!" Anna legte Murphy die Hand auf den Arm. „Bitte, geh nicht! Sag Theo – sag ihm, wir können nach Amerika gehen."

Murphy setzte sich langsam nieder. Benes sprach im Hintergrund noch immer weiter; aber es hörte ihm jetzt niemand mehr zu. „Ein Visum für die Staaten zu bekommen, ist in diesen Zeiten eine schwierige Sache", versetzte Murphy leise. Er und Elisa hatten sich verschiedentlich darüber unterhalten, und er war sicher, daß sie mit Anna darüber gesprochen haben mußte. „Aber es wird nicht unmöglich sein, wenn Elisa hier ist."

„Beruhigender Gedanke, Murphy", bemerkte Theo höflich, obwohl seine Wangen immer noch gerötet waren. „Aber ich kann nicht einsehen, daß wir jetzt ans Abreisen denken, wo doch die Tschechen bedroht werden!"

„Wie sollten wir *nicht* daran denken?", rief Anna.

Dieter richtete sich zu seiner ganzen Größe auf, als wäre er ein verjüngtes Abbild seines Vaters. „Ich bin alt genug zum Kämpfen, Mutter." Er hob herausfordernd das Kinn.

„Und alt genug, getötet zu werden." Anna schaute unglücklich und verzweifelt drein. Sie schlug den Morgenmantel über ihrem Herzen zusammen. „Aber zu jung, um zu sterben. Theo!", wandte sie sich an ihren Mann, „erkennst du nicht, wohin uns diese törichte Treue führt? Theo –"

Theo zögerte einen Moment, als wäre er plötzlich nicht mehr willens, Anna noch mehr Leid anzutun. „Wie sollten wir hier wegkommen, Anna, mein Liebes? Hast du unseren Sohn vergessen? Hast du vergessen, daß Wilhelm jetzt bei der tschechischen Luftwaffe dient? Seine Dienstzeit beträgt fünf Jahre. *Fünf Jahre.*" Mit bewegten Worten versuchte er sie zu überreden. „Wir können ihn nicht zurücklassen, und er kämpft allein!"

Aus Annas Augen liefen Tränen. Die Männer schauten verlegen drein, während sie sich setzte und das Gesicht von ihnen abwandte. Nach langen, von ihrem Schluchzen unterbrochenen Minuten war Murphy der erste, der etwas sagte. „Vielleicht wird es nicht dazu kommen", sagte er heiser. „Vielleicht wird es gegen die Nazis keinen Kampf geben. Das Maß, das Benes anlegt – dreißig Divisionen einzuberufen und jetzt auch die Zivilbevölkerung zu rekrutieren. Das wird Hitler schwankend werden lassen. Im Mai wurde er an der Grenze gestoppt, sogar ohne die Hilfe der Briten und Franzosen."

„Da, siehst du, Anna?", sagte Theo besänftigend. „Es ist nur sicherheitshalber."

Murphy erblickte eine Möglichkeit. „Ja. Ja ... nur sicherheitshalber, Theo. Vielleicht ist es eine gute Idee, sicherheitshalber die Visabeschaffung für euch alle in die Wege zu leiten. Nur für den Fall des Falles. Das hat nichts mit eurem Mut zu tun, nicht mehr, als es für euch bedeutete, aus Deutschland zu fliehen."

„Hör gut zu", flehte Anna, „das ist vernünftig!"

Theo runzelte die Stirn. Dann sah er Murphy an und breitete seine Hände aus, als wollte er sagen: *Ich höre.*

Selbst Karl musterte Murphy jetzt. Dies war etwas Wichtiges. Murphy wog seine Worte sorgsam. „An jenem Abend, als du das Flugzeug in Berlin bestiegst, Theo, da dachte ich, es gäbe keinen Menschen, der so tapfer ist wie du." Murphy meinte, was er sagte. Theo brauchte sich nicht für einen Feigling zu halten. „Wenn die Dinge hier ganz schlimm werden, obwohl tapfere Männer dem Einhalt gebieten wollen, wirst du wohl einsehen, daß du bei den Nazis ganz oben auf der Abschußliste stehst. Du bist nicht nur Jude, Theo, du bist einer der Männer, die Hitler als Verräter des Reichs ansieht. Dein Sohn ist in der tschechischen –"

Theo zog die Stirn kraus und lehnte sich verärgert zurück, auch wenn das Wort ‚Verräter' nicht dem Wortschatz Murphys, sondern dem des Reichs denen gegenüber zuzurechnen war, die geflohen waren. „Verräter? Ich ein Verräter? *Sie* haben mein Eisernes Kreuz in den Schmutz gezogen! Ich habe für das Vaterland gekämpft! Ich –"

„Hitler ist der Verräter", unterbrach Murphy. „Er hat die Verfassung der Republik zerstört, die er hochzuhalten erklärt hat. Wir wissen das, Theo, und du weißt: das ist der springende Punkt. Die Weimarer Republik gibt es nicht mehr. Die Welt ist auf den Kopf gestellt! Wenn diese schreckliche Rechtsprechung – die alles andere als Rechtsprechung ist, nur Bosheit und Wahnsinn –, wenn sie bis hierher vordringt, gibt es für einen guten Menschen nichts anderes als wegzugehen – oder zu sterben. Und diesmal würden Anna und Wilhelm und Dieter mit dir sterben. Ich hege keinen Zweifel daran."

Es war, wenn man den Ausdruck auf Theos Gesicht ansah, offensichtlich, daß auch er nicht daran zweifelte. Anna sah ihn flehend an. Er überlegte eine Weile. Dann seufzte er und verkündete seinen Entschluß. „Zur Zeit leben wir unter dem Schutz der tschechischen Demokratie. Wir sind verpflichtet, ihren Gesetzen zu gehorchen. Jeder Mann zwischen sechzehn und sechzig. Das, das hat der Präsident erklärt."

„Aber Theo!", begann Anna aufzubegehren; doch Theo brachte sie mit einem Blick und einer erhobenen Hand zum Schweigen.

„Laß mich aussprechen", sagte er ruhig. „Meine Erfahrung als Offizier der Luftwaffe muß ich dieser Regierung zur Verfügung stellen; das gebietet mir mein Gewissen. Sie hat eine gute Truppe, besser als die der Franzosen, meiner Überzeugung nach und meinen Gesprächen mit Wilhelm nach zu urteilen. Ich könnte bei der Pilotenausbildung von Nutzen sein. Ich kann hier von großem Nutzen sein ..." Er zögerte, doch Anna unterbrach ihn diesmal nicht. Er dachte noch an etwas anderes; sie konnte es seinem Tonfall entnehmen. „Doch ich glaube, im Interesse der Sicherheit und der Vernunft ist es angebracht, ja sogar wichtig, daß wir alles uns Mögliche tun, Visa nach Amerika zu bekommen."

Anna sank erleichtert zusammen. Murphy nickte und wurde plötzlich gewahr, daß Präsident Benes aufgehört hatte zu sprechen und Militärmusik gespielt wurde. „Eine weise Entscheidung", sagte Murphy. „Ich werde morgen das Gesundheitsattest von Karl bei der amerikanischen Botschaft abholen. Die Gesuche werde ich mitbringen. Es hat keinen Sinn, sein Glück herauszufordern, Theo."

„Es bleibt uns keine andere Möglichkeit, stimmt's, Murphy?" Die Sache war abgemacht. „So, Anna. Frühstück für deine Männer, hm? Wir werden mit Murphy gehen. Dieter und ich können uns zur Verteidigung auf dem Polizeirevier in der Innenstadt melden, während Murphy der amerikanischen Botschaft einen Besuch abstattet. Und dann vielleicht im Bierkeller neben dem Rathaus zu Mittag essen?"

Murphy fand das schade. Er konnte nicht zu Theo und Dieter stoßen, dabei wäre das die erste echte Gelegenheit gewesen, mit seinem Schwiegervater zu sprechen. „Heute nicht. Tut mir leid. Ich muß einen Artikel schreiben und ihn nach London schicken. Mein Interview mit Benes. Und dann –" Er sah Karl an, obwohl er das eigentlich nicht gewollt hatte. „Ich muß dann auch noch einen wichtigen Anruf nach Paris erledigen."

„Dann ein andermal", sagte Theo. Er wußte, daß ihnen kaum noch Zeit für ein Familienleben bliebe. Sehr bald würde Murphy Elisa in sein Land mitnehmen, und wer konnte wissen, wie lange es dauern würde, bis sie wieder im selben Zimmer zusammen wären?

Der Kaffee hatte gerade zu kochen begonnen, als Elisa verschlafen und ein wenig zerzaust in der Küchentür erschien. „Oh, du hast mich zu lange schlafen lassen", schalt sie Murphy und kam dann herein, um Theo, Murphy, Karl und Dieter zu küssen. „Was habe ich bis jetzt verpaßt, diesen Morgen?" Sie schlang für einen Moment die Arme um Anna.

„Nicht ein bißchen." Anna schob sie auf ihren Stuhl. „Ich habe noch nicht einmal die Eier fertig."

8. Flaschenpost

An diesem Morgen war Prag eine Stadt voller Menschen. Gruppen besorgter, verzweifelter Männer sprachen mit leiser Stimme und warfen unruhige Blicke über die Schultern, als könnten sie so die Angst sehen, die sie beschlich.

Murphy war mit Theo und Dieter an der Straßensperre, mit der die Häuserreihe der Botschaften gegen den Kraftfahrzeugverkehr abgesperrt worden war. Hinter der Sperre campierten Tausende von Flüchtlingen auf der Straße und den Gehwegen. Murphy konnte die Zahl derer nicht bestimmen, die aus Deutschland und Österreich gekommen waren, um auf ein Visum zu hoffen nach ... ja, wohin? Als er sich vorsichtig durch die müde Menschenmenge bewegte, stach er heraus. Er war sauber, gut genährt, und sein Anzug war falten- und fleckenlos. Lauernde Blicke folgten ihm zur amerikanischen Botschaft. Er gehörte offenbar nicht zu ihnen. War nicht auf der Flucht. Nicht von Deportation bedroht. Er war nicht hungrig, nicht heimatlos. Sie traten zurück und ließen ihn vorbei. Er hatte Platz.

Die hohen Eisengitter hatten die amerikanische Botschaft in ein Gefängnis verwandelt, das die verzweifelten Massen aussperrte. Täglich erging sich Hitler in Wutausbrüchen über die Tausende, die seiner Tyrannei entflohen waren. Sie seien Verräter und gefährliche Verbrecher, die der Justiz des Reichs übergeben und ihrer Strafe zugeführt werden müßten. Viele Nationen hatten die Flüchtlinge zu den Landesgrenzen zurückgebracht. Die Franzosen hatten sich dem Druck der Nationalsozialisten gebeugt und schickten diejenigen zurück nach Deutschland, die kein Visum besaßen. Aber die Tschechen schlossen sich nicht ab. Jüdische Befreiungsorganisationen hatten sich mit katholischen Gruppen zusammengetan, um Mahlzeiten aus Suppe und Brot an diejenigen auszugeben, die die öffentlichen Parkanlagen überfüllten und die Bahnstationen bevölkerten.

Vom einen Bürgersteig bis zum anderen stand vor der amerikanischen Botschaft ein etwa fünfzig Menschen tiefer, sich vergrößernder Ring. Sie warteten ruhig und mit erwartungsvoller Wachsamkeit auf einen Hoffnungsschimmer der Vertreter des *goldenen medina*, des goldenen Landes in Übersee, das von Menschen wie Hitler und seinen Nazis niemals bedroht werden konnte. Aber die Hoffnung erfüllte sich nicht. Seit im März Österreich gefallen war, wurden es immer mehr, aber noch immer machte man ihnen mit keinem Wort Hoffnung. Madam Liberty schien ihre Augen geschlossen zu haben. Wie in jener Nacht, als Maria nach Bethlehem kam, gab es keinen Raum für die Heimatlosen. Und so drängte sich die Menge hier *vor* diesem kleinen Gebäude, über dem die amerikanische Flagge wehte.

Murphy senkte die Augen; er brachte es nicht fertig, den fragend starrenden Blicken dieser Menschen zu begegnen. Ihre herzzerbrechende Enttäuschung zehrte an ihm. *Keine Wohnung? Könnten wir nicht ein bißchen zusammenrücken und Zimmer für sie finden? Was halten die Menschen zuhause davon? Diese Menschen könnten in einer New Yorker Quadratmeile aufgenommen und untergebracht werden!*

Überall hörte er Kinder weinen, aber anders als jenes Gejammer über kleine Unbequemlichkeiten; und die Menge beklagte sich nicht.

„Entschuldigen Sie –" Er ließ in die deutschen Worte seinen amerikanischen Akzent einfließen. „Ich bin Amerikaner. *Bitte. Bitte.*" Er kam leicht bis zur massiven Eingangspforte. Er ließ seine Augen über das schwarze Gitter aufwärts gleiten zu den tödlichen Spitzen auf dem Zaun und dann zu der Fahne, die über dem Platz wehte.

Menschen traten zurück, um ihn durchzulassen. Er spürte ihre neidischen Blicke und fühlte sich irgendwie beschämt, daß es für ihn so leicht war, sich der Fahne zu nähern. *War es für meine Großeltern auch so einfach?*, fragte er sich. *Haben sie einfach ihr Geld für die Ausreise aus der alten Heimat bezahlt, um in das hocherhobene Licht der Freiheit zu gelangen?*

Der im Wachhäuschen diensttuende Marineinfanterist maß ihn mit Blicken. Es war leicht zu erkennen, daß Murphy Amerikaner war. Er sah weder furchtsam drein noch hoffnungsvoll oder ohne jede Hoffnung.

„Sie arbeiten drin?" Der Marineinfanterist öffnete bereits das Tor.

Einen Moment lang stellte sich Murphy die Menge bei der Erstürmung des Tors vor. Sie taten es nicht. „Ja." Murphy zückte seinen amerikanischen Paß. Ein Dutzend zerlumpter Menschen reckte die Hälse, um einen Blick darauf werfen zu können.

Dann schlüpfte er durch die schmale Toröffnung. Dumpf fiel das Tor hinter ihm ins Schloß. *Ein harter Klang*, dachte Murphy und eilte die Steintreppen der alten Villa hinauf. *Die Art von Klang, die zeigt, daß hier nicht Theater gespielt wird.* Schlüssel klirrten. Das Tor war wieder abgesperrt.

* * *

Der für die Visaabwicklung zuständige Konsul war nicht nur arrogant und aufdringlich, sondern auch ein grober Mensch. Er besah sich die ihm von Murphy gereichten Gesuche, als wären sie unanständige Botschaften, die geschrieben worden wären, ihn zu belästigen. Durch die dicken Brillengläser sahen seine blaßblauen Augen groß und glubschig aus. Vielleicht hatte er schon zu viele Gesuche lesen müssen, dachte Murphy.

„Über Ihre Gesuche wird, sobald sie dran sind, beraten werden –"

„Aber meine Frau und ich gehen zurück in die Staaten, und falls Sie einen Nachweis darüber brauchen, daß mein Schwiegervater sein Einkommen hat, bevor Sie die Visa ausstellen –"

„Alles der Reihe nach!" Der kleine Mann schob einen Stoß Gesuche von einer Seite seines Schreibtisches auf die andere. „Da draußen befinden sich Tausende jüdische und österreichische Flüchtlinge. Alle wollen sie nach Amerika, jeder einzelne!"

„Das weiß ich alles." Murphy lächelte einnehmend, obwohl er es vorgezogen hätte, den Mann anzuschreien. Es war irgendwie beunruhigend, daß die Schicksale Tausender von Menschen in Aktenstößen auf dem Schreibtisch eines Menschen lagen, der kurz vor dem Nervenzusammenbruch zu sein schien. „Das ist wohl ziemlich schwer für Sie, nicht wahr?"

Der Beamte ließ sich zurücksinken und seufzte laut. „Sie können es sich nicht vorstellen. Es gibt in Österreich noch mindestens sechshunderttausend Menschen, die unter die Kategorie ‚Untermenschen' fallen. Haben Sie gehört? Ja? Pro Tag allein in Wien zweihundert Selbstmorde. Sie gehen mit Karren durch die Straßen, um die toten Juden einzusammeln. Wie bei einer Seuche. Aber das ist Hitlers Problem. Nur, wir haben jetzt die Weisung, jeden Antragsteller – jeden! – zu durchleuchten, ob die *Möglichkeit* besteht, daß er in die Staaten gelangt und dort von Sozialhilfe abhängig werden könnte. Und nicht nur das –" Er wischte sich den Schweiß von der Stirn. „Jeder muß praktisch Vermögen nachweisen, das ihn unabhängig macht; denn sie können nicht hier aufkreuzen und uns erzählen, sie haben in Amerika einen Job in Aussicht. Das Gesetz fordert, daß sie bei uns nicht arbeiten *dürfen*, denn andernfalls würde das Amerikanern Jobs kosten."

Murphy schob eine zusammengefaltete Fünfzigdollarnote mit den Worten über den Schreibtisch: „Mein Schwiegervater kann das alles nachweisen. Umfangreiches Bankkonto. Will den Amerikanern nicht ihre Jobs nehmen. Hat zwei schulpflichtige Söhne." Murphy lächelte verschwörerisch, als der Mann des Scheines ansichtig wurde.

Die Augen traten ihm vor. „Himmel, nein! Nehmen Sie das weg!“, zischte er. „Das könnte mich meinen Job kosten. Einer in Wien wurde vor kurzem genau für so etwas an die Luft gesetzt.“ Wieder wischte er sich den Schweiß von der Stirn und verschob Akten. „Der Fall wird sich schnell klären lassen.“ Er sprach laut, so daß alle Umstehenden seinen offiziellen Ton vernehmen konnten. „Präsident Roosevelt hat eine große Konferenz von dreiunddreißig Nationen zur Erörterung der Flüchtlingsfrage einberufen, in Evian. Ein großer Menschenfreund, unser Präsident Roosevelt! Über all diese ... Menschen ... wird in Evian gesprochen werden. Bis dahin werden Sie und Mrs. Murphy warten müssen, bis Sie an die Reihe kommen, wie alle anderen auch. Das ist nur gerecht!“

Murphy hatte keine politischen Aussagen erwartet. Er zog die Nase hoch und steckte den Fünfziger in die Tasche. Es war wichtig, ruhig zu bleiben, obwohl er diesen Kerl gern beim Kragen gepackt hätte. „Es wird heiß hier, mein Freund“, versuchte Murphy zu argumentieren. „Theo Linder ist aus Deutschland, dann auch noch aus Österreich geflohen. Was passiert, wenn Prag klein beigibt?“

„Ich schätze, er wird dann woanders hingehen müssen. Das ist dann nicht mehr mein Problem, habe ich nicht recht?“

Murphy schluckte. Er holte tief Luft. Verständigeren Personen in New York gegenüber würde er das wieder aufgreifen. Er legte die Papiere oben auf den Stoß. Der Beamte steckte sie schnell nach ganz unten.

„Eine Konferenz über die Flüchtlinge, hm?“ Murphy versuchte höflich zu sein. „In Evian? Gute Idee. Vielleicht nehmen sie Ihnen einige Last von den Schultern.“ Er erhob sich abrupt und stand wie ein Turm über dem sich lichtenden Haar des kleinen Mannes. „Sie wissen“, fügte er hinzu, „daß Sie vielleicht ein bißchen Urlaub nehmen sollten. Schicken Sie ihre Augen schlafen. Ein Mann kann bei diesem Druck leicht kahlköpfig werden.“

Der Konsularbeamte sah aus, als wollte er heulen. „Aber, lieber Herr, ja!“, keuchte er. „So vieles ist zu entscheiden. Präsident Roosevelt, Gott sei Dank. Dreiunddreißig Länder! Die Konferenz von Evian! Vielleicht nimmt sie uns die Last von den Schultern, uns Amerikanern, ein bißchen wenigstens. Ach, wäre es doch so ...“ Er tätschelte schützend seine Haare und hob dann den Kopf. „Der Nächste, bitte!“, sagte er. „Wer ist der Nächste?“

* * *

Timmons war am Apparat, aus Paris. Er war nur leise zu hören. Murphy legte die Hand aufs Ohr und lauschte angestrengt.

„Sprich lauter, Timmons. Timmons? Kannst du nicht lauter sprechen?" Murphy schrie in die Sprechmuschel, war sich aber trotzdem nicht sicher, ob Timmons ihn hörte.

„Murphy, he, Murphy? Hast du –"

„Lauter!", rief Murphy; aber eine größere Lautstärke schien das Gespräch nicht verständlicher zu machen.

„Murph, als du mich und Johnson batest nachzuforschen, ob die Kronenbergerjungens möglicherweise irgendwo Verwandte hätten, sind wir schließlich bis nach Paris gekommen. Gerüchten zufolge haben die Jungens eine Großtante." Timmons klang recht aufgeregt. Murphy hoffte, ihre Anstrengungen hätten sich für die Kinder ausgezahlt.

„Ich sagte –" Plötzlich verstummte das bedrohliche Knistern der Verbindung, und Timmons schrie sehr deutlich vernehmbar in Murphys Ohr: „Ich sagte, die alte Dame ist tot! Letzten Monat an Grippe gestorben."

„Die Tante, meinst du?" Murphy schrie immer noch.

„Jaaa! He, Murphy, ja, klar doch. Ja, die Tante. Die Tante von Kronenbergers Frau. Die alte Dame ist tot. Der französischen Regierung nach hatte sie keine zwei Sous mehr; sie war bettelarm. Außer den beiden Kindern keine Verwandten. Natürlich wissen die Franzmänner von den Jungens nichts, sonst wären sie hinter ihnen her, daß sie die Schulden der alten Dame bezahlen."

„Aha, so ist das also", sagte Murphy leise. Ein Strom der Enttäuschung durchflutete ihn.

„Und das ist noch nicht alles. Sie lassen ihre Sachen versteigern, um die Arztrechnungen und Begräbniskosten davon zu bestreiten. Johnson hat es geschafft, im Auktionshaus ein altes Photoalbum zu ergattern – mit vielen Zeitungsausschnitten aus Deutschland drin. Sämtliche Reißer über die Kronenberger-Affäre."

„Sollen wir es dir schicken? Oder was?"

„Ja, gewiß." Murphy beschloß im Augenblick, Karl gegenüber den Tod der alten Frau nicht zu erwähnen. Es hätte keinen Zweck. Das Kind hatte im Leben schon genug verloren. „Schickt es an das Londoner Büro der Internationalen Nachrichtenagentur. Dort werde ich es bekommen."

„Gut." Timmons klang nachdenklich, ja für Timmons sogar sehr gedrückt. „Und was jetzt, Murphy? Was wirst du mit dem Kleinen anfangen?"

„Ihn in die Staaten bringen. Es gibt dort einen Arzt, der ihn wieder zusammenflicken kann." Er lachte bitter. „Und, hör zu: Der Arzt ist Jude.Aus Deutschland. Er hätte den Kleinen schon längst behandeln können, nur wollten die Nazis jüdische Ärzte in Deutschland nicht ein Kind behandeln lassen, das für sie unwertes Leben war. Verrückt. So sinnlos, verstehst du, Timmons?"

Timmons Entgegnung ging im lauter und leiser werdenden Knakken des Telefons unter. „Ich hätte Sportreporter bleiben sollen ..." – mehr konnte Murphy von seiner Antwort nicht verstehen. Dann rasselte und knackte es in der Leitung; die Verbindung brach zusammen.

* * *

Hundert Kilometer von den Hamburger Uferanlagen entfernt entließ die Elbe den krängenden Frachter in die Nordsee. Möwenschwärme kreisten über ihm; ihre Schreie schienen wie ein Echo der Hitlerjugend zu sein: *„Stirb! Stirb! Stirb!"*

Die stampfende Maschine des Schiffs pochte trotzig, lange nachdem die Möwen herumschwenkten, um sich auf einer schwachen Brise zur deutschen Küste zurücktragen zu lassen.

Die beständig anrollenden Wellen fielen in den Rhythmus ein, ergriffen den Bug des Frachters wie eine kalte Faust, sanken ins Wasser zurück mit einer Gewalt, die in jedem der Fahrenden die Sehnsucht nach dem Land erweckte, das er soeben verlassen hatte. *Was könnten sie uns antun, das schlimmer wäre als dies?* Die Euphorie der Abfahrt und der Kummer um die Zurückgelassenen verbanden sich mit einer mitleidlosen Übelkeit, der sich jeder Passagier beugen mußte. Von denen auf Deck sagte man, sie hätten noch Glück. Grüppchen, die um eine düstere Bleibe im Innern gekämpft hatten, bedauerten jetzt, sich nicht dem kalten Wind und der salzigen Gischt aussetzen zu können. Sie hätten sich dann über die rostige Reling übergeben können. Unter Deck wurden verrostete Luken in der Hoffnung aufgestemmt, ein paar Atemzüge frischer Luft zu bekommen. Die stampfenden Maschinen wurden von jammervollen Seufzern begleitet.

Nur drei Stunden von der deutschen Küste entfernt zog sich die Wolke der Verzweiflung dunkel zusammen. *Kann denn Sterben schrecklicher sein als dies?* Keiner der Passagiere blieb verschont. Die Seekrankheit war unter dem Haus Israel ausgebrochen; selbst die Widerstandsfähigsten und Kräftigsten schlug sie. Diese Menschen waren allesamt nicht an die See gewöhnt. Es waren Lehrer, Bankangestellte, Ladenbesitzer, Hausfrauen, Kaufleute. Die meisten von ihnen waren noch nie auf dem Wasser gewesen, bis auf Samstagsausflüge auf der Außenalster. Nein, das war keine Seereise, sondern ein drehender, lauernder, nicht zu Ende gehender Teufelsritt! *Was könnte uns Hitler Schlimmeres antun?*

Nichts, vielleicht. Das war es vielleicht, weshalb ihnen erlaubt worden war auszulaufen: den Nationalsozialisten den Ärger zu ersparen, sie direkt zu erledigen. Waren die Meere nicht schon mit Tausenden von Schiffen wie diesem übersät? Legal und illegal stachen Flüchtlingsschiffe auf der Suche nach einem Heimatland in See. *Sargschiffe*, nannten die Zeitungen sie. Dutzende waren gesunken, mit ihrer unglücklichen Fracht einfach verschwunden. *„Das Ersäufen ungeliebter Katzen"*, hörte man Himmler bemerken. *„In einen Sack damit und den Fischen zum Fraß vorgeworfen! Schnell und unproblematisch, wenn Sie mich fragen."*

* * *

Wie das Horn eines riesigen Stiers ragte der Abzugsschacht aus dem Deck des Schiffes. Ein Kreis aus sieben Bündeln lief wie eine Absperrung um das Rohr, und inmitten des Kreises kauerten Maria und Klaus Holbein mit ihren fünf Kindern.

Klaus, großgewachsen und Lincoln ähnlich, war ein Dutzend Mal von dem Lager zur Reling gestolpert. Sein Magen war jetzt ziemlich leer, aber seine Geräusche beim Erbrechen schienen unter den Kindern seuchenartig das Bedürfnis auszulösen, sich ebenfalls zu übergeben.

Maria, unter ihrem dunklen Teint so bleich, daß sie grün aussah, saß mit dem Rücken gegen den kühlen, vibrierenden Luftschacht. Drei kleine, zerzauste Köpfchen lagen in ihrem Schoß. Die Kinder hatten aschfahle Gesichter; ihre Münder würgten an der salzigen Luft, ihre dunklen Augen starrten stumpf zum Bug des Schiffes, das sich in der See hob und senkte.

„Wie lange noch, Mama?“, quengelte die kleine Trudy. Sie war schon fast acht. Schon ein Dutzend Mal hatte sie diese Frage gestellt, und ihr Flehen wurde von den drei neben ihr liegenden Kindern nachgeplappert.

Ein Anflug von Ungeduld stahl sich in Marias Gesicht. Sie hatte Trudy gesagt: „Wir haben doch erst abgelegt. Es kann noch Tage dauern!“ Sie holte mühsam Luft, als sie eine Antwort zu finden suchte, die sie zufriedenstellen würde. „Ich ... habe dir doch ... gesagt –“ Sie konnte nicht weitersprechen. Zorn stieg in ihr auf, und mit einem dumpfen Klang ließ sie ihren Kopf gegen das Metall zurückfallen.

Die fünf Kinder quengelten wie mit einer Stimme. Dann wurden sie still. Maria hatte die Hand auf Gretchens Kopf gelegt. Katrina lag am Arm ihrer Mutter gelehnt. Maria hatte die Empfindung, sich nicht bewegen zu können, selbst wenn sie wollte. Benommen ließ sie ihren Blick zu der Stelle schweifen, an der Klaus über der Reling hing, und holte tief Luft. Zwischen ihm und dem Entlüftungsrohr befanden sich zwanzig weitere Reisende. Er würde beim Zurückkommen an ihren Platz Schwierigkeiten bekommen, wenn er nicht auf sie treten wollte.

„Mama? Noch lange?“

Maria machte erst gar nicht den Versuch zu antworten. Sie wußte wirklich keine Antwort. *Wie lange wird uns übel sein? Wie lange wird dieses Schiff so stampfen? Wie lange noch, bis wir hier herunter kommen? Wie lange noch bis zu unserem Ziel?* Auch Maria hatte sich diese Fragen schon tausendmal gestellt. Keiner wußte etwas darauf zu antworten.

„Wir sind jetzt ... in Sicherheit“, schaffte sie zu sagen. „Weg von Deutschland.“

Wenn ihnen nicht so fürchterlich schlecht gewesen wäre, hätte dieser Gedanke unter den Versammelten Jubel ausgelöst. Weiteres Stöhnen. Klaus streckte sich und atmete aus, indem er seine Backen erleichtert entspannte. Er schwankte mit dem Frachter, als er über das Minenfeld aus Passagieren und ihrem Gepäck zwischen sich und seiner Familie zurückblickte. Indem er leicht, kaum wahrnehmbar die Schultern zuckte, wandte er sich wieder zur Reling um und fuhr sich mit der langen, knöchernen Hand übers Gesicht. Maria verstand die Geste. Es war schon schwer genug, sich darauf zu konzentrieren, ein paar Schritte weit zu gehen, ganz zu schweigen davon, über diesen Moment hinauszudenken. Eine weitere Frage stieg in ihr auf: *War die Abreise ein Fehler?* Maria bewegte leise die Lippen: *Nein!*

Das Haar stand Klaus in dunklen, drahtigen Strähnen vom Kopf, die großen Ohren ragten heraus. Einen Augenblick lang stellte sich Maria vor, wie eine steife Brise die Ohren ihres geliebten Mannes erfaßte und er über das Deck geblasen würde.

Diese Vorstellung beunruhigte sie. Es gab keine Rettungsringe, die man im Notfall in die dunkle See hätte werfen können. Nur eine Handvoll Rettungsboote. Wenn er davongespült würde, wie käme sie mit den Kindern zurecht?

„Klaus?“, rief sie kraftlos. Er hörte sie nicht. „Klaus?“, rief sie noch einmal. Sie wollte ihn in der Sicherheit ihres kleinen Lagers unter dem Luftschacht wissen.

„Ich hole ihn, Mama.“ Trudy hob den Kopf und kämpfte sich auf.

Trudy war ein gutes Mädchen, ein hilfsbereites Kind, auch wenn sie zu viele Fragen stellte.

Maria legte die Hand auf Trudys Stirn und drückte sie zurück. „Nein. Nein. Laß es bleiben. Dein Vater muß über vieles nachdenken. Er muß ein bißchen seine Ruhe haben.“ *Er muß allein sein.* Sie sprach die letzten Worte nicht aus, denn es gab mit Sicherheit für niemand die Möglichkeit, auf diesem Schiff allein zu sein.

Klaus wandte sich erneut um. Seine dunkelbraunen Augen trafen sich mit Marias müdem Blick. Er lächelte sogar ein wenig, und sie ahnte, was er dachte, als er wieder mit den Schultern zuckte. *So, hier sind wir nun also! Danach haben wir uns so viele Monate gesehnt, dafür haben wir gebetet! Schau, Maria! Die Seereise, die wir uns immer gewünscht haben!*

Maria zog eine Braue hoch und antwortete ihm mit einem halben Lächeln. Klaus sah auf seine Füße nieder und begann seinen langsamen, gefährlichen Weg durch die am Boden liegenden Körper zurück zu seiner Familie. Maria begriff seinen Galgenhumor. Klaus mochte ihre Ader für Humor. Selbst unter den entsetzlichsten Umständen hatte Maria stets dieses Lächeln zustande gebracht.

„Entschuldigung, bitte. Bitte! Oh, pardon, Frau ...“ Klaus stieg über seinen Koffer in den Kreis der Sicherheit. Es gab keine Stelle mehr, auf die er seinen Fuß hätte setzen können, ohne auf ein am Boden liegendes Kind zu treten. Einladend nahm Maria den schlaffen Körper der kleinen Katrina in den Arm.

„Sie scheinen sich ein bißchen eingewöhnt zu haben.“ Sie patschte auf die leere Stelle des Decks, und Klaus krümmte sich ungelenk nieder, um sich neben sie zu setzen.

„Das wird zu Ende gehen“, sagte er mit einem Nicken.

„Natürlich wird es das“, erwiderte Maria. „Mit allem in unseren

Mägen ist es ja bereits zu Ende gegangen. Was ist übrig? Übrigens, das Kleine –"

Klaus atmete aus, indem er wieder seine Backen einfallen ließ – eine nervöse Angewohnheit, in die er verfiel, wenn er sich nicht wohl in seiner Haut fühlte. „Das Schlimmste haben wir bald hinter uns, du wirst sehen. Morgen werden die Kinder die Dünung nicht einmal mehr bemerken."

„Es dürfte wohl jetzt niemand ans Essen denken, hm, Klaus?"

Er tätschelte ihre Wange. „Noch an irgend etwas anderes, meine Schöne." Er zwinkerte ihr zu und steckte eine Strähne von Marias braunem Haar unter das marineblaue Kopftuch, das sie trug. „Aller Appetit ist uns vergangen, fürchte ich."

Sie lächelte matt in das sanfte Gesicht ihres Gatten. Ihren zehn Ehejahren waren fünf stramme, fröhliche Kinder entsprungen. Nachbarn hatten Bemerkungen fallen lassen über die Regelmäßigkeit, mit der Maria Holbein Töchter entbunden hatte. Unter den Professoren der Universität Hamburg, an der Klaus bis 1935 Chemie gelehrt hatte, war dies zu einem Witz geworden. *„Klaus Holbein und Maria – welch eine Chemie zwischen ihnen, was?!"* Bis jüdische Babies irgendwann aufgehört hatten, ein Grund zum Scherz zu sein. Jüdische Professoren der Chemie waren verachtenswürdig geworden. Eines hatte zum anderen geführt, und schließlich zu diesem kleinen Brocken Eisen, der von der Nordsee hin- und hergeworfen wurde. Klaus war siebenunddreißig, Maria gerade fünfunddreißig.

„Der Appetit wird wiederkommen" – Maria berührte seine Wange –, „wenn wir einen Hafen gefunden haben."

Klaus hob leicht sein Kinn und sah weg, als ob er in der Luft nach Land wittern würde. „Einen Hafen. Ja." Er blickte auf seine jetzt schlafenden Kinder hinab. „In diese lecke Flasche gepackt, sind wir zu Gottes Botschaft an das Gewissen der Welt geworden, Maria. Umhergespült, umhergeworfen. Und ich frage mich: Werden sie sich niederbeugen, sie aus den Wellen zu fischen?"

Der Hoffnungsschimmer verschwand aus seinen Augen; tiefe Traurigkeit machte sich darin breit. Maria antwortete ihm nicht. Eine kleine Hand streckte sich hoch und zupfte ihn am Ärmel seines Tweedmantels. Es war Katrina; sie blickte von Marias Schoß auf. Ihre Augen blickten jetzt klarer, obwohl sie noch immer Bauchschmerzen hatte, die sich nicht legen würden. Klaus neigte sich hinab und gab seiner Tochter einen Kuß auf die Stirn. „Was ist, Katrina?"

„Papa?", fragte das Kind mit neugierigen Augen, „willst du uns nicht mehr von Noah erzählen? Von Noah und seiner Familie in der Arche?“

Jetzt öffneten sich weitere Augen und sahen den über sie geneigten, turmlangen Mann an, der Vater war, Beschützer, Ernährer und Geschichtenerzähler.

„Ja, Papa!“

„Erzähl uns, bitte, erzähl doch wieder!“

Maria räusperte sich. Amüsiert. Die Miene, die Klaus an ihr liebte. „Ja, Gatte“, fügte Marias Stimme hinzu. „Noah und die Arche. All die Tiere auf See. Was das für ein Theater gewesen sein muß! Aber laß dieselben Einzelheiten weg, die Gott aus der Geschichte weggelassen hat, ja? Es gibt vieles, wie ich jetzt begreife, von dem Gott nichts erzählt hat.“

9. An Bord der Arche

Stunden nach der Abenddämmerung fiel die Meeresdünung hinter einen Vorhang aus dichtem Nebel. Klaus und Maria saßen mit den Rücken gegen den Lüftungsschacht gelehnt; die fünf Kinder benutzten den Schoß und die Beine ihrer Eltern als Kissen.

Das stete Dröhnen der alten Maschinen vibrierte noch immer durch das Nebelhorn. „Wie der Liebesruf von Noahs Elefant", flüsterte Klaus und lächelte müde.

Klaus hatte eine große Decke über dem Schacht ausgebreitet, als eine Art Schutzdach für sie. Die kalte Meeresgischt drang mit Leichtigkeit durch das Behelfszelt und zwang die Familienmitglieder, sich der Wärme wegen aneinanderzukuscheln.

Es schien keine Spur eines Kummers wegen der Abreise aus Deutschland mehr zu geben. Sie hatten alles verloren, alles aufgegeben für einen Platz unter dem Abzugsschacht. Das Leben hatte jede Illusion darüber, was wichtig sei, eingebüßt. Aller oberflächlichen Sorgen beraubt, hatten Klaus und Maria erfahren, daß alles, worauf es wirklich ankam, ihre Familie war. Beieinander zu sitzen, mit den fünf Kindern, unter einem Ventilationsrohr, im Nebel – das schien der ganze Brennpunkt der Freude und Dankbarkeit zu sein. Sie waren am Leben. Sie waren zusammen. Hatte es je eine Zeit gegeben, da sie sich Sorgen über Rechnungen gemacht hatten? In diesem Augenblick entfiel die Erinnerung daran ihrem Gedächtnis. Hatte sich Klaus je ein Radio für ihre Wohnung gewünscht? Er konnte sich an diesen Wunsch nicht erinnern. Stimmte es, daß Maria einst am Tisch gesessen und geweint hatte, weil alle fünf Kinder gleichzeitig neue Schuhe brauchten? Das alles schien so lange her. In einer Zeit vor ihrem Leben, vielleicht.

Doch nun strömten Tränen über Marias Gesicht und vermischten sich mit der Gischt. Hier war Freude. *Fünf zerzauste Köpfe. Fünf Paar kleine Füße. Ein Gatte neben ihr. Keiner fehlte. Keiner war verlorengegangen. Bald würden sie mit Babbie in Amerika zusammentreffen.* Klaus und Maria entdeckten, daß das einzig Wesentliche jetzt das Leben selbst sei. Keiner von ihnen versuchte sich Gedanken darüber zu machen, wo sie den Rest ihres Lebens verbringen würden. Vielleicht gäbe es in ihrer Zukunft einen warmen Herd, einen Küchentisch und dampfende Tassen Tee; aber sie konnten sich nicht vorstellen, daß es irgendeinen Platz auf Erden gäbe, der ihnen so wunderbar vorkommen würde wie dieser.

Auf der Brücke des Schiffs schlug jemand auf einer kleinen Glocke die Stunde. Es war elf Uhr. Beinahe schon das Ende *des Tages*, an dem sie Nazideutschland verlassen hatten. Trotz Seekrankheit und Überfüllung, trotz der Unsicherheit war es ein sehr guter Tag für sie gewesen.

Da und dort erklang auf dem Deck leises Weinen und gedämpftes, kummervolles Stöhnen; das kam von jenen, die nicht so viel Glück gehabt hatten wie Klaus und Maria. Es gab unter den Flüchtlingen solche, die zuerst *alles* verloren hatten, und dann noch *jemanden. Jemanden zu verlieren*, dachte Maria, während sie den Seufzern einer Frau neben einem aufgewickelten Tau lauschte, *das bedeutet: mehr als alles zu verlieren!*

Maria schmiegte sich mit der Wange an Klaus' Arm und schloß die Augen, während schattenhafte Gestalten sich auf die Frau zu bewegten, sie zu trösten. Ihr Mann war heute morgen von der Gestapo eingesperrt worden.

„Schlafe jetzt, meine Maria", flüsterte Klaus. „Wir sind zusammen." Seine Worte waren ein Segen, der das Ende monatelanger Sorgen wegen Reisepapieren und Gestapo-Razzien bedeutete. „Wir alle. In Sicherheit."

Vorher hatte Klaus den Kindern erklärt, Noah habe nicht gewußt, wo die Arche schließlich landen würde. Wichtig war, auf das Schiff zu kommen, der Flut und der Zerstörung zu entgehen, zu denen es sicher kommen würde. Gott würde schon einen Hafen für sie finden. Irgendwo gäbe es ein Volk, das den Olivenzweig ausstrecken würde. Irgendwo gäbe es einen Berg Ararat, auf dem diese Arche landen würde.

* * *

Maria war sich nicht sicher, wie lange sie geschlafen hatte oder ob sie sogar jetzt noch schlief. Das andauernde Vibrieren des Schiffs hatte sie so eingelullt, daß sie auch dann noch träumte, als sie die Augen aufschlug. Sie meinte, jetzt einen von den beständigen, schwerfälligen Stößen der riesigen Kolben abgesetzten, anderen, leisen Schlag gehört zu haben und eine schwache Männerstimme, die um Hilfe rief.

„Helft mir! Um Gottes Liebe willen ..."

Maria setzte sich neben dem zusammengesunkenen Körper von Klaus auf. Sie rieb sich mit dem Handrücken die Augen und lehnte sich eng an ihn an, um herauszufinden, ob er vielleicht im Schlaf geschrien habe. Seine Lippen bewegten sich nicht. Sein Atem ging ruhig und regelmäßig im Rhythmus des Schiffs.

Ein Traum. Du hast geträumt, Maria, es sei denn, das Schiff selbst ruft so. Der Gedanke ließ sie erschauern. Sie horchte erneut scharf hin und ließ ihren Blick über die schlafenden Gestalten gleiten, die über das Deck verstreut waren wie ausrangierte Säcke. Hatte jemand gerufen? Oder den Alptraum gehabt, den sie alle in den letzten Monaten durchlebt hatten?

„Hilfe ... bitte ... helft mir!"

Da war es wieder. Leise, aber deutlich hörbar. Weit weg, als käme es aus den Eingeweiden des Schiffes. „Bitte ... Hilfe ..."

Geisterschiff. Sargschiff. So hatten sie den kleinen Frachter mit seiner Ladung verhaßter Juden genannt. Riefen deren Seelen jetzt mit gemeinsamer Stimme in die Nacht hinaus?

Maria durchlief ein Schauer drohender Gefahr. All die erfreulichen Gedanken vor wenigen Stunden. Jeder Stoß der Maschinen wurde von einem scharfen *Klong! Zack!* beantwortet, *Klong! Zack!* Helft ... zack ... mir doch!

Das war kein Traum. Die Stimme kam nicht vom Deck. Ja, tatsächlich: Das Echo klang hohl aus dem breiten Horn des Lüftungsschachts heraus – aus dem Inneren des Frachters!

Marias hatte einen trockenen Mund. Sie versuchte zu schlucken und streckte dann den Arm aus, um Klaus wachzurütteln. Tief schlafend, seufzte er protestierend und suchte ihre Hand wegzudrücken.

„Bitte ... um Gottes willen ... helft mir doch bitte!" Ein Stöhnen folgte den Worten.

„Klaus!", zischte Maria und stieß gegen den Arm ihres Mannes.

Verwirrt und widerwillig richtete sich Klaus auf. Drei der Kinder beschwerten sich über diese Bewegung ihres menschlichen Kopfkissens. „Was ist denn, Maria?" Seine Stimme klang scharf. „Ich soll wohl nach unten laufen und dir eine Tasse Tee bringen?"

„Shhhh!", machte sie, legte ihm die Hand auf die Schulter und streckte die Nase in die Höhe, als wollte sie in der Luft wittern.

Zack. Klong. Zack. Klong.

„Bloß die Maschinen."

„Nein! *Horch*!"

Klong. Zack.

„Es sind die Maschinen. Hast du mich geweckt, um diesen –"
„Helft mir, bitte", schluchzte die Stimme wieder.
Nun weiteten sich Klaus' Augen.
„Da, hörst du's?", freute sich Maria. Ja! Klaus hatte die Stimme gehört.
Klaus beugte sich vor und wiederholte, was sie getan hatte, um die Herkunft des Flehens zu bestimmen. *Nicht vom Deck.* Wieder rief die Stimme, und Klaus legte sein Ohr an den metallenen Luftschacht. Er keuchte auf, als das Geräusch eines Schreis erneut herausdrang.
„Hier!", rief er und sprang auf die Füße. Die Kinder wälzten sich mißmutig auf den Planken. Das Schutzdach aus der Decke löste sich und fiel auf sie herab.
„Was ist denn los?", fragte eine verärgerte Stimme aus wenigen Metern Enternung.
„Wir versuchen hier zu schlafen!", protestierte eine Frau und setzte sich mühsam auf.
Klaus stand auf seinen Zehenspitzen und spähte in das gebogene Horn des Schachts hinab. „Ist jemand hier drin?", rief er.
Eine Stimme antwortete schwach: „Bitte ... helft mir!"
Maria kämpfte sich auf die Füße und stellte sich neben Klaus. Andere Passagiere stolperten zum Schacht.
„Da unten ist jemand!"
„Sie träumen wohl?"
„Nein, ich sag's Ihnen – *da*! Haben sie das gehört? Eine Stimme!"
Als bekäme die Stimme durch die Anwesenheit von Menschen Kraft, rief sie eine eilige Erklärung herauf. „Bitte! Ein Seil oder ich werde stürzen! Das Gitter bricht mir unter den Füßen weg ..."
Klaus rief der Frau bei dem aufgewickelten Tau zu: „Bringen Sie das Tau her!"
Zwei gebrechliche alte Männer trotteten hinzu, um das Ende zu holen.
„Bitte!", flehte die Stimme im Schacht. „Ich kann mich nicht –"
„Wenn er durch den Schacht fällt, stürzt er zwanzig Meter tief", murmelte einer.
„Und was überhaupt macht er da drin?"
„Und *wir*, was machen *wir* alle auf diesem Schiff?"
Klaus, dessen fünf Kinder sich aufgeregt an seine Beine klammerten, führte das Tau in den Schacht hinab. „Es kommt! Halten Sie aus! Sagen Sie uns, wenn Sie es haben!"

„. . . so dunkel . . . schwarz hier unten“, hallte die Stimme. „Beeilen Sie sich . . .“

„Es kommt!“, versicherte Klaus. Er versuchte sich vorzustellen, wie jemand in einem Schacht, der senkrecht abfiel, überleben konnte. Stützte sich der Gefangene mit Händen und Füßen ab? Und wenn, wie könnte er dann das Tau ergreifen? Würde es an ihm vorbei in die Tiefe gleiten?

„Hier! Ich . . . halten Sie Ihr Ende fest –“

Ein Dutzend Passagiere und doppelt so viele aufgeregte Kinder umklammerten das Tau. Wie ein gewaltiger Fisch an der Angelschnur wurde die in der Mitte des senkrechten Schachtes hängende Stimme zu Fleisch und Blut.

„Zieht ihn hoch!“ Klaus verzog sein Gesicht bei dem Gewicht und stemmte sich dagegen. Die Gruppe bewegte sich bei diesem seltsamen Tauziehen Zoll um Zoll über das Deck. „Mehr Leute!“, knurrte Klaus, als das Gewicht einige Handbreit zurücksank.

Durch das Eingreifen einiger magerer Jünglinge verstärkt, die dem Ruf Folge leisteten, begann man das Tau schneller nach oben zu bewegen.

„Ich sehe Licht!“, rief die Stimme laut. „Gott sei Dank! Danke –“ Und dann entstieg die Stimme dem Horn des Schachtes. Das Gesicht war schwarz verschmiert vom Ruß. Das Gesicht hatte keinen Bart und keine Haare. Die großen Hände starrten von Blut und Schmutz. Die Stimme gehörte einem großgewachsenen Mann, der jedes überflüssige Pfund verloren hatte und jetzt wie ein schwarzes Skelett aussah. Diese absonderliche Erscheinung kroch aus dem Schacht, um sich auf dem Platz, den sich Klaus und Maria für ihr Lager gewählt hatten, zusammenzukauern.

Ein von der Brücke herableuchtender Scheinwerfer zeigte, daß der Mann vollständig nackt und nicht nur vom Ruß allein schwarz war, sondern auch von Verbrennungen, die in gewundener Linie von seinem Genick bis zu seiner rechten Fußsohle verliefen. Die eiternden Wunden stanken. Ihr Fang aus dem Entlüftungsschacht war bewußtlos geworden. Möglicherweise hatten sie ihn nur gerettet, daß er in der frischen Luft sterben konnte.

Die Kinder umklammerten Maria. „Mama! Er liegt auf unserem Bett!“

„Wir brauchen einen Arzt!“ Klaus kniete sich bei dem Verletzten nieder, fürchtete sich aber, ihn zu berühren.

„Er hat Verbrennungen.“

„Weil er im Schacht war?“
„Nein. Das ist ein Frischluftschacht. Etwas anderes –“
„Ich bin Arzt!“
„Laßt ihn durch! Laßt den Arzt durch, bitte!“
„Meinen Sie, er ist der Gestapo entkommen?“
„Was sonst? Wir sind alle der Gestapo entkommen!“

Nach einigen Minuten des Überlegens und der Untersuchung wurde der Verletzte vorsichtig unter Deck gebracht. Wahrscheinlich würde er nicht überleben, hatte der Arzt gemurmelt. Wie könnte eine so zerschundene Kreatur überleben?

Kaum zwanzig Minuten waren verstrichen, seit Maria das schwache Rufen zum erstenmal gehört hatte, und die Aufregung hatte sich gelegt. Die Familie hatte zwei wertvolle Decken an den Mann aus dem Schacht verloren. Bei jeder anderen Gelegenheit hätten sie sich vielleicht über ihren Verlust geärgert. Aber nicht in dieser Nacht.

* * *

Karl konnte sich nicht denken, weswegen Anna und Elisa so traurig waren. Er selbst war bei dem Gedanken an seinen ersten Flug ganz hingerissen. Theo, der jetzt die Uniform eines Offiziers der Tschechischen Luftstreitkräfte trug, hatte ihm alles darüber erzählt, wie der Wind unter den Flügeln des Flugzeugs vorbeistreichen und es in der Luft halten würde. Er hatte ihm Geschichten über waghalsige deutsche Piloten aus der Zeit des Ersten Weltkriegs erzählt. Karl hatte jeden Abend zugehört, wenn Theo von den jungen Männern sprach, die er jetzt auf dem Fluggelände kurz hinter Prag im Fliegen unterwies. Dieter war jetzt dort. Er schlief in einer großen Baracke zusammen mit fünfzig anderen Kadetten, die ein Teil der Gruppen bildeten, die Theo unterrichtete.

„Bevor du morgen gehst“, sagte Theo, der in seiner Uniform sehr schneidig aussah, „werde ich dich mitnehmen, Karl. Vielleicht kann dir Dieter seinen Schlafplatz zeigen, und wenn wir Zeit haben – was würdest du davon halten, in einem Trainingsflieger einen kleinen Ritt durch die Luft zu machen?“

Karl nickte begeistert. Das war mehr, als er sich hätte träumen lassen. Besser als Leahs Versprechen, durch das grüne Gras zu rennen oder auf einen Baum zu klettern! Wenn er seinen Bruder wiedersah, würde er ihm ein Bild malen, um ihm zu zeigen, wie Theo ihn mit hoch in den Himmel genommen hatte. Viel höher, als wenn man auf einen Baum steigt!

Theo lachte und fuhr Karl durchs Haar. Dann hob er ihn hoch und setzte ihn auf den Boden zurück. „Du bist ein guter Junge, Karl! Das Fliegen wird dir gefallen! Ich werde dich mit hinaufnehmen, und du wirst zurück sein, bevor Anna ein Wort sagen kann."

Karl sah Theo einfach nur an. Früher hatte er immer gedacht, Theo sei ein alter Mann, aber jetzt, in seiner dunkelgrünen Uniform mit den Offiziersabzeichen an seinem Arm, schien er keineswegs alt zu sein. Nein, entschied Karl, Theo war in Wirklichkeit ein junger Mann mit silbernem Haar und hellen, blauen Augen, die in dem zerklüfteten Gesicht nur so blitzten. Er hatte breite Schultern, und seine Haltung war nicht weniger kerzengerade als die der Offiziere, die Karl schon gesehen hatte. Wenn der hinkende Theo so kerzengerade ging, war das nur ein weiteres Anzeichen dafür, welch großer Pilot er gewesen war. Theo hatte ihn die Narbe seiner Kriegsverletzung berühren lassen, als er die alte Geschichte von den Geschehnissen in Frankreich erzählte. Er sprach vom Roten Baron und von einem anderen Piloten namens Wilhelm von Kleistmann, der bei einem Zusammenstoß ums Leben gekommen war. Er sprach auch von Hermann Göring, der mit seiner Einheit geflogen war. Göring sei damals nicht so schrecklich fett und boshaft gewesen, erklärte Theo. Das sei alles eine sehr lange Zeit vor dem Auftauchen Hitlers gewesen; sie seien einst Freunde gewesen.

„Theo!", schalt Anna vom Eingang her. „Was erzählst du dem Kind denn da für Geschichten? Hermann Göring, ausgerechnet!"

„Aber er mag meine Geschichten! Stimmt's, Karl?", verteidigte sich Theo. Karl nickte begeistert. „Übrigens, Anna, schadet es dem Jungen nicht, zu hören, daß auch aus einem guten Menschen ein schlechter werden kann."

„Hermann Göring war nie ein guter Mensch!", sagte sie streng. „Ein verfressener Possenreißer. Hungrig auf Essen, auf Frauen und jetzt auf Macht. Ich habe ihn nie gemocht."

„Du warst immer ein besserer Menschenkenner als ich", sagte Theo und zog sie an sich. „Und jetzt sag mir, worüber du dich tatsächlich aufregst."

„Über dich. In dieser Uniform. Ein Freiwilliger, sagtest du."

„Das bin ich ja! Nur ein Freiwilliger. Aber fühlst du dich nicht sicherer, wenn du mich wieder in einer Uniform siehst?"

„Als ich dich das letzte Mal in einer Uniform sah, haben wir den Krieg verloren!“ Anna machte sich los und verließ das Zimmer.

Theo seufzte. „Frauen! Nicht zu verstehen, Karl. Weil, weißt du, sie heiratete mich, weil ich in meiner Uniform so schmuck aussah.“ Dann erzählte Theo von Anna und ihrer ersten Begegnung. Wie er wieder und wieder gekommen war, um Anna das Klavierkonzert von Schubert spielen zu hören. Wie er draußen vor dem Bühneneingang gewartet hatte, weil er sich so vollständig in sie verliebt hatte. „Und sie verliebte sich auch in mich“, schloß Theo. „Und sie liebt mich noch immer, sonst wäre sie nicht so wütend. Hast du verstanden, mein Kind?“

Karl schüttelte den Kopf – ein feierliches *Nein*. Er wünschte, Theo würde auf die Kriegsgeschichten zurückkommen.

„Ach, ja, daß du das verstehst, darf ich nicht von dir erwarten. Du mußt erst in Murphys Alter kommen, bevor das wichtig wird.“ Theo schaute gedankenversunken auf seine blitzblanken Stiefel. „Vielleicht sollte ich einmal als Vater mit Murphy reden, bevor sie morgen abreisen. Man muß den Frauen in dieser Familie nicht alle Trümpfe lassen.“

* * *

Nach dem Abendessen räumten Anna und Elisa den Tisch ab, wuschen das Geschirr, trockneten es ab und stellten es in den Schrank, während die Männer im Musikzimmer guten Cognak tranken.

Ihre Gesichter waren ernst, als die Frauen eintraten. Sie hatten diese Stunde damit verbracht, Geschäftliches sowie die politischen Ereignisse zu besprechen, die eine Gefahr für sie bedeuten könnten. „Wer die Luftherrschaft hat, beherrscht die Welt – “ Theo hielt inne, kurz nachdem Anna und Elisa eingetreten waren.

Von einer weiteren Diskussion wurde abgelassen. Anna setzte sich ans Klavier, und Elisa brachte ihre Geige hervor. Karl, überzeugt, zu einer solchen Zusammenkunft gehöre auch ein Cello, nahm Murphy bei der Hand und zog ihn weg, Vitorio aus der Ecke seines Zimmers zu holen.

Murphy wunderte sich über die Feinfühligkeit des Jungen. Er wuchtete den Cellokasten auf und öffnete ihn; dann zog er die seidene Umhüllung zurück, die das glänzende Holz bedeckte.

Der Junge verschränkte die Arme und sah zufrieden das Instrument an. *Da*, schien er zu sagen; *jetzt haben wir ein Trio!*

Anna musterte das Instrument eine Weile und sagte dann abwesend: „Wenn es dir recht ist, Elisa, können wir Leahs Cello hier für sie aufbewahren. Es würde dir den Ärger ersparen, es zu –"

Der schmerzliche Blick im Gesicht des kleinen Karl ließ sie innehalten. Er seufzte und schüttelte wild den Kopf.

Nein, das Cello darf nicht hierbleiben. Vitorio war seine einzige Hoffnung, Leah wiederzusehen. Und wenn er Leah wiedersehen würde, wäre er auch wieder mit seinem Bruder Ludwig zusammen. Vitorio mußte mit ihnen nach Amerika!

„Nein, Mama." Elisa sah Karl traurig an. „Hörst du es, Karl?", fragte sie und berührte seinen Arm. „Wir werden Vitorio mitnehmen."

„Und deine Geige auch?" Anna schien überrascht. „Du wirst aussehen wie ein Orchester auf Tournee."

„Die Gangster werden denken, wir tragen große Gewehre mit uns herum." Murphy gab Karl einen Wink; er mußte lächeln. „Burschen wie Al Capone hatten ihre Maschinengewehre in Geigenkästen, weißt du?"

„Nein, wir können Leahs Cello nicht in Prag lassen, Mama", sagte Elisa. „Leah hat Karl erzählt, es sei ein fliegender Teppich."

„Ja", fügte Theo hinzu; „mit so viel Zauberkraft, daß das Flugzeug oben bliebe, auch wenn es keine Flügel hätte. Zweifellos wird Leah in Amerika ankommen, bevor wir –"

Anna schaute ihn scharf an. Er knickte ein wenig in sich zusammen und widmete sich wieder seinem Cognak.

„Ja." Elisa sah aus, als wollte sie weinen. Wer konnte sagen, wie lange es dauern würde, bis sie wieder zusammen waren? „Wenn Leah schreibt, mußt du ihr sagen, wie sie mit uns in Verbindung treten kann."

„Wenn alle Stränge reißen, können wir ihr den Namen eurer Bank geben." Theo meinte es ernst. Ein kleines Vermögen war von ihrem Schweizer Konto in Elisas Namen nach Manhattan zu Chase transferiert worden. Bis sie sich eingewöhnt hätten, würden etwaige dringende Botschaften ebenfalls über die New Yorker Bank geschickt werden. Über den bloßen persönlichen Spielraum einer solchen finanziellen Sicherheit für Elisa hinaus habe ein so hoher Betrag auch noch anderen Nutzen, hatte Theo Murphy gegenüber erklärt. Dieser Nutzen blieb unbestimmt; aber Murphy hatte keinen Zweifel daran, daß Theo über Visa und Pässe vom Schwarzmarkt sprach. Wenn es Schwierigkeiten gäbe, diese wertvollen Dokumente in den Staaten über legale Kanäle zu bekommen, würde Murphy einen Weg finden, sie zu kaufen – nur für den Fall, daß die Lage in der Tschechoslowakei sich verschlimmerte.

Murphy sah auch ganz klar, daß das persönliche Vermögen von Theo und Anna Lindheim weiterhin für die finanzielle Unterstützung Gefangener gebraucht wurde, die sich um ihre Flucht aus Deutschland und Österreich bemühten. Hier in der relativen Sicherheit und Bequemlichkeit des Hauses auf der *Mala Strana* fand zwischen Theo und den Nazis, die ihn nach Dachau verbracht hatten, ein überaus stiller, persönlicher Kampf statt. Zweimal hatte Theo im Fieberdelirium den Pakt erwähnt. Einen Priester. Einen Kantor. Einen Mann namens Stern. Die seltsame Nennung des Herrgottecks von Dachau.

Niemand hatte ihn darum gebeten, diese dunklen, furchterregenden Namen zu erklären. Es war genug, daß er in der Hölle gewesen war und überlebt hatte. Konnten sie ihn bitten, darüber zu sprechen? Die Mauern in Deutschland hatten Ohren. Die Wände hatten gehört, daß Theo Lindheim bedrohte Zionisten mit Geldbeträgen ausstattete. Hier in Prag könnten die Mauern ebenfalls lauschen und denen über den Pakt berichten, die unter der Karlsbrücke im Dunkeln wandelten – mit schrecklichen Folgen für alle.

Theo verstand dies alles sehr. Das amerikanische Bankkonto konnte für vieles gut sein. Er würde es seinem Schwiegersohn überlassen, das beste daraus zu machen, wenn die Dinge in Prag sich schlecht entwikkelten.

Murphy war dankbar, daß Anna und Elisa den Schatten der Gefahr vergessen zu haben schienen, den er wie Theo heute abend tief empfunden hatte. Die beiden spielten – etwas, das Mozart für Klavier und Violine komponiert hatte. Murphy konnte sich an den Namen des Stücks nicht erinnern. Der kleine Karl saß neben Vitorio und warf ab und an einen kameradschaftlichen Blick auf das Instrument. Es war, als könnte er Leah und Ludwig ganz nahe bei sich spüren, dachte Murphy. In den Augen des Jungen lag tiefe Zufriedenheit, während er die Musik aufnahm, als wäre sie ein Stärkungsmittel.

Viel zu bald war es vorbei. Die beiden Frauen umarmten einander und verabschiedeten sich unter Tränen von ihrem für lange Zeit letzten gemeinsamen Abend.

Murphy und Theo gaben einander einen festen Händedruck. Es gab so vieles, das Theo unausgesprochen gelassen hatte. Murphy hoffte, der Tag würde nie kommen, an dem er es bedauern müßte, nicht nachgefragt zu haben.

10. Wir können nur noch beten

Das erste, was Shimon zu Bewußtsein kam, war sein schrecklicher Durst. Dann hörte er, daß aufgebrachte Stimmen über ihn sprachen. Zornige Worte drangen in sein nebelhaftes Bewußtsein: „Die medizinische Versorgung auf diesem Schiff ... unzureichend ... kriminelle Versorgungslücken, Kapitän ...“

Er lag mit dem Gesicht nach unten auf einer schmalen Pritsche und nahm wahr, daß seine Füße über das Ende der Pritsche hinausragten und sein rechter Arm schlaff herabhing. Stimmengemurmel um ihn her. Zwei Männer sprachen miteinander und übertönten einen Chor weinender Kinder und bestürzter Frauen.

„Ich bin nur der Kapitän. Von ihren Leuten in Palästina bezahlt. Sie haben das Schiff für fünfhundert Menschen ausgerüstet, und jetzt haben wir beinahe achthundert an Bord.“

„Ein sauberes Krankenzimmer war zugesagt. Eine ausreichende medizinische Versorgung ist unter solchen Umständen entscheidend. Dieser Mann könnte möglicherweise heute nacht sterben, wenn —“

„Sein Name ist nicht auf der Passagierliste. Ein blinder Passagier. Wenn er stirbt, bewahrt er uns davor, ihn den Deutschen wieder übergeben zu müssen.“

Shimon stöhnte leise. Er hatte kaum die Kraft, noch einmal Atem zu holen, ganz zu schweigen die Kraft zur Flucht.

„Sie haben von der Überbelegung dieses Schiffes profitiert. Jeder, der genügend Geld hatte, konnte sich einen Platz kaufen. Ich fordere Sie auf, mir zu sagen, ob wir genügend Lebensmittel haben.“

„Wenn Sie sich beschränken, haben wir genug. Ich habe die zusätzlichen Flüchtlinge nur aus Herzensgüte zugelassen. Sie sollten mir danken.“

Die Maschinen des Schiffes übertönten die Antwort des Arztes. Shimon glitt in ein zwielichtiges Bewußtsein. Er versuchte sich zu erinnern, wie er auf das Schiff gekommen war. Wieviele Tage war er versteckt gewesen? Feuer, Explosionen. Die Schreie der Sterbenden. Seine eigenen Schreie. Was bedeutete das alles? Wo war Leah? War jedes Mitglied des Orchesters ermordet worden? Ein Zugunglück?

Die Mosaiksteine wollten nicht ineinanderpassen. Er schlug die Augen auf und starrte auf die graue, stählerne Wand der kleinen Krankenstube. Der Anstrich hing in Fetzen herab; die Nieten waren verkrustet von Rost, der die Schweißnähte entlanglief. Shimon blinzelte und schloß wieder die Augen. Was hatte der Kapitän gesagt? *Wenn er stirbt, erspart er uns die Mühe, ihn –*

Wütend tönte die Stimme des Arztes. „Es gibt nicht genügend Morphium, diesen Menschen über die Nacht zu retten!"

„Dann sollten Sie es lieber aufsparen. Ich habe heute nachmittag ein Dutzend schwangere Frauen auf dem Deck gezählt. Wenn dieser Mann sowieso stirbt, sollten Sie es lieber für die Lebenden aufsparen."

Erneut öffnete Shimon seine Augen. Er versuchte den Kopf zu drehen, konnte es aber nicht. Etwas war geschehen. Der Schmerz war nicht verschwunden, aber weniger stark. Morphium. Der Arzt hatte ihm Morphium gegeben. *Nicht genügend, diesen Mann über* ... Shimon bewegte die Finger seiner rechten Hand. Sie waren verbunden. Sein Rücken und sein rechtes Bein waren ebenfalls verbunden. Wann war das geschehen? Er konnte sich nicht daran erinnern und versuchte zu sprechen. Brennender Durst erstickte seine Worte zu einem heiseren Flüstern. „Durstig –", sagte er. Die sich unterhaltenden Männer verfielen in Schweigen.

Shimon nahm vage wahr, daß ein Mann, der Kapitän, den Raum verließ. Sanfte Hände führten einen Löffel mit einer kühlen Flüssigkeit durch seine ausgetrockneten Lippen. Das meiste davon rann wieder heraus und hinunter auf die dünne Matratze.

„Ja, nehmen Sie nur, armer Kerl", sagte der Arzt begütigend. Noch ein Löffel berührte Shimons Mund. Er umschloß ihn eng mit den Lippen, um das Wasser aufzufangen. Wie lange schon hatte er kein Wasser mehr getrunken? „Mehr!", ächzte er, als ihm das kühle Naß die Kehle hinabgeflossen war.

„Ja. Aber ganz langsam, mein Freund." Der Arzt gab ihm noch einen Löffel. Eine weiche Hand lag auf seiner Stirn. „Sie haben viel durchgemacht."

Shimon begann zu weinen – kurze, jammernde Seufzer, tränenloses Wimmern. In seinem Körper war für Tränen nicht mehr genügend Flüssigkeit vorhanden.

* * *

Die kleine Messingglocke über der Glastür bimmelte geräuschvoll, als Babbie Rosenfelt die Räume des Reisebüros Thomas Cook betrat, das an der Uferpromenade der Binnenalster lag.

Hinter dem Schreibtisch saß ein intellektuell aussehender, gedrungener Angestellter mit dicken, runden Brillengläsern im Gesicht und puderfeinen Kopfschuppen auf seinem marineblauen Anzug. Er blickte auf und begrüßte sie mit nasalem, britischem Akzent.

„Frau Rosenfelt! Wie schön, Sie zu sehen! Sehr gut, Sie wiederzusehen, *in der Tat*!"

Nur schwer konnte sie seine Begeisterung zügeln. Es war ihr unmöglich gewesen, die Nacht durchzuschlafen; von der Anstrengung der letzten Wochen zitterten ihr jetzt die Hände.

„Guten Morgen, Mr. Hart." Sie unternahm nicht den Versuch, ihre Besorgnis zu verbergen. „Haben Sie meine Fahrkarten?"

„Sie sind früh dran", tadelte er.

„Es ist acht Uhr. Sie öffnen doch um acht?" Das war keine Frage.

„Ja, selbstverständlich. Aber dennoch habe ich Sie nicht vor der Teezeit erwartet."

„Nun, so können Sie heute Ihren Tee etwas früher nehmen, Mr. Hart, um acht Uhr morgens anstatt um vier Uhr nachmittags. Ich bin *jetzt* hier. Haben Sie meine Fahrkarten?"

Er sah auf die zitternden Hände der alten Frau. Ihre Stimme klang belegt. Er konnte ihr die Anstrengungen an den Augen ablesen. Dieser Anblick ernüchterte ihn plötzlich. Seit zwanzig Jahren war er beim Reisebüro Thomas Cook angestellt. Er hatte Frau Rosenfelt 1918 eine Fahrkarte nach Amerika verkauft, einen Monat, nachdem Deutschland den Krieg verloren hatte. Sie hatte ihre beiden Söhne in diesem Krieg verloren, und seither hatte er sie nicht mehr in einer solchen Verfassung erlebt.

„Seit zwanzig Jahren kaufen Sie Fahrkarten bei Cook, liebe Frau Rosenfelt. Vor langer Zeit habe ich gelernt, Ihre Fahrkarten mindestens einen Tag früher fertig zu haben." Er hoffte, daß er der alten Frau ihre langjährige Verbindung mit dem Reisebüro in Erinnerung brachte, würde sie freuen. Das war nicht der Fall. Sie starrte ihn befremdet an, als könnte sie sich in diesem Moment an jede Einzelheit dieser zwanzig Jahre erinnern. Jede kleine Geschäftsreise nach Paris, Brüssel oder London war von diesem Reisebüro arrangiert worden. Oft hatten sie über spezielle Abmachungen geplaudert, die für das Verschiffen des Porzellans in ihrem Beisein getroffen werden sollten. So hatte er einiges Geschäftliche über die Rosenfelt-Porzellan-Gesellschaft erfahren. Jetzt war natürlich das Reich Inhaber der Porzellan–Fabrik. Seither hatte die alte Frau nicht viel Veranlassung zum Reisen gehabt.

„Ich danke Ihnen, Mr. Hart." Sie hob ein wenig das Kinn, als wollte sie ihre Erinnerungen verdrängen. „Ein schnelles Schiff nach New York, wie ich hoffe?"

„Die *Cristobel* von Hamburg nach England. Dann Fahrt auf der *Queen Mary* von Southampton nach New York. Es gibt kein schnelleres Schiff auf den Meeren. Obwohl die Franzosen meinen, sie haben mit der *Normandie* eins."

„Ein neues Schiff?"

„Sie wird Ihnen gefallen, glaube ich. Selbstverständlich Erster Klasse. Und auf dieser Überfahrt will die *Queen Mary* versuchen, den Geschwindigkeitsrekord der *Normandie* zu brechen. Schnell ist sie, in der Tat, Frau Rosenfelt. Sie werden New York binnen einer Woche wiedersehen."

Babbie Rosenfelt nickte knapp. Sie hatte erwartet, daß er seine Aufgabe gut erfüllen würde. In ihren Augen schien die Buchung auf der *Queen* innerhalb einer so kurzen Zeit keineswegs ein kleines Wunder zu sein. Allerdings waren die großen Linienschiffe derzeit restlos von Amerikanern ausgebucht, die Europa verließen.

„Meine Koffer ..." Sie wühlte in ihrer schwarzsamtenen Handtasche herum nach dem zusammengefalteten Scheck. „Würden Sie einen Gepäckträger beauftragen, sie heute abend in meiner Wohnung abzuholen?"

Er runzelte die Stirn. Früher waren die Koffer von Frau Rosenfelt immer am Tor der großen Rosenfelt-Niederlassung an der Außenalster abgeholt worden. Auch sie war von den Nationalsozialisten beschlagnahmt worden, als diese arisiert wurde. Jetzt lebte die alte Frau in einer kleinen Wohnung ein paar Häuserblocks entfernt. Es war schwierig, einen Gepäckträger mit der Abholung ihrer Koffer zu beauftragen. Deutschen war es verboten, Diener von Juden zu sein. Kein deutscher Gepäckträger würde zu ihrer Wohnung gehen. Schließlich fand Mr. Hart einen englischen Gepäckträger von der *Cristobel*, ihre Habseligkeiten abzuholen.

„Heute abend, sieben Uhr?", fragte er. Dann wollte er mehr aus Neugier wissen: „Und wollen Sie, daß ich eine Rückfahrt für Sie buche, Frau Rosenfelt?"

Ein leichtes Lächeln spielte um die Mundwinkel der alten Frau. „In meinem Alter ist es unsinnig, weit vorausschauende Pläne zu machen, nu?"

„Ich bin sicher, Sie werden uns alle überleben, Frau Rosenfelt." Er klang erschreckt.

„Ich dürfte allerdings jeden Juden überleben, der *meschugge* genug ist, eine Rückreise nach Deutschland zu buchen." Das Lächeln verschwand; ihre Augen weiteten sich aufgrund der Wahrheit ihrer Worte. „Und ganz bestimmt werde ich jeden Juden überleben, der hierbleibt."

Der gedrungene Angestellte räusperte sich verlegen. „Schreckliche Zeiten", murmelte er. „Schrecklich ... schrecklich."

Sie blickte ihn an. Ihre alte Würde kehrte zurück. „Ich hoffe, *Ihre* Reisevorbereitungen sind im Gange, Mr. Hart. Es sieht nicht eben gut aus für die Beziehungen zwischen England und Deutschland, nu? Noch ein paar Wochen, und der Führer könnte den Finger am Abzug krümmen – und jeder in Deutschland lebende Engländer gerät zwischen die Mühlsteine."

Der kleingewachsene Angestellte rümpfte besorgt die Nase und kramte in seinem ordentlichen Stapel nach den Fahrkarten der alten Frau. Das war ein Gesprächsthema, an dem er nicht festhalten wollte. „Wir sind sehr zuversichtlich, daß Premierminister Chamberlain mit dem Führer eine Übereinstimmung erzielt. Er hat für sich und auch England Frieden gelobt, wie Sie wissen."

„So!" Sie zog die Stirn kraus und errötete ein wenig. Ihr Kinn ging weiter in die Höhe, und langsam hob sie sich ihr Pincenez an die Augen. „Soso, Chamberlain will also Frieden, heh? Daran hätte er denken sollen, als er die Wehrmacht ins Rheinland einmarschieren ließ. Und dann nach Wien."

Das waren gefährliche Worte. Mr. Hart hoffte, daß kein deutscher Fußgänger vor ihrem Weggang ins Büro käme. „Nicht unsere Angelegenheit. In der Tat nicht, Frau Rosenfelt."

Sie ließ sich nicht zum Schweigen bringen. „Wenn Ihr alle in London herumrennt wie ein Schwarm Fliegen und Gasmasken tragt, dann schreiben Sie mir nach New York, Mr. Hart! Dann sagen Sie mir: ‚Es ist nicht unsere Angelegenheit!'" Die alte Frau war jetzt verärgert. Er hatte sie nie verärgert erlebt – mit einer Ausnahme: als ihr Gepäck verlorengegangen war.

Der Angestellte lächelte mechanisch und zog ihre Fahrkarten aus dem Stapel. „Ah! Da sind sie ja! Alles in Ordnung." Er nahm sich vor, den auf sich gerichteten Blick der furchterregenden Augen der alten Frau nicht zu spüren, während er die Dokumente begutachtete. „Alles in bester Ordnung!" Er wollte, daß sie ging, und ließ ihre Fahrkarten in einen braunen Umschlag aus Manilapapier gleiten, auf dem der Schriftzug prangte: *Thomas Cook – Seht Euch die Welt an, die See und das Land!* Er schob ihr den Umschlag über den Schreibtisch zu. Einen Moment lang fragte er sich, was wohl mit der Familie der alten Frau sei. Ihrer Enkelin Maria.

Es schien sehr lange zu dauern, bis die alte Frau den Umschlag aufnahm. Ihre Hände zitterten nicht mehr. Sie war ruhig und abwesend. „Ich werde dann also den Gepäckträger heute abend punkt sieben Uhr erwarten." Sie ließ das Pincenez bis ans Ende der Kordel fallen mit einer Geste, die besagte: *Andernfalls* ...

„Selbstverständlich, Frau Rosenfelt." Sie war am Gehen. Der Angestellte war erleichtert. Zwei SS-Soldaten schlenderten draußen am Fenster des Reisebüros vorüber. Die alte Frau machte auf den Hacken kehrt, ging hinaus und an ihnen vorbei. „Angenehme Reise!", rief Mr. Hart. Aber sie schien ihn nicht zu hören, da die Glocke über der Tür ärgerlich klingelte.

* * *

Jedes Jahr am Todestag Herbert Rosenfelts machte Frau Rosenfelt einen Ausflug zum jüdischen Friedhof, um seiner zu gedenken. Bevor es mit diesem nationalsozialistischen Unsinn anfing, hatte sie sich immer vorgestellt, wie sie eines Tages in Frieden neben ihrem Gatten ruhen würde, unter dem Grabstein aus Carraramarmor: *Trudence, Gattin des Herbert* ... Dann wäre es Marias und der Kinder Pflicht gewesen, eine jährliche Wallfahrt zu unternehmen, einen Kiesel auf den Grabstein zu legen und die erforderlichen Gebete zu sagen.

Kein Jude in Hamburg oder, in diesem Fall, ganz Deutschland, hatte vorausgesehen, daß die Politik nicht nur für die Lebenstraditionen, sondern ebenso für die des Todes einen Bruch bedeuten würde.

Zum letztenmal öffnete Babbie Rosenfelt das quietschende, schmiedeeiserne Tor des Friedhofs. Indem sie über ihre Schulter blickte, sah sie zwei junge Braunhemden zwei Häuserblocks entfernt vor den hohen Mauern herumschlendern. Sie schienen keine Notiz von ihr zu nehmen. Sie betrat das Gelände und schloß hinter sich das Tor. Erleichtert atmete sie auf. Jeder wußte über diese jungen Arier Bescheid: Sie lauerten außerhalb der Synagogen und Friedhöfe Juden auf, die solche Orte besuchten, um sie zu verprügeln.

Sie schaute über das ausgedehnte, eng besetzte Gräberfeld. Hier lagen alte Freunde, Menschen aus ihrem und Herberts engstem

Bekanntenkreis von früher. Hier lagen Hochzeiten, Geburten und über das Bar Mitzwah ihrer Söhne stolze Eltern. Hier lagen Feste und stille Tischgespräche, ein Abend in der Oper, schöne Lieder zur Chanukkah und die sanften Melodien der Gebete während der Tage der Ehrfurcht. Ein alter Freund nach dem anderen hatte sich zu den Generationen in diesem stillen Feld versammelt. Linden erblühten jeden Frühling und ließen im Herbst die Blätter fallen, die alte Bewohner und Neuangekommene mit ihrem Teppich bedeckten. Wer bei den Lieben weinte, wurde sehr bald zum Anlaß neuer Tränen. Das war der einzige Ort in Hamburg, den Frau Rosenfelt bedauerte zu verlassen. Für einen Juden war der Friedhof die letzte Umgebung, die in Deutschland sicher war. Nur mußte man, um diese Sicherheit genießen zu können, tot sein. Hitler brüllte: *Nur ein toter Jude ist ein guter Jude!* Frau Rosenfelt erwiderte auf den Verrückten im Radio: *Ein* sicherer *Jude war nur ein toter Jude.*

Sie bückte sich und hob ein Steinchen auf, das sie auf den Grabstein Emma Goldfarbs legte. Emma war immer ein wenig eine *Jenta* gewesen. Man konnte nicht mit ihr Kaffee trinken, ohne sich bis ins Kleinste anhören zu müssen, wer was mit wem tat oder wer einen Sohn oder eine Tochter hatte, der oder die mit einem von *ihnen* davonlief. Jetzt war beinahe jeder, über den Emma getratscht hatte, tot. Wenn man zurückblickte, kam einem diese eitle Art der Unterhaltung ziemlich absurd vor.

„Nun gut, Emma", sagte Frau Rosenfelt und verzog den Mund dabei, „hier ist etwas, über das man tratschen kann. Trudence Rosenfelt verläßt Hamburg *endgültig*! Jahrelang sagtest du, ich sei im Herzen Amerikanerin. Und hast daran herumgenörgelt, daß ich meine amerikanische Staatsbürgerschaft nicht aufgegeben habe. So! Ich sage dir: Du hattest recht, die ganze Zeit. Nu? Meine Enkelkinder habe ich wie eine Warenladung weggeschickt, mit einem Frachter. Und auch ich bleibe nicht länger hier, sonst wird mein Grabstein von der SS am Ende noch als Ziel für ihre Schießübungen mißbraucht!"

Frau Rosenfelt hatte von Emma Goldfarb nie viel gehalten. Sie hatte ziemliches Übergewicht und schreckliche Tischmanieren. Trotz des Ernstes, der im Tod der Frau lag, hatte Frau Rosenfelt kichern müssen, als Herbert sich über das verkrampfte Aussehen der Leichenträger ausließ, die den Sarg als schwere Last durch das Eisentor geschleppt hatten.

Aber es gab noch andere hier! Solche, die unerwartet verschieden, und Freunde, die viel zu jung gestorben waren und deren Gesichter der alten Frau jetzt in der Erinnerung jünger vorkamen als ihre Enkelin! Wie waren sie in ihrem Gedächtnis so jung geblieben, und sie selbst war so alt geworden?

Langsam ging sie an den Gräbern dieser Bekannten vorbei, bis sie schließlich zu den drei Grabsteinen kam, die ihr Herz an dieses Fleckchen Erde banden.

Herbert Rosenfelt
Geliebter Gatte von Trudence
Geliebter Vater von Michael und Daniel

An den Seiten des Steins befanden sich die Grabsteine Michaels und Daniels. Obwohl keiner der Jungen hier begraben lag, waren die Steine Frau Rosenfelt als Schreine ihres Andenkens nötig gewesen. Der gute Michael hatte die kleine Maria als eine Erinnerung an sein Leben zurückgelassen. Daniel war nicht verheiratet gewesen. Jetzt erinnerte sich nur noch Frau Rosenfelt an das lockige Baby, aus dem ein zwanzigjähriger Mann geworden war, nur um in *einem* Augenblick des Kriegs zu fallen.

Die alte Frau stand still an den Gräbern und betrauerte sie erneut: *So jung, so jung! Noch so jung!*

„Michael", flüsterte sie, „deine kleine Maria ist jetzt fünfunddreißig. Schon jetzt lebt sie länger, als du Jahre alt wurdest. Weißt du, daß du Großvater wärst? Oi! Du warst noch so jung! Und jetzt, sieh deine alte Mutter an, willst du, ja?" Hemmungslos flossen ihr die Tränen über die Wangen. „Ich bin gekommen, dir zu versprechen, daß ich sie nicht zugrunde gehen lasse! Und jetzt muß ich diesen Ort verlassen. Ich werde ihn nicht mehr besuchen. Nein. Meine Söhne. Mein Gatte. Lieber Herbert, ich kann nicht wieder zu deiner *Jahrzeit* kommen ..." Indem sie dies sagte, streckte sie die Hand aus und berührte jeden der Steine, als würde sie die Gesichter ihrer Lieben berühren. Sie legte das Steinchen oben auf Herberts Grabstein in eine lange Reihe von Steinchen, die so viele zählten wie die Besuche, die sie gemacht hatte. Leise betete sie auch für Maria, für Klaus und die Kinder.

Vögel zwitscherten eindringlich in den Zweigen der würdevollen Linden über ihr. Die Zeit an diesem zeitlosen Ort verging zu schnell. Für den Gatten ihrer Jugend war die Zeit stehen geblieben, und sie war ohne ihn alt geworden. In fünfzig Jahren, dachte sie, würden junge Juden auf diesen Ort stoßen und bemerken, daß *Trudence, Gattin des Herbert Rosenfelt* nicht, wie sie geplant hatte, hier neben ihrem Mann lag. Sie würden den Grund nicht kennen. In fünfzig Jahren wären selbst die Braunhemden der Hitlerjugend alte Männer. Viele wären unter den Lindenbäumen anderer Friedhöfe zu Staub geworden. Und wer würde sich dann daran erinnern, daß der lange Arm von Hitler selbst bis hierher reichte, um das letzte Ziel einer alten Frau zunichte zu machen?

„Und jetzt: Shalom, meine Herzlieben", murmelte sie. „Shalom. Von Maria. Von Klaus. Von den Kindern. Ich muß weiterleben, bis sie mich nicht mehr brauchen! So Gott will", flüsterte sie, als sie das Eisentor schloß, „werden *sie* leben, um sich daran zu erinnern, warum ich nicht neben dir bin, Herbert."

* * *

Manche nannten die Nordsee das deutsche Meer. Der Name schien jetzt sehr passend. Klaus half Maria, die Strecke über das Deck zurückzulegen. Er hoffte, ihr so über die Steifheit in ihren Gliedern hinweghelfen zu können, die sie von der Nacht an Bord der *Darien* hatte.

Zwei große Kriegsschiffe mit gehißter Reichsflagge querten den Kurs des kleinen Frachters. Ihr Kielwasser krachte wie riesige Brandungswellen gegen den Bug des Schiffes. Ein alter Rabbi starrte ihren massigen Formen nach und gab Klaus einen Klaps auf den Arm, als dieser Maria wegen des Schlingerns festhielt.

„Oi!", rief der alte Mann und strich sich nachdenklich durch den Bart. „Denken Sie, das bedeutet vielleicht, daß die Furcht vor uns sie vertrieben hat?"

„Wir sind der englischen Küste jetzt viel näher als der deutschen", sagte Klaus verärgert. „Sie sind uns bis hierher gefolgt, um uns wissen zu lassen –"

„Uns wissen zu lassen? Was? Uns was wissen zu lassen?" Der Rabbi nickte und überlegte.

„Uns wissen zu lassen, daß sie uns versenken können", fiel ein junger, ungefähr achtzehnjähriger Mann ein, der Aaron hieß.

„Nein, Kinder! Gott wird ihnen schon die Wahrheit gesagt haben, nu?" Der Rabbi schüttelte Aaron gegenüber ermahnend den Zeigefinger. „Niemand versenkt uns! Es sei denn, Gott – Er sei gelobt! – gibt die Erlaubnis dazu!"

Eine kleine Gruppe müder Passagiere lachte, aber mehr aus Erleichterung als aus wirklichem Vergnügen.

„So, Rabbi?“ Maria fuhr sich mit der Hand an den schmerzenden Rücken und reckte sich. „Wissen Sie einen Weg, wie man sichergehen kann, daß Gott ihnen die Erlaubnis später nicht doch noch gibt?“

Stimmen wurden laut: „Eine Einsegnung! Segnen Sie uns, Rabbi! Und beten sie uns ein Gebet vor! Ein Kriegsschiff-Gebet!“

Der alte Mann schaute sich zustimmend im Kreis um. „Also, das ist mir eine Versammlung!“ Er nickte. „Ja. Wir haben das Minjan und noch mehr. Dann werden wir also eine Kriegsschiff-Einsegnung machen, nu?“ Er legte das bartbewachsene Kinn in die Hand und stand lange Zeit in tiefen Gedanken da. Niemand wagte ihn zu stören. Dann erhob er seine runzlige Hand wie den Zweig eines alten Baumes, durch den der Wind des großen deutschen Meeres geht. Er begann: „Möge der Ewige – Er sei gelobt! – die Schiffe der Nazis segnen und –“

Mißbilligendes Gemurmel erhob sich unter den Reihen seiner zerlumpten Gemeinde. *Meinst du, der Wind hat dem Rabbi den Verstand weggeblasen? Ist er schon so alt, daß er vergessen hat, auf wessen Seite Gott wohl stehen dürfte?*

„Wartet einen Moment! Wartet! Ich bin noch nicht zu Ende!“, begehrte der Rabbi gegen die Unterbrechung auf. „Möge der Ewige –“, begann er wieder, „Er sei gelobt! – die Schiffe der Nazis segnen und einen Ozean zwischen uns und sie legen!“

Händeklatschen erhob sich angesichts dieses Segens des alten, aus dem Land verstoßenen Rabbis von Nürnberg. Die Rauchfahnen der Kriegsschiffe glitten hinter den Horizont, als wären sie vom Rand der Erde hinabgefallen. Jedenfalls hoffte jeder, daß das so sei. Die Segnung wurde treppauf und treppab, auf und unter Deck wiederholt. Es gab dem geschmacklosen Breifrühstück die Würze. Es milderte den Hunger des Hasses und verwandelte Angst und Wut in glückliches Gelächter. *Dem Feind diesen Segen zu sprechen! Möge der Ewige – Er sei gelobt – Hast du das gehört, Chaim?*

Als der Rabbi seinen Tallit anzog, der sich in der steifen Meeresbrise wie ein Banner bauschte, fühlten sich viele Menschen, die nicht zum Gottesdienst gegangen waren oder den Unterricht schon vor Jahren abgebrochen hatten, zu dieser Fahne des Gebets hingezogen. *Was sonst gäbe es für uns jetzt zu tun, hm? Wir können nur noch beten. Das ist gar kein schlechter Platz für so hoffnungslose Menschen wie uns.*

* * *

Nach den Morgengebeten und dem Dank an den Ewigen, daß Er den undichten Frachter über den Grund der Nordsee hielt, organisierte der alte Rabbi eine Thoraschule für die Kinder. „*Wer weiß, wie lange wir auf dieser schwimmenden Insel sein werden, nu?*"

Durch besondere Freistellung wurde auch kleinen Mädchen erlaubt, bei dem heiligen Studium der Thora dabeizusein. Das fand die Billigung beinahe aller an Bord des Schiffes, weil die meisten keineswegs religiös und den alten Bräuchen nicht verhaftet waren. Der alte Rabbi von Nürnberg wurde für sehr progressiv angesehen, obwohl er aussah, als käme er aus einem polnischen Ghetto. Die meisten der deutschen Juden wollten dieses altmodische Image abstreifen. „*Was kann das schon schaden, so ein bißchen Thora? Und er läßt auch die Mädchen lernen! Der ist fortschrittlich! Wenn wir in Amerika landen, wird das honoriert werden!*"

Es gab einige wenige entschieden Orthodoxe, die ihre Zustimmung versagten. Sie hielten sich für die wahren Juden, die einzig wirklichen Juden auf dem ganzen Schiff. Ihrer Heiligkeit wegen könnte der Ewige – Er sei gelobt! – alle anderen retten. Aber es gab auch die Möglichkeit, daß der Ewige – Er sei gelobt! – wegen der Unheiligen den anderen allen einen großen Sturm schicken könnte, und – wusch! – das ganze Schiff ist fort. Die kleine, unzufriedene Gruppe, bestehend aus siebenunddreißig Männern, drängte sich verlassen in einer unfreundlichen Ecke des Frachtraums zusammen. „Habt ihr schon gehört? Er läßt die Mädchen mit den Jungen die Thora lesen! Oi! Jetzt werden wir bestimmt sinken!"

Die Sonne kam heraus, und das Wasser gegen die Küsten von England zu war ruhig. Das hielten manche für ein gutes Zeichen. Weil der Rabbi die Kriegsschiffe nicht eigentlich verflucht hatte, gab Gott den Segen an die zerbrechliche Fracht der *Darien* zurück.

Was auch immer es war, Maria war der Sonne für die Wärme dankbar und freute sich darüber, daß der Rabbi die Kleinen im Kreis versammelt und deren Gedanken auf etwas anderes als ihr Übelbefinden gelenkt hatte. Klaus ruhte sich gegen den Ventilationsschacht gelehnt aus, und Maria saß bequem in seiner Armbeuge. Das Baby bewegte sich in ihr; sie legte die Hand ihres Mannes auf ihren gewölbten Bauch und wartete gespannt auf ein abermaliges Strampeln. Das Baby war entgegenkommend. Klaus öffnete ein Auge und lächelte Maria an.

„Das dürfte ein Sohn sein, glaube ich“, sagte Klaus schläfrig.

„Das hast du jedesmal gesagt, und jedesmal habe ich wieder eine Tochter!“, schimpfte Maria.

„So? Solange alle meine Mädchen so nett und hübsch sind wie du, stört es mich nicht, so in der Minderheit zu sein.“

Maria warf einen langen Blick auf ihre fünf Töchter, die in einer Reihe in der Thoraschule saßen. Das Sonnenlicht schien auf ihr geflochtenes Haar. Die Haaarfarbe der Kinder war in verschiedenen Schattierungen von Goldbraun. Trudy, die Älteste, hatte das dunkelste Haar, und dann, der Reihe nach, Katrina, Louise, Gretchen und die kleine Ada-Marie. Dieser schien die Geschichte vom Roten Meer mehr zu gefallen als jeder anderen! Das war ein Segen. Wenn Maria ihre Kinder anschaute, empfand sie es tief, immer wieder. Sie waren nicht unzufrieden. Sie schienen nicht zu bemerken, daß sie kein Heim hatten. Oder daß sie an Deck eines Schiffes schliefen. Sie hatten ein bißchen über den Haferbrei gemurrt, aber sie waren hungrig genug, daß das bei allen bald vergangen war.

Zur Zeit des Mittagessens wurde das Brot gesegnet und mit einer sehr dünnen Tomatensuppe gereicht. Sie waren jetzt England nahe. Seevögel flogen hinter ihnen her und schnellten ihnen voraus. Kapitän Burton fand im Radio die Musik von BBC und schaltete die Lautsprecher ein, damit alle sie hören konnten. Eine Woge der Erregung lief durch die Menge. *Das also ist England! Sie spielen Mendelssohn! Wie lange ist es her, daß wir Mendelssohn gehört haben?*

Sehr wenige unter ihnen verstanden die rauschenden britischen Stimmen, die ihre dringlichen Berichte begannen. Es waren die Nachrichten. Maria war froh, daß die Mehrzahl nichts verstand. Es tat ihr leid, daß manche, die wußten, daß sie das Englische beherrschte, sich um sie scharten, um es sich erklären zu lassen.

Seit einem Monat bedrohen unablässige Unruhen die britische Mandatsregierung Palästinas. Gestern abend wurden einige britische Polizisten im Stile einer Exekution von einem arabischen Mob ermordet, der gegen den weiteren Zustrom jüdischer Flüchtlinge aus Europa protestiert. Als der von den Muftis ausgerufene Generalstreik in Gewalttaten ausartete, versprach Premierminister Chamberlain, sich mit der Einwanderungsfrage noch einmal zu beschäftigen. In der Zwischenzeit wird gemäß des Notstands allen illegalen Einwanderungen von Juden nach Palästina Einhalt geboten. Wer ohne gültige Visa eintrifft, wird generell zu seinem Herkunftshafen zurückgeschickt. Die anderen Nachrichten des Tages –

Auf einmal schwiegen die Lautsprecher. Kapitän Burton trat hinter den schmutzigen Fenstern der Brücke hervor und verließ erstmals seinen Platz am Steuer. Maria hatte ihn zuvor noch nicht gesehen. In den letzten vierundzwanzig Stunden war er ein sich hinter den Scheiben bewegender Schatten gewesen. Jetzt lehnte er sich gegen die rostige Reling und blickte starr herab, in den Gesichtern dieser Fremden forschend, die er aus Deutschland wegzubringen gewillt war. Er trug einen blauen Norwegerpullover, der an der Naht am Unterarm zerrissen war. Seine Hosen waren schmutzig, khakifarben. Seine Gesichtszüge waren unter dem ausgefransten Schild seiner Kapitänsmütze und einem rötlichen Bart mit grauen Strähnen verborgen. Maria konnte nicht sagen, ob er alt oder jung war. Er sah kaum wie ein würdiger Mann aus, wie man das bei einem Kapitän erwarten durfte. Aber schließlich war sein Schiff auch nur ein alter verrotteter Dampfer.

Er biß sich für einen Moment auf die Lippe; dann sprach er mit lauter Stimme. Seine Worte wurden die Treppen hinab unter Deck weitergegeben.

„Ich habe heute morgen die Nachrichten gehört. Ich dachte, Sie sollten sie ebenfalls hören." Sein Deutsch war passabel. Leicht zu erkennen, daß er Amerikaner war. „Also, die Engländer haben uns Palästina verschlossen. Ich hatte geglaubt, das sei der vernünftigste Bestimmungsort. Das ändert die Sachlage."

Kaum jemand auf dem Schiff wuße etwas von einem Bestimmungsort. Die meisten hatten von Amerika geträumt.

„Wo also fahren wir hin, Kapitän?", ließ sich eine alte Frau vernehmen.

„Zuerst Southampton. England. Wir brauchen Vorräte. Medizinische und sonstige. Dann geht's in Richtung New York."

„Aber die Quoten sind in Amerika ausgelastet!", rief ein anderer. Diese Kunde versetzte Maria in Alarmzustand. Bestimmt würden die ausgelasteten Quoten sie nicht betreffen, wenn Babbie Rosenfelt einmal in New York war, um sich um ihre Visa zu kümmern.

„Jede Quote ist ausgelastet", sagte der Kapitän. Er war aufrichtig. Ein Realist. Aber – weshalb hatte er sich dann dieser menschlichen Fracht angenommen? „Irgendwo müssen wir hin. Es sei denn, Sie wollen nach Hamburg zurück."

Ein widerhallendes „*Nein!*" erfüllte die Nordseeluft. Hörten sie es in Hamburg – mit ihren Steinen und Flaschen und ihrem Speichel? Hörten sie es in Palästina – mit ihren verschlossenen und verriegelten Türen?

„Dann ist es Southampton. Und dann New York, wenn es Ihnen recht ist." Er machte auf den Hacken kehrt und ging wieder in seinen schmierigen Thronraum.

11. Unsere Feinde freuen sich

Elisa hielt die Kante ihres Sitzes umklammert, als das kleine Pan-Am-Passagierflugzeug über die Südwestseite der Berge rumpelte, die zwischen dem Sudetenland und Deutschland die Grenze bildeten. *Alles sieht von oben aus der Vogelperspektive so schön aus*, dachte sie. *Schön und friedlich.*

Sie hatte die Bemerkungen eines Reiseleiters nicht nötig, um die Charakteristiken der Landschaft auszumachen, die ihr Heimatland gewesen war. Als Kind hatte sie ihr Vater hundertmal zu einem Flug über die verträumte deutsche Landschaft mitgenommen. Ja, Elisa kannte sie gut; und sie verstand, wie es kam, daß die schönste Musik auf Erden innerhalb dieser Grenzen geschaffen worden ist.

Weder sie noch Murphy erwähnten Karl gegenüber, daß sich ihr Flugzeug genau über den Köpfen der Führer des neuen Deutschland befand. Diese Führer wären sehr angetan davon, wenn die Passagiere durch einen Flugzeugzusammenstoß in den Flammen sterben würden. Das Kind schien sich nicht darüber bewußt zu sein, daß Männer wie Hitler, wie Himmler oder Göring von ihren Balkonen zu ihnen heraufschauen und ohne Schwierigkeiten das Flugzeug sehen konnten, wie es durch den deutschen Luftraum strich. Karl war von den winzigen Spielzeugautos begeistert, die über die Autobahnen krochen, und von den kleinen Booten, die auf dem Silberband der Flüsse und Kanäle dort unten dahinglitten.

Zwei Kampfflieger der Luftwaffe brausten an dem Passagierflugzeug vorbei. Als Elisa beim Anblick der Hakenkreuzzeichen sichtlich erbleichte, griff Murphy hinüber, um ihre Hand in die seine zu nehmen. Das Ereignis dauerte nur Sekunden, und dennoch blieb Elisa selbst dann noch starr vor Angst, als ihr Flugzeug die flache Weidelandschaft Hollands erreicht hatte.

Karl drückte während der ganzen Reise seine Stirn gegen die runden Scheiben. Falls ihn die Militärflugzeuge geängstigt hatten, so zeigte er es jedenfalls nicht. Er machte große Augen, als ihr Flugzeug schließlich langsam zur Landung auf dem grasbewachsenen Flughafengelände außerhalb Amsterdams ansetzte. Er lachte und zeigte dabei so wenig Angst, daß sich Elisa schließlich entspannt zurücklehnte und durch das Fenster auf die alten Amsterdamer Gebäude zeigen konnte.

„Anstelle von Straßen siehst du ... viele kleine, über die ganze Stadt verstreute Kanäle. Und die Menschen fahren in Booten von hier nach da."

Karl deutete durch den Nachmittagsdunst auf die Docks von Amsterdam. Wie Enten in einem Teich lagen Ozeandampfer im Hafen vor Anker.

„Heute abend mieten wir ein kleines Schiff, das uns über den Kanal nach London bringen wird", erklärte Elisa. „Zwei Tage in London, und dann –" Sie sah Murphy glücklich an. „Dann gehen wir nach Amerika."

Karl nickte begeistert und klatschte in die Hände. Dann gab er Murphy einen Wink und hielt seine Hand hoch, um mit Daumen und Zeigefinger einen Kreis zu beschreiben, der besagte: *Okay!*

„Nichts dabei, was, Kleiner?", sagte Murphy; aber sein Gesicht war von einer Besorgnis verdunkelt, die Marias Lächeln ersterben ließ.

„Was ist?", fragte sie leise.

„Nichts dabei", wiederholte Murphy die Worte, allerdings in unheilschwangerem Ton. „Von Prag bis zu den Niederlanden in einer kürzeren Zeit als man für ein Nickerchen braucht." Er zog die Stirn in Falten und sah Elisa fragend an. Hörte sie den Grund für seine Befürchtung heraus? „Dein Vater hat recht. Das Land, das den Luftraum beherrscht, wird die Welt beherrschen."

Karl schaute begierig aus dem Fenster, als die Rollbahn sich mit ihren Rädern vereinigte. Elisa sah mit ausdruckslosem Schrecken Murphy an. Alles auf dem Kontinent war *so nahe*! Selbst für dieses mühsam sich plagende, kleine Passagierflugzeug war das Überfliegen dreier Länder nur eine Sache von Stunden gewesen. Sie machte sich Gedanken darüber, wie blitzschnell die deutschen Kampfflieger quer zu ihrem eigenen Kurs gedröhnt waren. Ihre Stimme zitterte, als sie die Frage aussprach, die ihr sofort in den Sinn gekommen war.

„Wie lange –" Sie räusperte sich und begann erneut. „Wie schnell könnte jemand von *denen* von hier nach ... England fliegen?"

Murphy verstand sie genau. „In weniger als zwanzig Minuten." Er sah weg. Er wollte die schlimmsten Befürchtungen nicht in ihren Augen sehen.

„Nach London?" Sie nahm keine Notiz von der Landung. Karl klatschte vor Freude immer wieder in die Hände und zupfte Elisa am Ärmel. „Haben die Engländer eine solche Luftstreitmacht?", fragte sie.

Das Dröhnen der Motoren stotterte und erstarb. „Nein“, antwortete Murphy grimmig. Er kramte seine Sachen zusammen und blinzelte ins helle Licht der Ausstiegsluke.

* * *

Es gab diesen Nachmittag keine Flüge nach London mehr, und der nächste Tag war Sonntag. Bis auf die Engel flog sonntags in Holland niemand; bis Montag würde es keine Flüge nach London mehr geben. Aus diesem Grund hatten sie ihre Passage auf einem Dampfer gebucht, der sie innerhalb von ein paar Stunden nach London bringen würde.

Die Drei standen am Bug des Schiffes und ließen die salzige Luft auf ihren Wangen prickeln und durchs Haar wehen. Der Kanal trennte England vom Kontinent und schützte es seit Jahrhunderten davor.

* * *

„Frau Trudence Rosenfelt?“ Die bärbeißige Matrone starrte die alte Frau mit Verachtung an. „Soso, Sie gehen also doch noch nach Amerika. Nachdem die Familie Rosenfelt unser deutsches Volk bestohlen hat.“

Frau Rosenfelt richtete sich entrüstet auf. Die Matrone lächelte höhnisch. Sie sah sehr einer Bulldogge ähnlich, dachte Frau Rosenfelt. Brutal, angeberisch, aufgeblasen. „Ja, ich gehe heim. Nur, es ist das deutsche Volk, das meine Familie bestohlen hat. Nicht ich bin hier der Dieb!“

Der Hohn verwandelte sich schlagartig in Zorn. „Still! Altes Judenschwein!“ Die Frau versetzte dem Koffer einen Tritt, den der Gepäckträger an die Mole gezerrt hatte, an der die *Cristobel* vor Anker lag. Frau Rosenfelt war überrascht, daß er nicht schon verladen war. Es hatte ihr einen Schreck eingejagt, daß von allen Passagieren sie und zwei andere auf der Mole zurückgehalten und unter Bewachung in den kleinen, dunklen Raum hinten im Hafenamt geführt worden waren.

„Ich bin amerikanische Staatsbürgerin, falls Sie das nicht wissen –“

„Sie sind Jüdin! Sie sind Schmugglerin und eine Spionin!"

„Was machen Sie mit meinem Koffer?" Frau Rosenfelt ging einen Schritt auf ihren Überseekoffer zu. An einigen Stellen war ihm das Siegel der Gestapo aufgestempelt worden.

„Ihr Koffer? Verdammte Jüdin! Sie werden uns jetzt sagen, was Sie da tun, dem Reich Kunstschätze stehlen! Ins Gefängnis werden Sie kommen!" Die Nazi-Matrone genoß ihre Einschüchterungsversuche.

Frau Rosenfelt ließ ihr nicht die Befriedigung, sie die Angst sehen zu lassen, die sie erfüllte. Sie hatte schon von diesen Belästigungen in letzter Minute gehört. O ja, sie hatte es an dem Morgen gesehen, als Klaus und Maria zur *Darien* gefahren wurden.

„Ich weiß nicht, worüber Sie sich so aufregen." Frau Rosenfelt hob herausfordernd ihr Kinn.

Die kräftige Frau kam großtuerisch auf sie zu. Die dunklen Wurzeln ihres blonden Haares waren deutlich zu sehen. „Sie leugnen, früher Besitzerin der Rosenfelt-Porzellanfabrik gewesen zu sein?"

„Natürlich leugne ich das nicht!"

„Und Ihre Fabrik wurde arisiert, stimmt das?"

„Ja. Und wenn wir schon von Dieben sprechen: Ihre Regierung hat alles genommen. Meine Firma. Mein Heim –"

„Mund halten, verdammte Jüdin! Ich bin's, die spricht!"

„Na, dann los, *nebbich*! Aber was Sie sagen, ändert nichts an der Wahrheit."

„Die Wahrheit!" Die Matrone riß ihren Kopf hoch wie ein Bluthund, der Witterung aufgenommen hat. Sie streckte ihren dicken Finger aus und zeigte damit auf den Koffer. „Die Wahrheit ist, daß alles Porzellan, das früher im Besitz von –"

„Oi! Das darf ich nicht vergessen. Das Reich hat *zudem* unsere Porzellansammlung gestohlen. Oi! Die und mit ihr alles andere."

„Kunstschätze! Vom Reich beschlagnahmt."

„Dreihundert Jahre Rosenfelter Handarbeit!"

„Auf Kosten lumpig bezahlter deutscher Arbeiter."

„Junge Frau, mein Schiff legt jede Minute ab –"

„Ohne *Sie*! Ruhe, bis Sie Antwort auf die Anschuldigungen gegeben haben!"

„Welche Anschuldigungen?"

„Schmuggel! Diebstahl!"

Frau Rosenfelt war sich sicher, daß man etwas in den Koffer getan hatte, da sie zurückgehalten worden war. Sie hatte nicht die finanziellen Mittel mehr, mit denen sie sich von diesen Schwierigkeiten hätte freikaufen können. „Diebstahl?“, sagte sie spöttisch. „Wenn Sie mich festhalten, fordere ich von Ihnen, das amerikanische Konsulat zu rufen, sofort!“

„Niemanden werden wir rufen, bis auf den Polizeilaster, der Sie ins Gestapo-Hauptquartier bringen wird, wohin alle Schmuggler gebracht werden!“ Die Frau lehnte sich zufrieden auf den großen Überseekoffer.

„Wessen werde ich beschuldigt?“, wiederholte Babbie mit müder Resignation. Es hatte keinen Zweck, etwas zu leugnen. Aus irgendeinem Grund war sie Ziel dieses teuflischen Spiels geworden, alle Juden sollten Deutschland verlassen, wobei man es ihnen doch unmöglich machte, dies zu tun.

„Ich habe es Ihnen gesagt, Frau Rosenfelt: des Stehlens.“

„Sagen Sie mir, bitte, was ich gestohlen habe?“

Die Frau lehnte sich zurück und griff in eine Versandkiste. Aus einer Schachtel mit Sägespänen und Zeitungspapier zog sie eine Porzellanfigur, hob sie triumphierend hoch und stellte sie neben sich auf den Koffer. Licht von einem schmutzigen Fenster her beschien die schöne Figur der Maria mit dem Christusknaben.

Frau Rosenfelt schnappte nach Luft. Die Figur der Maria mit ihrem kleinen Knaben hatte sie am meisten von allem geschätzt. „Aber ... woher ... Ich habe diese Figur seit beinahe drei Jahren nicht mehr gesehen!“

„Sie geben zu, sie ist Ihnen bekannt –“

„Bekannt!“, sagte Frau Rosenfelt spöttisch. Maria, mit reiner Haut, hellen Augen und langem, dunklem Zopf, zeitlos mit einem Lächeln, ihren jungen Sohn im Arm. Ja, Frau Rosenfelt kannte diese Figur gut.

„Als die tausend Figuren der Sammlung Rosenfelt in den Reichsbesitz übergingen, war diese nicht darunter!“

Der alten Frau verging der Mut. Konnte das der Grund sein, weshalb sie zurückgehalten wurde? Sie hatte die Figur ihrer Haushälterin Frau Häfner gegeben. „Ich schenkte sie einer Freundin.“

„Sie durften sie nicht verschenken!“, fauchte die Frau. Ihr Gesicht wurde zornesrot.

„Sie gehörte mir. Mehr als Sie wissen können. Wie Sie sehen, habe ich für die Maria Modell gestanden. Mein kleiner Sohn Daniel war das Jesuskind“, sagte Frau Rosenfelt leise. „Ja. Mir.“

Die Frau erstickte beinahe an den Worten der alten Frau. „Sie sagen uns, dem Reich, Sie haben Modell gestanden für diese –“

Einen Augenblick lang huschte ein Lächeln über Frau Rosenfelts dünne Lippen. „Ich war um vieles jünger damals, das gebe ich zu. Sogar eine Schönheit –"

Ihre Worte wurden abgeschnitten, da die Frau ihr ins Gesicht spuckte. „Entweihung! Eine Jüdin und ihr Balg stehen Modell für eine heilige –"

Babbie Rosenfelt wurde still und wischte sich den Speichel aus dem Gesicht. Einen Moment lang dachte sie, sie wäre krank; dann ergriff erneut die Empörung von ihr Besitz. „Wußten Sie nicht, daß Ihr Christus Jude war?"

Die Frau war sprachlos vor Zorn. Sie schaute die zarte Figur der Mutter mit dem Kind an. „Sie ... Sie ... Dieses Kunstwerk ist gestohlen, und jetzt werden Sie dafür bezahlen!"

„Wie sind Sie an sie gekommen?" Frau Rosenfelt hob barsch die Stimme.

„Ihre Frau Häfner hat ein Geständnis abgelegt. Ich werde jetzt meinen Oberführer rufen! Wir werden sehen, wie Sie sich in einer Gestapo-Zelle fühlen!" Die Frau drehte sich auf dem Absatz herum und ging auf die Tür zu.

„Bevor Sie das tun", sagte Frau Rosenfelt kalt, mit einer Stimme, in der eine dunkle Drohung mitschwang, „wäre es klug von Ihnen, sich mit Oberst Beich vom Einwanderungsbüro in Verbindung zu setzen. Er könnte Ihnen vielleicht einen kleinen Rat erteilen. Etwas über die Familienverbindungen dieser Judensau, wie Sie mich nannten."

Die Matrone schien nicht zu hören, verließ den Raum und schlug die Tür hinter sich zu. Frau Rosenfelt hörte, wie sich der Schlüssel im Schloß drehte. Der stille, leere Raum bot eine willkommene Erleichterung nach den Drohungen und Anschuldigungen.

Was ist meiner treuen Haushälterin zugestoßen?, fragte sich Frau Rosenfelt. *Und was wird aus mir werden?* Sie schaute nervös auf ihre Uhr. Laut Fahrplan war weniger als eine Stunde Zeit bis zum Ablegen der *Cristobel.* Die Nazis würden ihr bestimmt nicht erlauben, rechtzeitig zu gehen. Der Gang in ihr Hauptquartier würde allein schon eine knappe Stunde beanspruchen.

Sie umarmte die Porzellanfigur, als hätte sie einen alten Freund gefunden. „Nun gut, du hast mich in das hier hineingeritten. Wie wirst du mich wieder hinausbringen?" Sie lächelte still über diese Ironie.

Sie hatte kaum zu Ende gesprochen, als die Tür zurückschwang und ein junger, rothaariger Offizier in einem schwarzem Mantel den Raum betrat. „Heil Hitler!", rief er.

Als sie nicht antwortete, schaute er eine Weile verwirrt drein.

„Soso, Sie also lassen mich nicht an Bord des Schiffs da drüben? Ihr Nationalsozialisten habt Christus aus den Kirchen entfernt, und jetzt wollt ihr mich dafür verhaften, daß ich das hier meiner Dienerin gegeben habe?"

Der junge Offizier gab keine Antwort. Er klatschte in die Hände und rief zwei Hafenarbeiter, die nervös hinter ihm warteten. Daraufhin traten sie herzu und hoben den Koffer auf.

„Wie lange werden Sie mich festhalten?", fragte Frau Rosenfelt, die noch immer die Figur in den Armen hielt.

Der Offizier warf seine in einem schwarzen Handschuh steckende Hand mit einer Geste nach vorn, die von ihr forderte, die Porzellanfigur herauszugeben. Sie streckte ihre Hand mit der Figur aus. Den Bruchteil einer Sekunde bevor der Offizier die Statue packte, öffnete sie ihre Finger. Er schrie erschreckt auf, als sie ihm aus den Händen glitt und auf dem harten Betonboden in tausend Stücke zerbrach. Köpfe und Arme, Lächeln und Augen, fließende Falten der Kleidung wurden zu scharfen Splittern, die über die glänzenden Schaftstiefel des verdutzten Offziers regneten.

Sein Mund ging auf und zu, während er das zerbrochene Porzellan anstarrte. Schließlich flüsterte er ungläubig: „Sie war Tausende wert – *warum*?"

Frau Rosenfelt empfand angesichts der zerbrochenen Figur kein Bedauern. Ja, sie war eine der besten unter den ungefähr tausend ihrer unschätzbar wertvollen Sammlung gewesen. Die Statue war berühmt gewesen.

„Ein tragischer Schnitzer, den Sie sich da geleistet haben, Herr Offizier", entgegnete Frau Rosenfelt kalt. „Ihr erster Fehler war meine Verhaftung." Wieder schaute sie auf die Uhr. Die große Pfeife der *Cristobel* heulte von der Mole her. „Der zweite Fehler ist, mich festzuhalten."

„Ich bin gekommen –" Er konnte seine Augen nicht von dem zerschmetterten Schatz zu Füßen abwenden. „Ich kam, um Ihnen zu sagen ... ein Mißgriff. Wir dachten ... das heißt, Oberst Beich sagt, Sie sind die Tante von ... eines wichtigen Amerikaners ... und ..." Um mit seinem Stammeln zu Ende zu kommen, schlug er die Hacken zusammen und schrie: „Heil Hitler!" Porzellanscherben knirschten unter seinen Stiefeln.

„Sie sagen, ich bin frei, ich kann jetzt gehen?"

Er machte eine knappe, zustimmende Verbeugung und schlug erneut die Hacken zusammen. „Und ich habe die Anweisung, Ihnen zu sagen, die Anschuldigungen wurden –"

„Fallen gelassen.“ Frau Rosenfelt neigte leicht ihren Kopf und suchte sich vorsichtig durch die Trümmer ihren Weg hinaus. „Oi, wie schade, daß Sie sie zerbrochen haben. Tausende wert, kein Zweifel.“

Als sie hinausging, wartete der glänzende Schiffskörper der *Cristobel* noch immer an der Anlegestelle auf sie.

* * *

Während die über der *Darien* kreisenden und schreienden Möwen immer mehr wurden, wurden die Schiffe und Fischerboote in den Fahrrinnen zum gewohnten Anblick. Trudy und Gretchen machten ein Spiel daraus, alles, was neu in Sicht kam, anzurufen und dann die Flagge zu raten, unter der das Schiff segelte.

„England!“

„Nein, es ist die amerikanische Flagge – ich glaube es wenigstens – wie die auf unserem Schiff.“

Irgendwie vermittelte allen das Fahren unter der amerikanischen Fahne das Gefühl, als wären sie ein kleiner Teil eines geheimnisvollen und wunderbaren Landes. Die Farben waren dieselben wie die des britischen Union Jack. Das kam daher, daß die Engländer gekämpft hatten, um sich ihr eigenes Land zu schaffen. Eine tapfere Gesellschaft, diese Amerikaner.

„Schon zwei Tage unterwegs! Die Erde unter uns wird schwanken, so sehr sind wir das Schlingern auf See gewohnt.“

„Es gibt bestimmt Läden, wo wir vielleicht ein Kopfkissen kaufen können? Eine Decke? Meinst du, in diesem englischen Hafen kann man Liegestühle kaufen?“

„Hast du Geld, Chaim?“

„Mehr als das – vielleicht werden sie diese arme Kreatur in ein Krankenhaus bringen. Wie er doch leiden muß! Oi!“

Dieses Gefühl wurde von allen auf Deck geteilt. Kapitän Burton, so ging das Gerücht, war bereits mit den englischen Bevollmächtigten wegen eines Krankenwagens und einer Bahre in Funkkontakt, um dem armen blinden Passagier medizinische Hilfe zukommen lassen zu können. Ja, das war eine gute Sache, dieser Zwischenhalt in England.

Schließlich schaffte es die *Darien* bis zur Themsemündung. War es die Möglichkeit? Alle, sogar die eingeschworenen orthodoxen Juden, befanden sich jetzt an Deck! Vom Bug bis zum Heck waren die Passagiere wie koschere Ölsardinen zusammengepfercht. Der Rabbi von Nürnberg begann mit zitternder Stimme zu singen, und stärkere Stimmen fielen in die Lobeshymne ein. Sie mußten für so vieles dankbar sein. Hier gab es keine Kriegsschiffe der Nationalsozialisten. Keine Steine würden von Ufern oder Brücken aus auf sie geworfen werden. So etwas konnte hier nicht geschehen.

* * *

Es war Trudy, die als erste ihren Arm hob, um auf das kleine Marineschiff zu deuten, das auf sie zuschoß. „Schau!", rief das Kind. „Schau, Mama, es läßt die englische Flagge wehen!"

Der Union Jack stand steif im Wind, während das kleine Schiff leicht seinen Kurs änderte, um den der *Darien* zu schneiden. Klaus schluckte trocken. Die Männer in ihren britischen Uniformen standen da und sandten ihnen finstere Blicke entgegen. Ihr Kommandant erhob ein Megaphon und rief zu Kapitän Burton hinauf: „Im Namen seiner Majestät, das Ankern in britischen Gewässern ist Ihnen untersagt. Ich wiederhole ..."

Maria und Klaus schauten nach hinten zu den matten Glasscheiben der Brücke. Der Schatten Kapitän Burtons hob trotzig eine Faust, aber die stampfenden Maschinen des Frachters ächzten und verfielen in unregelmäßigen Herzschlag; das Schiff verlangsamte seine Fahrt. Die Passagiere stöhnten wie eine einzige, leidende menschliche Seele. Das also war ihr Empfang in der Zivilisation!

Welche Funkgespräche zwischen Burton und dem Hafenpersonal hatten wohl tatsächlich stattgefunden, fragte sich Klaus plötzlich.

„*SS Darien*!", brüllte der Kommandant des Marineschiffs. „Das Ankern in britischen Gewässern ist Ihnen untersagt! Sie werden Ihren Kurs ändern, oder wir sind gezwungen, Strafmaßnahmen zu ergreifen!"

Besorgte Flüchtlinge scharten sich um Maria. Sie sollte die unheilvoll klingenden Worte des Engländers übersetzen. „Was sagt er? Was? Sie wollen uns nicht einmal für eine Weile hier an Land gehen lassen? Oi! Sehen wir so gefährlich aus?"

Plötzlich ging mit einem Schlag die Tür zur Brücke auf. Maria konnte den Ersten Steuermann am Steuer sehen. Kapitän Burton stand grimmig da und umklammerte die Reling, während das Marineschiff an ihre Seite kam. Burtons Lippen bewegten sich; sie verfluchten die Seeleute, die jetzt heraufriefen, ob sie an Bord kommen dürften.

Eine Strickleiter wurde auf ein Nicken von Burton von einem Besatzungsmitglied hinuntergelassen. Der alte Rabbi von Nürnberg trat an die Reling und murmelte ein Gebet um Rettung. Der britische Kommandant kam mit fünf bewaffneten Seeleuten an Bord. Kapitän Burton kam nicht von seinem sicheren Platz herunter, noch lud er die britischen Seeleute nach oben ein. Er stand einfach da, die Arme verschränkt, bis sie den Staub von ihren weißen Hosen geklopft und ihre Augen gegen die Sonne abgeschirmt hatten, als sie zu ihm hinaufblickten.

Der britische Kommandant stand in der Mitte seiner Männer. Gewehre wurden von der Schulter genommen. Die Männer wandten sich gegen die Menge der Flüchtlinge.

„Ich will, daß *Sie* es ihnen sagen!", rief Kapitän Burton. „Na los! Sagen Sie ihnen, daß uns selbst für wenige Stunden, um Proviant aufzunehmen, das Ankern untersagt ist!"

Der Kommandant legte eine Hand an die Hüfte und stemmte die Beine auseinander, um sich für den Fall abstützen zu können, daß eine verzweifelte Person ihn angriff.

„Ihr Schiff führt unrechtmäßige Ladung mit sich", rief er zurück. „Vermutlich unserem Land gefährlich, so, wie die Einwanderungsquote jetzt liegt."

„Sagen Sie ihnen, warum Sie uns nicht in die Nähe der Küste kommen lassen wollen, weil sie befürchten, daß einige über Bord springen und an Land schwimmen könnten. Na los! Erklären Sie, warum Sie das tun, Kommandant, nach zwei Stunden Verhandlungen über Funk!"

Die Flüchtlinge drückten sich näher heran. Sie schienen vor den Waffen keine Angst zu haben.

Trudy nahm Gretchen in den Arm, die laut rief: „Ich werde nicht ins Wasser springen, es sei denn, Gott teilt es abermals!"

Ada-Marie fügte mit dünner Stimme hinzu: „Mama, ich kann nicht schwimmen!"

Der Kommandant sah angesichts der ihn umgebenden Menge keineswegs bekümmert aus. Er blieb mit einer so überlegenen Haltung stehen, daß Maria denken mußte, wie sehr er einem deutschen Offizier ähnelte.

„Das ist eine Angelegenheit, die zu ändern nicht in meiner Macht steht", sagte der Engländer. „Ich befolge höhere Befehle. Wir wurden gewarnt, daß eine Schiffsladung illegaler Einwanderer von Hamburg komme. Wir haben keinen Platz für Sie. Die Quoten sind ausgelastet, und –“

Kapitän Burton unterbrach wütend. „Und ich habe erklärt: Dies ist ein *vorübergehender* Halt. Nur wenige Stunden.“

„Wir weigern uns, das zu gestatten. Es wird Ihnen nicht erlaubt, näher nach Southampton oder London zu kommen. Ich habe Sie gewarnt.“

Wie zur Unterstreichung dieses Standpunkts ließen zwei weitere englische Küstenschutzboote ihr Horn ertönten und jagten zur Verstärkung des ersten Schiffes heran.

„Dann im Namen der Menschlichkeit“, rief Burton zurück: „Werden Sie dem verletzten Seemann unter Deck medizinische Versorgung gewähren?“

Er sprach von dem böse zugerichteten Mann aus dem Luftschacht. Jeder Passagier wußte, daß er kein Seemann war. Aber vielleicht würden ihn diese Engländer an Land in ein Krankenhaus bringen.

„Sie haben die Antwort betreffs dieser Angelegenheit von der Einwanderungsbehörde bereits erhalten, Mr. Burton. Sie sagen, der Mensch hat seine Papiere verloren? Ohne gültige Papiere werden wir nicht die Verantwortung für –“

„Dann: medizinische Ausrüstung?“ Burton schmetterte diese Frage hinaus wie eine Anklage.

Der britische Kommandant zögerte eine Weile, wandte sich dann aber um und rief zu seiner Schiffsbesatzung hinüber: „Schickt mir eine Erste-Hilfe-Ausrüstung her!“

Eine Minute des Schweigens verging, bis eine kleine Metallschachtel mit dem roten Kreuz darauf hochgebracht, dem Kommandanten gegeben und dann vom Arzt in Empfang genommen wurde. Er ließ den Verschluß aufspringen, durchstöberte den dürftigen Inhalt und schüttelte bestürzt den Kopf.

„Unser Mensch hat Verbrennungen. Er wird große Schmerzen leiden müssen, wenn das letzte bißchen Morphium aufhört zu wirken. Es könnte gut sein, daß er stirbt.“

„Dann bestatten Sie ihn auf See“, blaffte der Kommandant. Er machte auf seinen Hacken kehrt und war mit zwei Schritten über die Kante des Frachters hinweg. Seine Seeleute folgten. Wenigstens diese Männer waren durch den Zwischenfall sichtlich verlegen und beschämt worden.

„Was sollen wir tun, Kapitän?“ rief Klaus.

Noch immer waren die Augen des Kapitäns unter dem Schirm seiner Mütze verborgen. Er schaute über das bevölkerte Deck und dann auf die englischen Flaggen, die am Heck der Küstenschutzboote flatterten. Er ließ seine Augen für einen Moment darauf haften und erblickte dann die Seeleute. Sie standen an den kleinen Geschützen auf den Schiffen. *Könnte es sein, daß sie auf die Darien feuern würden? Hier, an der Mündung der Themse? Nur wenige Meilen entfernt von London und dem Trafalgar Square und dem Parlament? Konnten sie so etwas tun?*

Der Kapitän gab keine Antwort. Er betrat wieder die Brücke und schloß leise die Tür hinter sich.

Würde er diese englischen Schiffe rammen, um durchzukommen, fragte sich Maria. Gegen das Stampfen der Küstenschutzboote klang ein lautes Rumpeln auf, als sich der Frachter wieder in Bewegung setzte. Es schwenkte hinaus auf die See. Die Hafenpatrouille eskortierte ihn vorne und an beiden Seiten.

Klaus stand neben dem Arzt, der in seinen Händen noch immer die Erste-Hilfe-Schachtel hielt. Er weinte leise. Klaus hatte es noch nicht bemerkt gehabt.

„Unsere Feinde freuen sich jetzt." Er starrte auf das rote Kreuz. „Können Sie sie lachen hören? Hören Sie es?"

Klaus gab keine Antwort. Der Arzt ging schwankend auf die Luke zu, die zur Krankenstube führte.

12. England

Karl stand an der Reling des Beobachtungsdecks und blickte auf die vielen großen und kleinen Schiffe, die übers Wasser wriggten. Auf jeder Seite des Schiffes war jetzt deutlich Land zu sehen.

„England", sagte ihm Murphy. „Das ist es, Karl."

Elisa stand ohne zu lächeln neben einem Fernrohr mit einem Münzschlitz. „Würdest du es gerne von ganz nahe sehen?", fragte sie. In ihren Worten war eine Müdigkeit, die gegen die Erregung, die Karl bei seinem ersten Blick auf die Themsemündung fühlte, nicht aufkam. Er nickte begeistert.

Sie steckte einen Groschen in den Schlitz, und das Fernrohr erwachte zum Leben. Karl lugte durch die Linsen und schwenkte das Instrument von einer Seite auf die andere, bis ihm schwindlig davon wurde, wie Land und Schiffe vor seinem Auge vorbeihuschten.

„Betrachte immer nur eine Sache auf einmal", wies ihn Murphy an und hielt das Instrument ruhig. „Schließ ein Auge und schau mit dem anderen."

Karl gehorchte. Er hielt die Hand über das rechte Auge und schaute mit dem linken. Jetzt konnte er Einzelheiten erkennen: ein Fischerboot mit Männern, die Netze einholten; ein Dampfschiff wie das, auf dem sie fuhren; Müllschuter, die den Abfall Londons und Southamptons auf die See hinausbrachten; und drei kleine, neben einem viel größeren Schiff auf dem Wasser hüpfende Marineboote. Auf dem Deck des großen Schiffs waren Seeleute und viele andere Leute. Ein britischer Offizier in weißer Uniform mit Goldkordeln an der Schulter war zu erkennen. Alte und Junge, Mütter, die Hände auf den Schultern ängstlich aussehender Kinder drängten sich zusammen. Ein zerlumpter Mann auf dem Brückendeck sah aus, als würde er etwas rufen. Alles war ganz nahe, wie eine Szene in dem Stummfilm, den Karl gesehen hatte.

Karl streckte den Kopf hoch, und auf einmal waren die Leute und das Schiff wieder weit weg. Murphy bemerkte es nicht, aber es gab etwas an diesem Anblick, das Karl im Innersten vertraut war. Der Junge preßte sein Auge wieder ans Fernrohr. Er sah bärtige Männer in langen, schwarzen Mänteln und kleinen, runden Hüten. Das waren Juden, wie Karl wußte. Karl hatte solche Menschen in Deutschland gesehen. Er wußte, daß die Sturmtruppen der Nazis die Juden sogar noch mehr haßten, als sie Karl und seine Stimmritze haßten.

Bei diesem Gedanken legte er unwillkürlich die Hand an die Stelle, an der sein Wollschal seinen Mund bedeckte. Es war wichtig, solche Dinge wie kranke Münder und das Jüdischsein zu verstecken. Vielleicht selbst in England. Denn schließlich hatten selbst hier die Seeleute Gewehre und waren bereit, damit zu schießen!

Dann sah Karl, worüber die englischen Soldaten so verärgert waren. An der Nase des großen Schiffes befand sich ein verblichener, gelber Name; die Buchstaben begannen mit *SS*, dann kamen weitere Buchstaben, die Karl aber nicht lesen konnte. Die *SS*-Kennzeichnung war genug. Dieses Schiff mußte Juden und *Nazi-SS* an Bord haben! Die Seeleute wollten ein Schiff mit solchen Initialen nicht in England haben!

Das Ticken des Fernrohrs kam zum Stillstand; was zu sehen war, wurde schwarz – wie bei einem Filmriß im Kino.

„Na, was hältst du davon?", fragte Elisa strahlend.

Karl wollte antworten. Er nickte ihr ein Dankeschön zu und zeigte dann übers Wasser dorthin, wo sich das kleine Drama abgespielt hatte.

„Konntest du dort drüben denn alles sehen?", fragte Murphy verblüfft. Murphy konnte aus dieser Entfernung nicht alle Einzelheiten erkennen. Karl hätte sich jetzt gewünscht, nicht die ganze Zeit des einen Groschens für sich in Anspruch genommen zu haben.

* * *

Noch gab es einen Schimmer Tageslicht, als Murphy und Elisa Karl zu einem kleinen Wassertaxi führten, das sie bis London bringen sollte.

Ein Dutzend Flußschiffer schwatzten wie ein erlesener Zirkel miteinander. Es bestand eine Übereinkunft, nach der festgelegt war, wer die nächsten Kunden übernehmen würde. Bis der jeweilige Mann an die Reihe kam, schien er von den sich ausschiffenden Passagieren keine Notiz zu nehmen. Die Flußschiffer rauchten lässig ihre Pfeifen und Zigaretten. Ihre Unterhaltung kreiste um Politik und das Wetter; beide waren seit kurzem veränderlich und düster. Die lederhäutigen Gesichter wandten sich oft dem Himmel über dem Parlamentsgebäude zu. „Hast du den alten Chamberlain letzte Nacht übers Radio quasseln hören? Der Kerl kann niemand ein X für ein U vormachen, das sag ich euch. Wenn das ganze Zeug wirklich besser wird, dann frag ich mich, warum trägt dieser Chamberlain seinen Regenschirm überall mit rum?"

„Er hat Schiß vor den Tauben vom Trafalgar Square – darum!"

„Nein! Chamberlain trägt diesen Regenschirm für den Fall, daß sich Hitler dazu entschließt, Bomben auf England zu werfen, das ist es!"

Murphy räusperte sich, um ihre Aufmerksamkeit auf sich zu lenken. „Ich persönlich halte es mit der Taubentheorie", bemerkte er.

Das Lächeln der Bootsleute verschwand. Einer von ihnen hatte übersehen, daß er an der Reihe war. Respektvoll wurde an Mützenschirme getippt.

„Das ist dein Tanz, Darcy!" Hände schoben den Bootsmann aus dem Kreis.

Darcy trug schmutzige, braune Kordhosen und eine entsprechende Jacke. Er hatte eine schwarze Binde über dem linken Auge, und sein verlegenes Grinsen ließ einen leeren Fleck sehen, wo seine Vorderzähne hätten sein sollen. Sein Bootsmannsabzeichen war an der Jacke festgemacht. Er ließ es mit dem Daumen klimpern und, sie abschätzend, sagte er: „Die Miete für die Savoy macht sechs Pence für jeden – für Sie, für die Dame und für das Kerlchen. Drei Pence für jeden Koffer, Sir. Ein Fixtarif. Gilt bei jedem mit Abzeichen." Das sagte er, damit Murphy wissen solle, er werde nicht betrogen. Er hatte schon damit begonnen, sich den Koffer auf die Schulter zu laden. Karl hielt den Cellokasten umklammert. „Und den willst du selbst tragen, Kerlchen?" Er lächelte Karl an, der den schweren Kasten tapfer allein zu tragen versuchte. Schließlich nahm aber doch Murphy den Griff in die Hand; sie trugen den Kasten gemeinsam.

Eine laue Brise blies über die Themse, während das Wassertaxi sie an den alten, die Ufer säumenden Sehenswürdigkeiten vorbeitrug. Der Bootsmann redete in einem fort zu den Dreien. Er zeigte auf jedes Gebäude und erläuterte dessen Geschichte, als hätte er es mit eigenen Händen aufgebaut und dann den Text darüber verfaßt. „Zum erstenmal in London, Kerlchen?", fragte er Karl, ohne die Antwort abzuwarten. „Tja, dann also: Das da rechts ist der Tower von London. Zuerst war er eine große Festung, klar? Und als sie sahen, wie dunstig 's überm Wasser ist, haben sie ihn zum Gefängnis gemacht. Für Verbrecher, die drin warteten, daß der Henker ihnen den Kopf abhackte. Klar, König Heinrich VIII. hat so auch ein paar von seinen Frauen hinrichten lassen. Und Mary hackte den Protestanten die Köpfe ab. Und Elisabeth die Köpfe der Katholiken." Er zeigte zuerst auf die Tower Bridge und dann auf die London Bridge. „Tja, ich kann die feinen englischen Köpfe nicht mal zählen, die von den Lanzenspitzen auf meine Ahnen runtergrinsten!" Er blinzelte mit dem gesunden Auge Murphy zu und sagte, kaum Atem holend: „Und Sie sind ein Yankee, stimmt's oder hab ich recht?"

„Ja, ich –", begann Murphy, aber es nützte nichts: Der Bootsmann fuhr mit seinem Monolog fort.

Er klatschte sich auf die Mütze und erläuterte seine Herkunft mit demselben Schwung wie bei den Sehenswürdigkeiten. „Ich hab eine Schwäche für Yankees. Hab einen Affen an ihnen gefressen, als wir im Großen Krieg zusammen gegen die Hunnen kämpften! Dort hab ich mein Auge verloren. Hab mir auch ein Stück Schrapnell in meinem Bein eingefangen dort. Plagt mich ein bißchen, wenn's regnet. Plagt mich so ziemlich immer. Wie jetzt. Und was meine Hauer angeht" – er grinste Karl an –, „die hab ich verloren, das war so: Eines Morgens wach ich auf, und sie purzeln mir runter wie die Sterne. Und ich sag zu meinem Eheweib, du, Frau, sag ich, du mußt mich im Schlaf verkloppt haben, weil – die Zähne, da lagen sie: in meiner Kaffetasse! Na, was sagst du jetzt?"

Karl verstand recht wenig von diesem Gequassel und zuckte als Antwort die Schultern.

„Bist ein Stiller, he?" Dann schwadronierte er im alten Trott auf den ausgelatschten Wegen seines Gedächtnisses über Dinge daher, die für Neuankömmlinge von Interesse sein mochten. „Tja, jeder hat schon mal das Kinderlied über die ‚London Bridge' gehört! Hast du schon, Kerlchen? Na, komm, sing's mit dem alten Darcy zusammen!" Bei dem Vers „Nimm den Schlüssel, sperr sie ein ..." brach er ab. Der Schatten der großen, alten Brücke spann sich über sie. „Siehst du diese Pfeiler? Tja, die alten Heiden haben Kinder in die Pfeiler der Brücken eingemauert, weil dann ihr Geist die Brücke vor Schaden schützte. Wette, das hast du noch nicht gewußt, he?"

Gleich nach der London Bridge und einer Biegung der Themse schlüpfte das Wassertaxi in eine Anlegestelle, die sich unter einer Reihe von Booten an der Mole unter dem Savoy-Hotel befand. „Lehrreich." Murphy kramte nach Trinkgeld und dem Fahrpreis. Elisa lächelte und begann eine eigene Unterhaltung mit dem Bootsmann – in tschechischer Sprache.

Darcys Grinsen dünnte aus; sein Gesicht versteinerte. „Hat kein Wort verstanden von dem, was ich gesagt hab, he?", fragte er Murphy.

Elisa bedankte sich jetzt auf Französisch und dann noch einmal auf Deutsch. Daraufhin sagte sie ihm in knappen Worten auf Italienisch, daß er als Reiseführer für Mussolini und seinen Kumpan Hitler, falls diese je London besuchen sollten, taugen würde. Zweifellos würden solche Geschichten ihre Meinung über die höflichen und zivilisierten Briten ändern.

„Was sagt sie?“, flüsterte der Bootsmann Murphy zu.

„Sie sagt, Sie würden einen wunderbaren Reiseführer abgeben“, entgegnete Murphy.

Er gab dem Bootsmann ausreichend Trinkgeld, so daß er zufrieden lächelte. „Jederzeit, Meister! Fragen Sie nach mir! Nur meinen Namen nennen! Ich hab' alles am Schnürchen, Sie haben's ja erlebt.“ Er verbeugte sich ritterlich vor Elisa. „Wenn Sie ein bißchen königliches Englisch gelernt haben, Miss, kommen Sie wieder, und ich raspel' Ihnen alles nochmal runter, damit Sie was von der englischen Kultur und dem allen kennenlernen, klar?“ Ohne ihm zu antworten, nahm Murphy Elisa beim Ellbogen und trieb sie sanft zur Treppe, die von der Mole wegführte.

* * *

Das Dolphin-Hotel in der Southamptoner High Street war nicht elegant, aber sauber und preiswert, und für Babbie Rosenfelt war das alles, was zählte. Sie und Herbert hatten oft in dem kleinen Appartment gewohnt. Über den Lärm der Züge beim Radley-Hotel und über das sehr große Southwestern-Railway-Hotel hatte sich Herbert immer beklagt, und so war es zu einer Gewohnheit geworden, im Dolphin abzusteigen, die Babbie auch nach dem Tod Herberts nicht aufgegeben hatte.

Seit achtunddreißig Jahren lag die Leitung des Dolphin in den fähigen Händen Mr. Tylers, eines untersetzten Mannes, den nichts aus der Ruhe brachte und dessen Gesichtszüge von keinem Anflug eines Lächelns bewegt wurden – es sei denn, er sah, daß ‚Missus' Rosenfelt wieder in sein Hotel gekommen war.

An diesem Morgen sah sich Frau Rosenfelt an der Rezeption einem jungen, anmaßenden Mann gegenüber, der genau so sprach wie jemand, der ein englisches Nobelinternat besucht hat. Als er den Namen der alten Frau las, rümpfte er die Nase und ließ die Mundwinkel nach unten fallen. „Es tut mir sehr leid, Madame, wir dürften für heute belegt sein. Saison, Sie wissen schon. Vielleicht täten Sie gut daran, anderswo Wohnung zu nehmen. Vielleicht im Radley. Oder im Southwestern Railway.“

Ohne eine Entgegnung schlug Babbie mit der Hand auf die Tischglocke. Sie wartete einen Augenblick und klingelte erneut.

„Ich bin sicher, im Radley ist für Sie noch etwas frei", wiederholte der junge Mann seinen Vorschlag.

Die Kirschholztür hinter ihm schwang auf und Mr. Tyler spazierte heraus. Er sah so müde und desinteressiert aus wie immer. Babbie mußte lächeln, als sich seine fleischigen Lippen bei ihrem Anblick vor glücklicher Überraschung öffneten.

„Oh, Missus Rosenfelt! Ja, sie ist es, höchstpersönlich!", rief er.

Der junge Angestellte sah ihn verdutzt an. Er hatte Mr. Tyler noch nie lächeln sehen, und daß er sich so ausgelassen gab noch viel weniger.

„Wie es mich freut, Sie zu sehen!", sagte Babbie und reichte ihm die Hand. Es waren beinahe drei Jahre her, daß sie Mr. Tyler das letzte Mal gesehen hatte. Er schien ein wenig kahler und breiter geworden zu sein, ansonsten hatte er sich nicht verändert.

„Ich habe oft an Sie gedacht!" Er war schon fast zur Schwingtür hinaus, ihr Gepäck aufzunehmen. „Ist das ein Segen! Ich dachte schon, Sie wären krank geworden oder gar gestorben, ohne es mich wissen zu lassen!"

„Würde ich so etwas nach dreißig Jahren machen?", lachte sie.

„Was war doch gleich Ihre Zimmernummer?"

„Aber ... " Babbie schien einen Moment verwirrt. „Ihr Angestellter sagt mir, es sei kein Zimmer frei, und hat mir das Radley vorgeschlagen."

Das Lächeln auf Tylers Gesicht erstarb. Seine Züge wurden wieder steinern. „Was? Kein Zimmer?"

Der Angestellte schaute erschrocken drein. Arbeit war in England derzeit schwer zu finden, selbst wenn man eine Internatserziehung vorzuweisen hatte. „Aber ich dachte –"

„Sie dachten, Sie dachten, Sie dachten!", schimpfte Mr. Tyler. „Geben Sie mir den Schlüssel von Nummer zwölf."

„Zwölf?" Das war für den Angestellten zuviel. Eine Suite mit Sitzgruppe und eigenem Badezimmer. Wer war denn diese alte jüdische Frau überhaupt? Eine königliche Hoheit? Ein Mitglied der Familie Lord Montefiores? Er klinkte den Schlüssel vom Haken und händigte ihn Mr. Tyler ehrerbietig aus.

„Natürlich die Zwölf für unsere Missus Rosenfelt!", schnob Mr. Tyler grob auf dem Weg zu dem betagten Metallaufzugskorb des Lifts. „Waren Sie in Amerika? Oder die ganze Zeit über in Hamburg?"

„Deutschland", entgegnete sie tonlos. Ihr Ausdruck sagte alles. Wieder geschah es. Sie hatte es vor dem Großen Krieg von 1914 vorausgesagt, und jetzt lag in ihrer Stimme mehr als nur ein Hinweis darauf, daß es Krieg gäbe. „Und ich bin froh, von dort weg zu sein, das kann ich Ihnen sagen, Mr. Tyler! Oi! Dieses Land! In Hamburg bauen sie Schlachtschiffe! Und was für Schlachtschiffe!"

„Und Ihre Familie?", fragte er, während er sich abkämpfte, das Gepäck im Aufzug zu stapeln und sich dahinter hineinzuquetschen. Als er das Gitter ins Schloß gleiten ließ, wandte er sich noch einmal zu dem Angestellten um und sagte entrüstet: „Das Radley, soso, ja?"

Mr. Tyler nahm ihr Trinkgeld nicht an, wie er es stets gehalten hatte, seit sie Witwe geworden war. Im Flur zögerte er und hörte anteilnehmend zu, als sie von Klaus, Maria und den Kindern an Bord der *Darien* erzählte. Hatte man irgend etwas gehört von einem Schiff mit Flüchtlingen in der Nähe von Southampton?

Tyler dachte nach und sagte dann, er habe nichts Außergewöhnliches gehört und daß die Ankunft eines Frachters voller deutscher Flüchtlinge in Southampton bestimmt für Wirbel gesorgt hätte.

„Ich reise mit der *Queen Mary*", sagte sie zuversichtlich. „Und beabsichtige, ihre Papiere in Ordnung zu haben, bis sie ankommen."

„Sie werden dann wohl in New York anlegen?"

Babbie Rosenfelt wußte nicht, was sie antworten sollte. Sie war sich nicht sicher, wo sie anlegen würden. Die Reisevorbereitungen waren jedenfalls nicht vom Büro Thomas Cook erledigt worden. Es gab keine Route. „Meine Enkeltochter und ihre Familie werden in New York sein, gewiß. Dort werde auch ich sein. Dort habe ich angefangen, und dort will ich meinen Lebensabend verbringen."

„Ich hatte immer die Hoffnung, Sie würden sich hier in Southampton niederlassen." Mr. Tyler errötete ein wenig. Peinlich für einen dreiundsiebzigjährigen Mann; aber Babbie Rosenfelt war für ihr Alter noch immer eine gutaussehende Frau. „Ähm, ich werde wohl am besten ein Wörtchen mit diesem Angestellten reden."

„Entlassen Sie ihn nicht, Mr. Tyler", sagte sie zuvorkommend. „Schließlich dachte der junge Mann, er erfülle seine gesellschaftliche Pflicht zum Wohle dieses schönen Hauses."

Nachdenklich schob er seine Oberlippe nach vorne. „Dann werde ich ihn lehren, was er besser in der Schule hätte lernen sollen, und ich werde ihn ein wenig ins Gebet nehmen, was ihm denn einfalle, unser Haus hätte keine Zimmer frei, he?!" Er griff sich an die nicht vorhandene Hutkrempe, wie um Frau Rosenfelt zu grüßen und ging mit einer für ihn untypischen Bestimmtheit zum Lift.

Babbie stand an der Tür und lauschte, wie er bis nach unten vor sich hin murmelte. Der hochmütige junge Angestellte, der versucht hatte, sie wegzuschicken, tat ihr leid.

* * *

Getuschel von Kindern neben seiner Pritsche; auf dieses Geräusch hin schlug Shimon die Augen auf. Die sauber gewaschenen Gesichter von fünf kleinen Mädchen schauten ihn an, als wäre er ein fremdes Wesen, das man aus dem Meer gezogen hätte.

Das älteste Mädchen hielt in der Hand eine grüne Bierflasche mit fünf Papierlilien darin. Das zweitälteste stieß es unsanft in die Rippen und zischte: „Na, gib sie ihm schon, *Mensch!*" Die anderen Mädchen fielen ein: „Gib ihm die Blumen, Trudy! Gib ihm die Blumen!"

„Hallo", sagte Shimon mit heiserer Stimme. Die Mädchen schauten ihn immer noch neugierig an.

Endlich trat das kleinste der Mädchen einen Schritt vor. Sie legte ihre Patschhändchen auf den Eisenrahmen der Pritsche und beugte sich vor, um die Verbände auf Shimons Kopf anzusehen. „Hallo", sagte sie mit dünnem Stimmchen. „Mein Name ist Ada-Marie. Tut es sehr weh?"

Shimon räusperte sich. Er war sich nicht sicher, ob ihm seine Stimme gehorchen würde. Mit einem Kind gesprochen zu haben, schien schon so lange her zu sein. „Ada-Marie ist ein sehr schöner Name", krächzte er. Auf ihre Frage nach den Schmerzen, die noch immer stark waren, gab er keine Antwort.

Die anderen Mädchen traten jetzt auch näher. „Und ich bin Gretchen."

„Ich bin Katrina."

„Ich heiße Louise, und das ist Trudy." Lousie zeigte mit dem Daumen auf Trudy. „Trudy ist die Älteste, deshalb hat sie die Blumen zu halten."

„Aber jede von uns hat dir eine gemacht!", sagte Gretchen.

„Sogar ich!" Die kleine Ada-Marie berührte mit ihren Fingerchen eine schlaffe Blume.

„Mama hat Ada-Marie geholfen", erklärte Louise mit selbstbewußter Geste. „Aber von Trudy stammt die Idee."

Trudy wurde rot und beeilte sich, dem verletzten Fremden den

Strauß zu überreichen. „Wir hoffen, daß es dir bald besser geht", flüsterte sie. Sie errötete noch mehr, als er die Flasche in seine große Hand nahm.

„Ja!" Ada-Maria klatschte in die Händchen. „Wir sind froh, daß du nicht gestorben bist, wie die Erwachsenen es sagten –"

Ein grober Rippenstoß Gretchens brachte die Kleine zum Schweigen. „Ada-Marie! Sag doch nicht solche Dinge!"

„Stoß mich nicht! Sonst sag ich's Mama!"

Hinter der kleinen Gruppe ertönte die schimpfende Stimme des Arztes: „Jetzt ist es genug, Mädchen. Wir müssen unseren Patienten schlafen lassen."

Shimon schaute betrübt. Er wollte nicht, daß sie gingen. Es war so lange her ... zu lange ..., daß er dünne Stimmchen liebe Worte hatte äußern hören. „Bitte", keuchte er, „nur noch eine Minute. Bleibt. Er hatte Tränen in den Augen. Blumen. Papierlilien von Kinderhand. Hatte er jemals etwas so Schönes gesehen?"

Der Arzt wandte gegen die Bitte nichts ein. Der Patient freute sich über das Geschenk.

„Wie heißt du?" Ada-Maries Zöpfe glänzten im Licht. Ihre Augen waren blau wie Blumen im Park von Schloß Schönbrunn. Sträuße aus lebenden Blumen. Süß duftende Haut. Rosenwangen. So überaus schön.

Shimon war von dieser Schönheit überwältigt. Er kämpfte schwer mit sich, seine Gefühle zu beherrschen, erinnerte sich an die rauhen Stimmen der Wachen, die seine Häftlingsnummer herausschrieen: *Du bist kein Mensch; du bist ein Tier, eine Nummer für das Reich, ein Diener für Arier!*

„Mein Name ist Shimon", antwortete er. „Mein Name ist Shimon Feldstein. Und ich glaube, das hier sind die schönsten Blumen, die ich je gesehen ..." Seine Stimme zitterte. Er schloß die Augen.

Trudy flüsterte: „Wir werden wiederkommen und dich besuchen, wenn du magst."

Die Augen noch immer geschlossen, nickte Shimon.

„Vielleicht morgen, Mädchen." Die Stimme des Arztes war sanft. Shimon hörte Schuhe aus der Krankenstube hinausschlurfen.

„Ja, bitte", rief Shimon schwach. Dann öffnete er die Augen. Versunken schaute er den Strauß weißer Blumen an.

13. Jeremias Mantel

Von dort, wo das Savoy-Hotel auf die trübe Themse hinaussah, bis da hin, wo die Fleet Street den Ludgate Hill bis zur großen Kathedrale St. Paul hinaufführte, war es nur ein kurzes Stück zu laufen. Eine Wolke von Tauben erhob sich vom Turm, als an diesem Morgen die Glocken neun Uhr schlugen.

Murphy blieb stehen und lenkte Karls Aufmerksamkeit auf die Vögel. Er legte dem Jungen den Arm um die schmalen Schultern. Angesichts dieser väterliche Geste staunte Elisa über die Zärtlichkeit des Mannes, den sie geheiratet hatte. Dieses Gefühl ließ sie erröten, und sie hauchte ein Dankgebet für John Murphy.

„Gleich nach der Pest gab es hier in London ein schreckliches Feuer, weißt du", erklärte Murphy in deutscher Sprache. „Ich glaube, das war 1666. Es brannte so heiß, daß das Hauptdach von St. Paul schmolz und auf die Straße herabfloß." Er zog Karl nahe an den Boden und suchte die Kopfsteine ab, bis er eine Spur dieses Schmelzstroms gefunden hatte. „Schau, hier, Karl!", rief er mit einer Erregung, als wäre er selbst ein kleiner Junge. „Das ist Metall aus dem Dach von St. Paul, ganz gewiß!"

Karl schüttelte ungläubig den Kopf und schaute dann von dem verbleiten Kopfsteinpflaster auf die Kathedrale. Er wollte, daß ihm Murphy mehr erzähle. Noch nie in seinem jungen Leben war er spazieren gegangen, ohne dabei ängstlich über die Schulter zu blicken. Jetzt sah er nach oben, nach unten – überallhin, um die Sehenswürdigkeiten und Geräusche Londons in sich aufzunehmen.

Murphy bedurfte des Antriebs nicht. „Denk doch nur an all die Könige und an die Kutschen, die seither über diese Straße gefahren sind! Und das ist die Fleet Street." Er wies nach oben auf ein Gebäude, in dem die ehrwürdige *Times* zuhause war. „Schon vor dem großen Feuer brachten die Menschen hier Bücher und Streitschriften heraus."

Karl zeigte stolz auf Murphy.

„Ja, wie ich", lachte Murphy. „Buchhändler verkaufen gleich da drüben wie eh und je auf einem Markt unter freiem Himmel antiquarische Bücher."

Elisa ließ den Blick auf dem Platz ruhen. Sie dachte an die *Faust*-Ausgabe ihres Vaters und legte sich die Frage vor, ob der französische Buchhändler Le Morthomme hier auf dem Londoner Büchermarkt Konkurrenz hatte. Ein solcher Gedanke bedeutete eine unerfreuliche

Unterbrechung des Gefühls von Frieden, das sie noch vor einem Augenblick empfunden hatte. Sie schüttelte den Kopf, als wollte sie alle hineingeschlüpften Fragen daraus vertreiben. Sie war all das jetzt los. Es hatte mit ihrem Leben nichts zu tun. Nichts zu tun mit dem Grund, weshalb sie in die Fleet Street gekommen waren.

„Wie weit noch bis zum Büro?" Irgendwie war selbst das eine Störung. Aber schließlich waren sie auf dem Weg zum Büro des Internationalen Nachrichtendiensts INS, um das Buch mit den Zeitungsausschnitten abzuholen, das von Karls Tante aufbewahrt worden war. Alles in dem Buch erinnerte auf schauerliche Weise daran, was das Kind durchgemacht hatte.

Murphy blickte sie bestürzt an. Einen Moment lang hatte er beinahe vergessen, weshalb sie hier waren. „Nicht weit", sagte er. „Nicht weit genug." Er zog eine Braue in die Höhe und fuhr mit dem Kopf in die Richtung, in der ein Bürohaus das INS-Zeichen sehen ließ, dann fügte er hinzu: „Wie wär's, wenn du mit Karl St. Paul besichtigen würdest, hm? Larry Strickland und der Rest der Belegschaft kennen das ja alles." Er räusperte sich. Er war sich nicht sicher, ob es klug wäre, Karl Kronenberger einem Schwarm von Journalisten auszusetzen, die mit der ganzen Geschichte vertraut waren.

„Wir können die Tauben füttern." Elisa lächelte gewinnend, aber Karl sah sie mit Augen an, die die Lage trotz des Versuchs der Erwachsenen, sie zu verheimlichen, zu verstehen schienen. „Würde dir das Spaß machen?", fragte sie.

Karl machte ein betrübtes Gesicht. Lieber hätte er das Innere eines Büros der Fleet Street kennengelernt. Vor allem eines, in dem sein Held, John Murphy, gearbeitet hatte. War nicht auch der Vater von Ludwig und Karl Kronenberger Journalist gewesen? Die Vertrautheit dieses Ortes strömte irgendwie Wärme aus. Auch sein Vater hatte bei einer großen Zeitung gearbeitet, in Hamburg. Karl erinnerte sich an das betriebsame Klappern der Schreibmaschinen, an das Schrillen der Telephonapparate. Er wollte mit Murphy mitgehen, aber Elisa hatte schon seine Hand gepackt und zog ihn hinter sich her. Er schaute über die Schulter zurück. Murphy wartete einen Augenblick und ging dann munter über die Fleet Street auf das Bürogebäude zu.

Irgendwie las Elisa ihm seine Gedanken sofort von den Augen ab. Sie zog ihn in einer schnellen Umarmung an sich. „Das ist es nicht, gar nicht", sagte sie leise auf Deutsch. „Du bist eine Berühmtheit, Karl, weißt du das nicht? Eine bekannte Persönlichkeit, weil du vor den schlechten Menschen in Deutschland davongekommen bist. Da würde dich jeder mit Fragen bestürmen, und Murphy will nicht, daß du dich nicht wohlfühlst. Das ist es."

Seine blauen Augen hellten sich bei dieser Erklärung auf. Ein kurzes, zustimmendes Nicken war seine Antwort. Dann zog er sie an der Hand, als wäre ihm der Einfall gekommen, Elisas Führer für St. Paul zu sein.

Stapel alter Bücher lagen auf Tapetentischen in den Läden von rund hundert Buchhändlern. Touristen schmökerten und stritten über Preise seltener Ausgaben, während Elisa und Karl Reihe um Reihe abgingen. Elisa blieb bei einem der Tische stehen, auf dem es ausschließlich Kinderbücher gab. Sie blätterte mit Karl ein Buch mit Kinderliedern durch und stieß dabei auf die Weise über die London Bridge, die der Bootsmann gesungen und dann so schaurig erläutert hatte. Die Bilder des Buchs gaben nichts so Düsteres wieder, so daß sie es erwarb und mit einer leichten Verbeugung Karl überreichte. Das war viel schöner als Tauben zu füttern.

Sie gingen langsam bis zum nächsten Tisch weiter. Er war gefüllt mit Büchern, die hinter einer Papptafel aufgeschichtet waren, auf der stand: *Schöne seltene Bücher.* Elisa musterte die Rücken alter, in Leder gebundener Bücher, während sie an die Bibliothek ihres Vaters in Berlin dachte. *Was ist mit diesen Büchern geschehen?, fragte sie sich. Wurden sie bei den großen Freudenfeuern verbrannt, die den humanen Gedanken in Deutschland zu Asche machten?*

Sie hob den Kopf, um die Buchstände zu überblicken. Männer wie Frauen blätterten Seiten um, lasen flüchtig in den Schriften von Shakespeare, Milton, Marlow – Schriftsteller, die früher hier herumgelaufen waren, als die Fleet Street noch jung war. Sie blickte wieder auf den Haufen vor sich und sah goldene Lettern auf einem schwarzen Lederrücken. *Die Heilige Schrift.* Sie nahm das Buch mit einem Gefühl der Erleichterung in die Hand. Es war also in England noch frei zu haben, anders als in Deutschland.

„Wieviel?", fragte sie die verhutzelte alte Frau, die den Bücherstand betrieb.

„Zwei Pence, mein Liebes", krächzte sie ihre Antwort. „Sehr billig."

Elisa legte die Kupfermünze auf den Tisch und nahm das wertvolle Buch in die Arme. Sie umarmte es wie einen alten Freund, dem man in einem fernen Land begegnet. Sie lächelte und sagte zu Karl: „Meine erste englische Bibel. Da wir nach Amerika gehen, eine begreifliche Anschaffung." Sie fand die Leichtigkeit verwunderli$ mit der sie etwas so Wertvolles erstanden hatte. Plötzlich hatte sie das Bedürfnis,

Murphy davon zu erzählen, wollte sie ihm zeigen und die Verwunderung über das Ereignis mit ihm teilen.

Sie wandte sich suchend nach ihm um. Er war größer als die meisten anderen, und sie war sicher, ihn in der Menge der gesenketen Köpfe und nach unten gericheteter Augen leicht zu erspähen. Auch Karl suchte das Menschengewühl ab, wobei er sein Liederbuch festhielt. Es war beinahe dreißig Minuten her, seit sie von Murphy weggegangen waren. Er mußte seine Angelegenheit inzwischen erledigt haben.

„Vielleicht sollten wir zur Treppe gehen –" Elisa verfiel plötzlich in Schweigen. Über die gebeugten Köpfe von vielen Schmökernden hinweg erblickte sie einen Mann, der eindeutig zu ihr herüberstarrte. Er stand drei Stände entfernt. Seine Hand lag auf einem Buch, als ob er sich die Seiten über den Daumen gleiten ließ, aber unter seiner Hutkrempe hervor folgte er jeder Bewegung Elisas. Er lächelte leicht; es machte ihm nichts aus, daß sie sein Interesse bemerkt hatte.

War er nur ein Mann, der einfach eine schöne Frau auf dem Büchermarkt ansah? Sie spürte, wie ihr das Blut aus dem Gesicht wich und sah an ihm vorbei in der Hoffnung, Murphy würde eintreffen. „Komm mit, Karl", flüsterte sie.

Indem sie Karl mitzog, ging sie rasch durch die Stände auf die Steintreppe der Kathedrale zu. Die Glocke schlug die halbe Stunde, und die Tauben erhoben sich wieder wie Rauch. Ihr Schatten glitt über sie hin. Elisa schaute zurück in der Erwartung, den Mann zu sehen. Schwarze Fedora. Nadelstreifenanzug. Augen, die ihr folgten, die ihr Fragen stellten.

Angst spiegelte sich in ihrem Gesicht, und Karl griff sanft nach ihrer Hand. Sie sah den Mann nicht, der sie beobachtet hatte. Er war nicht gefolgt. Keuchend blieb sie am Rand des Büchermarktes stehen. Ihre Augen suchten die Stände nach einem Anzeichen des Mannes ab. Er aber war verschwunden.

Karl zog sie ungeduldig am Arm und zeigte die Treppe hinauf, wo Murphy mit einer Tasche voller Brotkrumen stand. Er lächelte, winkte. Auf einmal fühlte sich Elisa kindisch. *Es war nichts. Gar nichts. Ein neugieriger Männerblick. Sonst nichts.*

„Dabei, mein sauer verdientes Geld auszugeben?", rief Murphy. Er hatte den Hut aus der Stirn geschoben und ein großes, mit Papier umwickeltes Paket unterm Arm. „So seid ihr Frauen! Geht einkaufen, während wir Männer lieber Vögel fangen würden, ja?"

* * *

Es fiel Karl leicht, an London Gefallen zu finden. Vieles erinnerte ihn an Hamburg, wo er und Ludwig zur Welt kamen. War es die breite, trübe Themse, voller Boote wie die Elbe? Das Londoner Savoy-Hotel sah dem Hotel Atlantic sehr ähnlich, in das ihn die Eltern einmal zu einem Komitee bestehend aus Pastoren und Laienpriestern mitgenommen hatten, die über seinen Fall sprachen. Das Hotel in Hamburg war ein wunderschönes Haus. Vater hatte ihn und Ludwig in die Empfangshalle getragen, vorbei an Topfpalmen und roten Samtsofas mit hoher Rückenlehne, auf denen die Knaben nachher Verstecken gespielt hatten. Wichtige Dinge waren da besprochen worden, und Vater war voller Hoffnung nach Hause gegangen, aus der dann nichts wurde. Aber Karl hatte an diesen verzauberten Tag in Hamburg noch immer glückliche Erinnerungen. Darum litt er um Ludwig, um Mami und Vater, gerade jetzt. Er stand zwischen Elisa und Murphy in der Empfangshalle des Londoner Savoy-Hotels und stellte sich vor, Ludwig verstecke sich irgendwo hinter einem Stuhl, einem grünen Farn oder einem Sessel.

In Elisas Stimme schwang Enttäuschung mit, und plötzlich lauschte Karl wieder ihrer Stimme. „Murphy, *mußt* du wirklich unbedingt gehen?"

„Ich werde nicht länger als ein paar Stunden weg sein. Wer ein ganzer Kerl ist, kann eine Einladung zum Tee bei Winston Churchill wohl schlecht zurückweisen, oder?"

„Aber gerade heute – unser Nachmittag. Was ist mit unseren Filmen?"

Karl zog die Braue hoch – ein Alarmzeichen. Murphy hatte versprochen, ihn in ein echtes amerikanisches Doppelprogramm mitzunehmen. Zwei Filme, hatte Murphy erklärt. Wunderbare Filme, die *Dünner Mann* hießen und noch irgendwie, woran sich Karl nicht mehr erinnern konnte. Die Filmstars waren sehr bekannt, und im Film waren New York zu sehen und San Francisco. Murphy hatte gesagt, die Filme würden ihnen einen Eindruck von dem vermitteln, wohin sie gehen wollten.

„Ich muß zu einer Unterhaltung mit einem sehr wichtigen Menschen", erklärte Murphy Karl behutsam. „Also zähle ich auf dich: Du nimmst Elisa mit ins Kino." Er drückte dem Jungen einen Geldschein in die Hand und flüsterte Elisa zu: „Ich habe sie schon zweimal gesehen und habe dabei an dich gedacht."

„An mich?"

„Du und Myrna Loy habt sehr vieles gemeinsam."

„Wenn du glaubst, mit Schmeicheleien könntest du etwas daran ändern, daß ich mich alleingelassen fühle –"

„Ich spreche nicht von deinem Aussehen", sagte er grinsend; „ich spreche von deinem Geld!" Er trat einen Schritt zurück und hielt, als sie zum Spaß mit ihrer Handtasche nach ihm schlug, das in Pappe gebundene Buch mit den Zeitungsausschnitten in die Höhe.

„Na los, dann geh schon", sagte sie mit vorgespielter Gleichgültigkeit. „Und damit du's weißt: Ich werde dich keineswegs vermissen!"

„Ja, aber ich werde *dich* vermissen." Er rieb seine Lippen an ihrer Wange und küßte sie sacht auf den Mund. Sie lächelte, und einen Moment lang sah es so aus, als würde Murphy sein Vorhaben aufgeben und doch noch mit ihnen zusammenbleiben.

„Karl und ich werden eine ... phantastische Zeit haben!"

„Eine *erweiterte* Zeit", verbesserte Murphy mit einem Augenzwinkern. Dann gab er ihr das Paket in die Hand. „Ich werde zurückkommen, ob du es willst oder nicht." Damit strich er Karl durchs Haar und schritt zur Eingangshalle hinaus.

* * *

Die Bäume und Blumen auf Winston Churchills Landsitz standen in voller Blüte. Die stattliche Ziegelstein-Villa von Chartwell schien inmitten der blühenden Sträucher und beschienen von hellem Nachmittagslicht warm und heimelig zu sein. Murphy spürte nichts von der Schwermut, die er letzten Winter während seines Besuchs im Hause Churchills empfunden hatte.

Eine Haushälterin wies ihn vom Innenhof auf einen sich schlängelnden Pfad zu dem bedeutenden Mann, der vor einer Leinwand saß. Er tunkte den Pinsel auf seine Palette, sah Murphy an, grummelte einen Gruß und legte an sein Gemälde letzte Hand an.

„Guten Tag, Mr. Murphy." Er nickte zur Leinwand hin. „Na, was sagen Sie zu meinem Werk?"

„Ganz hübsch", heuchelte Murphy Bewunderung, obwohl die Leinwand noch nicht einmal zur Hälfte bemalt war. „Ganz hübsch soweit."

Churchill blinzelte das Werk an und ließ sich dann mißmutig in den Sitz sinken. „Noch nicht das ganze Bild, was, Mr. Murphy?" Dann blickte Churchill Murphy an. „Erst die halbe Geschichte, wie es da ist." Er warf den Pinsel in eine Blechbüchse, in der Leinöl und ein Dutzend weiterer Pinsel waren. Nachdem er sich die Hand an seinem farbbespritzten Kittel abgewischt hatte, reichte er sie Murphy zur Begrüßung.

„Selbst unfertig ist es ganz hübsch." Murphy setzte sich auf die Steinbank neben Churchill.

„Blödsinn!", schnaubte Churchill. „Ich habe ein Studio voll mit sowas. Sie sind zu wertlos, um sie verkaufen zu können, und mir zu lieb, als daß ich mich von ihnen trennen könnte. Hingabe ... das ist Malen! Beruhigt meine Nerven. Wie eine gute Zigarre." Als wäre es das Stichwort gewesen, zog er zwei Zigarren aus seiner Kitteltasche und bot eine Murphy an, der sie mit einem amüsierten Kopfschütteln ablehnte. Churchill zuckte die Schultern und steckte das Geschenk wieder ein. „Schreckliche Gewohnheit." Er strich sich an der Sohle seiner Wellington-Stiefel ein Streichholz an und paffte voller Befriedigung an der Zigarre. „Und ein großes Vergnügen. Für meine Sekretärin allerdings störrend, naja. Ich mußte das Rauchen im Auto aufgeben. Es macht sie einigermaßen krank, Diktate aufzunehmen und dabei Zigarrenrauch einatmen zu müssen, wenn wir auf den Landstraßen herumgondeln. Sie nimmt dabei genau die Farbe grüner Tabake an."

Murphy lachte, war sich aber ziemlich sicher, daß auch er in einem geschlossenen, mit einem so übelriechenden Rauch gefüllten Auto grün anlaufen würde. „Ich habe einmal versucht zu rauchen. Ich war neun und setzte dabei in der Tenne den Heuhaufen in Brand. Fast wäre alles andere auch noch abgebrannt. Mein Dad sagte, das einzige, wofür man eine Zigarre gut gebrauchen könne, ist, sich am stillen Örtchen die Stechmücken vom Leibe zu halten."

Churchill lachte und paffte eine Weile schweigend vor sich hin; dann wich die Schalkhaftigkeit aus seinen Augen. Er betrachtete wieder sein Bild. „Noch nicht das ganze Bild", murmelte er. Dann stand er seufzend auf und ging ein paar Schritte bis zum Rand des Teichs, bevor er sich umwandte und Murphy ansah. „Da ist einiges mehr an unserem Gemälde dran, als andere zu zeigen wagen, Mr. Murphy. Deshalb habe ich Sie so kurzfristig hergebeten."

Plötzlich sprachen sie nicht mehr über Gemälde oder Zigarren. „Ich hoffte, wir könnten uns noch einmal unterhalten, bevor ich in die Staaten fahre."

„Sie reisen morgen ab, mit der *Queen Mary*, wenn ich recht verstanden habe?“

„Meine Frau, ich und ein kleiner Junge. Ein Flüchtling aus Deutschland. Er wird in den Staaten medizinisch versorgt werden.“

„Das Kronenbergerkind.“ Churchill war bereits unterrichtet, und sein Wissen überraschte Murphy. „Einige von uns haben die Angelegenheit in Deutschland verfolgt. Schreckliche Sache. Man kann sich über ein Volk nur wundern, das Millionenbeträge in Zerstörungswaffen steckt und andererseits keinen Penny dafür ausgibt, einem Kind das Leben angenehmer zu machen. Das Übermaß nationalsozialistischer Aggression bewirkt oft, daß die versteckten Angriffe gegen Individuen nicht ans Licht kommen.“ Er senkte die Stimme. „Sie haben das ja bei Ihrer Frau und deren Familie aus erster Hand erlebt. Wir anderen mögen gegen den Bruch dieses oder jenes Vertrags zetern. Wir mögen uns vor der Schlagkraft der nationalsozialistischen Luftwaffe fürchten und die Pläne diskutieren, die Hitler gegen die Staaten gefaßt hat ... und vergessen dabei, was das alles für ein Kind wie Karl Kronenberger bedeutet.“ Churchill schaute über die Anlagen hinaus. „Ein Grashalm geht oft in einem großen Bild unter. So geht es in der Politik und im Leben der Menschen.“ Er ging langsam zur Bank zurück und setzte sich nieder. „Und doch gibt es Augenblicke, in denen die einzelnen Punkte durchaus miteinander verbunden sind. Das unscheinbare Geschichtchen wird zu dem Punkt, von dem die Entscheidung über die großen Dinge abhängt.“

Murphy nickte, obwohl er sich nicht darüber im klaren war, worauf der große Mann hinaus wollte. „Ich hatte vor, noch eine Weile in Prag zu bleiben. Mein Verleger hat die Überfahrt arrangiert. Er hat die Absicht, uns in New York zu treffen. Ich bin mir nicht sicher, welche Punkte ich von dort aus ans breite Publikum geben werde. Ich denke, in einem Monat werden wir wieder in Europa sein.“

„In einem Monat“, wiederholte Churchill versonnen, „wird es das Europa, das wir kennen, vielleicht nicht mehr geben. Das, mein Freund, ist das große Bild. Kleine Einzelheiten wie ein menschliches Leben unter der Herrschaft der Nationalsozialisten scheinen für unsere mächtigen Regierungen von wenig Bedeutung zu sein. Das ist die große Tragödie unserer Zeit. Frieden um jeden Preis ist kein Frieden.“

„Präsident Benes ... die Tschechen haben es geschafft, sich zu behaupten –“, begann Murphy. Aber Churchill brachte ihn mit einem Schlenker seiner Hand zum Schweigen.

„Ich möchte zur Zeit nicht in Benes' Haut stecken. Der Boden, auf dem sie sich behaupten, besteht aus Treibsand, fürchte ich. Die Tschechoslowakei ist im Mittelpunkt des Sturms. Deutschland auf der einen Seite und Rußland auf der anderen." Er preßte seine Handflächen aneinander, als würde er dazwischen eine Walnuß knacken. „Genosse Stalin ist eben damit fertig geworden, Tausende seiner besten Offiziere zu ermorden, nur weil er hörte, sie könnten den Deutschen gegenüber freundlich gesinnt sein. Wenn die Säuberungen in Rußland abgeschlossen sind, werden zahllose Menschenleben ausgelöscht sein."

„Aber Stalin hat keinen Hinweis gegeben, an der Tschechoslowakei interessiert zu sein", beteuerte Murphy. „Die Gefahr kommt aus dem Westen. Von den Deutschen."

Churchill räusperte sich. „Und wenn unser kleiner Freund Benes einen Weg finden wird, einen Vertrag mit Hitler zu unterzeichnen? Angenommen, den Tschechen gelingt es, dieses innenpolitische Problem mit den Deutschstämmigen im Sudetenland zu lösen? Was dann?"

„Dann würde es besetzt werden. Die Lage würde sich entspannen, und ..." Murphys Stimme überschlug sich, als er sich den Schraubstock Deutschland Rußland vorstellte, in dem die Tschechen steckten. Hitler tobte gegen die Bolschewiken in Rußland. Stalin gab die Erklärung ab, daß aufgrund der Bedrohung durch Nazideutschland niemand in Europa sicher sei. Benes' Staat war eine demokratische Insel mitten zwischen diesen beiden tyrannischen Systemen. Es war die dünne Leine, die zwei zerrende, fletschende Hunde davon abhielt, den anderen zu zerreißen. Wie lange wird sie halten ...

Churchill schaute belustigt drein. „Ich weiß, der Ernst der Lage ist ihnen durch Mark und Bein gegangen. Jetzt müßte nur noch unser Premierminister Chamberlain und die Führung der Franzosen die Situation so deutlich und klar erkennen, wie das bei uns beiden der Fall zu sein scheint." Er seufzte und klatschte sich vor Enttäuschung auf den Schenkel. „Aber sie scheinen das nicht zu begreifen. Falls Frankreich seine Vertragsverpflichtungen nicht einhält, den tschechischen Boden gegen einen Einmarsch zu verteidigen, gehen wir ziemlich sicher einer dunklen Zukunft Europas entgegen. Die Tschechoslowakei ist wie ein Flugzeugträger im Herzen des Kontinents. Entweder für Hitler oder für Stalin – wobei jede Möglichkeit eine fürchterliche Aussicht wäre –, oder die Tschechoslowakei, wenn wir für sie einstehen, wird ein Bollwerk der Demokratien sein." Churchill zog nachdenklich an seiner Zigarre. Beide Männer waren in Schweigen versunken.

Der Fall schien klar zu sein, überlegte Murphy. Die Aufstände im tschechischen Sudetenland hatten Sinn. Die Nazis hatten sich einen mächtigen politischen Stützpunkt in der tschechischen Bergregion erworben. Es war das Gebiet, das der tschechischen Armee als strategischer Militärstützpunkt diente, um Deutschland in Zaum zu halten. Sollte der Prager Regierung das Sudetenland entrissen werden, wäre es nur eine Frage der Zeit, bis das Reich die Grenze zur ganzen Tschechoslowakai überschritt. Ohne Zweifel würde Rußland dann vom Norden her vorrücken. Die kriegführenden Riesen würden die kleine Nation zermalmen – und mit ihr Menschen wie Anna und Theo.

„Bestimmt lassen die Briten und die Franzosen Benes nicht fallen", meinte Murphy.

Churchill antwortete mit einem grimmigen Lächeln. „Haben Sie nicht gehört, welche Bemerkung Chamberlain über die Tschechen machte? ‚Nicht in der obersten Schublade', hat er gesagt. Nicht einmal in einer mittleren. Mr. Murphy, er hat seine Überzeugung erneut bekräftigt, daß die Slawen minderwertig sind und daß wir in England Narren wären, für sie in den Krieg zu ziehen. Er ist entschlossen, den Frieden anderer zu opfern, um dem unvermeidlichen Zusammenstoß auszuweichen, der schließlich auch unsere Insel bedrohen würde. Erst vor sechs Wochen hat er den englisch-italienischen Pakt mit Mussolini geschlossen, der ihm das Recht gibt, mit seiner Aggression in Abessinien und Spanien weiterzumachen."

„Ich war fast ein Jahr lang in Spanien." In Murphys Gedanken tauchten Erinnerungen auf an ausgebombte Städte, an auf offener Straße sterbenden Frauen und Kinder. „Die Deutschen und die Italiener haben sich nicht einmal bemüht, ihre Zeichen auf den Flügeln ihrer Maschinen zu übermalen; es war ihnen egal. Eine Schießübung. Das ist Spanien und Abessinien. Die Faschisten üben für das, was sie auch England und jedem anderen Land anzutun beabsichtigen, das sich ihnen in den Weg stellt."

„Nun gut. Wir erkennen die Sachlage, Mr. Murphy." Churchill gab ihm einen Schlag auf den Rücken. „Was also beabsichtigen Sie deshalb zu tun?"

Murphy lachte nervös. „Ich?"

„Sie haben eine gewaltige Feder und einen willigen Verleger, wie ich höre. Diese Angelegenheiten müssen genauso auch auf Ihrer Seite des Atlantik bewußt werden. Ein wenig Druck seitens des Präsidenten Roosevelt, und die amerikanische Öffentlichkeit könnte Einfluß auf unseren regenschirmschleppenden Premierminister ausüben."

Murphy nickte. Wieder mußte er an Anna und Theo denken, Elisas Familie in Prag. Sie hatten wirklich genug durchgemacht in Deutschland. Jetzt bestand für sie die Gefahr eines Einmarschs der Nationalsozialisten in die Tschechei.

„Zunächst werde ich ein paar Grashalme umpflanzen –", versetzte er abwesend.

„Grashalme ...?"

„Die Familie meiner Frau. Bloß Kleinigkeiten innerhalb des großen Bildes. Ich muß Gewißheit haben, daß wir sie aus Prag herausholen können."

„Das wird nicht leicht. Sie sind Juden, oder?"

„Elisas Vater ist Jude."

„Die Quoten einer jeden Nation sind ausgelastet. Und der Mufti in Palästina ahmt die Methoden seines Lehrmeisters Hitler nach. Die Palästinenser kämpfen gegen die Einwanderung zusätzlicher Juden in das Mandatsgebiet. Der Mufti will keine weiteren Juden in Jerusalem haben, sagt er."

„Chamberlain beugt sich dieser Art Druck nicht, oder doch?" Murphy war von dieser Information überrascht. „Er wird gewiß die britische Verpflichtung einem jüdischen Kernland gegenüber nicht widerrufen – nicht *jetzt*, da es in ganz Europa keinen Platz gibt, wohin sie fliehen können."

Churchill schwieg lange Zeit. „Es ist allgemein bekannt, daß der arabische Mufti Haj Amin und Adolf Hitler auf gutem Fuß miteinander stehen. Chamberlain sucht Frieden um jeden Preis. Um *jeden* Preis. Solange es nicht Großbritannien kostet." Er räusperte sich erneut. „Wenn ich Sie wäre, Mr. Murphy, würde ich alles tun, die Familie Ihrer Frau nach Amerika zu bringen. Bestimmt kann Ihnen Ihr Verleger bei der Beschaffung von Visa behilflich sein. In den nächsten Wochen schon wird die britische Regierung Palästina allen Einwanderern verschließen. Das sage ich voraus."

Er hob leicht den Ellbogen und schüttelte langsam den Kopf. „Ich fürchte, dieser Jeremia hat keine Vision von guten zukünftigen Dingen. Nein. Es läßt für keinen von uns Gutes erahnen. Wir werden, lenkbar und weichherzig, wie wir sind, an den Rand des Abgrunds geführt. Welche Stimme wird uns umkehren lassen? Sind wir blind? Sind wir taub?"

Er reichte Murphy zum Abschied die Hand. Das Interview war zu Ende. „Sie haben eine Überseereise vor sich, Mr. Murphy. Ich wünsche Ihnen Glück. Ich habe Ihnen keine Hoffnung gemacht und den schweren Mantel des Jeremia gestreift. Vielleicht sehen wir uns bald wieder. Vielleicht liege ich falsch, aber ich kann nicht einmal mehr an einen Irrtum meinerseits glauben. Alles Gute!“

14. Die Queen Mary

Zwei gefälschte französische Pässe für Ludwig Kronenberger und Leah lagen aufgeschlagen vor ihnen auf dem Tisch.

„Aber du siehst doch, wie überaus gut diese Pässe sind!“, flehte Leah. „Können wir nicht einfach über die Grenze *fahren?*“

Marta und Karl Wattenberger tauschten Blicke. „Sag ihr, was du und Franz gesehen hast, Karl“, wies Marta ihren Gatten an.

Der Tiroler Bauer mit den traurigen Augen breitete hilflos und niedergeschlagen seine schwieligen Hände aus. „Überall kursieren jetzt Photos von dir und Ludwig. Auch Karl ist auf den Photos. Sie haben eine Montage gemacht. Dich und Ludwig irgendwie identifiziert. Eure Gesichter werden euch verraten. Und wenn ihr hier in Österreich verhaftet werdet, werden diese Pässe, die Otto für euch gemacht hat, ihn genauso verraten.“

„Der Schnee ist geschmolzen“, sagte Franz ruhig. „Wir können euch über die Berge bringen.“

Leah nickte bedrückt. Sie hatte gehofft, Shimon würde irgendwie befreit werden und sie hier vor der Reise treffen. Das war nun nicht so. Sie räusperte sich und suchte nach Worten. „Dann haben wir keine andere Wahl.“

„Tut mir leid“, sagte Karl. „In diesem Fall ist uns die Wahl schon abgenommen.“

Die Züge in Martas liebem Gesicht verfinsterten sich vor Sorge. „Ihr müßt von Italien aus nach Frankreich. Hitler und Mussolini sind aus dem selben Holz geschnitzt, liebe Leah. Bald werden die Juden auch in Italien nicht mehr sicher sein. Wie der heilige Vater dort auch gegen dieses Übel anspricht – die Würfel sind gefallen. *Verweilt nicht lange in Italien!*“

„Wenn wir Paris erreichen können –“ Leah klappte ihren Paß zu und nahm ihn fest in die Hände. „Ich habe Freunde dort, zwei Schwestern, die mit Elisa und mir während unserer Ausbildung im Mozarteum auf demselben Zimmer wohnten. Sie waren glücklicher als wir.“ Bei dieser Erinnerung lächelte sie traurig. „Nicht glücklicher – sie waren klüger als wir. Elisa und ich wollten in Österreich bleiben, um zu studieren und beim Musikverein zu arbeiten. Sie waren bereit, in die weite Welt zu gehen. Und so sind sie jetzt in Paris.“

„Sie werden dir helfen?“

„Ich war letztes Jahr auf Solotournee in Paris. Sonja und Magda baten mich, mit ihnen in Paris zu bleiben, aber dann, ihr wißt ja, wurden Shimon und ich –" Sie seufzte, den Kopf voller Fragen, was es geändert hätte, wenn sie in Paris geblieben wäre. Vielleicht hätte Shimon sie hier getroffen. Vielleicht ...

Als ob sie ihre Gedanken erraten hätte, legte Marta ihre Hand auf die Leahs. „Fange jetzt nicht an, an Gottes Führung zu zweifeln, mein Kind. Glaubst du, er hätte nicht zugesehen, daß zwei kleine Lämmchen in Wien deines Mitleids bedürfen? Und deshalb bist du jetzt *hier.* Wir dürfen nicht zweifeln ... nur *beten!*"

* * *

Anna befand sich allein in dem kleinen Haus in Prag. Theo, Wilhelm und der junge Dieter mußten diensthalber im Sudetenland bleiben. Elisa und Murphy waren fort.

Morgens lag Anna lange im Bett. Es gab niemanden, für den sie Tee kochen konnte. Sie wollte nicht frühstücken. Nach einer Weile schienen Erinnerungen in dem Haus widerzuhallen – glückliche Erinnerungen; Echos aus einer vergangenen Zeit. Sie drehte ihr Gesicht Theos Kopfkissen zu. Sie hatte es so lange geschafft, ohne ihn zu leben, als er im Gefängnis war; würde sie jetzt die Sprache der Einsamkeit neu lernen müssen?

Sie war wütend auf ihn, weil er sich in seinen Dienst geflüchtet hatte. Hatten sie Deutschland, Hitler und den Nazis nicht schon genug Lebenszeit geopfert? Konnten sie jetzt nicht einfach leben und alles vergessen?

Sie seufzte und setzte sich auf. Sie stritt mit einem Schatten. Theo hatte ihr deutlich genug geantwortet. *„Soll ich, der ich einmal gelitten habe, das Leiden vergessen, das über Millionen hereinbrechen wird, wenn das Sudetenland fällt? Anna, liebe Gattin, ich muß meinem König im Himmel durch das dienen, von dem ich weiß, es ist das Richtige. Ich habe einen Pakt mit Sterbenden geschlossen, einen Pakt mit Gott, daß ich, solange ich lebe, den Rat in Psalm 37 befolgen werde: ‚Vertraue Gott und tue Gutes!' Ich habe nur überlebt, um diesen Pakt zu erfüllen. Deshalb ...“*

„Deshalb ist er gegangen", flüsterte Anna in leiser Verzweiflung. Sie sagte zu dem leeren Kopfkissen: „Wieder und wieder, Theo, hast du dein Kreuz getragen, manchmal, ohne mir zu sagen, warum, oder was du vorhattest. Und ich? Was soll ich noch in diesem leeren Haus hier?"

* * *

Die Züge von London entließen ihre Fahrgäste direkt auf die Londoner Hafenanlagen. Zuschauer standen gedrängt; sie waren gekommen, den mächtigen Ozeanriesen zu sehen, den Stolz der Cunard-Reederei. Die glänzende Verkleidung der riesigen *Queen Mary* ließ jedes andere Schiff im Hafen als Zwerg erscheinen.

Elisa hielt ihren Violinkasten eng umklammert, und Karl schob seine Hand in Murphys Tasche. Murphy drückte sich durch die Menschenmenge nach vorne, indem er den Cellokasten als eine Art Schild vor sich hielt. Es war etwas, das Elisa über die Jahre Leah hundertmal hatte tun sehen, und dieser Anblick ließ sie um ihre Freundin einmal mehr bange sein.

„Holt euch eure *Queen Mary*-Aschenbecher, hier, hier! He, Meister!" Ein Verkäufer machte den Fehler, Murphy den Weg zu versperren. „Kaufen Sie dem Kleinen einen Aschenbecher, das wär' doch was!"

Der Cellokasten knallte gegen den hölzernen Bauchladen, den sich der Mann um den Hals geschlungen hatte, und schickte Dutzende von Aschenbechern krachend auf den Boden.

„He! Was fällt Ihnen ein! He, Sie!" Der Verkäufer, ganz rot im Gesicht, schrie Murphy an. „Jetzt schauen Sie sich meinen Laden an! Sie haben alles zerdöppert!"

Murphy verzog sein Gesicht und zögerte, aber nur für einen Moment. „'tschuldigen Sie", überschrie er das kreischende Gepfeife der Schiffe im Hafen und den Lärm einer kleinen Blaskapelle auf der Mole. „Ein Mißgeschick – wir müssen unser Schiff bekommen!"

Der zornige Verkäufer richtete sich den hölzernen Bauchladen wieder und versperrte damit Murphy den Weg. „Und ich muß mir meinen Lebensunterhalt verdienen! Was glauben Sie wohl, wer Sie sind? Vierundzwanzig Englische Pfund meines Geschäfts liegen in Stücken, und Sie müssen ein Schiff kriegen und wollen wohl keinen roten Heller zahlen, he?"

Der Cellokasten drückte hart gegen den Bauchladen. Murphy stand Nase an Nase vor dem rotgesichtigen Verkäufer. Vom Austritt des

Fallreeps her rief der Schiffsoffizier über ein Megaphon aus: „Alles an Land, was an Land gehört ..."

Sie mußten sich an weiteren hundert Menschenbeinen vorbeidrükken, um zum Schiff zu gelangen. Einen Augenblick lang ergriff Elisa Panik. Das Glas der Aschenbecher knirschte unter ihren Füßen. Natürlich war das nicht Murphys Fehler gewesen, aber der Verkäufer rief jetzt nach einem Schutzmann. Die Menge wandte sich von dem aufregenden Schiff und der Kapelle ab, um zu sehen, welche Art von Kampf sich da hinten auf der Mole wohl zusammenbraute.

Die Kapelle begann *Ich bin ein alter Rinderhirt vom Rio Grande* zu spielen, das Lied, das Murphy für Karl gesungen hatte. Der Junge war begeistert. Elisa war verblüfft. Sie hatte nicht geglaubt, daß es ein wirkliches Lied war. Es ließ sie hoffen, daß die Geschichten, die er ihr über Schießereien im Wilden Westen erzählt hatte, nicht hier auf den Molen Southamptons neu in Szene gesetzt würden.

„Schaut nur! Dieser Amerikaner hat die Sachen dieses armen Kerls zerschmissen! Und jetzt will er den Schaden nicht bezahlen!" Im Handumdrehen hatte sich die Menge den beiden zugewandt.

„Murphy!", rief Elisa verzweifelt, denn sie war durch verärgerte Zuschauer von ihm getrennt worden. „Murphy! Wir werden das Schiff verpassen!"

Ihre Worte gingen im lauten Dröhnen der Schiffsirene unter, dem letzten Signal zum Einschiffen.

Ihre Abreise wurde zum Alptraum. In Karls Augen trat Angst. Elisa sah, wie er seine Arme um Murphys Hüfte klammerte.

„Holt einen Schutzmann!"

„Warum hast du die Sachen dieses Kumpels kaputt gemacht, Yankee?"

„Erteilt diesem Yankee eine Lektion!"

„Immer dasselbe mit diesen ..."

„Vierundzwanzig Pfund zerdäppert!"

„Der gesamte Lebensunterhalt dieses armen Kerls ..."

Die ganze Zeit über hörte Elisa, wie Murphy wütend aufbegehrte, er sei für die zerbrochenen Waren nicht verantwortlich und werde nicht vierundzwanzig Pfund für einen Haufen Glasscherben bezahlen.

Wieder heulte die Schiffsirene. Passagiere bevölkerten auf den vielen Decks die Reling. Sie winkten und riefen Freunden und Verwandten zu, während die Empörung der Menge auf der Mole gegen den Yankee wuchs, der die Waren eines guten Kerls kaputt gemacht hatte!

Elisa konnte nur die Spitze von Murphys Fedorahut sehen. Der war ihm ins Genick geschoben. Der Cellokasten wurde noch immer wie eine Art Schutzschild in die Höhe gehalten. „Murphy!“, rief Elisa, „Murphy!“

„Macht, daß ihr hier herauskommt!“, rief er ihr zu. „Ich treffe euch an Bord!“

Dann gingen seine Worte im Geschrei der Zuschauer unter.

Dutzende von Körpern trennten Elisa von Murphy und Karl. Sie würden das Schiff verpassen, Davon war Elisa überzeugt. Ihr ganzes Gepäck war schon an Bord des Ozeanriesen. *Würde die Cunard-Reederei Mr. Trumps Geld ersetzen*, fragte sie sich. *Werden die Engländer Murphy einsperren?*

Indem sie den Koffer der Guarneri umschlungen hielt, stellte sich Elisa auf die Zehenspitzen, um so etwas von Murphy und Karl zu erspähen. Murphy stritt noch immer wütend. Die Schiffsirene erklang erneut, und Elisa kämpfte gegen die Menge an, um zum Fallreep zu gelangen. Wenn sie es bis zum Schiffsoffizier schaffte, könnte sie vielleicht Hilfe schicken. Zumindest könnte sie ihm mitteilen, daß ihr Ehemann und ihr Kind noch kämen!

„Entschuldigung!“, rief sie. „Bitte, ich will aufs Schiff!“ Auf ihre Worte hin teilte sich die Menge. Sie kam gut voran auf die riesige Eisenwand des Schiffes zu. Genau vor ihr befand sich die Treppe, die zu der überdachten Rampe der *Queen Mary* führte. „Bitte!“, überschrie sie den Lärm der Kapelle, „lassen Sie mich durch!“ Damit bahnte sie sich einen Weg durch die vorderen Zuschauerreihen, die mit nach hinten gebeugten Köpfen in Wolken von Konfetti, das auf die Mole regnete, winkend dastanden. Auf die Mannschaft zurennend, die das Einholen der Rampe besorgte, rief sie: „Wartet! Es kommt noch jemand! Bitte, wartet!“

Sie rannte die Stufen hinauf und suchte das Meer der Hände ab. Schließlich erspähte sie Murphy und Karl. Das Kind hielt sich nach wie vor an Murphys Gesäßtasche fest. Elisa konnte erkennen, daß Murphy seine Brieftasche gezückt hatte. Er bezahlte den Verkäufer! Sie eilte die Rampe hoch. Der mit einer weißen Uniform mit goldenen Kordeln bekleidete Schiffsoffizier stand am Austritt der Treppe und überflog eine Schreibtafel mit einer Namensliste. Er blickte auf und lächelte die schöne und verwirrte Frau, die sich näherte, zögernd an.

„Bitte!“, schluchzte Elisa. „Sie müssen noch warten, nur noch einen Augenblick! Mein Mann und ... unser kleiner Junge! Sie werden von der Menge zurückgehalten! Bitte legen Sie nicht ohne sie ab!“ Sie konnte kaum noch atmen; ihre Worte stolperten in atemlosen, abgehackten Sätzen hervor.

„Ihr Name, Madame?“, fragte der Schiffsoffizier kühl.

„Elisa Murphy. Mein Mann heißt John und das Kind Karl.“ Sie suchte auf seiner Liste nach ihren Namen.

Sie war so angespannt, daß sie die zwei Männer nicht bemerkte, bis sie ihre Ellbogen berührten. Ihre dunkelblau gestreiften Anzüge und runden Melonen wirkten wie eine Art Uniform.

„Mrs. Murphy“, sagte der Mann an ihrer Rechten mit tiefer Stimme, „kommen Sie bitte mit.“

„Aber ... mein Mann!“

„Bitte, ich versichere Ihnen, daß das Schiff nicht ohne sie ablegen wird.“ Er zog sie vom Ende des Fallreeps weg.

„Ich möchte gern auf sie warten –“ Elisa versuchte sich aus ihren Händen zu befreien, konnte es aber nicht.

„Sie werden das Ablegen nicht verpassen.“ Der finster blickende Mann schaute beim Sprechen leer geradeaus. Er begegnete ihrem fragenden Blick nicht.

Elisa wurde wenige Schritte von der Stelle weg, an der sie stand, in einen engen Korridor geführt, überall waren Lebensmittelkisten aufgestapelt. Das konnte nicht der Weg zu ihrer Kabine sein, und diese Männer gehörten nicht zur Schiffsbesatzung. Die offenstehende Tür wurde hinter ihnen geschlossen, ehe Elisa nach Hilfe rufen konnte.

„Wohin bringen Sie mich?“ Sie wollte sich loswinden; der Griff um ihre Arme wurde schmerzhaft fester. „Warum sind Sie –“

„Das wird Ihnen nichts nützen, Elisa.“ Ein dritter Mann bückte sich durch ein Schott einen guten Meter vor den Männern herein, die sie ergriffen hatten. Er war sehr groß, trug ähnliche Kleider wie die anderen, nur keinen Hut. Er hatte einen sehr dünnen Schnurrbart, welcher der Linie seiner Oberlippe folgte. Er lächelte erfreut über irgend etwas. Er streckte den Arm aus, um Elisa die Guarneri aus den angewinkelten Armen zu nehmen. Sie öffnete den Mund zum Schrei; eine Hand mit Lederhandschuh krallte sich über ihr Gesicht und erstickte ihn.

Die drei Männer plauderten miteinander, als ginge nichts Ungewöhnliches vor.

„Ist es Frank gelungen, ihn zu bremsen?“

„Zauberhaft. Er und der Junge sind noch dort unten. Stecken mitten in etwas drin. Es wird noch etwa fünf Minuten dauern, bis sie ihre Füße auf die Rampe setzen.“

„Dann sollten wir uns beeilen“, sagte der Mann, der Elisas Violine hielt. „Mr. Tedrick wartet in der Hafenmeisterei.“

Elisa mühte sich ab, sich zu befreien. Sie kämpfte, aber kräftige Arme hielten sie fest. Die Hand im Handschuh bewegte sich nur leicht, ihr den Atem zu nehmen, bis sie nicht mehr an Flucht dachte und nur noch nach Luft schnappte. Jetzt nahmen sie Elisa zwischen sich und trugen sie durch ein Labyrinth steiler Treppen, die sich durch einen Zentralkorridor des Schiffs nach unten schlängelten. Sie gingen schnell, rannten fast. Es war sonst niemand im Korridor. Niemand, den man fragen konnte, warum sie hinabgetragen, weshalb sie festgehalten wurde.

Innerhalb weniger Augenblicke erreichten sie das Küchendeck des Ozeanriesen. Elisa konnte das Klappern von Geschirr und das sorglose Gelächter der Mannschaft hören. Wieder drückte sich die Hand fest über ihren Mund. Sie hatte keine Chance zu schreien. Da betätigte der Vorangehende einen Schalter an einem Schleusenschott und ließ die Luke aufschwingen. Ein Strahl hellen Tageslichts blendete Elisa für einen Augenblick. Dann, indem sie gegen das Licht blinzelte, sah sie draußen einen vertäuten Schleppkahn. Die hellen Klänge der Kapelle und jubelnde Stimmen drangen herein. Sie befanden sich auf der anderen Seite des Schiffs. Auf dieser Seite des Ozeanriesen war niemand, der sehen konnte, was sie mit ihr machten.

„Ihr habt lange gebraucht!“, rief ein vierter Mann vom Deck des Schleppers. Er streckte die Arme aus, um Elisa zu fassen. Sie wurde vom Rumpf der *Queen Mary* hinübergeschwungen und auf das Deck fallengelassen. Das dauerte nur eine Sekunde; Elisa hatte Gelegenheit, nach Luft zu schnappen und zu schreien, bevor der vierte Mann ihr mit seiner Hand den Mund zuhielt. Er riß ihr mit grobem Ringergriff die Arme nach hinten und schob sie in eine Kabine, die nach Fisch und Öl stank.

Die beiden Männer sprangen von der *Queen Mary* in den Schlepper, dann warf der dritte die Guarneri hinüber und schloß scheppernd die Luke des Ozeanriesen. Niemand bemerkte es, als der Schleppkahn vom Rumpf des Ozeanriesen abstieß und ohne Mühe über den Hafen auf ein verlassenes Dock zu tuckerte.

* * *

Die Schiffsirenen heulten ungeduldig, als Mrs. Rosenfelt dem Offizier am Ende der Einstiegsrampe ihr Ticket zeigte.

„Mrs. Rosenfelt"; er tippte sich an die Mütze. „Erster-Klasse-Reise durch diese Doppeltüren zum Tisch des Zahlmeisters."

Sie nickte und wurde, im Gedränge aufgeregter Passagiere gefangen, über das Promenadendeck und durch die Doppeltüren gedrängt, auf denen *Picadilly Circus* stand. Stapel von Überseekoffern waren auf diesem Hauptplatz des Schiffs aufgeschichtet. Damen in Pelzen und der neuesten Pariser Mode starrten in Schaufenster, während Stewards und Gepäckträger hin- und herhasteten, um zu gewährleisten, daß jeder Passagier in der richtigen Kabine unterkam.

Die Wände und Säulen dieses Hauptplatzes waren mit einem Furnier aus Vogelaugenahorn verkleidet. Korridore zweigten in alle Richtungen ab, in Eßsäle, Rauchkabinette und Foyers. Breite Treppen führten nach unten in die Erste-Klasse-Zimmer, die sich vom Bug zum Heck des Ozeanriesen über mehr als dreihundert Meter erstreckten.

Inmitten dieses Gewirrs fiel ein dunkler Schatten auf Babbie Rosenfelt. Sie ließ ihre Augen langsam im Kreis über lachende, aufgeregte Menschen wandern. Wie anders war das als das schreckliche kleine Schiff, auf dem jetzt Maria, Klaus und die Kinder zusammengedrängt waren! Wenn sie nur hätten mit ihr kommen können! Die Kosten für die Passage auf der *Queen* umfaßten auch alle Mahlzeiten und Nachmittagstees. Da das Reich verboten hatte, daß sie Vermögenswerte aus Deutschland ausführte, hatte sie sich dieses Erster-Klasse-Ticket gekauft. Sie würde in einer Kabine wohnen, in der für ihre gesamte Familie Platz gewesen wäre. Die Tickets für die *Darien* hatten aber pro Person dreimal mehr gekostet als das für die *Queen Mary*. Welches Essen würden sie in dem heruntergekommenen Schiff bekommen, fragte sie sich. Hatten sie es warm? Hatten sie zum Schlafen gute Betten? Solche Fragen vergrößerten ihren Kummer.

„Kann ich Ihnen helfen, Madame?" fragte ein Steward in frischer, weißer Uniform. Er trat neben den Tisch des Zahlmeisters.

Es dauerte etwas, bevor sie antworten konnte. Sie mühte sich damit ab, das Ticket aus ihrem Handtäschchen zu ziehen. „Zimmer B-47." Sie zwang die Worte hervor, obwohl ihre Kehle sich weigerte. „Mein Gepäck wurde gestern abend verladen."

„Die Haupttreppe hinab, dann folgen Sie dem Gang auf der Hafenseite."

Seine Erklärung wurde von einem großgewachsenen jungen Mann mit einem kleinen, blonden Jungen im Schlepptau unterbrochen. „Ich ... Ich habe meine Frau verloren in all diesem ..." Der Mann schien durcheinander und unglücklich zu sein.

„Vielleicht in Ihrer Kabine." Der Gepäckträger schaute auf sein Tikket. „Ah, ja. Sie haben eine Suite, wie ich sehe. Sehen Sie zuerst dort nach und versuchen Sie es dann in den Läden. Damen und die Läden, Sie wissen. Nicht die erste verlorengegangene Ehefrau, die wir an Bord gehabt hätten."

„Können Sie sie ausrufen lassen?"

Der Steward fuhr mit der Hand über sein Gesicht. „Vielleicht wenn wir fahren ..."

Frau Rosenfelt ging von dem unglücklichen Mann weg. Er würde seine Frau zweifellos finden. Sie hingegen konnte nur beten, daß Maria und ihre Familie sicher seien, wo auch immer sie waren. Es wäre so einfach gewesen, sie mitzunehmen, wenn es nicht die schrecklichen amerikanischen Visabeschränkungen gäbe. Welch ein Genuß hätte diese Atlantiküberquerung für alle sein können!

Sie ging die große Treppe hinab und hielt für einen Moment an, um einen Blick auf den jungen Ehemann und sein Kind zu werfen. Ihr schien an dem Kind etwas vertraut zu sein ... Etwas. Aber was? Vielleicht schaute sie ihn nur an, weil er ein Kind war wie die Enkelkinder, die sie auf die *Darien* hatte schicken müssen. Die Mädchen hätten diesen Ort hier gemocht! Welchen Spaß sie miteinander gehabt hätten! Vielleicht wäre dieser Junge ein Spielkamerad geworden.

Babbie Rosenfelt kämpfte Tränen zurück, während sie entlang des Korridors nach ihrer Kabine suchte. Der enge Gang, von anderen Passagieren bevölkert – er war für sie trotz allem leer. Dreitausend Menschen befanden sich an Bord des Linienschiffes, aber alles, woran Babbie denken konnte, waren die Süßigkeiten in den Tiefen ihres Handtäschchens und die kleinen Mädchen, die nicht da waren, sie unter sich zu teilen.

15. Das Opfer

Murphy saß in ihrer üppigen Luxuskabine auf der Bettkante. Karl stand auf einem Stuhl, um aus dem Bullauge zu blicken. Das letzte Zipfelchen von England schlüpfte außer Sichtweite.

Alles Gepäck war umgehend im Zimmer abgeliefert worden. Elisas Überseekoffer, eine kleine Brokattragetasche und zwei Hutschachteln lagen fein säuberlich aufeinander gestapelt unter den kleineren Taschen, die Karl und Murphy gehörten. Aber wo war Elisa?

Murphy und Karl hatten einen Rundgang über das Promenadendeck des riesigen Schiffs gemacht in der Hoffnung, Elisa zu finden. Dieses Deck war allerdings nur eines unter vielen; und nach langem Umhergehen hatte Murphy sich gesagt, daß er die ganze Reise damit verbringen könne, sie zu suchen. Und sie könne sehr leicht auch nach ihm suchen, ohne daß sie sich finden würden. Die große *Queen* wurde ‚schwimmende Stadt' genannt. Und sie war es wirklich. Es gab nur eine Möglichkeit, Elisa zu finden: nach ihrer Luxuskabine zurückzukehren und darauf zu warten, daß sie wie ein entlaufenes Hündchen hereinmarschierte.

Sie warteten nun schon seit eineinviertel Stunden, Elisa aber war noch immer nicht aufgetaucht. War sie einkaufen? Trank sie Kaffee in einem der zahlreichen Cafés? Gab sie ein Telegramm auf an ihre in Prag gebliebenen Eltern?

Plötzlich stand Murphy auf und schaute zur Tür. Er war verärgert und besorgt. Anfangs mehr verärgert als besorgt, dann eher besorgt als verärgert. Der Schiffsoffizier war sich ziemlich sicher, daß sie sich eingeschifft hatte – ziemlich sicher. Allerdings, hatte er erklärt, habe er schließlich Hunderte von Gesichtern gesehen.

„Karl, ich gehe wieder hinaus", sagte Murphy barsch. „Zum Telegraphenamt. Du wartest hier, und wenn sie hereinkommt, laß sie nicht wieder weggehen, in Ordnung?"

Karl gab ihm das ‚In-Ordnung'-Zeichen, dann wandte er sich wieder dem Bullauge zu. Nebel verhüllte die letzte Landspitze. Murphy zog sich seinen Trenchcoat an und schlüpfte in den mit Kirschholz furnierten Korridor. Die Luxuskabine befand sich in der Nähe des Promenadendecks, der Funkraum drei Decks unterhalb und lag ungefähr einen halben ‚Häuserblock' weiter vorn.

Er ging zum Aufzug; als er ein Dutzend lächelnde Pärchen davor stehen sah, überlegte er es sich anders. Er nahm statt dessen die Treppe und ging hinunter in die Eingeweide des Schiffs.

Für jene furchtlosen Reisenden, die das weitläufige Labyrinth des Inneren der *Queen* zu erforschen suchten, waren in angemessenen Abständen Zeichen angebracht. An jedem Treppenabsatz prangte ein Plan des jeweiligen Decks, der die Lage der Kabinen, der Läden und Restaurants aufwies. Es war kein Wunder, daß Murphy nicht in der Lage war anzugeben, wo seine eigensinnige Frau sich befand, als er den Plan nach dem Telegraphenamt absuchte.

Das Dröhnen der großen *Queen* schien drei Zimmerfluchten tiefer viel lauter zu sein. Murphy schob sich durch die Tür in einen Korridor, der schmaler war als der der Oberdeck-Luxuskabinen. Kabinen Dritter Klasse. Keine Bullaugen. Jedesmal, wenn er den Atlantik überquert hatte, war das in Dritter-Klasse-Unterkünften geschehen. Studenten, Arbeitsleute, alte Damen, die gern das Hütchenspiel spielten – das waren die Standardreisenden hier unten.

Er ließ all diese Typen Revue passieren. Dann zweigte der Gang in einen Korridor mit Reihen von Büros ab, Mannschaftskabinen und dann der Funkraum.

Murphy lehnte gegen den Schreibtisch und zog einen leeren Notizblock zu sich her. Es dauerte einen Augenblick, bis der junge Mann aufschaute. Er hatte klare Augen und Pfirsichwangen und erinnerte Murphy irgendwie an das Kinderlied *Bobby Shafto ging zur See.*

„Kann ich Ihnen helfen, Sir?" Er hatte den Akzent des englischen Adels, obwohl er die schlichte Uniform eines Seemanns trug.

„Ich suche nach meiner Frau." Murphy war plötzlich verlegen. Offensichtlich war Elisa nicht hier. „Wir wurden auf der Mole getrennt, und ich dachte, vielleicht ... ist sie hier heruntergekommen, um ein Telegramm aufzugeben."

„Ein Telegramm, Sir?" Der junge Mann sah ihn befremdet an.

„Nicht an mich – ich bin *hier.* Aber vielleicht hat sie an –"

„Wie heißt sie, Sir?" Er blätterte die Seiten eines gelben Blocks mit Telegrammformularen durch. „Dies hier sind alle auszugebenden Telegramme."

„Elisa Murphy." Murphy neigte den Kopf, um etwas zu sehen.

Der junge Mann ordnete den Stapel und legte ihn wieder zur Seite. Dann nahm er den Block, an dem er gerade gearbeitet hatte.

„Dann sind Sie John Murphy?", fragte er.

„Ja." Murphy empfand augenblicklich Erleichterung. So. Sie hatte also den Ihren ein Telegramm geschickt.

Der junge Mann aber schaute ihn beinahe ängstlich an. „John Murphy?" Er nahm ein einzelnes Blatt von der Ecke hoch.

„Ja, der bin ich." Welche Erleichterung er auch immer empfunden hatte, sie verging ihm sofort, als die gekritzelte Botschaft vor ihn hingelegt wurde.

„Ein Telegramm für Sie, Sir." Dann setzte er hinzu: „Tut mir leid, Sir."

Murphy stöhnte laut.

IN DER MENGE OHNMÄCHTIG GEWORDEN STOP SCHIFF VERPASST STOP WERDE DICH IN NEW YORK ANRUFEN STOP IN LIEBE ELISA

Er hielt den Zettel einen Augenblick in der Hand, dann zerknüllte er ihn in der Faust und steckte ihn sich in die Tasche.

„Tut mir wirklich sehr leid, Sir", sagte der junge Mann. Murphy stürmte aus dem Büro.

* * *

Wenigsten war das Zimmer sauber. Fein säuberlich leergeräumt, bis auf eine eiserne Pritsche mit dünner Matratze, auf der ein Bettuch und ein Teppich lag. Es gab keine Waschgelegenheit. In der einen Ecke stand ein leerer Zinkeimer, in der anderen ein Eimer mit Wasser. Fensterlose Wände aus Ziegelstein erhoben sich bis zu einer Höhe von etwa fünfzehn Metern. In der Nähe der Decke befand sich ein schmieriges, halb offenstehendes Fenster, um Licht und Luft zu geben. Das war wenigstens besser als ein Gestapogefängnis. Niemand hatte sie beschimpft oder sie zu strippen gezwungen. Aber warum ... *warum?*

Elisa war drei Stunden allein gelassen worden, um sich das immer wieder fragen zu können. Wer waren diese Männer? Hatten Murphy und Karl es geschafft, an Bord zu kommen, oder befanden sie sich ebenfalls irgendwo in Southampton? Immer wieder ging sie mit fliegender Hast jeden Fetzen des Gesprächs durch, jede Nuance der Stimme und der Erscheinung.

„Ist es Frank gelungen, ihn aufzuhalten?"

„Ging wie geschmiert."

„Mr. Tedrick ... Hafenmeisterei."

Sie war vorsätzlich von Murphy getrennt worden. Wenn die Leute, die sie gefangen hatten, so weit gedacht hatten, war von ihnen auch nur das gesagt worden, was sie sie hören lassen wollten. *Hafenmeisterei ... Mr. Tedrick.* Sie nahm an, dieser schreckliche kleine Raum gehöre irgendwie zu den Büros der Hafenmeisterei, aber sie hatte diesen Mr. Tedrick noch nicht gesehen, von dem sie sagten, er warte.

Als das Sonnenlicht in die Dämmerung überging, war sie sich nur über eines klar: Sie hatte das Schiff verpaßt. Sie war allein. Ohne Antwort und ohne Murphy.

* * *

Anna stieg aus dem Bett und zog den Rolladen ein Stückchen hoch, um auf die mit Kopfstein gepflasterten Straßen von Prag hinauszuschauen. Unter ihr ging der endlose Strom von Flüchtlingen vorüber, der sich vom Sudetenland in die Stadt ergoß. Tschechen und Juden und Österreicher, die dem ersten Angriff nach dem Anschluß Österreichs entkommen waren, kamen jetzt in blankem Elend auf den Gehsteigen und dem Platz gegenüber zusammen. Sie konnte die abgerissen gekleideten Frauen mit ihren Kindern sehen – wenigstens waren sie noch am Leben. Männer arbeiteten daran, aus Pappe, Obstkisten und alten Büchsen notdürftige Behausungen zu errichten. Sie waren in der vagen Hoffnung hergekommen, in ihrem Land komme die nationalsozialistische Bewegung zum Stillstand – durch Männer wie Theo. Wilhelm. Dieter.

Anna ließ den Rolladen wieder herunterfallen. Er verdeckte den Anblick. Im Moment des Begreifens all dessen fuhr sie sich mit einer Hand an den Kopf und neigte ihn. So deutlich hörte sie die Worte, als würde Christus in eigener Person im Zimmer stehen: *„Aber da er die Vielen sah, ward er von Mitleid für sie erfüllt, denn sie waren schwach und wurden überallhin versprengt wie Schafe ohne den Hirten. Also sprach er zu seinen Jüngern: ‚Wahrlich, reich ist die Ernte; aber der Arbeiter sind gar wenige. Darum betet zum Herrn über die Ernte, daß er Arbeiter senden möge für seine Ernte.'"*

Anna seufzte. Sie blickte auf und erwartete, den zu sehen, der eben gesprochen hatte. Das Zimmer aber war noch immer leer. Anna beeilte sich jetzt, sich anzukleiden. Es waren so viele! Sie maß jedes Zimmer des Hauses mit ihren Augen; sie schätzte ab, mit wievielen sie den zur Verfügung stehenden Raum teilen konnte. *Jede Familie in ein Zimmer. Acht Familien. Wir werden hier eine Mannschaft bilden, die kocht, und für so viele wie möglich eine Suppenküche aufbauen.*

Innerhalb weniger Tage hatte Anna ihr Haus voll mit dankbaren Müttern und einer Schar Kinder. Ende der Woche kamen täglich zweitausend Menschen vom Platz herüber um Suppe und Brot, das in Jesu Namen ausgegeben wurde.

„Gott segne Sie." Die Suppe wurde in die Töpfe geschöpft.

„Jesus ist mit uns." Das Brot wurde ausgegeben.

„Gott hat uns nicht vergessen." Milch für die Kinder. Kaffee für die Erwachsenen.

Aufgrund ihres Handelns schlossen sich andere Prager Christen zusammen, bis ein Dutzend Suppenküchen aus dem Boden geschossen waren.

* * *

Es gab an Bord der *Darien* niemanden, der nicht eine Geschichte zu erzählen gehabt hätte. Jeder war in seiner Verzweiflung auf einem anderen Weg eingetroffen. Manche hatten größere Bestechungssummen aufwenden müssen, manche weniger große. Einige waren unter denen gewesen, welche die Passage käuflich erworben hatten; andere waren durch ein Wunder später hinzugekommen.

Das gab Verdruß. Diejenigen, die größere Bestechungssummen aufgewandt hatten, waren mißgünstig auf die, die weniger bezahlt hatten.

„Warum sollten wir an Deck schlafen? Uns hatte man eine Koje versprochen!"

„Für die Passage alles, was wir besaßen; und sie bezahlten nur ..."

„Wir waren die ersten, und jetzt sind wir gezwungen, unsere Bequemlichkeit für andere zu opfern!"

„Werden die Nahrungsmittel reichen?"

„Uns wurde gesagt ..."

„Für fünfhundert wäre genug dagewesen! Aber so ...!"

Schließlich faßte der Rabbi von Nürnberg die Lage zusammen: „Was kostete es uns, hierher zu kommen? *Alles!* Vorher waren manche von uns reich. Vorher waren manche von uns nicht reich. Nu? Jetzt sind wir alle gleich: arm. Vorher oder nachher – wir sind alle auf demselben Schiff. Wir alle sind Passagiere auf der *Darien.* Nachbarn. Eine Familie.

Freunde und Feinde." Er zuckte die Schultern. „Gott allein weiß, wer reich war und wer arm war. Und für Ihn macht das keinen Unterschied. Er hat einen Sinn für Humor Er, nu?"

Kapitän Burton war es, der schließlich die Gemüter beruhigte. Unbegreiflich und geheimnisvoll hinter den schmutzigen Scheiben der Brücke, stellte er Regeln auf, die den Protest des Beschwerdeausschusses außer Kraft setzten. Unter Deck wurden fünfhundert Leinenhängematten aufgehängt. Frauen, Kinder und die Älteren sollten in den Hängematten schlafen, junge, gesunde Männer auf dem offenen Deck. Zeltplanen sollten aufgespannt werden zum Schutz vor dem Wetter.

Das war das Gesetz der See. Das war Tyrannei!

„Das ist gerecht", betimmte der Rabbi von Nürnberg. Jedem Mann vom Beschwerdeausschuß wurde die Aufgabe übertragen, Frauen, Kindern und den Älteren in die Hängematten unten hineinzuhelfen. Dann arbeitete reich und arm zusammen, die Zeltplanen aufzuspannen, die ihr Heim sein würden.

* * *

„Bis morgen früh." Klaus beugte sich vor, um jedem seiner Mädchen den Gutenachtkuß zu geben. Zwei Kinder in jeder Hängematte verzierten die Behausung wie lebendes Fahnentuch. Die kleine Ada-Marie teilte sich mit ihrer Mutter eine Hängematte. Trudy schlief mit den Füßen an Gretchens Kopf und umgekehrt, während Katrina und Louise in der Hängematte über ihnen schwangen.

„Wann werden wir dich sehen, Papa?" Gretchen sah besorgt aus, und Ada-Marie hob ihre Ärmchen zu einer letzten Umarmung hoch.

„Wenn die Frühstücksglocke schlägt, werden wir unseren Brei zusammen essen", versprach Klaus. Gretchen verzog beim Gedanken an den in der Schiffsküche servierten Brei das Gesicht. „Bis dahin", fuhr Klaus fort, „werde ich an meine kleinen Schmetterlinge denken, wie sie in ihren Kokons geborgen unter dem Deck liegen."

Er wandte sich zu Maria und küßte sie. Ihre Blicke begegneten sich. Klaus hätte sich unter der Hängematte seiner Frau gelegt, wenn es erlaubt worden wäre. Aber es war besser so. Der Rabbi von Nürnberg hatte recht, daß die Männer unter den Sternen kampierten, während Frauen und Kinder unter Deck geborgen waren.

„Wenigstens sind wir ins Heck gekommen", sagte Maria. „Im Bug geraten die Hängematten jedesmal, wenn uns eine Welle trifft, ins Schwingen. Es ist schön hier." Sie fühlte sich den Tränen nahe, weil sie Klaus wegen dreihundert schwebender Fremder abtreten mußte. Viele waren seekrank, und der Laderaum roch nach Erbrochenem und Schweiß. Es war nicht schön hier, wirklich nicht; aber sie würde keinen eigenen Beschwerdeausschuß bilden.

„Ihr werdet es hier warm haben." Klaus beugte sich sehr nahe über ihr Gesicht und berührte sie mit einer Hand an der Wange und mit der anderen ihren gewölbten Bauch. „Besser für die Kinder. Selbst für dieses kleine, mh?"

Maria legte ihre Hand auf die seine. Das Baby strampelte. „Es sagt: ‚Gute Nacht, Papa.'"

Klaus küßte sie sanft und ging dann durch die drei Reihen von Hängematten hindurch auf die steilen Treppen zu.

„Gute Nacht, Papa!"

„Gute Nacht."

„Schlaf gut!"

Die Stimmen Dutzender anderer Kinder folgten Vätern und Brüdern die Metalltreppe hinauf. Jeder mit einer anderen Geschichte, manche reich, manche weniger reich – sie waren jetzt alle eine einzige Geschichte.

* * *

Es war das erste Mal, daß Shimon das Gesicht des Arztes sah. *„Herr Doktor Freund"*, nannte ihn der Kapitän. „Sehen Sie zu, daß Sie davon ein bißchen in ihn hineinkriegen. Achtzigprozentiger. Aus meinen eigenen Beständen. Vielleicht hilft ihm das zu schlafen."

Dr. Freund beugte sich nahe zu Shimon heran. Er hielt ein kleines Glas mit bernsteinfarbener Flüssigkeit in der Hand. Traurige, braune Augen blickten hoffnungsvoll durch kleine, runde Brillengläser. Bis auf einen Kranz grauen Haars, der von einem Ohr zum anderen lief, war sein Kopf kahl. „Trinken Sie das, mein Freund." Er hielt das Glas an Shimons Lippen. „Es hilft ein bißchen."

Der Whisky war stark. Shimon kämpfte mit der Empfindlichkeit seines Magens, während er an der Flüssigkeit nippte. Er hustete, dann nippte er wieder davon, bis sie aufgebraucht war. Sie brannte ihn in Mund und Kehle und ätzte sich einen Weg hinab in seinen Magen. Shimon versuchte zu sprechen. Er ließ seine Augen vom Gesicht Dr. Freunds zu den Papierlilien wandern, die seinem schmalen Bett gegenüber auf dem Regal standen. Er erinnerte sich an die süße Besorgnis auf den Gesichtern der fünf kleinen Mädchen. „Sie waren wirklich", brachte er fertig zu sagen.

Der Arzt begriff, was er meinte. „Ja, sie sind wirklich."

„Ich dachte, ich sei gestorben ... Engel."

„Nein, Sie sind nicht gestorben. Und sie sind kleine Mädchen. Es sind die Töchter der Frau, die Sie im Luftschacht hörte."

„Der Schacht ... Das Feuer ... Eine Zeitlang dachte ich, ich bin in der Hölle. Aber das kann nicht die Hölle sein, oder? Nicht mit so netten Kindern." Shimon schluckte, denn eine neue Angst überkam ihn. „Bringen Sie mich zurück? Zurück *dorthin?*"

„Nein. Sie sind frei, mein Freund. Wir alle sind jetzt frei!"

„Frei." Er sagte das, als wäre das Wort Goldstaub in seinen Händen, als könnte sein Atem ihm wegblasen.

„Sie sind an Bord des Frachtschiffs *Darien.* Ein Freiheitsschiff, das uns weit weg von den Nazis bringt."

„Ich bin Shimon Feldstein." Shimon schloß die Augen und wiederholte seinen Namen.

„Shimon Feldstein." Dr. Freund erhob sich langsam. „Sie müssen ihren Geist aufs Leben einstellen. Dies ist nicht der Himmel. Nicht die Hölle. Es ist die *Darien.*"

* * *

Murphy konnte sich nicht daran erinnern, sich jemals so gefühlt zu haben. Diese lange Nacht war schlimmer als die Einsamkeit, die er empfunden hatte, als ihm Elisa im Wiener Musikverein die Meinung gesagt hatte. Diese Nacht war schlimmer als die Monate, in denen er von ihr geträumt hatte, als keine Hoffnung bestand, daß sie ihn liebe. Jetzt, da sie ihn liebte, jetzt, da er aus erster Hand wußte, was das bedeutete, war die Marter dieser sinnlosen Trennung beinahe mehr, als er aushalten konnte.

Mechanisch hatte er Karl im anliegenden Zimmer ins Bett gesteckt. Irgendwo her aus den Tiefen seiner Kindheitserinnerungen war ihm der Gedanke gekommen, daß Kinder beten mußten, bevor sie schlafen gingen. Seine Mutter hatte mit ihm gebetet, und Elisa wie auch Anna hatten jeden Abend einen leisen Augenblick neben Karls Bett zugebracht. So brachte es Murphy fertig, befangen ein Gebet zu murmeln; als dann Karl fragend in seine Augen geblickt hatte, hatte Murphy ernsthaft für Elisa gebetet. „*Umarme sie heute nacht für mich, lieber Gott, und führe uns bald wieder zusammen.*"

Das Gebet war ein Zugeständnis an Karl gewesen, aber irgendwie ging es Murphy daraufhin besser. Er fühlte sich ihr näher. War dankbar, daß Gott nach ihr Ausschau hielt. Karl hatte Murphy angelächelt, und für einen Moment fragte sich Murphy, wer von ihnen beiden wohl einsamer war. Er klappte den Cellokasten auf, ehe er aus dem Zimmer schlüpfte, und wünschte, Elisas Violine wäre ebenfalls in der Luxuskabine. Er würde den Violinkoffer öffnen. Er würde die Saiten berühren und an sie denken.

Statt dessen öffnete er ihren Koffer, und der sanfte Geruch ihres Parfums wehte herauf und erfüllte seine Sinne. Das war zuviel für ihn. Er schloß den Koffer wieder, unfähig, ein so lebendiges Zeugnis von ihr zu ertragen. Er betrachtete das frisch gemachte Bett. Diese Nacht sollte anders sein. Der Gedanke schmerzte ihn. Er ließ sich in den Stuhl fallen und löste seine Krawatte. Stunden später fiel er aus lauter Jammer und Erschöpfung in den Schlaf.

* * *

Albert Sporers Gerichtsverfahren wurde in Deutschland lautstark kommentiert. Tag für Tag brachten die Zeitungen schreckliche Berichte, wonach ein ‚unschuldiger' Sudetendeutscher deutschstämmiger Herkunft gequält, verfolgt und gefoltert werde und nun schließlich erschossen werden solle.

Das Urteil des Gerichts erging einstimmig. Albert Sporer war nicht nur ein Nazi und ein Verräter, er war erwiesenermaßen auch ein Mörder. Sein Mordversuch an Präsident Benes im Mai zeigte, zu welchen Mitteln und Methoden er fähig war. Vereidigte Zeugen, die in der Nacht des Einmarschs der Nationalsozialisten aus Österreich geflohen waren, hatten sein Photo in der Zeitung gesehen. Sie meldeten sich freiwillig, um zu bezeugen, daß sie diesen Mann an der Grenze gesehen hatten, daß er nicht nur Flüchtlinge brutal geschlagen, sondern auch einen Mann, der zu fliehen versuchte, hingerichtet hatte. Die Staatsanwaltschaft brachte klar zu Tage, daß Sporer in eine ganze

Anzahl weiterer Verbrechen in Österreich verwickelt war, die alle darauf gerichtet waren, zum Fall dieses Staates zu führen.

Während jedes Mitglied des Gerichts das Wort „Schuldig“ aussprach, schrien die drei Millionen im tschechischen Sudetenland lebenden Deutschen: *„Unschuldig!“* Das Mißlingen von Sporers Mordanschlag auf Benes war für Hitler eine bittere Enttäuschung. Immerhin, die tumultartigen Aufstände, die jetzt aufgrund Sporers Todesurteil das Sudetenland erzittern ließen, bescherten ihm persönlich viel Freude.

Jeden Tag wuchsen die Spannungen und Gewalttaten zwischen Deutschstämmigen und Tschechen. Auf beiden Seiten wurden Männer und Frauen getötet. In Prag forderte Präsident Benes das Kriegsrecht für das Sudetengebiet. Einheiten der tschechischen Armee patrouillierten in dem Gebiet. Ihre deutschen Landsleute lieferten ihnen in Brünn eine Schlacht, bei der neun Nationalsozialisten ums Leben kamen. Sie bildeten eigene Freicorps, um gegen das Kriegsrecht zu kämpfen. An Häuserwände und Brückenpfeiler wurden Hakenkreuze geschmiert. *Heil Hitler! Freiheit für Sporer! Nieder mit den tschechischen Unterdrückern!* wurde auf die Felsen entlang der sudetenländischen Bergstraßen gemalt.

Sporer war Hitler als Toter mehr von Nutzen als er es zu seinen Lebzeiten war. Herausfordernd marschierte Sporer zum Pfosten am Ende des Exerzierplatzes. Er überreichte seinem nationalsozialistischen Anwalt eine Note, rauchte eine letzte Zigarette, erklärte lauthals, sein Tod und der anderer Sudetendeutschen werde von seinen Kameraden jenseits der Grenze gerächt, und wurde dann, indem er Gott, die Priester, die Juden, die Tschechen verfluchte, erschossen.

Photographien von seiner durchlöcherten und am Pfosten hinabgesunkenen Leiche wurden veröffentlicht und verbreiteten sich weithin in Deutschland. Welch ein Triumph war das für den Führer! Jetzt hetzten die Schlagzeilen: *Der tschechische Sadismus greift um sich! Das Sudetendeutschtum unter der Knute der Prager Soldateska! Das tschechische Militär vernichtet die Sudetendeutschen! Organisierte Verbrecherbanden greifen Deutsche im Sudetenland an!* Das war die Stunde des größten Propagandatriumphs des Führers. *Der tschechische Terror wird untragbar!*

Sorgfältig von der nationalsozialistischen Propagandamaschinerie orchestriert, wurden Präsident Benes und die Prager Regierung auf einmal zu Schurken und Aggressoren. Es war fast in Vergessenheit geraten, daß Albert Sporer den Präsidenten der Tschechoslowakei zu ermorden versucht hatte, daß er in Folterungen und die Ermordung unschuldiger Menschen verwickelt war. Plötzlich war Sporer ein großer Held der arischen Rasse.

Auf Bitten der nationalsozialistischen Regierung wurde Sporers Leiche nach Berlin gebracht. Ein Staatsbegräbnis wurde angeordnet.

16. My Fair Lady

Himmler hatte für die Gestapo ihm total ergebene Leute ausgewählt. Nicht, daß alle ideale Arier gewesen wären. Manche waren schmalbrüstig, von kleiner Statur oder dunkler Gesichtsfarbe. Für die SS-Einheiten war Kraft und arisches Aussehen Voraussetzung; die körperlich hierzu nicht geeigneten Gestapobeamten wurden wegen ihrer geistigen Unterwürfigkeit gegenüber der deutschen Sache ausgewählt. Was ihnen am Aussehen abging, glichen sie durch Grausamkeit aus. Ohne mit der Wimper zu zucken, waren sie fähig, ein Opfer bis an den Rand des Todes zu foltern – aber nur bis zu dessen Rand, nur so weit, daß sie die Information, die sie haben wollten, auch bekamen. Wenn es dann soweit war, wurde der Tod rasch durch Genickschuß herbeigeführt.

Solche Männer fürchteten sich weder vor Gott noch vor der Gerechtigkeit. Sie konnten die Folter bei einem Priester oder einer Nonne genauso unbekümmert anwenden wie bei einem Juden. Das Nazi-Gesetz war die einzige Religion, der sie anhingen. Jeder von ihnen hatte seine Treue dem Führer gegenüber von Anfang an unter Beweis gestellt.

Unter diesen gewöhnlichen Männern der Gestapo wählte Himmler einen aus, der den mißlungenen Mordanschlag auf den tschechischen Präsidenten Benes in die Hand nehmen sollte.

Georg Wand sah auf den ersten Blick aus wie ein Bankangestellter oder ein Ladeninhaber. Er hatte ein schmales pockennarbiges Gesicht. Er hatte braune Augen; auch sein dünnes Haar war braun. Die Augenbrauen waren dicht und stießen in der Mitte zusammen. Er lächelte selten, aber wenn er es tat, war deutlich das Gold von seinem überkronten rechten Schneidezahn zu sehen. Auch sein Körper war schmal; seine Nase ragte hervor. Als ihn Himmler zum erstenmal gesehen hatte, ließ er die Bemerkung fallen, er sehe aus wie ein asthmatischer, schlecht genährter Jude.

Aufgrund seines gewöhnlichen, sogar hausbackenen Erscheinungsbildes hatte Georg Wand viel zu beweisen. Selbstverständlich reichte sein untadeliger arischer Stammbaum bis 1800 zurück. Dennoch hielt Wand seine Ahnenforschung noch nicht für ausreichend; deshalb war er um weitere hundert Jahre zurückgegangen. Sauberes, reines, vollkommen arisches Blut floß in seinen Adern. Er war stolz darauf; aber selbst eine solche außergewöhnlich gerade Ahnenreihe hatte ihm nicht gestattet, Teil der SS zu sein. Manche sagten, Georg Wand trage seinen Stammbaum neben der Brieftasche und dem Gestapo-Ausweis in der Tasche. Wenn die Prostituierten des Berliner Rotlich-Bezirks ihn aus Angst, er sei Jude, von sich wiesen, zeigte er ihnen seine Brieftasche, seinen Stammbaum und seinen Gestapo-Ausweis, um sie dann nach Dachau zu verfrachten.

Es war bekannt, daß Georg Wand die Frauen nicht mochte. Das machte ihn vor allem für Gefängnisse brauchbar, in denen Frauen verhört wurden. Wo ein Mann, der weniger zu beweisen hatte als Georg Wand, zögerte, bewies dieser außergewöhnliche Gestapo-Agent ein ums andere mal seine Treue zum Vaterland.

Aus all diesen Gründen rief ihn Himmler im Anschluß an die Feierlichkeiten für Albert Sporer in sein Büro. Wenn er jemals einen Freund gehabt hatte, dann Albert Sporer. Sporer hatte ihn in die Gestapo gebracht. Wand war mit ihm zusammen in Wien gewesen.

Himmler zog sich die Handschuhe aus und warf sie auf den Schreibtisch. Er richtete sich die runde Brille und vermied es, Wand ins Gesicht zu blicken. „Nehmen Sie Platz, Wand. Wir müssen über etwas reden."

Georg schlug die Hacken zusammen und gehorchte. Er entgegnete nichts, sondern saß schweigend da, bis Himmler ihm eine Abschrift der letzten Nachricht Sporers reichte. Sie war schon früher erwähnt worden, und Wand las sie mit großem Interesse durch, ja sogar mit einigem Staunen. In dem Brief waren zwei Namen dechiffriert worden; einer war der Name Otto Wattenberger, der andere Elisa Murphy. Selbstverständlich hatte die Gestapo Elisa Murphy bereits als diejenige identifiziert, die auf irgendeine Art und Weise den Anschlag entdeckt und Benes gewarnt hatte. Ihr Bild war auf beiden Seiten des Atlantik in den Zeitungen gewesen.

„Nun, was halten Sie davon, Wand?" Himmler trommelte mit den Fingern auf der Schreibunterlage. „Sie kennen doch Otto Wattenberger, oder?"

„Ein guter Kerl." Wand kratzte sich am Kopf. „Schwer zu glauben, daß er in irgend etwas verwickelt ist." Er kaute auf seiner Oberlippe und überflog die Botschaft aufs neue. „Sie sehen ja, daß nicht einmal Albert sicher war, ob Otto ein Verräter sei. Diese Frau ..." Er nahm die Zeitung vom Stapel und musterte ihr Gesicht. „Sehr schön. Mit Otto etwas zu tun?"

Himmler schüttelte den Kopf. „Otto wird natürlich beobachtet. Wenn er in irgend etwas verwickelt ist, werden wir es früh genug erfahren. Aber die Frau ... Es besteht kein Zweifel, daß sie in den Diensten Prags stand." Er ergriff einen Bleistift und tippte mit dessen Spitze auf den Stapel. „Über die Frau besteht bei uns kein Zweifel. Ziemlich dumm von den Tschechen, ihre Beteiligung öffentlich bekanntzugeben. Natürlich wußten wir das auch schon, bevor Sporer die Nachricht sandte. Aber ich glaube, man muß hier mehr tun als sie nur umzubringen. Was meinen Sie dazu?"

„Sie wollen, daß ich herausfinde, wer ihre Kontaktperson war? Wo die Lücke ist?"

„Es könnte Sporer selbst gewesen sein. Wir können diese Möglichkeit nicht von der Hand weisen. Er könnte den Versuch unternommen haben, Wattenberger für dessen unbesonnenes Verhalten im Zusammenhang mit ihr einen Verweis zu erteilen." Er reckte sich, um erneut das Photo zu betrachten. Schulterlanges, blondes Haar. Schlank, aber gut proportioniert. Feiner Gesichtsschnitt. „Sie wissen ja, daß Albert gegenüber Frauen von solcher arischen Schönheit willensschwach war. Er hatte mich immer darum gebeten, ihm für die jungen Frauen vom Lebensborn Zeit zu geben. In der Tat hat er dem Führer mindestens zwei Söhne gezeugt. Er hat nicht umsonst gelebt."

Es war Georg Wand wegen seiner Statur und seines Aussehens nie gestattet worden, sich an dem arischen Zuchtprogramm zu beteiligen. Den Ausschluß von einem solchen Dienst nahm er übel, ließ aber Himmler nicht merken, wie gallig ihn dieser Punkt machte.

„Dann war diese Frau also vom Lebensborn?" Wand wischte über das Photo und stellte sich vor, welch vollkommene Kinder ein solches Exemplar abwerfen würde.

„Nein. Gar nicht. Sie war in Wien Violinistin. Wir haben uns umgehört. Die entsprechenden Leute gefragt. Nach ihrer Heirat mit einem Amerikaner hat sie Wien verlassen und später mit ihrem Ehemann und einem Kind auch Prag. Hans Erb ist ihr in London gefolgt. Hat sie und ihren Mann bis zu der Mole der Cunard-Reederei in Southampton verfolgt, wo sie auf der *Queen Mary* einen Platz nach Amerika buchte."

„Und?"

„Erb kam zu spät, wie Elisas Ehemann auch. Sie ging an Bord des Schiffes, hat es aber irgendwie fertiggebracht, wieder von ihm herunterzukommen." Dann überreichte Himmler Wand eine weitere Nachricht. „Wie Sie sehen, telegraphierte Erb, der Ehemann und das Kind befänden sich auf dem Schiff, die Frau aber nicht."

„Ist sie noch in England?"

„Das ist etwas, was Sie herausfinden sollen."

„Ich werde mit der Cunard-Reederei beginnen. Erb verfolgt den Ehemann noch?" Er runzelte die Stirn. „Lassen Sie Erb nach Telegrammen forschen. Eine einfache Sache."

„Er will bei diesem Murphy in Amerika bleiben, falls sie dort auftaucht. Sie ist unsere Kontaktperson, das stärkste Glied in dieser Kette, das wir haben."

„Warum *verhören* wir nicht einfach Otto?"

„Wenn wir sie nicht finden, ist natürlich er unsere Alternative. Aber wie überaus schade wäre es, in Österreich einen treuen Nationalsozialisten zu verlieren. Falls Otto beteiligt ist, wird sie es Ihnen natürlich sagen. Es ist dann noch Zeit genug, sich mit ihm zu beschäftigen." Er kicherte. „Wir sind uns über *ihre* Treulosigkeit sicher . . . und ich will, daß Sie mit diesem Gedanken im Kopf ihre ganze Kraft aufwenden – Ihre außergewöhnliche Macht Frauen gegenüber, Wand."

Georg Wand betrachtete erneut die schöne Frau auf dem Zeitungsphoto. Diesen Auftrag würde er genießen. Er lächelte, und Himmler sah das Blitzen des Goldzahns.

* * *

Anfangs sah das Gesicht des Bootsmanns in ihren Träumen aus wie Darcy. Er grinste sie zahnlos an, während er das kleine Boot durch das schwarze Wasser der Themse steuerte. Elisa hörte die Stimmen vieler Kinder irgendwo aus dem Nebel singen: *Nimm die Schlüssel, sperr sie ein, sperr sie ein, sperr sie ein!* Konnte man sie durch das Nachtdunkel sehen? Befanden sie sich am Flußufer und beobachteten, wie sie von dem Bootsmann weggebracht wurde? *Nimm die Schlüssel, sperr sie ein, my fair lady!*

Sie vernahm das Geräusch ins Wasser tauchender Ruder. Von irgendwoher ließ sich das lange, tiefe Dröhnen einer Schiffsirene den letzten Aufruf für noch nicht an Bord befindliche Passagiere hören. Elisa versuchte den Namen Murphys zu rufen, aber ihre Lippen wollten sich nicht bewegen. Es war ihr zum Sprechen zu kalt. Ihre Worte gefroren an der Luft und wurden von den Kinderstimmen übertönt. *Nimm die Schlüssel, sperr sie ein!*

Der Bootsmann grinste auf sie hinab. Jetzt hatte er an beiden Augen eine schwarze Augenklappe, und dennoch war er nicht blind. Nein. Er schien sie anzusehen, wie sie der grinsende Schädel Haydns im Musikverein angesehen hatte. Er sprach schlimme Worte, die ihm wie Rauch aus dem Mund drangen. Das Fleisch seines Gesichts fiel ab und entblößte weiße Knochen. *„Die ganzen Köpfe alle, die von diesem Turm heruntergrinsten. Kannst du sie sehen?“*

Elisa blickte auf. Sie lag gebunden auf dem Boden des Bootes. Auf dem Weißen Tower steckte eine Reihe von Kindern. Jedem steckte ein Hakenkreuzzeichen an der blassen Stirn. Blicklose Augen schauten auf den Fluß, auf den Bootsmann und Elisa. *Nimm die Schlüssel, sperr sie ein, my fair lady!*

Wieder sprach der Bootsmann, und noch mehr Fleisch fiel ihm ab, bis er nur noch ein Skelett in seinen Kleidern war. „Es ist jetzt nicht anders. Du wirst sehen. Diejenigen, die Kinder opferten, um die Brücke zu schützen ... du wirst sehen ... mauer' sie ein! Ja ... wir werden die Kinder einmauern als Opfer für den Kriegsgott!“

Elisa formte das Wort *Nein!* Sie wollte es hinausschreien, aber es verkam in ihrer Kehle zu einem schwachen Gewinsel.

Nimm die Schlüssel, sperr sie ein, my fair lady!

Die Steinbögen der Brücke schwebten undeutlich über ihr. Auf den Fundamenten der Pfeiler, wo das Wasser vorbeirauschte, hatte sich eine Moosschicht gebildet. Nun kamen die Stimmen von der Brücke selbst. Elisa hörte das Klirren von Schlüsseln, während der Bootsmann seinen Mund aufsperrte und gespenstisch lachend dastand. Er winkte mit der Hand, zeigte auf die Steine der Brückenumrandung. Plötzlich erschien eine Tür, die sich öffnete und einen Raum sehen ließ. Auf einmal verstand sie, daß *sie* es sei, die einem schrecklichen, uralten Unheil zum Opfer gebracht werden sollte. *Sie* würde eingemauert werden und, die Dunkelheit zu versöhnen, der Vergessenheit anheim fallen. Die Kinderstimmen fielen in ein drängendes Lied: *Sperr sie ein, sperr sie ein, sperr sie ein!*

Sie versuchte zu sprechen, konnte es aber nicht. Sie versuchte den Namen Christi um Hilfe anzurufen. *Sperr sie ein, sperr sie ein!,* schrien die Stimmen.

Der Bootsmann hob sie mit knöchernem Finger hoch und schleuderte sie mit einem Schwung seines Armes durch die Luft in die auf sie wartende Zelle. *Sperr sie ein!* Jetzt ging der Gesang in tausend lachende Stimmen über. Elisa bemühte sich, ihre Stimme wiederzufinden. Nur einmal den Namen Jesu auszusprechen, würde die Wände zum Einsturz bringen, würde die spottenden Stimmen zum Schweigen bringen. Aber ihre Lippen ließen sich nicht bewegen. Dunkelheit preßte sich mit wirbelndem Gewicht auf sie herab und saugte ihr den Atem aus den Lungen. „Es ist nötig, die Unschuldigen zu opfern", erklärte der Bootsmann leise, „sonst würden die Dinge durcheinandergeraten. Du wirst sehen. Du kannst sie nicht retten. Dich kannst du nicht retten. Und niemand kümmert es." Sein Schädel löste sich auf, die Zellenwand wuchs höher, Ziegelstein, Mörtel, Ziegelstein, immer höher.

* * *

Das Schlüsselklirren und das Zuschlagen der Tür waren echt.

Die Klammheit des Raums drang in Elisas grobe Armeedecke. Sie schmiegte sich eng zu einer Kugel zusammen und versuchte sich so zu wärmen. So kalt ...

Sie schlug die Augen auf, als das sanfte Licht des Morgens oben durch das Fensterkreuz hereinbrach. In gleichmäßigen Abständen erklang das stetige Tuten eines Nebelhorns. Elisa zählte es achtmal, als es hohl über die stillen Wasser des Hafens widerhallte. Metallbojen knirschten beim Schaukeln im Kielwasser irgendeines kleinen Fischerboots, das nach einer im Kanal verbrachten Nacht nach Hause fuhr. Es waren jetzt keine Blaskapellen auf der Mole. Keine jubelnden Massen, kein Konfetti. Die *Queen Mary* war fort, und jede Minute entfernte sich Murphy weiter von ihr.

Elisa hatte Angst. Sie lag da, zitternd vor Entsetzen, einem Entsetzen, das sie selbst in der Gefängniszelle der Wiener Gestapo nicht gekannt hatte. Es gab danach so wenig, wofür es sich zu leben gelohnt hätte, daß es vielleicht egal gewesen war, was aus ihr wurde. Jetzt aber war da John Murphy. „Murphy?" Tränen schossen ihr in die Augen, als sie an ihrem Ehering drehte. Waren diese schönen, gemeinsamen Augenblicke in dem kleinen Zimmer in Prag ein Traum gewesen? Erwachte sie zu einer schrecklichen Wirklichkeit – hatte sie jene Zelle in Wien überhaupt je verlassen? War Leah mit den zwei kleinen Jungen noch immer in der Wohnung gefangen? Alle Angst, die sie während der letzten Monate des Schreckens erfahren hatte, häufte sich nun in ihrem Kopf zu einem dunklen Wirbel auf. *So kalt.*

Neben der Stahltür lag ihr Violinkoffer, darunter ein Stapel Zeitungen. Gestern abend, als der fette Mann die Tür geschlossen und abgesperrt hatte, waren sie noch nicht dagewesen. *Das ist nicht Wien. Ich bin noch in Southampton. In England. Und eine Gefangene!* Elisa setzte sich auf und wickelte sich eng in die Decke. Sie konnte ihren Atem sehen. Ihre Zähne klapperten vor Kälte und Angst. Sie versuchte, sich die letzten Augenblicke auf der Mole, bevor sie verschleppt worden war, in Erinnerung zu rufen. Die Gefangennahme war sorgfältig geplant gewesen und in einer Weise in die Tat umgesetzt worden, daß Murphy sich tagelang nicht einschalten könnte. Wieviele Tage, fragte sie sich. Wie lange, bis er wußte, daß ihr etwas zugestoßen war?

Steif ging sie zum Violinkasten und den Zeitungen. Hinter dem Stapel befand sich eine braune Papiertüte. Vorsichtig schaute sie hinein. Sie enthielt eine lange Männerhose aus Wollstoff und einen dunkelblauen Fischerpullover. Sie zog sich den Pullover über die Bluse, dann schlüpfte sie in die ausgebeulten Hosen und ließ ihren Rock auf den Zementboden fallen.

Sie legte sich die Decke über die Schultern und schaute erneut in die Tüte. Unten drin fand sich eine neue Zahnbürste, Zahnpulver und eine Haarbürste. Irgendwie erfüllte sie der Anblick dieser einfachsten Dinge mit Freude. Wenn diese Männer sie umbringen wollten, weshalb gaben sie ihr dann eine Zahnbürste? Und warum hatten sie ihre Violine zurückgegeben?

Sie ließ den Koffer aufschnappen und blickte mit gerunzelter Stirn auf das Instrument. Es schien nicht berührt worden zu sein. Sie ließ ihre Finger über die Saiten streichen, um sich zu vergewissern, daß sie nicht immer noch träume. *Nimm die Schlüssel, sperr sie ein, my fair lady!*

Elisa schüttelte gewaltsam den Kopf; sie versuchte, den schrecklichen Refrain aus dem Kopf zu bekommen. *Lieber Gott, betete sie leise, hilf mir. Nur du kannst mir jetzt helfen.*

* * *

Murphy wurde von einem sanften Klopfen auf seinen Arm geweckt. Er öffnete ein Auge und sah, daß Karl bereits die neuen, wollenen Knickerbocker anhatte, die ihm Elisa für die Reise gekauft hatte. Seine Tweedjacke war zugeknöpft, und er hatte sich den Scheitel ein wenig krumm gezogen. Ein hellgrauer Seidenschal bedeckte seinen Kragen; Murphy dachte, daß der Kleine sich den Schlips wahrscheinlich sogar selbst gebunden hatte.

Karl legte sich die Hand auf den Magen. Er hatte Hunger. Es war Frückstückszeit.

Murphy blinzelte ihn voller Überraschung an. „Donnerwetter! Du bist so leise wie ein Indianer in einem Film mit John Wayne." Er seufzte und strich sich mit der Hand über seine Schmirgelpapierwangen. Der dumpfe Schmerz über das Fehlen Elisas hatte nicht nachgelassen. Er schaute aufs Bett und dann in das graue Licht, das durch das Bullauge hereindrang. Nebel. Er fragte sich, ob der Nebel den Ozeanriesen auf seiner Fahrt nach New York bremsen könne. Vier Tage an Bord des luxuriösesten Schiffes der Cunard-Reederei wären ohne Elisa die reinste Folter. Er würde ihr heute nach London drahten. Vielleicht könnte sie ein Flugzeug bekommen und vor ihnen in New York sein.

Karl klopfte erneut an Murphys Arm, dessen Träumerei unterbrechend. Wieder rieb er sich den Magen. Es war Zeit fürs Frühstück, und Murphy mußte sich rasieren. Die Augen des Jungen blitzten ungeduldig. Sie hatten gestern abend in ihrer Luxuskabine gespeist, und Karl wollte jetzt ausgehen. Murphy zögerte das Abenteuer hinaus.

„Fünf Minuten für Duschen und Rasieren." Murphys Laune besserte sich bei dem Gedanken, daß Elisa es irgendwie vor der *Queen* nach New York schaffen könne. Möglich war's.

Er duschte sich rasch in dem winzigen Badezimmer. Daraufhin öffnete er die Tür, um den Dampf abziehen zu lassen, und Karl schlüpfte herein, um ihm beim Rasieren zuzusehen. Murphy seifte sich das Gesicht ein. Dann, indem er Karl den Schal abnahm und damit das Kinn des Kindes bedeckte, verteilte er auf der Oberlippe des Jungen Rasiercreme. Er hob Karl hoch zum Spiegel, und der Junge lachte erfreut, als er sein Gesicht neben dem Murphys sah.

„Du und ich, was, mein Junge? Wie zwei Junggesellen!"

„Uh-huh!", kicherte Karl, und Murphy gab ihm den Kamm und zeigte ihm, wie er sich damit zu rasieren habe.

Sie rasierten sich so zusammen. Dabei saß Karl auf dem Waschbekken und machte jeden Rasierstrich Murphys nach. Elisa würde sich freuen, daß der Junge eine schöne Zeit hatte, überlegte Murphy vor dem Hintergrund seines eigenen Leids. Sie würde von Murphy erwarten, daß er ein wenig Spaß mit ihm hätte trotz des Umstands, daß sie das Schiff verpaßt hatte. Karl zögerte eine Weile, als Murphy sich die Oberlippe rasierte. Er schien darüber enttäuscht zu sein, daß der schaumige Schnurrbart entfernt werden müsse. Er hatte mit dem Schnurrbart erwachsen ausgesehen und war Ludwig sehr ähnlich.

Karl kletterte vom Waschbecken hinab, vom Spiegel weg, ehe er den Schaum entfernte. Es war schön gewesen, auch nur für wenige Minuten wie andere Jungens auszusehen. Eine schöne Verkleidung.

Murphy war schon fast angezogen, als der Zimmersteward klopfte. Karl öffnete einem schlanken Mann in den Vierzigern, der in einer tadellos weißen Uniform steckte. Graues Haar und eine würdevolle Haltung ließen ihn als einen Schiffsoffizier oder einen Bankier von der Wall Street erscheinen. Er schaute zum Bett und war überrascht, daß es gemacht war. „Sie müssen das Bett nicht machen, Sir. Täglich frische Bettwäsche."

„Ich bin im Sessel eingeschlafen", erklärte Murphy. Er band sich die Krawatte und schnallte sich die Sockenhalter fest.

Und schon hatte der Zimmersteward Murphys zerknittertes Hemd in der Hand. „Wird gut gebügelt, und ich bringe es Ihnen heute nachmittag zurück, Sir." Er hielt inne und setzte dann hinzu: „Und möchten Sie Ihren Smoking für heute abend auch gebügelt haben?"

Murphy nickte. „Ziemlich namhafte Passagiere an Bord, wie ich höre."

Der Zimmersteward listete sehr bekannte Namen auf. „Jaja, recht namhafte Leute. Jeder will an Bord der *Queen* sein, wenn sie den Geschwindigkeitsrekord der *Normandie* bricht. Der Staatssekretär des Inneren, Harold Ickes, mit seiner neuen Frau. Der Filmstar Eddie Cantor. Und natürlich Henry Ford." Bei der Nennung von Henry Ford nahm die Stimme einen härteren Klang an.

„Kehrt nach seinem Besuch bei Hitler nach Hause zurück", bemerkte Murphy trocken. Seine Krawatte machte ihm Schwierigkeiten. Er wünschte, Elisa wäre da, ihm zu helfen. Der Zimmersteward unterzog sich der Mühe.

„Jaja, bei Hitler. Man sagt, es sei die größte Ehre, die einem Nazideutschland angedeihen läßt. Haben Sie die Photos gesehen, Sir? Ausgezeichnet mit dem Großen Kreuz des Deutschen Adlers." Er zog an Murphys Krawatte. „So, das wär's, Sir." Er trat einen Schritt zurück und musterte das Ergebnis.

„Und Sie sagen, Eddie Cantor befinde sich mit Ford auf demselben Schiff?", fragte Murphy mit gerunzelter Stirn. „Könnte interessant werden."

Jetzt lächelte der Zimmersteward. „Jaja, interessant."

„Dynamit."

„Mit kurzer Zündschnur, Sir. Man sollte die Mahlzeiten nicht versäumen. Man hat sie an gegenüberliegende Tische gesetzt, in Blickkontakt."

Auf diese Auskunft hin eilte Murphy schnellen Schrittes in den großen Speisesaal. Es war allgemein bekannt, daß Henry Ford einer derjenigen war, die in den Vereinigten Staaten die antisemitische Stimmung anheizten. Er hatte das Pamphlet „Protokolle der Ältesten Zions" veröffentlicht, von dem Hitler behauptete, es sei der Plan der Juden zur Eroberung der Welt. Auch stand Ford in enger Verbindung mit Pater Coughlin, dem bissigen katholischen Priester aus Detroit, der gegen Juden und Roosevelts Politik des New Deal hetzte, die er den *Jew Deal* nannte. Auf der Lohnliste der Ford-Automobilwerke stand der Kopf der amerikanischen Nazi-Partei, Fritz Kuhn, auf dessen Versammlungen immer offener gegen die Juden in Amerika sowie gegen diejenigen, die einzuwandern wünschten, Gewalt gepredigt wurde. Für Kuhn war Hitler ein Held. Für Ford vielleicht ebenfalls.

Eddie Cantor hingegen war nicht nur Jude, sondern sprach auch entschieden seine Hoffnung aus, daß die amerikanischen Einwanderungsquoten geändert werden würden. Sowohl Pater Coughlin als auch Henry Ford hatten Cantor verbal angegriffen. *Ja, wirklich,* dachte Murphy, als sie den riesigen Speisesaal betraten, *mit diesen Leuten an Bord wird das eine interessante Reise!*

Murphy hatte die Photos von Hitler und, einträchtig dabei, Henry Ford gesehen. Der Anblick machte ihn unwohl und ärgerte ihn, genauso, wie es bei Charles Lindberghs Besuch beim Führer der Fall gewesen war. Was veranlaßte so viele bekannte Amerikaner dazu, wie Wallfahrer die Gegenwart eines solchen bösen Menschen zu suchen? War es ihre Bewunderung seiner politischen Macht? Ihr gemeinsamer Judenhaß und ihre Behauptung, Juden seien Kommunisten? Das war eine interessante Frage, vor allem wenn man sich überlegte, daß auch Rußland seine Gewehrläufe gegen die jüdische Bevölkerung Rußlands gerichtet hatte. Es war eine Frage, die Murphy hoffte, diesen Gentlemen der amerikanischen Ultrarechten stellen zu können. Sie behielten die Fäden solange in der Hand, bis jede Einwanderung der Verfolgten in Deutschland eingestellt wäre. Solche Fragen rüttelten den Reporter in Murphy wach, während er mit Karl den palastartig prunkenden Speisesaal der *Queen Mary* betrat.

Der Duft von Schinken, Würstchen und Eiern à la Benedict erfüllte ihre Sinne. Kellner eilten über den flauschigen, rotgeblümten Teppich. Kristallüster erleuchteten den Raum. Die Decke in einer Höhe von sechseinhalb Metern wies Butzenglasscheiben auf. Auf einem riesigen

Buffettisch prangte ein Eisgebilde aus Delphinen, die aus einem Meer von Delikatessen heraussprangen. Am einen Ende tranchierte ein korpulenter Kellner Roastbeef, am anderen Ende wurde ein riesiger Schinken ausgeteilt. Kellner hasteten durch den Saal, schenkten den einen Champagner, den anderen Kaffee aus. Auf einer Bühne in der Ecke spielte währenddessen ein Streicherquartett lyrische Weisen von Mozart.

Karl ergriff Murphys Hand, als der Oberkellner sie zu ihrem Tisch führte. Murphy ließ die Augen über den vollbesetzten Saal gleiten, ob er nicht einen Blick auf Eddie Cantor oder Henry Ford werfen könnte. Weiße Tischtücher. Rote Papierservietten. Silberbesteck und Chinaporzellan mit Goldrand. Murphy fragte sich, ob Cantor und Ford ihren unterschiedlichen Gesinnungen in einem öffentlichen Zusammenstoß Luft machen oder einfach vor sich hin brodeln würden wie das Essen in den Buffetwärmern.

„Bitte hier Platz zu nehmen, Sir." Der Oberkellner verbeugte sich. Murphy hörte ihm kaum zu. Noch immer besah er sich die Menschenmenge.

„Ich höre, Eddie Cantor ist hier", sagte Murphy leise. „Er ist einer meiner Lieblingsschauspieler."

„Mr. Cantor ist eben gekommen", nickte der Kellner. „Tisch vier. Auf der Seite in der Nähe der Musiker."

Nun war es Murphy leicht, ihn zu erspähen. Dunkeläugig glühte er in seinem Samtsessel. Allem Anschein nach hatte Mr. Cantor Henry Ford nicht nur leibhaftig gesehen, sondern auch die Photos von ihm mit Hitler. Von dort aus konnte er Ford gut sehen. Sein Tisch stand dem Cantors gegenüber und war vollbesetzt mit bewundernden Ja-Sagern und ihn anhimmelnden Frauen. Ford schien sich in seiner Haut wohlzufühlen. Er hatte es vorgezogen, Cantor nicht zu beachten, und versicherte lauthals, Cantor wisse, er, der Ford-Magnat, habe nicht die Absicht, ihn auch nur eines Blickes zu würdigen.

Der Oberkellner wandte sich zum Gehen. Murphy hielt ihn fest und fragte: „Wie ich weiß, befindet sich auch der Staatssekretär des Inneren, Ickes, an Bord?"

„Eine interessante Mischung, Sir. Mr. Ickes ist in den Flitterwochen und wird höchstwahrscheinlich zu spät zum Frühstück kommen."

„Richtig." Murphy konnte das sehr gut verstehen. Wenn Elisa hier wäre, hätte er das Frühstück ebenfalls sausen lassen.

17. Nebel

An Bord der *Darien* war Tucker, der Erste Maat, die rechte Hand Kapitän Burtons. Tucker, dessen wettergegerbte Haut wie Leder aussah, war auch sein Sprachrohr. Die Befehle Kapitän Burtons wurden zumeist von diesem spindeldürren, kleinen Mann mit der reibeisernen Haut übermittelt.

Tucker stammte aus England – aus Southampton, um genau zu sein. Er sprach den Namen seiner Heimatstadt mit breitem Cockney-Akzent aus; für Maria klang das dann wie „Sau-Hemden".

„Ich hab dem Käptn gesagt, Käptn, hab ich gesagt, wir sollten in London nicht anlegen. Und jetzt? Jetzt werden sie uns in Sau-Hemden Nachschub fassen lassen!"

Maria, die für die Passagiere die Dolmetscherin spielte, mußte den Ersten Maat Tucker bitten, jeden Satz mehrere Male zu wiederholen, ehe sie dessen Sinn begriff. Und selbst dann war sie sich oft im unklaren, außer bei den Lehnworten aus dem Jiddischen.

„Nichts als ein *Schlamassel* ..."

Das bedeutete: ein Durcheinander.

„Henning und Pfenning in der Persenning, das kann ich euch sagen!"

Nichts als ein vollständiger Ausfall, eine Verheerung, meinte er. Maria übersetzte die Klagen des Ersten Maats über das Abdrehen der *Darien* vor dem Londoner Hafen. Sie erläuterte den eng um sie Gescharten, der Erste Maat glaube, vielleicht würde ihnen in Southampton erlaubt, vor Anker zu gehen.

„Überhaupt gar kein Zweifel nicht! Die sind doch alle *dulalli,* die in London!"

Maria dachte hierüber eine Weile nach. „Der Erste Maat sagt, es bestehe kein Zweifel. Die Bevollmächtigten in London seien – *dulalli?" Was bedeutet ‚dulalli'?* Tucker hatte beim Aussprechen des Wortes mit den Augen gerollt und die Finger verdreht. Es konnte also nur heißen ... : *verrückt!* Mit ihrer Auslegung zufrieden, berichtete Maria, „die Leute von der Londoner Hafenmeisterei sind *meschugge!"* Alle nickten verständnivoll.

An diesem Morgen stand der verhutzelte kleine Mann in der winzigen Schiffsküche hinter dem Tisch, während der Schiffskoch die Portionen Brei ausschöpfte.

„Wir haben keine Eier mit Speck?"

„Keine Eier mit Speck?“, übersetzte Maria für die in Hörweite Befindlichen. Jeder Jude war dankbar, daß es keinen Speck gab.

„Keine Butter auch nicht?“

„Keine Butter.“

„Wir haben wohl nicht mal verrottete Tomaten, was?“

„Nicht einmal angefaulte Tomaten, Gott sei Dank.“

„Aber ihr habt soviel Brei da, wie ihr nur essen könnt?“

„Es gibt immerhin viel heißen Brei.“

Viel Brei war nicht das, was die Kinder wollten. Trudy rollte die Augen und legte sich eine Hand auf ihren knurrenden Magen. Sie dachte an all diejenigen in ihrem Frachtraum unten, die sich beim Aufruf zum Frühstück nicht einmal die Mühe gemacht hatten, sich aus ihren Hängematten zu begeben. Sie blickte zum hageren Gesicht ihres Vaters auf. Er sah nach seiner Nacht an Deck windzerzaust und unterkühlt aus.

„Ah! Ich und mein Bruder John wurden mit solchem Brei großgepäppelt, und ihr seht ja, daß es nicht zu meinem Schaden war!“ Der Erste Maat Tucker schlug sich leidenschaftlich auf die Brust und grinste einen kleinen, armseligen Jungen an. „Kick den Highway, kleiner Mann!“

„Du sollst gehen“, murmelte Maria auf Deutsch, den entstellten Satz widergebend. Maria war die nächste. Sie streckte ihren Blechteller aus, um sich einen Schöpflöffel des klebrigen Zeugs geben zu lassen. „Danke.“ Sie ließ einen Anflug von Freude sehen, obwohl ihr Magen gegen den Kloß auf ihrem Teller rebellierte.

„Habt keine Eier mit Speck nicht!“, begann der Erste Maat Tucker erneut mit seinem Gequassel. Dann bemerkte er, daß es Maria war, die vor ihm stand. „Die armen Kerle sprechen kein Wort Englisch, hä? Ah, ist schon recht! Sie können ihnen vom alten Tuck sagen, wir kriegen sie schon so weit, können Sie ihnen sagen, so weit, daß sie Englisch wie die Königliche Palastwache reden können, bevor wir den Hafen erreichen, können Sie ihnen sagen!“ Er zwinkerte Maria zu und klatschte ihr dabei eine Portion Brei auf den Teller.

* * *

Als der Kellner Babbie Rosenfelt die Kaffeetasse füllte, hob sie ihre Brille, um den kleinen blonden Jungen besser sehen zu können, der die Hand des großgewachsenen gutaussehenden Mannes so fest hielt. Hatte sie dieses Kind schon einmal gesehen? Helle blaue Augen mit langen Wimpern. Glattes blondes Haar, das aus einer blauen Wollmütze hervorschaute. Marineblauer Anzug, nach der Mode englischer Schuluniformen geschnitten. Der grauseidene Schal. Schal eines Fliegers. Alle kleinen Jungen schienen sie tragen zu wollen, seit Piloten und Flugzeuge an der Tagesordnung waren. Es gab an diesem Kind in der Tat etwas Vertrautes.

Der Junge sah zu dem Mann an seiner Seite auf. Dieser schien sehr damit beschäftigt zu sein, sich im Speisesaal umzuschauen. Babbie musterte jetzt die Gesichtszüge des Mannes. Wenn er ihr bekannt vorkam, überlegte sie, war es nur, weil er eine entfernte Ähnlichkeit mit dem amerikanischen Filmstar James Steward hatte. Sein Gesicht war ein wenig eckiger, ja; aber er strömte eine Jugendlichkeit aus und hatte eine Art, sich zu geben, die ihm einen Ausdruck verlieh, als wollte er sich mit ein paar Jungen aus Brooklyn zusammentun und Baseball mit ihnen spielen.

Der Oberkellner führte sie geradewegs zu Frau Rosenfelts Tisch. Es waren ihnen die beiden leeren Stühle an ihrer Rechten angewiesen worden. Babbie lächelte das Kind erfreut an. Es würde schön sein, sich während der ansonsten einsamen Mahlzeiten mit einem kleinen Jungen zu unterhalten. Wie sie die Kinder vermißte! Sie dachte an die Pfefferminzbonbons in ihrem Handtäschchen. Sie würde einen Grund finden, ihm eines anzubieten.

Man machte sich miteinander bekannt, auch mit den anderen fünf Fahrgästen, die mit am Tisch saßen. „Und das ist Mrs. Rosenfelt. Darf ich Ihnen Mr. John Murphy und den kleinen Karl Murphy vorstellen?“

Babbie Rosenfelt suchte ihre Überraschung zu verbergen, als Karl und Murphy Platz nahmen. *Natürlich! Das Photo dieses Jungen war doch vor zwei Jahren in jeder Hamburger Zeitung! Er und sein Bruder. Wie hieß sein Bruder? Sein Vater hatte die Zeitung herausgegeben. Was machte das Kind bei diesem Amerikaner?*

Karl saß rechts neben ihr. Er musterte die Gesichter der Erwachsenen am Tisch und ließ schließlich seinen Blick prüfend über die Pincenezbrille gleiten, die von einem Knopf am schwarzen Kleid Babbies herabbaumelte. Sie lächelte ihm zu und brach dann ihr Tabu, nicht deutsch zu sprechen. Langsam hob sie die Brille und setzte sie sich auf die Nase.

„Ich muß sie tragen, damit ich die Speisekarte lesen kann, weißt du“, flüsterte sie Karl in jener akkuraten Aussprache zu, die man bekam, wenn man lange Zeit in Hamburg gelebt hatte.

Aufgrund dieser Vertrautheit des Klangs strahlten seine Augen voller Wärme. Es war lange her, seit er Worte in diesem akkuraten Tonfall gehört hatte. Es war lange her, seit Ludwig weggegangen, und noch länger, seit Vater in der wuselnden Menschenmenge Wiens verschwunden war.

„Kannst du die Speisekarte lesen, junger Mann?", fragte sie ihn sanft. Da wurde sie gewahr, weshalb der Junge seinen Schal selbst hier trug. Sie wollte ihn nichts fragen, das er nicht mit einem Nicken oder Kopfschütteln beantworten konnte.

Er hatte mit einem verneinenden Schütteln des Kopfs geantwortet.

„Soll ich sie dir vorlesen?"

Karl nickte.

Murphy unterhielt sich beiläufig mit den anderen Passagieren und hielt, während er sprach, ein Auge auf Karl und Frau Rosenfelt gerichtet. Sie hatten schon zu viel durchgemacht, als daß er sich etwas entgehen lassen wollte.

Murphy beobachtete sie, als Babbie die Menüvorschläge vorlas. Bestimmt konnte Karl dieser lieben, alten Frau anvertraut werden! Bestimmt konnte sich Murphy hier, auf der *Queen Mary*, Ziel Amerika, entspannen und brauchte sich keine Sorgen darüber zu machen, daß hinter jeder Ecke Gestapo-Agenten lauerten und sie verfolgten. Bestimmt waren sie hier endlich sicher.

Babbie hielt die Speisekarte auf Armeslänge von sich und ließ das Sonnenlicht darauf fallen. Die Menüs waren auf steifem Leinenpergament in Gold geschrieben; oben prangte das Zeichen der *Queen Mary*. „Du kannst jedes dieser Menüs haben; der Kellner wird sie dir bringen. Oder vielleicht macht es Herrn Murphy nichts aus, wenn du mich zum Buffet hinüberbegleitest, wo wir uns auswählen, was wir essen wollen?"

Karl nickte begeistert und zog Murphy am Ärmel, es zu erlauben. Murphy, der von der Meinung eines Geschäftsmannes aus New Jersey über den Unterschied des französischen Linienschiffes *Normandie* und der *Queen Mary* bombardiert wurde, mußte Frau Rosenfelt bitten, ihre Frage zu wiederholen.

„Würde es Ihnen etwas ausmachen, Herr Murphy, wenn ich Ihren ... ähm, Ihren *Sohn* zum Buffet mitnehmen würde?"

Bei dem Wort *Sohn* horchte Murphy auf. Er blickte in die Augen, die tief in die seinen schauten, und nahm darin einen Ausdruck der Anteilnahme und des Verstehens wahr. „Ich bin ein wenig mit Ihrer *Lage* vertraut, Herr Murphy", sagte Frau Rosenfelt in einem Ton, der eine tiefe Bedeutung barg. „Es würde mich freuen, Karl zum Buffet zu begleiten. Er ist bei mir in Sicherheit, das versichere ich Ihnen."

Murphy lächelte. „Gewiß", sagte er. „Man muß sich hier keine Sorgen machen." Er wandte sich an Karl. „Hast du Hunger, Kleiner?"

Karl nickte. Ein gedämpftes „Uh-huh" bauschte den Schal auf. Er ging zum Buffet, während sich Babbie zu Murphy beugte.

„Ich bin aus Hamburg", sagte sie. „Ich dachte mir, vielleicht schließen Karl und ich miteinander Freundschaft, wenn wir schon denselben Tisch während der Überfahrt haben."

„So, Sie sind auch aus Hamburg?" In Murphys Gesicht spiegelte sich einen Augenblick lang Besorgnis.

„Ursprünglich aus New York. Ich verlasse Hamburg wohl aus denselben Gründen wie Karl, denke ich." Ihren Worten hörte man an, daß sie alles wußte, was es in Nazideutschland über die Kronenberg-Affäre zu wissen gab. Auch sie stand mit dem Leid auf vertrautem Fuß. „Hätten Sie etwas dagegen, wenn mir Karl am Buffet hilft?" Sie zog ihren Stock hervor, ein Hinweis darauf, daß Buffets für sie nicht so einfach waren.

„Es mit einem Gehstock zu schaffen, einen Teller zu halten und gleichzeitig mit dem Vorlegelöffel fertig zu werden, ist ein wenig schwierig, es sei denn, man hat die Enkel in der Nähe. Meine Enkelkinder sind alle anderweitig auf dem Weg in die Staaten. Darf ich mir Karl von Ihnen ausleihen?" Ein lustiger Ausdruck lag in ihren Augen. Etwas an ihr ließ Murphy daran zweifeln, daß sie einen Stock brauche. Und tatsächlich hängte sie sich den Stock über den Arm, als sie mit Karl vor dem vollen Tisch stand. Auf dieses oder jenes Tablett zeigend, hielt sie Karl ihren Teller hin, auf den er ihr mit dem Löffel die Portionen legte. Sie bewunderten die Eisdelphine und blieben dann zusammen stehen, um dem Streicherquartett zuzuhören, wobei sie insbesondere dem Cellisten ihre Aufmerksamkeit schenkten.

Karl trug beide Teller zum Tisch zurück. Sie waren gehäuft voll.

„... und ich habe fünf bezaubernde Enkeltöchter. Trudy, die nach mir heißt, ist fast acht Jahre alt. Dann Katrina; sie ist sehr ernst. Dann Louise. Louise ist fast sechs und sehr hübsch. Wie alt bist du?"

Karl hielt fünf Finger in die Höhe.

„Gretchen ist bald fünf. Und das Nesthäkchen dann ist Ada-Marie, die nächsten Monat vier wird. Oi! Eine ganze Handvoll!" Babbie ließ einen Anflug von Jiddisch in ihre Rede einfließen. „Vielleicht willst du kommen und mit ihnen spielen, wenn sie nach New York kommen. Es wäre schön, mit Kindern aus Hamburg zu spielen, meinst du nicht, Karl?"

Karl runzelte die Stirn. Er war sich nicht sicher, ob er außer mit Ludwig überhaupt mit irgend welchen Kindern aus Hamburg spielen würde. Alle anderen Spielkameraden waren grausam gewesen. Am Ende hatte er keine anderen Freunde mehr gehabt, nur noch Ludwig, und war nur in Gesellschaft seiner Mutter und seines Bruders gewesen. Dann seines Vaters. Schließlich in der Leahs und Elisas. Und jetzt ...

„Dann willst du vielleicht nicht mit Mädchen spielen, nu? In Brooklyn, von wo ich herkomme, spielen kleine Jungen ein Spiel, das ‚Kick die Kanne' heißt, und Baseball. Das wird dir besser gefallen. Aber es könnte noch einmal die Zeit kommen, da du dir wünschst, ein paar sehr hübsche Mädchen aus Hamburg zu treffen." Sie griff in ihre Tasche und fischte ein rundes, in Papier eingepacktes Pfefferminzbonbon heraus. „Meinen Dank dafür, daß du einer so alten Frau geholfen hast. Jetzt iß erst dein Frühstück, und nachher kannst du das Bonbon haben."

In der Öffentlichkeit zu essen, war für Karl eine schwierige Aufgabe. Er hielt seinen Kopf leicht geneigt und hob mit der linken Hand den Schal hoch, bis dieser seine Nase bedeckte. Er beschirmte mit der Rechten seinen Mund, wie es ihm seine Mutter beigebracht hatte, und nahm nur sehr kleine Bissen. Weiche Sachen, hatte Babbie Rosenfelt gesagt, seien leicht zu essen.

Sobald ihn einer der Erwachsenen neugierig beäugte, stellte Babbie Rosenfelt eine Frage, um abzulenken. Karl mochte diese alte Frau mit dem grauen Haar, dem geraden Rücken, dem schwarzen Kleid, der lustigen Brille und dem Hamburger Akzent. Sie vermittelte einem ein Gefühl wie jemand von zuhause. Angenehm. Wie Ludwig und Vater und ... wie Mami. Er wollte sie fragen, warum ihre Enkelinnen nicht mit ihr auf dem Schiff waren. Aber schließlich war auch keiner von seiner Familie hier. Vielleicht war das nun einmal eben so. War es immer so gewesen?, fragte er sich. Manche kommen auf der *Queen Mary* nach Amerika und manche auf einem anderen Schiff, während andere überhaupt nicht kommen.

Die Musik in der Ecke erinnerte ihn an Wien und Leah. Karl wollte Babbie Rosenfelt Leahs Cello zeigen. Dann wüßte sie, daß er sich wirklich auf Celli verstand, auch wenn er nicht wußte, wie man eine Speisekarte las.

* * *

Die See des grauen Atlantik hatte sich wieder erhoben, und die Wellen, die an den Rumpf der *Darien* schlugen, forderten von den Passagieren ihren Tribut.

Der Erste Maat Tucker organisierte eine unter der Leitung Aarons stehende Putzkolonne, welche die Decks schrubbte und das Frühstücksgeschirr reinigte. Diejenigen Passagiere, die es schafften, aufs Oberdeck zu klettern, hatten sich in die dunstige Luft hinaufgekämpft, um tief durchzuatmen und ihre sich herumdrehenden Mägen wieder in die Gewalt zu bekommen.

Für Tucker bedeuteten die vielen matt auf dem Deck liegenden Passagiere die Gelegenheit zum Englischunterricht. Sichelbeinig und reibeisernen Gesichts stolzierte er frohgemut unter ihnen herum und fragte in seinem Cockney-Akzent: „Na, wie stehn denn heute die Akazien?"

Man antwortete auf seine Frage in gebrochenem Englisch: „Mir geht es gut, ich danke viel." Daraufhin wurde über die Reling den Fischen des Atlantik ein weiterer Schlag Brei dargereicht.

Maria hing schwer in Klaus' Arm, als sie über das schlingernde Deck schwankten. In geschlossener Reihe wie Entenküken folgten Trudy, Katrina, Louise, Gretchen und Ada-Marie.

„Mama ist es schlecht", erklärte Gretchen Ada-Marie. „Sieh nur, wie weiß sie aussieht."

„Papa ist auch weiß", bemerkte Ada-Marie.

„Es ist der Brei", sagte Louise. „Wie Kleister."

„Ich hab schon einmal Kleister gegessen." Ada-Marie legte beim Gedanken daran die Hand auf den Bauch. „Aber ich wurde nicht so weiß wie Mama."

„Weil du ihn nicht zum Frühstück gegessen hast", sagte Katrina. „Wenn du zum Frühstück Kleister ißt, wirst du weiß davon."

Da sagte Trudy, die Älteste, selbstbewußt: „Es ist nicht der Brei, der alle krank macht. Es sind die Wellen. Sie rollen, rollen, rollen."

„Haben wir deshalb heute keine Thoraschule? Ist dem Rabbi von Nürnberg auch schlecht?", fragte Gretchen.

„Jedem ist schlecht", entgegnete Louise, „bis auf uns. Und ich fühle mich im Moment auch nicht so wohl."

Ada-Marie erblickte Tucker, der auf ihre kleine Prozession zustolzierte. „Ihm ist auch nicht schlecht."

Tucker schwenkte die Arme. Er schien nicht zu bemerken, daß es Maria schlecht war. „Und wie geht's unserer Entenmutter heute und all den kleinen Entenküken?", fragte er aufgeräumt.

Sie antworteten im Chor: „Uns geht es gut, danke, Erster Maat Tukker." Daraufhin blieben Maria, Louise und Trudy stehen und beugten sich über die Reling. Einen Moment später leistete ihnen Klaus Gesellschaft und warf auch sein Frühstück über Bord und ins Wasser.

„Warum wird es dir nicht schlecht, Erster Maat?", fragte Ada-Marie.

„Weil ich hier meine Dauerkoje hab. Und weil ich's gewöhnt bin. Verstanden? Ihr werdet euch auch dran gewöhnen", gab Tucker ohne große Anteilnahme zur Antwort.

„Bitte, Gott", japste Klaus, „mögen wir nicht gar so lange hier sein!"

Wie als unheilverkündende Antwort auf dieses halbherzige Gebet schien die gute *Darien* zu erschauern und im Wasser zu ersterben. Das Stampfen ihrer Maschinen brach ab, bis nur noch das Plätschern der Wellen gegen ihren Rumpf zu hören war.

Tucker fluchte und kletterte dann zum Frachtraum, während die Stimme Kapitän Burtons über die Lautsprecher rief: „Alle Mann herkommen!"

Zwei weitere Besatzungsmitglieder rannten zur Luke.

„Was hat das zu bedeuten?", flüsterte Maria.

Als das Schiff von einer Welle erfaßt wurde, trieb es auf den Hafen zu. „Wir bewegen uns nicht vorwärts", sagte Klaus, dem es noch immer schlecht war.

„Heißt das, wir müssen hier lange bleiben, Papa?" Gretchen sah elend aus. Sie sank nieder und setzte sich auf das Deck, während andere Passagiere besorgt in kleinen Gruppen beieinander standen und sich darüber ausließen, was geschehen sei.

Noch einmal knackste die strenge Stimme Kapitän Burtons in den Lautsprechern: „Wir haben im Maschinenraum ein Dampfrohr eingebüßt. Eine geringfügige Reparatur. Wir werden uns höchstens eine Stunde verspäten. Machen Sie das Beste daraus."

* * *

Eine Stunde verging, zwei Stunden. Noch immer war kein Lebensfunke in der Maschine des kleinen Frachters. Die schwer lastende Stille wurde noch durch den Nebel gesteigert, der das gesamte Schiff einschloß. Gedanken gingen im Schlagen des Wassers gegen den Schiffsrumpf unter.

Shimon hörte im Gang nachdrückliches Geflüster.

„Er darf nicht bewegt werden."

„Der Käptn sagt, alle rauf an Deck. Auch der Kranke da."

„Aber er darf nicht bewegt werden. An Deck ist es gefährlicher für ihn. Die Feuchtigkeit –"

„Schauen Sie, Doc, alles, was ich sagen kann, ist, daß wir manövrierunfähig im Wasser liegen, mitten drin in den Schiffahrtslinien. Bums! – mitten rein! Wir nehmen die Funksprüche eines großen Schiffes auf."

„Kann das uns dann helfen?"

„Uns helfen? Es kann uns ja nicht einmal hören! Irgend etwas läuft falsch mit dem Sendegerät; und der Käptn sagt, falls es uns rammen sollte, haben mehr die Chance, lebend aus dem Wasser zu kommen, wenn wir alle oben sind."

„Einigen ist so schlecht, daß sie nicht gehen können."

„Werden wir sie eben tragen müssen. Diesen großen Burschen inbegriffen, halb tot, wie er sein dürfte."

„Rettungsboote, Schwimmwesten – haben wir genug davon?"

„Dies ist kein Linienschiff. Sie ist ein Frachter, und als solche hat sie genügend dieser Dinger für eine Frachterbesatzung."

Langes Schweigen, ehe die Bedeutung der Worte des Seemanns in Dr. Freunds betäubtes Bewußtsein drang. Ein winziger, altersschwacher Trampdampfer, der in den Schiffahrtslinien des Nordatlantik trieb. Ein Funkgerät, zu schwach, ein Notsignal auszusenden, aber stark genug, Nachrichten eines Schiffes aufzufangen, das ganz in der Nähe war.

„Schicken Sie mir vier starke Kerle, die den Patienten hochtragen sollen", gab der Arzt schließlich nach. „Obwohl es für ihn keinen Unterschied bedeutet, wenn wir gerammt werden. Er wäre hier unten genauso verloren wie im eiskalten Wasser."

„Befehl des Käptns", kam die Antwort: „Alle Mann an Deck!"

Shimon sagte nichts, als vier stämmige junge Männer ihn hinauf in den dichten Dunst trugen, der das offene Deck verhüllte. Auf Anweisung Dr. Freunds stellten sie seine Trage unter ein Segeltuchzelt. Alles war still, bis auf den Rabbi von Nürnberg, der Gebete murmelte. Gruppenweise drängten sich Familien aneinander, hielten sich aneinander fest und starrten in den schiefergrauen Vorhang hinaus, der die *Darien* umgab.

Shimon erkannte die fünf Mädchen, die ihm die Lilien gebracht hatten. Er konnte sich nicht an ihre Namen erinnern. Er versuchte sich darauf zu konzentrieren, versuchte sich ihre Namen ins Gedächtnis zurückzurufen, während er sie dabei beobachtete, wie sie sich an den Rock ihrer schwangeren Mutter klammerten und die Hände zu ihrem großgewachsenen, hohlwangigen Vater hinaufstreckten. War schon jemals ein solcher Schmerz auf dem Gesicht eines Mannes? Der Vater dieser Kinder schloß die Augen und preßte vor Schmerz über seine Hilflosigkeit die Lippen zusammen. Er schaute zuerst eines der Kinder an, dann ein anderes. Welches retten? Er konnte sie nicht alle retten, wenn das Schiff gerammt würde.

Shimon seufzte angesichts des Leidens dieses Mannes. Fünf kleine Mädchen. Shimon hatte nur sein eigenes Leben zu verlieren. Wie mußte es sein, sich zu fragen: ‚Welches retten?'

Der Rabbi verfiel in Schweigen. Die *Darien* ächzte; Metall knirschte einen Protest, als das Wasser sie von einem Tal ins nächste drückte. Keine menschliche Stimme außer dem wütenden Fluchen der Seeleute, die unten an den widerspenstigen Maschinen arbeiteten. Dumpfe Stille. Klopfende Herzen. Atem, sich mit dem Nebel mischend.

Dann hob jemand den Kopf, als wollte er in der Luft wittern. Einer und noch einer drehten den Kopf, um zur Steuerbordseite des Schiffes zu schauen. In einiger Entfernung war das sanfte Rauschen des Wassers zu hören, und dahinter das leise Stampfen von Maschinen.

Jetzt hörten es alle. Genau an Steuerbord. Ja. Sie konnten die Maschinen des großen Schiffes hören. *Rushhhh. Rushhhh.* Der Zerstörung so nahe. Genau auf Kurs. Des Herzklopfens nicht gewahr, des Vaters nicht achtend, der einfach entschieden hatte, sie würden alle gemeinsam sterben. Er konnte nicht auswählen. Er *würde* unter seinen wertvollen Kleinen nicht auswählen!

Der Rabbi begann wieder zu beten. Weitere Stimmen fielen ein. Wie der Klang des Windes in den Bäumen rauschte des große Schiff durch den Nebel auf sie zu.

18. Der zugezogene Vorhang

Leah fuhr mit den Fingern in die Mähne der kleinen Haflingerstute, die sie ritt. Der Pfad führte in einer Reihe sich schlängelnder Serpentinen an der Stirnseite des Berges hinauf. Die Hufe klapperten und scharrten gegen den Fels und lösten Geröll- und Kieshagel aus, die den schmalen Pfad hinabrutschten und lotrecht in die über dreihundert Meter tiefe Schlucht stürzten.

„Stell dich in den Steigbügeln auf!“, rief Franz Wattenberger zu ihr zurück. „Lege dein Gewicht auf die Schultern der Stute!“

Leah gehorchte augenblicklich. Das hatte sie stets getan, wenn der gutaussehende junge Tiroler ihr während des langen, mühsamen Wegs vom Gutshof hierher einen Befehl erteilt hatte. Nun war das unter ihnen liegende Gutshaus kaum noch so groß wie eine Streichholzschachtel. Während der letzten Kilometer waren sie über die Baumgrenze geritten, bis das Hochtal, in dem der Hof lag, zu einem gepflegten Flickenstück kürzlich bestellter Felder inmitten eines Teppichs aus grünem Wald geworden war. Einhundert Meter über dem Pfad gischte ein Wasserfall über die Felsblöcke und stürzte in den Abgrund hinab, bis er schließlich als ein dünnes Band friedvoller Bläue dahinfloß, das den Wattenberger-Gutshof umsäumte. In den vergangenen Wochen war Leah oft still neben diesem Bach gesessen, während der junge Ludwig herumschrie und in die weiten Felder rannte.

Obwohl sie sich noch innerhalb der Grenzen Österreichs befanden, hatte sich Leah auf dem Gutshof sicher gefühlt. Sicher vor den Nazis. Sicher hinter einem hohen, grünen Vorhang des Friedens, der das Heim der Familie Wattenberger umgab. Als die Flüchtlinge einer nach dem anderen aus dem sicheren Hafen fortgebracht worden waren, hatte Leah keinen Drang zu fliehen verspürt. Sie und Ludwig waren die letzten der kleinen Gesellschaft, die weggingen. Wäre da nicht die schreckliche Gefahr gewesen, in die ihre Anwesenheit die nette Familie brachte, hätte sie gebeten, bleiben zu dürfen. Die Worte und Gebete der lieben Marta waren ihr Trost gewesen und hatten ihr Mut gemacht. Sie hatte den Glauben gefunden, darauf zu vertrauen, daß Gott Shimon irgendwie fest in Seiner Hand hielt.

„Ich werde nicht wissen, wie ich beten soll, wenn du nicht da bist, es mir zu zeigen“, hatte sie Marta bei ihrem tränenreichen Abschied zugeflüstert.

„Sprich einfach zu Gott, Kind.“ Marta hatte sie umarmt und rasch neben das kleine Pferd geführt. „Und denke daran, daß geschrieben steht: ‚Wohin soll ich fliehen vor Deiner Gegenwart? Wenn ich aufsteige in den Himmel, bist Du da; wenn ich mein Lager in der Hölle aufschlage, siehe, Du bist da. Wenn ich die Schwingen des Morgens ergreife und in den fernsten Gefilden des Meeres wohne, selbst dorthin wird mich Deine Hand führen und wird mich Deine Rechte halten.'" Dann hatte Marta aus ihrer Schürzentasche eine abgenutzte Bibel gezogen und in Leahs Schurwollmantel gesteckt.

„Aber ich kann nicht reiten", hatte Leah schwach eingewandt.

Daraufhin hatte ihr Marta die Wange getätschelt. „Sitze ruhig, Leah. Sie kennt den Weg. Sie ist ihn schon hundertmal gegangen, und sie wird nicht ausrutschen."

Als Leah angstvoll aus der schwindelerregenden Höhe ins Tal zurückblickte, hielt sie sich an Martas Versicherung fest. Sie betete. Seit Otto sie in jener Nacht aus Wien hinausgebracht hatte, war sie nicht mehr so ängstlich gewesen wie jetzt.

Ludwig mit seinen fünf Jahren, sicherheitshalber auf sein großes, zottiges Pferd gebunden, hatte überhaupt keine Angst. Franz führte ihn den Pfad hinauf. Zweimal war das Kind eingenickt, und Franz hatte sich erklärend an Leah gewandt. „Es ist der Höhenunterschied. Der Sauerstoffmangel macht die Kleinen schläfrig. Jedes Kind, das ich hier hinaufführte, schlummerte ein. Ich lernte beizeiten, sie an den Sattel zu binden. Verlor beinahe das erste. Es fiel herunter – zum Glück an einer breiten Stelle des Pfads!"

Leah hatte Schmerzen und war erschöpft, aber kein bißchen schläfrig. Sie war nicht an den Sattel gebunden, und der Gedanke ans Einnicken und vom Pferd fallen hielt sie hellwach. Zentimeter neben den Hufen ihres sicher gehenden Pferdes verschwand die Welt. Leah hielt ihren Blick auf den Hals des Pferdes vor ihr geheftet. Sie dachte an das Herrgottseck des Gutshauses. Sie konnte im kalten Alpenwind das frischgebackene Roggenbrot beinahe riechen. Sie konnte die Wärme des Feuers fühlen und sich Karl und Marta vorstellen, wie sie ihre Köpfe über das Vesper beugten und für die Sicherheit der Fortgehenden beteten. So hatten sie es über die Wochen für jeden Ausziehenden getan, den Franz in die Freiheit geführt hatte.

Leah konnte nichts dafür, daß sie sich wünschte, wieder mit dem alten Ehepaar am Tisch zu sitzen. Wie lange hatten sie noch bis zur nächsten Hütte zu reiten? Wann würde Franz sie den sicheren Händen eines anderen Führers übergeben, der sie weiter in Richtung Grenze brächte?

„Wie lange noch, Franz?" Die Frage entfuhr Leahs Lippen in dem Augenblick, in dem sie ihr in den Sinn gekommen war.

Als Antwort zeigte er auf einen zerklüfteten Felsvorsprung zweihundert Meter über ihnen. Dort traf das Sonnenlicht den Fels mit blendendem Licht. Der Pfad führte hinauf, um die Stelle herum und schien in einem Schneestreifen zu verschwinden. „Der Gipfel", sagte er und zeigte mit der Hand hinauf. „Dort oben ist ein See, wo wir die Pferde ausruhen lassen und uns ausstrecken können. Von dort aus kann man schon die Hütte sehen. Sie liegt ein wenig abwärts. Noch knapp zwei Kilometer."

Der Gedanke an eine kurze Rast neben einem Bergsee ließ in Leah den Wunsch aufkommen, ihrem Pferd die Sporen zu geben und es den gefährlichen Pfad hinauf zur Eile zu drängen. Als ob das führende Pferd ihre Gedanken gelesen hätte, trieb es vorwärts und kletterte beschleunigten Schritts den Pfad hinauf. Leahs Pferd folgte und stieß mit seinen Nüstern den Körper des Wallachs an, der Ludwig trug. Auch die Pferde schienen es eilig zu haben zu rasten.

* * *

Weit unterhalb der kleinen Gruppe der Dahinreitenden rollte eine Wolkenbank durch einen Bergpaß. Leah blickte hinab auf das kleine, grüne Quadrat im Tal, das der friedliche Gutshof beschrieb. Ein letzter Blick. Ein letzter Abschied. Es hatte so viele solcher Abschiede gegeben; sie konnte sich nur darüber wundern. Als die Wolken den Talgrund bedeckten, fragte sie sich, ob sie ihr geliebtes Österreich jemals wiedersehen würde. Es war, als hätte Gott einen Vorhang zugezogen und ihr diesen letzten, heimwehtrunkenen Blick versperrt. Nun bestand die Welt aus den baumlosen, geröllübersäten Berggipfeln in der Höhe und langen, sich ständig verändernden Wolkensäulen in der Tiefe. In das Rauschen des Windes mischte sich das Donnern stürzender Wasser, die dem kalten Griff eines Gletschers entrannen. Ihr Atem und der des Pferdes stiegen in dampfenden Schwaden an der kalten Luft auf. Sie erreichten die Höhe des Anstiegs und kamen am Gipfel heraus.

Es gab hier keine Spur von Grün, aber ein felsiges Ufer führte sanft zu einem kleinen See hinab. Überall hatten Gletscherjahre Felsen und

Geröll abgelagert. Vorsichtig bahnten sich die Pferde ihren Weg zum Ufersaum.

Auf den ersten Blick bemerkte Leah, daß das Wasser eine beinahe milchige Farbe habe. Der See schien sich in einer wenig tiefen Senke einer Felstafel gebildet zu haben. Als sie sich dem Gewässer näherten, konnte sie erkennen, daß sie ihr erster Eindruck getrogen hatte. Der Grund des Sees fiel in eine unermeßliche Tiefe ab, seine Wasser brachen als gischtende, staubfeine Sturzbäche aus der Felswand und wuschen die granitenen Steine aus.

Franz stieg vom Pferd, ergriff einen Stein und warf ihn in die Mitte des Sees, als wollte er eine unausgesprochene Theorie beweisen. Der Stein schlug laut klatschend auf, und Leah schaute zu, wie er sank, bis er schließlich in den schwarzen Tiefen verschwand.

Franz lächelte kaum merklich. „Willkommen am Trichtersee!" Er hat noch ein Dutzend anderer Namen. Hunderte von Namen, über die Jahrhunderte; aber das ist der Name, den ich ihm gegeben habe. Er deutete über das Tal hinweg, das von einem riesigen Gletscher ausgefüllt war. „Was der Gletscher nicht haben will, läßt er in diesen Trichter fließen. Vielleicht ist der gesamte Berg ein Kegel voller Wasser." Er zuckte die Schultern. „Es sei, wie es wolle, wir können hier eine Weile rasten. Kein sehr schöner Platz, aber interessant."

„Wir sind nicht der landschaftlichen Schönheit wegen hier", entgegnete Leah und kletterte mit steifen Gliedern vom Rücken ihres Pferdes. Sie fühlte sich plötzlich schwach und klein, als hätte sie einige Zentimeter an Körpergröße eingebüßt. „Und hoffentlich muß ich nie wieder auf einem Pferd sitzen", murmelte sie.

Franz lachte. „Du wirst deine Beine wiederfinden", stichelte er. „Du wirst müssen. Morgen wirst du mit dem Jungen über den Gletscher geführt." Er zeigte mit der Hand erneut auf die weiße Masse Eises. „Dann hättest du gerne ein Pferd, kann ich mir vorstellen."

Indem er die Zügel mit einem Stein sicherte, wandte sich Franz dem schlafenden Kind zu, um es von seinem Pferd loszubinden. Bei seiner Berührung gähnte Ludwig schläfrig und blinzelte Franz verwirrt entgegen. „Sind wir schon da?", fragte er.

„Wir sind da", antwortete Franz, umarmte Ludwig und setzte ihn mit einem Schwung auf den Boden. „Aber wir sind noch nicht *dort* ..."

Während Franz und Leah den Proviant verteilten, den ihnen Marta mitgegeben hatte, vertrieb sich Ludwig die Zeit damit, Steine in den See zu werfen und sie beim Untergehen zu beobachten.

„Und wie lange wird es dauern, bis wir *dort* sind?“, fragte Leah und schnitt eine Scheibe Brot vom Laib.

„Wenn wir Adler wären, würde der Flug vom Gutshof bis dorthin so sein –“, und er schnippte mit den Fingern. „Vierzig Kilometer Luftlinie nach Italien. Ich habe ein Segelflugzeug von Innsbruck durch die Schweizer Pässe geflogen. Aber daran ist jetzt wegen der Nazis auf jedem Flugplatz nicht zu denken, und sei er noch so klein. Da Gott es gefügt hat, daß wir nicht auf Adlersschwingen aufsteigen, mußt du dich also damit zufrieden geben, gehen zu können und nicht müde zu werden.“

„Ich bin noch nicht gelaufen und trotzdem schon müde.“ Leah legte den Kopf zurück und schaute sehnsüchtig in den sich verdunkelnden Himmel. „Wie lange werden wir zu gehen haben?“

„Die besten Pässe sind jetzt von der Wehrmacht versperrt. Als sie alle an der tschechischen Grenze waren, brachten wir sieben über den Brennerpaß nach Italien. Jetzt, fürchte ich, wird es schwieriger sein.“ Er seufzte und kaute nachdenklich eine Wurst. „Es gibt Wege. Heute nacht werden wir in der Hütte von Gustav Stroh schlafen. Er ist der beste Bergführer Südtirols. Morgen wird er dich und den Jungen über den Gletscher bringen, und dann in zwei oder drei Tagen bis zur Hütte eines anderen Führers. Von dort an ist es ein langer Fußmarsch, bis ihr zu einem kleinen Dorf und den Bahngleisen kommt. Dann kannst du deine müden Füße ausruhen und, falls du dich an meine kleinen Pferde erinnerst, ihnen Dank sagen.“ Er lehnte sich auf den harten Stein zurück, als wäre er ein Federbett. „Nächsten Monat werdet ihr glücklich in Frankreich sein und dies hier für ein Abenteuer ansehen. Für einen Traum.“

Leah war wohl eine lange Zeit still, während der sie sich Gedanken über den langen Marsch machte, der vor ihnen lag. Würde Ludwig es schaffen? Er mußte. Vielleicht hatte die Zeit auf dem Gutshof seine Beine und Lungen gestärkt. Es würde ihm womöglich leichter fallen als Leah, dachte sie düster belustigt. Dann fiel ihr zum tausendstenmal Shimon ein. Wenn Otto es irgendwie fertig brachte, ihn zu finden und ihm zur Flucht zu verhelfen, wäre Shimon dann überhaupt in der Verfassung, einen Fußmarsch durch diese unwirtlichen Berge zu überstehen?

„Mein Mann“, sagte sie leise. „Wenn . . . wird Otto ihn zum Gutshof bringen?“

Bei der Erwähnung von Ottos Namen zog ein kurzer Schatten Leids über Franz’ Gesicht. Schließlich hatte er Otto nicht gesehen, als er in jener Nacht heimgekommen war. Er hatte nicht die Gelegenheit gehabt, auch nur ein Wort mit seinem Bruder zu wechseln. Und jetzt, da er die Wahrheit wußte und der Grund für Ottos Handlungen bekannt war, gab es vieles, das Franz sagen wollte, aber nicht konnte.

„Ich hoffe, Otto wird deinen Mann zu uns bringen", antwortete Franz. Er dachte allerdings nicht an Shimon Feldstein; er hoffte einfach, Otto werde noch einmal zurückkehren und sie hätten die Möglichkeit, miteinander zu reden, sich noch einmal als Brüder zu umarmen. „Aber ich kann nicht sagen, was Otto tun wird. Er überrascht mich ... jedesmal."

„Wenn Otto Shimon zu euch bringt, wird du ihn dann auch auf diesem Weg hinausbringen? Über denselben Pfad und zu diesem See und über den Gletscher?"

„Es gibt keinen anderen Weg, der nicht von den Nazis eingeschlossen wäre. Kein einziger Weg hinaus, es sei denn, man ist ein Adler."

Diese Antwort schien Leah zufriedenzustellen. Sie besah sich mit neuem Interesse ihre Umgebung. *Shimon wird bald hier sein.* Sie versuchte sich den großen Mann vorzustellen, wie er neben ihr saß und dem leisen Geflüster des Windes lauschte. *Siehst du, Shimon, wir werden bald in Sicherheit sein. Bald zusammen sein. Diese Burschen wissen den Weg durch die Berge. Sie kennen den Weg besser als die Nazis. Sie hassen die Nazis, und deshalb werden diese Tiroler uns helfen.*

Einen Moment lang war dieser Gedanke tröstlich. Dann, als aus den Wolken unter ihnen der Blitz schlug, erschauerte Leah erneut bei dem Gedanken, aus diesen Bergen hinauswandern zu müssen.

* * *

Die gnadenlos gegen die kleine *Darien* schlagenden Wellen wurden von den Passagieren an Bord der Queen Mary kaum gespürt. Eine riesige, schwimmende Insel, eine Stadt, umgeben von Stahl – so durchpflügte der Ozeanriese mit unbeschwerter Leichtigkeit das Wasser. Die *Queen* würde zur Atlantiküberquerung nur knappe vier Tage brauchen, während ein Schiff wie die *Darien* dieselbe Entfernung in zwölf Tagen zurücklegen könnte – es sei denn, ein Dampfrohr reißt.

Die Gäste an Bord der *Queen* konnten einen Feierabendspaziergang durch Dutzende von Läden machen, die einen Schaukasten der feinsten in Europa hergestellten Waren darstellten. Schneider, Friseure,

Schuhputzer, Wäscher – alle sorgten bestens für das Aussehen der Herren für einen Abend im Kino oder für das Tanzen im Ballsaal, für einen Konzertbesuch bei einem Pianisten oder fürs Pokern im Spielsaal. Für eine Weile, hieß es, können Menschen aus vielen Nationen unter einer Flagge segeln: in Frieden. Zumindest stand das so im Prospekt.

Die Bemerkung vom Tisch des Automobil-Zaren war laut genug, daß Murphy sie hören konnte. Es war eine schrille, bitter frohe Frauenstimme. „Wie ich höre, zeigen sie heute abend einen Film mit Eddie Cantor. Ich jedenfalls habe kein Interesse daran, einen Juden groß auf einer Leinwand zu sehen, wie er schwarz angemalt von seiner Mami singt!"

„Nein, Vera, da handelt es sich um Al Jolson!"

„Nun gut! Die sehen in meinen Augen alle gleich aus!"

Der Bemerkung folgte laute Zustimmung. Andere Gäste befiel ein nervöses Schweigen. Eddie Cantor hob seine Augenbrauen und lächelte. Er stand auf und schüttelte eine Strophe des Liedes *Mami, dein Lächeln* aus dem Ärmel. Seine Stimme erfüllte den Speisesaal. Alle drehten den Kopf in seine Richtung. Donnernder Applaus brach aus. Cantor verbeugte sich knapp. Fords Tisch war schweigsam und still.

Cantor salutierte vor der Dame, welche die ätzende Bemerkung gemacht hatte, und sprach sie dann galant an: „*Das*, gnädige Frau, war Al Jolsons Lied!" Mehr Gelächter und Beifall. „Aber gut, ich kann es Ihnen nicht verdenken, daß Sie den Unterschied nicht erkannt haben. Ich kann mit Sicherheit ein Fordauto nicht vom anderen unterscheiden!"

Das Gelächter war verkrampft, da der Automobil-Zar aus Detroit rot anlief und die lärmende Frau anschaute, die den Zusammenstoß eingeleitet hatte. Daraufhin holte Eddie Cantor zum letzten Schlag aus. „Ich für meine Person würde keinen Wagen fahren, den Hitler gelobt hat."

Cantor machte eine knappe Verbeugung und nahm wieder Platz, während Fäuste zustimmend auf den Tisch trommelten und Rufe wie „Bravo!" und „Gut gesagt!" durch den Saal hallten.

Die dünkelhafte, in die Schranken gewiesene Frau floh gedemütigt aus dem Saal, während der Automobil-König wie angewurzelt sitzen blieb. Nach einer Weile setzte das Streicherquartett mit einem zarten Stück von Chopin ein, und die Unterhaltung verfiel wieder in ein aufgeregtes Gemurmel.

Murphy zog einen Notizblock hervor und kritzelte den Vorfall genauso hin, wie er sich zugetragen hatte. Ein schnelles Telegramm, vom Schiff an Trump gesandt, und der Artikel könnte sogar schon in den Abendzeitungen stehen!

Murphy beugte sich hinüber, um Frau Rosenfelt zu fragen, ob es ihr etwas ausmache, wenn Karl für ein paar Minuten bei ihr bleibe. In diesem Augenblick übertönte das fürchterliche Tuten der Schiffsirene seine Stimme.

Drei kurze Stöße erklangen, dann ein langer. Dann völlige Stille. Besorgt sahen die Passagiere einander an. Noch einmal durchbrach das Gefahrensignal die Ruhe des Morgens. Dreimal kurz, einmal lang.

Männer und Frauen erhoben sich von den Tischen, um die Fenster des Speisesaals zu besetzen. Karl hielt die Hand Frau Rosenfelts umklammert, während sie der Ansturm gegen die Backbordwand drückte.

Der Nebel war dicht und mischte sich mit dem Grau des Atlantik. Die Sirenen gingen erneut.

„Dort! Schau, dort im Wasser!"

„Es ist ein Schiff!"

„Haben wir es gerammt?"

„Was ist los?"

Die *Darien,* gegenüber der klotzigen Masse der *Queen Mary* zwergenhaft, hüpfte im Kielwasser der großen *Queen* wie ein Spielzeugboot. Das rostüberzogene Sargschiff kam einem wie eine Geistererscheinung vor und war zwanzig Meter von der Stelle entfernt, an der das Linienschiff vorüberfuhr, kaum zu sehen. Schreckensbleiche Gesichter starrten aus dem Gewirr aus Zeltplanen und Taurollen her auf. Männer und Frauen hielten ihre blassen Kinder fest. So nahe! An diesem nebligen Morgen auf dem Nordatlantik der Katastrophe so nahe. Schwarze Schals, schwarze Augen und weiße Gesichter waren deutlicher als der Leib der *Darien* selbst.

Die blassen, ängstlichen Gesichter schienen in diesem Moment mit den gepflegten Spiegelungen derer zu verschmelzen, die von der *Queen Mary* auf sie niederschauten. Nur für einen Augenblick sah sich Murphy in der Scheibe gespiegelt, und neben diesem Bild stand ein großgewachsener, hohlwangiger Mann mit Augen voller Leid. Das nackte Elend brach in die Eleganz des Schiffes ein, und jemand sagte: „Flüchtlinge."

„Juden ..."

„Wir hätten sie rammen können."

„Nicht einmal davon wäre die *Queen* langsamer geworden.“

Grauer Dunst wirbelte um die *Darien* und entzog sie schließlich den Blicken. Murphy schluckte trocken und trat vom Fenster zurück. Frau Rosenfelt blieb mit an die Scheibe gedrückter Stirn und gegen die Fensterfüllung gepreßten Handflächen stehen. Der alten Frau liefen Tränen übers Gesicht. Ihren Gehstock hatte sie fallen lassen. Karl bückte sich, um ihn aufzuheben. Sie bemerkte nicht, daß er an ihrer Seite stand. Sie flüsterte leise. Namen. Die Namen, die sie Karl genannt hatte. „Trudy. Katrina. Louise. Gretchen. Ada-Marie. Trudy. Katrina. Louise. Gretchen. Ada-Marie ...“

Murphy nahm ihren Arm. Sanft sprach er ihren Namen aus. „Frau Rosenfelt. Frau Rosenfelt, kommen Sie vom Fenster weg. Kommen Sie ...“

* * *

„Ich habe einen Artikel zu schreiben und auszufeilen, Kleiner“, erklärte Murphy Karl, während sie zum Erste-Klasse-Spielzimmer eilten. „Du willst nicht herumsitzen, stimmt's?“

Karl wollte bei Murphy bleiben, aber er begriff die Notwendigkeit, daß ein Zeitungsschreiber allein sein müsse. Der Gedanke, im Spielzimmer mit anderen Kindern zusammenzukommen, machte ihn unruhig. Es war lange her, daß er mit Jungen oder Mädchen gespielt hatte. Alle anderen Kinder, mit denen er zusammengekommen war, hatten irgendeinen Weg gefunden, ihm gegenüber grausam zu sein.

Als Murphy ihn an der Turnhalle und dem Schönheitssalon vorbeiführte, spürte Karl, daß sich ihm der Magen umdrehte. Er zitterte, machte aber nicht den Versuch, sich bei Murphy zu beklagen. Er hielt erst an, als sie die Tür erreichten und das Gekreische von lachenden Kindern herausdrang. Karl konnte noch nicht einmal lachen wie andere Kinder; was würde er machen, wenn sie von ihm erwarteten, zu sprechen?

Als Murphy die Tür aufstieß, fuhr er sich mit der Hand an den Schal. Ein Zimmer mit einem Dutzend Kinder darin war zu sehen. In einer Ecke war eine riesige Rutschbahn aufgebaut. Unter ihr befand sich eine bemalte Höhle, in der zwei Jungen Indianer spielten. Zwei kleine Mädchen hatten eine Anzahl Plüschtiere zum Tee geladen.

„Schaut mich an! Schaut mich an!“, rief ein aufgeregter Junge und glitt die Rutschbahn hinab. Seine Gouvernante blickte von ihrem Strickzeug auf und nickte geduldig.

Eine ganz in Weiß gekleidete Frau, die aussah wie ein Kindermädchen, hieß Murphy lächelnd willkommen und reichte ihm einen Schnellhefter mit einem weißen Papier, das er ausfüllen sollte. Name. Kabinennummer. Wo Murphy erreicht werden konnte. Wann er erwartungsgemäß zurückkehrte.

Murphy gab Karl einen Klaps auf den Rücken. „Ein paar Stunden, dann bin ich wieder zurück."

Karl konnte seine Beine nicht vorwärts bewegen. Nicht zur Rutschbahn. Nicht zu den Bausteinen. Nicht zum Nachbau des Schiffs oder zu den Plüschhasen. In einem Augenblick der Panik wollte er Murphy nachrennen, aber die Tür hinter ihm war mit einem Klick ins Schloß gefallen, und Murphy war schon weg.

Das Kindermädchen musterte eine Weile den Zettel. Sie beugte sich hinab und lächelte ihm ins Gesicht. Sie hatte schön überkronte Zähne, und ihr Gesicht schien sehr groß zu sein. Sie versuchte sein Jackett zu nehmen; er hielt sich an den Aufschlägen fest. Die anderen Kinder schauten ihn nicht an; er war ihnen dankbar dafür. Und dann zog ihm das Kindermädchen in einem Augenblick den Schal vom Mund.

„Es ist fürchterlich heiß –" Dann sah sie seinen Mund und erschrak.

Karl bedeckte ihn, aber eine der kleinen Teetrinkerinnen blickte her und schrie auf: „Schaut euch diesen Mund an!"

Köpfe drehten sich nach ihm um. Er wirbelte herum und stürzte mit einem Stöhnen auf die Tür zu. Er war überrascht, wie leicht sie sich öffnen ließ.

„Komm wieder her! Du! Komm zurück!"

Karl fühlte die Hand des Kindermädchens seinen Kragen streifen; er entkam. Die starrenden Blicke der Kinder folgten ihm durch den langen Korridor.

„Halten Sie ihn fest! Ach du liebe Güte! Halten Sie ihn! Das wird mich meinen Arbeitsplatz kosten!"

Karl sauste vorbei an den Erwachsenen, die zum Baden in die Schwimmhalle oder zum Üben in die Sporthalle wollten. Er hielt sich die linke Hand über den Mund und schob sich mit der rechten durch die ihm den Weg versperrenden Menschentrauben.

Ein Küchenjunge kam eine enge Treppe herab. Karl rannte ihn um und flog kopfüber die Eisentreppe hinauf. Der Küchenjunge murmelte etwas von Kindern, die in den Bedienstetenkorridoren des Schiffs spielten, wo sie doch ein Spielzimmer hatten, das einem englischen Prinzen genehm sein müsse!

Karl hielt nicht an. Er weinte jetzt. Er war verloren. Er wollte nur Murphy! Er wollte die Sicherheit und Abgeschiedenheit ihrer Suite! Aber welchen Weg waren sie gekommen? Sie waren zuerst herabgekommen. Das bedeutete, daß ihre Zimmer oben waren – irgendwo.

Er eilte durch eine Drehtür und trat auf einen Korridor hinaus, der sich unendlich weit zu erstrecken schien. Kabine an Kabine säumte die Halle. Alles sah gleich aus. Auf jeder Seite des Schiffes liefen zwei über dreihundert Meter lange Korridore entlang. Karl schluchzte angesichts ihrer riesenhaften Größe. Wie konnte er jemandem sagen, wer er war? Würden sie ihn in ein Schaufenster stellen, an dem jedermann vorbeiging und ihn sah? *Verlorener kleiner Junge. Kann nicht sprechen. Sehr häßlich. Bitte sofort melden.*

Passagiere gingen an ihm vorüber und bemerkten ihn kaum. Er ging zurück in die nichtssagende Ecke des Bedienstetenkorridors. Von diesem Aussichtspunkt aus musterte er die vorüberziehenden Gesichter. Wo war Murphy? Würde er verärgert sein? Würde er ihn zurück in das schreckliche Spielzimmer schicken?

Eigensinnig wischte sich Karl mit dem Handrücken die Tränen ab. Er war wütend, daß ihm von der Frau in Weiß der Fliegerschal, den ihm Elisa gekauft hatte, weggenommen worden war.

Zweimal meinte Karl, er hätte Murphy gesehen. Aber immer war er enttäuscht. Bestimmt mußte Murphy wissen, daß er weggelaufen war.

Karl war müde. Er fürchtete sich, glitt an der Wand hinab und saß gegen sie gelehnt am Boden. Er hoffte, es würde ihn niemand mitnehmen, bis Murphy käme.

19. Mauer aus Eis

Vom Aussichtspunkt ihres Gipfelplatzes aus konnte Leah deutlich erkennen, daß der ehrfurchtgebietende Berg, den sie gerade erstiegen hatten, nicht mehr als ein unbedeutender Ausläufer der Kämme der Kitzbühler Alpen war.Im Norden erhob sich das Kaisergebirge. Jenseits dieser gezackten, unwirtlichen Bergspitzen lag Deutschland. Wie der gekerbte Zahn eines hungrigen Tiers bildeten die gegen Norden hin liegenden Berge für das Dritte Reich einen schrecklichen Wächter und für jene, die sich danach sehnten, Deutschland zu verlassen, ein zu fürchtendes Hindernis. Der Gedanke ließ Leah erschauern. Vielleicht war Shimon hinter dieser kalten Steinwand eingesperrt.

Gegen Südost erhoben sich die gleichermaßen gewaltigen Hohen Tauern, aus denen der Großglockner 3797 Meter über die Meereshöhe emporragte. Seine Gipfel waren immer weiß, unabhängig von der Jahreszeit.

Franz folgte Leahs Blick. Sie standen auf einer Felsnase. Als ob er ihre Furcht bei dem Gedanken, solche Hindernisse zu überwinden, an ihr ablesen könnte, zeigte er nach Südwest.

„Du wirst durch die Zillertaler Alpen hinauskommen." Seine Stimme war sanft, sogar zärtlich.

„Ich kann den einen vom anderen nicht unterscheiden", flüsterte sie. „Alle sind sie so groß."

„Sieh dir nicht die furchterregendsten Berge an. Gustav wird dich sicher durch das Zillertal führen, genau bis zum Ostende des Brenners." Er nahm ihren Arm und drehte sie, damit sie diese Gipfel sehen konnte. Ja, sie sahen viel kleiner aus als ihre Brüder im Norden und Osten. „Warst du schon einmal über dem Brenner in Italien?" fragte er.

Sie nickte. Hatte nicht jeder Österreicher diese geheimnisvolle Straße mindestens einmal bereist? Jetzt standen dort Nazi-Einheiten. Sie waren vor einer Woche wie ein plötzlicher Sturm zurückgekehrt, und der Paß war wieder geschlossen. „Wir können dort nicht durch. Du sagtest es ja selbst."

„Ja. Stimmt. Aber, siehst du, es gibt hundert Wege durch das Zillertal, wenn du Beine hast, die dich tragen. Es gibt geheime, entlegene Pässe."

„Gefährliche?" Sie mußte diese Frage stellen, es war nichts zu machen.

„Ohne Führer? Natürlich. Aber du und der Junge habt einen Führer, der jeden Gutshof und jede Schäferhütte umgehen wird. Du brauchst keine Angst zu haben."

„Ich bin nur Cellistin. Er ist nur ein Junge."

„Und die Deutschen, die dich verfolgen, sind nur Deutsche. Sie kennen den Weg durch diese Berge nicht." Er lächelte ein wenig durch seinen dichten Bart. „Sie ziehen die Straße über den Brennerpaß vor", setzte er geringschätzig hinzu. „Du wirst eine echte Tirolerin sein, bevor du fertig bist, Leah Feldstein!"

Sie lächelte zweifelnd. „Ein warmes Zugabteil wäre mir lieber."

„Langweilig. Zu langweilig. Übrigens, mehrere Tausend, die auf diesem Weg die Flucht versuchten, fanden sich statt dessen in einem Viehwagen eingesperrt wieder und es ging mit ihnen ... sonstwo hin."

Leah antwortete nicht. Das waren die Fakten, die sie alle nur zu gut kannten. Während Franz sich wieder um die Pferde kümmerte, stand sie da und betrachtete das Zillertal. Es stimmte, diese Bergspitzen waren nicht so furchterregend wie die blanken Steinzähne des Kaisergebirges und nicht so hoch wie der Großglockner, aber sie erstreckten sich in endlosen Schichten hin wie eine Soldatenreihe in einer Linie. Die entferntesten Berge verschwanden im pastellfarbenen Dunst, bis ihre Einzelheiten von der Luft verdeckt wurden. Sie würden bald dorthin gelangen, dachte sie. Und nach ihr würde Shimon kommen.

Sie musterte jeden Teil des Panoramas und beschloß, sich vorzustellen, wie er hier zum Trichtersee kommen würde. Sie wollte ihm hier ihre Gedanken zurücklassen, damit er sie fände, wenn er seinen Fußmarsch in die Sicherheit unternahm. An jeder Stelle, die ihr Fuß berührte, würde sie sich vorstellen, daß sie hier ihrem lieben Shimon einen Pfad bahnte. Was auch immer vor ihr liegen möge, dieser Gedanke machte ihr die Flucht leichter. Um Shimons willen könnte sie gehen und nicht müde werden. *Bald, Shimon, wirst du deine Füße da hin setzen, wo ich gegangen bin, und unsere Pfade werden uns nach Hause führen.*

* * *

Die Pferde suchten sich vorsichtig ihren Weg einen schmalen Pfad hinab, der dem Abfluß des Sees folgte. Hoch über ihnen drohte das Eis eines Gletscher auf sie herabzustürzen.

„Kein Wort will ich von euch hören", hatte Franz gewarnt. „Es bedarf nicht mehr als eines Echos, um das losbrechen zu lassen." Er wandte sein Gesicht der Eismauer zu. „Lawine." Er beendete seine Warnung damit und sagte dann nichts mehr. Er brauchte nichts mehr zu sagen.

Der Gedanke an einen solchen kalten und gewaltsamen Tod erweckte in Leah den Wunsch, das Geräusch der hart gegen den steinernen Paß schlagenden Hufe zu dämpfen. Sie beschloß, die Eiswächter auf der blanken Steinwand nicht anzusehen. Sie hatten nicht so viel durchgemacht, um in einer Lawine zu sterben. Die Nationalsozialisten waren eine weit schlimmere Bedrohung, und waren sie und Ludwig nicht bis jetzt vor ihnen mit dem Leben davongekommen?

Da und dort blühten in den Spalten der sich über ihnen auftürmenden Felsen Blumen – ein zerbrechlicher Kontrast gegenüber der festen Unveränderlichkeit der Berge. Solche Farbtupfer schienen nicht hierher zu gehören mitten im harten Granit. Dennoch blühten sie auf dem Pfad aus zahllosen Tonnen Fels, Schnee und Eis.

Auf diese kleinen Wunder richtete Leah ihren Blick, während sie sich durch die Schlucht bewegten. Rote, blaue, gelbe Sprenkel wippten und neigten sich auf kurzen, aus der grauen Wand ragenden Stengeln. Es gab nicht einmal so viel Erde, daß die Pferde eine Spur hätten darauf zurücklassen können, und dennoch wagten es diese Blumen, hier zu blühen. Sie nahm sich vor, beim Vorbeigehen unter dem Schatten des weißen Todes an solche Dinge zu denken. Sie würde an das denken, was genau jenseits dieser Schlucht war – der alte Führer Gustav Stroh, die jungen Österreicher, die sie über die Grenze nach Italien geleiten würden, und der Priester, der ihnen von dort aus nach Frankreich helfen würde.

Ludwig hustete, und das Geräusch durchdrang Leahs Herz mit einem Messer neu erwachter Angst. Franz wirbelte im Sattel herum und sah das Kind an, das furchtsam nach oben schaute. Konnte ein so unbedeutendes Geräusch wie das Husten eines Kindes den Berg auf sie herabstürzen lassen? Leah starrte angestrengt auf eine kleine, blaue Blume. Es bedürfte nicht viel, sie zu zerquetschen.

Sie wollte fragen, wie lange sie noch weiterreiten müßten, bis sie den Ausgang der Schlucht erreicht hätten. Nur ein kleiner Ritt bis zu Gustavs Hütte, hatte Franz ihnen gesagt. Bis jetzt hatte er noch nicht erklärt, daß dies der gefährlichste Abschnitt ihrer Flucht war. Im Sommer über diesen Paß zu steigen, wenn die Sonne die Gletscher erwärmt hatte, davon hatte man noch nie etwas gehört – bis das Deutsche Heer alle nach Italien führenden Pässe geschlossen hatte. Außer diesen Todesfallen. Der Boden, der von den Grenzhütern der Nazi nicht besetzt werden konnte, so meinten die Deutschen, wäre auch für Juden und Sozialisten zu gefährlich, als daß sie darüber entrinnen könnten. Die Natur würde die Narren auslöschen, die den Versuch der Überquerung wagen sollten. Und wenn es einigen wenigen Versprengten gelänge, durch die herausfordernde Gewalt der Natur zu schlüpfen, würden ihnen, bevor sie den Übergang in die Sicherheit geschafft hätten, die Männer und Hunde der Grenzpatrouille den Weg versperren.

Aber einige hatten es geschafft. Leah und Ludwig hatten als die letzten des kleinen Kreises den Wattenberger-Gutshof verlassen, und all die anderen hatten es geschafft, oder etwa nicht? Franz, Gustav Stroh, der andere Führer und dann der Priester hatten jede Gruppe in die Sicherheit geführt. Was man vorher gemacht hatte, würde man wieder machen – und dann noch einmal, wenn Shimon kam!

Leah tröstete sich mit diesen Gedanken. Sie starrte unverwandt auf die zerbrechlichen kleinen Blüten in den Ritzen und betete im stillen, sie möge so tapfer sein, wie sie zu sein schienen. Dennoch dachte sie dabei, daß sie noch nie ein so lautes Geräusch gehört hatte wie das der gegen den Stein schlagenden Pferdehufe.

* * *

Murphy legte ein weiteres Blatt sauberen, weißen Papiers in die Schreibmaschine, die er sich vom Zahlmeister geliehen hatte. Auf dem Tisch lagen offene Bücher aus der Bordbibliothek durcheinander. Der Boden lag voller zusammengeknüllter Blätter. Innerhalb von zwei Stunden hatte Murphy vier vollgeschriebene Schreibmaschinenseiten geschafft.

Vor innerer Beteiligung schwitzend, erzählte er die Geschichte der amerikanischen Großmutter, die gezwungen war, ihre Familie auf ein verrostetes Flüchtlingsschiff zu bringen, während sie alleine nach New York fuhr. Als er beschrieb, wie die *Darien* beinahe gerammt wurde, hielt er einen Moment inne und drückte niedergeschlagen die Finger gegen die pochenden Schläfen. Wie konnte er Schwarz auf Weiß die Todesqualen im Gesicht der alten Frau darstellen? Wie konnte er endlose Monate in den Fängen der Bürokratie vermitteln, in denen die Familie versucht hatte, Visa für die Vereinigten Staaten zu bekommen?

Die Bordbibliothek enthielt ein ganzes Regal von Büchern über Einwanderung. Die Zahlen waren leicht zu beschaffen. Die Einwanderungsquoten wurden 1929 um achtzig Prozent gekürzt. Mehr als die Hälfte der vorhandenen Kapazität wurde Großbritannien mit Irland zugeteilt. Das Jahr 1933 brachte nur 1798 Deutsche ins Land. Als die nationalsozialistische Verfolgung 1934 zunahm, kamen nur 4716 Deutsche in die Vereinigten Staaten. Die Zahl wuchs 1935 auf 5117, aber nur ein Drittel der Zugelassenen war jüdischer Herkunft.

Aber das waren nur Zahlen und keine mit gram- und angsterfüllte Gesichter von Menschen, die sich nach diesen Familien sehnten. Ja, die Zahlen sagten die grausame Wahrheit: Die Vereinigten Staaten hatten angesichts tatsächlich Hundertausender verfolgter Juden die Tür zugeschlagen. Aber Zahlen waren kalt und gefühllos. Jene an Bord der *Darien* und eines Dutzends weiterer Schiffe gab es wirklich, Männer und Frauen, die um eine Zuflucht weinten und statt ihrer auf diese Mauer namens *Die Quote* stießen. Wieviele Hunderte, ja vielleicht Tausende würden aufgrund dieses Gesetzes zugrunde gehen!

Murphy blätterte ein dickes, schwarz eingebundenes Buch mit dem Titel *Die Vereinigten Staaten in weltweitem Blick bis 1937* durch.

> *Nicht, weil die unterdrückten Gruppen nicht einwandern wollten, blieb die Quote der Vereinigten Staaten unausgelastet. Angehende Einwanderer waren angehalten, die amerikanischen Konsulatsbeamten zufriedenzustellen, damit sie in ihrer neuen Heimat nicht zu einer öffentlichen Belastung würden. Die nationalsozialistische Regierung machte dies unmöglich, indem sie die Ausfuhr von Geld oder Vermögenswerten aus Deutschland einschränkte.*
>
> *Zudem legt das Gesetz fest, daß Einwanderer den Amerikanern keine Arbeitsplätze nehmen dürfen. Deshalb wird Ärzten, Juristen, Lehrern, Menschen aller Berufsstände die Einreise in die Vereinigten Staaten untersagt – obwohl sie qualifizierte Arbeit leisten könnten. Das amerikanische Gesetz verbietet ihnen einen für die Vereinigten Staaten gültigen Arbeitsvertrag.*

Murphy las diese Passage mit gerunzelter Stirn. Solche seltsamen Beschränkungen hatten wenig Sinn, aber genau diese Gesetze waren es, die jetzt verhinderten, daß die Quoten von verzweifelten Juden ausgeschöpft werden konnten.

Dieser Unsinn zwang diese Menschen zwischen die Mühlsteine, überlegte Murphy. „Zwischen den Teufel und die tiefe blaue Donau“, sagte er laut.

Noch ein zusätzliches Erfordernis stellten die Vereinigten Staaten den Einwanderungswilligen in den Weg: ein sauberes Leumundszeugnis über die letzten fünf Jahre. Der Gedanke an einen Juden, der eines sauberen Leumundszeugnisses wegen sein örtliches Gestapo-Amt aufsucht, war absurd. Aber die Konsulatsbeamten, die Visa und Pässe ausstellten, folgten dem Gesetz aufs i-Tüpfelchen.

Amerikaner würden solche Statistiken ohne Zweifel lesen, Abfall hineinwickeln und in den Mülleimer werfen. Aber Murphy hatte jetzt mehr als Fakten. Er hatte die Namen und Gesichter fünf kleiner Mädchen an Bord jenes Sargschiffes: Trudy, Katrina, Louise, Gretchen, Ada-Marie.

* * *

Ein Feuer strahlte im marmornen Kaminbereich im hinteren Teil des riesigen Erster-Klasse-Foyers. Eddie Cantor saß allein in einem blauen Foulardsessel und las die Morgenzeitung. Er gab das Bild eines Menschen ab, der nicht gestört werden wollte. Murphy musterte die Goldblatt-Fresken kämpfender Einhörner über dem Kaminmantel und sann dabei nach einem eleganten Weg, den käferäugigen Komödianten zu unterbrechen.

Eine schwergewichtige Matrone in einem Mantel mit Fuchspelz brachte ihn dazu. Indem sie Cantor auf die Schulter tippte, zog sie ein Autogrammalbum und einen Stift hervor. „Ich gehe in all Ihre Filme. Und ich fahre keinen Ford, ich fahre einen Packard!“

„Gut für Sie.“ Cantor war höflich, aber als die Dame in dem Sessel ihm gegenüber Platz nahm, offensichtlich unwillig.

Sie nannte ihren Namen und machte sich dann daran, Cantor ihre Lebensgeschichte zu erzählen mitsamt den Namen ihrer drei früheren Gatten von der Wall Street, deren jeder sie so wohlversorgt verlassen hatte, daß sie trotz der Rezession überall hinfahren könne.

Cantor schaute gequält, lächelte jedoch und heuchelte Interesse. Murphy sah seine Chance. Er richtete sich seine Krawatte und trat bedächtig zwischen sie. Er gab Cantor die Hand: „John Murphy, Verlagshaus Trump. Entschuldigen Sie, ich bin zu unserem Interview zu spät gekommen.“

Hinter sich konnte Murphy die Dame zischeln hören. Er blinzelte Cantor verschwörerisch zu, der sofort den Trick erkannte.

„Gut, gut! Ausgezeichnet! Mrs ... die Dame hier hat mir so lange Gesellschaft geleistet."

Vor Freude ging die Stimme der Frau um eine Oktave in die Höhe. „Ihm Gesellschaft geleistet!"

„Bitte vielmals um Entschuldigung, daß wir uns entfernen müssen!" Cantor deutete eine galante Verbeugung an, nahm Murphy beim Arm und führte ihn schnell aufs Promenadendeck. „Danke, mein Freund", sagte Cantor mit einem breiten Grinsen. „Ich bin Ihnen einen schuldig. Lust auf einen Drink? Die alten Schachteln stellen mir bis ins Rauchzimmer nach. Was sagen Sie dazu?"

* * *

Eine halbe Stunde später hatte Murphy die gefährliche Lage der jüdischen Flüchtlinge erklärt, wie er sie von Babbie Rosenfelt gehört hatte. Cantors große braune Augen waren voller Anteilnahme an der Geschichte und ebenso an der Karl Kronenbergers. „Ich bin nur ein Zeitungsmann –" Murphy öffnete resigniert die Hände. „Ich berichte, wie es sich zuträgt. Diese Menschen wie Karl und Mrs. Rosenfelt brauchen jemand Stärkeren. Jemanden, der eine Stimme hat, jemanden mit genug Popularität, die öffentliche Meinung zum Handeln zu zwingen."

„Wie kann ich helfen?" Cantor dachte über die bedrückenden Einwanderungsgesetze nach, die ihm Murphy auseinandergesetzt hatte.

„Ich weiß es nicht. Aber ich bin in Europa gewesen. Das ist nur der Anfang. Wo sie herkommen, sind noch Millionen, und sie können nirgendwo hingehen. Nicht einmal in die Staaten. So viele Kinder –"

Cantor atmete laut aus. „Ich bin über die Jahre mit ein paar Senatoren zusammengekommen. Habe ein- oder zweimal im Weißen Haus gesungen. Franklin und Eleanor werden von dieser Sache hören." Er stemmte sein Kinn gegen seine Hand. „Wenn ich die Rede schreibe, bringen Sie sie mit Sicherheit in die Zeitungen?"

Murphy nickte zustimmend. Hier war ein Anfang. Das einzige, was Politiker umtrieb, war die öffentliche Meinung. Ein Mann wie Cantor konnte die Öffentlichkeit schneller beeinflussen als die Schlagzeilen von hundert Zeitungen.

Cantor lächelte, als würde er seine Gedanken lesen. „Sie wissen, daß der eine oder andere Politiker schon auf unserer Seite ist." Cantor schaute Murphy über die linke Schulter zum Eingang des Foyers und winkte. „Zum Beispiel –"

Murphy wandte sich um und sah, wie der Innenstaatssekretär Cantors Winken erwiderte und geradewegs auf ihren Tisch zukam.

„Hallo, Eddie!" Harold Ickes zog sich einen Stuhl heran. „Stört es, wenn ich mich dazusetze?" Er saß bereits, nickte mit seinem großen Kopf in Murphys Richtung und wartete darauf, mit ihm bekannt gemacht zu werden.

Cantor lehnte sich zurück und verschränkte die Arme. Er sah mit sich zufrieden aus, da er es war, der die Zusammenkunft eingeleitet hatte. „Wir haben gerade von dir gesprochen, Harold."

„Von mir?"

„Von Politikern allgemein. John Murphy hier ist Journalist. Interessiert sich für das Flüchtlingsproblem."

Die Augen von Harold Ickes leuchteten auf. Murphy hatte das nicht erwartet. „Ja, es wäre gut, wenn wenigstens ein bißchen darüber in die Zeitungen käme!"

Cantor lachte. „Sie sehen, Mr. Murphy, es gibt den einen oder anderen."

Ickes klatschte die Hände zusammen, beinahe wie für ein Dankgebet. „Den einen oder anderen, in der Tat. Das Außenministerium hat im Moment einen Detektiv in Deutschland, der untersuchen soll, ob Visa unrechtmäßig verweigert werden. Letztlich bestimmen die Konsuln und lehnen dann Bewerber schlicht in Eigenregie ab."

Murphy verzog sein Gesicht. „Jemand hat das neulich herausgefunden, ja?" Der Sarkasmus in seiner Stimme war unmißverständlich. „Und was soll dagegen getan werden? Lassen Sie uns bei den Menschen auf dem Sargschiff beginnen, die wir heute morgen beinahe gerammt haben."

Bei der Erwähnung der *Darien* schüttelte Ickes traurig den Kopf. „Diese Leute haben Deutschland zweifellos ohne Visa verlassen. Wenn sie gültige Papiere hätten, wären sie ja wohl bei uns an Bord. Ihr Schicksal liegt in Händen des Außenministeriums. Letztlich bei Staatssekretär Cordell Hull."

„Und wir wissen, wie Hull über die Flüchtlingsströme denkt", warf Murphy ein. Bei Hull war es an der Tagesordnung, daß Tausende von Visaanträgen in der Bürokratie versackten und schließlich aus fragwürdigen Gründen abschlägig beschieden wurden.

Ickes nickte. „Es gibt eine mächtige Opposition gegen die Aufnahme weiterer Einwanderer."

Cantor lächelte düster. „Vor allem jüdischer Einwanderer."

Ickes konnte dies nicht verleugnen. „Seit neun Jahren leidet unsere Bevölkerung an Hunger und Arbeitslosigkeit in der schlimmsten Depression unserer Geschichte. Der Präsident – wir alle – sind verpflichtet, uns zuerst um uns selbst zu kümmern. Die Dinge zuhause entwickeln sich zum Besseren. Wenn wir vorsichtig vorgehen, wird das Klima umschlagen."

„Wenn wir zu vorsichtig vorgehen", sagte Cantor leise, „wird es für sehr viele unmöglich sein, Deutschland zu verlassen. Die Lage im Reich hat sich zugespitzt, Harold. Wir könnten zu spät kommen."

„Das beabsichtige ich in meinem Bericht zur Sprache zu bringen." Ickes biß sich auf die Lippe. Er richtete seinen Blick auf Murphy. „Ihr Burschen sucht immer nach einem Knüller. Nun gut, ich gebe Ihnen einen. Ich habe auf dieser Reise das Angenehme mit dem Nützlichen verbunden. Habe mir die Bedeutung der Menschen angeschaut, die von unseren Konsuln in Europa abgewiesen wurden. Doktoren, Juristen, Männer und Frauen aller Berufsstände, große Talente darunter, Künstler und Musiker, Kaufleute – Personen, die unserem Staat nützlich wären."

„Wir haben riesige Gebiete kaum besiedelten Landes in Alaska. Niemand scheint dort leben zu wollen. Alaska fällt in meinen Zuständigkeitsbereich als Innenstaatssekretär, und deshalb –"

„Sie erwägen, Flüchtlinge in Alaska anzusiedeln?"

„Dem allem muß selbstverständlich vom Kongreß zugestimmt werden." Ickes zog bei diesem Gedanken die Stirn in Falten, dann grinste er. „Die stimmgewaltigste Opposition, die wir haben, sind diese Hühnchen, deren Vorväter auf der *Mayflower* herüberkamen. Was sie angeht, sollte die Besiedlung von Neuland schon bei Plymouth Rock aufhören; Ellis Island und die Freiheitsstatue sollten in die Luft gejagt werden." Er beugte sich vor. Ein Zwinkern lag in seinen Augen. „Alaska aber ist unberührt, der größte Besitz, den wir haben. Und niemand will dort leben."

„Außer Menschen, die sonst nirgendwo hinkönnen." Cantor schien der Gedanke zu gefallen. Die Leute mit den Vorvätern der *Mayflower* wären bestimmt nicht in der Lage, gegen ein solches Vorhaben aufzubegehren.

„Es ist natürlich nur ein Anfang", beeilte sich Ickes zu erklären. „Wir überlegten, daß die Antragsteller damit einverstanden sein müßten, dort fünf Jahre zu bleiben und zu arbeiten, bevor sie ihren Antrag auf Ansiedlung innerhalb der Vereinigten Staaten erneuern könnten." Er breitete die Arme aus, als wollte er um eine Stellungnahme bitten.

Cantor rollte die Augen und gab Ickes einen Klaps auf den Rücken. „So also verbringt der Staatssekretär des Inneren seine Flitterwochen!"

Ickes tat dies mit einem Achselzucken ab. Er sah Murphy an, von diesem Pressemann eine positive Aufnahme seines Vorschlags erwartend.

„Bis wann könnte ein solcher Plan in die Tat umgesetzt werden?", fragte Murphy, den Eindruck von der *Darien* in frischer Erinnerung.

„Er wird den Kongreß zu durchlaufen haben, Mr. Murphy. Ich bin nur ein einzelner Mensch." Er zögerte. „Ein Jahr. Ganz sicher in zwei Jahren. Wir können die Leute nicht ohne Vorbereitung einem solchen wilden Land aussetzen." Er seufzte und wünschte, mehr anbieten zu können, Hoffnung für die an Bord der *Darien* Befindlichen. Aber es gab nicht mehr. „Die Zeit –"

„Die Zeit ist ein Feind dieser Menschen, Mr. Ickes. Die sind zur Unzeit geflohen."

„Präsident Roosevelt weiß das. Ich glaube, daß er deshalb die Konferenz von Evian einberufen hat. Vertreter von dreiunddreißig Nationen sind dabei – da sollten wir doch Platz für die Flüchtlinge finden!" Er hob die Brauen, was sowohl Hoffnung als auch Zustimmung auszudrücken schien. „Nun, es ist jedenfalls ein Anfang. Etwas, woran man anknüpfen kann."

„Dreiunddreißig Länder", fügte Cantor hinzu. „Zivilisierte Leute. Allein schon der Gedanke an eine solche Zusammenkunft der Humanität muß Hitler zum Zittern bringen."

20. Der Greifer

Wann immer er Schritte näherkommen hörte, schaute Karl voller Hoffnung auf. Wenn er erkannte, daß es nicht Murphy war, duckte er wieder den Kopf weg und verbarg seinen Mund. Er wünschte, er wäre nicht so weit weggerannt. Wenn er sich einfach auf denselben Decks wie dem des Spielzimmers versteckt hätte, wäre es leichter gewesen, ihn zu finden. So aber war sich Karl nicht einmal sicher, auf welchem Deck er sich befand.

Die dicksohligen Schuhe einer alten Frau näherten sich. Karl schaute enttäuscht weg, und der Saum eines schwarzen Kleids strich vorüber. Dann klangen die Schritte zögernd und drehten um.

„Karl? Oi! Bist du es, Karl Kronenberger? Komm heraus aus dem Schatten, daß ich alte Frau dich sehen kann!“

Karl stand langsam auf und trat hervor. Er stand der alten Dame gegenüber, die beim Frühstück neben ihm saß. Frau Rosenfelt. Sie sah jetzt viel besser aus, als das während ihrer Erzählung über ihre Familie Murphy gegenüber der Fall war. Nun lächelte sie. Ein sehr einnehmendes Lächeln. Sie band sich ihren schwarzen Seidenschal ab und wickelte ihn Karl um die Schultern. „Schrecklich windig draußen heute. Dieser Wind! Hat er dir deinen Schal gestohlen? Nimm meinen.“ Sie trat näher. Er schaute ihr jetzt nicht ins Gesicht, nur auf die seltsamen, kleinen Augengläser, die an einer Kordel baumelten.

Sanft hob sie sein Kinn und sprach in dem vertrauten Hamburger Tonfall mit ihm. „Na, Karl, hast du dein Bonbon schon gegessen?“ *Ganz wie Vaters Worte. Und auch wie die von Mami.*

Karl blinzelte sie an. Er streckte ihr die Arme entgegen, und sie umfaßte ihn in einer schnellen Umarmung. Er ließ seine Tränen fließen. Er war so froh, daß sie vorbeigekommen war. Er wünschte, er könne ihr —

„Das ist schon ein sehr großes Schiff!“, sagte Babbie Rosenfelt. „Ich hatte mich ziemlich verirrt, aber jetzt weiß ich den Weg. Unsere Kabinen liegen nahe beieinander. Würde es dir etwas ausmachen, mit mir mitzukommen?“

* * *

Murphy hatte gerade den Artikel beendet, als langsam die Tür der Luxuskabine aufging.

Als er Frau Rosenfelt und neben ihr Karl stehen sah, sprang er auf, mit düsterer Miene. „Karl!"

„Mr. Murphy, wie ich sehe, sind Sie beschäftigt. Ich habe nur Karl hierhergebracht und will Sie nicht stören."

„Kommen Sie herein." Murphy bot ihr einen Stuhl an. Er schaute Karl an. „Ich dachte, du seist im Spielzimmer. Alles in Ordnung mit dir, Kleiner? Ich meine, du hättest –" Murphy sackten bei der Vorstellung, was alles hätte passieren können, die Schultern nach unten.

Ein verlegenes Schweigen trat ein. Karl konnte nichts erklären, und Frau Rosenfelt wußte nicht, wie er verlorengegangen war.

In diesem Augenblick tauchte hinter Frau Rosenfelt das Kindermädchen unter der Tür auf. „Mr. Murphy!", sagte sie außer Atem. „Ich habe schon überall gesucht! Er rannte einfach hinaus, und es ist ein großes Schiff. Ich habe versucht ihn zu finden, aber – oh, Mr. Murphy, ich werde deshalb doch nicht meinen Arbeitsplatz verlieren, oder? Ich meine, ähm, Sie werden nicht erzählen –", beendete sie überstürzt ihren Satz.

Murphy, noch immer durcheinander, schüttelte den Kopf. „Nein, ist schon in Ordnung. Nichts geschehen, denke ich."

Sichtlich erleichtert verschwand das Kindermädchen so plötzlich, wie sie aufgetaucht war. Babbie Rosenfelt sah auf Karl hinab und legte ihm zärtlich eine Hand auf die Schulter.

„Es gefiel ihm dort wohl nicht so recht. Oi! Ein so großer Junge sollte nicht mit kleinen Kindern zusammen in ein Spielzimmer gepfercht werden!" Sie hielt inne und musterte ihn eine Weile. In ihrem sanften Hamburger Akzent fragte sie ihn: „Hättest du etwas dagegen, einige Zeit mit mir zu verbringen, Karl? Während Mr. Murphy arbeitet, würde ich sehr gerne Flohhüpfen mit dir spielen."

Karl nickte freudig. Er hatte eine Freundin gefunden.

Murphy schaute auf und sah, daß Babbie Rosenfelt Karl anlächelte. Sie war gewiß harmlos. Und er *mußte* mit seinem Artikel fertig werden. „Willst du, Karl?"

Der Junge nickte energisch.

„Nun, ich will Ihnen keine Mühe –"

„Mühe? Sie denken, ich weiß nichts über Buben? Ich habe selbst zwei großgezogen. Mir würde die Gesellschaft eines kleinen Jungen aus Hamburg gefallen!"

Murphy wandte sich schnell ab, um an seinem Artikel zu feilen, und Karl begann mit Babbie Rosenfelt Flohhüpfen zu spielen.

* * *

Zwei Tage waren vergangen, und Elisa hatte noch niemanden zu Gesicht bekommen. Dreimal am Tag wurde durch einen kleinen Schlitz unten an der Metalltür das Essen hereingeschoben. Dann bat sie immer laut rufend um Erklärungen. Niemand antwortete ihr, nur wurde um das leere Tablett der vorherigen Mahlzeit gebeten. Anscheinend gab es keine Erklärung.

Sie hatte das Gefühl, sie werde beobachtet. Sie errichtete sich mit ihrer Decke und zwei losen Metallstäben, die sie von ihrer Pritsche genommen hatte, in der Ecke einen Vorhang. Mit dem Absatz ihres Schuhs hämmerte sie die Metallstäbe in den bröselnden Mörtel und bat dann um eine andere Decke, um Seife und ein Handtuch. Diese Dinge wurden schweigend zusammen mit der nächsten Mahlzeit in den Raum geschoben.

Die in der ersten Nacht neben der Tür aufgestapelten Zeitungen wurden jetzt in der quälenden Langeweile der Einzelhaft zu einer Wohltat. Die Zeitungen und Illustrierten waren alle ohne Ausnahme amerikanisch. Es waren Ausgaben der *Detroit Daily Times* und der *Chicago Tribune* und eine Reihe weniger wichtiger Veröffentlichungen aus dem ganzen Land.

Elisa las sie anfangs nur in der Hoffnung, ihre geistige Frische aufrecht zu erhalten. Später, als sie die Seiten ängstlich überflog, erkannte sie, daß allen Veröffentlichungen etwas gemeinsam war. Sie waren amerikanisch, und doch nicht aus dem Amerika, von dem ihr Murphy erzählt hatte. Sie berichteten über das Land, wie Hitler über Deutschland sprach. Namen, die sie von Murphy gehört hatte, prangten in großer Aufmachung auf den Titelseiten. Bekannte Leute, von denen sie bereits gehört hatte, wurden in Verbindung gebracht mit Gruppen wie *Zuerst Amerika*, *Deutsch-Amerikanischer Bund* und *Christliche Front.*

Unter diesen Schlagzeilen las Elisa Worte, die sie erzittern ließen:

Amerika muß sich dem Faschismus als eine die Welt antreibende Kraft öffnen. Amerika mag daher ein kurzes Blutbad erleben, aber dieses Bad wird dieselbe reinigende Wirkung haben wie das, welches Italien erweckte, welches Spanien erweckte, welches Deutschland erweckte. Es wird Tausende von Amerikanern dazu erwecken, eine Bedrohung zu begreifen. Laßt uns einsehen, wenn in diesem Land ein Bürgerkrieg ausbricht, der zur Überwindung der Juden führen wird, die unsere Regierung beherrschen, um einen Ableger Moskaus daraus zu machen!

Elisa laß Artikel eines amerikanischen Priesters namens Pater Coughlin, der behauptete, die Juden wollten Krieg und würden vom Krieg profitieren. Die Regierung der Tschechen wurde beschimpft. Der Isolationismus wurde gepriesen. Der Aufruf, den gefährlichen Juden die Einwanderung zu verweigern, wurde in vielen Amerikanischen Zeitungen verbreitet.

In einer Zeitung war ein Photo des Detroiter Autoherstellers Henry Ford zu sehen, wie er Adolf Hitler die Hand drückte. Ein anderes zeigte den jungenhaft lächelnden Charles Lindbergh, wie er eine Nazi-Auszeichnung trug und sehr fröhlich dreinschaute, während er zwischen Goebbels und Göring auf einem Flugplatz stand.

Ein Artikel in der *New York Times* verglich die Aussagen Pater Coughlins und Goebbels' über Juden; sie waren identisch. Ein anderes Photo zeigte in ihren Braunhemden paradierende und Hakenkreuzbanner tragende Mitglieder der Christlichen Front.

Elisa überfiel eine kalte Angst. Stimmen des Hasses ertönten – selbst in dem Gelobten Land, von dem ihr Murphy erzählt hatte. Welcher Unterschied wäre es für einen Mann wie ihren Vater, ob sie Visa für Amerika bekämen oder nicht? Dort war der Judenhaß genauso groß wie anderswo.

Elisa schauderte, als sie die in Arlington erscheinende Zeitung las. Arlington in Virginia? Hatte ihr Murphy nicht erzählt, das liege der Landeshauptstadt gegenüber auf der anderen Seite des Flusses?

Reiche Juden haben starke Nigger angeheuert, die weiße Frauen belästigen sollen. Diese Juden geben den Niggern viel Geld dafür. Deshalb muß man die Juden umbringen. Klingt nicht sehr nett, wie? Nennt es ‚Pogrom', wenn ihr wollt; aber das ist die

Sprache, die Juden verstehen. Ich sehe keinen anderen Ausweg als ein Pogrom. Wir müssen die Juden ausrotten!

Der Boden ihrer Zelle lag voller zerbrochener Träume. Elisa ließ den letzten Fetzen Papier auf den Stapel fallen. Ihr Essen blieb unberührt neben dem Türschlitz stehen. Langsam erhob sie sich und schaute ängstlich auf das Schloß.

„Was wollt ihr von mir?", schrie sie. „Was wollt ihr? *Was?*"

Schluchzend sank sie auf ihre Pritsche nieder. Zwei Tage und zwei Nächte lang hatte sie diese Frage gequält. „Was wollen sie? Warum haben sie mich hierhergebracht?", weinte sie laut. *Wozu soll das alles gut sein?* fragte sie sich und starrte gequält auf die zerknüllten Papierstücke. „Also gut!", schrie sie wieder. „Ich verstehe! Sie hassen uns sogar im sogenannten Gelobten Land! Was hat das mit mir zu tun? Sagt es mir! Sagt es mir! Ich will es hören!"

Es gab da eine Botschaft, die sie zwar vernehmen, aber nicht verstehen konnte. Eine Botschaft des Hasses und der Angst, die von Bürgerkrieg und Judenmord sprach. Mußte diese Botschaft des Hasses wieder in ihrer Seele Einzug halten?

Elisa weinte leise, bis sie schließlich einschlief.

* * *

Vom Stoß im Funkraum der *Queen Mary* die Abschriften der Telegramme John Murphys zu stehlen, war für Hans Erb einfach gewesen. Sie wurden leicht chiffriert, per Telegramm nach Berlin übermittelt und sofort an Himmler weitergeleitet, der sie Georg Wand übergab. Dieser buchte einen Platz in der Lufthansamaschine nach London.

LEICHTE SCHWÄCHE WEGEN GRIPPE STOP ZURÜCK INS LONDONER SAVOY-HOTEL STOP ARZT VERORDNET ZWEI WOCHEN BETTRUHE STOP WERDE WIEDER QUEEN BUCHEN UND DICH IN NEW YORK TREFFEN STOP IN LIEBE ELISA

REINSTE QUAL OHNE DICH STOP FÜLLE DIE STUNDEN AUS MIT ARBEIT UND AN DICH DEN-

KEN STOP WERDE AM QUAI WARTEN STOP IN LIEBE MURPHY

Die Handvoll weiterer Telegramme lauteten ziemlich ähnlich. Wenn sich Elisa Murphy tatsächlich im Savoy-Hotel befand und die Telegramme keine Finte waren, dann würde es leicht sein, sie zu finden.

Georg Wand traf in London ein, ehe die *Queen Mary* in Sichtweite der amerikanischen Küsten gekommen war. Neben der Entdeckung des Aufenthaltsortes Elisa Linder-Murphys hatten sich die Aktivitäten John Murphys als Goldgrube antinazistischer Betätigung erwiesen. Seine Unterhaltung mit dem US-Innenstaatssekretär im Erster-Klasse-Foyer war ordnungsgemäß nach Berlin gemeldet worden. Die Information ging prompt an Goebbels weiter, wurde dann wieder zurück über den Atlantik dem Führer der amerikanischen Nationalsozialisten, Fritz Kuhn, und dann über andere Kanäle der großen Stimme des amerikanischen Antisemitismus, Pater Coughlin, übermittelt.

Himmler als Kopf der Gestapo und stärkster Befürworter der arischen Rassenreinheit war überrascht vom Zusammensein des mißgestalteten Karl Kronenberger mit John Murphy. *Welche Propaganda würden die Amerikaner mit dem kleinen Monster treiben?*, fragte er sich. *War es jetzt noch wichtig für das Reich, das Kind zu eliminieren? Wo befand sich der Zwillingsbruder, und warum war er nicht auch nach Amerika gebracht worden? War Ludwig in London bei Elisa geblieben?*

Diese ungelösten Fragen wurden in einem Stapel festgehalten, der auf Himmlers Schreibtisch verbleiben würde bis zu ihrer Lösung beiderseits des Atlantik. Bis dahin zögerte er, dem Führer den Fall zu schildern.

* * *

Schlüsselklirren war vor der Tür zu hören. Elisa schlug die Augen auf. Über ihr erwachte eine Glühbirne zum Leben. In ihrem Kopf pochte es. Sie schützte ihre Augen vor dem Licht. Mit einem lauten Krach schwang die Tür auf.

Ein schwergewichtiger Mann stand auf der Schwelle und stieß mit der Schuhspitze das Tablett mit dem unberührten Essen weg. Er hatte buschige Augenbrauen und trug unter einer Höckernase einen dichten Schnurrbart. Er verschränkte die Arme, starrte Elisa an und wartete darauf, daß sie etwas sagte.

Die Eisenstäbe der Pritsche ächzten, als Elisa aufstand und sich vor ihn stellte. „Wie können Sie es wagen!", flüsterte sie heiser. Angst und Empörung traten plötzlich an die Stelle jeder Vorsicht.

Er räusperte sich. Als wäre er der Nachtpage des Savoy-Hotels, sprach er sie an: „Ich bin mir sicher, Ihr Aufenthalt ist Ihnen nicht unangenehm gewesen." Ein Anflug von Hochmut und Schadenfreude lief ihm über das Gesicht.

„In Deutschland wäre eine solche Mißachtung der Privatsphäre zu erwarten gewesen, aber hier!?"

„Für eine Reichsdeutsche sprechen sie sehr gut englisch." Der Muskelmann wischte ihren Zorn wie ein lästiges Insekt weg. „Außergewöhnlich gut, Miss Linder."

„Mein Name ist Elisa Murphy. Ich habe einen amerikanischen Paß."

„Bedeutungslos, ich versichere es Ihnen." Er lächelte jetzt, zufrieden mit seiner Rolle als Greifer.

„Rufen Sie das amerikanische Konsulat an, wenn Sie es sich getrauen. Banditen! Ihr könnt mich nicht festhalten!"

„Wir sind mit unseren amerikanischen Freunden schon in Kontakt getreten. Die Hochzeit, auf die Sie sich so fest stützen, war eine Hochstapelei. Es scheint, als ob der Kerl, der sie vornahm, schlicht und ergreifend nicht entsprechend qualifiziert war. Er wurde selbstverständlich zurechtgewiesen und in die Staaten zurückgebracht. Ihr Paß ist ungültig."

„Ich glaube Ihnen nicht!", fuhr Elisa auf. „Und was hat das alles zu tun mit –" Sie zeigte auf die zerfetzten Zeitungen auf dem Betonboden. „Wer sind Sie und warum –"

„Geduld, Miss Linder." Er nickte.

„Ich bin nicht Bürgerin des Reichs!" sprudelte sie nach längerem Schweigen hervor.

„Oh?" Er ging einmal um sie herum. „Ah, ja, sie hatten einen tschechischen Paß, jetzt erinnere ich mich."

„Was wollen Sie?" Ihre Stimme überschlug sich, obwohl sie versuchte, sich weiterhin in der Gewalt zu haben.

„Hat das ... sind das irgend welche Paßangelegenheiten? Bitte, wo ist mein Mann?"

„Sie sind nicht verheiratet, Miss Linder, ich habe es Ihnen bereits erklärt. Was John Murphy anbelangt, so dürfte er morgen abend in New York ankommen. Wir nannten ihm ihren Aufenthaltsort, und er ist nicht über Gebühr aufgeregt", sagte der Dicke mit gönnerhafter Stimme.

„Bitte –" Elisa setzte sich auf die Pritsche. Sie konnte nicht mehr denken. Konnte keine Kraft finden zu kämpfen. „Wenn Sie mit John Murphy in Verbindung treten wollen – er wird alles erklären."

„Sie meinen, bezüglich Ihrer Notwendigkeit, für Ihre Arbeit im Untergrund einen amerikanischen Paß haben zu müssen?" lockte er sie.

Alles abstreiten, Elisa! Alles abstreiten, was Schaden bringen könnte! War das nicht Regel Nummer eins? Elisa hob herausfordernd ihr Kinn. „Ich weiß nicht, wovon Sie sprechen. Falls mein Mann und ich in der amerikanischen Botschaft von einem falschen Angestellten getraut wurden, so ist das *eine* Sache. Über einen Untergrund kann ich Ihnen nichts sagen."

Der Dicke lachte herzlich. „Sehr gut! Wirklich sehr gut! Wenn das stimmt, dann erklären Sie mir bitte, wie es kommt, daß Sie von einem bevorstehenden Mordanschlag auf den tschechischen Präsidenten wußten?"

Elisa gab keine Antwort. Sie fixierte den Schwarzweißdruck der *Chicago Tribune*. Der Mann wartete geduldig.

„Eine sehr interessante Frage, was, Miss Linder?", sagte er schließlich. „Sie müssen sehr tief nachdenken, ehe Sie mit einer entsprechenden Erklärung herausrücken."

„Ich schulde Ihnen keine Erklärung. Sie sind es, der mir etwas zu erklären hat! Wer sind Sie? Welches Recht haben Sie –" Sie schrie erneut. „Dies ist England! Wo ist Ihre Vollmacht?"

„Es gibt Zeiten, da sich selbst zivilisierte Menschen um solche Dinge nicht scheren müssen." Er verbeugte sich knapp. „Ich versichere Ihnen, daß wir unsere Gründe haben."

„Mein Mann ist Journalist. Wenn er von dem hier erfährt –"

„Er wird es nicht. Die Sache ist einfach. Wir haben uns darum gekümmert."

„Sie sind von der Gestapo, richtig?", fragte sie auf Deutsch.

Er lachte dröhnend. „Gestapo? Nein, wirklich! Nein, meine Liebe, nein!"

„Sie könnten es trotzdem sein."

„Ich kann mir nicht denken, daß Sie das glauben. Sehen Sie nicht den Unterschied in Ihrer Behandlung? Gutes Essen, Seife, Handtücher, Lesestoff."

„Sie verschwenden Ihre Zeit mit mir." Ihre Augen blitzten vor Zorn. „Wer immer Sie sind, was immer Sie von mir wollen – Sie verschwenden Ihre Zeit."

Er zuckte die Schultern. „Würde es Sie beruhigen, wenn ich erkläre, mein Name ist Amos Tedrick, und daß ich Offizier beim *Secret Intelligence* Ihrer Majestät bin?"

„Ich glaube, daß Sie ein Bandit sind. Ein Gangster, der Frauen entführt."

„Ah, ja. Wie ich es mir dachte." Er runzelte die Stirn, verschränkte die Hände auf seinem Rücken und stellte sich auf die Zehenspitzen. „Wir wissen alles über das Innere des Geigenkastens. Sie haben hiervon und davon ein wenig geschmuggelt?"

„Musikalia. Jüdische Operetten. Sachen, die Nazis in Zorn bringen." Sie ließ einen verächtlichen Blick über ihn gleiten.

Er zuckte wieder die Schultern. „Sehen Sie, das ist bei uns alles dokumentiert. Alle ihre kleinen Reisen. Berlin, Wien, Paris. Ja ..." Er tat so, als dächte er eine Weile nach. „Sie haben unseren Le Morthomme besucht, stimmt's? War ein netter Kerl. Hilfreich. Und Sie weigerten sich, ihm in bestimmten Dingen zu helfen. Für uns eine große Enttäuschung."

„Le Morthomme. Der *tote Mann?* Ein komischer Name." Elisa spürte, wie ihr das Blut aus dem Gesicht wich. War sie nicht von Le Morthomme gewarnt worden, daß die Organisation mit Sicherheit ihren Tod herbeiführen würde, falls sie nicht wegging? Wußte sie zuviel? Hatte sie zuviel von der Arbeit des innersten Kreises des Untergrundnetzes gesehen?

„Le Morthomme, wahrhaftig, er ist jetzt ein toter Mann, wie Sie wissen." Erneut streckte er sich auf seinen Zehenspitzen. „Ermordet."

Ein Schreck war auf ihrem Gesicht zu erkennen – zu spät, ihn zurückzunehmen. Der Muskelmann nahm ihn wahr und griff danach wie eine Katze nach der Maus.

„Sie wären für uns unbedeutend, wenn es nicht Thomas von Kleistmanns wegen geschehen wäre."

Sie antwortete nicht, unterdrückte ihre Gefühle. Selbst bei der Erwähnung Thomas von Kleistmanns.

„Sie kennen Thomas. Wir sind dessen sicher." Elisa schwieg. Er ging den Raum der Länge nach ab, schritt wieder zurück und sagte: „Es gibt noch andere Punkte, aber ich denke, es hat keinen Nutzen, sie hier anzusprechen." Er kaute eine Weile auf seinem Schnurrbart und bewegte sich dann auf die Tür zu. „Ziehen Sie sich an", befahl er und schlug die Tür hinter sich zu.

Einen Moment lang machte Elisa keine Bewegung. Sie starrte müde auf den blauen Rock und die rauchblaue Bluse, die Elisa an Bord der *Queen Mary* hatte tragen wollen. Beide waren mit Dieselöl verschmiert. Sie hatte sie zusammengefaltet und ans Fußende der Pritsche gelegt. Stillschweigend zog sie sich hinter ihren Vorhang zurück und streifte den warmen Pullover und die Wollhosen ab. Sie kleidete sich eilig an und spürte, daß sie irgendwie drauf und dran war zu begreifen, welchen Sinn diese Prüfung gehabt hatte. Ein Durcheinander von Gedanken überfiel sie. *Nicht verheiratet! Ungültiger Paß! Thomas erneut verstrickt und Le Morthomme ermordet!* Was hatte das mit ihr zu tun? Warum wurde sie hier festgehalten, wenn dieser Mann wirklich von der britischen Regierung war?

Diesmal klopfte der Mann, der sich Tedrick nannte, bevor er eintrat. Elisa fuhr sich mit der Bürste durchs Haar, obwohl sie wußte, daß sie noch immer in einem unordentlichen Zustand war. Er trat zur Seite und ließ sie aus der Zelle in ein großes Hafenwarenlager durch die Dunkelheit gehen bis zu einer draußen wartenden schwarzen Limousine. Sie hatte Angst, als sie in den Wagen stieg; verbarg dies aber. Der dunkle Innenraum roch nach Zigarrenrauch. Sie stöhnte, als Tedrick die Tür schloß und sich vorne ein bekanntes Gesicht herumwandte und sie grüßte.

„Elisa Murphy, ja?“ Winston Churchill reichte ihr die Hand. „Tut mir leid wegen der Umstände. Ich selbst hätte es anders gemacht. Immer dieses Mantel-und-Degen-Zeug. Amos war der Meinung, sie würden ihm nicht glauben; deshalb hat er mich angerufen.“

21. Die Schildkröte und der bellende Hund

Direkt hinter dem Kai entlang der Seine befand sich die gewundene Straße, in der Thomas meistens seine freie Zeit in Paris verbrachte. Die *Rue de la Huchette* kam von der *Place St. Michel* und mündete in die *Rue de Petit Pont.* Die Straße war nur dreihundert Meter lang, aber lang genug für das heruntergekommene *Hotel du Caveau,* das *Bureau de Police* und drei der bekanntesten Bordelle von Paris.

Wenn möglich, ging jeder Tourist die Rue de la Huchette entlang. Die Straße hatte ihren Ruhm aufgrund einer Reihe von amerikanischer Schriftstellern erlangt, die in den 20er-Jahren in Paris gelebt hatten, nur wenige Schritte von den Läden des Marktes der Buchhändler entfernt. Die Ortspolizei lebte friedlich zusammen mit der *Maison de joie* auf der anderen Straßenseite, ein Haus, das als *Le Panier fleuri* bekannt war, als ‚Blütenkorb'. „Sowas gibt's nur in Paris!" riefen die amerikanischen Touristen.

Oft betraten die Touristen aller Herren Länder das Café d' Eiffel, um einen starken Espresso oder ein Glas kalten Weißweins zu genießen. Thomas, in einfachem Straßenanzug, setzte sich zu einer Gruppe von Stammgästen – Schriftsteller, Maler, Bohèmiens und Exilanten. Sie trafen sich jeden Abend hier, nur um zu reden und die Nacht durch zu trinken. Oft gesellten sich Studenten von der Sorbonne zu den Reihen der Unzufriedenen. Langbeinige, dunkeläugige Mädchen lächelten Thomas mit sinnlichem Mund an. Sie warfen ihr langes, schwarzes Haar wie Wildpferde die Mähnen und winkten ihn heran. Chiantipfützen auf dem Tischtuch. Kunst, Musik, Literatur, Philosophie, politische Tagesereignisse. Alles wurde im flüssigen Tonfall des Französischen diskutiert, eine spielerische Einleitung, die manchmal in Worte der Liebe mündete. Es war leeres Gerede, so kurzatmig wie die Concierges der Rue de la Huchette, so bedeutungslos wie ein Besuch im Blütenkorb. Aber es füllte die Stunden aus, wenn auch nicht die Leere in Thomas' Innerem.

Zwei Reisen nach Berlin hatten den Wahnsinn des deutschen Führers tiefer in Thomas' Bewußtsein gegraben. Fackelumzüge, von langsam schlagenden Kirchenglocken begleitet, kamen ihm wie ein Aufmarsch Toter an den Rand des flammenden Infernos vor. Bei solchen dunklen Zeremonien nahm Hitler den Bluteid ab: „Ich gelobe, meinem Führer Adolf Hitler treu zu bleiben. Ich verpflichte mich, alle Befehle ohne Widerstreben auszuführen ..." Als die Uhr Mitternacht schlug, verkauften die Menschen an diesen Eid ihre Seele. Und die ganze Welt, Thomas wußte es, ging ebenfalls der Mitternachtsstunde entgegen.

Jeden Tag hatte er gehofft, die Briten würden mit ihm in Verbindung treten, vielleicht Churchill. Er traute den Franzosen nicht; als dann eine dunkeläugige Schönheit behauptet hatte, mit den Gegnern Hitlers gemeinsame Sache zu machen, hatte er die Hacken zusammengeschlagen, sich verbeugt und das kleine Hotelzimmer mit einem eiligen „Heil Hitler!" verlassen. Er spielte die Rolle vor den Gestapo-Agenten gut, die er in Paris allgegenwärtig zu sein ahnte. Aber er blieb der Hoffnung treu, an einem gewissen Punkt, wenn die Aufstände in der Tschechoslowakei an Intensität zunähmen, werde der Beschluß der Briten und Franzosen, diese Nation zu verteidigen, nicht völlig umgestoßen.

Die Schimpfreden des Führers wurden aufgenommen und dann rund um die Welt zu verschiedenen Botschaften gebracht. In Paris wurden die Aufzeichnungen nach dem Abendessen ausgestrahlt, und Mitglieder des Diplomatischen Corps bejubelten die bissigen Reden, als wären sie Boxkämpfe. *Ein Schlag auf den Kopf der Tschechen! Eine donnernde Rechte in die Schnauze der dreckigen Judenschweine! Einen linken Haken für die hinterlistigen Franzosen! Und der tschechischen Regierung Benes noch einen Schlag! Und am Ende einen Leberhaken für die schwachköpfigen, herzleidigen Christen, die die Feinde der arischen Rasse verteidigen!*

Thomas und Ernst vom Rath vermieden es, einander während dieser Übertragungen anzusehen. Beide lächelten und machten Bemerkungen über die Meisterschaft von Hitlers erleuchteter Rede. Manche sagten, Hitler sei zum Messias der deutschen Nation geworden. Andere erkärten schlicht, er sei die lange ersehnte Verkörperung des deutschen Gottes.

Bei solchen Worten schauderte es Thomas. Er erinnerte sich an das Gemälde tief unten in den Katakomben der Berliner Reichskanzlei. Hitler hielt sich selbst für Gott. „Totaler Krieg oder Vernichtung!" schrie er. Und die Stimmen Tausender antworteten: „Sieg Heil! Sieg Heil!" Die Stimmen im Botschaftsgebäude fielen in die Gesänge ein: „Sieg Heil! Sieg Heil! Sieg Heil!"

Sahen die anderen die in Thomas' Augen verborgene Angst? Wenn das schreckliche Geschehen ihn fast in den Wahnsinn trieb, zwang er sich, an die Generäle im Oberkommando zu denken. *Wie konnten sie, dem Herzen des Übels so nahe, weiterhin ihre Abneigung verbergen?*

dachte er. *Es waren nur noch wenige Wochen, bis sie Hitler, Göring, Goebbels und den furchtbaren Befehlshaber der SS, Heinrich Himmler, verhaften wollten. Wie können sie einen solchen Plan so lange verbergen und nebenher unter dem aufmerksamen Auge dieses teuflischen Wahnsinnigen ihren Dienst tun? Und wenn die Tausende, die sangen, sich am Ende gegen sie wandten und ihren neu gefundenen Gott unterstützten, welche Hoffnung blieb dann? Würde man sie nicht hinrichten wie andere, die auch schon versucht hatten, Hitler Einhalt zu gebieten? Würden sie alle zuckend an Klaviersaiten enden und dann, auf Fleischerhaken gehängt, zur Schau gestellt werden?*

Die Wochen, seit der Buchhändler Le Morthomme ermordet wurde, waren ein schreckliches Durcheinander von Angst und Fragen gewesen. Weshalb Le Morthomme eliminiert wurde, war leicht zu begreifen: Er war jahrelang der Hauptkontaktmann zwischen der deutschen und der britischen Abwehr gewesen. Aber wer ihn getötet hatte, war für Canaris in Berlin ein Anlaß zur Sorge. Die Briten hatten seinen Tod nicht gewollt. Die einzig begründete Schlußfolgerung war die, daß er von Himmlers Gestapo ausgelöscht worden war. Wenn das zutraf, warum war dann Thomas nicht verhaftet worden? Und warum nicht Ernst vom Rath?

Die schwer zu begreifende Antwort auf diese Fragen ließ Thomas in einer Art Fegefeuer schmachten. Wie eine Schildkröte Auge in Auge mit einem bellenden Hund hatte er seinen Kopf, seine Arme und Beine eingezogen aus Angst, sie von den Nationalsozialisten abgeschnitten zu bekommen. Seltsamerweise war nach der Schießerei nichts geschehen. Der Buchhändler hatte ein ordentliches katholisches Begräbnis bekommen. Es hatte in dieser Angelegenheit keine Verhaftungen gegeben. Der junge Mörder war tatsächlich in den dunklen Gassen von Paris verschwunden und seither nicht mehr gesehen worden. Vielleicht hatte jemand an seiner verräterischen Handlung gegen den Buchhändler Rache genommen. Obwohl Thomas an dem Glauben festhielt, die Kugel habe ihm gegolten, sagte er dies niemandem. Die ganze Sache war fallengelassen, der Zwischenfall unter den Teppich der französischen Bürokratie gekehrt worden. Nur schlief Thomas jetzt mit einer geladenen Waffe unter dem Kopfkissen – für den Fall, daß alles wieder an die Oberfläche gespült würde. Für den Fall, daß eine der dunkeläugigen französischen Schönheiten, die ihm auf der Terrasse des Café d' Eiffel zulächelten, in ihrer Handtasche eine geladene Waffe hatte.

* * *

Es war eine lange Fahrt zurück nach London, aber es war spät, und die Schnellstraße war bis auf die Limousine leer.

Churchill hielt den glühenden Zigarrenstumpen hoch. „Stört es Sie, wenn ich rauche? Meiner Sekretärin wird schlecht davon."

Elisa antwortete nicht. Ihre Erleichterung hatte sich in Empörung verwandelt. „Und Sie wollen ein Freund meines Mannes sein!", sagte sie anklagend.

„Ich habe hiermit überhaupt nichts zu tun", sagte Churchill mit finsterer Miene. „Die Schuld liegt einzig und allein bei der Verbindung, ich versichere es Ihnen. Und wenn mich jetzt Amos liebenswürdigerweise bei meinem Ferienhaus in Chartwell herausläßt, werde ich mich später mit ihm auseinandersetzen."

„Über beinahe alles, was Sie anbelangt, waren wir ziemlich im Unklaren", verteidigte sich Tedrick. „Vor vier Tagen sprachen wir darüber, sie wegen Spionage- und Mordverdachts zu verhaften."

„Was?"

„Lassen Sie mich doch bitte ausreden", fuhr Tedrick fort.

„Lächerlich!" Elisa beugte sich wütend vor. „Sie halten in wohlgeplanter Weise meinen Mann auf. Sie verschleppen mich in das Lagerhaus –"

„Und wenn wir uns Ihnen genähert hätten, wenn John Murphy an Ihrer Seite gewesen wäre?", fragte Tedrick. „Was hätte er wohl getan?"

„Jede Zeitung der Fleet Street hätte die Story gehabt", murmelte Churchill.

„Sie werden sie noch bald genug haben!" platzte Elisa heraus.

„Das darf nicht geschehen." Tedricks Stimme klang nachdenklich, beinahe entschuldigend. „Das darf niemals geschehen."

„Ein einziges Telegramm an Murphy, und –", setzte Elisa an.

„Und eine Menge Menschen werden sterben", beendete Tedrick den Satz.

Churchill räusperte sich und sah Tedrick an. „Ohne Zweifel würde John Murphy mit dem Massaker bei Ihnen anfangen, Amos."

„Irgendwie hat dieser Wahnsinn Methode." Tedrick rümpfte die Nase und sah gequält aus. „Wir hätten Ihnen nicht die leiseste Aufmerksamkeit gewidmet, wenn es nicht um Herschel Grünspan ginge."

Elisa stöhnte. „Was hat Herschel damit zu tun? Er ist ein Kind. Ein Jüngling. Sein Vater war in Berlin der Schneider meines Vaters."

„Ja, ja, das alles wissen wir. Eine lange bestehende Verbindung."

Sie versuchte nicht, ihre Verwirrung zu verbergen. „Aber was hat Herschel damit zu tun? Und womit eigentlich? Ich habe ihn seit beinahe zwei Jahren nicht mehr gesehen!"

„Wir dachten, Sie hätten ihn letzten Monat gesehen. In Paris."

„Herschel? In Paris?" Nach und nach fiel es ihr wieder ein. Der alte Schneider hatte seinen Sohn nach Paris gegeben. Zu einem Onkel oder irgendeinem anderen Verwandten. Der Junge hatte davon gesprochen, die dortige Universität besuchen zu wollen und dann nach Palästina zu gehen.

„Sie streiten nicht ab, daß Sie mit ihm in Verbindung sind?"

„Nun – nein. Ich meine – ja, ich streite es nicht ab. Ich . . . ich kann mir nicht recht vorstellen, daß Herschel verwickelt in –"

„Ja. Er ist sehr darin verwickelt. Ja, Elisa, sehr. Wir glauben, daß er es war, der Le Morthomme ermordete, wissen Sie. Es gibt da auch Spekulationen, wonach er einen anderen habe töten wollen." Er zuckte die Schultern. „Dessen ungeachtet sehen Sie bestimmt die Bedeutung ein, die ein solches Ereignis für uns hat. Für wen er arbeitete, wissen wir nicht. Aber eines ist sicher: Dieser Mann hat begriffen, daß der Tod eines solchen Menschen unsere Verbindung mit bestimmten Elementen in Deutschland sehr beeinträchtigen werde. Elemente, die – wie soll ich sagen – dem Führer nicht sehr zugetan sind."

Elisa schaute düster drein und spreizte in einer Geste der Hilflosigkeit ihre Finger. „Ich . . ." Sie hielt inne; sie war im Moment nicht in der Lage zu sprechen. Von Anfang an hatte sie die bedeutende Rolle gekannt, die Le Morthomme als Kontaktmann zwischen jemandem wie Otto in Wien und dem britischen Geheimdienst gespielt haben mußte. Der absonderliche kleine Buchhändler war für die Agenten vieler Regierungen ein wichtiges Glied in der Kette gewesen, daran zweifelte sie nicht. Aber wie konnte ein Junge wie Herschel mit solchen Angelegenheiten in Verbindung stehen? Und wie wurde sie mit ihm in Zusammenhang gebracht? „Bis zum heutigen Tag wußte ich nicht, daß Le Morthomme getötet wurde!"

„Aber es stimmt. Von wem, wissen wir allerdings nicht."

„Von Herschel, sagten Sie."

„Ja. Wir denken, er hatte die Waffe, er drückte den Abzug. Aber wir hatten eine weitere Absicht, als wir fragten, wer dahinterstecke."

„Fragen Sie Herschel."

„Das haben wir versucht. Wir waren in Paris im Haus seines Onkels. Der Junge ist verschwunden. Aber er hat ein Bündel Liebesbriefe an Elisa Lindheim zurückgelassen, adressiert an den Musikverein Wien. Alle ungeöffnet an ihn zurückgegangen."

„Oh, Herschel!" Elisa fühlte sich nicht wohl. Vielleicht war es der Geruch des Zigarrenrauchs. Sie lehnte den Kopf in den Sitz zurück und starrte auf den Nacken des Chauffeurs. „Herschel, was hast du getan?", flüsterte sie. Nach einer Weile seufzte sie und schaute den ihr jetzt sympathischeren Tedrick an. „Ich habe damit nichts zu tun. Sie müssen mir glauben –"

„Wir hoffen, Sie können Licht in einige Lücken bringen."

„In Österreich benutzte ich den Namen Linder. Kein jüdischer Name. Ich hatte seit 1936 einen tschechischen Paß. Mein Vater dachte, ich wäre so sicherer. Einerseits hatte er recht – natürlich wissen Sie das auch. Herschel war nicht mehr als eine Belästigung, die mir Furcht einflößte. Ich habe die Briefe, die er mir schrieb, nie angesehen. Ein sehr kluger und diskreter Freund brachte sie nach Paris zurück, um ihm die Lust am Schreiben zu nehmen. In Wien war ich Fräulein Linder, nicht Lindheim. Ich hatte die tschechische Staatsbürgerschaft, bis ich Murphy heiratete. Und nun sagen Sie mir, das sei überhaupt keine Heirat gewesen!"

Churchill wandte sich zu Tedrick und starrte ihn wütend an. „Zumindest dieses Detail hätten Sie auslassen können, Amos!"

Tedrick tat Churchills Mißbilligung mit einem Schulterzucken ab. „Es gibt da ein weiteres Mosaiksteinchen, Elisa", sagte er beinahe zärtlich.

„Bitte, erzählen Sie. Ich muß das alles zu begreifen versuchen."

„Thomas von Kleistmann."

„Thomas? Ja, der ist in Paris."

„Sie wissen, daß er uns über Le Morthomme einige Informationen zuspielte?"

„Nein, das wußte ich nicht. Aber Thomas ist kein Nazi." Sie runzelte die Stirn. „Wie haben Sie herausgefunden, daß ich ihn kenne?"

„Die Gestapo hat eine Akte über Thomas. Der Name Elisa Lindheim, Jüdin, sticht in dieser Akte sehr hervor. Seine Akte wurde von einem unserer Agenten photographiert, als wir die Echtheit des Angebots von Kleistmanns prüften, uns zu helfen."

„Dann wissen Sie, daß er ein anständiger Mensch ist. Er wird von den Agenten Himmlers verdächtigt, ist aber dennoch wegen seines Vaters und dem Oberkommando geduldet."

„Lieben Sie ihn?"

„Früher ... ja." Die Antwort trieb ihr die Schamröte in die Wangen.

Sie war froh darüber, daß es dunkel war im Wagen; sie konnten es also nicht sehen. Sie vermochte nur zu raten, was diese Akte beinhaltete.

„Er ist ziemlich wichtig für uns."

„Warum erzählen Sie mir das?"

„Er ist sich über die Gründe von Le Morthommes Tod genauso im Unklaren wie wir. Er ist wie ein aufgeschreckter Hase. Hat Angst vor seinem eigenen Schatten."

„Dann muß sein Schatten die Gestapo sein."

„Wir haben versucht, mit ihm in Kontakt zu treten. Er ist sich nicht sicher –"

„Auf wessen Seite Sie sind", beendete Elisa den Satz für sie.

„Ganz richtig. Genauso, wie wir über Sie im Unklaren waren."

„Und jetzt, nachdem Sie überzeugt sind, daß ich Herschel nicht zu dem Mord an Le Morthomme anstiftete, werden Sie mich gehen lassen? Nach Amerika?"

Der Wagen fuhr vor dem Ferienhaus vor, ehe Tedrick antworten konnte. Churchill wandte sich Elisa zu und gab ihr kurz die Hand. „Ein schmutziges Geschäft", sagte er düster. „Es tut mir leid, daß unser Tedrick zu solchen Mitteln greifen mußte. Gute Nacht." Er tippte sich an die Hutkante und schlüpfte hinaus, ohne Tedrick eines Wortes zu würdigen.

Dieser faßte, als sie wieder auf dem Weg waren, die Unterhaltung zusammen: „Es ist alles nicht so einfach." Er knipste eine Lampe an und übergab ihr aus seiner Brieftasche einen dünnen Umschlag.

Elisa öffnete ihn. Sie war überrascht, die Anträge ihres Vaters, ihrer Mutter und ihrer zwei Brüder auf amerikanische Visa zu sehen. Jeder trug den Stempel *Abgelehnt.* Sie schaute sie unglaubig an. Weshalb waren sie abgelehnt worden? Und was sollten sie jetzt tun? Wußte Murphy schon, daß die Anträge so schnell abschlägig beschieden worden waren?

„Mama", flüsterte sie, „was sollen wir jetzt machen?"

Tedrick räusperte sich und knipste das Licht aus. „Ziemlich zurückhaltend gegenüber der Erlaubnis für Juden, nach Amerika einzuwandern, wie Sie sehen. Die Bevollmächtigten dort haben sich auf das Einwanderungsstatut berufen, das Ausländer zu Sozialfällen erklärt. Oder daß sie den Bürgern drüben den Arbeitsplatz wegnehmen. Sie lassen jedem sehr wenig Spielraum, wie Sie sehen."

Elisa hielt den Umschlag in ihren schwitzenden Händen. Sie vermochte kaum zu sprechen. „Warum ... warum haben Sie mir diese Zeitungen zu lesen gegeben?"

„Wir dachten, Sie könnten an der amerikanischen Stimmung interessiert sein. Es hat ja doch keinen Zweck, daß wir uns etwas vormachen. Dort ist es so schlimm, wie es anfangs in Deutschland war. Wenn Sie schon vor den Nationalsozialisten fliehen müssen, ist Amerika nicht der richtige Ort dafür. John Murphy wird auf keinen Fall in der Lage sein, die richtigen Hebel zu bedienen, um Ihre Familie durch die Einwanderungsbarrieren zu schleusen."

„Was sagen Sie mir da?", fragte Elisa behutsam. Alles, was sie wollte, waren klare Antworten. Dieser Mann schien dessen unfähig zu sein.

„Wir sind bald so weit, Ihnen und Ihrer Familie britische Pässe anbieten zu können."

„Und was wollen Sie dafür haben?"

„Sie haben Zugang zu wichtigen Informationen über das Reich. Wäre dem nicht so, dann wäre Präsident Benes tot."

„Also gut, dann –"

„Wir brauchen Ihre Hilfe beim Wiederaufbau unserer Verbindung von dieser Seite her."

„Im Tausch gegen Pässe und die Sicherheit meiner Familie?"

„Ein gerechter Preis, finden Sie nicht?"

„Und was muß ich dafür tun?"

„Einfach über den Kanal nach Paris fahren. Mit von Kleistmann Verbindung aufnehmen. Ein intaktes Verbindungsglied schmieden."

Und so schließt sich der Kreis, dachte Elisa, als sie die Ereignisse der letzten Wochen Revue passieren ließ. Sie sollte Thomas noch einmal treffen, und das im Tausch gegen Visa für Theo und Anna, Dieter und Wilhelm.

„Wann werde ich die Visa von Ihnen bekommen?", fragte sie leise.

„Wir müssen uns erst darüber sicher sein, daß Thomas von Kleistmann nicht der ist, der den Mord an Le Morthomme in die Wege leitete. Falls das der Fall ist, besteht Ihre Aufgabe darin, es mir hierher zu berichten und ihn mit seinem neuen Kontaktmann in Paris zusammenzubringen – vorausgesetzt, er will weiterhin mit uns zusammenarbeiten."

„Und was ist mit Murphy?"

„Ich fürchte, er muß eine Weile ohne Sie zurechtkommen. Wir haben ihm bereits gedrahtet. Sie haben einen Grippeanfall und sind derzeit nicht reisefähig. Wir können die Sache noch einige Wochen unter der Decke halten, wenn Sie ihm ein paar Zeilen schreiben wollen. Sagen Sie ihm, Sie vermissen ihn. Sie brennen auf ein Wiedersehen."

Elisa preßte sich die Finger an ihre hämmernden Schläfen. Ja, sie vermißte ihn. Vermißte ihn sehr. Und sie brannte darauf, ihn zu sehen. „Und was ist mit meinem jetzigen Paß? Ungültig, sagten Sie?"

„Da können wir etwas drehen. Natürlich werden Sie eine ordnungsgemäße Hochzeit wollen. Oder vielleicht auch nicht. Nur wenige Menschen haben die Gelegenheit, dieselbe Wahl zweimal zu treffen." Er versuchte, scherzhaft zu sein, aber diese Bemerkung führte bei Elisa nur zu einem verdrossenen Schweigen.

Sie hatte überhaupt keine Wahl. In keiner Hinsicht. Sie hatte das starke Gefühl, daß ihren Eltern die amerikanischen Visa nur aus dem Grund verweigert worden waren, Tedrick Macht über Elisa in die Hand zu geben. Sie konnte jetzt begreifen, weshalb sie die Methoden, die ihnen zur Verfügung standen, angewandt hatten, um sie von Murphy zu trennen. Wenn er von irgend etwas Wind bekommen hätte, würde es in großer Aufmachung auf der Titelseite jeder Zeitung stehen, und ihr Photo auf den Schreibtischen von Himmler und Goebbels in Berlin landen. Dann wäre es ihr unmöglich, nach Paris zu Thomas zu gehen. Ja, sie verstand das von ihnen geplante Spiel, aber sie konnte ihnen dafür nicht vergeben.

„Es scheint, nachdem Sie meine Befähigung überprüft haben ..." Sie hielt inne. „Sie haben mich zu dieser Aufgabe erpreßt. Auch wenn es etwas ist, von dem ich nichts wissen will."

„Vor Monaten wollten sie etwas davon wissen." Er tippte auf den Geigenkasten. „Wir können ein solches Talent nicht so ohne weiteres entfliehen lassen."

„Ich bin *gezwungen,* Ihnen zuzustimmen. Außer daß ich – Sie müssen verzeihen, wenn ich kein volles Vertrauen zu Ihnen habe – die Pässe für meine Familie haben will, *bevor* ich nach Paris abreise."

„Zugestanden." Tedrick lehnte sich in den Plüschsitz zurück. Er seufzte, als wäre ihm ein großer Stein vom Herzen gefallen.

22. Köder für Haie

Georg Wand hatte den falschen Paß eines österreichischen Juden namens Krepps und gefälschte britische Visa auf denselben Namen. Diese Ausweise machten ihn beim Betreten Englands über den Verdacht erhaben, Gestapo-Agent zu sein.

Ein rascher Telephonanruf von Heathrow bestätigte seine Unterbringung im Savoy-Hotel. Binnen einer Stunde saß er dort im piekfeinen Foyer und las Zeitung.

Früher oder später, überlegte er, falls sich Elisa Murphy wirklich im Savoy befand, würde sie durch dieses Foyer kommen. Und sie würde ihn nicht bemerken. Eine Frau von so großer Schönheit schaute einen Mann wie Georg Wand nur mitleidig an, weil er allein war und es wahrscheinlich auch bleiben würde. Er hatte herausgefunden, daß solche weiblichen Gefühle sich oft zu seinem Vorteil auswirkten. Wie überrascht die Frauen dann waren, wenn sie herausbekommen hatten, daß Georg so anders war, als sie gedacht hatten! Wenn ihr Mitleid und ihr Gefühl in Angst umschwang, fand er darin seine größte Befriedigung.

Er tippte auf seine Manteltasche, die seine Pässe enthielt. Er würde sich Elisa Murphy als jüdischer Flüchtling vorstellen. Ihre Akte zeigte eindeutig, daß sie Sympathien für Juden hegte. Er würde ihr sagen, seine Frau werde festgehalten. Sie würde seiner Geschichte zuhören und ihm ihr Herz öffnen. *So ein zarter, harmloser Mann!* Sie würde ihn jeden Tag im Foyer grüßen und ihm mitteilen, wann sie auszugehen beabsichtige, wohin sie gehe, wann sie wieder zurück sein werde. Sie würden Freunde sein – und wie überrascht sie wäre, wenn sie die Wahrheit entdeckte!

* * *

Der erste Anblick von Amerika war nicht die Freiheitsstatue, sondern der Leuchtturm Sandy Hook. Das ihn umgebende Wasser war voller Boote in allen Größen, die vom New Yorker Hafen zur Begrüßung der *Queen Mary* herausgekommen waren.

Die großen Hörner der *Queen Mary* tuteten einen Gruß, der zehn Meilen weit zu hören war. Karl legte sich eine Hand auf die Brust; er fühlte die Schwingungen des Lärms.

Im Nu war die Luft erfüllt von dem Dröhnen der Hörner anderer Schiffe, Fischerboote, Yachten, Segelschiffe und Schlepper, während der New Yorker Hafenlotse an Bord der *Queen* stieg, um sie zum Pier zu steuern.

Von ihrem Platz an der Bugreling aus konnte Murphy eine Schar von Seeleuten und Photographen erkennen. Die *Queen Mary* hatte den Geschwindigkeitsrekord des französischen Linienschiffes *Normandie* gebrochen. Eine Reise von Southampton nach New York in vier Tagen war eine seemännische Meisterleistung, die ihr eine Spalte auf den Titelseiten einbrachte. Sie hatte die Bestzeit der *Normandie* um mehr als zwei Stunden unterboten.

Als die Freiheitsstatue vollends in den Blick kam, hoben viele der Passagiere die Arme, um sie nachzuahmen. Murphy blieb eine Weile stehen, wobei ihm der Wind in die Augen stach. Tausendmal hatte er sich diesen Augenblick vorgestellt, wie an seiner Seite Elisa stehen würde. Er hatte sich gewünscht, daß ihr erster Blick auf die Dame in seinem Beisein geschehe. In Selbstmitleid versunken schaute er in das Gesicht Babbie Rosenfelts. Tränen liefen ihr über die Wangen. Als er sich in Erinnerung rief, wie nachdrücklich der Innenstaatssekretär Ickes gesagt hatte, jeder Plan, jüdische Flüchtlinge anzusiedeln, brauche Zeit, wurde ihm plötzlich die Geringfügigkeit seiner Enttäuschung bewußt. Murphy hatte wenig Zweifel daran, daß die *Darien*, falls sie tatsächlich in den New Yorker Hafen käme, wieder weggeschickt würde. Zumindest bei Elisas Ankunft stand es außer Frage, daß sie bleiben könne.

Hatte die alte Frau irgendeinen Begriff von dem Meer der Gesetze und dem Amtsschimmel, in dem die Flüchtlinge an Bord der *Darien* ertrinken konnten? Murphy berührte sie leicht an der Schulter. Widerstrebend wischte sie sich die Tränen weg und hob das Kinn. „Meine Familie wird bald hier sein!“, rief sie über das Getöse hinweg. „Dort werden sie kommen –“ Sie deutete auf Ellis Island, um es Karl zu zeigen. „Da kam auch meine Familie ursprünglich in Amerika an. Täglich strömten Tausende von den kleinen Schiffen. Ohne Geld, Karl; mit nichts als ihren Händen und ihrem Rückgrat. Aber schau, wie sie Amerika zum Blühen gebracht haben!“ Sie ließ ihre Hand über das Panorama der riesigen Wolkenkratzer gleiten. Die Gebäude von Manhattan wuchsen in die Höhe wie Reihen von Mais. All das war aus den Samen der Träume erwachsen, aus den Vorstellungen der Kinder, die mit den eng gedrängten Menschenmassen herübergekommen waren, um etwas aus ihrem armseligen Leben zu machen.

„Es ist noch Platz", murmelte Murphy. Er konnte im Kreischen der Hörner sein eigenes Wort nicht verstehen. Es machte nichts. Er wußte, daß die Flüchtlinge von hundert Frachtern wie der *Darien* in einer Stadt wie New York aufgenommen werden konnten – und kaum jemand würde es bemerken.

Während sie fest Karls Hand hielt, schaute Babbie Rosenfelt auf die erhobene Freiheitsfackel und begann, auf Sehenswürdigkeiten und Gebäude unter den schroffen Spitzen von Manhatten zu zeigen. Dabei weinte sie ohne Verlegenheit vor Freude und Hoffnung, dieselben Sehenswürdigkeiten bald ihrer Familie zeigen zu können.

Vergnügungsdampfer waren voll besetzt mit Touristen, die Photos von der *Queen* schossen und Taschentücher schwenkten, als der Ozeanriese vorüberfuhr. Die *Queen Mary* hatte trotz des Nebels im Nordatlantik den Geschwindigkeitsrekord der *Normandie* gebrochen; die *Darien* würde bis New York mindestens eine Woche brauchen. Eine Woche bedeutete für John Murphy genügend Zeit, ein paar Artikel zu schreiben, ein paar Tatsachen zu veröffentlichen, welche die öffentliche Meinung in die richtige Richtung lenken könnten.

* * *

Die Docks der Cunard-Reederei, Pier 90, war gestopft voll mit Reportern von jeder wichtigen Zeitung. Eine lange Absperrkette trennte die ankommenden Passagiere von Freunden und Verwandten, bis das Gepäck herausgesucht und der Zoll entrichtet war. Murphy erwartete nicht, daß ein vom Verlagshaus Trump organisiertes Empfangskomitee da wäre, um ihn und Karl zu begrüßen.

Im Zollamt ging ein Heer von Beamten ungestüm die Tausende von Reisetaschen, Handtaschen und Überseekoffern durch, während die ungeduldigen Journalisten draußen lärmend nach Murphy und ‚dem Kleinen' riefen.

Eddie Cantor, Harold Ickes und selbst Henry Ford mit seiner Nazianstecknadel wurde wenig Interesse entgegengebracht, verglichen mit dem kleinen Jungen, der seine Eltern verloren hatte und der den Nationalsozialisten, die seinen Vater getötet hatten, entkommen war. Die Gestapo hatte den großen Fehler gemacht, Walter Kronenberger in den Büroräumen des Internationalen Nachrichtendienstes auszulöschen. Die Ankunft des Kindes des Toten in New York war genau die

Art Geschichte von menschlichem Interesse, die nach der Vorstellung des alten Trump die Auflage seiner Zeitung verdoppeln würde.

Babbie und Karl saßen ruhig auf einer der langen Holzbänke, die das Innere des riesigen Raums säumten. Murphy und ein schwarzer Gepäckträger zerrten das Gepäck zu einem der Beamten, der hinter einem Marmorschalter saß. Der Mann besah sich erst Murphys Papiere und dann die von Karl und Babbie Rosenfelt. Er lächelte.

„Oh! Sie sind also der Kerl, hinter dem alle her sind. Ich dachte, die seien hier, um den Kapitän zu interviewen, wo doch die *Queen Mary* den Rekord gebrochen hat. Oder vielleicht, um Ford oder Cantor zu interviewen oder ... diesen Mann von der Regierung. Aber im Moment sind *Sie* das große Tier, Sie und dieser Kleine."

„Was?"

„Da draußen sind fünfzig Leute, und alle wollen ein Bild von dem kleinen Jungen mit der Hasenscharte." Der Zollbeamte tippte auf Karls Paß und seine Visapapiere. „Große Neuigkeiten, schätze ich. 'türlich, Sie müssen das wissen. Sie sind ja selbst Zeitungsschreiber, stimmt's? Ihr Boß ist da draußen. Mr. Trump höchstpersönlich. Fragte, ob wir Sie hier in aller Eile durchschleusen könnten. Damit sie mit dem Kleinen über seine ermordeten Eltern sprechen können."

Murphy verzog den Mund. Mit Karl sprechen? Ein Bild von ihm machen? Sein Gesicht vor der Operation groß auf die Titelseiten bringen? Das Kind war doch kein Zirkusclown!

Der Zollbeamte machte sich nicht die Mühe, das Gepäck zu untersuchen. Er stempelte Murphys Dokumente und winkte ihn durch. „Ihr Publikum wartet", sagte der Beamte grinsend.

Murphy trat vom Schalter weg und ging eilig zurück zu Karl und Babbie. Er steckte der alten Frau ihre Papiere und Karls Visa zu. „Sehen Sie", sagte er mit leiser Stimme, „der halbe Pressetrupp von New York ist da draußen und wartet auf Karl. Das ist etwas, was das Kind jetzt nicht brauchen kann. Diese Kerle sind ein Pöbelhaufen; sie würden ihre sterbende Großmutter interviewen, wenn sie einen Artikel daraus machen könnten." Er schaute zur Tür, die in die Eingangshalle führte.

Murphy hielt inne und atmete bei der Erinnerung an das Fiasko im Spielzimmer der *Queen Mary* laut aus. Er gewann den Jungen lieb – beinahe so, als wäre Karl sein eigener Sohn. Er wollte ihn nicht verlassen, wollte ihn keiner Gefahr aussetzen. Immerhin, sie waren in Amerika. Was konnte einem Kind und einer alten Frau in New York City nicht alles zustoßen? Eine Entscheidung mußte getroffen werden –

jetzt! „Wir haben eine Suite im Plaza-Hotel, gegenüber dem Central Park. Ich treffe Sie da mit Ihrem Gepäck, und dann –"

Babbie schlang schützend ihren Arm um Karl. „Hättest du Lust, in ein echtes New Yorker Taxi mit mir einzusteigen?", fragte sie aufgeräumt. Murphy mußte nichts mehr sagen.

„Uh-huh", kam gedämpft die Antwort.

„Gut. Ich hasse es, dich zu verlassen, kleiner Mann, aber ich glaube, so wird es das Beste sein." Murphy schlug sich aufs Knie. „Ich treffe dich im Plaza-Hotel." Er ließ einen Zwanzig-Dollar-Schein in Babbies Hand gleiten. „Gebt mir fünf Minuten, und ihr – ab durch die Mitte!" Er zwinkerte und machte Karl das Daumen-hoch-Zeichen, dann schlüpfte er durch die Menge, um sich der Meute auszusetzen.

* * *

„Plaza-Hotel, sagten Sie?" Der rundköpfige Geschäftsmann lächelte Frau Rosenfelt von der Bank am Taxistand aus gewinnend an. „Das ist auch mein Hotel." Er warf seine Reisetasche ins Taxi. „Wäre doch schade für Sie, hier zu warten. Würde es Ihnen etwas ausmachen, das Taxi mit mir zu teilen? Fahrpreis halbe-halbe?"

Babbie wollte sich weigern, schaute dann aber über ihre Schulter zu den Türen des Zollamts zurück. Jede Minute konnte eine Herde von Reportern aus diesen Türen strömen und sie und Karl zerdrücken. Murphy konnte sie nicht sehr lange festhalten.

„Ein echter Gentleman!" Sie ging mit Karl zum Wagen. „Unser Gepäck wird nachgeschickt. Ja. Ein Freund bringt –" Stimmenlärm erklang von hinten. Babbie stieß Karl hart auf den Rücksitz.

„Komm schon, Murphy! Du willst die Story für dich allein behalten?"

„Wo ist der Kleine?"

„Wir wollen ihm nur ein paar Fragen stellen! Und ein Bild von ihm!"

„Und wo ist diese alte Dame? Die mit den Kleinen auf dem Sargschiff? Sei ehrlich, Murphy: Du hast dir alles aus den Fingern gesogen, hä? Nichts zu tun gehabt auf dem Schiff, also hast du alles erfunden!"

„Mr. Trump wird das nicht schätzen, Murphy!"

Der Geschäftsmann kletterte hinter Babbie herein und schlug die Tür zu. „Berühmtheiten." Er zeigte mit dem Daumen auf den Murphy verfolgenden Mob.

Babbie wollte den über den Gehweg brausenden Lärm nicht zur Kenntnis nehmen. Sie lächelte müde und holte tief Luft. „So. New York."

Das Taxi fädelte sich in den Verkehr ein. Die wirkliche Welt. Taxis und Regierungswagen. Transporter, die von hundert Molen kamen und gingen. Rauchfahnen anderer Ozeanriesen, die auf der einen Seite die Sonne versperrten, während turmhohe Gebäude den Himmel auf der anderen Seite verbargen.

Babbie war froh, daß ihr Mitfahrer an einer Unterhaltung wenig Interesse zu haben schien. Er las in einer druckfrischen Ausgabe des *Wall Street Journal* wie ein Hungernder, der nach Nahrung lechzt. Babbie flüsterte Karl Erklärungen über Sehenswürdigkeiten und Besonderheiten der Stadt zu. Der machte fasziniert große Augen.

Die Fahrt von den Piers zum Plaza-Hotel schien überraschend schnell zu gehen. Aber als der Eingang des Hotels in den Blick kam, sah Babbie, daß sie nicht rasch genug geflohen waren. Sie erkannte die Presseleute an ihren Kameras. An den Stiften hinter den Ohren. An den Notizbüchern in der Tasche. An den verbeulten Fedorahüten, die sie auf ihren neugierigen Köpfen zurückgeschoben hatten. So warteten sie wie die Geier.

Sie beugte sich vor und tippte dem Taxifahrer auf die Schulter. „Ich habe mich anders besonnen. Ich würde lieber zuerst nach Brooklyn fahren."

„Wie Sie wollen, Lady. Das wird Sie was kosten. Muß den Taxameter vom Plaza ab laufen lassen. Als würden Sie vom Plaza nach Brooklyn fahren, Sie verstehen?"

Nun schaute der Geschäftsmann von seiner Zeitung auf. Er schien überrascht. „Brooklyn?", sagte er.

„Ich habe Familie dort", erklärte sie. „Ich denke, ich will sie sehen, bevor ich ein Zimmer nehme." Sie prüfte den Taxameter. Drei Dollar. Sie würde bedenkenlos die Hälfte zahlen. Es war nur gerecht.

„Werden Sie wieder herkommen?", fragte der Geschäftsmann. Er hatte, wenn er lächelte, runde Backen wie ein Apfel. „Dann werde ich Sie vielleicht wiedersehen. Sie haben einen so netten, stillen Jungen." Er lupfte den Hut und gab dem Taxifahrer Trinkgeld. Dieser zuckte die Schultern und startete den Taxameter.

„Also Brooklyn. Sind Sie Italienerin, Irin oder Jüdin, Lady?" Ihre Antwort würde genau bestimmen, wohin in Brooklyn er sie zu fahren habe.

* * *

Offensichtlich hatte Mr. Trump von der Ankunft Karl Kronenbergers und der alten Großmutter mehr Nachrichtentaugliches erwartet. Die Suite im Plaza stand voll von Drinks und einer wegen der Story zusammengekommenen Gruppe von Reportern.

Trump nahm Murphys Arm und führte ihn entschlossen durch die Doppeltüren ins Schlafzimmer. Mit gönnerhaftem Lächeln schloß er hinter sich die Türen, um dann, roten Gesichts, zu explodieren.

Es war eine leise, geflüsterte Explosion. „Wo um alles in der Welt sind die beiden? Schauen Sie, Murphy, das Verlagshaus Trump – das bin ich – hatte viele Ausgaben wegen dieses ... Verpfuschens einer großen Story. Wir sind in dieser Sache mit den deutschen Flüchtlingen ganz vorne dran, und jetzt haben Sie die Zeugen versteckt! Und wo – nicht einmal Ihre Frau haben Sie mitgebracht! Ich dachte, Sie könnte für uns auf der Violine spielen. Ich habe fast alle großen Tiere New Yorks da draußen. Eine Handvoll Senatoren, die sich vielleicht sogar um diese Flüchtlinge *kümmern* könnten!"

Murphy ließ ihn sich abreagieren. Er nickte zustimmend bei jedem Punkt, den Trump machte. „Sie wollen, daß diese Leute mit Karl sprechen, ja? Ihn über den Tod seines Vaters ausfragen? Seiner Mutter?"

„Das ist richtig. Ist das zuviel gefragt?"

„Der Junge kann nicht sprechen."

„Sie könnten ihm dolmetschen."

„Ich meine ... er kann nicht *sprechen,* Mr. Trump. Er hat eine schwere Stimmritzenstörung, erinnern Sie sich? Über alles, was passiert ist, über alles, dessen Zeuge er wurde – über all das kann er nicht sprechen." Murphy kramte seine Aktentasche durch und förderte schließlich ein in Papier eingepacktes Album mit Zeitungsausschnitten zu Tage, jenes, das Timmons in Paris gerettet hatte. Er reichte es Trump hinüber. „Da ist alles drin. Sie brauchen eine Dokumentation über die Rassentheorien und die entsprechenden Praktiken des Reichs? Über den Gnadentod? Über Mißbildungen? Verfolgung der Kirche? Konfessionsschulen? Da ist alles drin."

Trumps Mund arbeitete; er klappte ihn auf und zu, sagte aber kein Wort. Schließlich fragte er: „Und was ist mit dieser Mrs. Rosenfelt? Mit der *Darien?* Den achthundert Flüchtlingen?"

„Sie hat Karl. Irgendwo. Ich habe ihr gesagt, sie solle herkommen und mich treffen, aber sie ist ein gutes altes Mädchen. Sie weiß, daß der

Kleine keinen Presseempfang ertragen kann." Murphy zuckte die Schultern. „Es tut mir leid, Mr. Trump. Der Junge hat mehr ... Sachen durchgemacht, als die meisten Menschen in siebzig Lebensjahren mitbekommen. Ich weiß das alles zu schätzen; ich weiß, Sie haben es mit bester Absicht gemacht, aber –"

Trump schlug das Buch auf. Sein Ausdruck wurde sanfter, und er blätterte lange in den Seiten. „Mein Enkelsohn ist fünf", sagte er schließlich. „Im selben Alter wie Karl. Sieht ihm auch ähnlich." Plötzlich schaute Trump zu Murphy auf, mit Tränen in den vor Wut leuchtenden Augen. „Was, wenn er Karl wäre, Murphy? Was, wenn es mein Enkelsohn wäre, der zum Untermenschen gestempelt wurde wegen etwas, das er nicht beherrschen kann?"

Murphy schaute Trump an, bestürzt. Etwas an dieser Geschichte hatte die harte Schale des alten Zeitungsmannes durchdrungen und einen Nerv zum Schwingen gebracht. „Es *könnte* hier passieren, Mr. Trump", gab Murphy leise zur Antwort.

„Nicht, wenn ich etwas dagegen tun kann!", donnerte Trump. Er streckte seine Unterlippe heraus. „Ich habe es gemacht, um Zeitungen zu verkaufen, Murphy." Er blickte auf. „Jeder aus dieser Meute ist aus meinem Zwinger, sozusagen, und ich werde sie wegschicken. Er ist nur ein Junge. Und wenn er mein Enkelkind wäre –"

„Mrs. Rosenfelt wird der Presse eine Menge zu sagen haben. Können wir ihr in einem Tag oder so einen Termin geben? Es sind jetzt Eisenketten um die Freiheitsstatue, Mr. Trump. Eisenketten, die viele verzweifelte Menschen draußen halten. Sie kann davon reden. Ich ebenso. Sie kann über Menschen sprechen – Menschen aus Fleisch und Blut, nicht nur Zahlen und Quoten."

„Übernehmen Sie es, die Einzelheiten zu berichten, Murphy?" Trumps Stimme klang nicht nur ruhig, sondern sogar entschuldigend. „Menschen, nicht Zahlen. Wir können die Senatoren nicht mit so hohlem Kopf wegschicken, wie sie gekommen sind. Gehen Sie in den Ring, Murphy. Es ist ein furchtbar leerer Ring für uns hier drüben. Und wir werden es tun, weil es richtig ist –" Er schloß das Album. „Nicht nur, um Zeitungen zu verkaufen."

Murphy atmete erleichtert auf. „Ich weiß nicht, wo beginnen."

„Wir brauchen öffentliche Unterstützung, etwas, um dem Außenministerium zu zeigen, daß Amerika *für* diese Menschen ist. Petitionen und so etwas." Trump war Feuer und Flamme. Er ging schnell auf und ab. „Sie haben eine Mutter, Murphy?"

„Jeder hat eine Mutter."

„Sie geht in die Kirche?“

„Sonntag morgens, Sonntag abends, Mittwoch abends – und Freitags zum Nähkreis. Warum?“

„Rufen Sie Ihre Mutter an. Bitten Sie sie, jede andere betende Frau aus jeder anderen Kirche anzurufen, von der sie weiß. Bitten Sie sie, ihnen zu sagen, jeden anzurufen, die sie kennen. Da wollen wir ansetzen – beim Nähkreis Ihrer Mutter. Wir brauchen Unterschriften für Eingaben ans Außenministerium. Nahrungsmittel tonnenweise. Kleider. Arznei und ähnliches. Christen, die mit ihren Händen und ihren Füßen zu beten verstehen. Das wird genügen!“

* * *

Anfang der zweiten Woche auf der *Darien* schloß sich Maria einer Gruppe sich abwechselnder Frauen an, welche die Aufgabe übernommen hatten, Essen zu kochen. Die großen, rechteckigen Schwarzbrotlaibe, die in Hängematten von den Röhren in der Kombüse gehangen hatten, waren jetzt altbacken geworden und schimmlig weiß. „Krause weiße Hasen“, nannte Maria sie. *„Bring uns noch einen weißen Hasen, bitte.“* Nachdem der Schimmel und die Kruste abgeschält worden waren, erwies sich das Innere der Laibe als hart, aber genießbar – vor allem, wenn es in eine gute, dampfende Fischsuppe getunkt wurde.

Da einmal das Kochen dem für diese Fahrt angeheuerten, unbrauchbaren Smutje aus den rasenden Händen genommen war, wurde selbst geschmackloses Esses irgendwie köstlich. Während Männer und Kinder damit beschäftigt waren, mit behelfsmäßigen Schnuren und Haken Fische zu fangen, spendete die See das Salz zum Würzen der täglichen Verpflegung. Der Fisch wurde gekocht, gebraten, gebacken und pochiert. Wie das Manna vor Tausenden von Jahren in der Wüste ernährte nun Fisch diese wandernden Kinder Abrahams. Fisch mit Kartoffeln. Fisch mit Rote Beete. Fisch gefüllt – beinahe. Fisch im Brotteig, gebraten in den Krumen der weißen Hasen aus den Hängematten.

Mehr als einmal wurde Klaus zur Hilfe gerufen, einen besonders großen Fisch hochzuzerren, und dann entdeckte man, daß leider die Schnur abgebissen und der Fang von einem der Haie verschlungen worden war, die entlang des Frachters herumstrichen. Überall waren

Haie. Ihre böswillige Anwesenheit ließ Mütter ganz in der Nähe ihrer Kleinen sein, und mehr als einer der Passagiere erwachte nachts aus einem schreckenerregenden Traum von zuschnappenden Kiefern und schwarzen Augen, die sich nach hinten verdrehten – ihrem toten Opfer zu.

Es waren die Haie, die Maria fürchtete – mehr fürchtete als die Stürme, mehr als die haushohen Wellen, mehr als die Nazis. Sie schienen im Wasser irgendwie Schatten von Dämonen zu sein – dahingleitend, wartend. Wartend. Wartend auf einen falschen Schritt, auf ein ausrutschen mit dem Fuß, auf ein sorglos auf der Reling spielendes Kind. Bis jetzt befriedigten ihren Hunger nur die übrig gelassenen Innereien der Fische.

Die Eingeweide halfen auch beim Fischen. Ein Fischkopf am Ende eines Hakens war wie ein in Brachfeld gesenktes Samenkorn.

„Heißt ‚Kuder'", erklärte Tucker dem Rabbi von Nürnberg. Maria wußte, daß es korrekt ‚Köder' heißt, aber es war da etwas Poetisches in Tuckers Cockney-Akzent. *Der Fisch soll den Kuder kuen.*

„Mehr Kuder! Mehr Kuder!" Der Rabbi von Nürnberg schnippte ungeduldig mit dem Finger, nachdem er mit einer Handvoll Thoraschülern ein großes, zappelndes Etwas auf das Deck gezerrt hatte. Dann segnete er jedes bißchen Fischinnereien und warf den bestückten Haken ins Wasser. Der gelehrte Rabbi von Nürnberg wurde zum besten Angler auf dem Schiff. „Vielleicht sind es die Gebete", sagte ein weniger erfolgreicher Angler schulterzuckend.

Es wurden Wettfischen organisiert. Die orthodoxen Juden warfen ihre Fähigkeiten gegen die nichtreligiösen Juden in die See. Es gab an diesem Tag keinen so guten Fang. Bankiers angelten gegen Ladenbesitzer. Ärzte gegen Juristen. Jungen gegen Mädchen. Nachdem die Mädchen ihren Ekel allem Schleimigen gegenüber überwunden hatten, gewannen sie mit Leichtigkeit. Für sicheren Stolz sorgte die Verkündigung des größten Fangs des Tages. In Streifen und in Würfel geschnitten und verkocht sah der Fisch natürlich nicht mehr so stattlich aus, wie er an Deck gehievt worden war. Aber er war gut. Besser als Brei und trockenes Schwarzbrot mit Käse oder Schwarzbrot mit Kartoffeln oder Schwarzbrot mit Rote Beete.

Als der letzte weiße Hase aus der Hängematte in der Kombüse genommen wurde, bemerkte niemand, daß es kein Brot mehr gab. Die meisten waren erleichtert, allein wegen des Schimmels auf dem Schwarzbrot. Die See würde sich von Fischen nicht leeren. Das schien den meisten wie ein Wunder. Der Rabbi von Nürnberg, diese Landratte, hatte es übernommen, jeden Morgen und jeden Abend seine runzeligen Hände auszustrecken, um diese Mannaquelle zu segnen.

„Gelobt seist du, Herrgott des Universums, der du uns bescherest ... *Fisch.*"

23. Auftrittsbefehl

Die Morgensonne glitzerte auf dem weißseidenen und silbernen Stoff der Gebetsriemen. Wie eine geschnitzte Galionsfigur eines Segelschiffs stand der Rabbi betend am Bug. Zum ersten Mal in seinem Leben betete er mit dem Gesicht nach Westen. Der Wind griff unter die Falten seines Tallits, und die bordierten Säume bauschten sich im Luftstrom wie die Federn eines Seevogels.

In der Gischt und in der Brise lag der Geruch Amerikas. In die Gebete jedes Betenden, ob Frau oder Mann, war der Name Amerika verflochten und lag selbst auf den Lippen derer, die nicht beteten.

Der Rabbi von Nürnberg erhob seine Stimme über das Heulen der Winde und sang Psalm 92, das Psalmlied für den Sabbattag: „Das ist ein köstlich Ding, dem Herrn danken und lobsingen deinem Namen, du Höchster, des Morgens deine Gnade und des Nachts deine Wahrheit verkündigen."

Während die Gemeinde mit dem alten Rabbi betete, stand Ada-Marie auf und bummelte nach vorn auf das sanft schwingende Deck. Maria wollte zu ihrer Tochter hingehen, aber Ada-Marie stand schon nahe beim Rabbi. Er war ihr Thoralehrer. Ihr Freund. Ihrer aller Geschichtenerzähler und Fischfänger.

Die Gebetsfeierlichkeit vergessend, hob Ada-Marie ihren Arm, um hochgehoben zu werden. Ohne auch nur eine Silbe des Psalmlieds auszulassen, lächelte der Rabbi freudig und nahm das Kind hoch in seine Arme. „Denn, Herr, du lässest mich fröhlich singen von deinen Werken, und ich rühme die Taten deiner Hände."

Wie auf ein Stichwort streckte Ada-Marie jetzt die Hände aus. Die Säume des Seidentallits verwickelten sich um ihre Finger, und für eine Weile sah sie aus wie ein kleiner Vogel, der in den Himmel fliegen will. Sie lachte und wiederholte die Worte des Rabbi: *„Wie ... groß ... sind deine Werke, o E-wi-ger."* Sie war begeistert, daß die Erwachsenen gekommen waren, am Thora-Unterricht der Kinder teilzunehmen.

* * *

Elisa erwachte vom Geräusch zwitschernder Vögel. Der Baum vor ihrem Fenster war alt und groß und in vollem Laub. Sonnenlicht sprenkelte das frische Grün der oberen Zweige.

Hier in diesem wuchtigen Haus am Stadtrand Londons war ihr erlaubt worden, sich zwei Tage auszuruhen und zu lesen. Aber sie fühlte sich noch immer als Gefangene. Die Villa war ein Ausbildungslager für Männer unter dem Befehl Tedricks, und frei bewegen durfte sie sich nur in ihrem Schlafzimmer und dem angrenzenden Aufenthaltsraum.

Wie sich herausgestellt hatte, war Tedrick Oberst. Zwei Hausangestellte berichteten ihr, Oberst Tedrick sei in wohl einem Tag zurück und beginne dann die Vorbereitungen mit ihr. Außerdem würde es ihr bald darauf erlaubt, über den Atlantik Murphy im Plaza-Hotel in New York anzurufen.

Es schien ihnen sehr daran gelegen, daß Murphy beruhigt war. Sie selbst war gewarnt worden: Jedes Anzeichen von Schwierigkeiten ihrerseits führe zu einem Abbruch des Gesprächs. Oberst Tedrick werde ihr ein Notizbuch geben, in das sie die Einzelheiten eintragen solle.

Elisa ärgerte sich über Oberst Tedrick und seine Organisation. Sie hatten nichts unberücksichtigt, ihr keinen Weg offen gelassen, die Zusammenarbeit mit ihnen zu verweigern.

Eine junge Frau namens Shelby hatte die Aufgabe, sie über ihr Leben in Wien auszufragen. Shelby, die fließend deutsch sprach und zwei Jahre als Sekretärin bei der Englischen Botschaft in Berlin verbracht hatte, war mit der bemerkenswerten Fähigkeit ausgestattet, aus einer Aufgabe, die langweilig zu sein schien, etwas Interessantes zu machen.

Wo Elisa gelebt, wo sie eingekauft hatte und mit ihren Freunden ausgegangen war, schienen jene harmlosen Einzelheiten zu sein, an denen Shelby am meisten interessiert war. Namen und Beschreibungen von Mitgliedern des Orchesters, Elisas Gewohnheiten und Eigenarten wurden zu Gesprächsgegenständen, über die beide Frauen sich amüsierten.

Wenn Shelby nicht wäre, hätte Elisa ihre Zeit wohl mehr weinend als lachend verbracht. Shelby, stets zu lächeln bereit, mit ihrem feuerroten, schulterlangen Haar, war zwei Jahre älter als Elisa und schon einmal verheiratet gewesen. Oft gingen die Befragungen, die dazu gedacht waren, Einzelheiten aus Elisas Leben zusammenzutragen, locker in eine persönliche Unterhaltung über. Bei vielen Tassen Tee sprachen sie über Berlin vor der Nazidiktatur. Shelby freute sich, als sie herausbekam, daß Elisas Vater der Eigentümer des Warenhauses Lindheim gewesen sei – dort war sie am liebsten einkaufen gegangen. Sie hätten sich in den Gängen begegnen können!

An dieser Stelle besann sich Shelby wieder auf ihre eigentliche Aufgabe. Sie sollte nicht Elisa Lindheim befragen ... sondern Elisa *Linder*, Inhaberin eines tschechischen Passes und Violinistin beim Wiener Musikverein.

Shelby klopfte am nächsten Morgen leise an Elisas Tür. „Ich bin's, meine Liebe." Sie zog einen Kleiderkoffer auf Rädern hinter sich her.

Elisa lächelte, setzte sich auf und machte große Augen. Schöne Kleider befanden sich im Koffer; die Preisschilder waren noch dran. „Was ...?"

„Ich habe sie selbst ausgesucht. Der Oberst hat festgestellt, daß wir beinahe dieselbe Größe haben, und so hatte ich an deiner Stelle die ganze Einkaufsfreude. Probiere sie an. Was dir nicht gefällt, werde ich mit Freuden für dich tragen!" Sie zwinkerte verschmitzt mit den Augen. „Also, heute ist der Tag der Tage! Oberst Tedrick hat ein Telephongespräch nach New York in Aussicht gestellt."

Elisa war aufgesprungen und sah interessiert die Kleider durch. „Shelby!", sagte sie schließlich. „Wie schön sie sind – alle!" Sie nahm Shelby in die Arme. „Wegen dir finde ich es hier beinahe erträglich."

„Gut, such dir etwas Schönes aus und nimm schnell ein Bad. Du mußt hübsch aussehen, wenn du mit deinem Mann sprichst."

* * *

„Das Problem mit den Tschechen ist" – Oberst Tedrick steckte sich seine Shagpfeife an und verfolgte die Rauchschwaden –, „daß sie Ihnen selbstverständlich keine richtige Ausbildung anboten. Völlig unprofessionell. Stecken Sie rein in ein Gefängnis in Wien mit der Anweisung, Sie sollen den Mund halten." An der Pfeife ziehend, dachte er über die mangelnde Schulung nach, die Elisa erhalten hatte. „Es ist kein Wunder, daß Sie unfähig waren, es zu Ende zu bringen, als sie mit Le Morthomme zusammenkamen. Wir werden es mit Ihnen besser machen, Elisa. Ihnen eine Ahnung von jener Ausbildung vermitteln, die Himmler seiner Gestapo und Canaris der Abwehr zuteil werden läßt." Er schob seine Unterlippe vor und fragte: „Schon jemals mit einer Waffe geschossen?"

Elisa zuckte die Schultern und schüttelte den Kopf. „Aber Sie erzählten mir, ich solle in Paris nur den Kontakt mit Thomas herstellen und dann –"

„Ja, natürlich. Aber den Nationalsozialisten könnte das nicht gleichgültig sein. Falls das der Fall ist, könnte sich eine Waffe als nützlich erweisen."

„Welchen Nutzen –"

„Wäre Ihnen von Nutzen gewesen, wenn Sie diesen fetten Kerl, der Sie und Ihre Freundin in Ihrer Wiener Wohnung in die Ecke drängte, einfach erschossen hätten, hä!"

Elisa atmete laut auf und bemerkte dann trocken: „Ich denke, wenn ich gewußt hätte, wie man mit einer Waffe umgeht, dann wäre ich jetzt in New York bei Murphy, und sie hätten zwei Leute weniger auf Ihrer Lohnliste."

Tedrick lachte und wischte dann ihren Ärger zusammen mit dem Rauch aus seiner Pfeife beiseite. „Richtig! Nun, ähm – das war eine taktische Sache. Das war nur eine Frage der –"

„Entführung."

„*Notwendigkeit* wollte ich sagen, Elisa! Wie hätten wir Sie, ohne eine schlimme Szene zu machen, denn sonst von Murphy wegzerren können?"

„Es wäre Ihnen nicht gelungen! Und für mich hätte keine Notwendigkeit bestanden, mit einer Waffe umgehen zu lernen."

„Diese Notwendigkeit besteht *jetzt.*" Er räusperte sich und wurde ernst. „Shelby berichtet, Sie seien Ihres Wissens nach die letzte Person, die Rudy Dorbransky lebend gesehen hat."

Elisa blickte auf die astreiche Platte des Walnußschreibtischs. Sie wollte Tedrick nicht in die forschenden Augen schauen. Sie wollte nicht einmal über jene schreckliche Nacht in Wien sprechen. „Ja ... Rudy."

„Und er gab Ihnen *diesen da* –" Tedrick klopfte auf den verschrammten Geigenkasten, der die unbezahlbare Guarneri enthielt.

Elisa nickte. „Er sagte mir, wo sie sei. Ich wartete, und dann ... später ... Ich habe sie zusammen hinter dem Schaukasten mit der Haydn-Büste hervorgeholt ... im Musikverein. Und dann hat meine Freundin Leah Feldstein ..."

Tedrick hatte wie abwesend die getippte Abschrift durchgeblättert. Er hob eine Hand, um sie zu unterbrechen. „Das wissen wir alles. Der Punkt ist, sie haben Rudy *gesehen* – und was man mit ihm gemacht hat."

„Ja", kam Elisas geflüsterte Antwort. „Seine Hände waren –"

„Stimmt." Tedrick schob mühsam seinen bulligen Körper auf dem Ledersessel hin und her. „Rudy war einer von unseren Leuten."

„Ich vermutete das ... und daß seine Aufgabe im Beschaffen von Pässen für die bestand, die sie brauchten."

„Pässe ... und andere Dinge. Wir haben ihm oft Pässe im Austausch gegen Gefälligkeiten verschafft. Eine Nachricht hier, ein Dokument da. Wir kannten Hitlers Pläne, lange bevor er in Österreich einmarschierte."

Elisa schoß das Blut ins Gesicht. „Warum haben Sie ihn dann nicht aufgehalten? Warum?"

„Wir konnten in dieser Angelegenheit mit Kanzler Schuschnigg reden. Er rief Österreich zur Wahl auf. Eine unbesonnene Handlung von ihm. Ärgerte den Führer."

„Aber warum hat sich Großbritannien zurückgehalten und –"

„*Mein liebes Mädchen*, Sie sind vom springenden Punkt abgekommen!" Ein Anflug von Verwirrung wurde in Tedricks Worten spürbar.

„Und was ist der springende Punkt?" Elisa hatte ihre Fäuste im Schoß geballt, und aus ihren blauen Augen blitzte Zorn bei dem Gedanken an die Gewalt, die durch die Nationalsozialisten nach Wien und ganz Österreich gekommen war.

„Zweck unserer Organisation ist es, Informationen zu sammeln", verteidigte sich Tedrick und rümpfte die Nase. „Unsere Informationen werden der Regierung Seiner Majestät übergeben; dort werden Entscheidungen getroffen – oder *nicht* getroffen. Wir sind nur dazu da, den anderen, die an dem Spiel beteiligt sind, wenn möglich ein Licht aufzustecken. Unseren Leuten dabei zu helfen, das Geschehen der Zukunft abschätzen zu können."

„Und haben die Gegner genauso die Fähigkeit, *Ihre* Bewegungen zu erkennen?"

Tedrick lächelte gedrückt. „So einigermaßen. Deshalb ist es wichtig, daß Sie eine Waffe tragen und gut mit ihr umgehen können, meine Liebe. Sie sehen, die Kerle, die Rudy Dorbransky folterten, laufen da draußen noch herum und sind sehr darauf erpicht, das, was sie mit ihm anstellten, auch mit Ihnen anzustellen."

„Aber Albert Sporer ist tot."

„Denken Sie etwa, er sei allein gewesen?" Die Pfeife ging aus, und Tedrick pulte mit dem Ende eines Streichholzes im Tabak herum. „Ich bin sicher, Ihr ... *Gatte* ... Mr. Murphy hatte in Prag davon Kenntnis, daß die Gestapo großes Interesse an Ihnen hat. Wir haben diese Information vor ein paar Wochen an die tschechische Regierung weitergeleitet. Murphy wurde benachrichtigt. Hat er Ihnen von der Gefahr nichts gesagt?"

Elisa runzelte die Stirn und erinnerte sich an den Abend des Festes in der Burg Hradschin. Murphy schien damals auf der Karlsbrücke etwas Schreckenerregendes, Dunkles wahrzunehmen. Von diesem Moment an war er nicht mehr derselbe gewesen. Bis sie England erreicht hatten, schien er sich immer nach einer verborgenen Bedrohung umzuschauen. „Nicht mit Worten. Er wollte mich nicht ängstigen, vermute ich."

„Die Gefahr ist echt, selbst bei einer kleinen Spritztour über den Kanal nach Paris. Glauben Sie mir: Die Gestapo wird Sie nicht so einfach gehen lassen. Nun gut, Sie sind diejenige, die Dorbransky zu seiner Nachfolgerin bestimmte. Man tötete ihn." Erneut klopfte er auf den Geigenkasten. „Man tötete ihn, um an die Information zu kommen, die er hier bei sich trug. Man war sich nicht ganz darüber im klaren, hinter *was* man her war, andernfalls wären Sie eliminiert worden, als Sie in Wien mit der Violine herumliefen." Er lehnte sich zurück, um diesen Gedanken Elisa wie ein kaltes Messer der Angst durchdringen zu lassen. „Jetzt, denke ich, wissen sie, was sie wollen." Er änderte plötzlich das Thema. „Ihr Photo ging – leicht verändert – durch alle wichtigen Zeitungen Europas. Wir werden uns bemühen, daß ein anderes Photo in der *London Times* auftaucht mit der Ankündigung, daß Sie während der nächsten Wochen beim BBC im Radio arbeiten werden – allein."

„Aber Paris?" Elisa war in Alarmbereitschaft. Wann würde es für sie heißen, von London abzureisen und nach Paris aufzubrechen? Wann würde sie mit dieser Aufgabe fertig sein und nach Amerika fahren können?

„Paris steht mit Sicherheit auf Ihrem Programm, meine Liebe." Er entzündete ein weiteres Streichholz und hielt es an den Pfeifenkopf. „Aber mit noch größerer Sicherheit wird John Murphy verstehen, daß Sie das Angebot, mit dem Londoner BBC-Radiosinfonieorchester zu spielen, nicht abschlagen können. Wer weiß, vielleicht hört sogar die Gestapo mit zu?"

„Sie wollen damit sagen" – Elisa lehnte sich zurück und versuchte zu begreifen, was Tedrick meinte – „daß ich also länger hier sein werde –"

„Länger, als wir ursprünglich dachten." Ein kaltes, entschlossenes Lächeln überzeugte Elisa, daß sie hier keine Chance habe. „Lange genug, um einige Male mit dem BBC auftreten zu können. Sie müssen das Mr. Murphy ganz deutlich erklären. Jeder Musiker würde eine solche Gelegenheit beim Schopf ergreifen. Einen solchen Vertrag würde niemand ablehnen."

„Ich schon."

„Da befinden Sie sich im Irrtum, Elisa." Tedrick war sich seiner Sache sicher. „In dem Augenblick, in dem sie dies hier aufhoben" – er schob ihr den Geigenkasten über den Schreibtisch zu –, „haben Sie einen Auftrittsvertrag unterschrieben. Also *werden* Sie auftreten. Und Sie werden diesen Auftritt beginnen mit einem Telephonanruf nach New York. Erst *dann* werden wir Sie mit dem weiteren Programm bekannt machen."

* * *

Karl wußte, daß es sehr spät in der Nacht war – oder früh am Morgen –, als in der Hotelsuite das Telephon klingelte.

Murphy war noch angekleidet. Er hatte sich gar nicht erst ausgezogen. War nicht in seinen Pyjama geschlüpft. Hatte die ganze Nacht nicht geschlafen. Er war im Zimmer auf- und abgegangen und hatte zum Fenster hinaus auf den Verkehr gesehen. Und als Karl einmal aufgestanden war, um ins Badezimmer zu gehen, hatte Murphy erklärt: „Elisa wird anrufen, verstehst du? Es gibt einen Zeitunterschied zwischen London und New York. Wenn es dort Tag ist, ist es hier Nacht; wenn hier Nacht ist, ist es dort Tag."

Karl hatte den Verdacht, es müsse an diesem seltsamen Zeitunterschied liegen, daß Murphy nie mehr als ein paar Stunden zu schlafen schien. Seit sie in New York eingetroffen waren, hatte die Schreibmaschine in einem fort geklappert und geratscht bis weit in die Nacht hinein. Jedesmal, wenn Karl dann aufstand, fand er Murphy am Schreibtisch eingeschlafen. Danach ging Murphy immer duschen und sich rasieren und begann von vorne mit seinen endlosen Berichten über Flüchtlingsfragen, seinen Zusammenkünften im Medizinischen Zentrum und mit weiteren Berichten. Die Stunden der Dunkelheit wurden schreibend verbracht. Manchmal aß Murphy etwas, aber nicht immer. Karl machte sich Sorgen um ihn – mehr, als er sich Sorgen um die Operation machte, der er sich in zehn Tagen unterziehen sollte.

Heute nacht – oder diesen Morgen – dröhnte Murphys Stimme ins Telephon, als versuche er den ganzen Weg über den Atlantik nach London schreiend zu überwinden. Karl hörte leise von seinem Schlafzimmer aus zu. Sekunden verstrichen; die Stimme nahm einen unglücklichen Klang an. Karl hatte bereits in der Stimme seines Vaters diesen unglücklichen Ton gehört. Er wußte, wie das klang.

„So rede doch lauter, Elisa! Elisa? Ich kann dich kaum verstehen. Was? Was sagst du? Das BBC-Orchester ... was?“ Auf diese Worte folgte eine lange Stille. Dann: „Aber *wie lange*?“ Karl vernahm so etwas wie ein Seufzen. Leise, kaum hörbar. „Ich ... aber ich dachte, du würdest sofort kommen. Wenn ich davon gewußt hätte, ich wäre gleich umgedreht und wäre zurück nach England gekommen! Jetzt ist der Termin für Karls Operation vereinbart, und ich ...“

Die Stimme klang nun verärgert. Karl hatte das Gefühl, er sei daran schuld. Er wünschte, Murphy werde nach England zurückgehen und ihn in den sorgenden Händen Babbie Rosenfelts lassen.

Murphy klang erschöpft. „Nein ... ja. Ich denke, ich werde es überleben. Arbeit? Sicher. Ich habe mich bis über die Ellbogen in das hiesige Flüchtlingsproblem gestürzt, aber –“ Murphy seufzte laut. Karl konnte sehen, wie Murphy von der Couch herab, auf der er sich räkelte, seine langen Beine ausstreckte. „Wenn ich gewußt hätte ... nein. Ja, natürlich sehe ich ein, wie wichtig ... was das für dich für einen Durchbruch ... aber ... aber sicher, ja. Ich sage Karl von dir alles Liebe. Sicher. Ja. Ich ... ich liebe dich auch, Elisa. Nächste Woche. Du rufst nächste Woche an? Selbe Zeit. Sicher. Fünfzig Dollar für drei Minuten. Sicher. Auf wiederhören, Liebling.“

Murphy machte es Schwierigkeiten, die Gabel einzuhängen.

Durch den Türspalt konnte Karl sehen, wie sich Murphy vorbeugte und gequält den Kopf in den Händen vergrub. Er war einsam. Karl kannte das. Er kletterte aus seinem warmen Bett und ging leise auf Zehenspitzen zur Tür. Lange stand er still und beobachtete Murphy; aber dieser bewegte sich nicht. Er seufzte nur oft, als könne er so einen schrecklichen Schmerz loswerden.

Schließlich hustete Karl – leise. Murphy blickte auf. Seine Augen waren rot gerändert; er sah krank aus.

„Grüß dich, Kleiner“, sagte er. Das war nicht der gewöhnliche, frohe Gruß. „Brauchst du etwas? Wasser? Bad? Hast du schlecht geträumt?“

Karl schüttelte den Kopf und ging langsam auf Murphy zu. Einen Meter vor ihm blieb er stehen und wartete geduldig.

„Was?“, fragte Murphy.

Als Antwort streckte Karl die Arme aus und umarmte ihn.

Mit einem Schluchzer nahm ihn Murphy in seine Arme. „Ich auch, Karl“, sagte er. „Genau das vermisse ich auch.“

24. Wohltätige und Judenfreunde

„Was Amerika verliert, kommt England zugute!“ Die Schlagzeile auf der Unterhaltungsseite der Londoner *Times* verlief genau über dem Bild der hübschen, blonden Violinistin, die mit dem namhaften BBC-Sinfonieorchester auftrat. *Vor vierzehn Tagen,* stand in dem Artikel, *wurde eine schöne, junge Geigerin auf den Molen von Southampton aufgehalten und verpaßte ihre Passage nach Amerika mit der* Queen Mary. *Diejenigen von uns, deren Mittel ausreichten, Elisa Linder in ihrer Geburtsstadt Wien zu hören, waren erfreut zu vernehmen, daß ihre Grippe überstanden sei und sie einen Vertrag unterschrieben habe, wonach sie während der nächsten Wochen als Solistin mit dem BBC-Sinfonieorchester auftritt.*

Der Artikel fuhr fort mit einem Hinweis auf die gewagte Flucht aus dem nationalsozialistisch besetzten Österreich und dem Zwischenfall im Tschechischen Nationaltheater; die Ermordung des Präsidenten Benes sei aufgrund ihrer Warnung vereitelt worden. Nicht erwähnt wurde, wo sie sich in London aufhielt. Oberst Tedrick mutmaßte, die Gestapo werde solche Einzelheiten gewiß selbst herausfinden.

Mehrere verschiedene Versionen von Elisas Leben wurden veröffentlicht – in einem Dutzend Organen in England und selbst jenseits des Kanals in Frankreich, wo ebenfalls BBC gehört wurde. Die meisten Zeitungsausgaben druckten auch das Bild ab; dennoch dachte Oberst Tedrick, sein Ziel sei nur durch die Veröffentlichung der Information erreicht worden. Er ließ einen Artikel aus einer der unbedeutenderen Zeitungen ausschneiden und diesen mit einem persönlichen Brief von Elisa an Murphy in einen Briefumschlag stecken. Der Brief wurde in einen kleinen Postsack gegeben, der an Bord der *Queen Mary* nach Amerika auf den Weg ging.

* * *

Im Expreßzug von New York nach Washington, D.C., befand sich Murphy in guter Gesellschaft. Eddie Cantor und Rabbi Stephen Wise zusammen mit Dr. Nahum Goldmann, dem eine harte Linie verfechtenden Gründer des Jüdischen Weltkongresses, repäsentierten die amerikanisch-jüdische Sichtweise. Das christliche Ende des Spektrums vertrat Dr. Henry Lieper, der Sekretär des Föderalrats der Kirchen, als Sprecher von zweiundzwanzig Millionen Kirchgängern und vierundzwanzig protestantischen Gruppen. Der katholische Bischof Bernard Sheil war als Repräsentant des Chicagoer Kardinals Mundelein gekommen.

Zusammen mit den zweihunderttausend Unterschriften, die den Flüchtlingen an Bord der *Darien* Unterstützung versprachen, ergaben diese Vorsteher der amerikanischen Kirchengemeinden für das mit Staatssekretär Hull in Washington anberaumte Treffen eine eindrucksvolle Liste.

Seinem Wort treu bleibend, hatte Innenstaatssekretär Ickes beim Zustandekommen des Treffens geholfen. Sein Hilfsangebot von Bord der *Queen Mary* hatte er nicht vergessen.

Staatssekretär Hull war über siebzig Jahre alt, ein gutaussehender, großgewachsener Kongreßabgeordneter aus Tennessee, der Senator geworden war und schließlich der Staatssekretär Roosevelts. Für seinen scharfen, politischen Riecher war er bekannt – wahrhaftig ein Pferdehändler, sagten einige bewundernd. Sein politischer Verstand allerdings dämpfte alle persönlichen Gefühle, nach denen er in Sachen Einwanderungspolitik etwa gehandelt haben könnte. Seine Frau war Jüdin; dennoch war Hull noch nicht dazu bereit, die Einwanderungsbeschränkungen zu lockern, die so viele verzweifelte Menschen und qualifizierte Antragsteller daran hinderten, der nationalsozialistischen Verfolgung zu entrinnen.

Hull saß hinter seinem Schreibtisch und überflog die Stapel von Eingaben, als ob er sich irgendwie die Namen merken müßte. Die vornehme Abordnung saß vor ihm und wartete auf Antwort.

„Eindrucksvoll", sagte Hull schließlich gedehnt. „Eine bewegende Darbietung der Eintracht. Juden, Katholiken, Protestanten. Aber das Gesetz des Landes ist noch immer Gesetz."

Jeder Mann im Raum versuchte, seinen Standpunkt zu erläutern.

Bischof Sheil sagte in leisen Worten: „Indem wir diesen Menschen – vor allem den Kindern – Asyl gewähren, auf daß sie in Frieden aufwachsen und auf den Pfaden der Freiheit wandeln können, helfen wir nicht nur ihnen, sondern auch uns. Wenn wir es erlauben, daß kleine Kinder zu uns kommen, werden wir der ganzen Welt unsere Demut vor der Heiligkeit des menschlichen Lebens zeigen."

Hull nickte nachdenklich. Die Männer hatten sich zusammengefunden, um für die Menschen an Bord der *Darien* und für die im Reich

Verbliebenen zu bitten, und diesen Männern gab er zur Antwort: „Wir können derzeit diesen Flüchtlingen kein Asyl gewähren."

„Können sie nicht vor Anker bleiben, bis die Angelegenheit besser ergründet ist?", fragte Dr. Goldmann.

Hull schwang in seinem Stuhl herum und deutete auf die amerikanische Flagge. „Dr. Goldmann, ich habe einen Eid darauf abgelegt, die Fahne zu schützen und den Gesetzen meines Landes zu gehorchen. Sie verlangen von mir, diese Gesetze zu brechen."

Von der verzweifelten Lage der Flüchtlinge bewegt, räusperte sich Goldmann und versetzte: „Vor einigen Wochen sprangen eine Reihe antinazistischer Seeleute über Bord, als ihr Schiff von New York auslief. Die Küstenwacht fischte sie heraus. Inzwischen ist jedem dieser Seeleute seitens der Regierung der Vereinigten Staaten Asyl auf Ellis Island gewährt worden. Diese deutschen Seeleute befinden sich noch immer dort, unter der Verantwortung des Außenministeriums. Sollten Sie diesen Menschen an Bord der *Darien* jetzt nicht als Staatssekretär ein Telegramm schicken und ihnen vorschlagen, im New Yorker Hafen über Bord zu springen? Bestimmt wird sie die Küstenwacht herausfischen. Bestimmt würde man nicht zusehen, daß sie ertrinken, weil sie Juden ohne Papiere sind. Sie wären so in Sicherheit."

Staatssekretär Hull klappte auf Goldmanns Worte hin der Kiefer nach unten. „Sie sind der zynischste Mensch, der mir je begegnet ist!", entgegnete Hull verärgert.

Unerschrocken antwortete Henry Lieper im Namen der Gruppe: „Wir fragen Sie, Herr Staatssekretär, wer hier der Zyniker ist: wir Christen und Juden, die diese unschuldigen Menschen retten wollen, oder Sie, der Sie drauf und dran sind, sie nach Deutschland zurück in den Tod zu schicken?"

Weiter wurde nichts gesprochen. Hull entließ die Abordnung, wobei er sich weigerte, Lieper die Hand zu geben. In entsprechend melancholischer Stimmung kehrte Murphy mit den anderen mit dem Trost nach New York zurück, daß die öffentliche Meinung in dieser Angelegenheit das letzte Wort habe.

* * *

Himmler setzte sich nervös die Brille gerade, während er die letzte chiffrierte Nachricht des Gestapo-Agenten Hans Erb aus New York las. Wie es die alte Jüdin Trudence Rosenfelt zu einer dermaßen engen Bindung an John Murphy und das Kronenberger-Kind gebracht hatte, war ungeklärt. Sie hatte ihn zu ihrer Familie im jüdischen Teil Brooklyns mitgenommen. Während John Murphy damit beschäftigt war, Unterstützung für den jüdischen Abschaum an Bord des Frachters *Darien* aufzutreiben, hatte sich die Alte um den Knaben gekümmert.

Himmler kratzte sich am Kopf und machte ein verwirrtes Gesicht. „Schmutz und Schmutz gesellt sich gern“, murmelte er. Seiner Meinung nach war es natürlich, daß sich Verfolgte auf irgendeine Art einander anschlössen. Das war es nicht, was ihm Ärger machte.

Ärgerlich war für ihn die Reaktion der amerikanischen Öffentlichkeit auf die Notlage des Flüchtlingsschiffes. Eine von Eddie Cantor über das Radio verlesene Bekanntmachung hatte zu einer Flut von Briefen geführt, in denen Einzelpersonen und Familien an Bord der *Darien* Unterstützung angeboten wurde. Das US-Außenministerium wurde mit Telephonanrufen und Telegrammen förmlich überschwemmt. Christliche Politiker hatten sich mit Rabbinern aus dem ganzen Land verbunden, um Ausschüsse zur Sammlung von Nahrungsmitteln, Kleidern und Medikamenten für die Passagiere zu bilden und die Sachen an sie zu verteilen, sobald die Flüchtlinge in New York ankämen.

Erst eine Woche war seit der Ankunft der *Queen Mary* vergangen, und doch hatten es das Verlagshaus Trump und John Murphy verstanden, eine Woge der Anteilnahme zu erzeugen, die durchaus in der Lage wäre, alles zu zerstören, was der Führer mit der Verfrachtung von Juden im Sinn hatte.

Mit einem Seufzer ließ sich Himmler mit Joseph Goebbels telephonisch verbinden und dann mit der Reichskanzlei und dem Führer selbst. Es war zu spät, eine Strategie gegen die auf einmal in Amerika aus dem Boden geschossene Woge der Wohltätigen und Judenfreunde zu entwerfen.

* * *

Adolf Hitler schien angesichts Himmlers Einschätzung der letzten Schwierigkeiten in New York überraschend ruhig.

„Sie sehen also, es gibt unter der religiösen Bevölkerung eine deutliche Bewegung, den Juden von der *Darien* das Verlassen des Schiffs zu erlauben, wenn es New York erreicht. Die Quäker haben ihre Kräfte mit denen der Juden verbunden –"

„Seltsame Mitstreiter, hä?", bemerkte Goebbels trocken.

Ein Blick vom Führer erstickte seine Bemerkung. Hitler war recht entspannt. Er lehnte sich in seinem Lieblingssessel zurück und preßte die Fingerspitzen aneinander, als würde er sich über die Möglichkeiten einer amerikanischen Stimmung Gedanken machen, den Juden die Einwanderung zu gestatten – beginnend mit den Juden an Bord des Sargschiffes *Darien*. Schließlich seufzte er: „Selbstverständlich wird es nicht geschehen."

„Aber ... aber mein Führer: Es geschieht tatsächlich!"

Hitler lächelte – was er selten tat. „Großer Lärm. Hat nichts zu bedeuten. Da sind Sie schon so lange bei mir, Himmler, und haben noch immer nicht gelernt, daß man, um die Opposition zu zerstören, einfach lauter schreien muß als sie?"

„Aber welche Macht haben wir in Amerika?"

„Seit Jahren haben wir diesen Kerl, Fritz Kuhn, mit Geld versorgt, damit er seinen Deutsch-Amerikanischen Bund aufbauen konnte. Wir haben Pater Coughlin, der den amerikanischen Massen jede Woche Goebbels' antibolschewistische Propaganda vorsagt. Ein Priester! Und er wendet unsere Propaganda sehr wirkungsvoll an, wie ich sehe. Und dann ist da noch die Christliche Front – entschiedene Antisemiten."

„Was können sie ändern?"

Der Führer war ungewohnt geduldig mit Himmler. Er gab ihm an diesem Abend seine Anweisungen leise. Er war von seinen Prinzipien überzeugt. „Unser Ziel" – Hitler blickte zur Decke, als stünde da etwas geschrieben – „unser Ziel in solchen Fällen ist es, einfach zu zeigen, daß Demokratien Schwindel sind. Sie hassen die Juden so sehr wie wir. Sie werden sie nicht hereinlassen."

„Aber die allgemeine Stimmung will genau das!"

Hitler lachte. „Bedenken Sie, Amerika ist eine Demokratie. Monatelang kann überhaupt nichts getan werden. Der Kongreß wird schlicht und ergreifend Anhörungen über sich ergehen lassen und sich für den Fall, daß er in dieser Angelegenheit die falsche Entscheidung trifft, über die Wiederwahl Sorgen machen. Wenn er dann entscheidet, wird die *Darien* längst gezwungen sein, weiterzufahren. Sie haben panisch reagiert, Himmler. Hier in Deutschland ist mein Wort Gesetz, und entsprechend werden die Dinge erledigt. Aber Amerika ist ein Land der Ausschüsse; die meisten Entscheidungen werden so verwässert, daß sie nutzlos sind."

Himmler durchdachte Hitlers Feststellung. Sie stimmte. Die Maschinerie der amerikanischen Politik bewegte sich im Schneckentempo. „Nun gut, es sieht so aus, als ob wir im Vorteil wären – am Ende ist Ihr Wort Gesetz. Was also ist in dieser Angelegenheit Ihr Gesetz, mein Führer?"

Hitler zögerte nicht. Die Entscheidung war leicht. Das Durchsetzen seines Befehls wäre ebenfalls leicht. „Drahten Sie Hans Erb in New York. Dann drahten Sie Fritz Kuhn. Er ist in New York politisch eine Macht, denke ich. Lassen Sie diese Leute eine Opposition gegen die Stimmung für die Flüchtlinge organisieren. Zusammenkünfte in New York mit dem Deutsch-Amerikanischen Bund und der Christlichen Front. Gewährleisten Sie, daß diese Gruppen als Gegendemonstranten bei der Hand sind, wenn die *Darien* im Hafen einläuft. Eine solche Demonstration sollte die Politiker ein wenig aufrütteln. Immerhin ist es ein Wahljahr." Gleichgültig schwenkte er seine Hand in der Luft. „Sie werden sehen, ich habe darin recht. Ich habe immer recht. Präsident Roosevelt mag für die Juden sein, aber er ist auch ein Angsthase. Es würde ihm nicht schmecken, seine demokratischen Kongreßmitglieder aus dem Amt gewählt zu sehen. Dieser Kerl ist zuerst Politiker und dann Humanist – wenn es ihm in den Kram paßt. Bevor sein Fortkommen wegen seiner Hilfe für die Juden leidet, wird er sie zugrunde gehen lassen. Sie werden es sehen, Himmler: Ich habe recht."

Himmler stieß sich seine Brille auf die Nase zurück. Zustimmend nickte er. „Und was ist mit dem Journalisten John Murphy? Er war es, der das Kronenberger-Dokument veröffentlichte. Er war es, der das mißgebildete Kronenberger–Kind irgendwie aus dem Reich brachte. Und Sie sehen, was er jetzt mit seinen Kolumnen und Artikeln in Amerika anrichtet!"

Hitler gähnte und rieb sich die Augen, während er das Problem bedachte. „Ja. Mein Leben ist ein Beispiel dafür, wie die Beharrlichkeit eines einzelnen den Lauf der Ereignisse ändern kann. Natürlich hatte ich nichts zu verlieren und deshalb nichts zu fürchten." Hitler lächelte zum zweitenmal. „Darum bin ich hier und nicht meine Gegner. So. Es ist wohl an der Zeit, diese Amerikaner Angst erfahren zu lassen, Himmler. Senden Sie diese Botschaft an Hans Erb. Die Amerikaner müssen zum Schweigen gebracht werden."

* * *

Elisa Murphy war leibhaftig noch schöner als auf dem Zeitungsphoto. Blondes Haar lockte sich sanft auf ihre Schultern; ihre Lippen schienen ein bißchen voller, ihre Figur noch ein wenig sinnlicher zu sein. Als sie durch die Schwingtür das Foyer betrat, hatte sie eine dunkle Sonnenbrille auf und trug einen verschrammten Geigenkasten. Falls sie tatsächlich krank gewesen sein sollte, ihre Erscheinung vermittelte nicht mehr den Eindruck einer grippegeplagten Frau.

Sie schaute wie abwesend auf ihre Uhr. Dann stieg sie die Treppen hinab, wobei die Falten ihres Marinekleids ihr um die wohlgeformten Beine flossen. Sie betrat den Laden für Zeitungen und Illustrierte am Ende des Foyers.

Georg Wand war nur wenige Schritte hinter ihr. Er nahm eine deutschsprachige Zeitung, in der die letzten Tumulte in der Tschechoslowakei geschildert wurden, und kopfschüttelnd murmelte er halbwegs jiddisch: „Oi! So schrecklich! Schrecklich, was diese Nazis tun!"

Sie sah ihn von der Seite an und kaufte sich ebenfalls eine Zeitung, eine Ausgabe der Londoner *Times*, und legte den Betrag auf den Ladentisch. Wand schaute betrübt auf das Kleingeld in seiner Hand und sagte auf Deutsch: „Wieviel? Ich werde mich mit diesen englischen Münzen nie auskennen!"

Die List gelang. Die schöne blonde Frau lächelte anteilnehmend und zeigte auf das richtige Geld. „Hier", versetzte sie in ihrer Muttersprache. „Es wird eine Weile dauern, aber Sie werden schon zurechtkommen." Dann neigte sie ihren Kopf. „Sie sind Deutscher?"

„Danke! Nein, ich bin Österreicher ... zumindest *war* ich Österreicher ... bis es kein Österreich mehr gab."

Ihr Gesicht verdüsterte sich. Er konnte das Mitleid in ihren Augen selbst durch die dunkle Sonnenbrille erkennen. „Eine schreckliche Sache."

„Ja. Was sie den Juden dort angetan haben ... meiner Frau ..." Er ließ seinen Tonfall seinen Kummer ausdrücken. „Eines Tages geht sie aus, und ich sehe sie nicht mehr wieder ..." Er schüttelte den Kopf, als wollte er die Erinnerung an etwas Schreckliches von sich abschütteln. „Sie sind ebenfalls Deutsche?"

„Ich habe eine Weile in Wien gelebt." Sie war vorsichtig. Ausweichend. Ihr Gefühl der Anteilnahme hatte ihre Wachsamkeit noch nicht verdrängt.

Wand schaute auf den Geigenkoffer. „Eine Musikerin!“, rief er aus. „Ah, wie meine Frau und ich die Konzerte im Musikverein liebten!“ Hier war der Anknüpfungspunkt, auf den er seine Hoffnungen setzte.

„Sie sind nicht mehr dieselben. Traurige Zeiten sind über Wien hereingebrochen, Herr ...“

„Bitte ... mein Name ist Georg Krepps. Und Ihr Name?“

„Elisa Murphy.“ Sie schüttelten einander die Hand. „Hat mich sehr gefreut, Sie zu treffen.“

„Viel Glück“, sagte er und verbeugte sich demütig. Dann fügte er den österreichischen Abschiedsgruß hinzu: „Grüß Gott!“

„Grüß Gott“, entgegenete sie und verließ den kleinen Laden.

Wand war mit der ersten Begegnung sehr zufrieden. Er würde sie nicht bedrängen. Die Dinge sollten sich langsam entwickeln. Vorsichtig voranschreiten, damit die Anteilnahme nicht in Überheblichkeit umschlägt.

Er beobachtete, wie sie das Foyer durchquerte; in aufgeräumter Stimmung schwang sie den Geigenkasten. Dann blieb sie an der Rezeption stehen. „Nachrichten für Elisa Murphy?“, fragte sie. Der Angestellte prüfte ihre Box und schob einen Umschlag über die Theke.

Kopfschüttelnd las Wand die Zeitung, während er langsam zu seinem Stuhl im Foyer zurückging. Durch seine Augenwinkel erkannte er, daß die Frau ihn ansah und dann in den Aufzug stieg.

* * *

Es war Monate her, daß Shimon so gut gegessen hatte. Den ganzen Tag über besuchten ihn jiddische Mamas, boten ihm verschiedene Speisen an und straften ihn mit Schimpftiraden, wenn er nicht alles bis auf den letzten Krümel aufaß. *„Stimmt etwas nicht? Mögen Sie nicht, wie wir kochen? Sie rümpfen die Nase über gutes, jüdisches Essen? Sie wollen wohl nicht, daß es ihnen wieder besser geht, oder was? Also essen Sie schon! Oi! Dr. Freund, sagen Sie ihm, er soll alles aufessen, damit die Damen unten in der Küche nicht denken, er mag unser Essen nicht! Nu?“*

Langsam kam Shimon so wieder zu Kräften, und deshalb kündigte Dr. Freund eines Tages an: „Da er bis jetzt noch nicht gestorben ist, wird er leben bleiben. Ein Wunder!“

„Nicht ein Wunder – nur gute jüdische Köchinnen!“, argumentierte eine stramme Matrone, während sie Shimon eine Kraftbrühe einflößte. „Eine gute jiddische Mama kann Hühnersuppe sogar aus gepökeltem Hering machen. Stimmt's, Shimon Feldstein? Natürlich stimmt's! Also essen Sie! *Essen*!“

Der Rabbi von Nürnberg kam, um sich das Wunder des Beinahetoten anzusehen, den man aus dem Luftschacht gezogen hatte wie einen Aal aus dem Meer. Es sei ein gutes Zeichen, daß dieser Mann lebe, erklärte er. Dann hob er die Hand, um die Verheißung des Psalms 91 zu verkünden: *„Er hut mir zufridden gemacht mit langem Läbben.“*

Hoffnung pulste durch die Adern Shimons, und neue Hoffnung sprudelte auch unter den Passagieren der *Darien* auf, während diese sich New York näherte – Amerika.

Thoraschüler machten Pilgerreisen, den Mann zu sehen, der tot sein sollte, aber sehr lebendig war. Die fünf Töchter von Klaus und Maria Holbein kamen jeden Tag einmal, ihm ein Lied zu singen oder ihm von dem ganz großen, großen Fisch zu erzählen, den der Rabbi mit ihrer Hilfe über die Reling gezogen hatte. Er lernte ihre Namen: Trudy, Katrina, Louise, Gretchen und Ada-Marie.

Die Verbrennungen und offenen Wunden auf Shimons Rücken begannen zu verheilen, und täglich ging er einige Schritte weiter den schmalen Korridor entlang und wieder zurück, während Aaron und die Putzbrigade ihm zujubelten.

Stück für Stück gab er die Geschichte wieder, wie er hierher gekommen war. *Die Verhaftung in Wien am ersten Tag des deutschen Einmarschs. Im Arbeitslager. Dann nach Deutschland, nach Dachau, wo die Stärksten für die Arbeit in den Stahlwerken von Hamburg ausgewählt wurden. Sengende Hitze; die Schmächtigeren tötete sie. Stunden brutaler Arbeit, um die stählernen Panzerplatten für das Schlachtschiff* Bismarck *zu produzieren. Die Explosion. Das Wasser.* Da verließ ihn sein Gedächtnis. Er konnte sich nicht erinnern, wie er an Bord der *Darien* geklettert war. Er konnte sich nicht ins Gedächtnis zurückrufen, wie er sich im Luftschacht versteckt hatte. Selbst die Nacht seiner Entdeckung blieb ihm ein Rätsel.

Wieder bot der Rabbi als Erklärung ein Wunder an: Vielleicht habe Shimon ein Engel auf das Schiff getragen! Von solchen Geschehnissen habe man schließlich schon gehört. Vielleicht habe der Allmächtige – geheiligt sei sein Name für ewig – die Hand heruntergestreckt, Shimon aus der Explosion herausgehoben und ihm ins Wasser und ins Schiff geholfen. Oi! Welch ein Wunder, daß er überlebt habe! Und dann habe es der Allmächtige natürlich für notwendig erachtet, das Geschehnis aus Shimons Gedächtnis zu tilgen.

Es gab keine andere logische Lösung des Problems. Es stand also fest: Ein Engel hatte die Tat getan. Selbst die nicht Religiösen konnten sich über den Umstand, daß Shimon hier war und nicht nur lebte, sondern auch sprach und lächelte, aß und lachte und nun sogar umherging, nur wundern.

Oft sprach Shimon von seiner Frau Leah, die er seit diesem ersten Morgen nach dem Anschluß nicht mehr gesehen hatte. Sie sei sein Engel, sagte er oft. Er bat den Rabbi, für sie zu beten, da er nicht wisse, was aus ihr geworden sei.

Im nächsten Atemzug sprach Shimon von Zion: „Wir hatten Visa, wissen Sie. Bestimmt sind sie jetzt abgelaufen; aber wir hatten sie. Selbst unser Geschirr war schon nach Jerusalem transportiert. Zweifellos ist es noch in Zeitungspapier von Österreich unter Kanzler Schuschnigg eingewickelt. Ach, je. Wie hofften wir, daß alle diese Nachrichten die Wahrheit seien! Wir sprachen darüber, als wir das Geschirr einpackten. Wir hofften, Schuschnigg mache Österreich stark. Daß Hitler nie so dreist sei, die Grenze unseres kleinen Landes zu überschreiten. Vielleicht werden Leah und ich eines Tages in Jerusalem sein und gemeinsam unsere Sachen auspacken. Dann werden wir diese Blätter wieder lesen und uns darüber wundern, wie unsere Hoffnungen so vollständig in die Brüche gingen, auch wenn ein Chinaservice unzerbrochen geblieben sein sollte."

Ruhig erörterte der Arzt mit Kapitän Burton Shimons Fall. Der Kapitän befürchtete, kein Land werde Shimon jemals die Einwanderung gestatten. Er hatte keine Ausweise. Keinen Beweis, daß er nicht in Deutschland wegen Mordes oder Unterschlagung eingesperrt gewesen sei. Wie könne er das beweisen? Was Shimons Frau anbelangte, sah Kapitän Burton nicht die geringste Möglichkeit, ihr die Nachricht zukommen zu lassen, ihr Mann sei am Leben. Und sei es nur ein Wort – fiele es der offiziellen Zensur des Reichs in die Hände, würden die Nationalsozialisten ganz gewiß fordern, daß Shimon Feldstein an Deutschland ausgeliefert und wegen Sabotage im Zusammenhang mit der Explosion im Stahlwerk bestraft werde.

Eine solche Überlegung war schlüssig. Der Mann war ein entflohener Sträfling; konnte dieser Umstand nicht auch die übrigen Fahrgäste in Gefahr bringen? Dieser Gedanke ließ den guten Dr. Freund erschauern. Das Reden von Wundern und Engeln konnte keine Lösung bringen. Vielleicht wäre es das Beste, wenn man Shimon auf die Mannschaftsliste schreiben würde. In der Tat konnte er, wenn es ihm besser ginge, auf der *Darien* arbeiten, um die Kosten für seine Überfahrt aufzubringen. Der Rabbi hatte Shimons Anwesenheit als ein Zeichen des Segens Gottes bewertet. Der Kapitän sah nur eine Gefahr. Es tat ihm leid, daß er die Britische Küstenwacht nicht hatte dazu überreden können, ihnen Shimon abzunehmen.

25. Menschlich-Allzumenschliches

Die hundert Dollar Belohnung des alten Trump für das erste Schiff oder Flugzeug, das die *Darien* sichte, ließen wegen der Ankunft des Sargschiffes eine Ferienstimmung der Vorfreude entstehen.

Es war Dienstagmorgen, als der Kapitän eines kleinen Handelsschiffes am Times Square in den Büros von Trump auftauchte. Er brachte die Nachricht, die *Darien* befinde sich keine zwei Tage weit von New York entfernt und sei gut auf Kurs. Der Name des Kapitäns wurde ordentlich aufgeschrieben. Wenn er recht habe, würden ihm die hundert Dollar ausbezahlt. Als der redselige Mann mit der Beschreibung des arg heruntergekommenen Schiffes fortfuhr, war Murphy sicher, daß der Frachter tatsächlich gesichtet worden war.

Trump hatte Murphy und den Rest seines New Yorker Stabes zu einem Mittagessen geladen. Er stieß auf das Sichten des Schiffes mit Champagner an. Mit einer weiteren Flasche Champagner stieß er auf die Umsatzsteigerung seiner landesweiten Zeitung an. Während die Verlagshäuser Hearst und Craine sowie der alte Oberst McCormick in Chicago sich die Angelegenheit der Flüchtlinge zögernd durch die tintenverschmierten Finger hatten gleiten lassen, war es Trump gelungen, Amerika aufzuwecken.

Er gab Murphy einen Klaps auf den Rücken und hier und jetzt eine Lohnerhöhung von fünfzig Dollar die Woche sowie die Stellung der Leitung der Europaredaktion. „Wenn diese alten Narren einen guten Zeitungsmann vor sich haben, merken sie es nicht einmal, mein Junge!“, rief er aus. „Menschlich-Allzumenschliches – das verkauft sich!“

Tonnen an Nahrungsmitteln waren bereits gesammelt und am New Yorker Hafen zusammengetragen worden. Die Menschen unternahmen tatsächlich etwas. Sogar der granitene Turm der Bürokratie hatte zu bersten begonnen, wie es schien. Das Außenministerium verhandelte bereits die Anweisung, daß keinen Flüchtlingen erlaubt werde, sich von der *Darien* auszuschiffen. Und private Quellen berichteten, dem Schiff werde möglicherweise gestattet, im New Yorker Hafen vor Anker zu gehen, bis die Angelegenheit in ordentlichen Bahnen verlaufe.

Trump charterte einen Doppeldecker und schickte seine Photographen aus, die grauen Wasser abzusuchen und von dem Schiff Bilder zu machen. Er würde das Photo auf die Titelseite seiner Zeitung bringen mitsamt der voraussichtlichen Ankunftszeit. Ohne Zweifel würden Hunderte, wenn nicht sogar Tausende zu dem großen Ereignis kommen. Und der alte Trump würde der Gastgeber des Festes sein. Ein echt amerikanisches Fest. Trump höchstpersönlich rief Eddie Cantor und ein Dutzend anderer Berühmtheiten an, die während der letzten Tage auf den Zug aufgesprungen waren. „Spruchbänder, Reden und Feuerwerk", versprach der Alte.

An diesem Nachmittag verließ Murphy das Büro des Verlagshauses Trump fast mit einem Gefühl, als sei er betrunken, so freute er sich darauf. Hier geschah wirklich etwas. Trumps Herz hatte sich der Geschichte von Karl Kronenberger geöffnet, und die Herzenswärme griff rasch um sich.

Glitzerndes Sonnenlicht hatte es geschafft, bis in die Schluchten der Wolkenkratzer zu dringen, die links und rechts den Broadway säumten. Murphy warf den Kopf zurück und lachte in den Himmel. Etwas Erhebendes! Etwas Bewegendes! Er wünschte, er könne Elisa anrufen und ihr erzählen, was sich hier abspielte. Statt dessen rief er aus einer Telephonzelle das Plaza-Hotel an, wo Babbie sich mit Karl aufhielt.

„Nehmen Sie ein Taxi zum Woolworth-Gebäude! Bringen Sie Karl mit, und wir werden den heutigen Tag mit einem Film feiern, Babbie! Das ist richtig! Sie haben die *Darien* gesehen! Sie haben richtig gehört! Und juhuh! Ich treffe Sie auf dem Dach des Woolworth. Wir können von dort bis England sehen!"

* * *

Murphy trat aus der Telephonzelle und lachte über sich selbst. Er ging durch die Massen von Fußgängern auf Woolworth zu, einem Gebäude aus den Sechzigerjahren des vorigen Jahrhunderts. Gotik aus Granit und Stahl.

Seit Murphy vor Jahren Amerika Richtung Europa verlassen hatte, waren höhere Gebäude errichtet worden. Wie eine riesige Spritzennadel türmte sich das Chrysler-Gebäude über der City Hall mehr als dreihundert Meter hoch. Das Empire State Building war kürzlich fertiggestellt worden, indem weitere gute sechzig Meter zur Rekordhöhe hinzugefügt worden waren. Murphy hatte seine Wallfahrt zu den Spitzen einer dieser Türme noch nicht gemacht. Er hatte beschlossen, sie sich erst mit Elisa anzusehen.

An diesem Nachmittag jedoch fühlte er sich zu gut, um am Boden zu bleiben. Wie ein kampferprobter Stier folgte er einer altvertrauten Spur zurück zu seinen Anfängen als frischgebackener Reporter in New York – zurück zu den Mittagessen aus der Hand im Woolworth-Gebäude, als er unschuldig und hoffnungsvoll in die Welt geblickt hatte. Diese Unschuld hatte er verloren. In Deutschland, in Spanien hatte er gesehen, wozu Menschen fähig waren. Er hatte der nationalsozialistischen Medusa in die Augen geblickt und sein Herz hart und hoffnungsleer werden gespürt. Er hatte aufgehört zu glauben, er könne etwas ändern. Eine Zeitlang hatte er über den erloschenen Leibern von Kindern gestanden, die von deutschen Bomben getötet worden waren. Er hatte auf den Bürgersteigen Berlins Blut von Juden gesehen. Und er hatte seine Fäuste geballt gegen den dunklen und schweigenden Himmel. *„Wo bist du? Wie konntest du das geschehen lassen?“*

Die Antwort war nur wie ein Flüstern; aber die Botschaft war so klar wie in der Nacht, als er, der Bauernjunge aus Pennsylvania, gewußt hatte, daß er ein Schreibender werden mußte. *„Wo bist du, John Murphy? Habe ich dir nicht eine Stimme gegeben und Hände, eine Kerze zu tragen? Was ich dir in der Dunkelheit sage, sprich du ins Licht! Was ich dir ins Ohr flüstere, predige von den Dächern! Fürchte die nicht, die den Körper töten, aber nicht fähig sind, die Seele zu töten! Nur ihn fürchte, der beide zerstören kann, Körper und Seele, den in der Hölle!“*

John Murphy betrat das glänzende Marmor- und Granitfoyer des Woolworth-Gebäudes. Die blinkenden Kupfertüren gingen wie ein Geldschrank auf, und ein Aufzug trug ihn zur Spitze der Welt. Murphy trat in den Wind und stellte sich ans Geländer, um auf den sonnensilbrigen Atlantik hinauszublicken. Er befand sich so hoch oben, daß er dachte, er müsse Europa sehen können – oder doch wenigstens das kleine Sargschiff erspähen, wie es sich durchs Wasser kämpfte.

Von diesem hohen Aussichtspunkt aus antwortete er auf Gottes Flüstern: „Hier bin ich, Gott. Gebrauche mich.“

Er hatte tatsächlich seine jugendliche Unschuld verloren, seit er das letzte Mal hier gestanden war. Aber aufs neue war sein Herz von Hoffnung erfüllt.

* * *

Ada-Marie lag mit dem Kopf am einen Ende der Hängematte, und ihre kleinen Füße schmiegten sich an die Marias. Diese brachte die Hängematte zum sanften Schwingen und sang zum stetigen Rhythmus der *Darien* ein Wiegenlied.

„Mama? Wie lange noch bis New York?", fragte Gretchen über den schmalen Gang herüber. Sie streckte ihre Hand aus; Maria drückte sie.

Ein Kind an ihren Füßen, eine kleine Hand in der ihren und ein Baby unter dem Herzen – Maria seufzte zufrieden, so von ihren Kleinen umgeben zu sein. Ein Gefühl des Wohlseins hatte in ihr Platz ergriffen.

„Zwei Tage", antwortete sie. „Der Kapitän sagt, wenn die Maschine gut weiterarbeitet, werden wir in zwei Tagen in den Hafen einfahren."

Ada-Marie streckte sich, gähnte und rieb sich die Augen. „Wie oft noch schlafen?"

Maria lachte, angetan von der Art und Weise ihrer jüngsten Tochter zu zählen, wie die Zeit verstrich. „Nur noch zweimal, Ada-Marie, und wir werden Babbie sehen."

„Wird sie Überraschungen für uns haben?", fragte Katrina gähnend.

„Babbie hat immer Überraschungen", antwortete Trudy.

Das Baby bewegte sich in Maria. Das ließ sie lächeln. *Noch ein Mädchen?*, fragte sie sich. *Oder ein Sohn für Klaus, den er sich auf die Schulter setzen und mit in den Park nehmen kann? Ein Sohn, das wäre schön. Klaus würde es sehr gefallen, Spielzeugboote auf einem Teich segeln zu lassen oder Ringen zu spielen oder ... all die Dinge, die Väter mit Söhnen tun.*

Junge Stimmen erschollen um sie her, und innen strampelte das Baby. So sank Maria in einen zufriedenen Schlaf. Nur noch zweimal schlafen und dann – *New York!*

* * *

Babbie Rosenfelt schirmte ihre Augen gegen das grelle, auf dem Atlantik sich widerspiegelnde Sonnenlicht ab. Auch sie schien den Horizont nach einem Zipfelchen der *Darien* abzusuchen. Murphy hielt Karl hoch, damit er über die Kante des Abgrunds auf das glänzende Band des East River blicken konnte. Eine Reihe von Eisenbrücken überspannte das Wasser – wie bei Modelleisenbahnen sahen sie aus. Auf der anderen Seite der Brücken erstreckte sich Brooklyn. Babbie deutete auf entfernt liegende Stellen ihrer alten Nachbarschaft.

Die hohen Gebäude um sie her schienen Treppen zu sein, die nach oben ins Nichts kletterten. Wassertanks standen auf den Dächern, und da und dort stiegen Rauchschwaden auf wie Federbüsche an Helmen. Murphy zeigte auf die Spitzen des Ritzturmes und des Paramount, wohin sie später gehen würden, um den Film *Schneewittchen* zu sehen. Karl fühlte sich schwindlig, als Murphy ihn gegen den stahlgrauen North River und die Schlote am Ufer von New Jersey hielt. Überall waren die Ufer gesäumt mit Docks, auf denen es so geschäftig zuging wie im Verkehr auf dem Times Square. Ein Pier aber wartete auf seine kostbarste Fracht: die siebenhundertachtundsiebzig glücklichen Juden an Bord der *Darien.*

* * *

Karl war es, der die drei starken, jungen Männer zuerst bemerkte, die an dem Steingeländer der Beobachtungsplattform lungerten. Sie schauten nicht auf das weitgespannte Panorama draußen. Sie starrten Murphy an. Ihre Lippen kräuselten sich verächtlich, ihre Augen verengten sich. Der Wind peitschte ihre Kleider und vermittelte einen Ausdruck gewaltsamer Bewegung.

„Zwei Tage", sagte Babbie Rosenfelt. „Ich kann es kaum glauben. Wenn ich hierbleiben und schauen könnte, ich würde es tun."

„Mr. Trump hat die New Yorker Flotte informiert. Er hat heute nachmittag ein Flugzeug ausgeschickt. Sie wären nicht die Erste, die erfährt, wann sie ankommen. Aber ich verspreche Ihnen: Ich werde in derselben Minute anrufen, in der ich etwas höre!"

Die drei starken Männner tauschten Blicke. Karl hatte solche Blicke schon einmal gesehen. In Hamburg. In Wien. Die Männer reckten sich und starrten Murphy weiter unverwandt an.

Karl zog am Ärmel von Murphys Jackett.

„Du willst wohl in den Film?" Murphy fuhr ihm durchs Haar. „Na, und welcher der sieben Zwerge bist du?" Der qualvolle Ausdruck in Karls Gesicht ließ Murphys Lächeln ersterben. Er folgte dem Blick des Kindes zu den drei jungen Männern. Sie grinsten drohend herüber. Der Mann in der Mitte bog seine Hände auf und zu.

Babbie Rosenfelt sprach lauter und versuchte die drei nicht zu beachten. „Oi! Wir werden zu spät kommen, Karl. Hier ist der Aufzug. Komm! Komm schon, komm, komm –"

Langsam glitten die Kupfertüren auf. Ein Pärchen kam heraus und trat zwischen Murphy und die drei Kraftprotze. Murphy schob Babbie und Karl auf den Fahrstuhl zu. Die drei Männer folgten.

Einer, grobschlächtig gebaut, stiernackig, packte den Fahrstuhlführer am Kragen. „Raus!", schrie er und warf den Mann auf das Flachdach.

Murphy versuchte die anderen beiden wegzudrücken. Eiserne Hände griffen nach seiner Krawatte und seiner Hemdbrust und schleuderten ihn gegen die Wand. Babbie, die schrie, wurde aus dem Fahrstuhl geschoben. Karl wurde hinausgeworfen auf den vor Aufregung stotternden Fahrstuhlführer.

„Was wollt ihr?", rief Murphy. Leise schlossen die Türen.

Als der Fahrstuhl nach unten anfuhr, wurde Murphy eine Faust gegen den Mund geschlagen. Dann kam der Aufzug rumpelnd zwischen dem einunddreißigsten und zweiunddreißigsten Stock zum Stehen.

„Hallo, da haben wir uns ja einen kleinen Judenfreund eingefangen!" Eine Faust wie ein treibender Kolben knallte in Murphys Bauch. Er stöhnte, Hände drückten ihn hart an die Wand. Einer hielt ihn fest, einer schlug ihn, einer jubelte. „Du meinst wohl, du kannst diese Juden herbringen, he, Judenfreund? Du meinst, du kannst New York füllen mit diesen Krüppeln und Untermenschen und Kommunisten? Ja?"

Murphy schnappte nach Luft. Er war am Ersticken, würgte, während die Schläge nun sein Gesicht hart trafen. Blut spritzte aus seiner Nase auf seine Peiniger und in das Innere des Fahrstuhls.

„Du meinst wohl, du bist eine ganz große Nummer, was? Ja? Also, wenn wir das hier tun können, dann muß ich dir nicht auch noch sagen, was wir mit deiner Frau machen könnten! Kapiert? Sie ist in London, stimmt's?"

Murphys Augen weiteten sich. Er bemühte sich angestrengt zurückzuschlagen, drückte gegen den ihn haltenden Schraubstock. *Elisa! Woher wußten sie es?*

„Das ist noch nicht mal grob, Freundchen." Noch ein Schlag auf Murphys Auge. „Du solltest sehen, welche Art Kerle wir in London haben! Savoy-Hotel, stimmt's?"

Murphy schrie vor Wut auf. *Sie sind hier! Sie sind hier! Sie sind sogar hier!*

„Schnauze!" Eine Ohrfeige. „Du solltest klüger werden. Besser, du läßt die Finger davon, Mister Schreiberling! Wie ich höre, ist deine

Frau ziemlich hübsch? Es wäre doch schade, wenn wir sie ein bißchen bearbeiten müßten!"

Ein Knie in Murphys Unterleib ließ ihn zu Boden gleiten. Der Aufzug setzte seine Fahrt abwärts zum Foyer fort.

Murphys gefolterte Lungen japsten nach Sauerstoff. Blut und Erbrochenes vermischte sich unterhalb seines Gesichts. Dann war da nur Dunkelheit ... Dunkelheit! *„Fürchte die nicht, die den Körper töten können –"*

„Das ist nur eine kleine Gedächtnisstütze. Eine Art Rate darauf, falls du unseren Rat nicht annehmen solltest." Der Aufzug hielt an. Murphy erhielt noch einen Tritt in den Rücken, während langsam die Türen aufgingen. Die drei Männer stiegen über ihn hinweg und stolzierten lachend aus dem Gebäude.

Eine Frau schrie. Schritte rannten auf die offene Fahrstuhltür zu.

„Mein Gott!"

„Jemand muß einen Arzt rufen!"

„Ist er tot?"

„Ruft einen Arzt!"

„Alle zurücktreten!"

„Ziehen Sie ihn heraus hier!"

„Vorsichtig! So ... Machen Sie ihm ein bißchen Platz. Lassen Sie ihn atmen!"

„Gut, mein Freund. Geschafft. Holen Sie Luft. Sie werden nicht sterben, mein Freund. Noch einmal Luft holen. Langsam, ganz langsam."

* * *

Es war nur eine gewöhnliche Zange, und dennoch wußte Georg Wand gut, was er mit einem so gewöhnlichen Werkzeug in den Händen alles bewerkstelligen konnte. Er machte das Preisschild ab und legte die Zange neben dem Radio auf den Schreibtisch. Heute abend spielte Elisa Linder-Murphy ein Violinkonzert von Dvorak. Ohne Zweifel wurde es als Zeichen der Sympathie gegenüber der sich vergeblich bemühenden tschechischen Regierung gespielt, mit der sie so verbunden war.

Wand lächelte. So eine närrische Geste von ihr. Er würde dafür sorgen, daß sie nach dem heutigen Abend keine Stücke für diese Zwergenrasse mehr spielte. Und überhaupt: Sie würde nie wieder auch nur eine Note spielen können.

Er spielte mit der Zange herum, drehte sie immer und immer wieder. Er hatte ein solches Werkzeug auch bei Rudy Dorbransky in Wien benutzt. Dorbransky war stumm geblieben, aber Wand und Sporer ließen ihn wegen dieses Schweigens länger leiden. Am Ende hatte es dem jüdischen Geiger nichts genützt. Er war so oder so gestorben. Ein langes, langsames Sterben. Das geschah ihm recht, überlegte Georg. Die Dinge hätten für den Kerl so einfach sein können, wenn er nur vernünftig gewesen wäre und mitgeteilt hätte, was er wußte. Sie hätten ihn dann schneller töten können.

Wand war sicher, daß Elisa Murphy nicht so unvernünftig sein würde. In dem Moment, in dem er die Zange um die Knöchel ihres Zeigefingers preßte, würde sie reden. Sie würde ihn anflehen und ihm alles sagen, was er wissen wollte. Sich von Frauen Informationen zu beschaffen, war für Georg Wand leicht. Elisa Linder-Murphy würde am Ende nicht anders sein als all die anderen. Sie ist ein viel einfacherer Fall, als es Rudy Dorbransky gewesen war.

Der Schlußbeifall klang aus dem Radio ins Hotelzimmer. Elisa würde jetzt ihre Verbeugungen machen. Er konnte sich vorstellen, wie sie ihr Instument in den langen, zarten Fingern hielt. Er konnte es beinahe sehen, wie sie ins Publikum lächelte, das ihr in den Studios der BBC zugehört hatte.

Sie war eine außergewöhnliche Musikerin, in der Tat. Mit einem so gewöhnlichen Werkzeug diese außergewöhnlichen Finger zu brechen, einen nach dem anderen – wer würde sich so etwas einfallen lassen? Hielte er ihr eine Waffe an den Kopf, könnte sie noch lächeln und ihm sagen: Schieß! Es wäre so schnell vorbei. Aber diese Zange ... Sie die Zerstörung ihres Lebens, Gelenk um Gelenk, erleben zu lassen – nun, das war es, was den Fähigkeiten des Georg Wand entsprach.

* * *

„Oi! Das also ist Amerika!", rief der Rabbi von Nürnberg, als Kapitän Burton die Lautsprecheranlage des Frachters einschaltete, um das Orchester Tommy Dorsey zu übertragen, das in diesem Augenblick im New Yorker Algonquin-Hotel spielte.

Heute abend gab es an Bord der *Darien* Grund zu lächeln und zu lachen. Männer wie Frauen saßen gebannt in kleinen Gruppen beieinander, während die Musik über dem dunklen Wasser widerhallte. Zeitweilige Unterbrechungen wurden genossen, während harmonische Stimmen Loblieder über Reinigungsmittel und Zigaretten sangen. Dazwischen wurde das Tuten einer Autohupe mit erregtem Gerede über das neueste Ford-Automobil hörbar.

Maria, ihre Gruppe von fünf baldigen Amerikanern um sich geschart, übersetzte jedes Wort der Werbeeinspielungen wie auch der Liedertexte. Ada-Marie tanzte mit Trudy, Gretchen mit Louise und Katrina mit Klaus. Sternengeglitzer erhellte den Nachthimmel wie winzige Laternen. Selbst die düsteren Gesichter der Ultra-Orthodoxen sahen entspannter aus.

„Amerika zu hören, ist beinahe, in Amerika zu sein", ließ sich Aaron vernehmen, als der Programmansager die hübschen Mädchen auf der Tanzfläche beschrieb. Junge Männer schauten sehnsüchtig nach den Mädchen, die am Bug ihnen gegenüber standen und kicherten.

Klaus beugte sich vor, um Maria auf die Stirn zu küssen. „Eine Kreuzfahrt auf dem Atlantik, mein Liebling", lächelte er. „Eine Million Sterne. Ein warmes Lüftchen. Ein amerikanisches Orchester. Was wollen wir mehr?"

Maria streichelte ihm die Wange. „Ein Bett? Etwas zum drin Schlafen vielleicht? Du und ich zusammen womöglich?"

Klaus warf lachend den Kopf zurück. „Ich habe beinahe vergessen, wie das ist." Er küßte sie auf die Wange und ließ sich neben ihr nieder, um in die Sterne zu schauen und sich alles in Erinnerung zu rufen.

26. Treibjagd

Georg Wand fuhr auf dem oberen Geschoß eines großen roten Omnibusses zum Portland Place. Der viktorianisch gehaltene Platz wurde von altmodischen Straßenlaternen erhellt, die das ausgedehnte, weiße Steingebäude der BBC beleuchteten.

Der Bus hinterließ eine Wolke von Abgasen. Wand trat zurück in den Schatten, um den Eingang des bekannten Bauwerks zu mustern. Es schien nicht hierherzugehören und sah aus wie ein Schiff auf dem Trockendock, das man unter die mit Verzierungen überladenen Häuser gesetzt hatte.

Alles schien heute abend so still; man konnte sich kaum vorstellen, daß in diesem weißen Schiff von Gebäude die Stimme einer Nation Millionen Haushalte erreichte. Hier überzeugte Churchill die Zuhörer von der furchtbaren Bedrohung durch Deutschland, während Premierminister Chamberlain Zweifel gegen diese Feststellungen geltend machte. Minister schlugen sich mit ihrer Meinung auf diese oder die andere Seite. Seltsam, daß diese Briten so viele Meinungen zu senden erlaubten. Kein Wunder, daß so viele verwirrt waren.

Heute abend servierte der Programmkoch Klassik. Elisa Linder-Murphy war der Hauptgang. Erst würde sie spielen und dann aus der BBC herauskommen – und Georg Wand würde mit dem Tranchieren beginnen. Langsam und bedächtig würde er seine Arbeit tun: die Information abtrennen vom Fleisch und den Knochen.

Es war Präzisionsarbeit, anstrengende Arbeit, aber Wand war Fachmann darin. Gedankenverloren klappte er in seiner Manteltasche mit der Zange. Sie klang wie ein Gebiß. Hungrig etwas zu essen.

* * *

Es war nicht der tiefe Husten von Ada-Marie, der Maria aus dem Schlaf fahren ließ, sondern die Fieberhitze des Kindes. Ihre kleinen Füße strahlten sie gegen Marias Beine ab. Deshalb kletterte sie aus der Hängematte und tastete sich im Dunkeln zur Treppe, um den Arzt aufzusuchen.

Verzweifelt folgte sie Dr. Freund, während er Ada-Marie in die Krankenstube trug. Trudy wurde losgeschickt, Klaus zu holen. Die anderen Kinder schliefen weiter, ohne von dem Ernst der Verfassung ihrer kleinen Schwester etwas zu ahnen.

Shimon sah still von seiner Pritsche aus zu, wie Freund den unregelmäßigen Atem des Kindes mit seinem Stethoskop untersuchte. Klaus und Maria hielten sich im Hintergrund; auf ihren Gesichtern malte sich Sorge.

Langsam richtete sich Dr. Freund auf. Sein Gesichtsausdruck war ernst und beinahe verärgert. „Lungenentzündung. Beidseitig", sagte er.

Maria schluchzte auf und legte sich eine Hand aufs Gesicht. Klaus sah fast wie ein Gespenst aus, wie er so dastand und sie stützte.

„Was können wir tun?", brachte Klaus heraus.

„Hier?" Es lag etwas im Tonfall der Stimme des Arztes, das hoffnungslos klang. Er berührte das Gesicht des kleinen Mädchens. Ihre Lippen waren blau verfärbt, ihr Atem ging schwer. „Halten Sie sie so bequem wie möglich. Ansonsten ist nicht viel zu tun."

Maria schüttelte ungläubig den Kopf. Was sagte der Arzt da? Meinte er, Ada-Marie könne sterben? Daß sie sterben *werde*? Sie machte sich vom Arm ihres Mannes los und ging langsam zu Ada-Maries Bett. Während sie dem Kind zärtlich das schweißverklebte Haar aus dem Gesicht strich, flüsterte sie den geliebten Namen. Bei der Berührung durch ihre Mutter kam Bewegung in Ada-Marie; dann wand sie sich wieder in einem Hustenanfall. Die Sprenkel der Sommersprossen standen gegen ihre blasse Haut ab.

„Nur noch zweimal schlafen bis New York", sagte Maria mit bebender Stimme. „Nur noch zweimal schlafen und dann ein Krankenhaus. Arznei. Ja, Mama ist ja hier, Ada-Marie. Halte durch, deiner Mama zuliebe."

Der Arzt wandte sich von den beiden ab, als könnte er es nicht ertragen zuzuschauen. Seine Gesichtszüge waren vor Niedergeschlagenheit eingefallen. Er war ein Arzt ohne alle die Geräte, mit denen er hätte arbeiten können. Klaus las seinen Gesichtsausdruck. *Hoffnungslos.*

„Können wir bestimmt nichts tun?" Klaus' Stimme stockte. Vor Verlegenheit öffnete er weit die Hände. Wie konnte das so plötzlich passieren?

* * *

In der Krankenstube war nur Platz für zwei Pritschen. Shimon beobachtete die fahlen Gesichter von Maria und Klaus, als diese sich über ihr Kind beugten. Er hörte die dumpfe Verzweiflung in Dr. Freunds Stimme und litt von Herzen mit der Familie.

Langsam, mit noch nicht ganz verheilten Wunden, setzte sich Shimon auf und schwang seine Beine über den Pritschenrand.

„Was machen Sie da?", fragte Dr. Freund beinahe wütend.

„Es ist an der Zeit, daß ich mit den anderen aufstehe", gab Shimon ruhig zur Antwort. In Wahrheit konnte er es nicht mehr ertragen, einen solchen Jammer sich vor seinen Augen abspielen zu sehen.

„Maria –" Shimon lehnte sich gegen das Schott. „Sie können mein Bett haben. Sie wird es mögen, daß Sie bei ihr schlafen."

Maria schaute dankbar an dem großen Mann hoch.

„Es geht Ihnen noch nicht gut genug", protestierte Dr. Freund.

„Doch. Sie sind ein guter Arzt." Shimon brachte in seinem struppigen, neu gewachsenen Bart ein trauriges Lächeln zustande.

Der Arzt antwortete niedergeschlagen: „Noch nicht gut genug." Er begleitete Shimon zur Treppe, die zum Oberdeck führte. „Bitten Sie den Rabbi zu kommen", flüsterte er. „Sie werden ihn vor dem Morgen nötig haben. Das Kind atmet nur noch schwach."

* * *

Murphy sah aus und fühlte sich, als wäre er von einem Lastwagen angefahren worden. Sein Nasenbein war gebrochen. Der Arzt hatte es in Mullbinden gepackt. „He, Doktor, sind Sie sicher, daß nicht einer von den Burschen eine Faust da oben vergessen hat?"

Seine Augen waren zu schmalen Schlitzen geschwollen. „Einer von ihnen muß Joe Louis gewesen sein, als Weißer verkleidet."

Zwei Rippen waren gebrochen. „Warum wickeln Sie dieses Pflaster nicht ein bißchen enger, Doktor, damit ich überhaupt nicht mehr atmen kann? Das wird mich davor bewahren, zur zweiten Runde antreten zu müssen."

Murphy lag jetzt auf dem Sofa in seiner Hotelsuite. Trump ging die ganze Länge des Raumes ab, auf und ab. „Bis auf diese Kleinigkeiten fühle ich mich wohl", versetzte Murphy trocken. Das Sprechen ließ ihn vor Schmerz stöhnen. „Ich mache mir um mich keine Sorgen."

„Wir sind natürlich sofort mit Scotland Yard in London in Verbindung getreten. Als wir die BBC dort anriefen, war auch schon ein Leibwächter im Studio bei ihr. Wir haben eine Nachricht hinterlassen. Sie wird Sie anrufen, sobald sie mit der Sendung fertig ist."

„Danke." Murphy klang, als wäre er erkältet. „Jemand muß vierundzwanzig Stunden am Tag bei ihr sein, bis wir sie nach Amerika holen können."

„Oder bis Sie mit ihr in Europa zusammentreffen." Trump erhob sich auf die Zehenspitzen, als hätte er etwas Wichtiges zu sagen.

„Ich hoffe, sie wird mich hier treffen."

„Gerade habe ich einen Anruf vom Pressesprecher des Präsidenten erhalten."

„Von welchem Präsidenten?"

„Von Roosevelt natürlich. Sie haben die Dinge ein wenig ins Rutschen gebracht, wissen Sie." Trump zwang sich zu lächeln. „Zum Kochen. Jedenfalls hat Präsident Roosevelt den Termin für das Treffen der westlichen Nationen festgesetzt – für die Flüchtlingskonferenz in Evian. Unabhängig davon, was hier mit der *Darien* geschieht, sollte die Evian-Konferenz Ihre Geschichte sein."

Murphy versuchte die Stirn zu runzeln. Die Anstrengung schmerzte zu sehr. Er schnaufte laut und dachte an Karl, der nebenan tief schlief. „Ich muß wegen der Operation des Jungen in der Nähe bleiben. Ich schulde ihm das. Ich habe ihn hierhergebracht –"

„Wir kümmern uns darum, daß nach ihm gesehen wird", wischte Trump Murphys Einwand weg. „Es gibt ja immer noch Mrs. Rosenfelt."

„Sie wird ihre eigene Familie hier haben, wenn im Sumpf des Außenministeriums alles klar geht."

Trump ging wieder einige Schritte auf und ab und wandte sich dann Murphy zu. „Sie sind mein neuer Chefredakteur für europäische Angelegenheiten, Murphy. Evian ist der Ort, an dem ich Sie anfangen lassen will. Der Punkt, von dem ich will, daß Sie damit beginnen. Wenn Hitler tatsächlich in die Tschechoslowakei einmarschiert, wird es weitere Zehntausende von Menschen geben wie die auf diesem kleinen Schiff." Trump war entschlossen. Murphy würde nicht länger als nötig in den Staaten bleiben. „Karl Kronenberger wird auch ohne sie überleben. Sie haben Ihre Aufgabe. Mein Chefredakteur für Europa muß in Europa sein. Und der sind Sie."

„Und was ist mit der *Darien*? Wer wird diesen Artikel schreiben?"

Trump kratzte sich und schaute nachdenklich zur Decke. „Nun, um die Wahrheit zu sagen ... Ich dachte, es könnte mir gefallen, diese Aufgabe selbst zu übernehmen."

Murphy versuchte, nicht überrascht auszusehen. Wie konnte dieser Mann, Kopf eines viele Millionen schweren Zeitungsimperiums, sich die Zeit nehmen, die Notlage der *Darien* zu schildern? Murphy stellte diese Frage nicht. Statt dessen gab er diplomatisch zur Antwort: „Das ist mir wirklich eine Erleichterung, Mr. Trump", überzeugt, der Artikel werde in jeder Zeitung des Trump-Imperiums auf die Titelseite kommen.

Trump lächelte, von der Zustimmung Murphys erfreut. „Ich habe mich auf diese Sache sehr eingelassen, mein Sohn. Diese Schafsköpfe im Außenministerium haben mich wieder einmal auf die Palme gebracht. Wir müssen sehr eng an dieser Geschichte dranbleiben. Sie an der Konferenz und ich an dem Schiff."

„Und was ist mit Karl? Und Mrs. Rosenfelt?"

„Ich werde auf beide aufpassen, machen Sie sich keine Sorgen. Ich habe bereits einen Anwalt engagiert, sich damit zu befassen, daß Mrs. Rosenfelts Familie ungerechterweise die Visa verweigert wurden. Wußten Sie, daß sie genug auf dem Konto hat, sie alle auf Jahre hinaus zu unterstützen? Diese Meinung im Außenministerium, daß sie zu Sozialfällen werden könnten, ist in diesem Fall nicht stichhaltig!" Er schlug mit der Faust auf den Tisch. „Hier haben wir einen Fall von Rechtsbeugung, und ich werde dahinter her sein, im Außenministerium das Oberste zuunterst zu kehren, damit sie aus ihren Schuhsohlen in die Welt kucken!"

Murphy versuchte zu lächeln, aber das Ergebnis war zu schmerzhaft. Er mochte diesen bärbeißigen, alten Mann. Er arbeitete gern für ihn. Trump schickte ihn nach Europa, weil diese Geschichte den Mann so bewegte, daß er unbedingt nahe dran sein wollte. Der alte Mann Trump hatte beschlossen, mit dieser Geschichte werde es ein glückliches Ende nehmen – und er werde sie schreiben!

* * *

Georg Wand mühte sich, das Zifferblatt seiner Uhr zu erkennen. Es war zehn Uhr siebzehn abends, und noch immer war Elisa nicht aus dem BBC-Gebäude herausgekommen. Sie war später dran als üblich. Ungeduldig spielte er mit der klappernden Zange. War sie auf einem anderen Weg hinausgeschlüpft?

Um zehn Uhr zwanzig fuhr vor dem Eingang eine schwarze Limousine vor. Zwei Männer stiegen aus und warteten eine Weile neben dem Wagen. Vielleicht hatte ein wichtiger Regierungsvertreter Sendung. Jemand, der Leibwächter nötig hatte. Der Premierminister?

Erneut schaute Wand auf seine Uhr. Dann blickte er auf und keuchte. Lachend plaudernd kam Elisa aus der BBC. Die Männer nahmen sie in die Mitte. Einer öffnete ihr die Tür, während ihr der andere den Geigenkoffer abnahm und hinter ihr in den Wagen stieg.

Selbst in der Dunkelheit fühlte Wand, daß er vor Enttäuschung und Wut errötete. Hatte er zu lange gewartet einzugreifen? Oder war dies vielleicht nur eine vorübergehende Anordnung? Vielleicht waren ihr die zwei Burschen geschickt worden, sie zu irgendeiner Verabredung zu bringen, die Wand nicht vorausgesehen hatte?

Er fluchte. Die schwarze Limousine fuhr an, war im Augenblick um die Ecke gebogen und außer Sicht.

Der Omnibus würde erst in zehn Minuten kommen. Wand würde dann einfach in das Foyer des Savoy-Hotels zurückkehren und auf sie warten.

* * *

„Die Falle ist gestellt." Tedrick lehnte sich weit zurück in seinem Drehstuhl und preßte die Fingerspitzen aneinander. Er war mit der letzten Entwicklung zufrieden.

Elisa schaute unglücklich zum Telephon auf dem großen braunen Walnußschreibtisch. Wie konnte sie zu Murphy auch nur ein Wort sagen, wenn Tedrick im Raum saß? Wer konnte wissen, wer sonst noch zuhörte? Und jetzt die schreckliche Nachricht, daß Murphy in New York zusammengeschlagen worden war. Und doch konnte sie ihn nicht einmal danach fragen.

„Was ist mit dem Savoy?", fragte Elisa, von der Nachricht verstört, daß die New Yorker Schurken sowohl Elisas Namen als auch den des Savoy-Hotels erwähnt hatten.

„Shelby weiß, was sie zu tun hat." Tedrick versicherte dies ohne jeden Anflug von Wärme in der Stimme. „Eine Treibjagd", sagte er rätselhaft. Dann wurde er sich der Unverständlichkeit seiner Anspielung bewußt: „Jemals bei einer Jagd mitgeritten?", fragte er lächelnd. „Einer Fuchsjagd?"

„Die Art Sport, die Ihnen gefallen dürfte“, sagte sie bissig. „Ich bin Musikerin. Füchse und Jagdhunde sich nicht mein Stil.“

Er lachte. „Eine Treibjagd, das ist – wenn die Witterung des Fuchses aufgenommen ist, ohne daß da ein Fuchs wäre. Die Jagdhunde folgen einfach der Witterung; die Reiter folgen den Hunden. Jeder amüsiert sich prächtig, und es wird kein Blut vergossen. Für gewöhnlich ist der Fuchs dafür dankbar.“ Er beugte sich vor. „Warum sind Sie nicht dankbar, kleine Füchsin? Die Jagdhunde bellen nur Ihre Witterung an. Heute abend fahren Sie ab nach Paris.“

„Und was erzähle ich meinem Mann?“

„Sagen Sie ihm, es gehe Ihnen gut; denn das stimmt ja. Und daß Sie sicher seien, es bei einer so unblutigen Jagd auch zu bleiben. Keine Einzelheiten. Sagen Sie ihm, Sie haben einen Leibwächter. Sein Verleger hat das in die Wege geleitet. Sagen Sie ihm, wenn Sie wollen, Sie brennen darauf, ihn zu sehen. Früher oder später werden Sie ihm die Nachricht zuspielen, daß Sie ihr Ehegelöbnis wiederholen müssen – es sei denn, es ist Ihnen lieber, vor dem Gesetz unverheiratet zu bleiben. Das könnte auch hinsichtlich ihrer zu Ende gegangenen Beziehung mit Thomas von Kleistmann von Nutzen sein.“

„Sie sind verachtenswert!“, zischte Elisa auflodernd.

Wieder lachte Tedrick über ihre Wut. „Möglich“, antwortete er. „Aber eher praktisch als verachtenswert. Sagen Sie Murphy, was Sie wollen – innerhalb der Grenzen, die wir uns ausbedingen müssen, Sie wissen ja. Ich würde von Kleistmann allerdings *nicht* erwähnen, wirklich nicht. John Murphy könnte den Verdacht bekommen, Sie seien nur deshalb in Europa geblieben, Ihren alten Freund zu besuchen.“

Zornig stand Elisa auf und ging in die entfernt liegende Ecke des Zimmers. Der Raum war nicht groß genug. Während der letzten paar Tage hatte sie Tedrick verachten gelernt. Dasselbe hatte sie gegenüber den Nazis empfunden. Auf einen Engländer aber eine solche Wut in sich zu tragen, war sogar noch unangenehmer.

Das Telephon klingelte. Tedrick machte keine Bewegung. Er gab Elisa mit dem Kopf einen Wink, den Hörer abzunehmen. Murphy sollte denken, sie befinde sich im Savoy-Hotel. Das Telephonfräulein war gut unterrichtet worden. „Ihre Sache“, lächelte Tedrick, als das Telephon aufs neue klingelte.

Elisa nahm ab. Das Knacksen aufgrund der großen Entfernung trieb ihr Tränen in die Augen. „Murphy?“, fragte sie verzweifelt.

Seine Stimme hallte durch Telephonkabel und ein halbes Dutzend Verbindungen: „Elisa – es geht dir also gut. Gott sei Dank!“

„Es geht mir gut, Liebling. Nur vermisse ich dich sehr." Tränen liefen ihr über die Wangen. Sie konnte ihre Stimme über den hohlen Abgrund taumeln hören, der sie voneinander trennte. „Geht es dir gut?"

„Wenn ich nicht so beschäftigt wäre mit all diesen ... Flüchtlingssachen ... Das Schiff wird morgen abend einlaufen ... Habe alles fertig für ..."

Es gab eine lange Pause. Hatte sie ihn verloren? „Murphy?"

„Ja! Hier bin ich. New York. Karl hat einen Termin für die Operation. Ich habe eine Lohnerhöhung bekommen. Bleib, wo du bist ... Ich komme nach Europa ... Chefred ... für Euro ... Ich komme und hole dich."

Elisas hatte das Gefühl, als befände sich ihr Herz in einem Schraubstock. Sie hatte vergessen, daß Tedrick einen Meter entfernt alles beobachtete und zuhörte. „Oh, Murphy! Dieser Mann auf dem Konsulat, der uns getraut hat –"

„Ja?"

„Er wurde entlassen."

„Weshalb?" Es lag ein drohender Unterton in seiner Stimme.

„Wegen Abhaltens ungesetzlicher Trauungsfeierlichkeiten."

Wellen wischten über Murphys Entgegnung. Wortfetzen hüpften herüber gleich verwirrten, verärgerten Quietschern. Dann: *„Ich respektiere dich nach wie vor."*

Elisa lachte. Es tat gut, zu lachen. „Wir müssen es nur von Anfang an alles noch einmal machen."

„So oft du willst."

„Ich meine, uns trauen lassen!"

Murphy lachte. Der anheimelnde Klang seines Lachens erhob sie über ihren Zorn und ihre Ängste. Sie konnte tun, was getan werden mußte, und dann würde Murphy kommen. Es wäre alles vorüber.

Ein Dröhnen schlug durch den Hörer, und eine Frauenstimme schaltete sich ein. „Es tut mir leid. Wir scheinen Ihre Verbindung verloren zu haben."

* * *

Meile um Meile kam die *Darien* dem Hafen näher. Seevögel kreisten und schrien über ihr. Seetang floß vorbei. Andere Boote wurden in der Nähe gesichtet.

Shimon hatte unter einem Schutzdach aus Zeltplanen Zuflucht gefunden bei den jungen Männern des Schiffs. Aaron kümmerte sich um ihn, brachte ihm Becher mit Wasser sowie Mahlzeiten aus der Kombüse und Nachricht aus der Krankenstube. „Das Kind ist noch bei uns! Ada-Marie kämpft!"

Als die Sonne hoch über das Schiff stieg, sprachen Männer und Frauen, die noch Tags zuvor ausgelassen gewesen waren, jetzt mit leisen Stimmen über den grimmigen Kampf, der unter Deck stattfand.

„Sicher wird sie nicht sterben!"

„Wir sind New York jetzt so nahe! Dort sind Krankenhäuser. Ärzte, die ihr helfen werden."

„Mein Vetter lebt in Brooklyn. Er sagt, daß Kinder in Amerika kaum noch an solchen Sachen wie Lungenentzündung sterben!"

„Oi! Aber schauen Sie sich Dr. Freund an da oben. Er will den Kapitän sprechen. Schauen Sie sich sein Gesicht an. So traurig. So ohne Hoffnung."

„Vielleicht will er wissen, wann wir morgen ankommen. Wenn sie die Nacht überlebt, dann wird sie mit Sicherheit nicht sterben."

Die Luft des späten Nachmittags kühlte sich zu einem lauen Abend mit pastellenem Himmel ab. Shimon setzte sich auf und sah zu, wie eine Gruppe von Männern sich am Bug versammelte, die Abendgebete zu sprechen.

„Hilf mir auf", bat er Aaron; „ich will mich der Gemeinde anschließen. Ich will für Ada-Marie beten."

Der klagende Singsang der Abendpsalmen erhob sich, während die Seevögel zurück an Land flogen.

„Gelobt sei der Ewige für immerdar! Amen! Gelobt von Zion sei der Ewige, der wohnet in Jerusalem! Halleluja! Gelobt sei der Ewige Gott, der Gott Israels, der allein Wundermächtige ..."

„Wenn wir nur ein Wunder haben könnten, Rabbi", sagte Aaron, während er Shimon stützte. „Wenn wir die kleine Ada-Marie nur auf den Rücken einer Seemöwe legen und sie nach New York fliegen lassen könnten!"

„Ah! Naja, das ist Gottes Angelegenheit", sagte ein anderer traurig.

„Wer sagt, Gott sei noch nicht mit der Angelegenheit des Wundertuens befaßt, nu?", fragte der Rabbi von Nürnberg. „Schaut her! Jeder von uns ist hier! Und schaut dorthin –" Er streckte seine Hand nach Shimon aus. „Ein Wunder. Wer hätte gedacht, daß Shimon die Nacht überlebt hätte, in der wir ihn aus der Lüftung zogen!"

Jeder stimmte zu, daß Shimons Anwesenheit in der Gemeinde tatsächlich ein Wunder sei. Und jetzt war für die kleine Ada-Marie ein Wunder sehr, sehr nötig. Ihre vier Schwestern hatten sich unglücklich auf die zur Krankenstube führende Treppe gekauert.

„Wenn sie diese Nacht überlebt, wird sie nicht sterben. Wir werden nach New York kommen, und dort ... ihr werdet sehen."

* * *

Schon die zweite Nacht über klammerte sich Ada-Marie zäh ans Leben. Nannte man ihren Namen, schlug sie die Augen auf und drückte Marias Hand. Mehrere Male war der Rabbi von Nürnberg gekommen, um ihr eine Lektion von der Thoraschule vorzulesen oder ein Lied für sie zu singen. Eine nach der anderen kamen ihre älteren Schwestern, stellten sich neben ihr Bett und erzählten ihr Geschichten über die Geschehnisse auf den oberen Decks. All das bestätigte Ada-Marie mit den Augen; sprechen konnte sie nicht.

Für Maria und Klaus waren solche Zeichen Ansätze der Hoffnung. Daran klammerten sie sich, obwohl das Fieber des Kindes weiterhin stieg und jeder Atemzug von einer erschöpfenden Anstrengung gezeichnet war. Das Gesicht Dr. Freunds zeigte keinen Hoffnungsschimmer.

„Wenn wir sie rechtzeitig nach New York bringen können –", äußerte Klaus vorsichtig.

„Ja. New York", sagte der Arzt mit ausdruckslosem, wenig ermutigendem Tonfall. Es klang wie eine Warnung an den bekümmerten Vater, daß selbst ein modernes Krankenhaus in New York das hier nötige Wunder nicht leisten könne.

Still flüsterte Maria Worte, die jeden Atemzug priesen. Sie sang leise die Wiegenlieder, die Ada-Marie am liebsten mochte. Sie sprach von Babbie, die in New York auf sie warte. „Sie wird sicher an der Mole sein, Ada-Marie. Wenn wir an der großen Statue der Freiheitsdame vorübergefahren sind, werden wir Babbie sehen. Ja, ja, noch ein Atemzug. Ja, Mama weiß, es tut weh, aber du wirst dich erholen. Ja, noch ein Atemzug."

27. Ihre Seele ist entflogen

Im Café war es kurz vor dem Schließen. Nur noch eine Handvoll beharrlicher Stammgäste war mit Thomas an den Tischen verblieben. Das Gesprächsthema wechselte zu den letzten Tumulten im tschechischen Sudetenland. Thomas gab seine Meinung dazu nicht preis, auch nicht sein Wissen, daß die dortigen Ausschreitungen von Männern aus Deutschland finanziert und geleitet wurden. Er hörte nur erstaunt zu, wie die Meinungen sich in den letzten Wochen gegen die Regierung von Prag zu richten begonnen hatten.

In der Ecke spielte ein junger Mann namens Michael auf seinem Akkordeon das letzte traurige Liebeslied. Zwei Männer standen auf und gingen über die Straße zum Panier Fleuri. Sie betraten das Bordell in dem Augenblick, in dem eine junge, schwarzhaarige Prostituierte temperamentvoll herauskam und über die Straße auf das Café zusteuerte.

Thomas kannte sie. Ihr Name war Suzanne; sie kam von einem Bauernhof im Süden Frankreichs. Bei mehr als einer Gelegenheit hatte sie ihm Gesellschaft geleistet; deshalb war er nicht überrascht, als sie durch die Tür schwebte, ihr Gesicht senkte und ihren verführerischen Blick auf ihn heftete. Winkend bewegte sie sich auf ihn zu, während er lächelte und die Schultern zuckte. *Warum nicht?*

Sie setzte sich neben ihn. Das Dutzend Hartnäckiger, das sich noch im Café aufhielt, nahm kaum Notiz von ihr.

„Die Dinge gehen langsam heute abend", flüsterte sie. „Ich hoffte, du würdest da sein."

„Ich … oder jemand anderer, hm, Suzanne?" Er hatte keine Illusionen. Wenn er nicht hiergewesen wäre, hätte sie jemand anderen gefunden, um bei ihm zu sitzen.

„Nein, mon chéri! Du!" Sie rieb mit den Fingern leicht seine Wange; dann drückte sie ihm unter dem Tisch eine Notiz in die Hand. Ihren Mund an seinem Ohr flüsterte sie: „Etwas für dich, Thomas. Man hat mir gesagt, du würdest mich gut dafür bezahlen. Warum hast du mir nicht gesagt, daß du eine verheiratete Frau liebst? Dann hätte ich verstanden, daß du nicht mehr vorbeischaust." Sie küßte sein Ohr und setzte sich dann mit sprödem Lächeln zurück.

Verwirrt schaute Thomas auf den kleinen weißen Umschlag hinunter. Außen stand sein Name darauf, in einer Handschrift, die er sofort erkannte. *Elisa!* Er versuchte seine Überraschung zu verbergen. Tausend Fragen überfluteten seinen Kopf; aber er würde sie der bei ihm sitzenden Frau nicht stellen. Suzanne war die Überbringerin, nichts sonst.

Thomas zuckte die Schultern. „*Affair du coeur, Suzanne.* Ich schaffe nur eine auf einmal." Er steckte den Umschlag in die Tasche und ließ dann zwanzig Francs in ihre Hand gleiten. „Ist das genug?"

Suzanne blickte auf ihre Bezahlung und lächelte. „Genug für die Mitteilung – und für mehr, wenn du willst."

„Vielleicht ein andermal."

„Wenn es sich für dich schlecht entwickelt – dann?"

Thomas nickte und küßte sie auf die Wange. Er wollte sie schnell los sein, den Briefumschlag aufreißen und Elisas Worte lesen. Der Gedanke, sie zu sehen, schlug mit ernüchternder Gewalt durch seinen Weinnebel.

„Also, dann –" Sie wandte ihre Aufmerksamkeit einem bärtigen Studenten zu, der mit offensichtlicher Langeweile der Unterhaltung lauschte. „Was ist mit dir?", fragte sie und bewegte sich von Thomas' Seite weg. Versunken lächelte sie dem Studenten in die Augen.

Ohne daß Thomas Beachtung geschenkt wurde, verließ er den Tisch und schwankte zu der am Ende des Cafés gelegenen Toilette. Mit zitternden Händen hakte er die Türsicherung ein und zog an der Kette der schwachen Glühbirne über seinem Kopf. Er entnahm seiner Tasche den Umschlag, stellte sich mit dem Rücken gegen die Ziegelwand und starrte auf das fein säuberlich beschriebene Blatt. Tausendmal hatte er seinen Namen von dieser Hand geschrieben gesehen. *Thomas...* Immer, bevor er den Gedanken nachgehangen hatte, die ihm im Innern gefolgt waren. *Ich liebe dich. Ich habe nur an dich gedacht. Ich konnte kaum üben, weil mich die Musik an dich denken ließ* ... Es war eine Zeit gekommen, da er sich gefürchtet hatte, die Briefe zu öffnen – daß sie bereits gelesen sein könnten, und daß seine Liebe zu ihr seine Hoffnung auf eine Karriere zunichte machen könnten.

Heute öffnete er den Umschlag vorsichtig – ängstlich, auch nur ein Wort zu zerreißen, das ihre Hand geschrieben hatte. Im Umschlag war ein winziges, weißes Papierquadrat. Darauf stand eine Adresse, ein Datum, eine Uhrzeit. Sonst nichts. Keine Unterschrift. Kein persönliches Wort. Nur sachliche Fakten in ihrer klaren Handschrift.

Er atmete auf und preßte die Lippen auf die Schrift. Wie schlau sie war. Sie hatte keinen Zweifel, daß er auf den ersten Blick erkannte, von wem die Nachricht war.

Noch einen Blick darauf – dann hielt Thomas das Papier unter laufendes Wasser, bis die Tinte ineinanderrann und schließlich verschwand. Daraufhin zerriß er den Umschlag und den Zettel und spülte die Fetzen die Toilette hinunter.

* * *

Sich in das auf Elisa Murphy eingetragene Hotelzimmer Einlaß zu verschaffen, war für Georg Wand lächerlich einfach gewesen. Einen Dietrich ins Schloß gesteckt. Einen Moment konzentriert. Und der Mechanismus hatte geklickt und die Tür war geöffnet.

Er wartete hinter den geschlitzten Türen des Wandschranks. Das feine Gewebe ihrer Kleider berührte ihn. Er konnte Parfum riechen. Die Stunde des Wartens hier im Dunkeln war keineswegs unerfreulich.

Seine mit Schalldämpfer versehene Pistole befand sich in seiner rechten Jackettasche – für den Fall, daß der Leibwächter mit ihr ins Zimmer käme. In seiner linken Tasche trug er noch immer die Zange. Sie zu benutzen, war ihm zu einer fixen Idee geworden. Er würde wegen eines kleinen Mißgeschicks nicht von ihr ablassen.

Licht von den Straßenlaternen draußen badete das Zimmer in ein sanftes Glühen. Er konnte das Zifferblatt des auf dem Nachttisch tikkenden Weckers erkennen. Mitternacht war vorbei. Draußen vom Korridor hörte er Stimmen. Eine Männerstimme und die einer Frau. Elisa Murphy.

Ein Knirschen im Schloß. Ein Männerlachen. „Ich werde dir das Zimmer sofort überlassen."

„Freddy, ich kenne dich. Weshalb Tedrick dich mir überstellt hat, ist mir völlig schleierhaft. Das heißt, nein; beim zweiten Hinsehen ist es doch nicht schleierhaft. Er hat es gemacht, um mich zu ärgern."

Die Tür ging auf, und das Licht wurde angemacht. Die Stimmen waren deutlich und klar, als sie ins Zimmer kamen. „Oh, es ist so: Ich bezahle *ihn* dafür, daß ich deinen Leib bewachen kann, Süße."

„Du bist schlimmer als ein Schuljunge." Ihre Stimme klang scherzhaft. Sie schob den Mann weg.

„Nur einmal um den Raum!"

„Geh!", befahl sie und schob ihn zurück. „Ich werde schreien, wenn ich etwas brauche."

Wand verzog das Gesicht. Ja, sie würde schreien. Das wäre im Hotel ein Problem. Er müßte sich etwas überlegen.

„Ich gehe auf ein Brötchen und ein Glas Bier an die Ecke. Willst du, daß ich dir eine Kleinigkeit zu essen mitbringe?" Der Mann klang hoffnungsfroh.

„Weißt du, seit wann ich auf den Beinen bin? Meine Güte, Fred, gibst du denn nie auf?"

„Ich versuche nur, freundlich zu sein. Auf Nummer Sicher zu gehen, daß sich um dich gekümmert wird."

Wand beobachtete durch die Schlitze, wie sie zur Seite trat und mit der Hand auf das leere Zimmer wies. „Wie du sehen kannst, bin ich so ziemlich allein und werde es recht glücklich auch bleiben, danke. Sage Tedrick, daß ich mit meinem Revolver unter dem Kopfkissen schlafe. Das ist der einzige Schutz, den ich heute nacht brauche." Sie gab dem Mann noch einen sanften Stoß und schickte ihn in den Korridor, wo er noch immer protestierend weiterredete.

Sie zog die Tür zu und schloß ab. Mit einem Seufzer ging sie langsam zum Bett und warf den Geigenkoffer auf ein Kissen, bevor sie sich setzte. Wands Hände schwitzten in seinen Taschen. Er würde warten und dabei sehr leise bleiben müssen. Falls sie schrie, konnte ihr Begleiter noch nahe genug sein, sie zu hören. So oder so würde dem Schrei einer Frau im Savoy-Hotel bestimmt nachgeforscht werden. Irgend jemand mußte sie hören.

Er beobachtete, wie sie ihre Schuhe von den Füßen schleuderte und sich die Zehen massierte – nur einen Moment lang. Dann erhob sie sich und ging ins Badezimmer.

Sie drehte das Wasser auf und begann leise zu singen: „*Ich bin von Kopf bis Fuß auf Liebe eingestellt, ja das ist meine Welt ...*"

Wand lächelte und nahm die Pistole aus der Tasche. Er würde die Waffe nicht benutzen, aber sie würde dazu dienen, Elisa beim ersten Blick zum Schweigen zu bringen.

„Der Zimmerkellner!", rief er und trat hinter der Schranktür hervor.

Ihre Stimme antwortete verärgert: „Gehen Sie weg! Ich habe Sie nicht anklopfen gehört, und ich bin –"

Schon hatte Wand seinen Fuß in die Badezimmertür gestellt. „Schreien Sie nicht." Er hob ihr den Lauf seiner Waffe eine Handbreit vor den Kopf.

Sie erstarrte. Entsetzt. Sie öffnete den Mund, als wollte sie sprechen.

„Ich bin wegen eines Autogramms von Ihnen gekommen", sagte Wand weinerlich, „und Sie Violine spielen zu hören."

„Bitte", stammelte sie, „bitte nicht –"

„Kommen Sie heraus, ganz leise, bitte", versetzte er und trat von der Tür weg. Sie folgte ihm. Ihre Augen waren angstvoll geweitet.

„Sie sind der Mann aus dem Foyer ... der Jude."

Wand lachte. „Ich bin kein Jude." Er schaute auf den Geigenkoffer. „Und nun zeigen Sie mir, welche Art Musikerin Sie sind, ja?" Er fuhr mit dem kalten, langen Stahl des Pistolenlaufs an ihrem Kinn entlang. „So schöne, makellose Haut", sagte er schmeichelnd. „Und manikürte, glänzende Nägel. Sehr schön. Wollen Sie auf der Violine für mich spielen ... Elisa?"

„Aber –"

„Nein, nein. Ich bestehe darauf. Vielleicht den Donau-Walzer? Oder etwas Einfacheres?"

„Was wollen Sie eigentlich?" Ihre Stimme war flach. Ernst. Vielleicht könnte man miteinander reden.

„Ich will Sie Violine spielen hören ... das ist alles." Er ergriff ihre Hände und sah ihre schwielenlosen Finger. Elisa? Elisa Linder-Murphy? Nein. Das kann sie nicht sein. Eine gewisse Ähnlichkeit mit dem Bild in den Zeitungen. Ziemlich gut. Aber ich habe ein echtes Photo von ihr gesehen. Und ich habe sie auch spielen hören. Man hätte eine echte Musikerin für diese Rolle wählen sollen. „Wer sind Sie, he?"

Die vor ihm stehende Frau erschrak. Wand überlegte, daß sie wohl nicht erwartet habe, auf jemand zu treffen, der so helle sei wie er. Gebleichtes, blondes Haar, ein falsches Bild in die Zeitungen gesetzt und es mit dem Namen Elisa Murphy darunter veröffentlicht. Die gesamte Vorgehensweise war von Grund auf Kinderkram.

„Ich weiß nicht, wovon Sie sprechen", protestierte die Frau.

„Nun gut, dann nenne ich Sie weiterhin Elisa, wenn Ihnen das lieber ist." Er nickte leicht mit dem Kopf. „Ziehen Sie sich die Schuhe an."

„Warum?" Ein Schatten von Angst zuckte über ihr Gesicht.

„Wir werden fahren."

„Nein. Machen Sie, daß Sie hinauskommen! Ich habe Leibwächter, und –"

„Wenn Ihnen Ihre Füße zu weh tun, was geht mich das an? Lassen Sie Ihre Schuhe aus, wenn Sie wollen ... Elisa. Aber falls Sie nicht mit mir kommen, werde ich über das ganze schöne Seidenbettuch ihr Gehirn verspritzen."

Zitternd zog die Frau ihre Schuhe an. Sie war blaß, als wäre sie schon tot. „Sie werden keine drei Meter weit aus diesem Zimmer kommen", drohte sie.

„Da befinden Sie sich ziemlich im Irrtum. Fred sitzt genießerisch über seinem Brötchen und seinem Bier, erinnern Sie sich?“ Er langte nach ihr, um sie vor sich zur Tür zu bringen, nahm sie beim Arm und hielt die Waffe verborgen, aber sie war mit tödlicher Genauigkeit auf ihre Rippen gerichtet. „Und jetzt denken Sie daran, wenn wir die Bedienstetentreppe hinuntergehen ... Elisa ... ich muß nur den Abzug drücken, und die Kugel wird Ihnen durch beide Lungenflügel schlagen. Sie werden in Ihrem eigenen Blut ertrinken.“

Sie wurde steif und schob sich nach hinten. „Mein Name ist Shelby“, flüsterte sie heiser. „Lassen Sie mich gehen. Ich weiß nichts von ihr.“

„Natürlich tun Sie das.“ Wand zog sie zur Tür. „Shelby – ein sehr netter Name. Sie sind ziemlich hübsch, Shelby. Britin, hm? Sagen Sie, schämen Sie sich, sich mit einem so gewöhnlich aussehenden Kerl wie mir zu zeigen, hm?“ Er lächelte, nickte, plauderte mit der erschrockenen Frau, während er die Tür öffnete und in den leeren Korridor hinaustrat. „Ich will alles von Ihnen wissen, Shelby. Alles! Wir haben die ganze Nacht.“ Die Zange in seiner Tasche wartete darauf, ihre Arbeit zu tun. „Wir haben Stunden zum Reden. Sie können mir alles erzählen, was sie wollen, und ich werde gespannt zuhören. Ich bin ein Mann mit Geduld, Shelby. Ich genieße die Gesellschaft eines hübschen Mädchens.“

Als er die Tür zur Bedienstetentreppe aufschob, wehrte sie sich erneut. „Lassen Sie uns hierbleiben –“ Ihre Stimme war heiser vor Schreck. „Wir können uns hier unterhalten ...“

„Nein. Die Nacht ist lau. Eine gute Nacht für eine Fahrt aufs Land, Shelby. Kommen Sie. Nur ein wenig miteinander plaudern ...“

* * *

Wie lange war es her, daß Babbie Rosenfelt eine andere Farbe getragen hatte als Schwarz? Heute hatte sie ein blaues Kleid an; an ihrer linken Schulter war ein Orchideensträußchen befestigt. Mr. Trump hatte das Kleid für sie gekauft. Es war nicht blaßblau, nicht mittelblau, sondern würdevoll marineblau mit einem weißen Spitzenkragen und weißen Spitzenärmeln. Sie war nicht mehr wie die um ihre Kinder weinende Rachel.

Erneut war die Hotelsuite gedrängt voll. Babbie Rosenfelt saß kerzengerade vor den begierig Fragenden und antwortete ihnen, so gut sie es vermochte. Ihre Entgegnungen waren von Hoffnung und vom Dank über die Woge der öffentlichen Unterstützung aus dem ganzen

Land gefärbt. Eine Pressekonferenz, hatte ihr Mr. Trump erklärt, sei ein Ding, das den Lesern begreiflich mache, was sie, Babbie, an einem so prächtigen Tag wie diesem fühlen mußte, an dem die *Darien* New York erreichen würde!

„Mrs. Rosenfelt, wie fühlen Sie sich nach all dem Leid, das Ihre Familie aufgrund der nationalsozialistischen Regierung durchmachen mußte?"

Sie hob leicht den Kopf und suchte nach Worten. „Ich bin kaum mehr als eine Woche zuhause, und doch haben bereits über zweihunderttausend Menschen eine Eingabe unterschrieben, in der um besondere Berücksichtigung meiner Enkeltochter, ihrer Kinder und ihres Mannes gebeten wird. Wie ich mich fühle? Oi! Welche Frage! Wir sind aus der Knechtschaft ins Gelobte Land gekommen. Das Rote Meer hat sich noch einmal geteilt!"

Auf die Anspielung der alten Frau hin lachten die Reporter höflich. Sie war eine großartige Interviewpartnerin. Die besten Geschichten kamen von dieser resoluten alten Dame, die den Nationalsozialisten getrotzt hatte und dies jetzt mit den fürchterlichen Einwanderungsgesetzen der Vereinigten Staaten tat.

„Sind Sie sich bewußt, daß dem Kongreß sechsundsechzig Gesetzentwürfe zur Einwanderungsbeschränkung vorliegen?", wurde ernüchternd gefragt.

Frau Rosenfelt räusperte sich. „Falls solche Entwürfe durchgingen, würden sie *mit Menschenleben bezahlt werden* – mit dem Leid von Millionen, von Kindern wie meinen Enkelkindern." Und als das Gewicht ihrer Worte von Bleistiften auf Notizbücher hinabfiel, lächelte sie. Es war das Lächeln einer Großmutter. „Würden Sie gerne ihre Photographien sehen? Ich habe sie hier. Ja, hier." Sie zog eine Handvoll Schnappschüsse aus ihrer neuen Handtasche. „Hier sind Maria und Klaus. Und ihre Kleinen – Trudy, Katrina, Gretchen, Louise. Und diese – diese Kleinste – ist mein Liebling: Ada-Marie. *Sie* sollten Sie interviewen, wenn sie nach New York kommt!"

Großes Gelächter. Typische Großmutter. Photos und das alles. Es gab ein Gemurmel von Fragen. Konnten von den Photos Abzüge für die Zeitungen genommen werden? Trump antwortete, daß die Kinder ja sehr bald im Hafen seien; eine Photositzung lasse sich einrichten.

„Was sagt das Außenministerium wegen der Quoten im Blick auf die Passagiere der *Darien*?" Nachdem man die Bilder der Enkel gesehen hatte, schien diese Frage hart zu sein. Aber sie war der springende Punkt, sie fragte nach der Wirklichkeit.

„Das Außenministerium – Staatssekretär Hull und Ministerialdirigent Wells – haben auf die meine Familie und die anderen Flüchtlinge an Bord des Schiffes betreffende Eingabe noch nicht geantwortet."

„Wird der *Darien* gestattet, im Hafen vor Anker zu liegen, bis die Sache entschieden ist?"

Frau Rosenfelts Gesicht verdüsterte sich ein wenig. Hilfesuchend sah sie Murphy an und antwortete: „Da bislang nichts Gegenteiliges gesagt worden ist, hoffen wir, daß der Hafenmeisterei erlaubt wird, gastfreundlich zu sein."

So. Es war noch nichts entschieden. Aber wer würde gegen das Anlegen eines Frachters voller verzweifelter Menschen protestieren? Während diese Frage in der Luft zu schweben schien, kam die nächste Frage: „Wer hat Sie zusammengeschlagen, Murphy? Wenn es keine Opposition in dieser Sache gibt, warum wurden Sie dann verprügelt?"

Murphy wischte die Frage weg. Er wollte an diesem Nachmittag in keiner Weise im Mittelpunkt stehen. „Ich schulde ein paar Kerlen Geld vom Pokern." Seine Kollegen lachten gutmütig. Er hatte sie abgewehrt. *Nein, es gab keine Opposition und keinen Protest gegen die Flüchtlinge.*

„Mrs. Rosenfelt, welche Meinung haben Sie bezüglich der bevorstehenden Flüchtlingskonferenz von Evian?"

„Gott segne Präsident Roosevelt! Dreiunddreißig Länder sollten in der Lage sein zu bestimmen, wie man uns helfen kann, nu? Von dieser Konferenz werden die Türen für viele wie meine liebe Familie geöffnet werden. Die sind gute Menschen, die anderen helfen wollen. Ja. Das ist eine sehr gute Idee! Sagen Sie dem Präsidenten, das ist meine Meinung. Wollen Sie?"

Welch eine Frau! *Sagen Sie dem Präsidenten!* In diesem Moment klingelte das Telephon: der Anruf, auf den sie alle gewartet hatten. Sofort trat Stille ein. Der alte Trump griff zum Hörer.

„Trump hier ... ja. Ja. Ich danke Ihnen." So einfach war das. Er hängte auf und beugte sich hinab, um Frau Rosenfelt etwas zuzuflüstern. Das Geflüsterte war laut genug, daß es die Reporter hören konnten. „Die *Darien* hat soeben den Leuchtturm von Sandy Hook passiert. Wir sollten nun zur Mole gehen."

* * *

Shimon stand mit den anderen an der Reling der *Darien.* Die schwefelgelbe Sonne ging hinter der riesigen Fassade unter, die Amerika war. Die Strömung hatte den Frachter mit zunehmender Leichtigkeit das Mündungsbecken hinauf und in den Hafen getragen.

Dies hätte ein Augenblick der Freude sein sollen. Aber er war es nicht.

„Sage ihnen, wir sind da", wies Shimon Aaron an. „Sie sollen wissen, daß wir Amerika erreicht haben."

Aaron nickte schweigend. In seinem Gesicht stand das Leid eines jeden Herzens auf der *Darien* geschrieben. Vor dreißig Minuten, während die Atlantikwellen sich gegen einen Ausläufer purpurroter Felsen geworfen hatten, war ein geflüstertes Wort unter ihnen umgelaufen. Die Hoffnung wurde zerschmettert wie das Wasser und ging zurück auf ein leises, wellenförmiges Seufzen gemeinsamer Trauer.

„Ada-Marie ist nicht mehr unter uns. Ada-Maries Seele ist davongeflogen. Ada-Marie ist tot ... ist tot ... ist tot ..."

Diese Worte gingen von Mund zu Mund, als müßte es, um verstanden zu werden, ausgesprochen sein. „Wie ist das nur möglich? So kurz vor New York? Wir sind so nahe ... wenn nur ... wenn nur ..."

Zwei Stunden zuvor waren die Schwestern mit Klaus und Maria nach unten gerufen worden. Bis jetzt war die Familie noch nicht wieder hochgekommen. Der Rabbi von Nürnberg war bei ihnen. Dr. Freund war müde auf das Oberdeck gestiegen und hatte in schweigender Bestätigung der Tragödie den Kopf geschüttelt.

Als die große, grün schimmernde Freiheitsstatue über ihnen schwebte, füllte sich das Gewässer auf einen Schlag mit kleinen, an der Seite der *Darien* schaukelnden Booten. Neugierige Gaffer waren gekommen, die Ankunft dieser verzweifelten Fracht zu sehen. Shimon konnte auf dem Oberdeck eines Touristenschiffs Reporter erkennen. Sie winkten und hielten ihre klickenden Kameras auf die Gesichter der Männer und Frauen, die jetzt nicht die Kraft fanden für auch nur ein einziges Lächeln.

Die Gesichter wandten sich von der Statue ab. „Jetzt kommen sie hoch, kommen hoch, um Amerika zu sehen. Sie kommen, und – schau! Schau, wie sacht Klaus Ada-Marie in seinen Armen trägt! Man könnte meinen, sie würde nur schlafen, nur schlafen. Schau, wie ihr der Wind die Haare zaust ..."

Klaus kam zuerst heraus, den Leichnam des Kindes in den Armen. Maria folgte. Trudy und Gretchen hielten ihre Hände. Und dann kamen Louise und Katrina; sie hielten einander fest.

Die Sirene der *Darien* erklang. Niemand schaute auf die Freiheitsstatue. Aller Augen folgten der Familie. Die Passagiere teilten sich wie das Rote Meer, und Klaus ging erhobenen Kopfes zum Bug des Schiffes.

„Siehst du, meine Kleine", hörte man ihn flüstern, „nun sind wir in Sicherheit... Amerika. Dort wird es ein Plätzchen für uns geben. Einen Platz für dich, zu dem wir kommen werden. Siehst du, Ada-Marie? Babbie wird warten. Wie Papa gesagt hat: Wir sind in Sicherheit."

28. In der Stunde unseres Todes

Als die *Darien* von Schleppern an ihren Ankerplatz gezogen war, hatte sich außerhalb der Absperrgitter eine Menschenmenge versammelt. Christen und Juden saßen oder standen zusammen auf den riesigen Kisten von Lebensmitteln, die man während der letzten zehn Tage zusammengebracht hatte.

Frau Rosenfelt stand mit ihren Schwestern, Nichten und Neffen und vielen kleinen Rosenfelts einschließlich des berühmt-berüchtigten Franklin D. Rosenfelt an der Spitze der glücklichen Menge. Karl saß auf einer Kiste neben Murphy, der sich, so gut es ging, außerhalb der Reichweite von Ellbogen und rempelnden Teilnehmern dieses abendlichen Willkommens halten wollte.

Eine Kapelle aus Brooklyn spielte ein ganzes Repertoire jüdischer Lieder, als wäre das hier eine Bar Mitzwah oder ein Hochzeitsempfang. Pfarrer von allen Richtungen der protestantischen Kirchen führten ihre kleinen Herden mit anderen, die von Priestern und Rabbinern angeführt wurden. Für diesen einen Abend jedenfalls waren theologische Dispute beigelegt worden, und sich sonst bekämpfende Lager erinnerten sich gemeinsam an die Geschichte vom guten Samariter und an die Wunder Christi. Die Brotlaibe und Fische der Liebe Gottes hatten sich zum Trotz der Einwanderungsgesetze plötzlich vervielfacht.

Es gab wirklich etwas zu sehen – zu dieser Auffassung gelangte Murphy. Jesus war hier draußen, genau in der Mitte von allem – Büchsenpfirsiche auf Paletten geladen, Schachteln mit Kleidern und Decken, Aspirinampullen und Natrontabletten, Brotlaibe und Fische! Ein Wunder in New York City!

Es gab natürlich auch moderne Pharisäer, die das Wunder kritisch beobachteten. Regierungsvertreter vom Außenministerium, uniformierte Beamte von der Hafenmeisterei, Polizisten und Anwälte – alle standen mit sauren, mißbilligenden Gesichtern beieinander. Das waren die Leute innerhalb der Absperrgitter. Das waren die Offiziellen, die sich den hoffnungsvollen Flüchtlingen am nächsten befanden. Das waren die Männer, die hier hingestellt worden waren, um die Flüchtlinge am Verlassen des Schiffs zu hindern. Jeder wußte, das Gesetz des Landes war, soweit es nach der Regierung ging, noch immer viel stärker als das Gesetz der Liebe. Diese Demonstration der Stärke war keine Überraschung.

Die Taue wurden gesichert. Murphy sah von seinem Auslug aus, wie Babbie Rosenfelt das Absperrgitter umklammert hielt und das vollbesetzte Deck oben nach einem Anzeichen von Maria und Klaus absuchte. Von Trudy, Katrina, Gretchen, Louise und ... Ada-Marie! Er kannte jetzt ihre Namen. Jeder in Amerika kannte ihre Namen.

Und nun füllten die Fragen seinen Kopf, wie sie die Köpfe all der anderen erfüllen mußten, die gekommen waren, das zu tun, was gut und richtig war. Warum waren die Gesichter der Passagiere der *Darien* so traurig? Warum flossen Tränen über die Gesichter? Hatte die Freude sie mit einem solchen Gefühl übermannt?

Die Klarinette spielte eine fröhliche Melodie, etwas zum Tanzen. Die Menschenmassen riefen: „Willkommen in Amerika!“ Begrüßungsspruchbänder wurden geschwenkt, und doch ...

Karl zog fest an Murphys Ärmel. Die Augen des Jungen wurden auf einen Schlag zu einem Spiegel der Trauer, die Murphy in den Gesichtern auf der *Darien* sah. Karl deutete hinauf – hinauf zum Deck des Ruderhauses. Und dort waren sie: Maria, Klaus, Trudy, Gretchen, Katrina, Louise. *Und Ada-Marie!* Der Grund für die Tränen war jetzt deutlich. Kalkweiß und schlaff war das Kind, tot in seines Vaters Armen. Murphy hatte tote Kinder bereits gesehen. Er hatte die Tränen von Eltern gesehen, die ihre Kinder ebenso gehalten hatten.

„Oh, nein!“, murmelte er. Ein Messer schnitt durch sein Herz. „Oh, Jesus, nein! Nicht die Kleine ... nicht Ada-Marie!“ Er bewegte sich nicht. Er konnte nicht. Es schien, als hätte auf dieser Seite der Absperrung niemand die Tragödie auf der Brücke bemerkt. Niemand außer ... Babbie Rosenfelt.

„Maria!“, schluchzte die alte Frau. *„Oh, Maria ... meine Kleinen! Ich bin hier! Maria! ... Oh, nein! Ada-Marie? Stimmt es? Kann es sein? Lieber Gott, sag mir, daß es nicht wahr ist!“*

Durch den Nebel ihres Schmerzes verfolgte Maria kummervoll ihre Großmutter. Sie sah Babbie Rosenfelt gegen die Absperrkette gedrückt, die das Orchideensträußchen auf dem blauen Kleid zerdrückte, das sie für diesen großen Freudentag angezogen hatte. *„Babbie!“*, schluchzte Maria. Und dann: *„Sie ist nicht mehr! Sie ist nicht mehr!“* Sie streckte ihre Arme aus, als wollte sie die grausame Distanz mit einer Umarmung überspannen. Die Hände Babbie Rosenfelts streckten faltige Finger durch die Drahtquadrate.

Die Musik spielte weiter. Warum hörten sie nicht auf? Fröhliche Musik, fröhliche Begrüßungsreden – auf einmal waren sie fehl am Platze.

Und dann erfüllte die Luft eine andere Melodie. Von jenseits der Docks konnte Murphy den tiefen Klang männlicher Stimmen hören; sie sangen ... *was?* Ihre Füße stampften auf dem Asphalt und dann auf dem Holz der Mole. Sie kamen um die Ecke einer riesengroßen Lagerhalle. Sie marschierten Reihe um Reihe mit Fackeln in den Händen. Sie trugen Spruchbänder. Sie kamen näher, bis die Menge auf das Donnern der Neuankömmlinge hin schlagartig still wurde. *Drei gegen einen, mindestens,* dachte Murphy. *Vielleicht sogar mehr. Wahrscheinlich mehr.* Einige trugen Uniformen. Und ihre Spruchbänder und ihre Fackeln tragend, sangen sie:

Gott segne Amerika, Land, das ich liebe!
Steh ihm bei und führe es!
Durch die Nacht mit dem Licht vom Himmel!

Die Fackeln beleuchteten die Spruchbänder.

Amerika den Amerikanern!

Keinen Juden mehr in unserem Land!

Haltet die Christusmörder von unseren Küsten fern!

Einwanderungsgesetze verschärfen!

Roosevelt – erinnere Dich daran, daß wir dich gewählt haben!

Unter der Oberfläche brodelte Gewalt. Den vom Nationalsozialisten Fritz Kuhn angeführten Männern schlossen sich weitere Männer und Frauen an.

Ein Schweigen trat ein, bedrohlich.

Murphy konnte das Schluchzen Babbie Rosenfelts hören. Er sah die Polizisten durch das Tor der Absperrung strömen, sich zwischen den wütend gewordenen Gruppen aufstellend. Ein Offizieller eilte zu einem Wellblechbüro. Durch den Fensterrahmen sah Murphy, wie der Offizielle einen Telephonhörer abnahm und wählte. Seine laute Stimme drang durch die Fensterscheiben. „*Schicken Sie ein Überfallkommando her! Schnell! Es könnte zum Blutvergießen kommen! Beeilung! Tausende! Beeilen Sie sich!*"

Babbie Rosenfelt schien nichts zu bemerken. Ihre Hand lag auf ihrem Mund. In ihren Augen schwamm widergespiegelt das Bild Ada-Maries.

Ein Polizist hob die Hand. „Warum geht ihr nicht alle nach Hause?"

Die Aufforderung, sich vernünftig zu verhalten, sprengte die Büchse der Pandora. Ein Chor wütender Rufe und Buhs brandete auf, bedeckte die Docks und die Gebäude und die Schiffe und die Trauernden.

„Wir wollen sie hier nicht!"

„Warum ernährt Roosevelt nicht die Hungernden Amerikas?" Die Rotte deutete wild auf die Nahrungsmittelkisten, die von den Kirchen zusammengebracht worden waren.

„Hitler hat die richtige Idee!"

„Wir wollen keine stinkenden Juden mehr in New York!"

„Das Recht ist auf unserer Seite!"

„Sie haben alle die Syphilis! Und Typhus! Keine Ausländer! Schmeißt sie hier raus, oder wir reißen sie in Stücke!"

In weiter Entfernung war das schwache Geräusch von Sirenen zu hören.

In diesem Moment stellte sich ein mutiger, junger Mann in der Uniform der Heilsarmee auf eine Kiste und streckte wie ein Chorleiter seine Arme hoch. Er begann zu singen:

Tief sank ich in Sünden,
fern der friedlich blauen Küste,
besudelt in den tiefen Schlünden
wußt' ich, daß ich dort bleiben müßte.

Andere fielen ein, bis der Sirenenlärm und das Pfeifkonzert für einen Augenblick übertönt war, um sich schnell mit neuem Zorn wieder zu erheben. Ein Hagel faulen Gemüses prasselte aus den Reihen von Fritz Kuhns Gefolgsleuten. Der junge Vorsänger wurde von dem stinkenden Schmutz bespritzt und von seinem hohen Platz heruntergetrieben.

Wie auf ein Signal hin kamen jetzt die rotierenden, blitzenden Rotlichter des Überfallkommandos hinter der fluchenden, feindseligen Rotte zum Stehen. Geschrei und Tumult erhob sich. Gewalt brach aus. Fackeln und Plakate wurden geschleudert, Kisten umgeworfen.

Die beiden Gruppen verkeilten sich zu einem tobenden Meer der Wut. Die Frauen und Männer an Bord der *Darien* schauten zu. Und Babbie Rosenfelt weinte.

* * *

Während Leah und Ludwig sich erschöpft auf einem flachen Geröllbrocken ausstreckten, kauerte sich Pater Prato oberhalb von ihnen hinter eine Festungswand von Steinen und schaute durch seine Brille über die italienische Grenze nach Österreich hinein. Er wollte sich von der sich ihm dort darbietenden Landschaft schon abwenden, aber erschrocken verharrte er. Henri, ein kräftiger junger österreichischer Führer, hatte Leah und Ludwig hierhergebracht und war nun wieder auf dem Rückweg – zurück in die Gefahr in seinem Heimatland. Jetzt verfolgten ihn Soldaten der Wehrmacht.

„Bete für uns jetzt und in der Stunde unseres Todes ...“, flüsterte Pater Prato. Die Soldaten mit Gewehren und Hunden schlossen den Österreicher ein. Der tapfere Mann sprang von Geröllbrocken zu Geröllbrocken, während sich die Hunde gegen die kurzen Leinen stemmten und knurrend die Mäuler aufsperrten. „Warum ist er nicht nach Italien geflohen?“, murmelte der Priester. Der Österreicher kletterte höher am Fuß einer Klippe entlang, die aber keinen Fluchtweg öffnete. Der Priester konnte die Falle erkennen. Der Österreicher nicht.

Das Gesicht angstverzerrt, die Lippen vor Anstrengung zusammengekniffen, kletterte Henri einen Pfad mit losem Schiefergeröll hinauf und – rutschte zurück. Er gab für die Gewehre der deutschen Grenzschutzstreife ein leichtes Ziel ab, und dennoch schossen sie nicht. Warum?

Gefesselt vor Schreck richtete der Priester den Blick durch seine Brille auf die Gesichter der Verfolger. Sie waren zu siebt – junge, harte Männer. Nicht älter als der Mann, den sie gerade jagten. Das war es: Dies war eine Jagd, ein Sport für sie, und alle sieben Nazis grinsten vor Freude über diese Abwechslung. Zweifellos war das nicht ihre erste Jagd. Zweifellos würde der Moment kommen, wo sie ihre Hunde auf ihr Opfer losließen wie bei einer Jagd auf einen Fuchs.

„Jetzt und in der Stunde unseres Todes ...“

Pater Pratos Blick glitt über den Fuß des Schieferfelsens, zu dem weiter vergeblich hochkletternden Österreicher, der wieder zurückrutschte. Sein Gesicht war aschgrau, staubverkrustet und spiegelte die Farbe des Todes wider, auch wenn er noch nicht wußte, daß seine Situation hoffnungslos war, kämpfte er. Der Priester betete nun lauter.

„Warum erschießen sie ihn nicht?“, murmelte der Priester wieder. Die Hunde stemmten sich gegen den Griff ihrer Herren. Der Anführer der Streife hob eine Pfeife an die Lippen. Ein lauter Pfiff. Der Priester stöhnte. Die harten jungen Männer streckten sich vor, um die Lederleinen ihrer schrecklichen Hunde zu lösen. Wie Wölfe sprangen die Tiere nach vorn.

„Nein!“, schrie Pater Prato. Rasch legten die Tiere die Strecke bis zu dem Österreicher zurück und sprangen ihn an. Mit den Armen versuchte er sein Gesicht abzuschirmen. Sieben Wölfe – ein Mann!

Hoch oben kreisten und schrien zwei Adler. Oder war es die Stimme des Österreichers, welche die Berge erfüllte und das Herz des Priesters kalt werden ließ? Ein roter Strahl spritzte in die Luft. Die Hunde bildeten um den Österreicher einen Kreis. Die Grenzschützer feuerten sie immer noch an. Der Kampf schien ewig zu dauern. Dann hörte der Österreicher auf, sich zu wehren. Pater Prato weinte und schüttelte den Kopf. Die Soldaten riefen ihre Hunde nicht zurück, selbst als alles vorbei war.

* * *

Er sah aus wie eine Schmuckschachtel. Weiße Emaille auf Messing, glühend wie Gold. Innen ausgelegt mit weißer Seide.

„Einer unserer feinsten Kindersärge“, sagte der Begräbnisunternehmer. Murphy füllte einen Scheck aus von dem Geld, das Theo für sie bei Chase in Manhattan deponiert hatte.

„Sie werden ihn an die Mole liefern.“

„Noch in dieser Stunde, Mr. Murphy.“

„Die Verhandlungen gehen selbstverständlich weiter“, sagte Murphy grimmig. „Wir dachten, wenn die Vorbereitungen bereits getroffen sind, könnte sich das Außenministerium wohl nicht mehr weigern, das Kind hier bei seiner Großmutter begraben zu lassen.“

„Herzlos, diese Regierungsbestimmungen.“ Der Begräbnisunternehmer schüttelte den Kopf und schaute auf den Scheck. „Sie sind sehr strikt – selbst bei amerikanischen Bürgern, die außerhalb des Landes sterben. Der Sarg ist selbstverständlich luftdicht. Das ist ihre Hauptforderung. Gerüchten zufolge soll das Kind an Typhus gestorben sein."

„Lungenentzündung." Murphy wollte hinaus aus diesem blaßblauen Büro. Weg von diesem Ort, der nach Nelken roch. Er war hundemüde. Für all das schien er sich irgendwie verantwortlich zu fühlen. Wenn er nur nicht die Ankunft des Schiffs veröffentlicht hätte!

„Wie schade." Der Mann lächelte ein zuckersüßes Lächeln. „Ziemlich brutal, wie die Demonstranten alles zerschlugen."

„Das Außenministerium hat uns vierundzwanzig Stunden Zeit gegeben. Die müssen wir nutzen. Laden Sie ihn ein, bevor die *Darien* den New Yorker Hafen verlassen muß."

„Und wohin geht das Schiff dann, Mr. Murphy?"

Murphy gab auf diese Frage keine Antwort. Er hatte keine Antwort. „Kümmern Sie sich darum, daß der Sarg auf alle Fälle innerhalb einer Stunde dort ist. Niemand von der Regierung kann es Mrs. Rosenfelt verweigern, dem Kind ein ordentliches Begräbnis zu geben. Es kann kein geschriebenes Recht geben, das so herzlos wäre."

„Wir werden mit Freuden helfen", sagte der Begräbnisunternehmer.

Murphy wollte sagen: *Das wette ich! Solange du bezahlt wirst.* Stattdessen schüttelte er dem Mann die zu sanfte Hand und eilte zurück zu dem Wellblechbüro an den Docks, wo das Ende der Angelegenheit verhandelt wurde.

29. Was können wir ihnen sagen?

Das kleine Bistro war in eine der vielen Gassen gedrückt, die kreuz und quer in den Vierteln am linken Seineufer verliefen. *Elisa hat diesen Treffpunkt sehr gut gewählt*, dachte Thomas, während er das verblaßte Schild über dem Eingang musterte.

Als er durch die Eingangstür trat, mußte er den Kopf einziehen. Während er eine kleine schmale Flucht steinerner Treppen hinabging, hielt er seinen Kopf leicht zur Seite geneigt, damit er mit dem Haar nicht die niedrige Decke streifte. *Ein Ort für Spürnasen und Maulwürfe*, überlegte er. Wie bei den alten Christen in den Katakomben, schien dies ein angemessener Ort zu sein, sich zu treffen.

Die Dünste von Knoblauch und Wein drangen mit dem lärmenden Summen französischer Stimmen und Geschirrgeklapper herauf. Thomas hatte Hunger. Es war Mittagszeit, und er hatte aus nervöser Vorfreude auf diese Begegnung gestern das Abendessen und heute morgen das Frühstück ausgelassen. Er hatte die Augen geschlossen, um zu schlafen, und doch noch immer Elisas bestimmte Handschrift auf dem weißen Papier vor Augen. Den Namen des Bistros. Das Datum. Die Uhrzeit. Nichts sonst.

Eine schwergewichtige Frau in einer rotweißkarierten Schürze und mit wilden Büscheln grauen Haars begegnete ihm am Treppenende.

„Da lang." Sie grüßte ihn freundlich und führte ihn über den sägemehlbedeckten Boden an einigen leeren Tischen vorbei zu einem alten Holztisch in der hintersten Ecke. „Hier haben Sie einen guten Platz, Monsieur." Sie zwinkerte, als ob sie ihn kannte, und ratterte dann die Liste der Tagesmenues herunter. „Sie überlegen sich's, ja? Ich werde wiederkommen, wenn die Dame kommt."

„Danke." Thomas lächelte und nickte, als wüßte er, worüber die verhutzelte alte Frau sprach. War er schon jemals hier gewesen? Er versuchte sich zu erinnern. Paris war voll von kleinen Bistros wie diesem. Er hatte Dutzende besucht. Sie sahen einander so ähnlich.

Er legte seine Arme auf den Tisch und hörte einer Unterhaltung zwischen zwei französischen Bauern zu, die über die Notwendigkeit eines Regierungswechsels sprachen. „Du erinnerst dich daran, was die Revolution so alles in allem war, ja? Aber wir sind noch immer arm, und die Reichen sind nach wie vor reich! Ich sage dir: Der Geist Marie-Antoinettes lebt noch in Frankreich!"

„Und du denkst, die Sozialisten werden das ändern? Ich behaupte, wir sind alle zur Armut verdammt. Es macht also keinen Unterschied ...“

Derartige Unterhaltungen waren während französischer Mahlzeiten ganz üblich. *Es gibt in Europa kaum ein ungeordneteres Land als Frankreich*, dachte Thomas amüsiert. Diese Art offener Feindschaft gegenüber der Regierung – jeder Regierung – würde es einem Diktator wie Hitler oder Mussolini unmöglich machen, hier Erfolg zu haben. Politik war für die Franzosen mehr Unterhaltung. Die Freiheit, sich zu streiten, galt ihnen am meisten. Anders als die Deutschen waren sie nicht leicht zu führen.

Thomas suchte den Raum nach einem bekannten Gesicht ab. Er kannte niemanden, erkannte aber in den Anwesenden ausschließlich Franzosen. Dunkle Augen, dunkle Haut. Baretts und volle Gläser Wein. Thomas schaute auf seine Uhr. Dreißig Minuten waren verstrichen, und noch immer war keine Dame gekommen, sich mit ihm zu treffen. Sein Magen knurrte. Er würde noch einige wenige Minuten warten und dann bestellen.

Hatte er Fehler gemacht? In dem Bestreben, Elisa zu vergessen, hatte er jede Frau geliebt, die schön und willig war. Die Therapie war jämmerlich fehlgeschlagen, und jetzt wurde er von den verärgerten Blicken derer verfolgt, die er begehrt hatte. Ob dieses Rätsel jetzt irgendwie mit einer dieser unglücklichen Affären in Zusammenhang stand? Und doch hatte die Handschrift auf dem Zettel *so sehr* nach der Elisas ausgesehen.

Die alte Frau, die ihm den Platz angewiesen hatte, kam am Tisch vorbei. „Pardon, Madame“, sagte er und berührte ihren Arm.

„Die Dame, Ihre Freundin, ist nicht gekommen? Sie wünschen trotzdem zu bestellen?“

So war es. Er ging in Gedanken die Frauen durch, die er enttäuscht hatte. Gebrochene Verabredungen zum Abendessen. Anrufe, die nicht erwidert wurden. Ob eine von Ihnen ein böses Spiel mit ihm trieb. „Kennen Sie die Frau, die ich treffen soll?“, fragte er.

„Kennen Sie sie etwa nicht?“, lachte die alte Frau.

„Doch ... ich meine, nein. Ich bekam eine Mitteilung, daß ich sie hier treffen sollte –“

„Nun, sie kam zu mir und sagte: ‚Ich treffe mich heute nachmittag hier mit meinem Liebhaber. Geben Sie uns bitte diesen Tisch. Und falls ich nicht hier sein sollte – Sie werden ihn erkennen, denn er ist sehr groß, hat schwarzes Haar und blaue Augen; sehr gutaussehend ...‘“ Die alte Frau kicherte zustimmend. „Entdecken Sie jemand anderen hier in meinem Bistro, der so aussieht? Nur Sie! Ich wußte sofort, daß Sie es sind, als Sie kamen."

Thomas senkte die Stimme. „Ich bin mir noch nicht sicher, mit wem ich mich treffe. Sie hat nicht unterschrieben, und ich bin mir im unklaren –"

Die alte Frau versetzte ihm einen Schlag auf den Rücken. „Ah, oui, Monsieur? Sie sehen aus wie einer, der mehr als eine haben dürfte. Zwei oder drei in jedem Viertel, was? Seien Sie vorsichtig, daß Sie nicht erschossen werden!"

Thomas legte sich nervös die Hand an die Kehle. „Genau. Hat sie ihren Namen genannt?"

„Keinen Namen. Sie erzählte mir einfach von Ihnen: Gutaussehend. Schwarzes Haar. Groß und stark." Sie drückte scherzhaft den Muskel von Thomas' Arm. „Oh, wenn ich wieder jung wäre, Monsieur – ich würde Sie auf der Stelle beschlagnahmen!"

Das Lächeln auf Thomas' Gesicht verschwand. „Merci, Madame. Vielleicht entführen Sie mich schnell und unbemerkt durch die Hintertür. Können Sie sie mir beschreiben?"

Die alte Frau kippte fast vornüber vor Lachen. Dann zeigte sie zur Treppe. „Oh, aber Sie sehen ja, Monsieur, sie ist da. Zu spät! Zu spät!"

Thomas folgte ihrem Blick. Die Frau kehrte ihm den Rücken zu, denn sie legte gerade ihren Mantel ab. Sie hatte kastanienbraunes, in Nackenhöhe abgeschnittenes Haar. Sie trug ein braunes Tweedkostüm wie eine englische Touristin. Eine hübsche Figur, sehr hübsch. Aber er konnte nicht erkennen, daß es Elisa war.

Dann drehte sich die Frau um. Thomas schaute sie verblüfft an. Es war nicht Elisa und sie war es in der Tat doch! Vom Kopf bis zu ihren Straßenschuhen mit den niedrigen Absätzen war sie ein neuer Mensch geworden. Ihr Lächeln war noch dasselbe. Ihre klaren, blauen Augen strahlten Erleichterung und Fröhlichkeit aus, ihn zu sehen. Aber selbst ihre Augenbrauen waren dunkel getönt.

Er hielt die Hand hoch und stand auf, während sie sich durch die engen Tische auf ihn zubewegte. Ihr Blick schien ihn zu bitten, schweigend, ohne Erklärung zu verstehen. Sie kam ihm mit offenen Armen entgegen und drückte ihn kurz an sich, als wären es nicht Monate gewesen, seit sie ihn das letzte Mal gesehen hatte.

„Es tut mir leid, daß ich mich verspätet habe, Liebling", sagte sie unerwartet und küßte ihn flüchtig.

Er schob ihr den Stuhl zurecht. Er konnte von dem vertrauten und doch nicht vertrauten Gesicht kein Auge lassen. „... du ... hast dein Haar verändert, Liebes."

Ihre Augen warnten ihn: Alles sollte natürlich, echt und gewöhnlich aussehen. „Gefällt es dir? Colette ermunterte mich dazu. Bist du am Verhungern? Meine Verspätung tut mir leid. Der Verkehr war fürchterlich. Hast du lange gewartet?"

Er wollte antworten, er habe Jahre gewartet. Aber er schaute auf seine Uhr. „Dreißig Minuten. Ich bin früh gekommen ... begierig darauf, dich zu sehen." Seine Stimme war von Gefühl überwältigt. Dieser Auftritt, für wen spielten sie das? War sie verfolgt worden – oder er?

„Du hättest dir etwas bestellen sollen, Liebling." Sie studierte die Speisekarte. „Oder hast du es bereits ohne mich getan?" Sie lächelte strahlend.

„Nein." Er zeigte sich überrascht. „Ich hätte es tun sollen. Weshalb hast du deinen Zettel nicht unterschrieben?" Das sagte er der alten Frau wegen, die auf sie zuschlurfte, Bleistift und Block in der Hand, um ihre Bestellung aufzunehmen.

„Ich wollte dich überraschen." Elisa legte ihre Hand auf seine. Die Hand war noch immer schön. Fein, aber stark. Thomas hob ihre Finger an seine Lippen und küßte sie.

Die alte Frau beugte sich verschwörerisch flüsternd vor. „Jetzt kennen Sie sie, was, Monsieur?"

Sie waren alte Freunde, Liebende, die gekommen waren, um miteinander zu Abend zu essen. Elisa spielte die Rolle mit einer Leichtigkeit, die Thomas erstaunte. Er wollte sie beim Arm nehmen und sie schnell aus dem besetzten Bistro führen. Vielleicht würden sie einen Platz finden, allein zu sein. Andererseits war es vielleicht doch besser zu bleiben. Allein in der Menge.

Elisa nannte der Frau ihre Bestellung. Dann fragte sie Thomas: „Und welchen Wein, Liebling? Du magst Burgunder, ja?"

Er nickte. Noch immer konnte er kein Auge von ihr lassen. Sie sah ziemlich verändert aus, aber selbst ein Wechsel der Haarfarbe und ein englisch geschnittenes Kostüm konnten ihre Schönheit nicht verbergen. Er stammelte seine Bestellung, indem er die ihre nachsprach. Die alte Frau stellte ein Baguette und frische Butter vor sie hin. Dann Weingläser und Wein. Thomas bemerkte nichts davon, bis Elisa ihr Glas zu ihm erhob. In Gedanken hatte er in aller Eile einen Fluchtplan von Paris nach Marseille entworfen. Von Marseille nach ... irgendwo. Sie würden zusammen weggehen, ein gemeinsames Leben fern vom Dunkel Europas aufbauen. Bestimmt war sie deshalb gekommen. Sie hatte diesen amerikanischen Mann verlassen und war zu ihm zurückgekehrt.

„Worauf sollen wir anstoßen?“, fragte er hoffnungsvoll.

Ein sanftes, liebevolles Lächeln kräuselte ihre Lippen. Jeder, der das sah, mußte glauben, daß sie ihn liebe. „Schau mich weiterhin so an, Thomas. Ganz egal, was ich sage.“

Er berührte ihre Hand. „Ganz egal, was geschieht, ich will den Rest meines Lebens damit verbringen, dich anzuschauen.“

Ihr Lächeln geriet nicht ins Wanken. „Ich hoffe, du wirst länger leben.“

Es war, als ob eine Wolke an ihm vorüber strich. Weshalb war Elisa gekommen? Er hielt sich weiterhin fest in der Gewalt, obwohl er plötzlich begriff, daß sie anderes im Sinn hatte, als er hoffte. „Sag's mir.“

Sie berührte leicht mit ihrem Glas das seine. „Auf die Abwehr und den Britischen Geheimdienst, Thomas,“ flüsterte sie, während sie einen Schluck Wein trank.

Überrascht, aber geistesgegenwärtig hob er erneut ihre Finger an seine Lippen. „Das ist nicht das, was ich erhofft hatte.“

„Auch ich habe das nicht gewollt. Aber es scheint, wir haben keine andere Wahl.“ Wie behielt sie nur diesen Ausdruck der Anbetung auf ihrem Gesicht? „Das Deutsche Oberkommando schweigt. Ich bin gekommen zu fragen, warum? Was ist los, was gilt es zu bedenken?“

„Also haben sie dich geschickt.“ Er nahm noch einen Schluck Wein.

„Wer sonst? Es wurde mir gesagt, du sprichst sonst mit keinem darüber.“

„Ich vertraue niemandem.“

„Kannst du mir vertrauen?“

„Selbstverständlich.“ Enttäuschung lag in seiner Stimme.

„Sie müssen wissen, was sich abspielt.“

„Du brauchst mir die Gründe für deinen Besuch nicht zu erklären. Ich sehe jetzt klar.“

Sie streichelte ihm die Wange. Die Geste bereitete ihm Qual. „Dann – willst du helfen?“

„Die Frage ist, werden die Briten wirklich zuhören, wenn wir reden? Chamberlain eilt zum Thron der Bestie und serviert ihm Gang um Gang Europa zum Mittagessen. Und die Bestie brüllt jetzt, sie sei hungrig nach der tschechischen Verteidigungslinie. Diese Linie kann von den Deutschen nicht mit Gewalt genommen werden. Die Tschechen sind zu stark, falls Großbritannien und Frankreich zu ihnen halten.“

„Die Engländer werden zuhören. Churchill –“

„Der einzig intelligente Staatsmann im Parlament. Ein einziger Mann – nur!“

„Es gibt andere.“

„Hörten sie Churchill zu, als er die riesigen Summen nannte, die Hitler in die Wiederbewaffnung steckt? Hörten sie zu, als Churchill sie dazu drängte, dem deutschen Einmarsch ins Rheinland Einhalt zu tun? Und natürlich hast du gesehen, was in Österreich geschah – und was noch dort geschieht. In Wien Massenselbstmorde von Juden, denen die Visa verweigert wurden. Schlimmer als Deutschland. Was wird geschehen, wenn das Sudetenland der Bestie ebenfalls unterworfen ist?“

„Wenn wir die Gegenwart damit verbringen, die Vergangenheit zu verdammen, werden wir die Zukunft verlieren, Thomas. Es kann vieles getan werden. Es ist nicht zu spät. Nicht einmal für Deutschland.“

„Und wie ist es mit uns?“ Er hatte die Frage nicht stellen wollen. Sie war ihm einfach aus dem Herzen gerutscht. Da lag sie, zwischen ihnen, auf dem Tisch, wie das Brot.

Elisa antwortete nicht, weil die alte Frau ankam, die Arme mit Essen beladen. Thomas blickte Elisa während seines Geplauders über das Kalbfleisch und das Gemüse weiterhin forschend an, bis Elisa ihm schließlich leise antwortete:

„Ich persönlich ... wäre nicht hergekommen.“ Sie lächelte jetzt traurig. „Ich habe mir das nicht ausgesucht.“ Sie wischte mit der Hand über diesen Punkt, als wäre er Dampf vom Essen. „Aber es ist, wie es ist. Was kann ich denen in London sagen, Thomas, das die Dinge ändern würde?“

* * *

„Ein Begräbnis – *hier*? Aber das ist ... das steht nicht zur Debatte!“ Der Repräsentant des Außenministeriums zupfte an seiner Fliege und reckte seinen Nacken, als wäre die ganze Auseinandersetzung für ihn zu schrecklich, um auch nur daran zu denken.

Rabbi Stephen Wise zögerte einen Moment. Vorsichtig brachte er das nächste Thema zur Sprache: „Und was ist mit den schwangeren Frauen unter den Flüchtlingen? Bestimmt können ihnen die Vereinigten Staaten zumindest vorübergehend Asyl gewähren?“

Der Beamte hustete laut. „Mein guter Mann, das ist nicht unsere Sache. Steht überhaupt nicht zur Debatte. Wir hätten es dann mit dem Problem der Staatsbürgerschaft der Kinder zu tun. Absolut nein!"

„Kein Zimmer im Gasthaus", bemerkte Dr. Henry Lieper vom Rat der Kirchen. „Ist das möglich?"

„Was? Was sagen Sie da?" Entrüstet beugte sich der Beamte mit errötetem Gesicht vor. „Dies hat nichts mit sentimentalen Gefühlen zu tun! Dies ist Gesetz! Kein Zimmer im Gasthaus – in der Tat!"

Wise und Lieper tauschten Blicke.

Murphy schluckte trocken. Er stellte sich vor, wie Babbie Rosenfelt auf die Neuigkeiten reagieren würde, und blickte Mr. Trump an, dessen Gesicht offenbarte, daß die Schlagzeile seines nächsten Artikels lauten würde: *Kein Zimmer im Gasthaus* – eine sechsunddreißig Punkt große Schlagzeile auf der Titelseite der Abendausgabe.

Der Regierungsvertreter verglich seine Uhrzeit mit der über der Tür des staubigen Heuerbüros angezeigten. „Wir haben ihre Frist bereits um sechs Stunden überschritten. Zeit genug für Burton, das Funksprechgerät repariert zu haben. Zeit genug, zusätzliche Versorgungsgüter zu laden. Ich werde den Kapitän unterrichten, daß sein Schiff binnen einer Stunde den Hafen verlassen muß." Er schob seine Papiere in eine schäbige Aktentasche, und ohne ein weiteres Wort ließ er die Delegation zurück. Verblüfftes Schweigen.

„Nun ...", begann Lieper mit erstickter Stimme.

„Die Gesetze in Deutschland machten sie heimatlos", ließ sich Trump vernehmen. „Das Recht der Vereinigten Staaten beläßt es dabei. Grausame Erlasse auf Kosten Unschuldiger, Hilfloser und Toter – ja sogar auf Kosten Ungeborener."

Lieper stammelte: „‚Ich begehre Gnade und begehre nicht ein Opfer', spricht der Herr ..."

Rabbi Wise fuhr sich niedergeschlagen mit der Hand übers Gesicht. „Dann sollten wir uns überlegen, wie wir diesen Menschen am besten Gnade erweisen können, bis wir einen Weg finden, die Einwanderungsstatuten zu umgehen."

„Evian ist ein Anfang." Trump nickte Murphy zu. „Murphy wird dort sein. Und ich weiß, daß auch die jüdische Gemeinschaft dort Bevollmächtigte haben wird. Bis wir eine dauerhafte Lösung gefunden haben, schlage ich vor fortzufahren, sowohl über die Notlage der *Darien* öffentlich zu berichten als auch für die erforderlichen Nahrungsmittel und medizinischen Bedürfnisse zu sorgen."

„Mr. Trump –" Murphy zupfte sich nachdenklich am Ohr. „Ich

möchte den Vorschlag machen, den Flüchtlingen einen Beobachter mitzugeben. Einen Reporter. Ich würde es gerne freiwillig tun."

Entschieden schlug Trump dieses Angebot ab. „Sie haben über andere Dinge zu berichten. Das Schicksal dieses Schiffs wird in Evian entschieden. Wir wissen bereits, welches Leid diese Menschen durchleben. Das ist meine Geschichte, mein Sohn."

Das war unwiderruflich. Murphy konnte packen. Trump war wegen der Entscheidung des Außenministeriums minutenlang am Telephon. Verbindungsstellen wurden eingerichtet. Ausschüsse der jüdischen und christlichen Gruppen mußten gebildet werden. Die Abendausgabe der *New York Times* berichtete eindrucksvoll:

> *Menschen mußten ins Exil gehen. Kann man sich ihre Bitterkeit vorstellen? Hilflose Familien, aus ihrer Heimat vertrieben, über die polnische Grenze geworfen, unter Lebensgefahr in die Schweiz oder nach Frankreich flüchtend – das ist für uns, in einem freien Land, schwer zu begreifen. Aber die Flüchtlinge der Darien trieben vor unseren eigenen Küsten. Wir sahen ihre Gesichter, wir teilten ihren Kummer über den Tod eines kleinen Mädchens. Vielleicht werden einige von ihnen der amerikanischen Quotenliste zugeschlagen und kehren hierher zurück. Was in der Zwischenzeit mit ihnen geschehen wird, bleibt ungewiß. Wir können nur hoffen und beten, daß sich einige Herzen irgendwo erbarmen und diese Menschen eine Zufluchtsstätte finden. Die Zurückweisung der Darien schreit zum Himmel: ‚O Unmenschlichkeit der Menschen!'*

Der Kutter der US-Küstenwacht begleitete die *Darien* weit über den Leuchtturm von Sandy Hook hinaus. Zwanzig Seemeilen weit draußen drehte er schließlich um. Man wollte nicht, daß irgendwo an einen Strand versehentlich der Körper eines toten Judenmädchens angeschwemmt werde. Um einer solchen Möglichkeit vorzubeugen, mußte das Begräbnis Ada-Maries weit vor der Küste stattfinden.

* * *

Maria und Klaus saßen in dem an die Kajüte des Kapitäns angrenzenden unordentlichen Büroraum, in den der kleine Schmuckkastensarg Ada-Maries gestellt worden war. Marias Augen waren nun trokken, aber von Kummer getrübt. Ihr Kind sollte am Ende in dem schrecklichen Ozean versenkt, unter die Haie und die kalten, wirbelnden Strömungen geworfen werden. Was würde dann mit dem kleinen Sarg geschehen?

Die Stimme Kapitän Burtons war leise und doch schroff, als ob er sich gegen das Schicksal seines Schiffes auflehnen wollte. „Los jetzt, Tucker. Schneide ein Stück Segeltuch für ein Leichentuch zurecht. Man kann nichts anderes tun ..."

Klaus hielt schlaff Marias Finger in den seinen. Seine Brauen waren leicht nach oben gezogen und ließen seine Stirn faltig sein. So starrte er durch die Tür auf den Sarg. Der letzte Trost war zunichte gemacht worden. Es hatte einen kleinen Schimmer der Erleichterung gegeben bei dem Gedanken, Babbie Rosenfelt würde erlaubt werden, ihrer Kleinen ein ordentliches Begräbnis zu geben. Sich vorzustellen, vor einem grasbewachsenen Erdhügel mit einem kleinen Grabstein darauf zu stehen, dort innige Worte des Gedenkens zu flüstern – irgendwie hatte diese Vorstellung den Vater Ada-Maries erleichtert. Aber jetzt ... *Schneide ein Stück Segeltuch für ein Leichentuch!* War die Welt so herzlos, daß helle Augen, glänzende Zöpfe, Lachen und kleine hochgestreckte Hände jetzt einfach in ein Sück Segeltuch gepackt und in die See geworfen wurden?

Klaus drückte Marias Hand und stand auf, um in den Raum zu gehen, in dem Ada-Marie lag. Kapitan Burton schaute dem betrübten Vater nicht in die Augen; er konnte es nicht.

Klaus stand am offenen Sarg. Liebevoll ging er mit den Augen die Linie des Lächelns seines Kindes nach. Hatte er sich je dafür Zeit genommen, die Sommersprossen auf ihrer blassen Haut zu zählen? Hatte er, als sie schlief, von ihrem Atem Notiz genommen? Von der kleinen Stupsnase, wenn sie ihren Kopf nach hinten neigte, um zu ihm aufzusehen?

Ihr Haar glänzte noch immer.

Klaus berührte ihre Stirn. *Kalt.* Auf ihre kleinen, feisten Händchen ließ er seine Tränen fallen. Der gesamte Ozean konnte nicht mehr Kummer enthalten als diese Tränen.

Sein Atem ging flach; er war bemüht, nicht zusammenzubrechen. Seine Hände zitterten. Er wandte sich an Kapitän Burton, der durch ein Bullauge auf die glatte, graue See hinausschaute. „Haben Sie eine

Schere?", fragte Klaus stockend. „Eine Haarlocke ... für ihre Mutter, um ..." Klaus versagte die Stimme.

Kapitän Burton holte aus einer Schublade eine Schere und wandte sich dann schnell wieder dem Bullauge zu. Er konnte die Szene nicht ertragen.

Klaus schnitt vorsichtig die Locke an Ada-Maries rechtem Zopf ab. Einen Augenblick mußte er lächeln in Gedanken daran, wie Ada-Marie vor einem Jahr sich selbst ihr Haar geschnitten hatte.

Die Tür zur Kajüte ging pötzlich auf. Tucker stand im Eingang, verlegen beim Anblick von Klaus neben dem Leichnam des kleinen Mädchens. Er hatte ein ausgefranstes Stück Segeltuch von der Persenning in der Hand. Tucker suchte den Stoff zu verbergen. Das Segeltuch war ölverschmutzt.

Klaus meinte: „Sie hätte viel Besseres verdient." Dann umschloß er mit seinen Fingern die Haarlocke.

Kapitän Burton räusperte sich unbehaglich. „Ich ... schäme mich heute, Amerikaner zu sein."

Lange Zeit sagte niemand etwas. Hinter ihnen drang das Geräusch von Marias schweren Seufzern durch die Tür. Schließlich nickte Klaus. „Ich werde Maria jetzt nach unten bringen. Ich danke ihnen dafür ... es versucht zu haben." Ja, er hatte es versucht. Sie alle hatten ihr Bestes getan.

In diesem Augenblick tauchte hinter Tucker das Gesicht des Rabbis von Nürnberg auf. Er trug seinen seidenen Gebetsschal; in seiner faltigen Hand hielt er das Gebetsbuch. Die alten Augen waren vor Kummer gerötet. Er hatte in seinem Leben viel gesehen. Diese Handlung war eine neue Art Herzlosigkeit. Er verbeugte sich leicht vor Tucker und schob sich langsam hinter ihm in den Raum. „Man sagt, wir müssen das Kind auf See bestatten", wandte er sich an Kapitän Burton, während er sanft eine Hand auf Klaus' Arm legte.

Burton nickte kurz. „Keine andere Wahl."

Der Rabbi blickte auf das hübsche Gesicht des Kindes. „Sie schläft", murmelte er. Dann sah er das schmutzige Stück Leinwand, das ihr Leichentuch sein sollte. Sorgsam nahm er seinen Gebetsschal ab, wobei dessen weiße Seide und silberne Stickereien im düsteren Licht schimmerten. Er legte ihn behutsam über den Leichnam Ada-Maries, steckte ihn wie eine Decke unter ihr Kinn und beugte sich tief hinab, um etwas zu flüstern.

Mit glänzenden Augen erhob er sich und wandte sich Klaus zu. „Sie mochte meinen Gebetsschal. Silber und Seide. Und deshalb soll er ihr

Leichentuch sein." Klaus schloß dankbar über diese Geste die Augen. Dann streckte der Rabbi von Nürnberg die Hand aus, Tucker das Segeltuch abzunehmen. „Und das" – der alte Mann legte sich das Segeltuch um den Kopf, wo eben noch Silber und Seide gewesen waren – „das soll jetzt mein Gebetsschal sein." Er senkte eine Weile die Augen, und hinter seinem Bart bewegten sich leise seine Lippen. Er schlurfte auf die Tür des Büroraumes zu. „Maria ..." Seine Stimme war sanft. „Sehen Sie mich an, Maria."

Sie hob die Augen und schluchzte: „Oh, Rabbi! Sie ist so klein. Uns hier in dieser dunklen See zu verlassen ..."

Der alte Mann nickte. „Als unsere Väter aus der Knechtschaft das Rote Meer zur Freiheit durchquerten, nahmen sie den Sarg des Joseph mit sich, wie er es ihnen gewiesen hatte." Er seufzte und blickte zu dem Kind hinüber. „Sie wanderten vierzig Jahre lang ohne Ziel, bis diese ganze Generation gestorben war. Und dann überquerten sie schließlich den Jordan; auch die Gebeine des Joseph wurden ans Ufer des Gelobten Landes getragen." Dann schaute er forschend Kapitän Burton an. Die Frage war deutlich, schon bevor seine Lippen die Worte formten: „Wie könnten wir Ada-Marie zurücklassen? Wenn wir alle heimatlos herumwandern, sollte dieses Kind dennoch ein Fleckchen Erde haben! Ein ganz kleines Stückchen Land wird es tun."

Die strenge Miene des Kapitäns löste sich. Seine Augen leuchteten. Leise gab er Tucker den Befehl: „Verschließe den Sarg luftdicht und versiegle ihn mit Blei. Das Kind wird ein ordentliches Begräbnis haben."

Der Rabbi lächelte, während Maria Tränen der Erleichterung weinte. „Wie Josephs Gebeine soll Ada-Marie uns begleiten, wo unser Gelobtes Land auch immer sein mag."

30. Warten bis zum Morgen

Mit einem neuen Pyjama bekleidet saß Karl im Schneidersitz auf dem Krankenhausbett. Murphy bemühte sich sehr, ihm alles zu erkären. Auf Englisch ging es nicht, also versuchte es Murphy auf Deutsch.

„Der Arzt sagt, die Operation ist nicht besonders kompliziert. Vielleicht fühlst du dich danach, als hätte man dir die Mandeln herausgenommen. Mir hat man sie herausgenommen. Danach ging es mir nicht schlecht. Bekam soviel Eiscreme, wie ich wollte – und nach einer Woche war ich zuhause."

Auf diese letzte Bemerkung hin schaute Karl Murphy neugierig an. Zuhause? Wohin würde Karl nach einer Woche Krankenhaus gehen? Er hatte kein Zuhause, und jetzt, wo Murphy nach Europa zurückkehrte – wer würde ihn besuchen?

Murphy räusperte sich verlegen. Der Cellokasten stand geöffnet in der Ecke des kleinen, sterilen Raums und erinnerte an Ludwig, an Leah Feldstein, an Wien. Murphy kratzte sich am Kopf und fuhr sich mit der Hand übers Gesicht. *Ich packe das nicht sehr geschickt an*, dachte er. Er fühlte sich schuldig wegen allem, aber welchen Ausweg gab es? Wie konnte er es erklären? „Frau Rosenfelt... Babbi Rosenfelt ... kann nicht hier sein, Karl, weil sie ... in Trauer ist. Du weißt, was das heißt: in Trauer sein?"

Karl nickte. Natürlich wußte Karl Kronenberger, was Trauer ist. Er hatte sein ganzes Leben in Trauer verbracht.

„Ich wünschte, ich könnte bleiben. Aber du weißt, daß ich die Reise nicht aufschieben kann. Nimm's wie ein Mann, und du wirst recht bald *Hot Dog* sagen und *Komm, gehen wir in eins der Kinos am Broadway!* und solch ähnliches Zeug." Die Verbindung von deutschen und amerikanischen Ausdrücken klang seltsam.

„Uh-huh", sagte Karl leise. Er wollte fragen, wann Murphy wiederkomme. Und ob Murphy seinen Bruder Ludwig finden und Leah sagen werde, ihr Cello sei in New York bei Karl.

„Nun gut." Murphy gab dem zarten, kleinen Jungen einen Klaps auf die Schulter. „Und ich werde für dich beten, Karl." Das Versprechen fiel flach aus. Karl ahnte, daß die mutigen Worte nur Fassade waren. „Mr. Trump und der Rest der Burschen von der Zeitung versprachen, dich zu besuchen. Ich weiß nicht, wie lange Babbie Rosenfelt dazu außerstande sein wird. Arme, alte Dame, es hat sie ziemlich schwer getroffen. Aber ich will, daß du alles verstehst, Karl: Das alles ... mit dem Schiff . . . ist der Grund, weshalb ich abreisen muß. Verstehst du? Es gibt dieses große Treffen in Evian, ob nicht vielleicht doch ein Land Platz für sie hat."

„Uh-huh!", sagte Karl erregt. Er wußte, daß Murphy ihn nicht – mit der Operation vor sich – allein ließe, wenn es nicht unbedingt erforderlich war. Das Kind seufzte. Also mußte es sein. *Auf Wiedersehen, Murphy. Ich hoffe, du findest Ludwig und kommst zu mir zurück. Wirst du mich vergessen, Murphy? Bitte, komm zurück.*

„Also gut", sagte Murphy lächelnd. „Wird schon werden!" Er schaute auf seine Uhr. „Ich muß mein Schiff bekommen. Ich rufe an, sobald ich in Frankreich eingetroffen bin. Mr. Trump wird mir auf das Schiff ein Telegramm schicken. Es wird alles gut werden! Und wenn ich dich das nächste Mal sehe, will ich, daß du *Grüß dich, Murphy!* sagst, in Ordnung?"

Eine schnelle Umarmung. Keine Tränen. Noch eine Umarmung, – dann war Murphy fort.

* * *

Dann war alles still. Bis auf das Echo der Stadtgeräusche. Karl kroch von seinem Bett und ging auf Zehenspitzen zum Fenster seines Krankenzimmers. Er drückte die Stirn gegen das kalte Glas der Scheibe und blickte verwundert auf das Lichterspiel der großen Stadt.

Auf einmal schien der große Ziegelsteinbau, in dem er sich befand, sehr klein zu sein. Der Schmerz des Alleinseins und Furcht erfüllte ihn wie nie zuvor. Wenn er die Augen schloß, konnte er sich schwach daran erinnern, wie seine Mami ausgesehen hatte – an den Klang ihrer Stimme, die Berührung ihrer Hand, wenn sie ihn in den Armen hielt. Sanft war sie gewesen und hatte nach Blumen geduftet – immer nach Blumen.

Karl legte sich eine Hand auf den Mund. Morgen um diese Zeit ist die Operation vorbei, und er wird bald wie andere Jungen aussehen. Wie sein Bruder Ludwig. Er würde sprechen und lachen und sogar die Lieder singen lernen, die ihnen Mami vorgesungen hatte. Könnte er dann die Worte so deutlich mit dem Mund formen, wie sie in seinem Herzen waren?

* * *

Schweigen erfüllte das Heim der Rosenfelts in Brooklyn. Die alte Uhr am Fuß der Treppe vertickte die Sekunden, Minuten und Stunden der Trauerzeit, die das Haus in Trauer um Ada-Marie hüllte.

Während der sieben Tage der Trauer hatten alte Freunde und Nachbarn Essen für Babbie Rosenfelt gebracht. Sie saßen dann bei ihr in stillem Kummer um das Mädchen, das sie nicht kannten. Es schien, daß in dieser Woche ganz Brooklyn die Shiwah beachtete; jeder Jude war in Trauer um das tote Kind und um das Schiff, das wieder hinaus aufs Meer geschickt worden war. Alte Männer schüttelten traurig den Kopf, als wäre das Großenkelkind Babbie Rosenfelts ihr eigenes gewesen; als ob ihre eigenen Söhne und Töchter in die Laderäume des heruntergekommenen Frachters gepackt wären.

In jeder Synagoge wurde der Kaddisch gelesen: *„Gepriesen und geheiligt sei Sein großer Name in Zeit und Welt, die Er nach Seinem Willen erschuf ...“* Und mit den Worten dieses alten Gebets hallte in tausend Herzen die Frage: *„Erschuf Gott die Welt so böse? Verschloß er diesen wenigen Flüchtlingen die Tore? Warum ist dieses Unheil über sie gekommen?“*

Viele Familien waren bereit, jedem an Bord der *Darien* Obdach zu gewähren – jüdische und auch christliche Familien.

„Möge Er Sein Reich errichten während eures Lebens, während eurer Tage und während des Lebens des ganzen Hauses Israel. Dazu saget Amen!“

Auf den Kanzeln der Kirchen im Land standen Pfarrer und Priester, um mit Scham von dem Verhalten der US-Regierung zu berichten. Familien aus Stadt und Land fragten, ob sie wenigstens ein jüdisches Kind aufnehmen könnten, bis die Verfolgung der Juden durch Hitler vorüber sei.

„Möge herrschen überfließender Friede vom Himmel und Leben für uns und das ganze Israel. Dazu saget Amen!“

Während die Stille der Shiwah das kleine Zimmer in Brooklyn erfüllte, ging beim Anblick der Photographie von dem kleinen Sarg an Deck des Schiffes ein Aufschrei durchs Land. Das Bild des trauernden Vaters und der trauernden Mutter berührte eine Saite in Elternherzen, die alle Erwägungen hinsichtlich der Rasse und Religion überstimmte.

Empörte Briefe an Kongreßabgeordnete füllten ganze Postsäcke.

Christliche Minister standen neben Rabbinern und tadelten die Unmenschlichkeit der Regierungsentscheidung.

Politiker zogen überrascht vom Aufschrei der Öffentlichkeit die Brauen hoch und hoben ihre Finger, um die derzeitige politische Windrichtung zu prüfen. *Ist diese Reaktion die Mehrheitsmeinung der Amerikaner oder nur einer lautstarken Minderheit religiöser Fanatiker? Würde sich das Interesse an den Flüchtlingen an Bord dieses Schiffes totlaufen? Oft war das bei solchen Angelegenheiten der Fall. Ein großer Krakeel – und dann war es vorüber.* Washington würde eine Weile warten und später einmal eine Debatte darüber abhalten. Schließlich war Wahljahr.

Nach den sieben Tagen der Shiwah entfernte Babbie Rosenfelt die schwarzen Tücher, die in ihrem Zimmer die Spiegel bedeckten. Angesichts ihres Spiegelbildes öffnete sie überrascht den Mund. Sie konnte sich nicht erinnern, so alt auszusehen. War sie in den sieben Tagen so verfallen?

„Es ist möglich", murmelte sie. „Gott erschuf die ganze Welt in sechs Tagen. In einer Woche kann viel geschehen."

Sie schüttelte den Kopf und wusch sich ihr Gesicht, kämmte ihr Haar und zog bequeme Schuhe an. Es war an der Zeit, in die Welt der Wirklichkeit zurückzukehren, ob sie ebenso in einer Woche älter und vielleicht weiser geworden sei. Sie hatte in dieser Zeit weder Nachrichten im Radio gehört noch Zeitung gelesen. Sie hatte keine Frage gestellt. Bis jetzt.

* * *

Eine sanfte und vertraute Stimme erreichte Karl in der Dunkelheit.

„Es ist spät, Karl. Morgen hast du einen wichtigen Tag, nu? Weshalb bist du noch auf?"

Karl wandte sich vom Fenster ab und stand Babbie Rosenfelt gegenüber. Sie war also doch noch gekommen!

Babbie bemühte sich nicht darum, das Licht anzuschalten. Schnell bewegte sie sich auf ihn zu und nahm ihn in die Arme.

Karl hatte sich mit seinem Alleinsein abgefunden; seine Tränen waren schon vor einer Stunde getrocknet. Nun saß er in Babbie Rosenfelts Schoß und drückte seinen Kopf an ihr Kinn. Sie duftete wie ein Garten ... nach Blumen ... wie Mami.

Seine Füße baumelten ungeschickt über die Stuhllehne. Vielleicht war er zu alt, gewiegt zu werden; aber er sträubte sich nicht dagegen. Er legte den Kopf an sie und nahm ihre Nähe in sich auf, wie ausgedörrte Erde den Regen aufsaugt. Er wollte sagen: *Babbi, danke, daß du gekommen bist. Danke, daß du mich liebkost. Danke, daß du mit demselben Tonfall sprichst wie Mami und Vater und Ludwig* ... Aber er konnte es nicht. Er mußte seine eigene, stille Shiwah halten und zufrieden sein, daß Babbie ihn tröste.

Babbie begann ihm Geschichten über ihre eigenen kleinen Buben zu erzählen. Sie sprach von ihrem Haus an der Außenalster, von Segelbooten und Picknicks an genau den Orten, zu denen Mami und Vater ihn und Ludwig mitgenommen hatten. Sie rief ihm Kirchen ins Gedächtnis, Märkte und die großen Schiffe in den Docks. Sie sprach vom blauen Himmel über Hamburg und von weißen Wolken, die aussahen wie Segelboote, und von anderen Dingen mehr. Glückliche Erinnerungen erfüllten seine Gedanken – bis er schließlich schläfrig wurde. Er schloß die Augen; seine Finger wurden schlaff. Wenn sein Mund operiert wäre, würde er ihr sagen: „Danke."

Karl schlief in ihren Armen schnell ein. Dennoch wiegte ihn die alte Frau bis weit in die Nacht hinein. Lange noch, nachdem seine Atemzüge tief und regelmäßig geworden waren, erzählte sie weiter. Die Feuchtigkeit ihrer Tränen in seinem Haar fühlte er nicht.

* * *

Drei Tage lang war die Lage in der sudetenländischen Stadt Eger ruhig gewesen. Die von Henlein und Frank angeführten Freikorps der Sudetendeutschen waren von den Gewehrkolben und Bajonetten des tschechischen Militärs versprengt worden. Gebrochenes Glas, ausgebrannte Gebäude und trümmerübersäte Straßen erinnerten an die Ausschreitungen und Gewalttaten, die das Sudetenland hatten erbeben lassen. Es galt das Kriegsrecht; Ausgehverbote waren erlassen worden; die Braunhemden schienen in den Wäldern untergetaucht zu sein.

An diesem Abend hatte Oberst Ludwig Segki vom Tschechischen Luftwaffenreservecorps endlich Zeit gefunden, sich ein wenig auszuruhen. Das Abendessen mit den Offizieren im Hotel Eger war allerdings mehr als nur ein geruhsames Beisammensein. Die bedrohliche Zukunft beschäftigte sie.

Alle unter seinem Befehl stehenden Männer hörten aufmerksam zu, als der Offizier Theo Linder sprach. Sie wußten, er war einst ein Held der deutschen Luftwaffe gewesen. Er hatte mit ihrem jetzigen Oberbefehlshaber Hermann Göring auf gutem Fuße gestanden.

„Solange wir uns das Sudetenland bei Verhandlungen nicht abschwatzen lassen, sind wir sicher", sagte Theo. „Nicht einmal die Maginotlinie in Fankreich ist so stark wie unsere Verteidigungslinie in diesen Bergen. Betonbunker, Maschinengewehrstellungen – selbst die deutsche Luftwaffe kann uns nicht außer Gefecht setzen."

„Und wenn die Deutschen über unsere Köpfe hinwegfliegen und Prag bombardieren?"

Diesbezüglich konnte Theo nichts Mutmachendes sagen. Er schüttelte den Kopf und ließ einen älteren Offizier zu Wort kommen.

„Ich würde sagen, wir nehmen die Nazis von den hiesigen Freikorps, die für die Gewalttaten verantwortlich sind, fest und halten sie in der Innenstadt von Prag gefangen. Dann werden die Deutschen auch ihre eigenen Landsleute treffen."

Der Plan fand allgemein Zustimmung, aber Theo war anderer Meinung. „Ich glaube nicht, daß das Hitler zurückhalten wird." Theo schnippte mit den Fingern.

„Warum aber tobt er dann ihretwegen so? Warum schickt er Terroristen in unser Land? Warum?"

Theo zögerte in der Hoffnung, einer der anderen werde antworten, aber alle schauten ihn an. „Wenn er unsere Verteidigungsanlagen des Sudetenlandes erobern kann, wird er auch Prag überrollen, dann Polen und womöglich auch gleich in Rußland einmarschieren. Acht Kilometer von der Grenze des Sudetenlandes, das er begehrt, befindet sich die Skoda-Waffenfabrik von Pilsen. Nur acht Kilometer für Hitler zu der besten Munitionsfabrik der Welt, meine Herren! Nein, Hitler schert sich keinen feuchten Kehricht um die auf tschechischem Gebiet lebenden Deutschen. Es geht für ihn um den Boden, auf dem sie leben!"

Eine solche Begründung war stichhaltig. Oberst Segki hatte ähnliches beim Stabstreffen in Prag gehört.

Überzeugt davon, daß dies die Wahrheit war, wies er seine Männer an, in ihrer Wachsamkeit nicht nachzulassen. Drei Tage ohne Gewalttaten im Sudetenland konnten die Ruhe vor dem Sturm bedeuten.

Der Oberst verließ das Hotel Eger mit Theo. Es gab vieles, was er den Mann fragen wollte. Vielleicht verfügte Theo über persönliche Einblicke, die dem Oberst bei einer Verteidigung des Landes nützlich wären.

„Mein Auto steht gleich um die Ecke", sagte der Oberst. „Ich werde Sie zurück zum Flugplatz fahren, wenn Sie erlauben."

Theo stimmte zu, bleib aber am Rand des Gehsteiges stehen. Er hatte seinen Hut im Speisezimmer vergessen. „Es dauert nur einen Moment."

Der Oberst ging mit zwei Offizieren, die in seinem Wagen mitgekommen waren, über die Straße und bog um die Ecke. Er würde Theo vor dem Hotel auflesen.

Theo hatte gerade seinen Hut geholt, als eine Explosion das Auto von Oberst Segki zerriß. Selbst noch anderthalb Häuserblocks entfernt barsten die Fensterscheiben. Die Gewalt der Explosion schlug Theo zu Boden. Ein Kellner stürzte die Treppen hinunter. Bruchstücke vom Wagen mähten sieben Zivilisten nieder. Sie wurden später als Deutschtschechen identifiziert.

Die Gewalt war in das Sudetenland zurückgekehrt – mit einer Wucht, die überall Schlagzeilen machte.

* * *

Ohne Geld, hungrig und noch mit ihren Reisekleidern am Leib kamen Leah und Ludwig mit einem stotternden, alten Pritschenlaster in Paris an. Der Fahrer des Lastwagens war Bauer aus der Provinz und zum Marché aux Puces unterwegs, dem Flohmarkt von Paris.

In einem Augenblick warmherziger Schwäche bot er seinen heruntergekommenen Fahrgästen einen Apfel an. Erstaunt beobachtete er, wie sie alles ratzekahl verschlangen, selbst den Butzen. Bei diesem Anblick nachdenklich seinen Schnauzer streichend, langte der Bauer durch das glaslose Fenster nach hinten und holte zwei weitere Äpfel hervor.

„Für später", erklärte er Leah, „für Sie und Ihren Sohn." Der Mann hatte auf den schmutzigen Straßen Frankreichs viele Flüchtlinge aus Deutschland gesehen und neuerdings auch aus Österreich. Gelegentlich hatte er welche im Lastwagen mitgenommen, obwohl die meisten nicht wußten, wo sie hinwollten. Diese junge Frau hatte er wegen ihres Kindes einsteigen lassen. Einen so müden, unterernährten kleinen Jungen hatte er lange nicht mehr gesehen. Die Frau sprach fließend französisch und hatte sogar einen französichen Paß. Sie mußte ihren letzten Franc für das Dokument hingegeben haben, überlegte er.

Der Bauer wollte die Frau bei den Buden des Flohmarkts absetzen. Unvermittelt aber stellte sie eine seltsame Frage, die seine Neugierde herausforderte und ihn dazu veranlaßte, sein Vehikel mitten in den regen Verkehr der Pariser Innenstadt mit ihren verwinkelten Straßen und Boulevards und den vielen Taxis und Fahrrädern zu lenken.

Die Bremsen seines Lasters quietschten, als der Bauer schließlich vor der eleganten Fassade der Opéra anhielt. Boulevard Haussmann.

Leah ergriff seine Hand, Tränen der Dankbarkeit in den Augen. „Ich bin Musikerin“, erklärte sie, „und habe hier viele Male gepielt. Vielleicht werde ich wieder spielen, und dann werde ich dafür sorgen, daß Sie und Ihre Frau Karten bekommen, Monsieur.“

Der Bauer lachte, wobei in seinen Zahnreihen große Lücken sichtbar wurden. *Die arme Frau ist vor Hunger verrückt geworden,* dachte er; *armes Ding.*

Er zuckte die Schultern. Beobachtete dann, wie sie und der Junge auf den Eingang der Opéra zueilten.

* * *

Die beiden Schwestern umsorgten Leah und Ludwig wie Glucken ihre Küken. Nach jedem Schluck heißen Tees wurde Leahs Tasse erneut gefüllt. Brot, Käse und kalter Braten lagen auf dem Tisch des Einzimmer-Appartements ausgebreitet. Sonia bereitete einen Salat: frischer Huflattich, Karotten, Broccoli, Kräuter darüber, Essig, Saladressing. Es war wie ein Fest.

Leah und Ludwig langten begierig zu. Sie hatten Gabeln und Messer während ihrer langen Wanderschaft über die Alpen vom Wattenberger-Hof aus beinahe vergessen. Weit weg – zeitlich und räumlich – schien ihnen Österreich jetzt zu sein!

Leah schaute auf ihre Finger, als sie ein Stück Brot von dem Baguettelaib abriß. Ihre Hände schmerzten, denn sie waren durch die eiskalten Winde auf den hohen Pässen, die sie überschritten hatten, aufgerissen. Aber sie waren nun in Sicherheit. Ihre Hände würden verheilen. Sie würde Elisa, Karl und Murphy finden und vielleicht, so Gott will, etwas von Shimon hören.

„Alles für dich!“, rief Magda und schenkte Ludwig frische Milch in sein leeres Glas. „Der Türsteher dachte, ihr wärt Bettler. Man stelle sich das vor: Du, die vielleicht beste Cellistin Europas, eine Bettlerin!

Wir glaubten, du seist den Nazis in die Hände gefallen. Herbert – du erinnerst dich an ihn? Baßgeige. Er war letzten Monat in Wien und sagte uns, keiner der alten Clique sei übrig geblieben, bis auf wenige, die den Nazis nach der Pfeife tanzen. Shimon sei verhaftet worden, berichtete er –"

Leah nickte. „In der ersten Nacht schnappten sie ihn. Es gab während der ersten beiden Tage viele Verhaftungen in Wien." Sie runzelte die Stirn – „*Ich bete*, daß er irgendwie freigekommen ist."

„Herbert erzählte uns auch von Elisa Linder. Sie spielt zur Zeit mit dem Symphonie-Orchester des BBC in London. Es ist ein Rätsel! Zuerst Elisa und dann du! Oh, Leah, wir waren so in Sorge!"

Leah schluckte trocken. „Elisa ... sie *tritt auf*... in London? Oh, Ludwig, weißt du, was das bedeutet? Auch sie haben es geschafft! Murphy und Karl müssen bei ihnen sein!"

Ludwig lachte hell auf. Leben und Farbe kehrten in sein schmales Gesicht zurück. „Karl! Ich werde ihm alles erzählen: von den Bergen und den Führern, von den Nazis an der Grenze und der Lawine! Ich werde ihm viele Geschichten zu erzählen haben, Tante Leah! Wie die Engel uns beschützten und die Hunde uns nicht entdeckten. Er wird froh sein, mich zu sehen."

Leah umarmte den Jungen und nickte mit dem Kopf. „Und das Wunder, daß Elisa nur durch den Kanal von uns getrennt ist, wollen wir nicht vergessen."

Dann rief Sonia: „Wir müssen ein Fest feiern, weißt du – um zu loben und zu danken! Hast du auch dein Cello über die Grenze gebracht, Leah?"

Ludwig antwortete für sie: „Mein Bruder Karl hat es. Er nahm es aus Österreich mit."

Magda entgegnete: „Dann müssen wir dir, damit du spielen kannst, ein anderes beschaffen. Der Maestro wünscht, wie ich weiß, daß du sofort beginnst. Wir werden ein gutes Instrument für dich leihen müssen, bis du wieder mit Vitorio zusammen bist."

Alles geschah so schnell. Essen, Elisa, Festgerede, für den Maestro spielen. Leah lehnte sich erschöpft zurück. „Kein Fest!" Sie legte eine Hand auf ihren Magen. „Jetzt ... nur ein Bad. Nur ein wenig schlafen. Und dann werden wir sehen ... Wir werden sehen." Sie taumelte vom Tisch weg, setzte sich auf das kleine Sofa und schlief sofort ein.

31. Leben im Schatten des Todes

Der zerschundene Leichnam von Shelby Pence schwamm flußabwärts, bis der Kapitän einer Müllschute ihn entdeckte. Wie eine ausrangierte Schaufensterpuppe floß er dahin.

Sie war nicht lange genug im Wasser, so daß die Brutalität ihres Endes noch erkennbar war. Oberst Tedrick war persönlich ins Leichenschauhaus gegangen, und ein einziger Blick auf ihre Hände zeigte ihm, daß sie alles gesagt hatte, was sie wußte. Zweifellos hatte sie ihrem Folterer die gewünschte Information bereits in den ersten Augenblikken ihrer Qualen gegeben. Was Shelby angetan worden war, mußte aus reinem Vergnügen geschehen sein, aus einer dunklen und grauenvollen Art der Bosheit. Das war das Schreckenerregendste an allem.

Der Leichnam wurde feuerbestattet, der Fall aber unter der Decke gehalten. Sie wurde vom Scotland Yard als nicht identifiziert geführt. Die im voraus angefertigten Aufnahmen von Elisa wurden weiterhin jede Woche von der BBC ausgestrahlt. Das Zimmer im Savoy-Hotel war nach wie vor auf sie eingetragen, obwohl Tedrick davon überzeugt war, die Gestapo sei sich sehr wohl bewußt, daß Elisa Linder-Murphy sich derzeit in Frankreich aufhielt und dort mit einem anderen Agenten in Kontakt trat. Wo in Frankreich, hatte Shelby nicht gewußt, auch nicht, wer die Kontaktperson sei.

Es war nicht im Interesse des Britischen Geheimdienstes, Elisa Murphy wissen zu lassen, was ihrem Double zugestoßen war. Die Treibjagd war nun allerdings sehr blutig verlaufen. Briefe und Telegramme von John Murphy kamen weiterhin im Savoy an. Jetzt saß Elisa wieder in Tedricks Büro und las sie durch, immer wieder. Selbst über den Atlantischen Ozean hinweg konnte sie seine Enttäuschung und seinen Kummer über die Ereignisse im Zusammenhang mit der *Darien* fühlen, deren Zeuge er gewesen war.

Tedrick gewährte Elisa eine Stunde des Alleinseins, bevor er seinen Platz hinter dem Schreibtisch wieder einnahm. „Sie sehen also, John Murphy wird bald wieder in Europa sein. Auf seinem Weg nach Evian wird er Sie sehen wollen."

„Sie haben jeden Brief gelesen, jedes Telegramm?"

„Wir waren so frei, für –"

„Zuviel der Freiheit."

„Für Sie ein Treffen mit ihm zu arrangieren. In der BBC. Nur ein paar Stunden. So kurz muß es sein, denn zweifellos wird er beobachtet werden. Wir wollen nicht, daß Ihr Inkognito auffliegt."

Elisa zuckte resigniert die Schultern. Sie hatte in dieser Sache keine andere Wahl. „Wie geht es Shelby?", fragte sie, während sie die Briefe auf ihrem Schoß zusammenlegte.

„Sie spielt ihre Rolle sehr wirkungsvoll", log Tedrick. „Prachtvolle Arbeit, die Jagdhunde auf sich zu ziehen."

Elisa seufzte. Sie war müde von der Reise. „Richten Sie ihr meine besten ... und sagen Sie ihr ..."

„Was?"

„Nur hallo. Und daß sie vorsichtig sein soll. Oberst Tedrick, ich ..."

Ihre Stimme schwand, da sie einen Weg suchte, wie sie von dem sprechen könnte, was Thomas ihr erzählt hatte.

„Das Treffen verlief gut, wie ich vermute?" Tedrik steckte sich seine Pfeife an und lehnte sich mit ruhiger Sachlichkeit zurück, die seine innere Erregung nicht verriet. „Hatte er etwas Wichtiges zu sagen?"

Elisa schloß die Augen und nagte an ihrer Unterlippe. Im Geiste beschwor sie jede Einzelheit, die Thomas ihr mit auf den Weg nach England gegeben hatte. „Ja."

„Dann taten wir gut daran, Sie zu schicken."

„Wenn es niemand anderen gab, *dann* ja."

„Also, Elisa, irgend welche Neuigkeiten aus der Deutschen Reichskanzlei? Wird es Krieg wegen der Tschechoslowakei geben?"

Sie lächelte – ein zartes Lächeln der Freude darüber, daß sie es ist, die diese Nachricht überbringen kann. „Thomas hat aus erster Hand die Information, daß General Beck, Leiter des Generalstabs des Heeres, über Hitlers Pläne tief beunruhigt ist."

„Und was sind das für Pläne?"

„Er will nicht nur das Sudetenland, sondern die ganze Tschechoslowakei gleich mitschlucken."

„Ich kann Zeitung lesen und weiß das. Ich will Einzelheiten."

„Nun gut. Also: Nach dem Einmarsch in Österreich im März schickte General Beck an Hitler ein Memorandum, in dem er die Meinung vertrat, weitere Eroberungen werden zu einer weltweiten Katastrophe und zum Untergang Deutschlands führen."

Tedrick hüstelte ungeduldig. „Das sind keine Neuigkeiten. Wir haben schon vor Monaten durch Le Morthomme eine Abschrift dieses Memorandums erhalten. Was ist das Neueste?"

„Einzelheiten." Elisa suchte in ihrem Gedächtnis nach den Details, die ihr Thomas genannt hatte. „Beck genießt das Vertrauen des militärischen Stabes und der Armee. Er will in dieser Woche persönlich mit Hitler sprechen. Er weigert sich, mit dem Führer die Verantwortung zu teilen, die Welt in einen neuen Krieg zu stürzen. Beck will Sicherheiten von Hitler, daß keine militärischen Vorstöße gegen die Tschechen unternommen werden."

„Wir wußten bereits von einer Opposition im Kriegsministerium gegen Hitler."

„Beck selbst will sie und Premierminister Chamberlain darüber unterrichten, ob es zu einem von Deutschland angezettelten Krieg gegen die Tschechoslowakei kommt oder nicht."

„Wie will er das tun?"

„Wenn der Führer nicht auf ihn hört und weiter darauf besteht, am ersten Oktober in die Tschechei einzumarschieren, dann wird Beck seinen Abschied nehmen. Wenn ein Mann wie General Ludwig Beck sein Amt niederlegt, dann können Sie daraus die entsprechenden Folgerungen ziehen."

„Ist das alles?"

„Im Moment, ja. Thomas bat mich, Sie darüber zu informieren. Der Ausstieg Becks würde bedeuten, daß der Weg der Vernunft endgültig von Hitler verlassen worden ist. Es könnte dann aber einen anderen Weg geben, den die Deutsche Heeresleitung bereit wäre einzuschlagen."

„Einzelheiten?"

„Noch keine. Alles hängt davon ab, ob Hitler auf Beck hört."

„Wann findet die Zusammenkunft statt?"

„Diese Woche. Während des Parteitags."

„Nun, dann –" Tedrick kaute einige Augenblicke in Gedanken an seiner Pfeife und ruckte auf seinem Stuhl vor und zurück. „Wir müssen es eben ein paar Tage aussitzen. Das wird Ihnen ein wenig Zeit für John Murphy geben." Er lächelte wegen ihres Erstaunens. „Dann wird er nach Evian gehen, und Sie werden nach Paris zurückkehren. Die Konferenz von Evian wird Ihren Mr. Murphy für uns beschäftigt halten – lange genug, daß wir mit unserem Geschäft zu Ende kommen können."

Elisa fuhr mit der Hand nach ihrem kurz geschnittenen, gefärbten Haar. „Murphy?", fragte sie matt. „Bald?" Er würde ihr Haar nicht mögen. Und er würde ihr tausend Fragen stellen und schnell dahinter kommen. Er würde irgendwie wissen, daß von Anfang an nichts in Ordnung war. Der Gedanke machte ihr angst.

Tedrick ahnte, was in ihr vorging. „Natürlich werden Sie nichts durchblicken lassen von unserem ... Arrangement."

„Er wird davon erfahren. Es ist für mich schon fast unmöglich, ihm über zehntausend Kilometer Entfernung etwas vorzumachen. Aber jetzt ... hier?"

„Ich bezweifle, daß er über allzuviel nachdenken wird, wenn er Sie sieht. Sie werden für diese Zeit Ihrem Haar wieder die ursprüngliche Farbe geben müssen."

Sie runzelte beim Anblick seines gönnerhaften Lächelns die Stirn. „Ich will, daß die Pässe in die Hände meiner Familie in Prag gelangen, und zwar sofort!" Sie hob die Augen. Steinhart war ihr Blick. „Wenn Beck seine Demission nimmt, werden sie die Pässe augenblicklich brauchen."

„Mein liebes Mädchen" – Tedrick fuhr mit dem Stopfer in den Pfeifenkopf – „wir können Sie nicht nach Prag zu einem Familienbesuch durchbrennen lassen, bevor nicht diese Angelegenheit erledigt ist. Sie haben noch großartige Auftritte zu absolvieren, Konzerte, die über BBC ausgestrahlt werden."

„Wenn Sie mir die Pässe nicht anvertrauen wollen, dann geben Sie sie wenigstens Murphy. Er kann sie nach Prag bringen und meinen Eltern und Brüdern geben. Sie begreifen doch, was ein Einmarsch für sie bedeuten würde –"

„Selbstverständlich begreifen wir das." Tedrick dachte darüber nach. Murphy neue, englische Pässe mit nach Prag zu geben, das würde ihn noch länger aufhalten und Elisa mehr Zeit für ihre Arbeit geben. „Ja", sagte er nach einem weiteren Augenblick, „das wird gehen, denke ich. Vorausgesetzt, Sie verplappern sich nicht, in was Sie verwickelt sind. Wenn er davon Wind bekommt, fürchte ich, daß das alles zunichte macht, Elisa."

Zornig hob sie ihr Kinn. Dieser Mann vor ihr ist ein Spezialist für Fälschung und Erpressung – ein perfekter Fachmann in seinem scheußlichen Beruf. Sie verabscheute ihn. „Dann will ich noch etwas von Ihnen."

„Etwas zusätzlich zu unserem Vertrag?"

„Haben Sie nicht auch etwas dazugetan?", schoß sie zurück. Ihre Augen verengten sich. „Ich will drei Tage mit Murphy allein sein. Ich meine: *allein*! Keine Spitzel. Keine Mikrophone. Keine Beschatter."

Tedrick lächelte ein wenig. Elisa war dabei, nicht nur die Schliche der Spionage zu lernen; sie lernte auch die dazu gehörenden Begriffe. Dann verblaßte sein Lächeln, als er ihre Forderungen abwog.

„Wie könnten wir das tun? Die Gestapo wird ihm wahrscheinlich folgen ... geradewegs zu Ihnen. Und Sie wissen, was das bedeutet." Er stockte; zu nahe war er der Enthüllung von Shelbys grausamem Sterben gekommen. „Ich meine –"

„Nein! *Ich* meine! Sie veranlassen das. Sie sind ja Fachmann für solche Angelegenheiten, nicht wahr?"

Er schnaufte laut und mißbilligend. „Ist das alles?", fragte er sarkastisch.

„Nein." Jetzt war es an Elisa zu lächeln. „Ich wurde in Wien mit Murphy getraut."

„Ich sagte Ihnen bereits: Das war ungültig."

„Ich will aber, daß es gültig gemacht wird. Legalisiert wird. Wie auch immer das gemacht wird. Sie scheinen in solchen Dingen ein Zauberer zu sein. Sie haben meine Heirat ungeschehen gemacht, weil Sie dachten, das räume Ihnen eine größere Macht über mich ein. Jetzt sage ich Ihnen etwas, Oberst: Ich genieße es sehr, Frau John Murphy zu sein!"

Ein Muskel in Tedricks Wange zitterte. Er hatte gehofft, die Frau werde in etwas mit von Kleistmann hineinschliddern. Er war über den Grund, aus dem Elisa Murphy geheiratet hatte, falsch unterrichtet worden. „Selbstverständlich. Wir werden tun, was Sie wünschen."

„Drei Tage. Ich will sie mit meinem Ehemann verbringen, Mr. Tedrick."

Tedrick nickte knapp. Ihr Beharren irritierte ihn. Er räusperte sich und lenkte das Gespräche wieder in seine Bahnen zurück. „Gut. Nun, unabhängig davon, was General Beck macht, Chamberlain ordnete Lord Runciman zur Beobachtung der Aufstände im Sudetenland ab. Er wird als Unterhändler zwischen Präsident Benes und den tschechischen Nationalsozialisten Henlein und Frank zur Verfügung stehen. Vielleicht wird doch eine friedliche Lösung gefunden, die all Ihre Sorgen um Ihre Familie unnötig macht. Na?" Er ließ ein unsicheres Lächeln aufblitzen. „Hitlers Reaktion auf den britischen Unterhändler interessiert uns sehr. Darüber sollten sie Thomas von Kleistmann unterrichten, wenn Sie demnächst wieder in Paris sind."

Er schlug eine weitere Akte auf seinem Schreibtisch auf. Sie war beinahe leer. Tedrick förderte daraus einen Brief mit einer französischen Marke zutage. Auch er war geöffnet worden.

„Leah!", keuchte Elisa beim Erblicken der Handschrift.

„Sie ist in Paris in Sicherheit –", begann Tedrick. Aber Elisa schnappte ihm den Brief weg.

„In *Paris*! Sie hat es geschafft durchzukommen!"

„Ja. Allem Anschein nach hörte sie ihre BBC-Übertragung und wünscht, mit Ihnen in Verbindung zu treten. Sie spielt ... wird spielen mit dem Orchestre de L' Opéra und sehnt sich nach ihrem Cello."

Dieser trockene Bericht ging an Elisa vorbei, denn sie las bewegt:

Und also, meine liebe Schwester, hat Jesus, den zu lieben ich gelernt habe, uns sicher hierhergeführt. Ich werde eine Anstellung an der Opéra erhalten und vielleicht in der Lage sein, mit Ludwig eine kleine Wohnung zu beziehen. Ich kenne Deinen Terminplan nicht; auch der meine wird für eine Weile gedrängt voll sein. Aber bitte schreibe mir und lasse mich wissen, wann ich hoffen kann, dein Gesicht wiederzusehen. Ich denke oft an unsere letzte Nacht in Wien und bete, daß der Schmerz unseres Abschieds bald vergessen sein wird! Leider habe ich keine Nachricht von Shimon, aber ich bete jede Stunde, daß er am Leben ist und unseren Erlöser finden wird, wie ich ihn gefunden habe! Könnte ich jemals wieder an seiner Wundermacht zweifeln? Ich war in Sicherheit, lange bevor wir die Grenze überschritten. Marta Wattenberger sagte mir alles, was ich brauchte, um zu diesem großen Frieden in meinem Herzen zu kommen. Ich sehne mich danach, dich bald zu sehen! Es gibt so vieles, das ich Dir erzählen will, meine liebe Elisa –

Tedrick hustete vernehmlich. „Sie können sie natürlich nicht sehen", bellte er dazwischen.

Elisa schaute auf. Ihr Lächeln verschwand. „Warum könnte ich sie nicht sehen? Sie ist in Paris. Ich werde in Paris sein –"

„Sie *dürfen* sie nicht sehen. Sie könnten verfolgt werden – von der Gestapo."

„Aber Shelby spielt mich doch ... recht gut, sagten Sie."

Tedricks Blick wurde finster. „Bis diese Angelegenheit erledigt ist, bis wir unsere Information von Thomas von Kleistmann erhalten haben, dürfen Sie nicht das Risiko auf sich nehmen, sie zu sehen. Sie könnten alles gefährden."

Elisa senkte ihren Blick und schaute auf die letzten Zeilen.

Bete mit mir für Shimon. Für alle anderen, die im Schatten der Dunkelheit leben. Wenn du irgend etwas von ihm hören solltest, rufe mich in der Opéra an. In Dankbarkeit. In Liebe – Leah.

P.S. Wie geht es Karl und wie geht es Vitorio? Schreibe bald.

Es war offensichtlich, daß etwas an dem Brief Tedrick störte. Sein Gesichtsausdruck stand in krassem Gegensatz zu dem Gefühl, das Elisa überschwemmte. „Es ist nicht überraschend, daß eine Jüdin zur christlichen Religion übertritt. Viele tun es in Wien, wie ich höre. Es wird ihnen nichts nützen. Hitler hängt Priester auf und gleich daneben Rabbiner." Tedrik sagte es mit bitterem Ton.

„Ich werde sie nicht sehen, bis ich meine Aufgabe erledigt habe." Elisa faltete den kostbaren Brief zusammen. Er war etwas Heiliges, und sie fürchtete, ein Mann wie Tedrick würde ihn irgendwie entweihen, wenn sie weitersprechen würden. So gab sie ihr Wort – doch mit der Hoffnung, bald die Freiheit zu haben, in die Opéra zu gehen und ihre Freundin zu umarmen.

* * *

Murphy hatte nach London das Datum und die Uhrzeit seiner Ankunft in Southampton telegraphiert. Mit der *Queen Mary* zu reisen, war Trumps Idee gewesen – eine Gelegenheit für Murphy, sich ein wenig auszuruhen und gleichzeitig etwas über die öffentliche Stimmung wegen der *Darien* zu erfahren.

Theoretisch hatte Trump damit richtig gehandelt. Aber Murphy hatte die Tage und Nächte an Bord des Linienschiffes abwechselnd in Gedanken an die Flüchtlinge auf der *Darien* und an Elisa verbracht. Das hatte dazu geführt, daß er kaum noch eine zusammenhängende Unterhaltung führen konnte. Die Sehnsucht nach Elisa drängte sich mit überwältigender Beharrlichkeit dazwischen – bis Murphy schließlich die Worte im Hohenlied Salomos verstand: „Ich bin krank vor Liebe."

Er war der zu seiner Braut zurückkehrende Bräutigam. Nachts träumte er von ihrer zarten Haut und ihrem süßen Lächeln. Tagsüber lungerte er in einem Liegestuhl auf dem Sonnendeck und legte sich eine Zeitung über den Kopf, als würde er schlafen. Er hätte sich ein Schild „Bitte nicht stören" an seine gebrochene Nase hängen sollen. Passagiere jedenfalls, die mit ihm plaudern wollten, entdeckten bald, daß sie mit sich selbst sprachen. Murphy war nur zu Äußerungen fähig wie *„Hm? Oh, gewiß. Ist dem so?"* Selbst die Floskel *„Ist dem so?"* war eine Spur zu lang für ihn.

Zumindest war er in New York unglaublich stark beschäftigt gewesen mit der ernsten Lage der *Darien.* Jetzt wußte er, daß seine Arbeit eine gnädige Zerstreuung gewesen war. Würde er dazu gezwungen, den Trennungsschmerz, den er in diesem Augenblick empfand, länger auszuhalten – er wäre wohl dahingesiecht. Für den Moment hatte er von der furchtbaren, die Flüchtlinge umgebenden Niedergeschlagenheit abgelassen. Und plötzlich fand er sich einer weiteren gegenüber. Warum fuhr das Schiff nicht schneller? Hatte die *Queen Mary* die Zeit für die Überfahrt ausgedehnt, einfach weil sie den Transatlantik-Geschwindigkeitsrekord schon hielt?

Warum bin ich nicht geflogen? dachte Murphy, während er über die Seite auf die glitzernde, weiße Hülle dieser schwimmenden Insel blickte. *Ich wäre länger bei Karl geblieben und hätte Elisa früher getroffen.* Dann dachte er an die rostfleckige Hülle der *Darien* – an die Männer, Frauen und Kinder, die jetzt ohne Hoffnung dahinfuhren, ohne jedes Ziel, und schämte sich seiner Ungeduld. Was mußte der Vater der kleinen Ada-Marie fühlen, fragte sich Murphy. Der Mann war hilflos, unfähig, seine Familie vor der Macht der Regierungen und dem Haß von Menschen zu schützen.

Murphy atmete die frische Salzluft ein und langsam wieder aus. „Ich bin eigennützig, Klaus", flüsterte er. „Ich kenne dich nicht und möchte dich doch kennen. Ich will das glückliche Ende deiner Geschichte schreiben. Vergib mir, Klaus. Vergib mir, Gott. Mein Schmerz ist so klein neben dem seinen."

Er ließ seinen Tränen freien Lauf, schloß die Augen und betete erneut: „Hier bin ich. Gebrauche mich ..."

* * *

Man glaubte dem Wind und Wetter ausgesetzten Rettungsboot auf der *Darien* nicht, daß es eine Krypta sei. Aber dort, unter die Abdeckung, war ehrfürchtig der kleine Sarg gestellt worden.

Die Tage der Trauer verstrichen. Das Leben ging weiter. Während der Frachter südwärts dümpelte, beschattet von dem am Ufer entlangfahrenden Kutter der Küstenwacht, waren zwei Kinder geboren worden. Das gab wieder Anlaß zum Lächeln. Das Leben erneuerte sich, selbst hier.

Kinder lärmten und spielten im Schatten des Rettungsbootes, des kleinen Mahners an des Menschen Hinfälligkeit und Sterblichkeit. Bei

Gelegenheit spekulierten die Philosophen unter den Passagieren über die Symbolkraft eines den Tod beherbergenden Rettungsboots. Manche meinten, ein solches Paradoxon sei unnatürlich und enthalte eine Prophezeiung ihres eigenen Schicksals. Wenn dies geflüstert wurde, hoben die Verständigeren unter den Passagieren eine Hand in die Luft, als wollten sie eine Fliege verscheuchen.

Maria trauerte tapfer um ihr verlorenes Kind. Ihren Kopf hoch erhoben, ihre Schultern gerade – übernahm sie wieder ihre Aufgabe als Köchin.

Klaus schien vom Tod Ada-Maries sichtbarer getroffen. Es gab für ihn keinen Ort, an den er sich zurückziehen konnte. Wenn ihm Tränen in die Augen stiegen, ging er zum Bug, wo die Gischt ihm sein Gesicht wusch. Klaus, der ohnehin hohlwangig war, schien noch mehr einzufallen. Der Rabbi konnte ihm keine Hoffnung machen. Maria konnte ihn nicht mehr zum Lächeln bringen. Ein Teil der Seele Klaus Holbeins lag nun still und kalt in dem Rettungsboot. Er konnte nur in Bitterkeit zurückblicken und nach vorne in eine dunkle und ungewisse Zukunft.

Und deshalb beschloß Maria, für ihre Familie zu leben; denn das Leben *mußte* weitergehen! Tapferen Herzens legte sie in einer warmen Nacht bei sternenübersätem Himmel der Bermudas Klaus ihre Hand auf den Arm.

„Klaus, es ist Zeit. Klaus, gib deinem Herzen einen Ruck und sieh mich an."

Langsam wandte er sich ihr zu. Er sagte nichts. Es lag keine Frage in seinem Blick, nur dumpfer Gehorsam. „Was ist?", fragte er müde.

„Es ist Zeit", sagte Maria erneut. „Wecke dein Herz, mein lieber Gatte, und hilf mir in die Krankenstube. Es ist Zeit für unser Baby."

* * *

Freudentränen wischten die Linien des Kummers im Gesicht Klaus Holbeins weg. Ein lebhafter, wütender, empörter Schrei brach aus dem Mund des Kindes hervor.

„Sie haben einen Sohn!", rief Dr. Freund und hob das schreiende Baby hoch, damit Klaus und Maria es bewundern konnten. „Gesund und munter!"

„Ein Junge." Maria lehnte sich erschöpft, aber zufrieden zurück.

„Zehn Zehen und zehn Finger", lachte Klaus. „Und schauen Sie! Was ist *das*? Also, ich habe noch bei keinem unserer Babys etwas gesehen wie *dies hier*!"

„Etwas, das den Namen der Holbein-Familie in die Zukunft tragen wird", witzelte Dr. Freund. „Ein hübscher, kleiner Kerl! Das erste männliche Baby, das wir an Bord bekommen haben. Zwei Mädchen vor ihm. Er wird eine Auswahl an hübschen Mädchen haben, wenn er groß ist!"

Sanft wurde das Kind gereinigt, sein dichtes, schwarzes Haar am Hinterkopf gewaschen. Dr. Freund hüllte ihn in eine weiche Flanelldecke, eine von denen, die dem Schiff in New York zur Verfügung gestellt worden waren. Dann übergab er das Baby Maria.

„Nein", sagte sie leise und beobachtete das neue Leben, das Klaus erfüllte. „Lassen Sie seinen Vater ihn zuerst halten."

Hatte es je ein so zärtliches Vaterherz gegeben? Klaus streckte ungeschickt die Hände nach dem kleinen Bündel aus. Er wiegte das Baby in seinen langen Armen und ließ Tränen auf die Decke fallen. „Oh ...", sagte er; und dann wieder: „Oooooh! Er ist so ... oh, Maria, schau ihn doch nur an!"

„Wie sollen wir ihn nennen, Klaus?", fragte sie dankbar.

Klaus drehte sich langsam im Kreis, während er seine Wange an dem zarten Kopf liegen hatte. „Seine Hände ... er hat Hände wie Hämmer. So groß, bei einem so kleinen Jungen!", lachte Klaus. *Ein Sohn*, schien das Lachen zu sagen. *Ein Mensch, der mit einem Engel ringen kann. Wie Israel.* „Ja, ich glaube, dieser ist ein Israel!"

„Israel", wiederholte Maria. „Ein kräftiger Name."

„*Mazel Tow*, kleiner Israel." Dr. Freund schüttelte die geballten Hände des Babys. „Ich wünsche dir Glück und ein langes Leben!"

* * *

Als Antwort auf die sechsunddreißig Punkt große Schlagzeile *Kein Zimmer im Gasthaus* übermittelte die *Darien* diese freudige Botschaft:

> *Uns ist ein Kind geboren; uns ist ein Sohn geschenkt; und sein Name soll heißen ... ISRAEL! Ein gesunder Sohn ist Klaus und Maria Holbein heute nacht geboren worden, vor Norfolk, Virginia, in amerikanischen Gewässern. Wir an Bord der* Darien *tre-*

ten jedem Tag mit der Hoffnung für eine Zukunft unserer Kinder an! Wir beten darum, daß man uns beim Treffen von Evian Gnade erweise. Bestimmungsziel: Havanna. Ein Vorrat an Dosenmilch, frischem Obst und Gemüse wird dringendst benötigt ... Darien.

Kaum war die Kunde von der Geburt an Trump gedrahtet, drehte auch schon der Kutter der Küstenwacht und nahm direkten Kurs auf die *Darien.*

Matrosen in weißen Uniformen winkten und riefen Grüße, als der Kutter das Kielwasser dicht hinter der *Darien* kreuzte. Unter den Passagieren erhob sich Jubel. *So waren diese Leute also immerhin menschlich.*

Der Kutter verminderte seine Geschwindigkeit, und eine Handvoll amerikanischer Matrosen hielten ein grob bemaltes Schild hoch: *Welcome, Baby Israel!*

Tucker übersetzte das, während der Kutter abdrehte und rasch auf Norfolk zufuhr. Augen wurden feucht angesichts dieser kleinen Demonstration der Güte. Wie anders als in Deutschland! Und dennoch war das kleine Kind nirgends wirklich willkommen. Der Kutter 177 war noch in Sichtweite, da wurde bereits ein anderer Kutter der Küstenwacht gesichtet. Augenblicke später übernahm er seine Pflicht als Schatten der *Darien* zwischen Schiff und Küste.

32. Ein Hoch auf Israel!

Abertausende von Mitgliedern der Nationalsozialistischen Partei waren zum Parteitag auf das weitläufige Gelände in Nürnberg geschwärmt. Wo die Große Synagoge einst gestanden hatte, marschierten nun mit furchteinflößender Präzision Truppen der SS auf. Stunde um Stunde paradierten Abteilungen junger Männer vor den Zuschauern auf der Tribüne.

Als schließlich die dunstige Abenddämmerung verblichen war, wurden hundertdreißig Suchscheinwerfer eingeschaltet. Diese Lichter – von Göring ausgeliehen, der sie nur widerstrebend zur Verfügung gestellt hatte – waren in Abständen von fünfzehn Metern um das Gelände herum angebracht. Ihre Strahlen erhoben sich senkrecht in eine Höhe von sechs Kilometern, wo sie in einen glühenden Wolkenbaldachin übergingen. Es sah aus, als wäre das Gelände ein großer Dom, umgeben von mächtigen Säulen aus Kristall und Eis. Wolken zogen wie Geister durch den Lichterkranz, während hunderttausend Stimmen in Lobgesängen an den arischen Gott verschmolzen, der sie zu diesem unbändigen Hochmut und noch unbändigerem Haß vereinigt hatte.

Adolf Hitler ist der Retter, unser Heil!
Wir leben für ihn!
Wir sterben für ihn!
Adolf Hitler, unser Führer
in eine schöne neue Welt
nach seinem Gebot!

Thomas saß unter einer Gruppe von Offizieren von der Abwehr an der Wand des Nürnberger Schlosses. Die bejahrten Mauern der alten Stadt wurden angestrahlt wie Leinwandkulissen einer Oper. *Bald*, dachte Thomas, *werden die Gebäude von Nürnberg dem Erdboden gleichgemacht sein wie die alte Synagoge.* Falls der Krieg, den sich Hitler wünscht, wirklich ausbräche, gäbe es bestimmt genug Raum für solche hysterischen Demonstrationen. Aber viele werden erfahren, daß die Worte aus ihrer Hymne an Hitler wahr sind: *Wir sterben für ihn!*

Ein Dutzend Scheinwerfer beleuchteten jetzt die Tribüne, als hinter einem roten Vorhang Adolf Hitler hervorkam. Der Gesang ging über in ein wildes, ekstatisches Gebrüll, das selbst die Steine der Schloßwände erbeben ließ. *Heil Hitler! Heil Hitler!* …

In seiner schlichten, braunen Uniform bot Hitler das Bild eines gemäßigten Anführers. Er war das Böse unter Tarnung der Güte. Wie auf dem absonderlichen, okkulten Gemälde Franz von Strucks schaute der neue Gott hinab auf seine hysterische Gemeinde. Er wußte sehr wohl, welche Pläne er mit der Tschechoslowakei verfolgte. Jetzt würde er seine Handlungen öffentlich rechtfertigen und von der Masse lautstark ihre Billigung erhalten!

Der Führer trat ans Mikrophon und lud vor der lauschenden Weltöffentlichkeit die Schuld an seinen bevorstehenden Widerrechtlichkeiten auf die Schultern der Unschuldigen.

„Die Verantwortung für alles, was in der Tschechoslowakei geschieht, trägt Prag!" Ein Brüllen folgte. „Jawohl! Verantwortlich dafür sind die Tschechen, nicht wir Deutschen! Was ist Deutschland? Ein Volk! Ein Reich! Ein Führer! Für jeden Schlag in das Gesicht eines Sudetendeutschen, für jeden Kolbenschlag, für jedes auf die Brust eines Sudetendeutschen gerichtete Bajonett …"

Die Stimme erhob sich zu einem rasenden Crescendo: „Für jeden abgegebenen Schuß, für jede von einem Deutschen vergossene Träne, für jeden Tropfen deutschen Blutes! Das ist die furchtbare Anklage, und das gesamte deutsche Volk erhebt sie!" Noch einmal ging eine hysterische Woge der Zustimmung durch die Menge. Thomas sah es in hilflosem Schrecken. *Hörte die englische Regierung zu?*, fragte er sich, *und waren sie auch so erschrocken?*

„Und jeder Schlag in das Gesicht eines Sudetendeutschen ist ein Schlag in das Gesicht von fünfundsiebzig Millionen Reichsdeutschen! Es ist ein Schlag ins Gesicht einer großen, stolzen Nation! Fünfundsiebzig Millionen Menschen sind es, die heute Prag anklagen vor Europa. Fünfundsiebzig Millionen Menschen, die einmal mehr an das Gewissen Europas appellieren."

Der Führer strich sich sein Stirnhaar zurück und trat zur Seite. Jubelrufe und Schreie nach Vergeltung der tschechischen Untaten erfüllten den kristallenen Zuhörersaal mit einer sich schnell ausbreitenden Welle des Hasses. *Wieviele dieser heute abend hier Verführten würden noch aufschreien, wenn sie in die Zukunft sehen könnten?*, fragte sich Thomas. *Wieviele von ihnen heute abend in Nürnberg würden im Namen dieses Wahnsinns bald still und kalt auf einem fernen Feld liegen?*

Ruchlos in seiner Glorie verschränkte Adolf Hitler die Arme und schritt über eben jenen Platz, an dem der Rabbi von Nürnberg einst Gebete an den Einen Gott gesungen hatte. Der Führer schien von dem begeisterten Lob angetan zu sein. Das deutsche Volk war in seiner Hand. Ein Sieg würde ihm noch größere Lobgesänge einbringen; für einen Fehlschlag konnte dem Volk selbst die Schuld gegeben werden. Und schließlich: Konnte sein Wille anders sein als ihr Begehren?

Ein Volk! Ein Reich! Ein Führer!

* * *

Bevor die Nachrichten über die Geburt Israel Holbeins die Titelseiten der Zeitungen schmückten, wollte Mr. Trump die Neuigkeit persönlich Babbie Rosenfelt überbringen.

Er zog sich des Ereignisses angemessen an, band sich unter Grummeln seine rotgepunktete Fliege und wählte einen Anzug, der erst letzte Woche gebügelt worden war.

Aus seinem Büro hoch über dem Times Square hatte er einen recht guten Blick auf die Welt. Er hatte die rings um das Gebäude verlaufende, elektrische Markise heruntergelassen. Im Haus selbst sammelte man alle Informationen über die Entwicklung auf der *Darien* und die widerspenstige Weigerung des Außenministeriums, bis nach der Konferenz von Evian tatenlos zu warten. Die Geburt des Holbein-Babys Israel – und nicht anders hieß es! – brachte das so bitter nötige Menschliche in die Zeitungen.

Er nahm den Telephonhörer ab und rief nach seinem Fahrer. „Ich muß nach Brooklyn. Ja, richtig, ich fahre nach Brooklyn!"

Trump billigte den prunkenden Wohlstand nicht, einen Chauffeur in Diensten zu haben; da er aber ein Automobil selbst nicht fahren konnte, schien es doch vernünftig zu sein, einen zu haben.

Er gab seiner Fliege einen letzten Zupfer. „Wie sehe ich aus?", fragte er den Spiegel. Dann gab er sich selbst die Antwort: „Wie ein alter Narr."

Bevor er das Gebäude verließ, schickte er den Techniker an die Arbeit, den Lichtplan für die elektrische Schlagzeile des Times Square zu entwerfen. Sie würde heute abend während der Hauptverkehrszeit in den Worten erglühen: *In Trauer gewesener Darien-Familie männliches Baby geboren! ... Vom Außenministerium noch immer nichts über das Schicksal der verzweifelten Passagiere!* Der Artikel für die Spätausgabe war bereits geschrieben – wobei strikt befohlen wurde, daß vorab kein Wort über das Ereignis aus dem Gebäude dringen dürfe, damit ja nicht die *New York Times* unter Hearst oder Craine den Knüller bekäme.

Er hatte Babbie Rosenfelt bei ihrer Familie in Brooklyn nicht angerufen. Er wollte ihr wegen der US-Visa keine falschen Hoffnungen machen; ebenso wenig wollte er sie zu Tode ängstigen. Sie war wohl so alt wie er selbst und hatte in diesen vergangenen Wochen wahrhaftig genug Kummer und schreckliche Sorgen durchlitten.

Als der gepflegte schwarze Wagen über die Brooklyn Bridge fuhr, tat es Trump nun doch leid, daß er nicht angerufen hatte. Angenommen, sie bekäme vom Auftauchen einer schwarzen Limousine einen Schock? „Fahren Sie an die Seite zu einer Telephonzelle", befahl Trump seinem Fahrer. Er würde sie anrufen – sie darauf vorbereiten, daß er in Brooklyn sei, auf einen Sprung bei ihr vorbeikommen und Karl sehen wolle.

Das schien eine kluge Vorgehensweise zu sein. Die Limousine Harold Trumps glitt hinab in die ebene, weitgedehnte Riesenhaftigkeit Brooklyns. Der Wagen entlockte den Italienern repektvolle Blicke; sie nahmen an, ein Mafiatreffen sei anberaumt. Ebenso den Iren, die annahmen, ein Bischof sei zu einem Besuch eines örtlichen Sprengels unterwegs. Und schließlich den Juden, die nur annehmen konnten, jemand sei gestorben, und der Begräbnisunternehmer sei auf dem Wege.

Trump entschied sich schließlich für eine Tankstelle, um von dort aus den Telephonanruf zu tätigen. Er bemerkte, daß er sich im Herzen des jüdischen Viertels befand, kaum einen Häuserblock von Babbie Rosenfelts schachtelähnlichem Sandsteinhaus entfernt.

Er rief sie an. Eine junge Frau antwortete. Kreischendes Kinderlachen im Hintergrund. Kinder. Viele Kinder.

„Oi! So ein Krach! Ich kann Sie nicht hören!"

„Mein Name ist Trump; ich will Mrs. Rosenfelt sprechen, bitte!", entgegnete er laut; denn der Verkehrslärm und die Straßenverkäufer an seinem Ende der Leitung waren ebenfalls laut.

„Kinder! Oi! Ruhe! Jemand für Babbie, glaube ich. Sie wollen Mrs. Trudence Rosenfelt haben? *Wer* sind Sie?"

„Harold Trump. Verleger der ..."

„Oi weh! Mr. *Trump!* Warum haben Sie das denn nicht gleich gesagt? Sie ist zum Bäcker gegangen. Von hier aus nur die Straße hoch.

Können Sie in ein paar Minuten wieder anrufen? Es ist Freitag, und wir bereiten uns auf den Sabbat vor, deshalb –"

Trump schaute durch die Glasscheibe der Telephonzelle. Auf der anderen Straßenseite war eine Bäckerei, gedrängt voll mit Frauen. Trump erkannte das schwarze Kleid. Den über den Arm gelegten Gehstock. Den gerade durchgedrückten Rücken. Babbie Rosenfelt befand sich in der Bäckerei mit einer Handvoll anderer Frauen. Ihre Arme waren voller Taschen. Sie bewunderte ein Baby in einem schwarzen Kinderwagen. „Danke", sagte Trump zu der jungen Frau am Telephon, „ich habe sie gefunden." Er hängte den Hörer auf und ging hinaus. Den Lärm von Automobilen und Bussen zwischen ihnen übertönend, rief er ihren Namen.

„Mrs. Rosenfelt! Mrs. Rosenfelt!"

Einige der Frauen hatten die schwarze Limousine gesehen und fragten sich, wer gestorben sei. Dann gewahrte Babbie Rosenfelt Mr. Trump in seinem halb zerknitterten Anzug und mit der schief sitzenden, rotgepunkteten Fliege. *So ein gutaussehender Mann!* Sie machte große Augen und hob, um sich zu vergewissern, ihr Pincenez. Dann lächelte sie, winkte und rief: „Haben Sie sich verirrt?", und dann wieder: „Haben Sie sich verirrt?"

So hatte er sich das nicht vorgestellt. „Es ist ein Junge!", rief er zurück. „Maria hat einen Jungen! Er heißt ISRAEL!"

* * *

Wie ein nach seinem Gefährten trompetender Elefant tuteten die Hörner der *Queen* ihre Ankunft über ganz Southampton hinaus.

Murphy konnte sich ein Bild machen von den Männern Südenglands, wie sie heute abend in ihren Pubs versammelt waren. Ohne Zweifel würden sie für einen Augenblick innehalten und mit Besitzerstolz bemerken: „Hallo, das alte Mädchen ist nach Haus' gekommen!"

Im Hafen Lichter überall. Lichter auf Schleppkähnen. Lichter auf den Molen. Lichter, die zur High Street hinaufführten. Das Linienschiff schwebte in einem dunklen, die Sterne spiegelnden Becken dahin, und der Küstensaum war, wo sich Himmel und Wasser mischten, eine Galaxie von Sternen. Murphy genoß die zauberhafte Stimmung. Irgendwo beobachtete Elisa bestimmt, wie die leuchtende Insel an ihren Anlegeplatz glitt. Und wieder dröhnte das Schiffshorn. Murphy wandte sich jetzt von der Reling ab und ging durch die eng gedrängten Passagiere, durch das mit Holz ausgelegte Einkaufsdeck, genannt Picadilly Circus, hinaus zu der Stelle, an der bald die Bordrampe festgemacht werden würde. Er wollte als Erster vom Schiff herab sein, der Erste durch den Zoll und der Erste durch die Tore, bei denen eine große Menge von Begrüßenden wartete. Elisa würde dort sein, wo er sie zuletzt auf der Mole gesehen hatte, und sie würden heute nacht ganz von vorne beginnen.

* * *

„Jonathan Edward Murphy?" Der säuerlich dreinschauende Mann im schlecht sitzenden Nadelstreifenanzug klappte sein Abzeichen auf. Er sah aus wie ein Polizist in Zivil; Murphy hätte seine Tätigkeit auch ohne das Abzeichen erraten. Zwei andere Männer standen neben ihm. Alle drei waren dickhäutige Typen wie aus einer schlechten Erzählung von Dashiell Hammett.

„Jonathan Edward Murphy?", fragte der massige Mann in der Mitte erneut.

„Nur bei meiner Mutter, wenn sie unglücklich über mich ist." Er brachte ein Grinsen hin. Der Mann lächelte nicht zurück. Der kleine, dem Schalter am nächsten stehende Kerl nickte dem Zollbeamten zu; dieser stempelte Murphys Paß, winkte ihn durch und machte sich daran, Murphys schweinslederne Reisetasche und Elisas Überseekoffer durchzusehen.

„Kommen Sie bitte mit", befahl der massige Mann in der Mitte schroff. *Die Marx-Brothers in Nadelstreifenanzügen*, dachte Murphy, während er zu einer Tür geführt wurde, auf der *Cunard Lines Information* stand.

„Was ist los?", fragte Murphy, der auf einmal befürchtete, daß Elisa etwas zugestoßen sei. Vielleicht waren diese Männer geschickt worden, es ihm zu sagen. *Einer, der ihm die schlechte Nachricht übermittelt, und zwei, die ihn unter Kontrolle halten?*

Die Tür des Büros schloß sich hinter ihnen, noch ehe der massige Mann antwortete: „Wir sind ziemlich sicher, daß Sie verfolgt werden."

Instinktiv fuhr sich Murphy an seine überpflasterte Nase. Er hatte gedacht, die Schläger Fritz Kuhns seien in New York mit ihm fertig gewesen. „Wo ist Elisa?“, fragte er, und jetzt erfüllte ihn ein Gefühl wirklicher Angst.

„Ihr Mr. Trump hat recht ansehnlich für Leibwächter für Sie bezahlt. Sie denken doch nicht, wir hätten ihr gestattet, *hier*herzukommen?“

Murphy seufzte. Diese Leute hatten seine Schlägerei auf dem Dach des Woolworth sehr ernst genommen. Er war dafür dankbar. „Dann ist sie in Ordnung?“ fragte er erleichtert. Daraufhin verfinsterte sich sein Gesicht. „Sie meinen also, die Sache ist noch heiß? Ich hätte Spione an Bord gehabt?“

Die drei wechselten Blicke. *Amerikaner! Werden die denn nie richtig sprechen lernen?* „Wir dachten, es sei am besten, uns ihrer Sicherheit zu vergewissern wegen Ihres Einsatzes für die jüdischen Flüchtlinge und für die tschechische Regierung. Vor allem bei dieser Weltlage. Wir nehmen die Frage des Personenschutzes ernst.“

Murphy nickte. Diese Burschen hatten sich wirklich um Elisa gekümmert, hatten dafür gesorgt, daß sie wohlauf sei, und bei ihr nichts anbrennen lassen. Er hätte es nicht besser machen können, überlegte er. Elisa hatte sich also in guten Händen befunden.

„Wo ist sie jetzt?“ fragte er.

„Eine Fahrstunde von hier.“ Der massige Mann trat einen Schritt zurück und öffnete eine Tür, die in einen Gang führte, von dem beidseitig Zimmer abgingen. Ganz am Ende forderte er Murphy auf: „Da hinein und dann auf der anderen Seite hinaus –“

Keine Zeit für Fragen. Die Tür öffnete sich – und lärmendes Gehupe und nach Taxis rufende Stimmen von Passagieren waren zu hören. Ein langer schwarzer Rolls Royce wartete drei Schritte entfernt mit offener Tür. Der massige Mann ging Murphy voran; dann schob ein kleiner Stoß Murphy in den Wagen. Die Tür schlug hinter ihm zu – im selben Moment, in dem der massige Mann die gegenüberliegende Tür öffnete, aus- und in ein weiteres, schwarzes Automobil einstieg, das in die entgegengesetzte Richtung zeigte. Murphy schlüpfte ihm nach in den zweiten Wagen und schloß hinter sich die Tür. Der erste Rolls brauste nach Osten davon, während Murphys Wagen sich in den westwärst laufenden Verkehr einfädelte.

Die Fenster hatten Vorhänge aus grünem Samt. Murphy widerstand dem Drang hinauszuschauen.

„Ein hübsches Bäumchen-wechsel-dich spielt ihr da“, sagte Murphy. Der Verkehr ließ nach, und der Wagen holperte über eine Reihe von Bahngleisen. „Sie wissen ja: Kinder laufen von einem Baum zum anderen, während ein anderes Kind sie zu fangen versucht –“

Der massige Mann räusperte sich und strafte die Bemerkung mit Mißachtung. Er zog eine Pfeife aus seiner Westentasche. „Stört's, wenn ich rauche?“ Ohne eine Antwort abzuwarten, stopfte er die Pfeife und brannte sie an.

Ein Stunde im Fond dieses verhängten Wagens zusammen mit diesem Knurrhahn? Murphy versuchte es noch einmal. „Ich schätze die Art und die Weise, wie ihr Burschen euch um Elisa gekümmert habt. Ich glaube nicht, daß ich Ihren Namen verstanden habe.“ Murphy reichte ihm die Hand.

„Tedrick. Amos Tedrick“, kam die Antwort mitsamt einem Händedruck. So war es besser. Ein wenig menschlicher. „Ist schon recht. Ist unser Job, zu gewährleisten, daß eine Frau vom Bekanntheitsgrad ihrer Gattin geschützt wird.“

„Bekanntheitsgrad?“, wiederholte Murphy. „Nicht eben ein Wort, das ich für Elisa gewählt hätte.“

Tedrick zuckte die Schultern. „Soll ich besser ‚Ruhm' sagen? Natürlich mußten Sie wissen, daß eine gewöhnliche Frau nicht einem Mordanschlag am Präsidenten der Tschechoslowakei einen Strich durch die Rechnung machen und nicht die Neugier zumindest der Gestapo erregen konnte.“ Tedrick zog an seiner Pfeife und füllte das Wageninnere mit Rauch. „Ich bin überrascht, daß Sie diese Art Schutz für sie nicht schon eingerichtet haben, *bevor* Sie in New York angegriffen wurden.“ Er runzelte die Stirn. „Bestimmt beabsichtigen Sie nicht, sie mitzunehmen, wenn Sie weiterfahren nach –“

„Evian“, versetzte Murphy und fühlte plötzlich das Gewicht der verschleierten Anklage von Tedrick. „Ich hatte gedacht ... wenn ihr Terminplan –“

Tedricks Brauen hoben sich vor Verwunderung. Dann ließ er sie wieder hinuntergleiten und machte eine Miene, die besagte: *Welch ein kompletter Idiot! Dieser Mann muß wollen, daß seine Frau getötet oder verstümmelt ... oder entführt und in ein deutsches Gefängnis gebracht wird!* „Also, also ...“, sagte Tedrick schließlich.

Auf einmal schien Murphys Entscheidung, Elisa nie mehr aus den Augen zu lassen, töricht zu sein. Wie konnte sie mit ihm nach Evian gehen, wo doch die tschechische Krise tagtäglich in den Schlagzeilen war? Konnte die Gestapo womöglich noch immer meinen, sie sei eine Art Glied in der Kette, wie Benes es ihm in Prag angedeutet hatte? Wenigstens befand sie sich unter den aufmerksamen Augen von Profis und ebenso unter der Obhut der BBC. Murphy mußte wegen des Rauchs husten. „Evian wird wahrscheinlich wimmeln von Gestapo-

Agenten", sagte er. „Ich ... denke, Sie haben recht. Sie bleibt besser in England. Beschützt."

Tedrick nickte und lächelte. „Da haben wir *endlich* einen verständigen Menschen!" Er gratulierte Murphy – innerlich aber sich selbst dazu, wie er diese heikle Sache angepackt hatte.

* * *

Diesen Abend saß Trump eng eingekeilt zwischen Karl und Babbie Rosenfelt beim Sabbatmahl. Vierzehn Menschen saßen am Tisch. Eine große Familie. Nichten und Neffen, von denen der jüngste der zwei Jahre alte Franklin Delano Rosenfelt war.

„Ein Feger", bestimmte Trump, nachdem er die Bekanntschaft des Kindes gemacht hatte.

„Unser kleiner *Kochleffl*", erklärte seine junge Mutter lachend.

„Wie ein Kochlöffel", erläuterte Babbie: „bringt immer alles in Bewegung, nu?"

Der fröhliche Abend verging mit Übersetzung und Wiederübersetzung des Jiddischen. Gelegentlich versuchte sich Karl mit seinem nun wohlgeformten Mund an dem Gespräch. Noch schien nichts ganz richtig herauszukommen; es werde lange dauern, bis Karl perfekt Jiddisch spreche, prophezeite Babbie.

Hier in Brooklyn und unterhalb der leuchtenden Schlagzeilen auf dem Times Square wurden Hochs auf die Geburt des kleinen Israel ausgebracht. Babbie Rosenfelt drückte Bedauern aus: „Wenn ich doch nur die *B'rith-Milah* meines Großenkels miterleben könnte!"

„Beschneidung", erläuterte eine Nichte. „Bei männlichen jüdischen Babys ist das eine Zeremonie am achten Tag, die sehr wichtig ist."

Dieser Wunsch, ausgesprochen nach einem der besten Essen, die Trump in seinem Leben genossen hatte, war eine Bitte, die er in Gedanken ernsthaft prüfte. Kaum nachdem diese Worte Babbie von den Lippen gekommen waren, hatte Trump auch schon die Schlagzeilen entworfen: *Urgroßmutter fährt mit Fischkutter zur Darien. Steht Gevatterin für Kind bei seiner Weihung für Gott!*

Oh, ja! Damit wäre gut aufzumachen. Ein paar Photos und einen Artikel über die Zeremonie dazu, und während der Artikel gelesen wird, würde dieser kleine Junge ganz Amerika bewegen!

Trump verengte nachdenklich seine Augen. Ihm fiel der Kutter der

Küstenwacht ein, der die Aufgabe hatte, alle anderen Schiffe von dem kleinen Frachter fernzuhalten. Würde er Babbie Rosenfelt nach Kuba mitnehmen? Konnte die Zeremonie in internationalem Gewässer abgehalten werden? Außerhalb des Machtbereichs der Amerikaner?

Trump tupfte seine Lippen an der weißen Leinenserviette ab und sagte über dem Stimmengewirr hinweg zu Babbie: „Nun, ich bin zwar kein wundermächtiger Gottvater, aber wenn Sie nach Kuba wollen –"

„Kuba?"

„Wir haben in die Wege geleitet, daß das Schiff dort wieder Nachschub aufnimmt. Wir bemühen uns auch, Erlaubnisscheine für einen befristeten Landgang der Passagiere zu bekommen –"

„Kuba?" Babbie Rosenfelt hob ungläubig ihr Pincenez zur Nase. „Kann ich sie dort sehen? Das *Baby*?"

Auf einen Schlag verstummte die Unterhaltung. Dreizehn Augenpaare waren auf Trump gerichtet. *Er könnte das ermöglichen? Er könnte Babbie nach Kuba zu Klaus und Maria und den Kindern bringen?*

„Wir stehen mit den Kubanern noch in Verhandlungen – ein bißchen ungeschickt, da alle in Sachen Einwanderung tätigen großen Tiere in Evian sind. Aber wir werden unser Bestes tun, wenn Sie wollen."

Babbies Augen strahlten hell im Licht der Sabbatkerzen. „Gott ist die Güte", flüsterte sie. „Ich werde packen. Gleich, nachdem ich abwaschen geholfen habe."

33. Schneewittchens Hütte

Der Rolls Royce kroch langsam über das zerfurchte Land. Sie waren viel länger unterwegs als die angekündigte Stunde – und zwar wegen des Zustands der Straßen. Schließlich zog Tedrick den grünen Samtvorhang an seiner Wagenseite weg und öffnete einen Spalt weit das Fenster. Murphy tat es ihm gleich; er war dankbar, endlich frische Luft atmen zu können.

Die Straße wurde kilometerweit von Buchenreihen gesäumt, und danach kamen schrundige Eichenstrünke, die im Scheinwerferlicht aufleuchteten wie silberne Wachposten. Das Land buckelte sich sanft. *Sanfter als der Rolls Royce,* dachte Murphy mit einem Lächeln. Er hatte das Gefühl, daß sie hinter der nächsten Biegung die Figuren aus Shakespeares *Sommernachtstraum* überraschen würden.

„Sind wir vom Weg abgekommen?“, fragte er schließlich.

„Nur von der Welt, Mr. Murphy. Wir befinden uns mitten in New Forest.“

„Kronland.“ Murphy forschte in seinem Gedächtnis nach Informationen aus einem muffigen Reiseführer, die er über diesen Teil Englands hatte. *Frühere Königliche Jagdgründe* war alles, was ihm einfiel. Und wie zur Bestätigung seiner Gedächtnisleistung hörten sie das gespenstische Bellen von Jagdhunden. Murphy erschauerte leicht und mußte an Sherlock Holmes *Der Hund von Baskerville* denken. „Sie haben eine Ader für das Dramatische, Mr. Tedrick“, witzelte er.

„Pure Gewohnheit, das versichere ich Ihnen“, entgegnete Tedrick. „Wir sind soeben an den Hundezwingern der Jäger von New Forest vorbeigefahren. Die Jagdhunde bellen, wenn ein Automobil nachts auf der Straße vorbeikommt.“ Er klopfte die Asche seiner Pfeife zum Fenster hinaus. „Natürliche Alarmanlagen gegen Wilderer und Eindringlinge.“

Der Fahrer steuerte den Wagen über zunehmend schlechtere Straßen, die kaum mehr als Feldwege waren. Während sie einen kahlen Hügel überquerten, schaute Murphy hinaus über ein dunkles, bewaldetes Tal. Andere Namen kamen ihm wieder ins Gedächtnis: *Boldrewood. Mark Ash Wood. Knightwood, wo uralte Eichen mehr als sechs Meter im Umfang maßen.* Tatsächlich: Dieser Mann Tedrick genoß das Mysteriöse des Mittelalters.

„Wie lange noch?“, fragte Murphy, indem er versuchte, nicht wie ein Kind auf dem Rücksitz zu klingen.

Als Antwort hob Tedrick einen kernigen Arm hoch und zeigte zum Rand des bewaldeten Tals. Ein einzelnes Licht leuchtete. Als sich der Wagen näher darauf zubewegte, sah Murphy, daß das Licht ein Fenster war, dann zwei Fenster.

„Für Elisa war Zurückgezogenheit erforderlich", erklärte Tedrick. „Wir haben versucht, diesem Erfordernis gerecht zu werden. Eine kleine Jagdhütte. Ziemlich abgelegen und doch komfortabel – bis auf das Fehlen von Elektrizität. Es gibt genügend Öllampen. Ich bezweifle, daß sie den fehlenden Strom bedauern werden."

Murphy überlegte, wie er darauf antworten sollte. „Wenn es dort keine Elektrizität gibt, dann vermute ich, auch kein Telephon und kein Radio."

„Zurückgezogenheit", wiederholte Tedrick. „Drei Tage; danach werden wir Ihnen einen Wagen schicken. Sie fahren dann zurück nach Southampton, um Ihren Dampfer nach Frankreich zu erwischen."

Murphy dachte bei sich, daß er viel schneller, als der Wagen fuhr, zur Hütte rennen könne. Er ließ nicht die Augen von den erhellten Fenstern. Dort, in diesem einzelnen Licht, war sein Sternenhimmel.

Die Hütte bestand aus weißem Stein, einem Strohdach und schweren, von der Zeit geschwärzten Balken; die Fenstersimse und Türzargen waren verzogen. Murphy konnte Licht aus den Ritzen dringen sehen, als wäre die Hütte nicht imstande, es zu halten. Ein Wagen war an der Seite der Hütte geparkt. Auf das Knirschen der Reifen hin öffnete sich die Tür und Elisa trat heraus.

Sie wurde vom Eingang eingerahmt. Ein crèmefarbenes Baumwollkleid und eine Bluse derselben Farbe gaben ihr im Licht der hinter ihr brennenden Lampen einen beinahe goldenen Glanz. Sie stemmte die Arme in die Hüften wie eine Bäuerin, die darauf wartet, daß ihr säumiger Ehemann nach Hause kommt. Murphy meinte den Atem anhalten zu müssen. Bevor der Wagen zum Stehen kam, war er schon draußen. Sie eilte auf ihn zu, und sie kamen irgendwo zwischen der Dunkelheit und dem Licht zusammen. Küsse und Tränen mischten sich. Murphy vergaß, daß jemand bei ihm war und diesem leidenschaftlichen Wiedersehen beiwohnte. Hier war Zauber. Er begrub sein Gesicht in ihrem Nacken und atmete die Süße ihrer Haut. Sie küßte sein Ohr und spielte mit ihren Fingern in seinem Haar. Sorglose, glückliche Leidenschaft.

„Elisa –", brachte er schließlich ihren Namen heraus.

Sie lachte. „Du hast mich vermißt." Das war eine Tatsache, nicht etwa eine Frage. Dann schob sie ihn ein bißchen weg und schaute sich um. Niemand war bei ihnen draußen geblieben. Murphy sah vier Männer im Vorraum der niedrigen Hütte versammelt. Es gab dort im offenen Herd ein Feuer, obwohl es draußen nicht kalt war.

Murphy holte vor Enttäuschung tief Luft. „Wie werden wir sie los?"

„Ich habe alles vorbereitet." Sie stellte sich auf die Zehenspitzen, bettete sein Kinn in ihre Hand und küßte ihn noch einmal auf den Mund. Dann hielt sie brüsk inne. „Deine Nase!", rief sie.

„Dein Haar!", versetzte er. „Du hast es geschnitten. Wie Myrna Loy. Es gefällt mir."

„Tut sie weh?" Sie schien von den grünen und dunkelroten Flecken erdrückt zu werden, die erst allmählich aus seinem Gesicht wichen.

„Nur wenn ich versuche, dich zu lange zu küssen."

Auf den Klang ihres Lachens hin duckte sich Tedrick unter der Tür durch und streckte seinen Kopf heraus, um sie zu rufen. „Wir werden bald gehen müssen", bemerkte er in beinahe militärischer Manier. „Der Pfarrer hat schon drei Stunden länger warten müssen, als wir ihm gesagt hatten."

„Pfarrer?", fragte Murphy.

„Erinnere dich: Ich erzählte dir, daß Tedrick sagte, unsere Trauung sei nicht legal gewesen", gab Elisa zur Antwort. „Wir sind nicht offiziell verheiratet."

Murphy schüttelte den Kopf. Er versuchte, einen klaren Gedanken zu fassen, zu begreifen, was sie sagte. Vielleicht hatten sie am Ende *doch* einen Zauberwald betreten? Jedenfalls schien es für das alles keine rationale Erklärung zu geben.

„Du glaubst doch wohl nicht, daß ich drei Tage mit dir allein verbringe, ohne verheiratet zu sein!?" Elisa lächelte zu seinen Augen hinauf.

Er war verloren. Verrückt nach ihr. Alles, was sie wollte. Er würde sie wieder heiraten und, wenn sie wollte, als Königlicher Jagdaufseher in dieser Hütte bleiben. „Da wir unsere Flitterwochen ja schon hatten – würde es dir etwas ausmachen, wenn wir uns mit der Kurzversion der Zeremonie zufrieden geben?"

* * *

Nur Asche glühte noch im Herd. Nachtgeräusche erfüllten die kleine Hütte. Das Buhuhuh einer Eule. Das Lied einer Nachtigall.

„Es klingt wie bei uns zuhause in den Wäldern“, sagte Murphy leise, während Elisa in seinen Armen lag. „Als ich ein Kind war, zelteten wir oft draußen. Es liegen Wälder gleich hinter der Farm. Mein Bruder Terry und ich bauten Papas altes Einmannzelt auf und kampierten da draußen, als wären wir eine Yukon-Expedition.“

Elisa antwortete mit einem Seufzen und lächelte in der Dunkelheit, als ob sie nun dort wären, ein paar Hundert Meter von Murphys Elternhaus entfernt. „Und was habt ihr dann gemacht?“

„Würstchen gegrillt und so getan, als ob alles ganz toll wäre. Geschichten erzählt. Über die Orte gesprochen, wo wir hingehen wollten, wenn wir erwachsen wären. Seltsam, ich fühle mich heute nacht meinem Zuhause näher als je zuvor. Ausgerechnet über dem Ozean mit dir an meiner Seite, Elisa, bin ich ihm näher als ich es die ganze letzte Woche in New York war oder selbst vor fünfzehn Jahren in diesem Zelt mit Terry.“ Er küßte ihre Stirn und strich ihr durchs Haar. „Du bist ein *Zuhause* für mich.“

„Zwei sollen werden *ein* Fleisch“, flüsterte Elisa. „Und du bist ein *Zuhause* für mich, Murphy.“ Sie hob ihren Kopf, sein Kinn zu küssen, und drückte sich dann an seine Seite. Sie fuhr mit den Fingern sanft über das Pflaster, das noch immer rings um seine Rippen klebte. „Tut es weh?“, fragte sie.

Murphy legte seine Hand auf die ihre. „Eva muß Adam dieselbe Frage gestellt haben.“

„Und was antwortete er?“ Sie betonte die Frage mit einem langen Kuß.

„Nichts tut mehr weh ...“, antwortete Murphy, seine Lippen noch immer den ihren nahe. „Nicht, solange du mir nahe bist. Nichts tut weh.“

* * *

Maria konnte die Nachricht kaum lesen, die Kapitän Burton ihr an diesem Morgen überreichte. Das Papier flatterte in ihrer Hand, während sie es Klaus gab.

„Bitte“, flüsterte sie. Die Mädchen scharten sich voller Interesse um sie und das Baby.

Klaus räusperte sich.

GROSSMUTTER ROSENFELT AUF DEM WEG NACH MIAMI STOP ERBAT ANWESENHEIT BEI BESCHNEIDUNGSFEIERLICHKEIT ISRAELS IN OFFENEN INTERNATIONALEN GEWÄSSERN STOP VORBEREITUNGEN FÜR DIESE MÖGLICHKEIT GETROFFEN STOP WEITERE EINZELHEITEN WERDEN MITGETEILT STOP BABBIE SAGT MAZEL TOW STOP AN ALLE IN LIEBE STOP TRUMP

„Babbie?", kreischte Trudy. „Sie kommt *hier*her, Mama?"

Alle schauten Kapitän Burton an, der nur lächeln und die Schultern zucken konnte. „Trump ist bekannt dafür, daß er bekommt, was er will."

„Babbie auch!" Klaus grinste und beugte sich hinab, um die Wange seines Säuglings zu berühren. „Na, kleiner Israel, was meinst du? Du bist drauf und dran, zu einem internationalen Ereignis zu werden!"

Kapitän Burton lachte. Niemand hatte ihn zuvor je lachen sehen. Er nickte zu Maria hin. „Daß wir Gäste haben werden, sollte ich auch den anderen Passagieren sagen. Sie könnten sich für diese Gelegenheit etwas Besonderes ausdenken wollen."

* * *

„Natürlich ist es möglich!", schrie Shimon beinahe auf die Männer ein, die neben ihm auf der Ankerkette saßen.

„Nun ja, etwas muß getan werden zu Ehren eines solchen Ereignisses", stimmte Fredrik, ein ungefähr vierzigjähriger, ehemaliger Bankangestellter zu, der sich selten äußerte.

Der Rabbi von Nürnberg nickte beifällig. „Man sagt, der Chor im Tempel sang ohne instrumentale Begleitung. Nu? Wie nennt man das, Shimon?"

„A capella", antwortete Shimon. „Der Wiener Knabenchor singt oft im Stephansdom. Schön! *Schön!*"

„Du hast das gehört?", fragte der Rabbi. „In einem Dom?"

„Er ist Musiker", sagte Aaron verteidigend.

„Na, dann", schloß der Rabbi, „wenn diese Gojim-Knaben das an einem solchen Ort wie dem Stephansdom aufführen können, warum können wir dann nicht dasselbe zu Ehren der Beschneidung des Kindes tun?“ Er streckte seine Oberlippe ein wenig vor. „Der Ewige – Er sei gelobt – hat den Holbeins nach dem Verlust ihrer Kleinen einen Sohn geschenkt. Und jetzt soll dieser Sohn beschnitten und *Israel* genannt werden! Oi! So ein Segen! Ein kleiner Prinz ist von Gott auf unser Leidensschiff gekommen!“

„Nun, also“, sagte der Bankangestellte, „was sollen wir für unseren kleinen Israel aufführen?“

„Schubert!“, rief Aaron. „Ein jüdischer Komponist, ja?“

Shimon biß sich auf die Lippe und runzelte ablehnend den Kopf. „In Deutschland, in dem Gefängnis, in dem ich war, ist es für einen Juden verboten, etwas anderes zu musizieren als nur das von Juden Komponierte. Ich habe gesehen, wie ein Mensch totgeschlagen wurde, weil er ein paar Takte aus Beethovens Fünfter summte.“ Er machte es vor. *„Mh-mh-mh-mhhhhhh!* Nur das, und er war tot. Also habe ich, immer wenn ich wie ein in der Hölle Gefangener Kohlen in ihre Hochöfen schaufelte, im Geiste gesungen. Jetzt aber sind wir freie Menschen, wir haben die Freiheit, auf diesem großen Ozean herumzustreifen, und sind frei zu singen, was immer wir singen wollen. Ich kann Beethovens Fünfte hinaus*schreien,* und sie können es mir nicht verbieten!“

Der Bankangestellte stimmte nicht bei. „Zu streng. Die Fünfte ist zu ... *lärmend* für eine Beschneidung! Israel wird zetern wie eine Katze mit dem Schwanz in der Tür!“

„Nein, nein, nein“, stellte Shimon richtig: „nicht beim *zweiten* Satz!“

„Hört auf Shimon. Er ist aus Wien“, sagte der Rabbi.

„Jawohl! Unser Maestro aus dem Musikverein, ja?“, kicherte Aaron, und die Burschen aus seiner Arbeitsgruppe fielen mit ansteckendem Lachen ein. Daß sie ein Orchester würden – Kontrabaß, Oboe, Violine, Pauke und Cello würde ihnen bald aus den Kehlen kommen. Eine solche Freude! Und alles für den kleinen Israel!

„Ja!“ Auch der Rabbi von Nürnberg lachte. Andere kamen vorbei und lachten mit, obwohl sie nicht genau wußten, worüber. „Shimon ist der Maestro! Wenn ihm Beethoven im Kopf herumschwimmt, dann ist es Zeit, Beethoven zu retten!“

Und so war die Sache abgemacht. „Also gut, dann werden wir den zweiten Satz von Beethovens Fünfter Sinfonie aufführen! *Andante con moto!* Der ist genau richtig für unseren kleinen Prinzen Israel! Möglicherweise wurde er schon in Salomos Tempel aufgeführt, Rabbi! Und Beethoven hat die alte Partitur gefunden und sie abgeschrieben!“

„Sag das nicht den Nazis!", barst es aus dem lachenden Aaron heraus.

„Ah – gute Musik ist gute Musik", sagte der Rabbi. „Und der Ewige – gelobt sei er immerdar – wird unser Konzert ebenso genießen, auch wenn der Komponist kein Jude war!"

* * *

Elisas Bericht, Leah sei sicher in Paris angekommen, nahm Murphy einen weiteren Kummer vom Herzen. Er würde es Karl nach New York telegraphieren, sein Bruder sei in Sicherheit. Und daß er und Elisa drei Tage wie im Film in Schneewittchens Hütte verbracht hätten!

Die Balken der Hütte waren einige Zeit, bevor die spanische Armada von den Schiffen der Marine Elisabeths zerstört worden war, gehauen und zugeschnitten worden. Die Decke war so tief, daß Murphy, wenn er durch das Zimmer ging, seinen Kopf ducken mußte. Alles im Innern sah aus wie ein Gemälde von Spitzweg. Tassen hingen an einem offenen Regal. Teller standen aufgereiht auf einem Hocker. Das Spülbecken hatte eine Wasserhandpumpe. Ein alter Eisenofen sorgte für die Wärme zum Erhitzen des Teekessels und für das Kochen von Essen von dem Angebot an Dosenwaren, die Tedrick bereitgestellt hatte. Es gab Äpfel, Wein, verschiedene Brote und Plätzchen, die länger für sie ausgereicht hätten. Vielleicht hatte ein Freisasse die Hütte gebaut, bevor die Tudors England regierten. Generationen von Jagdaufsehern hatten hier gelebt und das Rotwild gegen Wilddiebe geschützt.

Genau unter der ersten Reihe der Bäume gab es Teppiche von Primeln und blauen Glockenblumen. Diesiges Sonnenlicht sprenkelte die Zweige und gab jeder Farbe tausend verschiedene Nuancen.

Murphy trocknete das Frühstücksgeschirr ab, das Elisa abspülte. Es war eine Art Spitzweg-Frühstück: weiche Eier, Melone, Schwarzbrot und ungesalzene Butter. Elisa summte, während sie die Teller abwusch. Sie schaute aus dem Fenster über der Spüle. Das Licht badete sie mit Gold und blauen Abschattungen der Blumen. Eine solche Schönheit trieb Murphy Freudenschmerz ins Herz.Er hatte sie im Paillettenkleid in einem Schloß gesehen, sie im Rampenlicht bewundert, er hatte über das Mondglühen ihrer elfenbeinweißen Haut gestaunt – aber hier, an diesem einfachen Ort, wurde seine Liebe zu ihr um eine weitere Dimension bereichert.

Nach einer Weile schaute sie ihn an, überrascht von seinem rätselhaften Lächeln. „Was ist?“, fragte sie und errötete.

„Ich habe nur nachgedacht ...“ Er berührte leicht ihre Wange. „Ich mußte mir die Frage vorlegen, ob ich dich von all dem Glanz deines Lebens wegbringen darf. Du weißt, daß ich dich bitten könnte, mit mir auf eine Farm in Pennsylvania zu gehen –“

„Und dann?“ Ihre Hände ins Spülwasser getaucht, wartete sie unbeweglich.

Er küßte sie zärtlich. „Ich denke, du würdest dich gut machen.“

Er trat einen Schritt zurück. Noch immer bewegte sie sich nicht. Die Augen geschlossen, stand sie da und träumte von all den Dingen, von denen er ihr während der Nacht erzählt hatte. „Wenn wir jetzt doch nur dort sein könnten“, flüsterte sie schließlich. Und als sie ihre Augen öffnete, standen sie voller Tränen.

Murphy lachte leise. „Nun, *du* willst für die BBC spielen“, sagte er.

Sofort war der Friede dieses Augenblicks zerbrochen.

Elisa gab keine Antwort. Sie wagte es nicht, etwas zu erwidern. Mechanisch wandte sie sich wieder ihrer Aufgabe zu.

„Oder wolltest du nicht?“, fragte Murphy, diesmal ein wenig härter. Daß sie nicht antwortete, verwirrte ihn irgendwie. „Es wäre tatsächlich möglich: Wir könnten nach Pennsylvania gehen, und –“

Ihre Augen blitzten ihn verärgert an. Sie warf einen Teller in seine Hände. „Bist du hergekommen, mit mir zu streiten? Wenn du wüßtest –“ Sie unterbrach sich. Weiter so, und sie würde auf seine Herausforderung mit der Wahrheit antworten. Das aber durfte sie nicht.

„Und ich kann dir dasselbe sagen: Wenn du wüßtest, was ich durchgemacht habe, als du hier warst und ich dort. Die Nächte ohne dich. Und der kleine Karl! Der arme Junge mußte sich die ganze Zeit mit mir zufrieden geben. Was weiß ich über Kinder? Wenn es nicht für Babbie Rosenfelt gewesen wäre –“

Elisa weinte. Betrübt, daß Murphy nichts wußte, und verärgert über sich selbst, weil sie es ihm nicht sagen durfte! „Was willst du von mir, Murphy? Was? Wir sind jetzt weniger als zwölf Stunden zusammen und streiten!“ Damit stürmte sie aus dem Haus. Murphy sah ihr von der Tür aus unglücklich nach.

Er schlug seinen Kopf gegen einen Balken. „Recht so, Murphy. Wirklich nett. Wirklich schön. Du bist ein blöder Kerl, Murphy“, schalt er sich und sank in einen Schaukelstuhl neben dem verglimmenden Herdfeuer.

* * *

Was im Frühling eine brausende Quelle gewesen sein mußte, war jetzt nur ein Rinnsal. Elisa setzte sich auf einen Stein neben einem kleinen Teich, an dessen Uferbänken Frösche auf Regen hofften. Das Gewicht der ganzen Welt jenseits des New Forest lastete auf ihr.

Wenn Murphy nur wüßte. Sie war gezwungen worden, das Schiff zu verpassen, war schikaniert worden, herumgestoßen, beschwatzt und beschwichtigt. Wenn Murphy nur wüßte. Ihr war sogar beigebracht worden, wie man mit einer Waffe umgeht. Was würde er sagen, wenn er das alles wüßte? Wenn er herausfinden würde, daß sie nach Paris gegangen war und sich mit Thomas getroffen hatte?

Aber natürlich durfte es Murphy nicht wissen. Noch nicht. Und wenn die Gestapo sie finden würde, würde er die ganze Wahrheit vielleicht nie erfahren. Jetzt, solange ihre Familie nicht sicher aus der Gefahrenzone war, wagte sie es nicht, ihm alles zu sagen. Tedrick würde die Pässe bringen. Die Tschechoslowakei würde sich behaupten oder untergehen, und dann könnte sie es ihm erzählen. *Tedrick,* dachte sie, *ist sehr höflich bei seiner Erpressung. Er nahm meine Familie einfach dadurch als Geiseln, daß er mir drohte, sie würden nicht wegkommen. Er hielt ihnen keine Waffe an den Kopf wie die Nazis. Seine Art war zivilisierter, eleganter. Er nutzte seine Macht schamlos aus, aber es klebt ihm kein Blut an den Händen. Jedenfalls nicht direkt.*

Ihr einziger Trost war die Hoffnung, sie könne wirklich Hilfe leisten. Bestimmt war Thomas froh gewesen, sie zu sehen, begierig, ihr alles zu erzählen.

Wenn sie sich nicht in Murphy verliebt hätte, wäre alles klar und einfach. Aber sie liebte ihn – *ein Fleisch;* und sie war doch nicht in der Lage, ihm alles zu sagen, ein kaltes, scharfes Messer stand zwischen ihnen.

Elisa blickte hoch zu den raschelnden Blättern. „Sagt mir, was ich tun soll“, betete sie. Aber sie erhielt keine Antwort. Keine Antwort. Das Messer schmerzte, als sie zurück zur Hütte ging.

Murphy hatte den Abwasch beendet. Er schaute auf, als ihr Schatten vor seinem Stuhl vorbeistrich. Lange sagte keiner von beiden etwas.

Sie ging auf ihn zu, setzte sich auf den Boden und legte den Kopf an sein Knie. Er berührte ihn zärtlich.

„Vergibst du mir?", flüsterte er. „Du mußt deine Gründe haben."

Ich danke dir, Gott, daß er nicht gefragt hat. „Vergib mir, Murphy."

„Schwamm drüber, hm?" Er zog sie hoch, bis sie auf seinem Schoß saß wie ein kleines Mädchen. „Uns bleiben noch zwei Tage in Schneewittchens Hütte." Sie schaute verwundert, und er lachte. „Ich vergaß: Du hast den Film nicht gesehen. Es ist in New York der Renner. Ich wollte ihn mit Karl ansehen, und –"

Murphy redete, als wäre nie ein böses Wort gefallen. Er erzählte alles, was in New York geschehen war: von dem Wunder am Times Square bis zur Ankunft der *Darien* und dem Tod des kleinen Mädchens. Und dann sprach er von seiner Hoffnung für diese Menschen und der Bedeutung der Konferenz von Evian nächste Woche.

Der Damm seines Schweigens war gebrochen, und er bemerkte kaum, daß Elisa nichts zu berichten hatte – nicht über Konzerte oder Einkaufsbummel. Sie hörte ihm schweigend zu und wünschte, sie könne ein Teil von allem sein.

Später gingen sie Hand in Hand zurück zu dem ausgetrockneten Teich, wo die brausende Quelle gewesen war. Sie liebten sich auf einer Decke unter den Bäumen, und er flüsterte ihr das Lied der Lieder ins Ohr: „Das ist meine Geliebte, das ist mein Freund . . ."

Wenn du nur wüßtest, dachte sie. *Oh, Liebling, wenn du es nur wissen dürftest!*

34. Vereinte Stimmen

Die Sonne knallte auf ihre Köpfe herunter. Männer und Frauen hatten sich aufgereiht, um für das *Darien*-Sinfonieorchester zu proben, Beethovens Sinfonie Nr. 5, c-moll, op. 67. Um sie zu spielen, war ein vollständiges Orchester erforderlich. Gut, nur der zweite Satz sollte zur Aufführung kommen.

Die mit der stimmlichen Qualität von Streichern Begabten wurden in Gruppen von Erster und Zweiter Violine, Bratsche, Cello und Kontrabaß aufgeteilt; Blech- und Holzbläser ebenso. Danach verbrachte Shimon täglich mit jeder Gruppe einzeln eine Stunde am Bug, um ihre Stimmen einzuüben.

„Woher weiß er das alles?“, fragte Aarons junger Begleiter, jetzt ein *Cello*.

„Er spielte die Kesselpauke“, erklärte die *Oboe* Aaron gewichtig. „Er hat jede Stimme gelernt, während er auf seinen Einsatz wartete.“

So groß war das Interesse an den Proben, daß Shimon das Orchester verdoppelte. Am Ende hatte er fünfundsiebzig Celli, fünfundneunzig Erste und Zweite Geigen, und so weiter. Die besseren Musiker wurden zu Co-Dirigenten und Repetitoren, welche die Passagen und den Klang jedes Vokalinstruments einzuüben halfen. Morgens, mittags und abends konnten man die zweihundertvierzehn Mitglieder des *Darien*-Sinfonieorchesters ihre Stimmen summen hören. Während sie arbeiteten, in der Essensschlange standen, Geschirr abwuschen oder Latrinen leerten. Nichts schien zusammenzupassen. Jede Stimme tönte anders. Jedes Instrument hatte einen anderen Klang. Jeder Musiker summte seine Stimme mit einer anderen Färbung.

„Oi!“, bemerkte der Rabbi, der aus dem Orchester ausgeschlossen wurde, weil er ja Rabbi war und demnach die Beschneidung durchführen sollte. „Falls dieser Lärm auch nur einen Augenblick lang *klingt*, dann werde ich das vor der versammelten Mannschaft für ein Wunder erklären!“

„Sie werden es erleben, Rabbi“, lautete die Antwort. „Sie werden es erleben.“

* * *

Am vierten Tage begann Maestro Shimon Feldstein am Bug die Proben mit einzelnen Musikergruppen. Alle Saiteninstrumente kamen aufgeregt zusammen. Violinisten ohne Violine. Cellisten ohne Celli. Kontrabassisten mit leeren Händen, aber mit geübten Stimmen und allen Noten im Kopf.

Sie setzten sich, wie es ein ordentliches Orchester getan hätte. „Die Celli und Kontrabässe hier zu meiner Rechten. Ja, genau so! Fredrik, du bist mein Erster Cellist. Ja, wie meine Frau in Wien es war. Bratschen und Zweite Violinen hier vor mir. Erste Geigen links – welch große, große Saitengruppe. Seid ihr bereit?" Shimons Hände waren schweißfeucht. Er neigte einen Moment seinen Kopf und suchte nach dem Ton. Dann hob er den Arm, und alle Stimmen fanden ihren. Und dann begann er. „Celli -ah, ja, ihr Celli! Weich, *schön.* Jetzt die Violinen – ja, ja! Könnt ihr's hören?" Die Melodie erhob sich mit ihrem Kontrapunkt in den Himmel, wie Beethoven es sich erdacht, wie Gott es ihm in der Nacht offenbart haben mußte. Es war nicht der Klang von hundertundfünfzig Saiteninstrumenten, sondern ein Chor, der für die jungen Gojims im Stephansdom zum Rivalen wurde. *„Baut* die Musik; denkt an unseren kleinen Prinzen Israel –"

Abends hatten sich die Hörner und Holzbläser vereint. Niemand schien aufhören zu wollen, als die Abendglocke zum Essen läutete. Es war wunderbar!

* * *

Das Zeichen aus dem Deutschen Kriegsministerium war deutlich. General Beck wurde von Hitler informiert, das Heer sei ein Instrument des Staates und Hitler sei der Kopf des Staates. Deshalb schuldeten ihm alle Streitkräfte unbedingten Gehorsam. Daraufhin zog sich Beck nach München zurück und setzte seine Unterschrift unter sein Rücktrittsgesuch.

Ob die Köpfe der britischen und französischen Regierung auf diese Nachricht hin aktiv wurden, war nicht zu erkennen. Diese Unterschrift von einem deutschen Mann von Ehre und Integrität bestätigte die schlimmsten Befürchtungen jener, die von der durch Elisa überbrachten Botschaft aufgeklärt worden waren.

Einen Tag später kündigten England und Frankreich an, sie ständen zu ihrer Verpflichtung, die Tschechoslowakei zu verteidigen, falls sie angegriffen würde. Der Führer antwortete, indem er Beck durch General Halder ersetzte und seinen Zorn gegen die Tschechen steigerte. Er war überzeugt, Chamberlain und Daladier würden keinen Krieg wagen.

* * *

Es war nach ein Uhr mittags, als die letzten der Verschwörer das Haus von Canaris verließen. Thomas würde noch letzte Anweisungen vor seiner Rückkehr erhalten.

Wie ein werdender Vater vor dem Kreißsaal, ging Canaris in seinem Büro auf und ab. Und in der Tat: Der vor vielen Wochen geplante Anschlag auf Hitler sollte das Licht der Welt erblicken.

„Die Divisionen stehen bereit, Thomas. Es sind die militärischen Pläne Hitlers gegen die Tschechen, die ihn dahin gebracht haben, wo wir ihn haben wollen. Der von ihm festgelegte Tag des Ultimatums wird der letzte sein, an dem er an der Macht ist." Canaris streckte triumphierend eine geballte Faust hoch. Er fuhr mit dem Kopf herum zu der Stadtkarte Berlins und ihrer Umgebung. Mit einem Fingerschnippen zeigte er auf ein Gebiet im Süden Berlins: Dorthin hatte der Führer die Dritte Panzerdivision unter General Erich Hoepner gelegt.

„Sie wird nicht weiter als eine Nachtfahrt von hier entfernt sein!" rief Thomas aus. Auch ihn hatte Canaris' Begeisterung gepackt.

„Richtig." Canaris blickte mit glühenden Augen auf die Karte. „Hoepner wird mit der Dritten Panzerdivision Berlin besetzen, während weite Heeresteile an der Grenze der Tschechoslowakei beschäftigt sind."

„Nur eine Division. Ist das ausreichend?"

„General von Witzleben hat sich mit uns verbündet. Mit seiner Division zusätzlich –" Er rieb sich die Hände. „Graf Helldorf hat peinlich genaue Vorbereitungen getroffen, Hitler, Göring, Goebbels und Himmler hier in Berlin zu verhaften. Auf ein Zeichen hin wird Witzleben mit seinen Berliner Garnisonstruppen die Reichskanzlei stürmen. Panzer und Artillerie werden in Position gebracht, um das Propagandaministerium und die SS-Einheiten der Reichskanzlei in Schach zu halten, bis von Brockdorff und die Potsdamer Garnisonstruppen eintreffen. Wir übernehmen das Propagandaministerium und haben damit auf einen Schlag die Macht über die Nation in der Hand. General Halder wird dann über den Rundfunk eine Erklärung verlesen, die wir vorbereitet haben und in der die Gefahr benannt wird, in die uns Hitler gebracht hat. Die Bevölkerung hat großen Respekt vor unseren Militärführern." Sein Gesicht verdüsterte sich. „Ich wünschte nur, General Beck könnte jetzt bei uns sein. Das Papier wird Hitler vorher übergeben, und niemand kann uns des Verrats bezichtigen."

Thomas lächelte zweifelnd. „Solange wir den Sieg davontragen, werden wir keine Verräter sein, meinen Sie."

„Stimmt." Canaris rieb sich nachdenklich am Kinn. „Wir werden dem deutschen Volk die Wahrheit sagen, Fakten auf den Tisch legen. Adolf Hitler ist dabei, das zu zerstören, was geschaffen wurde. Das Volk wird begreifen, wie er es hintergangen hat. Letztlich würde ein Krieg in Europa uns vernichten. Sie müssen zuhören ..."

In Gedanken ging Thomas die beeindruckende Liste von Militärführern durch, die an dem Putsch beteiligt waren. Canaris hatte recht. Das Volk würde zustimmen, wenn die Tat zu Ende gebracht und zerstörerische Pläne Hitlers ans Licht gebracht sind. Die Truppen der SS könnten sich gegen den Putsch stellen, aber ihre Zahl ist im Vergleich mit dem stehenden Heer gering. Und ohne Himmler hätten sie nicht die teuflisch lenkende Hand.

„Und nun" – Canaris gab Thomas einen Klaps auf den Rücken – „wie ist die Stimmung in England?"

„Schanzarbeiten im Hyde Park, und Gasmasken sollen ausgeteilt werden."

„Gut. Sie erwarten Krieg. Und von Premierminister Chamberlain erwarten sie, daß er an seinen Verpflichtungen gegenüber den Tschechen festhält. Das wird Hitler zu Ohren kommen; dafür sorge ich. Falls er dann einen Rückzieher macht – wird uns das eine Menge Ärger und Blutvergießen ersparen."

Canaris setzte sich in den riesigen Lederschreibtischstuhl, in dem er wie ein Zwerg wirkte. „Sie müssen Ihrer Kontaktperson Nachricht bringen. Erzählen Sie ihr nicht alles, was hier vor sich geht. Keine Namen. Und natürlich keine Einzelheiten. Falls die Gestapo sie verhaften sollte, könnten ihr solche Informationen leicht entlockt werden. Dann wäre alles verloren." Er schlug mit der Hand auf die Schreibunterlage. „Erwähnen Sie den Putsch nicht."

„Was kann ich ihr sagen, das sie den britischen Führern anbieten könnte? Was können wir ihnen geben, das ihre Entschlußfreudigkeit stärken würde, uns aber nicht in Gefahr bringt?"

Canaris kaute auf seiner Lippe herum, wandte sich um und schaute aus dem Fenster in das diesige Herbstlicht. „Nur dies: Das deutsche Militär steht einer weiteren Aggression gegen die Tschechen oder einem anderen Land entschieden abgeneigt gegenüber. Sie muß ihnen sagen, daß die Worte des Führers der reine Schwindel sind."

„Aber sie sind kein Schwindel!", protestierte Thomas. Er war sich sicher, daß Hitler tatsächlich die Absicht hat, in die Tschechoslowakei einzumarschieren.

„Der Mann ist verrückt! Bei dem Zustand unserer Streitkräfte würden wir keine drei Monate durchhalten, wenn die Briten und die Franzosen sich mit den tschechischen Divisionen vereinigen. Selbst die Tschechen allein könnten es monatelang mit uns aufnehmen. Der Schwindel, Thomas, besteht darin, daß wir nicht so unsichtbar sind, wie Hitler behauptet!" Canaris schlug erneut mit der Faust auf den Schreibtisch. „Begreifen Sie das nicht? Er hat die Welt hinters Licht geführt, wie er das deutsche Volk hinters Licht geführt hat. Wir sind keine Herrenrasse, Thomas. Wir sind Menschen! Und als solche werden wir bluten und sterben. Lassen Sie uns der Welt viel Jammer ersparen und die Lüge an den Tag bringen. Also: Sagen Sie Ihrer Kontaktperson, Hitler schwindelt. Sagen Sie ihr, daß auch die Briten schwindeln müssen – oder wir werden dieses Spiel alle verlieren." Er runzelte die Stirn. „Sie haben den Inhalt des Papiers im Kopf, das wir dem Führer vorlegen wollen?"

„Ja." Thomas ging den Inhalt durch, der von der mangelnden Vorbereitung der Deutschen Armee sprach, einen Krieg beginnen zu können.

„Gut. Dann lassen Sie ihr diese Information ebenfalls zukommen, um sie dem Britischen Geheimdienst und dann dem Premierminister zur Kenntnis zu geben. Wenn das Chamberlain nicht stärkt, wüßte ich nicht, was es sonst schaffen könnte."

* * *

Im moderig riechenden Aktenraum des Berliner Gestapo-Hauptquartiers saß Georg Wand über den Bericht gebeugt wie ein Student, der für eine Prüfung lernt.

Er hatte eine Reihe von Informationen, die er mit Leichtigkeit aus der britischen Agentin Shelby Pence herausgepreßt hatte. Sie war eine willige und begierige Informantin gewesen. Allerdings enthielten ihre

Ausführungen nicht viel, was er nicht schon gewußt hätte. Jeder Fakt über Elisa Linder war bereits von Quellen in Wien zusammengetragen worden. Ihre Freundschaft mit Leah Feldstein, der Zionistin. Ihre Verbindung mit Rudy Dorbransky. Ihre Mithilfe beim Verstecken der Kronenberger–Zwillinge sowie der Umstand, daß sie es geschafft hatten, aus dem Reich zu fliehen. Nichts davon schien von Wichtigkeit. Nur ein kleiner Punkt hatte Wand überrascht: „Lindheims Warenhaus. Elisa Lindheim. Tochter von Theo Lindheim, des jüdischen Christen Theo Lindheim!"

Wie kam es, fragte sich Wand, daß diese Verbindung vorher noch nicht gezogen worden war? Es war also kein Wunder, daß Elisa Linder aktiv Juden half! Sie selbst war Jüdin – keine Pragerin, wie sie behauptete, sondern im Grunde deutsche Bürgerin. Diese Information ließ seinen Einsatz in London der Mühe wert erscheinen. Sonst gab es nichts Gehaltvolles, das Shelby Pence preisgegeben hätte. Aber das hier war es, was er brauchte.

Dieser Fetzen Information führte Wand zu einer anderen Akte. Elisa Lindheim hatte einen jungen Wehrmachtsoffizier geliebt. Die Gestapo hatte nach ihm geforscht. Er war nun bei der Abwehr im Stab von Admiral Canaris und in Paris stationiert. *In Paris!*

Wand lächelte über die Gründlichkeit der Nachforschungen über Thomas von Kleistmann. Falls der junge Offizier ein Anti-Nazi war, hatte er jedenfalls sorgfältig seine Spuren verwischt; aber seine Liebesaffäre mit dieser Jüdin war in allen Einzelheiten dokumentiert. Waren sie noch immer ein Liebespaar? Ein bestrickender Gedanke. Das frühere Verhältnis mit dieser Frau warf auf Thomas von Kleistmannn zumindest ein neues Licht.

Wand verschloß den Aktenraum und schaute auf seine Uhr. Paris lag nur wenige Stunden entfernt.

* * *

An diesem letzten Morgen in New Forest lag Elisa neben dem schlafenden Murphy. Wieder tastete sie seinen Körper mit den Augen ab, wie sie es an ihrem ersten gemeinsamen Morgen in Prag getan hatte. *Wird dies unser letzter gemeinsamer Morgen sein?* fragte sie sich.

Eine schlimme Vorahnung hatte sie in den Stunden vor der Dämmerung erfüllt, in denen das ferne Kläffen der Jagdhunde das friedliche

Singen der Wälder durchbrach. Die Jagd, war sie wirklich so harmlos und unblutig, wie ihr Tedrick gesagt hatte? Sie hatte zuviel erlebt, als das von ganzem Herzen glauben zu können. Vielleicht glaubte der Brite, Hitlers Jagdhunde hätten keine Zähne; aber Elisa wußte es besser. Sie wußte und Thomas auch: Ihre Aufgabe stellte sie wie auf den Kamm einer Welle, die gegen Steinmauern schlug.

Als das Licht in den Raum drang, wollte Elisa Murphy bitten, sie mit nach Evian zu nehmen. Als er aber erwacht war und sie sich noch einmal geliebt hatten, unterließ sie es. Sie konnte ihn nicht fragen.

Tedrick hatte seinen Teil des Handels erfüllt. Sie und Murphy waren diese drei Tage allein zusammengewesen. Nun mußte auch Elisa ihre Abmachungen einhalten.

Seltsamerweise bat Murphy sie nicht, mit ihm zu gehen. Es war, als würde ihm diese Möglichkeit gar nicht erst in den Kopf kommen. Einige Male hatte er angedeutet, daß ihm dieser Tedrick nicht gefalle, er jedoch recht viel von seinem Beruf verstehe. „Bei ihm bist du in Sicherheit", sagte Murphy oft. Und Elisa fragte sich im stillen, was er tun würde, wenn er die Wahrheit wüßte. *Der Handel* hielt sie davon ab, mehr zu sagen. *Der Handel* bedeutete britische Pässe für Murphy von Tedrick, sobald dieser mit dem Wagen ankommen würde.

* * *

„Da haben wir sie. Wie versprochen, Mr. Murphy, Sie werden sie besser so bald wie möglich nach Prag zur Familie Linder bringen."

„Warum so bald?" Murphy hielt inne. Es lag etwas Düsteres, Dunkles in Tedricks Worten.

Besorgt räusperte sich Tedrick. „Sieht so aus, als gäbe es Krieg. Lord Runcimans Vermittlungsversuche sind gescheitert. Hitler hat ein Ultimatum gestellt. Premierminister Chamberlain ist nach Deutschland geflogen, um sich mit Hitler privat in Berchtesgaden zu treffen."

„Chamberlain? Nach Berchtesgaden? Das sieht sehr nach der Art aus, wie Hitler Österreich geschnappt hat, wenn Sie mich fragen. Erst stellt der Führer ein Ultimatum, dann beruft er eine Konferenz ein."

Die Neuigkeit erstaunte Elisa. *General Beck muß seine Demission genommen haben,* dachte sie. Sie konnte darüber nicht mit Murphy sprechen – also spielte sie ihre Rolle der betroffenen, aber uninformierten Musikerin.

Mit einem Kloß im Hals ging sie zum letzten Mal mit Murphy in die Hütte. Sie vermochte nicht zu sprechen, als er sie zum Abschied küßte.

Der Motor des Rolls Royce brummte ungeduldig. Tedrick zog den Kopf unter der niedrigen Tür ein. „Wir halten Elisa versteckt, Mr. Murphy. Wäre es Ihnen lieb, wenn sie Sie in Ihrem Hotel in Evian anrufen würde?"

„Gut. Ich werde im Royale sein." Ein schneller Kuß, ein bleibender Blick, und Murphy war zur Tür hinaus.

* * *

Ein interessanter Mann, dieser Tedrick. Er saß noch keine fünf Minuten mit Murphy im Wagen, als er auch schon ankündigte, daß er sich infolge der außergewöhnlichen Umstände und der politischen Entwicklungen in Prag die Freiheit genommen habe, Murphys Reisepläne umzuwerfen.

„Dampfschiffe sind doch grausig langsame Dinger! Ich habe Ihnen ein Flugticket nach Prag besorgt. Sie können die Papiere bei Elisas Familie abgeben und drei Stunden später ein anderes Flugzeug nach Genf nehmen. Von dort fährt ein Dampfer nach Evian."

Vielleicht war dieser mürrische Mann am Ende doch kein so übler Kerl. Ja, wirklich, er verstand etwas von seinem Geschäft! Dieser Gedanke ließ Murphy die Stirn runzeln. Eine Frage kam ihm in den Sinn.

„Sie haben keinen Scherz getrieben, als Sie sagten, die Linders brauchten ihre Pässe so schnell wie möglich, oder?"

Tedrick richtete einen stählernen Blick auf Murphy. „Nein, Mr. Murphy. Die Ereignisse in der Tschechoslowakei sind in keiner Weise so, daß man über sie scherzen kann. Nicht, daß ich Fachmann wäre, aber –" Er griff nach der Zeitung neben sich und zeigte auf eine Photographie einer langen Reihe von Menschen, die darauf warteten, Anweisungen zum Gebrauch von Gasmasken zu erhalten. „In Prag würde Hitler selbstverständlich nicht zögern, gegen die Bevölkerung Gas einzusetzen, wenn es zum Krieg kommt. Für ihn sind die Tschechen kaum besser als die Juden. Und natürlich wissen Sie, was er von Juden hält."

* * *

Von Heathrow aus schickte Murphy Karl wegen Ludwig ein Telegramm, dann eines zum Hradschin nach Prag. Der Gedanke an ein Interview mit dem Präsidenten Benes war zu gut, als daß er ihn in den Wind schlagen konnte. Nach seiner Zwischenlandung, um Theo und Anna die Pässe zu geben. wäre Zeit für ein Stündchen mit dem Präsidenten, überlegte Murphy. Der gedrungene Mann schuldete ihm noch einen kleinen Gefallen.

* * *

Auf dem Flugplatz außerhalb Prags herrschte Betrieb wie in einem Bienenstock. Moderne Kampfflugzeuge waren entlang des Rollfelds aufgereiht und mit Tarnnetzen bedeckt. Murphy stieg aus dem Passagierflugzeug und strengte seine Augen an, ob nicht vielleicht Theo unter den Männern sei, die bei einer Nissenhütte zusammenstanden.

Er seufzte laut und atmete die frische Luft ein. Es war ein seltsames Gefühl, ohne Elisa zurückzukommen. Fast erwartete er, sie und Karl zu sehen, obwohl er Elisa gerade erst in London verlassen hatte. Er zwang sich in die Wirklichkeit zurück und bemerkte die um die Häuser herum aufgebauten Befestigungen. Die Waffenlager. Die Suchlichter. Die Flakgeschütze am Ende des Flugplatzes.

Während die Briten und Franzosen über die Verteidigung der Tschechoslowakei nur sprachen, hatte Präsident Benes diesbezüglich etwas getan. Diese Befestigungen waren erschreckend und tröstlich zugleich. Worauf Hitler versessen war, würde nicht einfach gestohlen werden können, dachte Murphy. Er winkte ein grünes Taxi herbei und nannte dem Fahrer die Adresse des Hauses der Linders auf der Mala Strana.

Auf Murphys Klopfen antwortete niemand; er machte die Tür auf und trat ein. Er erkannte das kleine Haus kaum wieder. Überall Menschen. Das Musikzimmer, in dem er und Elisa so viele glückliche Stunden mit Theo und Anna verbracht hatten, war jetzt mit Matratzen übersät. Eine junge Mutter saß da und stillte ihr Baby, während drei andere Kinder neben ihr spielten. Der stattliche Flügel war in die Ecke geschoben und mit einem Bettuch bedeckt worden.

Zwei Männer entschuldigten sich und gingen schnell an Murphy vorbei in die Diele. Er blieb eine Weile stehen und blickte in das Zimmer, das Elisas und seines gewesen war. Eine alte Frau saß im Stuhl vor dem Fenster. Ein alter Mann saß auf der Bettkante und las in einer tschechischen Zeitung die neuesten Berichte. Ein junges Pärchen spielte am Ende des Bettes Karten, und zwei Kinder im Krabbelalter krochen vor und zurück – was wohl ein Spiel sein sollte.

Die alte Frau schaute auf. „Suchen Sie jemand?", fragte sie.

Murphy nickte. Er fürchtete auf einmal, daß Theo und Anna etwas zugestoßen sei. „Ja. Die Familie Linder."

„Linder? Linder? Ein deutscher Name. Hier in diesem Haus leben fast nur Tschechen."

„Anna und Theo Linder *gehört* dieses Haus!", rief Murphy aus.

„Ah, ja, Anna! Sie meinen, Sie suchen *Frau Anna!*" Die Alte lachte. Niemand im Zimmer schaute auch nur auf. Es war, als wäre Murphy gar nicht da. „Alle wollen sie immer zu Frau Anna!"

„Ich bin ihr Schwiegersohn. Ich habe sehr wenig Zeit für hier; dann muß ich mein Flugzeug erwischen."

„Nun, wenn das so ist, dann segne Sie Gott. Anna ist unten im Keller mit Betti und zählt Mehlsäcke und Linsentüten."

Der Keller. Murphy konnte sich nur vage daran erinnern, daß das kleine Haus einen Keller hatte. Er eilte den Gang entlang und durch die Küche, in der eine Handvoll Bäuerinnen dabei waren, in großen Kesseln Suppe zu kochen.

„Halt! Halt! Wer sind Sie? Sie dürfen nicht in den Keller! Ist er von der Regierung? He, Sie, kommen Sie zurück!"

Der Keller. Murphy hatte richtig geraten. Er warf die Tür auf und eilte die Steintreppen hinab in den kühlen, erdwürzig riechenden Raum. Anna stand mit einer Schreibtafel in der Hand unter einer blanken Glühbirne. Ihr Haar war nach hinten gestrichen unter einem Kopftuch wie bei den Frauen, die von der Küche aus hinter ihm herriefen. Ihr Gesicht wirkte sehr nachdenklich.

„Mindestens noch eine Tonne Linsen", sagte sie zu der vollschlanken breitgesichtigen Frau, die in der Ecke die Säcke prüfte.

Murphy wartete höflich am Fuß der Treppe. Noch einmal ging Anna ihre Liste durch. Sie mußte seine Anwesenheit gefühlt haben, denn sie blickte auf, dann wieder zurück auf das Blatt; dann weiteten sich ihre Augen, sie ließ die Schreibtafel fallen und wirbelte herum. „John! Oh, John, du bist hier? Gott *ist* gut!"

Sie lachten beide. „Anna, Anna!“ Murphy umarmte sie erleichtert. „Ich dachte schon, ihr wärt außer Landes geflohen!“

„Ist Elisa bei dir?“ Ihre Augen strahlten vor Freude.

„In London.“

„Gott sei Dank. Ich würde sie jetzt nicht hier haben wollen. Du siehst ja –“

Sie gingen Arm in Arm die Treppe hinauf. Dann führte sie ihn durch eine Gruppe Fremder, blieb stehen und machte ihn mit allen bekannt. Schließlich geleitete sie ihn die steile Treppe zur Dachkammer hinauf, wohin sie einige persönliche Dinge gebracht hatte, um sich selbst ein Plätzchen zu schaffen.

* * *

Die britischen Pässe lagen auf dem durchgelegenen Bett. Abwesend fuhr Anna das eingepreßte Wappen mit ihrem Finger nach. „Wir hatten bereits aufgegeben, weißt du“, sagte Anna müde. „Vor Wochen wurden wir von der Ablehnung unserer Visa durch das amerikanische Konsulat benachrichtigt.“

„Vor Wochen?“ Wie war das möglich? Murphy hatte für sie gebürgt, war aber nicht benachrichtigt worden.

„Und dann habe ich Elisas Brief bekommen, in dem stand, alles werde gut. Sie habe in London Verbindungen, die sich um die Pässe kümmern würden – und hier sind sie nun. Gott ist gut zu uns!“ Aber es war ein Zögern in ihren Worten. „Es ist nur ... es gibt so vieles andere jetzt ... jeden Tag mehr. Die meisten Männer arbeiten an der Front, wenn sie dazu in der Lage sind. Aber du kannst erkennen, was hier in Prag geschehen ist. Wir erwarten das Schlimmste. Bereiten uns auf das Schlimmste vor und leben von einem Tag zum anderen.“

„Theo und eure Söhne?“, fragte Murphy, der fühlte, daß es eine heikle Sache sei, die Flugtickets sofort zu kaufen. „Du kannst in London mit Elisa zusammenkommen.“

Anna schüttelte langsam den Kopf. Abwesend schlug sie zuerst bei dem einen und dann bei dem anderen Paß den Umschlag auf. „Sie befinden sich auf einem Flugplatz in der Nähe von Eger. Sie werden nicht kommen, John. Nicht, solange die letzte Befestigungsanlage der Tschechoslowakei noch standhält. Theo ist dazu verpflichtet. Er glaubt, daß die Nationalsozialisten dort aufgehalten werden müssen, sonst –“

„Richtig." Murphy hatte keine weiteren Erklärungen nötig. „Theo und Churchill würden gut zueinander passen."

„Aber zumindest haben wir diese da", und sie zeigte auf die Pässe. „Nur für den Fall der Fälle."

„Anna, du kannst gehen. Du mußt! Komm mit mir nach Evian, und danach gehen wir zusammen nach London. Elisa braucht dich."

Sie lächelte ein trauriges, weises Lächeln. „Elisa braucht mich nicht. Sie ist in Sicherheit. Sie hat dich, John. Mein Mann braucht mich hier, wenn er heimkommt. Und meine Söhne, Wilhelm und Dieter. Und dann sind da all die anderen. Es gibt hier so viel zu tun. Und ich muß bleiben, um es zu tun." Sie nahm seine Hand. „Sag Elisa, uns geht es gut. Sag ihr, ich bewahre die Pässe sicher auf und sofort griffbereit, falls wir fliehen müssen." Sie lachte über sich selbst, über ihre Dummheit, ein solches Angebot auszuschlagen. „Evian. Der französiche Kurort am Genfer See. Theo und ich fuhren an unserem fünfzehnten Hochzeitstag dorthin. Ach je, wie weit, weit weg ist diese Eleganz jetzt von der wirklichen Welt in Prag entfernt!"

Murphy hörte Stimmenlärm und roch die Düfte der Suppen. Ja, Evian schien tatsächlich sehr weit von der Realität entfernt. „Ich muß gehen. Bist du dir sicher?"

„Ganz sicher. Mein Platz ist hier." Ihr Blick war bei dem Gedanken an Elisa umwölkt. „Sag ihr, ich liebe sie, ja?" Sie stand auf und steckte die Pässe unter ihre Matratze. „Und sag ihr, wir werden bald wieder zusammensein. Sie soll sich nicht sorgen."

Anna begleitete Murphy von der Dachkammer hinunter, vorbei an den geschäftigen Frauen, die dabei waren, das Abendessen zuzubereiten. Er umarmte Anna auf der Eingangstreppe. Als er sich dann der Hausecke näherte, drehte er sich noch einmal um. Ein letzter Blick. Anna stand da, die Hände in den Hüften, scherzte und gab Anweisungen, da auf dem Gehweg lange Tische standen mit Essen.

* * *

Überall in Prag gab es Sandsäcke und Schanzanlagen. Sandsäcke, vor denen Kerzen brannten, umgaben die Statue des heiligen Nepomuk auf der Karlsbrücke. In der Altstadt waren die Fenster der Läden zugestellt oder vernagelt. Die Fenster von Hotels und Geschäftshäusern waren mit schwarzem Tuch verhangen.

Murphy erwischte eine Straßenbahn. Sie war voller Menschen, die Zeitung lasen und wütend Hitlers Ultimatum diskutierten. Sie wollten für ihre Freiheit kämpfen, wenn man sie dazu aufriefe!

Vor dem Hradschin sprang Murphy von der Straßenbahn und schüttelte über die Veränderungen, die Hitlers Drohungen bewirkt hatten, verwundert den Kopf. Wo einst die Lichter Tausender von Kerzen ihn und Elisa zum Schloß winkten, waren nun überall Sandsäcke und bewaffnete Wachposten. Jedes Fenster war sorgsam verdunkelt worden. Selbst das Fenster von Präsident Benes' Büro.

Als er auf den Eingang zustrebte, riefen ihn Soldaten an. „Ich bin John Murphy. Amerikanischer Journalist. Ich telegraphierte Präsident Benes meine Ankunft in Prag. Er erwartet mich."

Einer erinnerte sich an den Namen. Der Amerikaner, der dem Präsidenten das Leben gerettet hatte. Ein Offizier wurde gerufen, dann ein anderer. Schließlich tauchte das Gesicht des Obersts auf, der auch verwundet worden war.

Er lächelte nicht, obwohl er erfreut schien, Murphy zu sehen. Der Mann sah sichtlich gealtert aus und bei weitem nicht so fesch wie in seiner Gala-Uniform an jenem Abend auf dem Ball.

„Kommen Sie herein, kommen Sie herein." Er öffnete Murphy die bronzene Tür, als würde er ihn zum Kaffee einladen. Aber in der marmornen Eingangshalle eilten düster und besorgt blickende Menschen von einem Büro ins andere. „Präsident Benes erwähnte, daß Sie heute kommen würden", sagte er. „Der Terminkalender ist natürlich voll. Wir sind sozusagen in höchster Alarmstufe. Auf alles vorbeitet." Er ging schnellen Schritts auf die Hintertreppe zu, die zu den Privatbüros von Benes führte.

Auf dem ersten Absatz hielt ihn Murphy an. „Ich will nicht eintreten", sagte Murphy, indem er dem Offizier eine Hand auf den Arm legte. Er verwarf den Knüller seines Lebens. Es gab hier ein Gefühl der Schwere, die nicht erlaubte, den Gedanken an ein Interview ernst zu nehmen. „Das ist kein formeller Besuch." Murphy zog einen weißen Umschlag aus seiner Manteltasche. „Ich bin in erster Linie gekommen, um Präsident Benes – Ihnen allen –" Murphy hielt inne. Er fühlte, es hörte sich abgedroschen und töricht an. „Ich bete für Sie alle", sagte er schließlich. „Und ich bin gekommen, weil ich um einen Gefallen bitten will." Er händigte dem Offzier den Umschlag aus. „Werden Sie schauen, daß er das bekommt?"

Der Offizier schlug die Hacken zusammen und verbeugte sich knapp. „Mit Freuden." Daraufhin lächelte er. „Wir sind Belagerte, Mr.

Murphy – also kaum in der Position, einen Gefallen zu erweisen." Er lachte bitter. „Aber ich werde dem Präsidenten Ihren Brief ganz bestimmt geben."

„Ich finde den Weg hinaus schon! *Ein langes Leben!*" Murphy benutzte die Worte des tschechischen Abschiedsgrußes und hoffte, sie würden wahr.

35. Verschlossene Tore

Leah, mein Herz,
als ich Deinen Brief gelesen hatte, konnte ich nicht sprechen – vor Freude zu erfahren, daß Du und Ludwig in Sicherheit seid und nur eine Kanalbreite von mir entfernt. Wie gut ist doch unser Gott, und wie gnädig, daß er Euch das Leben rettete! Es gab nicht einen Tag, seit wir uns in diesem schrecklichen Augenblick in Wien trennten, an dem ich nicht tausendmal an Dich dachte. Und jetzt bist Du in Paris bei Sonia und Magda, die sich – ich weiß es – um Dich kümmern werden und dafür sorgen, daß Du versorgt und glücklich bist. Bald, so hoffe ich, werde ich dort mit Dir zusammentreffen. Ich muß noch einige Auftritte hinter mich bringen, aber bete für mich, daß ich bald damit fertig sein werde. Dann werde ich Dich zum Tee in den Eiffelturm mitnehmen, und Du kannst mir alles erzählen – und auch ich werde Dir alles erzählen. Worte und Briefe sind beschränkte kleine Dinge – steife und unbewegliche Belanglosigkeiten. Nicht wie mein Geigenbogen. Und so will ich, daß Du alles versuchst, die Neunzehn-Uhr-Sendung auf BBC am 17. zu erwischen. Ich werde Mozart spielen (wen sonst?), sein Violinkonzert Nr. 4 D-Dur, und mein Herz wird das Rondo nur für Dich mitsingen. Liebe Schwester, Du wirst meine Freude hören. Bis dahin denk an mich, und ich werde Dir ganz nahe sein.
Mit all meiner Liebe – Elisa.

Elisa legte sich auf das Bett ihres dunkel möblierten Hotelzimmers am linken Ufer der Seine. Im trüben Spiegel des Frisiertischs konnte sie sich sehen.

Kurzes Haar. Ernste Augen. *Ich sehe Jahre älter aus,* dachte sie. *Müde und ängstlich.*

Es war kaum zu glauben, daß sie vor weniger als achtzehn Stunden mit Murphy zusammen war; es schien alles so schnell gegangen zu sein. Sie waren nur drei Tage ohne Radio gewesen, dennoch waren die Nachrichten erschreckend. Hitler hatte den Abzug aller Tschechen aus dem Sudetenland gefordert. Sie sollten nichts mitnehmen – weder Möbel noch lebendes Inventar noch Waffen!

Natürlich wußte Elisa, daß auch schon vor Hitlers Ultimatum bereits mehrere Tausende aus den Gebieten nach Prag geflohen waren. Aber dieses *Diktat* vom Führer machte die Lage nur noch unheilvoller.

Elisa schaltete das Radio ein und drehte am Knopf, bis die Stimme der BBC in den Raum tönte. Sie wollte keine Nachrichten hören.

Tedrick hatte sie mit Informationen gefüllt, die so explosiv waren, daß nicht einmal die BBC von ihnen eine Ahnung hatte. Ihre Aufgabe war, sich mit Thomas zu treffen. Sie sollte herausfinden, ob Hitlers Ultimatum an die tschechischen Bürger des Sudetenlandes ein sicheres Anzeichen für einen bevorstehenden Einmarsch sei.

Bei der BBC stand heute abend die Übertragung eines Violinkonzerts mit einer bestimmten, jungen Geigerin namens Elisa Murphy-Linder auf dem Programm. Elisa lächelte, als sie namentlich angekündigt wurde. Von London hierher nach Paris – sie konnte sich selbst hören! Sie schaute zu dem nagelneuen Geigenkasten in der Zimmerecke, der ihre Guarneri beherbergte. Gleichzeitig fragte sie sich, wie sich Shelby beim Herumtragen des alten Kastens und der Zehn-Dollar-Fiedel mache, die er enthielt.

Da war das lauter werdende Geräusch von Applaus – von aufgenommenem natürlich. Es hatte keine Zuhörer gegeben, als Elisa das Konzert eingespielt hatte. Dann setzte die Musik ein, süß und schneidend. Die Töne trugen all ihre Sehnsüchte.

Sie fragte sich, ob Leah in diesem Augenblick zuhöre, nur wenige Kilometer von ihr entfernt in Paris. Wie gern sie sie wiedersehen wollte! Und Thomas – war es ihm möglich, in der deutschen Botschaft eine BBC-Übertragung zu hören? Oder war es verboten? Vielleicht würde sie ihn das morgen fragen, wenn sie sich im Bistro träfen. Wie würden sie sich dabei fühlen, einer Jüdin beim Spielen von Mozarts fröhlicher, glänzender Musik zuzuhören?

Sie fühlte sich heute abend weder glänzend noch war sie fröhlich. Sie wollte nur mit allem zu Ende kommen, bevor in ihr etwas für immer zerbräche. Und sie wollte mit Murphy auf einer Farm in Pennsylvania zusammensein, wo eines Tages ihre Söhne in den Wäldern zelten und von fernen Orten träumen würden.

* * *

Thomas war aufgebracht wegen des Erscheinens dieses äußerst schmierig aussehenden, kleinen Gestapo-Agenten in der Botschaft. Mit seinen Anspielungen auf die Rivalität zwischen Himmler und Admiral Canaris schien er tausend Wege gefunden zu haben, Thomas zu sticheln.

Thomas glaubte, Georg Wand sei nach Paris gekommen, um die

Auswirkung der Tschechenkrise auf die Franzosen zu verfolgen. Den wirklichen Grund kannte er nicht.

Es war nach dem Abendessen. Wie gewöhnlich begaben sich die Stabsmitglieder ins Foyer, wo meistens den Tiraden des Führers zugehört und diese diskutiert wurden. Aber heute abend tat Wand etwas Bemerkenswertes: Er schaltete das große Radio an und spielte an den Skalen und dem Lautstärkeregler herum, bis schließlich die klare Musik einer Violine mit Orchester den Raum erfüllte.

Er lächelte. Sein Goldzahn glänzte. „Ah, ja!", rief er begeistert und rieb sich die Hände. „Mozart! Violinkonzert D-Dur!"

„Ist das nicht die BBC?", fragte Herr Trodt, der dritte stellvertretende Sekretär.

„Ganz richtig, die BBC", antwortete Wand. „Aber die Violinistin ist eine von uns. Zumindest *war* sie das ... Eine Österreicherin, glaube ich. Oder vielleicht Tschechin. Oder vielleicht ist sie in Deutschland geboren. Es ist alles verwirrend. Ihr Name ist ... er ist mir entfallen ..." Er blickte Thomas direkt an. „Elisa, oder?"

Thomas schaute auf seine glänzend gewichste Stiefelspitze und setzte sich in seinem Stuhl bequem zurück. Er erwiderte Wands Blick nicht, aber er fühlte ein Prickeln im Nacken. Was wußte dieses Geschöpf? Wahrscheinlich nichts – nicht mehr, als was in den Gestapo-Akten stand. *Schweigen, Thomas!*

„Elisa!", fuhr Wand fort. „Ja, ich glaube, das ist ihr Vorname. Mit einem amerikanischen Journalisten verheiratet, John Murphy. Starker Anti-Nazi, fürchte ich. Uns sehr gefährlich." Er klatschte sich mit der Hand auf den dünnen Schenkel und setzte sich. „Aber trotzdem, die Musik ist hörenswert, finden Sie nicht?"

* * *

Der Himmel über dem Genfer See war heute so tiefblau und durchscheinend wie der See selbst. Murphy schaute aus dem Fenster des Passagierflugzeugs der Pan Am, vorbei an den herumwirbelnden Propellern bis dorthin, wo wie winzige Spielzeugschiffe Dampfer das Wasser teilten.

Gegen Norden wurden Hügel von den geometrischen Mustern von Weinbergen und Obstgärten durchschnitten, die bis ans Seeufer reichten. Im Süden erhoben sich die Savoyer Alpen, im Osten die Spitzen des Französischen Jura, die aber gegen den in der ferne schimmernden Gipfel des Montblanc klein erschienen.

Zwischen Berge und See eingeengt befand sich der Kurort Evian, ein Städtchen, bewohnt vor allem von wohlhabenden Franzosen, um seine berühmten Wasser zu trinken und die Schmerzen und Leiden des Alters hinwegzubaden. Die Hotels waren prunkvoll und teuer, und in dieser Woche würden sie voll besetzt sein. Er war überzeugt, daß dort mehr Reporter und Beobachter als Teilnehmer der Flüchtlingskonferenz sein würden. Für die, um die es ging, stand viel mehr auf dem Spiel als für die, welche ihre Suiten im Hotel Royale bezogen und die alarmierenden Berichte über die Tausende von Heimatlosen studierten, die nach einem sicheren Hafen suchten.

Sprachen sie über die *Darien?*, fragte sich Murphy. Oder waren diese wenigen hundert Menschen an Bord der *Darien* unter den Millionen *zu* wenige, um sich über sie Gedanken zu machen?

Weniger als achthundert Menschen. Die Flüchtlinge von der *Darien* machten nicht mehr als den zehntausendsten Teil derer aus, die jetzt in der Reichweite der Waffen Hitlers waren. *Kaum die Nadel im sprichwörtlichen Heuhaufen,* dachte Murphy, und diese Einsicht ließ ihn erschauern. Wieviele können gerettet werden? Jede Stunde, die verstrich, war es für manche schon zu spät. Wieviele Menschen jeden Tag wurden an den Rand getrieben – an den Rand ... *wovon?*

Murphy schüttelte den Kopf, unfähig zu glauben, daß die Drohungen Hitlers wörtlich genommen werden sollten. *Auslöschen? Eliminieren? Ausrotten?* Das waren Worte, die man für Ungeziefer gebrauchte, nicht für Menschen. Und es geschah dennoch. Selbst jetzt. Selbst während diese Versammlung weiser und humaner Repräsentanten der Nationen zusammentrat, um daneben die Mineralquellen und Thermalbäder von Evian zu genießen. Im Augenblick starben Menschen. Menschen warteten, hofften, beteten, es möge für sie und ihre Familien eine Rettung geben.

Das Flugzeug legte sich in die Kurve nach Südwesten, was Murphy einen klaren Blick auf Genf erlaubte, das am Ufer glitzerte, wo das flinke Wasser der Rhone aus dem See abfloß.

Murphy hatte Genf geliebt, als er als junger Reporter für Craine und den INS hergeschickt worden war, um über die Herbsttagung des Völkerbunds zu berichten. Damals war er noch sehr naiv gewesen. Er hatte geglaubt, diese Aufgabe sei sein großer Durchbruch. Während andere Reporter zugunsten von Besuchen im Casino Municipale oder Spaziergängen in den steilen Gassen der Altstadt am linken

Ufer der Rhone auf die Tagung verzichteten, blieb Murphy bei der Stange.

Am Ende hatte er einen wichtigen Sachverhalt gelernt: Das *Palais des Nations* war wie ein weiß getünchtes Grab voll mit Knochen von toten Menschen. Was als Pakt zwischen Nationen geschaffen worden war, den Weltfrieden zu erhalten, war zu einem Podium für banale Platitüden verkommen, mit denen überhaupt nichts erreicht wurde. Als Hitler, damals gerade Reichskanzler Deutschlands geworden, aus dem Völkerbund austrat, ging Murphy damit an die Öffentlichkeit. Dieses Ereignis war die einzige Sache, die während der Tagung jeden erregte. Die Journalisten, die während dieses folgenschweren Tags ihre Honorare am Roulettetisch verspielt hatten, zuckten mit den Schultern und sagten: *„Es lohnt nicht hier zu sein.“*

Für seine Leistung hatte Murphy eine Lohnerhöhung von fünf Dollar die Woche und einen Auftrag in Berlin bekommen. Der Völkerbund heuchelte und nahm keine Notiz davon, daß die Deutschen gegangen waren. Als dann Mussolini ging, weil die Japaner China angriffen, schaute der Völkerbund weg. Er gähnte, als Hitler ins Rheinland einmarschierte, als Hitler den Bürgerkrieg in Spanien zum Kochen brachte, als Hitler in Österreich einmarschierte. Es gab Tausende kleiner Schlachten, die von den klappernden Knochen in Genfs großem Grab ebenso ignoriert worden waren.

Als Antwort auf die Ermordung Tausender von Zivilisten durch die Japaner, als Antwort auf die Inhaftierung des Barons von Rothschild durch die Deutschen reagierte der Völkerbund: „Wie schrecklich! Was können wir nur tun? Am besten übersehen wir es!“

Der Aufschlag der Räder auf der Rollbahn riß Murphy aus seinen unerfreulichen Tagträumen. Jetzt befanden sich drüben im *Palais des Nations* zweifellos dieselben alten Knacker. Und genauso zweifellos waren sie alle tief beleidigt, daß die Konferenz von Evian einberufen worden war und man keinen von ihnen eingeladen hatte. Immerhin, sie konnten die Mineralquellen genießen.

Mit der Straßenbahn vom Cointrin-Flughafen bis zum Quai de Montblanc war es nur eine kurze Fahrt. Dann würde er den Expressdampfer am See entlang nach Evian nehmen. Er war begierig, ja richtig scharf darauf, dort hinzukommen. Diesmal würden die Nationen, wenn sie sich mit den Tagesordnungspunkten befaßten, nicht in den Abgrund der Apathie stürzen; dessen war er sicher. Etwas würde getan werden. Es *mußte* etwas getan werden, dachte Murphy, als er mit einer Schar anderer Reporter an Bord des Seedampfschiffs ging.

Als sie ihn grüßten und ihm der eine oder andere einen Klaps auf den Rücken gab, fragte er sich, ob auch sie so voller Hoffnung waren, wie er sie mit nach Evian nahm.

* * *

Thomas verließ in dem Viertel am linken Seineufer die Metro und war schon zwei Häuserblocks weit auf das Bistro zugegangen. Da bemerkte er, daß er verfolgt wurde.

Auf der anderen Seite der schmalen Gasse, den Hut tief ins Gesicht gezogen, Augen nach unten gerichtet. Ja, es war der Gestapo-Agent Georg Wand.

Thomas schaute auf seine Uhr. Er schluckte trocken und eilte auf einen um die Ecke gelegenen Konditorladen zu. Er kaufte eine kleine Schachtel Pralinen, verließ den Laden und eilte zur Seine und zur Rue de la Huchette zurück. Wand blieb nahe bei ihm, wobei er sich diskret durch die Mengen von Studenten auf den Bürgersteigen bewegte.

An der Ecke schaute Thomas zuerst zur Polizeiwache und dann zum Panier Fleuri, zum ‚Blütenkorb'. Er ging schnell auf das Bordell zu und trat ein.

Die Madame, eine Frau von Bildung und Kultur, erkannte Thomas und lächelte. „Sie sind zurückgekommen, Monsieur!", rief sie aus. „Und Sie haben eine Schachtel Bonbons mitgebracht! Nicht jeder Mann bringt an einen Ort wie den Panier Fleuri Süßigkeiten mit."

Thomas konnte in seinem Rücken die Anwesenheit Georg Wands fühlen. Bedrohlich. Er erwartete, die Glocke über der Tür werde läuten; aber sie tat es nicht. Wand würde also draußen Stellung beziehen. Möglicherweise in dem Café, in dem Thomas gewöhnlich seine Zeit verbrachte.

„Ist Suzanne besetzt?", fragte er.

Die Frau lachte und warf ihren Kopf zurück. „Sie sehen unglücklich aus, Monsieur. Und, oui, sie ist besetzt. Aber nur noch zwanzig Minuten. Wenn es Ihnen etwas ausmacht zu warten, es gibt andere, die glücklich sein werden, die Bonbons zu bekommen."

Er schüttelte den Kopf und versuchte lässig zu wirken. „Nein. Suzanne, denke ich."

„Dann setzen Sie sich und nehmen etwas Wein."

„Ich will sie für die ganze Nacht", platzte er heraus.

Sie blickte ihn von der Seite an. „Monsieur Thomas! Sie hätten eine größere Schachtel Bonbons kaufen sollen!“

Er fuhr sich mit der Hand übers Gesicht. „Sie ist für den Rest der Nacht nicht beschäftigt, oder?“, versuchte er es erneut. Er fühlte sich dabei dumm und hatte Angst.

„Nein. Sie werden ihr die Stunden nett ausfüllen.“

„Gut“, sagte er. Und dann noch einmal: „Gut.“

* * *

Langsam vergingen zwanzig Minuten. Georg Wand wagte sich nicht in das Bordell. Thomas prüfte in Gedanken alle möglichen Winkel des Gebäudes, die von der gegenüberliegenden Straßenseite beobachtet werden konnten. Wand war allein; konnte er aber nicht weitere Beobachter zur Verfolgung Thomas’ herbeigerufen haben?

„Mon chéri!“, rief Suzanne, als die Madame ihr etwas zuflüsterte. „Ich werde dich die ganze Nacht nur für mich haben!“ Sie nahm seine Hände und führte ihn die Treppe hinauf. „Und *Pralinen* –“ Sie sprach das Wort verführerisch aus. Ein erstaunliches Mädchen, diese Suzanne.

Thomas schloß die Tür des Schlafgemachs. Die Luft roch nach schwerem, süßen Parfum. Das Bett war gemacht. Spitzenunterwäsche lag über einen Stuhl gebreitet. Suzanne legte die Arme um seinen Hals und küßte sein Ohr.

„Ich will, daß du hierbleibst“, sagte Thomas. „Die ganze Nacht über.“

„Aber natürlich, Thomas.“

Er schaute zum Fenster. Er konnte das Eisengitter einer Feuerleiter ausmachen. „Du wirst trotzdem allein bleiben müssen, mein Liebling.“

„Was?“ Sie zog sich ein wenig zurück und schaute verwundert zu ihm auf.

„Ich werde verfolgt, mußt du wissen.“

Ihr Mund zog sich in Schmollstellung nach unten. „Aber, Thomas –“

„Du wirst gut bezahlt.“ Er zog ein Bündel Scheine aus der Tasche. „Doppelt für deine Zeit?“

Sie lächelte,offnete die Pralinenschachtel und nahm auf dem Bett Platz. „Ein Detektiv?“

„Ja. Er ist jetzt da draußen. Er hat mich den ganzen Nachmittag verfolgt und ist vom Ehemann meiner Geliebten angeheuert. Der Kerl sagt, er wird mich töten, wenn wir zusammen erwischt werden. Und ich bin nicht wild darauf, getötet zu werden."

Suzanne zuckte die Schultern. Den Mund voller Süßigkeiten, legte sie einen Finger an die Lippen. Ja, sie würde allein im Zimmer bleiben. Sie hatte schon sonderbarere Aufgaben bekommen. „Und du wirst zurückkommen?"

„Gegen elf." Er öffnete das Fenster und spähte hinaus. In der Gasse unter der Feuerleiter war niemand. Er konnte die Seine sehen. „Ich werde ans Fenster klopfen. Wirst du mich hereinlassen?"

„Natürlich, mon chéri." Sie blies ihm einen Kuß zu. „Mach dir um mich keine Sorgen. Ich werde dir treu sein!"

* * *

Viermal hatte sich Elisa mit Thomas in dem Bistro getroffen, um Informationsfetzen zusammenzutragen, die sie mit nach London nehmen konnte. Aber dieses Treffen war anders als die vorhergehenden. In seinem Blick lag etwas Verzweifeltes und doch Hoffendes. Sie wußte, daß hinter dem, was er sagte, mehr steckte.

Über den Tisch in dem dunklen Pariser Café flüsterte Thomas Elisa drängend zu: „General Halder ist einer von uns! Du mußt ihnen das sagen! Hitlers Ultimatum ist nicht zu fürchten!" Thomas lehnte sich wieder zurück, als überlegte er, ob er nicht zu weit gegangen sei, indem er Halders Name erwähnt und ihn als einen Anti-Nazi beschrieben hatte. Becks Nachfolger war gegen Hitler eingestellt wie General Beck. Die Frage war, wie man einem Mann wie Chamberlain begreiflich machen konnte, daß Hitler in diesem Moment nur wie das Heulen des Windes sei.

„Aber du erzähltest mir, wenn Beck seine Demission nähme, würde das heißen, daß Hitler Krieg wolle!" Elisas Hände zitterten. Hatte sie die Bedeutung von Thomas' erster Nachricht irgendwie falsch aufgefaßt?

„Hitler ist nur ein einzelner. Und jetzt ist dieser Premierminister Chamberlain auf dem Weg nach Berchtesgaden, um ihn zu treffen! Es ist naiv, Elisa! Es ist wie Schuschnigg in Österreich. Hitler wird überzeugend reden, schmeicheln, beruhigen und erkennen, daß Chamberlain so von der Hoffnung auf Frieden geblendet ist, daß er ihm vertrauensvoll den Tisch decken und die Tschechoslowakei wie ein gegrilltes Lamm servieren wird! Hitler braucht es dann nur noch zu tranchieren."

Elisa seufzte. Thomas' Meinung von diesem Treffen Chamberlains mit Hitler war alles andere als ermutigend. „Was also sage ich ihnen? Welche Neuigkeit aus dem Oberkommando?"

Thomas nahm ihre Hände in seine. „Jetzt mußt du sehr genau zuhören. Sag denen in England, es geschieht etwas. Ich kann nicht alles sagen. Die Generäle haben ein Papier verfaßt, das sie Hitler präsentieren wollen, daß die Tschechen über dreißig bis vierzig Divisionen verfügen, die sie an der deutschen Ostgrenze entlang ihrer Befestigungslinie in den Bergen des Sudetenlands aufmarschieren lassen. Die Schlagkraft der französischen Armee entlang des Westwalls ist allein ihrer Anzahl nach gegenüber der unsrigen acht zu eins. Churchill bemüht sich um die Bildung einer Allianz von Frankreich, England und der Sowjetunion. Rußland könnte gegen Deutschland die tschechischen Flugplätze benutzen. Die Britisch-Königliche Luftwaffe ist allen anderen überlegen –"

„Ist das wahr? Dann ist es Wahnsinn von Hitler, kämpfen zu wollen!"

„*Wahnsinn!* Jedes Mitglied des Oberkommandos weiß, daß er psychisch krank ist. Unser Westwall ist noch nicht fertig. Um die Armee schlagkräftig zu machen, benötigen wir achtundvierzigtausend Offiziere und mindestens einhunderttausend Unteroffiziere! Frankreich, England und die Tschechen sind miteinander verbündet. Wir würden uns also einem Krieg an drei Fronten gegenübersehen und könnten das bestenfalls ein paar Monate durchhalten. Selbst wenn die Tschechen allein gegen uns kämpften, würde es uns drei Monate kosten, deren Befestigungen zu durchbrechen."

„Warum besteht Hitler dann darauf?"

„Weil er glaubt, die Franzosen seien Feiglinge und Chamberlain ein alter Narr. Elisa, die Tschechoslowakei ist der Schlüssel."

„Kann ich den Briten berichten, daß Hitler denkt, Chamberlain sei ein Narr?"

Thomas lächelte. „Nein, sag ihnen, daß dieses Papier von dem beängstigenden Zustand der deutschen Armee und unserer Unfähigkeit sprechen wird, an so vielen Fronten zugleich zu kämpfen. Und daß es Hitler in der Reichskanzlei überreicht wird. Er muß auf die Generäle in Berlin hören, oder –" Wieder unterbrach sich Thomas. Er durfte nicht zuviel sagen. Noch nicht. Er ballte die Fäuste und blickte auf sein unberührtes Essen und grübelte: *Wenn Hitler sich wiederum weigert, wenn er dann den wahnsinnigen Befehl gibt, gegen die Tschechen zu marschieren . . . dann muß er unter Anklage gestellt werden, Deutschland an den Rand der Vernichtung gebracht zu haben!*

„Thomas?" Elisa rief sanft seinen Namen. „Bist du in Ordnung?"

Thomas hob den Kopf und sah ihr in die Augen. „Ich kann nur hoffen, daß Premierminister Chamberlain kein Narr ist. Sag denen in London, Hitler sei überzeugt, alles zu bekommen, ohne einen Schuß abzugeben. Oh, Elisa –" Er drückte ihr die Hand. „Wenn in England doch nur ein Mann wie Churchill am Ruder wäre – wenn, wenn!"

Thomas saß schweigend mit aschfahlem Gesicht da und musterte Elisa. *Noch immer schön. Eine wahre Schönheit.* Er nahm ihre Hände und führte sie sich an die Lippen. Das war nicht Teil des Auftritts. Der Gedanke an Georg Wand drängte sich ihm in den Sinn und ließ seinen Puls rasen.

Sie entzog ihm ihre Hände nicht, aber Thomas spürte keine Erwiderung. Diese Finger, begabt für die herrliche Musik, waren in seiner Hand ohne Leben. „Was ist, Thomas?"

„Ich habe dich gestern abend wieder spielen hören."

Sie lächelte erfreut. „Du hast BBC gehört? Das ist Blasphemie in der Deutschen Botschaft, oder?"

Er nickte. „Der Mann, der das Radio einschaltete, ist Gestapo-Agent, Elisa. Und als er vorgab, den Namen der Violinistin nicht zu kennen, schaute er mich an."

Ein kalter Knoten der Angst nistete sich in Elisas Magen ein. „Weshalb . . .?"

Thomas zuckte die Schultern. „Zweifellos weiß jeder bei der Gestapo, daß ich einmal . . . verliebt war in –"

„Eine Jüdin."

„Und es noch bin."

Elisa zog ihre Hände zurück. „Dann tut es mir leid um dich. Sie ist nicht in dich verliebt, Thomas." Ihre Stimme war scharf. „Während du in Deutschland warst, habe ich drei Tage mit meinem Mann verbracht. Ich liebe ihn. Ich kann dir noch nicht einmal erlauben, mir solche Worte zu sagen, und sie unwidersprochen stehen lassen."

„Entschuldigung", sagte er leise. „Ja. Gut. Es ist alles mein Fehler. Aber das ist es nicht, wovon wir sprachen. Ich wollte dir nur zu verstehen geben, sehr vorsichtig zu sein. Ich habe gehört, dieser Kerl, Georg Wand, ist zu allem fähig. Der Brutalste! Ich habe lange Umwege gemacht, bevor ich dich traf." Er runzelte die Stirn. „Vielleicht mag das nur daran liegen, daß sein Chef Himmler meinen Chef Canaris haßt. Es kann sein, daß dieses Frettchen die Akten über jeden Mann in der Botschaft gelesen hat. Die Verbindung zu ziehen und gegen mich zu benutzen, ist die natürlichste Sache der Welt für ihn. Aber, wie auch immer: Sei vorsichtig. Wenn du wieder nach London gehst, sei sehr vorsichtig. Er erwähnte, daß dein Mann Anti-Nazi sei."

„Murphy hat es auf seine Art bewiesen." Sie versuchte ihn zu beruhigen, obwohl sie sich selbst nicht zu beruhigen vermochte. „Weshalb sollte er sich über mich in Verbindung mit dir Gedanken machen?"

Thomas versuchte zu lächeln. „Gedanken? *Ein* Gedanke ist für einen Mann wie Georg Wand genug, um zu handeln. Diese Leute haben ihre Methoden. Nicht sehr schöne."

„Ich weiß das", antwortete Elisa leise. „Deswegen bin ich hier. Die Briten haben einen großartigen Lockvogel aufgestellt. Sie werden Wand zu nehmen wissen. Ich existiere eigentlich gar nicht. Die Person, die du siehst, hat keine echte Identität. Sie ist nur da, um dich zu treffen."

Thomas hob den Arm, um ihr Kinn zu berühren. „Deine Musik bleibt bei mir, Elisa. Gestern abend war ich –"

Elisa hob entrüstet ihren Kopf, als er wieder mit einem Hinweis auf seine Liebe begann. „Ich muß jetzt gehen", sagte sie brüsk.

„Elisa?"

„Nein. Ich werde Donnerstag fünf Uhr hierherkommen. Ich werde ihnen berichten, was du sagtest." Sie nahm ihre Handtasche und ihre Handschuhe und verließ das Bistro.

Thomas blieb noch eine halbe Stunde. Er blickte auf den Platz, an dem sie gewesen war, und durchdachte alles, was er ihr sagen wollte.

36. Verlorene Unschuld

Es war nur ein schmaler Kasten auf den Unterhaltungsseiten des *Paris Daily Herald,* und doch hatte Georg Wand gute Gründe, jede Nachricht dieser Zeitung zu studieren. Sein Verstand hatte ihm gesagt, daß Elisa hier in der Stadt war und er vermutete, daß sie tatsächlich irgendwie mit Thomas von Kleistmann in Verbindung stand. Die Frage blieb: Wo verbringt eine Musikerin ihre Freizeit?

Vielleicht bei einem Konzert? Er hatte diese Möglichkeit ausgeschlossen. Elisa wäre nicht so töricht, in Paris in ein Konzert zu gehen, wo sie erkannt werden könnte. Wenn dieses Konzert aber von einer geliebten Freundin gegeben würde …

* * *

Das Cello, das Leah spielte, war ein dreihundert Jahre altes Techler. Der Klang war ausgezeichnet. Die Maserung des Holzes sah aus wie das dunkel gefärbte Fell eines Tigers. Wahrhaftig, es war ein schönes Instrument. Aber es war eben nicht Vitorio.

Im Austausch gegen drei Konzertkarten war das Instrument von einem alten Instrumentenreparateur geliehen worden, der drei Häuserblocks von der Opéra einen Laden hatte. Während der Proben konnte Leah den verhutzelten alten Mann allein im Zuschauerraum sitzen sehen. Mit Vergnügen lauschte er dem Klang seines Instruments.

Heute saß da noch jemand bei dem Alten. Ein dünnknochiger Mann mit langem Kopf, dunklen Augen und in der Mitte zusammenlaufenden Brauen. Vielleicht war das nur jemand, den der Instrumentenbastler zum Anhören des Cellos mitgebracht hatte – ein Cellist, der Vater eines eifrigen Studenten, der nur das Beste kaufen wollte. Ah, gut, es war Teil der Handelsgespräche. Und niemand konnte die feinen Töne eines Cellos besser herausholen als Leah Feldstein.

Leah war vom Maestro vorgewarnt: Der Alte hatte eine Anzeige geschaltet, die das Instrument sowie den Umstand beschrieb, daß Leah darauf spielen werde. *Interessierte Gruppen wenden sich an Bernard 14-009 Paris. Für eine Demonstration in Tönen wird gesorgt.*

So war dies also die Demonstration. Der kleine Kunde Monsieur

Bernards bewegte energisch im Takt der Musik den Kopf. Bernard saß stolz neben ihm. *Wahrhaftig! Das ist das beste Cello der Welt! Hören Sie zu, wie sie spielt, hören Sie doch nur!*

Nun, jede Gunst hatte ihren Preis; und Leah mußte ihn jetzt zahlen. Nach der Probe zuckte der Maestro die Schultern und hob entschuldigend die Arme. Sie blieb auf ihrem Sitz, während Bernard und sein Kunde nach vorne zur Bühne eilten.

„Wunderbar, Mademoiselle!", rief Bernard mit weit ausgebreiteten Armen, als wollte er beide an sein Herz drücken, Leah und das Cello. „Was halten Sie von meinem Instrument?"

„Ein Schatz, Monsieur. Unbezahlbar."

„Ist es nicht das beste, auf dem Sie je gespielt haben?"

„Es ist ein wahrer Genuß, unbedingt", versetzte sie, ihre Worte vorsichtig wählend, um nicht lügen zu müssen. Das Instrument war nicht so gut wie ihr Pedronelli-Cello, aber vor dem Kunden würde er das nicht von ihr hören wollen.

Der *Kunde*. Er schien Leah mehr anzusehen als das Instrument. Als er ihren fragenden Gesichtsausdruck bemerkte, lächelte er knapp und zeigte dabei einen Goldzahn. „Verzeihen Sie meinen forschenden Blick." Er verbeugte sich demütig. „Es ist nur, weil ich sie schon so oft habe spielen hören. Erst in Salzburg, und auch später, als Sie in Wien im Musikverein waren." Er legte sich die Hand auf sein Herz, als hätte sie einen tiefen Eindruck auf ihn gemacht.

Bernard rief aus: „Um Vergebung – dies ist meine Angelegenheit! Diese erregende Musik war so –" Er küßte ihr vor Begeisterung die Fingerspitzen. „Und jetzt muß ich Sie miteinander bekannt machen. Das ist Herr Krepps. Auch er kam erst neulich aus Österreich. Er schaffte es ebenfalls, den Nationalsozialisten zu entrinnen."

Erneut das Lächeln und ein Goldblitzen. „Bitte, Frau Feldstein. Meine Flucht vor diesen Leuten war nicht so aufregend wie die Ihre mit dem Kind. In den Zeitungsberichten heißt es, Sie seien zu Fuß über die Alpen gekommen?"

Bedächtig antwortete Leah. „Ich fürchte, meine Gastgeber haben übertrieben, als sie darüber mit den Reportern sprachen. Es wäre mir lieb, wenn man es überhaupt nicht erwähnen würde."

„Ich verstehe. Ja. Eine schwere Prüfung also." Er verbeugte sich zu einer gemessenen Entschuldigung. „Meine Frau blieb in Wien zurück. Ich war geschäftlich hier, als der Anschluß vollzogen wurde. Sie brachte sich in der ersten Nacht um."

Auf eine solche Geschichte hin verfiel selbst der überschwengliche

Bernand in Schweigen. Schließlich ergriff Leah das Wort. Sie empfand Mitleid mit diesem gewöhnlich aussehenden, kleinen Mann. Er schien hilflos und ein wenig verloren. Er war kein Musiker, das sah sie an seinen Händen. „Nun, falls Sie ein Cello kaufen wollen – dies hier ist ein feines Instrument."

„Für meine Tochter", sagte er. „Sie hält sich zur Zeit in Genf auf. Eine gute Cellistin. Nach dem Tod ihrer Mutter ist sie allerdings nicht mehr ganz dieselbe."

„Ich kann verstehen." Leah fiel aus dem Französischen in den weichen Tonfall des Wienerischen. „Sie haben mich in Wien spielen hören?"

„Und in Salzburg. Sie und – hieß sie nicht Elisa Linder? Die Geigerin. Ich erinnere mich, gesehen zu haben, wie Sie beide auf der Bühne miteinander lachten. Wie gute Freundinnen. Ist sie noch in Wien?"

„In London", gab Leah bereitwillig Auskunft. „Sie spielt für die BBC. Ich habe sie erst gestern abend gehört."

Das Gesicht des Mannes verdüsterte sich ein wenig. Dann versetzte er: „Na, das sind gute Nachrichten – Sie beide in Sicherheit. Ich nehme an, daß Sie sich gelegentlich treffen." Plötzlich war da ein kaltes Rumoren in Leah. Zuviele Fragen. Das Lächeln. Eine anrührende Geschichte, aber ...

„Möchten Sie noch mehr hören? Ich habe in Kürze eine Verabredung. Ich würde liebend gerne über alte Zeiten plaudern – es waren ja doch gute Zeiten –, aber ich muß mich aufmachen ..."

„Ich möchte sie auf keinen Fall aufhalten." Krepps trat einen Schritt zurück, als wäre er darüber erschrocken, einer so großen Musikerin die Zeit zu rauben. „Vielleicht ist mir erlaubt wiederzukommen und noch einmal zuzuhören. Dürfte ich dann vielleicht etwas Langsameres hören?"

„Oh, oui, Monsieur!", versprach Bernard. „Sie wird sich glücklich schätzen, für Sie zu spielen! Oui, Madame?"

Leah nickte.

* * *

Dann rief der Schaffner aus: „Nächste Haltestelle: Opera! Opera, aussteigen!" Elisa blinzelte und ging an den anderen vorbei, wartete, bis die Türen aufglitten und verließ den Wagen.

Nachdem die Warnglocke ertönte, schlossen sich die Türen hinter ihr und der Zug ratterte durch den Tunnel davon. Elisa stand im düsteren Licht der Metro-Station und blickte benommen in das von den Treppen herabströmende Licht. Über ihr auf dem Boulevard de Capucines hörte sie den Lärm des Verkehrs. Konnte Leah ihn auch hören? Nahm sie denselben Zug, um zu ihren täglichen Proben zu fahren?

Jemand rempelte sie an. „Pardon, Mademoiselle. Ist Ihnen nicht gut?" Sie hob den Blick und schaute in das betroffene Gesicht eines blau uniformierten Gendarmen.

„Nein. Ich ... bin wohl an der falschen ..."

„Metro-Station Opéra." Er deutete mit dem ausgestreckten Arm auf das Schild.

Sie versuchte zu lächeln. „Merci." Mechanisch bewegte sie sich auf die Treppe zu. Der Verkehrslärm wurde lauter, und die große Fassade des berühmten Bauwerks wurde sichtbar.

Elisa schaute auf ihre Uhr. Die Probe mußte gerade vorbeisein. Sie könnte Leah treffen, indem sie am Bühneneingang wartete und sie überraschte. Sie würden dann zusammen Tee trinken, und Elisa würde sich ihr anvertrauen. Es gab nichts, das sie Leah nicht sagen konnte.

Sie rannte die letzten Treppen hinauf. Dann, als das Tageslicht sie überflutete, fühlte sie sich plötzlich so, als hätte eine Hand sie gepackt und geschüttelt. Etwas Warnendes blitzte in ihrem Bewußtsein auf. Warum hatte ihr Tedrick verboten, Leah zu sehen? Was wußte er, das er ihr nicht gesagt hatte?

Durch die offenen Türen der Opéra konnte Elisa die große Freitreppe sehen. Ein Hausmeister wischte die Stufen ab. Nur durch diese Türen mußte sie und durch die Sitzreihen zur Bühne, auf der sie einmal miteinander aufgetreten waren. Mit dem ganzen Wiener Orchester. Sie alle, wie eine Familie – sie und Leah und Shimon und Rudy. Die Erinnerung daran bereitete ihr jetzt keine Freude. Sie erschauerte, als ob das Gebäude ein Grab voller Gespenster wäre.

Auf das Ertönen der Glocke hin, das einen sich nähernden Zug ankündigte, drehte sie sich straks um, rannte zurück zur Treppe und warf ihre Münzen ein, um den Zug zurück zum linken Seineufer zu nehmen.

* * *

„Murphy?" Elisas Stimme klang so nah. Es war wundervoll. Genau das, was er nach einer Gesprächsrunde der Betonköpfe und Zyniker brauchte.

„Elisa! Ich war bereits in Prag und habe deine Mutter gesehen!"

„Oh, Liebling, welche gute Neuigkeit! Den ganzen Tag hätte ich gute Nachrichten brauchen können! Dieses Treffen zwischen Chamberlain und Hitler scheint so ... furchteinflößend. Wie geht es dir? Ist in Prag alles in Ordnung? Hast du Mutter von mir umarmt?" Ein Damm war in ihr gebrochen. Sie hörte sich so einsam an, beinahe verzweifelt – so verzweifelt, wie er sich jetzt nach ihr sehnte.

Er lachte. „Eines nach dem anderen. Anna läßt auch dich mit einer Umarmung grüßen. Sie allein füttert die Hälfte der Flüchtlinge in Prag – und ihrer sind Legion."

„Mutter?" Elisa schien erstaunt zu sein. „Und Papa?"

„Er ist noch immer im Sudetenland. Mit deinen Brüdern."

„Murphy, es wird ihnen gut gehen. Es wird keinen Krieg geben. Ich weiß es."

„Ja?", entgegnete er zweifelnd. „Wir werden weiterhin die Daumen drücken."

„Sind in Evian immer noch alle wohlhabend und selbstzufrieden?", fragte sie.

„Alles wie gehabt. Bis auf mich. Morgen ist die große Aussprache. Aber kein Wort bisher über die *Darien.* Ich glaube, es sind zu wenige, als daß man sich angesichts des großen Schlamassels über sie Sorgen machen würde."

„Oh, Murphy, sprich mit den Leuten. Erzähle ihnen davon, so wie du mir davon erzähltest. Sie müssen einen kleinen Spalt für die *Darien* öffnen, durch den sie fahren kann. Und dann wird in Deutschland bald alles wieder in Ordnung sein – du wirst sehen. Sie werden wieder nach Hause kommen, und dann können auch wir nach Hause und mit all dem abschließen."

Murphy hörte zu, verwirrt von ihrem plötzlichen Optimismus. Sie hatte Prag nicht gesehen. Sie hatte den Ernst des Besuchs Chamberlains bei Hitler wohl doch noch nicht begriffen. Er seufzte. Er wünschte, er könnte noch einmal so glücklich naiv sein.

Die Minuten eiliger Unterhaltung gingen wie ein Atemzug vorüber. Als Murphy den Hörer aufhängte, fühlte er sich einsamer als zuvor. Er war es nicht nur wegen Elisa ... er vermißte sein eigenes Gefühl der Unschuld und Hoffnung. Es gab vieles, was er verloren hatte, und irgendwie wollte er es hier in Evian wiederfinden.

* * *

„Ha-van-na Ku-ba." Maria sprach ihren Bestimmungsort vor den Mädchen sehr deutlich aus.

„Aber, Mama", wandte Katrina ein, „der Erste Maat Tucker sagt, wir sollen sagen: ‚Äwänä Kiubä'. So spricht er es aus."

Maria zog eine Braue hoch. Sie fragte sich, was Babbie zu der Verstümmelung der englischen Sprache durch den Engländer sagen würde. „Naja, der Erste Maat Tucker sagt eine Menge Sachen, die ich euch nicht gerne wiederholen lasse. Du darfst das H nicht verschlukken. Havanna, Kuba. Dort werden wir morgen sein."

Trudy seufzte und sank auf die Decke unter der Zeltplane. Ihre helle Haut war von der Lichtbrechung auf dem Wasser gerötet. Ihre Lippen waren rissig und mit einem schleimigen Gemenge eingeschmiert, das Dr. Freund unter den amerikanischen Vorräten gefunden hatte. Beinahe alle litten während der letzten Woche unter der Sonne, und jetzt roch das ganze Schiff nach der scharfen Salbe.

„Werden wir in Ha-van-na vom Schiff gehen können, Mama? Oder an Bord bleiben müssen? Ich würde so gerne wieder einmal auf festem Boden herumrennen." Trudy beschattete ihre Augen und blickte über das endlose Blau.

Maria hielt den kleinen Israel in ihren Armen; er lächelte zufrieden, so daß ihm ein Tropfen Milch aus dem Mundwinkel floß. *Nur ein kleines Stück Boden, um darauf auszuruhen, Gott!*

„Ich weiß nicht, ob das sofort möglich sein wird, Trudy", gab Maria ehrlich zur Antwort. „Aber Kapitän Burton sagt, es gibt Leute, die sehr darum bemüht sind, uns zu helfen. Heute abend werden wir Neuigkeiten von Evian hören, wo sehr kluge und gute Männer von allen Nationen eine Lösung erarbeiten."

Gretchen schnitt ein Gesicht. Sie war es müde, von klugen und guten Männern zu hören. Sie wollte wieder festen Boden unter den Füßen haben. „Ich hoffe, sie lassen uns hinaus in Äwänä."

„Havanna", korrigierte Trudy.

„Mir egal." Gretchen zuckte die Schultern. „Tucker sagt, wir werden alle wie die Seeleute schwanken, wenn wir von Bord gehen."

„Ich will nicht schwanken", sagte Louise leise und legte ihren Arm in Marias Schoß.

„Ich wäre lieber eine Landratte", stimmte Katrina bei. Dann zog sie ein mürrisches Gesicht. „Aber ich will, daß alle zusammen sind. Werden sie uns alle an verschiedene Orte bringen, wenn sie uns hineinlassen?"

„Vielleicht lassen sie uns nicht hinein, weil wir Juden sind", sagte Gretchen.

„Wir sind nur sehr kleine Juden", sagte Katrina empört. „Und der kleine Israel ist überhaupt kaum ein Jude!"

Maria schaute weg. Sie war von Kummer erfüllt, daß ihre Kinder mit solchen Dingen im Kopf aufwachsen mußten. Aber es war nun einmal so. Und es war die Wahrheit. Selbst der kleine Israel war in dieser Welt nicht willkommen.

* * *

Vielleicht hatte nur Adolf Hitler richtig eingeschätzt, wie unwillkommen der Welt selbst kleine Juden waren. Vielleicht spottete er deshalb, als er von Präsident Roosevelts Flüchtlingskonferenz hörte.

„Wir können Präsident Roosevelts Appell an die Nationen nicht ernst nehmen, solange die Vereinigten Staaten Rassenquoten für Einwanderer beibehalten und solange die Quote für Juden nicht ausgeschöpft wird. Wir sehen, daß die Amerikaner Mitleid mit Juden haben, solange dieses Mitleid zur Hetze gegen Deutschland benutzt werden kann. Aber sie sind nicht bereit, ein paar hundert Juden in ihrem Land aufzunehmen, ganz zu schweigen von ein paar tausend! Deshalb wird die Konferenz dazu dienen, die deutsche Politik gegen das Judentum zu rechtfertigen!"

Murphy hörte sich die neueste Tirade Hitlers im Foyer des Hotels Royale an, gemeinsam mit Johnson, Timmons, Amanda und einem Dutzend anderer bekannter Gesichter aus der europäischen Presseabordnung.

„Also hob der Führer zu sprechen an!", rief Timmons repektlos im piekfeinen Foyer.

„Und das Gewissen der Welt rührte sich nicht", schloß Johnson und rührte seinen Whisky-Soda mit dem Finger um.

Amanda, die in den letzten Monaten einen härteren Gesichtsausdruck bekommen hatte, seufzte und blickte nachdenklich zur vergoldeten Decke. „Hier ist einer fürs Notizbuch, Männer." Sie lächelte verschmitzt. „Ich hörte eben, daß unser ruhmreicher britischer Repräsentant den amerikanischen Repräsentanten darum bat, sowohl Golda Meir als auch Chaim Weitzmann vom Treffen auszuschließen."

Murphy beugte sich vor. Diese Neuigkeit war mehr als nur eine der üblichen zynischen Bemerkungen.

„Und?"

„Sie stimmten zu. Keinem von der Jüdischen Geschäftsstelle für Palästina wird erlaubt zu sprechen."

Philkins streckte sich und sagte in seinem gedehnten südlichen Tonfall lakonisch: „Das kann nicht überraschen, liebe Amanda. Weitzmann würde dazu auffordern, daß mehr Juden nach Palästina kommen. Wie die auf Murphys Leib-und-Magen-Frachter ... der *Darien.* Also, niemand wird diese Leute 'reinlassen, vor allem nicht nach Palästina. Die Araber kämpfen dagegen. Erinnert ihr euch an Cedric Taylor? Er beschaffte sich für drüben in Jerusalem einen Posten, und als die Turbanträger britische Soldaten kreuzigten, riß er einen Artikel darüber herunter. Wie würde *euch* so ein Posten gefallen?"

„Du bist ein Trottel, Philkins", murmelte Timmons in sein Glas.

„Mir persönlich würde dieser Posten sehr gut gefallen", sprach Philkins weiter. „Nette Hotels. Freundliche Eingeborene. Ich habe die Absicht, diese Geschichte bis an den Boden meines Spesenkontos des Verlagshauses Hearst auszukosten."

Amanda lächelte Murphy anteilnehmend an. Er schien von dieser neuesten Entwicklung mehr mitgenommen als die anderen. „Wie bist du in diese Sache mit dem Schiff verwickelt worden, Johnny?"

„Es war eine Geschichte. Ich bin da hineingeschliddert", sagte er achselzuckend. Es brodelte in ihm wegen der apathischen Stimmung in dieser abgeschiedenen kleinen Presse-Ecke.

Amanda lächelte traurig, während neben ihrer Unterhaltung mit Murphy das sarkastische Scherzen der anderen weiterging. „Erwartest du wirklich, daß hier etwas dafür getan wird?"

„Ja. Ja, das erwarte ich", antwortete er erbost.

Sie hob kapitulierend eine Hand. „War nur eine Frage, Johnny. Kein Grund, mir an die Kehle zu springen. Aber –" Sie zögerte, setzte dann erneut an: „Hast du nicht bemerkt, daß dies hier genauso ist wie jede andere Konferenz in Genf, über die wir berichteten? Dieselben Schauspieler. Ein paar neue Gesichter. Johnny, das wird nicht die große Lösung all deiner Probleme, fürchte ich."

„Ihr seid alle so zynisch."

„Nein. Ich bin Realistin, Johnny, und du bist auch Realist – für gewöhnlich."

„Was sollen wir denn sonst tun? Uns zurücklehnen und Hitler tun lassen, was er will? Darüber reden? Darüber jammern? Und dann nichts tun?"

Amanda zuckte mit nur einer Schulter, was zu bedeuten schien, daß es doch noch etwas gäbe, was man tun könne. „Was mich anbelangt, ich habe meinen Presseausweis Golda Meir gegeben und für Weitzmann Regelungen getroffen, daß er als Beobachter hineinkommt."

„Gut, gut. Ich meine ... das ist nett von dir, Amanda."

„Keineswegs. Ich glaube nur nicht mehr an den großen Auftritt. Deshalb werde ich nach der morgigen Gesprächsrunde nach Prag abreisen. Dort wird sich die nächste Phase der Flüchtlingsgeschichte abspielen, wie du weißt."

Murphy saß schweigend und verdrossen da. Ihn störten die ihn umgebenden zynischen Hoffnungslosigkeiten. Hatte Hitler mit allem recht? War sein Herz so dunkel und böse, daß es sich in der beklemmenden Teilnahmslosigkeit der Welt widerspiegelte?

Amanda berührte seinen Arm und schaute über seine Schulter. Dort in der Nähe des Aufzugs plauderte eine kleine Gruppe Delegierter. „Dieser da rechts" – sie nickte in Richtung eines kleinen Mannes, der mit einem italienischen Anzug gangsterähnlich bekleidet war – „heißt Cabrillo. Er ist der dritte stellvertretende Sekretär des kubanischen Außenministers", flüsterte sie. „Er hat eine offene Hand allen Arten von Bestechung gegenüber, wurde mir gesagt."

Murphy schaute sie mit seltsamer Bewunderung an. „Woher weißt du solche Dinge?"

„Ich bin Zeitungsschreiberin, wie du dich erinnern wirst. Und mein Ex-Mann kennt ihn. Beide sind derselbe Typ." Sie ließ ein breites Lächeln aufblitzen. „Wenn sich die Dinge nicht so entwickeln, wie du hoffst ..." Sie hielt inne, wie um anzudeuten, sie sei sicher, daß sie sich schlecht entwickeln würden. Statt dessen aber verengten sich ihre Augen, während sie den kleinen kubanischen Offiziellen maß. „Vielleicht solltest du mit Cabrillo sprechen. Du wirst verblüfft sein, Murphy, wie bereits wenig Geld dabei helfen kann, daß deine Flüchtlinge hereingelassen werden."

37. Eine Kerze der Hoffnung

Die fernen Lichter von Miami glitzerten hinter dem Heck der *Darien* in einer dünnen, hellen Linie. Mancher an Bord schaute zu diesen Lichtern in dem Gefühl zurück, die Küsten Amerikas nie wiederzusehen.

„Das ist das letzte davon“, sagte Aaron und wandte seinen Blick dem Trichter des Lautsprechers zu. Die flache, unpersönlich klingende Stimme des Radiosprechers zählte die in Evian vertretenen Länder auf. Aaron sagte: „Und das ist das Ende unserer Hoffnungen.“

Wieder einmal saß die Familie Holbein am Fuß des Luftschachts. Klaus hielt das Baby Israel. Neben Maria saßen Trudy und Katrina. Gretchen und Louise lagen auf einer Decke vor Marias Füßen.

„Argentinien, dessen Bevölkerungszahl ein Zehntel der Vereinigten Staaten beträgt, erklärte, es habe fast so vielen Flüchtlingen die Tore geöffnet wie Amerika, und daß es nicht mehr aufnehmen könne.“

„Mama“, fragte Katrina, „bedeutet das, daß wir dort nicht hingehen können?“

„Ja, mein Liebling. Aber jetzt: Pst!“

„Australien, ein Kontinent mit riesigen unbevölkerten Gebieten, kündigte an, es habe keine echten Rassenprobleme im Land und wünsche auch nicht, solche einzuführen.“

„Was ist ein Rassenproblem?“, fragte Trudy.

„Kleine Juden“, antwortete Katrina.

„Pst!“, machte Maria erneut.

„Kanada, Kolumbien, Uruguay und Venezuela kündigten an, ihre Länder seien nur an der Einwanderung von Landarbeitern interessiert.“

„Ich habe schon einmal Äpfel gepflückt“, bemerkte ein Freund Aarons.

„Der Delegierte von Peru gab als Beispiel für den Grund, aus dem seine Nation solche strikten Einwanderungsbeschränkungen hat, die Klugheit und Vorsicht der Vereinigten Staaten an. Peru erklärte weiter, es sei gegen die Einwanderung von Intellektuellen wie Doktoren und Juristen, da die Sozialstruktur des Landes durch sie auseinanderbrechen könnte.“

„Wollen Sie uns deshalb nicht in den Vereinigten Staaten haben? Weil zuviele Doktoren und Lehrer hier sind?“

„Sir John Shuckburgh zufolge gibt es im Britischen Empire mitsamt seinen Kolonien kein Gebiet, das für ausgedehnte Siedlungen jüdischer Flüchtlinge geeignet wäre.“

Buhrufe wurden unter den Passagieren der *Darien* laut. „Palästina! Palästina! Palästina!"-Gesänge übertönten für einige Augenblicke die Übertragung.

Dann wurde es still, als Shimon aufstand und rief: „Seid leise! Wir haben verpaßt, was er über Kuba sagte!"

„Kuba? Hat er etwas über Kuba gesagt?"

„Nicaragua, Costa Rica, Panama und Honduras gaben eine gemeinsame Erklärung ab, daß sie keine Kaufleute oder Intellektuelle aufnehmen."

„Das meint jeden."

„Frankreich, das bereits zweihunderttausend Flüchtlinge aufnahm, erklärt, die Grenze des Zumutbaren sei erreicht."

Die Auflistung der Nationen schritt langsam, für die annähernd achthundert Juden an Bord der *Darien* aber um so schmerzlicher fort. Es gab helle Flecke in der ermüdenden Aufzählung. Die Niederlande und Dänemark erklärten, sie würden weiterhin, trotz der schrecklichen Überlastung, zeitweiligen Aufenthalt in ihren Ländern anbieten. Die Vereinigten Staaten versprachen, sie würden gemäß ihrer gesetzlichen Quote österreichische und deutsche Einwanderer aufnehmen. Nicht mehr. Nicht weniger.

Wenn unter diesen Menschen hier auf der Darien Enttäuschung herrscht, dachte Klaus, während er zu den Sternen über ihnen aufschaute, *wieviele Millionen anderer Menschen haben ebenso voller Hoffnung auf eine Antwort der Männer von Evian gewartet? Wieviele waren heute voller Verzweiflung? Wieviele erhoben ihre Stimmen: „Wohin sollen wir gehen? Wohin nur sollen wir gehen?"*

Waren sie so viele wie die Sterne am Himmel oder wie die Sandkörner an den Ufern? Dann würde sie wohl nur noch der Himmel Gottes halten, das Meer sie zu sich ziehen – für immer weg vom Land, vom Licht und der Luft. Unter jenen Millionen aber machte diese Familie nur sieben aus.

„Ich bin nur ein Sandkorn", flüsterte Klaus Maria zu, als sie Seite an Seite an Deck lagen. „Und du bist ein heller Stern. Und sie" – er zeigte auf die Kinder – „sie kreisen um dich, so klein, so zerbrechlich, so glänzend. Ist es tatsächlich so, daß es keinen Platz für uns gibt?"

* * *

Es war vier Uhr morgens. Das Geräusch der Brandung von Miami her war das einzige, was die Dunkelheit der Nacht erfüllte.

Drei Schiffe waren vom Verlagshaus Trump gemietet. Das größte war ein zwanzig Meter langes Fischerboot, das Kisten mit Dosenmilch und frisches Gemüse geladen hatte. Es fuhr den anderen voraus in Richtung Miami, wo die Fracht in die *Darien* verladen werden sollte. Die beiden anderen Schiffe waren ebenfalls Fischerboote.

Die Molen waren gedrängt voll mit Photographen und Reportern, gekleidet wie Fischer – ohne die entsprechenden Gerätschaften. Anstelle der Angelruten und Ausrüstungskisten gab es Kameras, Notizbücher, Thermosflaschen mit Kaffee und Taschen mit Kuchen und belegten Brötchen. Es würde eine lange Fahrt werden – acht Stunden! Die See war rauh heute morgen, und selbst die verwegensten unter den Journalisten überlegten es sich zweimal, ob sie sich von den Wellen hin- und herwerfen lassen sollten nur wegen eines Artikels über die Beschneidung eines Kindes.

Aber Babbie Rosenfelt war unerschrocken. Sie hatte sich für den frühmorgendlichen Ausflug warm angezogen. Sie trug einen Pullover und ein Reitkostüm, das ihr Mr. Trump gekauft hatte, und an den Füßen ihre bequemen Schuhe. Aber sie hatte auch das schöne, blaue Kleid bei sich, das sie auf den Docks von New York getragen hatte. Diesmal gäbe es wahrlich Anlaß zur Freude. Sie würde nach unten in die kleine Kabine gehen, die ihr Mr. Trump reserviert hatte, und sich das Kleid anziehen. Dies war ihr erster Urenkelsohn, und sie hatte sich geschworen, seiner B'rith Milah nicht in einem Reitkostüm und alten Schuhen beizuwohnen. Sie hatte auch eine Hutschachtel mitgebracht, die einen hübschen, runden Hut mit goldblauen Fasanenfedern und einem Schleier enthielt. Und natürlich hatte sie auch den Picknickkorb voller Genüsse für die Kinder nicht vergessen.

Mr. Trump, der einem Fischer noch ähnlicher sah als die anderen, half ihr ins Schiff, indem er ihr fest den Arm hielt. Ihr Schiff. Die Reporter sollten in dem größeren der beiden anderen Schiffe fahren. Sie waren eng wie die Sardinen untergebracht; Babbie Rosenfelt hingegen nahm anmutig in der mit Holz ausgelegten Kabine Platz und bekam von einem Mann in schwarzem Smoking Kaffee serviert.

Babbie war in Hamburg schon mit kleinen Schiffen auf der Alster und der Elbe gefahren, aber noch nie auf dem Ozean. Das ganze Schiff vibrierte durch das Stampfen der stinkenden Dieselmaschine. Mr. Trump rief den Reportern zu, sie sollten an Bord des Presseschiffs gehen. Babbie mußte darüber lächeln. *Er ist ein seltsamer Mann, dieser*

Mr. Trump. Ihr hatte er es bequem gemacht, während er seine Reporter anbellte.

„Es ist eine lange Reise", sagte er, als das Schiff von der Mole wegdümpelte. „Sie können jetzt frühstücken, wenn Sie wollen, oder für eine Weile in Ihrer Kabine schlafen, Mrs. Rosenfelt."

„Ach, wir haben also Frühstückszeit, Mr. Trump?", sagte sie lächelnd. Er sah so besorgt aus; alles wollte er ihr recht machen. „Sie haben an alles gedacht."

„Das ist meine Art, Ihnen danke zu sagen für das beste Abendessen, das ich genossen habe, seit meine Frau 1929 starb."

„Das ist eine lange Zeit ohne Abendessen, Mr. Trump", antwortete Mrs. Rosenfelt. „Hätte ich das gewußt, dann hätte ich Sie schon längst gebeten, mein Gast zu sein. Natürlich hätten Sie nach Hamburg reisen müssen, aber –"

Das Schiff wurde vorwärts geworfen, während die Maschine in einen gleichmäßigen Takt geriet.

Trump zog die Stirn in Falten. Er hatte ihr von der verheerenden Radiosendung gestern abend aus Evian nichts erzählt. Er hatte die Zeitungsleute angehalten, sie nicht mit Fragen darüber zu belästigen, sonst würden sie den Haien zum Fraß vorgeworfen. Die Dinge entwickelten sich nicht so, wie er gehofft hatte. Sie taten es auch an anderen Fronten nicht. Er war jedenfalls entschlossen, Babbie soviel wie möglich von den schmerzlichen Nachrichten zu ersparen.

„Wenn ich gewußt hätte, daß es in Hamburg eine so gute Familienküche gibt, – ich versichere Ihnen, daß ich schon längst hingefahren wäre. Und nun: Frühstück oder schlafen oder etwas anderes?"

Babbie hob einen Moment nachdenklich das Kinn. „Noch Kaffee vielleicht? Und ... können Sie Canasta spielen, Mr. Trump?"

* * *

Eine Stunde vor dem voraussichtlichen Rendezvous mit der *Darien* klapperte eine Nachricht aus dem Telegraphen.

Ein abgehetzter Funker händigte Trump in der Kombüse die gekritzelte Botschaft aus.

Darien von zwei kubanischen Kanonenbooten und einem US–Kutter umringt Stop Kubaner verweigern Einfahrt nach Havanna Stop amerikanischer Kommandant Deming fordert an Bord der Darien gehen zu dürfen

Kaum hatte Trump Zeit, diese Nachricht aufzunehmen, wurde ihm auch schon eine zweite übergeben.

Dariens Fracht an Nahrungsmitteln in Havanna beschlagnahmt Stop bitten umgehend um Rat

Er fühlte, wie ihm das Blut aus dem Gesicht wich.

„Mr. Trump?“, fragte Babbie Rosenfelt. „Ist Ihnen nicht gut? Stimmt etwas nicht?“

Er legte die Stirn in Falten, zornig und entschlossen zugleich. „Spielverderber, meine Liebe. Aber sie werden uns nicht aufhalten.“ Sein Gesicht nahm einen grimmigen Ausdruck an. Trump fuhr sich mit der Hand über das Gesicht. „Die Kubaner und die Küstenwacht haben ein paar übereifrige Offiziere geschickt, die uns ärgern wollen.“ Es klang bitter. „Wir werden bald dort sein. Sie sollten sich wohl umziehen.“

* * *

Anna ging, so schnell sie konnte, über die dunklen Gehsteige Prags. Sie kam sich blind vor und strich mit der Hand an den Steinfassaden der Gebäude entlang, um die Richtung zu erahnen. Mehr als einmal berührte sie in der Dunkelheit eine menschliche Gestalt auf ihrem Weg zur anglikanischen Kirche, wo sie eine dringende Verabredung mit dem Pfarrer hatte.

Die tschechische Hauptstadt war nachts die dunkelste Stadt Europas: verdunkelt wegen der Möglichkeit eines Luftangriffs.

Eine Straßenbahn kroch vorbei; ihr abgeblendetes Licht ersetzte die gewöhnliche Straßenbeleuchtung. In den meisten der alten Häuser leuchtete gar kein Licht.

Gendarmen standen an einigen wenigen Straßenecken der Innenstadt und hatten blaue Laternen in ihren Händen. Es hieß, sie seien aus einer Höhe von mehr als hundert Metern nicht zu sehen.

Die Bürger von Prag folgten dem nachdrücklichen Aufruf ihrer Regierung: totale Mobilmachung. Präsident Benes drang darauf, daß das Land auf alles vorbereitet sei – weil das Ultimatum Hitlers so deutlich war:

1. Abzug der gesamten tschechischen Streitkräfte aus dem Sudetenland, dazu Polizei, Gendarmen, Zollbeamte und Grenzschützer aus den Gebieten, die Hitler auf einer beiliegenden Landkarte eingezeichnet hatte.

2. Übergabe des geräumten Gebietes in seinen jetzigen Zustand: Gutshöfe, Industrieanlagen, Kasernen ...

3. Sofortige Freistellung sämtlicher in den Streitkräften, der Polizei und anderen Staatsbetrieben dienenden Sudetendeutschen zur Eingliederung in deutsche Behörden.

4. Freilassung aller deutschstämmigen politischen Gefangenen.

5. Auf Anweisung Auslieferung sämtlicher Verbrecher, die aus Deutschland in die Tschechoslowakei geflohen sind.

Dieser letzte Punkt beängstigte Anna besonders. Theo wurde von der deutschen Regierung als Verbrecher angesehen. Ebenso alle Juden, die erst aus Deutschland und Österreich und dann aus dem Sudetenland geflohen waren. Anna führte die wertvollen Dokumente in Stoff eingewickelt in ihrer Bluse mit sich.

Theo hatte wenigstens einen Paß. Die meisten waren ohne irgendeine Art Ausweis geflohen. Aus diesem Grund hatte Anna versprochen, heute abend mit dem anglikanischen Pfarrer zu sprechen. Sie trug eine Liste mit annähernd tausend Namen bei sich: jüdischen Namen. Namen, die ohne Zweifel auch in den Akten der Gestapo aufgelistet waren.

Sie ging schneller. Ein Armeelastwagen rumpelte vorüber. Der Weg war weit, und es war unmöglich, ein Taxi zu bekommen. Alle waren für die Armee requiriert. Keine Tankstelle hatte offen, und wo auch immer Anna heute abend an in der Nähe eines Automobils stehenden Menschengruppen vorbeikam, wurde über die Beschaffung von Benzin gesprochen.

„Die Züge sind voll, und wir sitzen fest. Wie können wir fort?"

Internationale Züge fuhren nicht über die Grenze. Wer von den Fahrgästen die Reise über die Grenze hinaus fortsetzen wollte, mußte sein Gepäck tragen, zu Fuß über die Grenze gehen und hoffen, in einem anderen Zug weiterzukommen.

Die meisten der amerikanischen, französischen und britischen Besucher hatten das Land aufgrund der Entwicklung der letzten Woche bereits verlassen. Doch in einigen Hotels befanden sich noch immer Grüppchen entschlossener Journalisten, um über das unheilvolle Geschehen zu berichten. Anna war froh, daß sich Murphy nicht unter ihnen befand. Sie war dankbar, daß er und Elisa in Sicherheit waren, wie verzweifelt sie es sich auch für Theo, Dieter und Wilhelm wünschte!

Sie blieb neben einem Gendarmen stehen, der in dem blauen Licht seiner Laterne sonderbar kalt aussah.

„Entschuldigung“, bat sie, „es ist so dunkel, und ich fürchte, ich finde mich nicht mehr zurecht.“

„Gnädige Frau“, kam die traurige Entgegnung, „findet sich heute abend in Prag überhaupt noch jemand zurecht?“

„Können Sie mir den Weg zur anglikanischen Kirche zeigen?“, fragte sie.

„Sehen Sie die Straßenbahn?“ Er hob einen Arm, um auf das langsam sich fortbewegende, abgeblendete Licht zu zeigen. „Warten Sie, bis sie vorüber ist, und dann überqueren sie die Straße. Dort werden sie die anglikanische Kirche finden.“

Anna dankte und rannte über die Straße auf den schwarzen Hintereingang der Kirche zu. Sie tastete sich mit ihrer Hand an den rauhen Steinwänden entlang, bis sie ihn erreicht hatte.

Sie vermutete, die Tür sei abgeschlossen, aber als sie aufklinkte, ließ sie sich leicht öffnen. Und innen war Lichterglanz. Kerzen schimmerten ihr ein Willkommen zu, und der Pfarrer schaute von seinem Sitzplatz in der ersten Reihe der Kirchenbänke auf und winkte ihr zu.

„Sie sind hier!“ Anna schloß die Tür hinter sich.

„Wie versprochen.“ Das ergrauende Haar des Pfarrers leuchtete silbrig im Licht. Der Widerschein der Kerzen verdunkelte seine Augen, aber er lächelte, von Herzen erfreut darüber, Anna unter diesen furchtbaren Umständen wiederzusehen.

„Ich dachte, Sie müßten auch weggehen wie die anderen Briten.“ Müde ließ sie sich neben ihm nieder.

„Noch nicht.“ Er blickte zur Decke: Schatten tanzten auf dem Gebälk. „Ich habe noch eine kleine Herde hier, Anna. Nachricht von Theo?“

Sie schüttelte den Kopf. „Seit Dienstag nicht. Es gab keine Zeit, ich bin sicher.“

„Warum sind *Sie* noch nicht gegangen, liebe Frau?“, fragte der Pfarrer mit ernster Stimme.

Als Antwort zog Anna ihre Liste mit den tausend Namen aus der Tasche. „Auch ich habe eine Herde, um die ich mich kümmern muß. Ich brauche Ihre Hilfe. Die hier brauchen Ihre Hilfe, Reverend Carwell.“

Erstaunt nahm er den Stapel Blätter und schaute sie durch. „Namen?“

Anna schwieg. Sie war sich im unklaren darüber, wie und wo sie beginnen sollte. „Namen, ja. Jüdische Namen, zu denen jüdische Gesichter gehören. Wenn Theo hier wäre, würde er sagen, es sind Verwandte von Maria und Joseph und Jesus, die vor Herodes um ihr Leben fliehen.“

Nach dieser Einleitung verbrachte Anna die nächsten Stunden damit, alles zu erklären, bis sie schließlich die Kirche verließ, zurück zu dem kleinen Haus auf der Mala Strana.

* * *

Die kubanischen Kanonenboote fuhren aus dem Hafen und steuerbord längsseits der *Darien*. Der Kutter der Küstenwacht blieb am Bug backbord.

Das Schiff voller Zeitungsleute hielt sich zurück. Hier sollten keine Fehler unterlaufen. Kein Flüchtling sollte über Bord springen und zu einem der Schiffe schwimmen.

Trump stand schimpfend neben dem Kapitän des kleinen Fischerbootes. „Weiterfahren! Die werden es nicht wagen, das Verlagshaus Trump aus dem Wasser zu bomben!“

Der Kapitän nickte, unsicher darüber, warum er Mr. Trump gehorchte. Immerhin waren auf sein Schiff, als es an die *Darien* anschlug, Kanonen gerichtet. Kommandant Deming vom Kutter der US-Küstenwacht kletterte mit einem halben Dutzend bewaffneter Männer auf das Deck der *Darien*.

Trump griff zum Megaphon und trat aus dem Ruderhaus. „Sie übertreten internationales Recht, Kommandant! Wir befinden uns in internationalen Gewässern, und Sie haben kein Recht, die *Darien* zu betreten! Und kein Recht, Mrs. Rosenfelt daran zu hindern, an Bord der *Darien* zu gehen!“

Deming antwortete ohne die Unterstützung eines Megaphons. „Wir haben Befehl zu verhindern, daß die Flüchtlinge amerikanisches Hoheitsgebiet erreichen! Wir haben die Absicht, diesen Befehl auszuführen, Zeitungen hin oder her!"

Blitzlichter erhellten das Geschehen, um die Konfrontation einzufangen.

Babbie Rosenfelt, jetzt in ihrem blauen Kleid, hielt den Geschenkkorb im Arm. Ihr Gesicht war von dem Schleier ihres Huts verborgen. Nur die leicht herabhängenden Schultern offenbarten ihren Kummer.

„Es geht nur eine einzige Frau an Bord der *Darien*, und Sie haben kein Recht, sie aufzuhalten, Kommandant!", rief Trump. „Bei allem, was Ihnen heilig ist, Sir – ich warne Sie: Wenn Mrs. Rosenfelt auf irgendeine Art angerührt oder zurückgehalten wird, wenn sie davon abgehalten wird, ihre Familie zu sehen, wird das schlimme Folgen haben!"

Der Kommandant des Kutters schwieg. Seine Männer standen hinter ihm in Bereitschaft. Aber bereit wofür? Bereit, eine alte Frau zu erschießen? Bereit, sie gefangenzunehmen, weil sie ihre Urenkel und ihre Enkeltochter besuchen wollte?

Trump rief Babbie und einem Besatzungsmitglied neben ihr zu: „Geht nur, sie werden euch nicht aufhalten! Sie werden nicht Hand an Sie legen, Mrs. Rosenfelt. Vielleicht leben wir nicht mehr in einem freien Land, aber der Ozean, der gehört niemandem!" Er hob das Megaphon an die Lippen. „Verlassen Sie die *Darien*, Kommandant! Sie und ihre Männer und das ganze verfluchte Außenministerium haben kein Recht, dort oben zu sein! Selbst Präsident Roosevelt dürfte nicht uneingeladen an Bord! Wenn Sie damit enden wollen, ihren Abschied nehmen zu müssen, mein Sohn, dann bleiben Sie noch eine Minute dort oben."

Der Kommandant war geschlagen. Arrogant und wütend kletterte er die schmale Eisentreppe an der Seite des Frachters hinab; seine Männer folgten. Die Passagiere der *Darien* jubelten mit ohrenbetäubendem Getöse.

Die Gesichter von Maria und Klaus mit Trudy, Katrina, Louise und Gretchen tauchten hoch über der Reling auf. Sie riefen und winkten Babbie zu. Sie hatte den Schleier hochgezogen und strahlte vor Freude und Erleichterung. Fast wie Moses auf dem Berg Sinai strahlte ihr Gesicht. Sie lachte und griff nach der Metalleiter, kaum daß die Mannschaft sie an der *Darien* festgemacht hatte. Ohne Mühe kletterte sie die steilen Stufen hinauf. Die Nähe ihrer Familie trieb ihr die mangelnde Behendigkeit des Alters aus den Beinen.

„Babbie! Babbie!", riefen die Kinder und sprangen vor Freude herum.

Babbie rief im Klettern ihre Namen. Über ihr jubelten die Passagiere noch immer, und ihre Stimmen trugen sie nach oben. Arme wurden ausgestreckt, sie heraufzuziehen – vertraute Arme. Die liebenden Arme von Maria und Klaus, Trudy, Katrina, Louise und Gretchen. Nur Ada-Marie war nicht da.

Babbie ließ den Kummer, der ihr jetzt durch das Herz schnitt, nicht sehen. Sie hatte nicht im Ernst daran geglaubt. Bis jetzt nicht. Und dann nahm Klaus den Korb, und Maria legte ihr den kleinen Holbein in die Arme. Sie ließ ihre Tränen auf ihn fallen. Tränen der Freude und doch auch des Verlusts. Tränen des Begreifens, daß dies ein Zusammensein nur für eine Stunde sei. Und dennoch...

Israel kreischte sein Hallo. So laut! So viel Umtriebigkeit! Hatte er den Unterschied zwischen Glück und Trauer noch nicht gelernt? Maria war an Babbies Seite und legte den Kopf an ihre Schulter.

„Oh, meine *Kinderlach!*", schluchzte Babbie, berührte jedes Gesicht – und dann noch einmal. Die Hand an jede sonnenverbrannte Wange legen, die schönen, weichen Zöpfe fühlen, das Baby halten – es war wie ein Luftholen, nachdem man lange Zeit unter Wasser gewesen war. Sie füllte ihre Lungen damit. *Meine Familie! Meine Familie!*

Die kubanischen Kanonenboote waren vergessen. Der hochmütige amerikanische Offizier mit seinem unmenschlichen Begriff von Pflichterfüllung für sein Land war vergessen. Niemand nahm das endlose Klicken der Kameras oder die Blitzlichter wahr, die gegen die verschrammte Haut des Frachters blinkten. Dies war die Stunde der Freude. Diese Stunde war so, wie sie sich alle erhofft hatten.

Und so begann die B'rith des kleinen Israel. Von Babbie Rosenfelt auf den Armen getragen, wurde er vor den Rabbi von Nürnberg gebracht. Und alle Menschen an Bord der *Darien* riefen wie aus einem Munde: *„Gelobt sei, der da kommt!"*

Obwohl Mr. Trump wußte, daß diese Worte dem Kinde Israel galten, konnte er nicht anders, er mußte mit einstimmen: *„Gelobt sei, der da kommt ..."*

* * *

Aller Lärm, alle Verwirrung hörte auf, als Shimon vor sein Stimmenorchester trat und Beethovens Fünfte Sinfonie zu dirigieren begann.

Die Stimmen verschmolzen ineinander; sie sangen die Instrumentenstimmen mit einer Präzision, die keiner, nicht einmal Shimon erwartet hatte. Das *Darien-Sinfonieorchester*, mit perfektem Zusammenklang und Kontrapunkt, erfüllte des Rabbis Prophezeiung eines Wunders.

Aber unweit der Decks der *Darien* geschah ein noch größeres Wunder. Die bewaffneten Männer auf dem kubanischen Kanonenboot senkten ihre Gewehre, standen still da, gebannt von der zu einem Crescendo anschwellenden Musik, die vom Geräusch der gegen den Schiffsrumpf schlagenden Wellen noch gesteigert wurde. Offiziere der Küstenwacht – sogar Kommandant Deming – verharrten still und lauschten. Das Pressekorps hielt mit dem Bilderschießen inne und wartete ehrfürchtig, bis die Musik zu Ende war.

Niemand hatte je etwas Ähnliches gehört – eine Ladung Flüchtlinge, mit einem Sargschiff auf dem Meer unterwegs, erzeugte die schönste Musik, die man sich nur vorstellen konnte. Das war kein Sarg – es war ein Opernhaus, eine Konzerthalle, ein Ort, an dem Leben, Liebe und Kreativität auch noch unter den widrigsten Umständen blühte.

Als die Vorhaut des Kindes abgeschnitten und die Segnung hergesagt wurde, heulte Israel. Alle an Bord der *Darien* verzogen die Gesichter; die Damen schlossen die Augen. Maria fühlte sich einer Ohnmacht nahe. Klaus war dankbar, daß sich sein Sohn an diesen Moment nicht erinnern werde. Trudy, Gretchen, Katrina und Louise tat ihr kleiner Bruder sehr leid, und sie waren sehr froh, daß sie nicht als Mann auf die Welt gekommen waren. Und falls an diesem Tag irgend etwas an Trauer gemahnte, dann war es der schmutzige Gebetsschal aus Segeltuch, den der Rabbi von Nurnberg trug.

Die eintönige Stimme des Rabbis setzte zur Schlußeinsegnung an. „Möge das Söhnchen starken Geistes und Körpers aufwachsen in Liebe zur Thora, zum Hochzeitsbaldachin und zu einem Leben der guten Taten.“ Ein Becher Wein wurde hochgehalten und gesegnet, und vor den Versammelten wurde der Name *Israel Burton Holbein* ausgesprochen. Aufgrund dieser Überraschung errötete Kapitän Burton ein wenig und nickte, während ein Tropfen Wein auf die Lippen des Babys geträufelt wurde.

Und so war es vollbracht. Ein weiteres hoffnungsvolles kleines Leben war dem Bund geweiht. Die Köpfe erhoben sich, und *Mazel Tow*-Rufe erfüllten die Luft, während Kapitän Burton die kleine Familie in sein Privatquartier führte für die kurze, noch verbleibende Zeit des Besuchs von Babbie Rosenfelt.

38. Mit dem Wind um die Wette

Wind aus Südost wirbelte die See auf. Unregelmäßige Wellen schlugen gegen den Frachter.

Der Kommandant des Schiffes ließ die Sirene aufgellen. *Zeit genug; der Besuch muß ein Ende haben.* Die kubanischen Kanonenboote griffen seine Ungeduld auf und ließen ebenfalls schrille Pfiffe hören.

Die Reporter, die Fragen zu den Flüchtlingen hinaufgerufen und deren Antworten aufgekritzelt hatten, waren überrascht, als nach genau einer Stunde Mrs. Rosenfelt oben an der steilen Eisentreppe erschien. Ihr Schleier verhüllte nun wieder ihr Gesicht. Die kleinen Mädchen klammerten sich an sie und weinten. Sie wollten sie nicht fortlassen, und Mrs. Rosenfelt hielt sie fest, solange sie konnte. Maria war nicht mit an Deck gekommen. Die Trennung war zu schmerzlich, als daß sie in der Öffentlichkeit vollzogen werden konnte. Klaus Holbein umarmte Babbie und hängte ihr den Picknickkorb wieder über den Arm. Mrs. Rosenfelt drückte ihn noch einmal fest an sich.

Es waren Tränen unter diesem Schleier. Eine Stunde. Nur eine. Ein so winziger Bruchteil Zeit, in das so viel Freude und so viel Sorge gedrängt war.

Mrs. Rosenfelt stieg die Treppe hinab – langsam, behutsamer als beim Hinaufsteigen, um zu ihren Lieben zu kommen. Am Treppenende stand Mr. Trump, den einen Fuß auf seinem kleinen Schiff, den anderen auf der untersten Stufe des Metallgestänges. Er streckte sich, um die Hand Babbies zu ergreifen und ihr von der *Darien* zu helfen. Über die Schulter blickte sie zurück und winkte zu den schluchzenden Kindern hinauf.

Trump hörte sie hinter dem Schleier weinen.

„Mrs. Rosenfelt? Kann ich Ihnen irgend etwas bringen?“, fragte er. Die Maschine stotterte an, das Schiff driftete vom Frachter weg. Er litt mit ihr. Vielleicht war das zu schmerzlich, vielleicht wäre es besser gewesen, wenn Babbie sie nicht gesehen hätte.

Babbie Rosenfelt schüttelte nur den Kopf; sie sagte nichts. Sie schaute noch einmal zurück und winkte Klaus, der ebenfalls weinte. Dann ging sie die Treppen hinunter und zog sich in ihre Kabine zurück. Sie schloß hinter sich die Tür.

* * *

Als Murphy an diesem Morgen durch das Foyer des Hotels Royale ging, war er erstaunt, daß der Gesichtsausdruck keines der Konferenzteilnehmer sich verändert zu haben schien. Bei ihrer ersten Gesprächsrunde gestern abend hatten sie einhellig wieder vage und gefällige Plattheiten von sich gegeben und es daraufhin für gut befunden zu erklären, warum sie *nichts tun würden!*

Es war so wie beim Völkerbund. *In überaus schlimmer Lage, diese Flüchtlinge; aber, sehen Sie, leider sind uns die Hände gebunden.*

Die Darien und ihre Passagiere waren nicht einmal erwähnt worden. Sie waren unbedeutend – weshalb sollte jemand an sie denken? Es gab, wie Murphy erfuhr, Dutzende anderer Schiffe wie der alte Frachter, die Deutschland verließen. Wie konnten diese geschäftigen, wichtigen Männer an achthundert Flüchtlinge denken, wo es um das Leben von Millionen ging? Und wie konnten sie mit Millionen von Menschen Erbarmen haben ... zu viele ... zu viele! Und so war am Ende die Konferenz von Evian Zeitverschwendung.

Ein glockenschwingender Page mit runder grauer Kappe und grauer Uniform ging am Speisesaal vorüber. „Mr. John Murphy! Telegramm für Mr. John Murphy!"

Auf einem Silbertablett lag eine Drahtnachricht aus Havanna. Murphy riß sie auf in der Hoffnung auf eine gute Neuigkeit von Trump.

DARIEN VON KANONENBOOTEN VOR HAVANNA ABGEDRÄNGT STOP DRINGEND BENÖTIGTE NAHRUNGSMITTEL BESCHLAGNAHMT STOP FÜR FREIGABE ABRECHNUNG ERFORDERLICH STOP BEFRISTETE AUFENTHALTSGENEHMIGUNGEN DURCH BESTECHUNG MÖGLICH STOP TÄTIG WERDEN MURPHY STOP TRUMP

Murphy las das Telegramm noch einmal. Gute Nachricht? Schlechte Nachricht? Hm. Die *Darien* wurde abgedrängt, die Nahrungsmittel beschlagnahmt – und doch ... Man hatte Trump erzählt, die richtige Summe in die Tasche des richtigen kubanischen Einwanderungsbeamten in Evian könnte etwas bewegen. Eine kubanische Aufenthaltserlaubnis!

Amanda war längst gegangen, aber sie hatte Murphy im wesentlichen dasselbe erzählt. Geld konnte mehr bewegen als hochtrabende Worte und Ideale.

„Sei gegrüßt nach deiner Rückkehr in die reale Welt, Murphy", murmelte er bei sich und schritt eilig zur Rezeption. Er hatte einiges Geld auf dem Konto, das von Theo nach New York überwiesen worden war. War das nicht genau diejenige Sache, für die er die Gelder zu benutzen beabsichtigt hatte? Er würde mit Theo darüber sprechen. Jetzt mußte er geeignete Leute aufsuchen.

Er klingelte mit der auf der Rezeptionstheke stehenden Glocke. „Ich hätte gerne die Nummer des kubanischen Repräsentanten Cabrillo, bitte." Er buchstabierte dem französischen Angestellten den Namen: „Cabrillo. Er ist Kubaner."

* * *

Anna ging den Weg zurück und durch die voll besetzte Küche. „Was hat er gesagt?"

„Hat er zugestimmt?"

„War er beleidigt oder über dich verärgert?"

Es gab tausend Fragen, die anscheinend alle gleichzeitig beantwortet werden sollten.

Anna entgegnete voller Hoffnung: „Er sagt, ihr sollt kommen und selbst sehen." Und diese Antwort ging im Haus und an den Tischen draußen von einem zum anderen.

Während des Mittagessens traf ein abgehetzt aussehender Laufbursche auf einem Fahrrad ein. Er hatte ein Telegramm für Anna Linder, auf dem „Eilig" stand.

Die Frauen tauschten Blicke. Konnte das bedeuten, daß Theo oder einer ihrer Söhne verletzt oder tot war? Ein kleiner Junge ging und holte Anna aus der Küche.

Sie wischte die Hände an der Schürze ab und eilte die Treppen hinab. Der Laufbursche stand bei seinem Fahrrad. Sie zahlte ihm die Gebühr und riß mit zitternden Händen den Umschlag auf.

Es war still, während man ihr zusah. Tränen stiegen ihr in die Augen, und sie lächelte. „Sie kommen nach Prag zurück", sagte sie endlich. „Theo, Wilhelm und Dieter werden auf dem hiesigen Flugplatz stationiert. *Sonntag!* Gott ist gut zu mir! Sie kommen heim!"

* * *

„So, so, Senor Murphy." Manuello Cabrillo musterte Murphy hinter dem Tisch im Teezimmer. „Sie wollen für diese Leute also Zeit kaufen, ja?" Er spielte nachdenklich mit einem silbernen Messer an der Tischkante herum. „Zeit ist eine sehr teure Sache. Ich habe mit meinen Vorgesetzten gesprochen. In diesem Fall wird die gewünschte Zeit... eine Million Dollar kosten."

Murphy blinzelte ihn ungläubig an. *Eine Million!* „Niemand hat das Geld", antwortete er unglücklich.

Cabrillo zuckte die Schultern. Ein Ober füllte ihre Gläser mit Tee aus dem berühmten Evian-Wasser. „Sehen Sie diese zwei Männer dort drüben?" Cabrillo beugte sich auf Flüsternähe vor und zeigte mit dem Daumen auf sie. Zwei grimmige Deutsche am Fensterplatz auf der anderen Seite des Raums.

„Was ist mit ihnen?" Murphy empfand gegen diesen aalglatten, kleinen Lationo mit dem öligen Haar, dem italienischen Seidenanzug und den zweifarbigen Schuhen eine entschiedene Abneigung. Er sah aus wie der Geschäftsführer eines Spielcasinos mit der Habgier eines Chicagoer Bankräubers.

„Es sind Deutsche, Senor." Das hatte Murphy bereits unschwer erraten. Evian war diese Woche voll von Hitlers Leuten.

„Ja und?"

„Die sind hier, um Juden zu *verkaufen,* Senor Murphy!" Cabrillo grinste und lehnte sich zurück. „Ja! Sie verkaufen ihre Juden – zweihundertfünfzig Dollar pro Kopf. Und wissen Sie was?" Er machte theatralisch eine Pause. „Niemand will ihre Juden kaufen, Senor! Es ist am Markt niemand da für Juden. Haben Sie es nicht bemerkt? Kein Land will Juden! Selbst wenn Hitler sie gratis anbieten würde – kein Land würde deutsche Juden nehmen!" Eine breite Geste seiner Hände. Das waren die Fakten. „Und da niemand Juden nehmen will – nicht einmal geschenkt –, Juden wie ihre – tja, deshalb ist es durchaus einsichtig, daß Hitler bezahlen muß, um sie loszuwerden! Oder daß Sie – beziehungsweise die Firma, die sie vertreten – ein so kleines Sümmchen an die Regierung von Kuba entrichten muß, damit Ihre Juden sechs Monate auf der Zuckerrohrinsel bleiben können. Ein sehr kleines Sümmchen – in Anbetracht unseres Risikos."

„Welchen Risikos?" Innerlich kochte Murphy, aber er zeigte es nicht.

„Was, wenn Sie sie nach sechs Monaten immer noch nicht auf die Quotenliste bringen können? Was, wenn die US-Regierung sie dann nicht nimmt? Was sollen wir dann mit ihnen? Sie auf das Meer hinausschleppen und versenken?"

„Eine Million ist ... unmöglich." Murphy schaute zu den nazistischen Fleischhändlern, die Quiche aßen und mit Weißwein hinunterspülten. Sie nahmen ihre Fehlschläge als Judenverkäufer gelassen hin. *Das also war Evian. Ratssitzung der bedeutenden humanen Nationen.*

Murphy räusperte sich, eine plötzliche Gefühlsaufwallung niederzuhalten. Er dachte an das Konto, das Theo in New York angelegt hatte, und schätzte ab, was aus anderen Quellen zusammengebracht werden konnte. „Wir können Ihnen für die Aufenthaltsgenehmigungen aller Menschen an Bord der *Darien* zweihunderttausend Dollar anbieten."

Cabrillo lächelte ungläubig und schüttelte über ein solch lächerliches Angebot den Kopf. „Wir wissen alle, daß die reichen Juden mehr bezahlen können. Sears & Roebuck, Loeb & Kuhn sagen: ‚Ich gebe dir dafür oder dafür fünfzigtausend. Einhunderttausend. Zweihunderttausend!' Wir alle kennen diese reichen Bankiers. Diese Juden! Sie bringen – in einer Stunde! – eine Million Dollar zusammen!"

„Es gibt an Bord der *Darien* keine reichen Bankiers. Diese Menschen haben für die Überfahrt ihren letzten Heller gegeben!" Murphy mußte sich beherrschen, ihn nicht anzubrüllen. „Das könnte ihre letzte Hoffnung sein!"

„Nun gut – schade für sie. Aber sie haben doch wohl in Amerika reiche Verwandte, Senor, oder? Jeder weiß, Juden kontrollieren die Presse – und alle Banken Amerikas. Einen derartigen Betrag aufzutreiben – eine Kleinigkeit für sie. Nein, Senor? Das ist unser letztes Angebot. Wir geben Ihnen vierundzwanzig Stunden Zeit, es sich zu überlegen. Das ist alles, was wir tun können."

Vierundzwanzig Stunden, um eine Million Dollar aufzutreiben. Alles für das Recht, auf kubanischem Boden seine Zelte für nur ein halbes Jahr aufzuschlagen. Aber welche anderen Möglichkeiten gab es? Konnten Trump und die anderen es schaffen, das Geld zusammenzubringen?

Murphy begegnete dem unverschämten Blick mit einem kurzen Nicken. Er schaute zu den Nazis hinüber, und plötzlich hatte er das ungute Gefühl, daß der Mann, mit dem er sich abgab, eine genauso schwarze Seele hatte wie sie.

* * *

Keine Reporter mehr. Keiner drohte, öffentlich zu brandmarken. Jetzt konnte Kommandant Deming seine Arbeit tun. Als die *Darien* wieder in amerikanische Gewässer kam, funkte er zur Unterstützung einen zweiten Kutter herbei. Sie flankierten zusammen die *Darien* selbst dann noch, als der Himmel über ihnen wegen des sich nahenden Sturms zunehmend grauer wurde.

Mit dem Megaphon an den Lippen gab Deming die Warnung aus, ein Ultimatum: *„Sie haben amerikanische Gewässer erreicht! Drehen Sie um, Darien, oder wir sind gezwungen, auf sie zu schießen."*

Kapitän Burton antwortete: *„Ein Orkan naht. Wir bitten, vorAnker gehen zu dürfen."*

„Unter keinen Umständen, Darien."

„Schauen Sie auf Ihr Barometer!", rief Burton enttäuscht zurück.

Als Antwort feuerte die Mannschaft des Kutters eine Salve über den Bug der *Darien. „Wenn Sie nicht sofort abdrehen, werden Sie sich noch wünschen, durch einen Sturm fahren zu dürfen!"*

Burton schaute den ängstlichen Funkmechaniker aus Berlin an, der jetzt am Funkgerät saß. „Schicken Sie Trump Nachricht. Sagen Sie ihm, wir werden gezwungen, auf das Meer hinauszufahren. Und geben Sie weiterhin unsere Position durch."

* * *

Empört stand der Erste Maat Tucker neben Kapitän Burton. Beide blickten sie auf einen Revolverlauf. Es war keine große Waffe, aber sie genügte.

Fünf Besatzungsmitglieder standen ihnen beinahe schuldbewußt gegenüber. „Das ist keine Meuterei, Kapitän Burton. Wir haben mehr getan als das, wofür wir unterschrieben haben, und jetzt ist Schluß damit. Das ist alles." Der Sprecher deutete mit dem Daumen auf das Rettungsboot. „Wir befinden uns keine acht Meilen vor der Küste, und ich bin Manns genug, acht Meilen rudern zu können."

„Sehen Sie, Sir", eröffnete ein Zweiter, „wir haben unterschrieben für Hamburg-New York. Wir sind seit Wochen auf diesem stinkenden Pott, und jetzt sieht es so aus, als müßten Sie nach Hamburg zurück. Ich habe keine Lust, noch einmal über den Großen Teich zu fahren – nicht bei dem Wetter, das da jetzt aufkommt."

Tucker spannte sich wütend. Er ging einen Schritt auf den Mann mit der Waffe zu. „Wenn das keine Meuterei ist, warum hast du dann eine Knarre in der Hand?"

„Nur um zu gewährleisten, daß wir von hier herunterkommen."

Burton war während der Auseinandersetzung still geblieben. Er legte Tucker eine Hand auf die Brust, um ihn zurückzuhalten. „Wir können das Schiff ohne sie betreiben."

„Aber, Käptn ..."

„Nein", sagte Burton. „Ich bleibe dabei. Wenn wir gezwungen werden, zurück nach Hamburg zu fahren, brauche ich einige der Männer hier an Bord als Besatzung. Los, Tucker, such dir unter den unverheirateten Männern ein paar aus und gib diesen *Gentlemen* das Rettungsboot." Er lächelte dünnlippig. „Und die Bezahlung für das Rettungsboot?", fragte er. „Ich will von jedem von euch den Heuerschein. Behaltet den Rest eurer Papiere, aber ich will eure Handelsschiff-Heuerscheine."

„Sie können uns nicht davon abhalten, auf einem anderen Schiff Arbeit zu finden. Wir können uns diese Scheine ersetzen lassen, das wissen Sie!"

„In Hamburg werden eure Heuerscheine als Ausweispapiere für meine neue Besatzung gelten, das ist alles. Ihr könnt gehen."

Nachdem der kleine Sarg Ada-Maries behutsam aus dem Rettungsboot genommen worden war, wurde es herabgelassen. Der Sarg wurde zum Bug des Schiffes getragen, gesichert und mit Segeltuch bedeckt. Die fünf ehemaligen Besatzungsmitglieder ruderten in Richtung Ufer; fünfzehn Minuten später wurden sie von Kommandant Deming in seinen Küstenwachtkutter geholt. Da sie sich durch ihre Papiere als amerikanische Staatsbürger ausweisen konnten, wurden sie in einem Beiboot nach Norfolk gebracht. Zur selben Zeit drehte die *Darien* ab, auf die See hinaus, zum letzten Mal.

* * *

Shimon stand eine Weile mit dem Rücken zu dem riesigen Kohleberg. Kapitän Burton schaute nicht zurück, als er klappernd die Metalltreppe hinabging und mit eingezogenem Kopf durch die Luke stieg.

Na, vielleicht ist es ganz recht so, dachte Shimon, wandte sich um und nahm die breite, flache Kohlenschaufel. Schießlich hatten ihn die Feuer des Thyssen-Stahlwerks hierhergebracht. Jetzt würden ihn die Kohle, die Schaufel und das Feuer im Kessel heimbringen, wo auch immer die Heimat sein mochte. Wo *Leah ist, ist Heimat.* Er packte die Schaufel, stieß sie in die Kohle und warf die Ladung in den Kessel. Er würde Leah irgendwo finden. Wenn dieses Schiff je in einen Hafen käme, würde er es möglich machen, zu ihr zu kommen. *War sie noch immer in Wien?* fragte er sich. Hatten die Nationalsozialisten sie aus dem Orchester geworfen, oder klang ihr Cello noch immer schmelzend auf der Bühne des Musikvereins, Abend für Abend?

Er konnte sie sich leicht auf ihrem Bühnenplatz ausmalen. *Ja, Leah, ich sehe dich dort, wie du mit dem Kopf nickst, während dir die Menge Beifall spendet. Ich sehe dich deutlicher als dieses Feuer hier. Mein Herz glüht wärmer als diese Flammen.*

Er hatte noch nicht seine ganze Kraft wiedergefunden, damit hatte der Doktor recht; aber er war doch stärker als im Stahlwerk. Gutes Essen, Lachen, hoffnungsfrohe jüdische Herzen und Worte hatten ihn wieder zum Leben erweckt. Ihm machte die Arbeit nichts aus. Seine Muskelkraft ölte das Feuer, das die Maschinen antrieb, und diese würden ihn irgendwie heimbringen. Heim zu der einzigen, die ihm etwas galt. Heim zu seiner geliebten Leah.

Während der Arbeit sang er Melodien aus Sinfonien, die sie miteinander gespielt hatten. Der schlagende Rhythmus der Maschinen klang wie Kesselpauken. Als er unter der Fuchtel der nazistischen Aufseher gestanden hatte, war ihm nicht erlaubt zu singen. Jetzt schien ihm Musik die Bürde der Arbeit leichter zu machen, und er hatte immer den klaren, schmelzenden Ton von Leahs Cello im Ohr.

* * *

Der Kutter der Küstenwacht eskortierte die *Darien* hundert Meilen in internationale Gewässer hinein. Draußen auf See, in der Ferne, zerrissen Blitze den schwarzen Himmel. Sie waren wie Adern in der Haut des Teufels.

Für ein kleines Schiff war der Sturm mehr als gefährlich. Burton konnte ihn geradezu kommen riechen, auch wenn das Barometer noch nicht auf den tiefsten Stand gefallen war. Der Kutter drehte schließlich ab zurück in einen sicheren Hafen. Die wie ein Stück Holz von den Wellen hin- und hergestoßene *Darien* durfte dies nicht.

„Mach die Sicherungsleinen fest“, wies Burton den Ersten Maat Tucker an. „Bring alle unter Deck. Ich werde das Schiff in einer Stunde wenden und zur Küste fahren, wenn ich sicher bin, daß der Kutter weit genug weg ist.“

* * *

Vom ersten Aufbrausen des Sturms an war es schwierig, den Kessel zu beschicken. Das Schiff rollte von einer Seite zur anderen, so daß die Männer, die an den Maschinen arbeiteten, kaum mehr dagegen ankamen. Und dann, als die *Darien* anfing, die sich auftürmenden Wellen wie Berge zu erklettern und in die tiefen Täler hinabzugleiten, wurde die Aufgabe fast ganz unmöglich.

Aaron, Fredrik, Klaus und ein Dutzend andere hielten sich an den Tauen und aneinander fest, während sie die Pumpen bedienten. Das Wasser unten im Schiff war auf fünfunddreißig Zentimeter angestiegen. In den Gesichtern der Männer spiegelte sich Schrecken. Sie pumpten, so schnell es ging, und dennoch ...

Das Stöhnen der anderen wurde vom Geräusch des Sturms überdeckt, und schließlich vermochte Shimon nicht mehr zu sagen, von wem die Geräusche kamen.

Er ergriff seine Schaufel. Das Schiff hob sich, um einen Wellenkamm zu ersteigen. „Öffne den Kessel!“, rief er dem erschrockenen, jungen Orthodoxen zu, der ihm half. „Öffne, und wenn ich die Kohlen hineingeworfen habe, schließt du wieder!“

Der Mann nickte. Wenn er nicht schnell genug wäre, würde das Feuer herausfallen. Shimon stützte sich ab und bemühte sich um einen festen Stand. Die Eisentür schwang auf: Hitzeweißglut drang heraus – der Kessel schluckte die schwarzen Kohlebrocken; der Orthodoxe schlug die Tür zu, erleichtert.

„Mehr Männer an die Pumpen!“, rief Klaus. „Wir müssen uns abwechseln!“

Aaron kämpfte sich zur Treppe durch, um hochzusteigen und nach mehr Hilfe zu rufen im Kampf gegen die sich auftürmenden Brecher aus dem Meer.

* * *

Maria barg Israel in ihren Armen, während der Boden wegzurutschen schien. Stöhnen erhob sich unter den Füchtlingen. Sie waren in der Falle des Sturms.

Seekrankheit; die Luft roch nach Erbrochenem, nach Angst. Irgendwie schafften es die vier Mädchen, bei diesem gräßlichen Rollen und Schlingern zu schlafen. Und Israel, der gestillt worden war, sah mit großen schwarzen Augen seine Mutter an. Ein Etwas in diesen friedvollen, unschuldigen Augen beruhigte Marias Herz. So kurz vor dem Einschlafen nahm er die Wellen, die sich selbst über die höchsten Aufbauten der *Darien* auftürmten, nicht wahr. Nicht den Wind, nicht die Schreie der Männer, die versuchten, das Wasser aus dem Laderaum des Schiffs zu pumpen. Langsam aber sicher gewannen die über das Deck hereinbrechenden Wellen den Wettkampf gegen die Männer unten an den Pumpen.

39. Vögel im Auge des Orkans

Zur selben Stunde war ganz Europa wie im Sturmwind. Sein Heulen übertönte die Schreie auf der *Darien.* Ganze Nationen verloren ihre Entschlußkraft und beugten sich dem Sturm, der sich ihren Grenzen näherte.

General Halder saß im Berliner Haus Admiral Canaris' mit anderen Verschwörern zusammen, um der im Radio ausgestrahlten Rede Hitlers zuzuhören. Fünfundzwanzigtausend Parteimitglieder jubelten dem Führer zu, der im Berliner Sportpalast zu ihnen sprach. Millionen lauschten erschrocken seinen Worten. Nur diese wenigen Mitglieder des Deutschen Oberkommandos wußten, dies war Hitlers letzte Drohung.

„Wir haben ihn da, wo wir ihn haben wollen." General Hoepner rieb sich die Hände. „Hier in Berlin werden wir sie alle auf einen Schlag einbuchten."

„Heute hören die Menschen die Stimme des Führers und fürchten sich. Am Sonnabend, wenn der Führer den Marschbefehl gibt, wird es General Halder sein, der spricht", sagte Canaris leise. „Dann wird die Welt begreifen, daß allein Hitler für diesen Irrsinn verantwortlich ist."

Straff und gespannt blickte General Halder aus dem Fenster, während der Lärm der Menge im Sportpalast das Zimmer erfüllte. „Vielleicht sollten wir nicht bis Sonnabend warten", warf er ein. „Vielleicht sollten wir sie alle heute abend schon einsperren. Himmler. Göring. Goebbels. Meine Divisionen vom stehenden Heer können noch in dieser Stunde marschbereit sein. Wir könnten Hitler nach seiner Rede festnehmen, gleich wenn er den Sportpalast verläßt."

Die Männer sahen einander fragend an. Wäre es wirklich einfacher, die Sache heute abend zu Ende zu bringen? Drei Tage vor dem Einmarsch ins Sudetenland?

„Nein, nein", zog Hoepner schließlich einen Schlußstrich. „Der Plan bleibt so, wie wir ihn entworfen haben. Es sind fünfundzwanzigtausend Nationalsozialisten im Sportpalast; wir wollen uns nicht auch noch mit denen herumschlagen. Es ist besser, wir warten die richtige Gelegenheit ab. Wir verhaften Hitler im Stabssaal, während er wie ein Geier über seinen Karten hängt."

Die anderen Verschwörer nickten zustimmend. Der Putsch gegen Hitler dürfte nicht in ein Massaker ausarten und, bis er gelungen wäre, auch nicht öffentlich bekannt werden. Hitler und seine obersten

Gefolgsleute befanden sich in Berlin. Der Plan der Stabsoffiziere des Heeres konnte also nicht schiefgehen.

Der Lärm der Übertragung wurde leiser. Der Führer war dabei, den Tschechen und der Welt sein letztes Ultimatum zu stellen.

Die Stimme Hitlers ertönte. *„Am 22. Februar dieses Jahres stellte ich die Forderung nach dem Schutz der deutschen Minderheiten und nach der Rückgabe der im Kriege verlorenen deutschen Kolonien. Mein Volk hörte es, und mein Volk verstand es. Ein Staatsmann in Österreich aber verstand es nicht: Schuschnigg. Er wurde abgesetzt, und Österreich kehrte als Ostmark heim ins Reich. Auf dem Reichsparteitag in Nürnberg wiederholte ich meine Forderung. Und wieder hörte es das Volk!"*

Die ganze Welt konnte den tumultartigen Beifall im Sportpalast hören.

„Heute darf es in der Welt nicht die Spur eines Zweifels mehr geben. Es spricht das deutsche Volk! Ich bin das Sprachrohr des deutschen Volkes und weiß, es steht wie ein Mann hinter mir. Meine Worte sind die Botschaft unseres Volkes an die Welt. Die Staatsmänner sollen sie so zur Kenntnis nehmen!"

Thomas wußte, daß dies direkt an Chamberlain gerichtet war, der allein in seinen Londoner Büroräumen auf und ab ging. Die Bevölkerung von England war unentschlossen, für die Tschechoslowakei Krieg zu führen. In Frankreich wurde die Führung der Opposition bedrängt. Hitlers Behauptung, er habe die volle Zustimmung seines Volkes, mußte die Regierenden anderer Nationen erschrecken. Diese Leute konnten von der Stärke der Opposition gegen den Führer kaum etwas wissen.

„Bleibt standhaft!", flüsterte Thomas in Richtung Chamberlain und Daladier, als könnten sie es hören. „Bleibt eurer Verpflichtung treu!" Thomas blickte sich im Zimmer um und sah in die nachdenklichen Gesichter von Deutschlands besten Männern. Einige hatten ihre Augen geschlossen, als ob sie beteten. Alle schienen entschlossen, den Plan auszuführen.

„Die Frage, die uns in den verflossenen Monaten am meisten beschäftigte, ist jenen Regierenden sehr wohl bekannt. Sie lautet im Grunde nicht Tschechoslowakei. Ihr Name ist Herr Präsident Benes. Er ist es, der unser deutsches Volk zum entschlossenen Handeln treibt!"

Rufe wie *„Bluthund!"* und *„Viper!"* wurden laut.

Halder und Canaris wechselten Blicke. Halder hatte Hitlers Pläne über die Eroberung Europas gesehen. Jedes Wort, das der Führer an diesem heutigen Abend aussprach, war eine Lüge. Nach der Tschechei wäre Polen dran, dann Rußland und Frankreich, vielleicht sogar England.

„Es gibt eine Mindestgrenze, hinter die ich nicht zurück kann. Wie recht ich hatte, ist durch die friedliche Vereinigung Österreichs mit Deutschland bewiesen. Jetzt müssen wir uns diesem letzten Problem und seiner Lösung zuwenden. Es ist die letzte Gebietsforderung, die ich in Europa erheben muß; aber es ist auch eine Forderung, von der ich nicht abgehen werde. Herr Benes weigert sich, sich aus diesem Gebiet zurückzuziehen. Er weigert sich, diesem von Deutschstämmigen bevölkerten und von den Tschechen geraubten Gebiet zu geben, was diesem Gebiet von Rechts wegen gebührt – die Freiheit, das heißt, die Heimkehr ins Reich. Den Verlauf der Grenze aber werde ich einer Volksabstimmung überlassen. Die Deutschen wollen Frieden; die Slowaken wollen Frieden. Und dieser Tyrann Benes will uns in einen Krieg stürzen!“

Canaris lachte bitter. In Österreich war das Stimmergebnis gefälscht. Wie konnten die Regierenden in Frankreich und England Hitlers Worten Glauben schenken?

„Nun habe ich mich mit einem Memorandum, mit letzten und endgültigen Vorschlägen, an die britische Regierung gewandt. Das Sudetenland muß deutsch werden!“

Die im Zimmer versammelten Militärs wußten, was die Annahme solcher Vorschläge für die Tschechoslowakei bedeuten würde. Falls man diese Bergregion den Deutschen übergäbe, wäre es nur eine Frage der Zeit, bis Hitler auf Prag marschieren würde. Die Verteidigungslinien der Tschechen waren stark und undurchdringlich. Sie Hitler zu überlassen, wäre der reine Selbstmord. Benes würde nie darin einwilligen. Mit seinen heutigen Worten hatte Hitler letztlich den Krieg erklärt. Selbst Chamberlain mußte das zugeben! Die britischen Vertragsverpflichtungen mußten anerkannt und Schlichtungsversuche aufgegeben werden.

Nachdem General Beck erklärt hatte, die tschechische Verteidigungslinie sei zu stark, als daß sie ohne monatelange Kämpfe durchbrochen werden konnte, hatte er sein Rücktrittsgesuch unterschrieben. Der Führer hatte spöttisch bemerkt, daß er Benes Kopf einen Tag nach dem Einmarsch auf einem silbernen Tablett präsentieren werde.

Hitler muß verschwinden! Mit seinem Ruf nach Rettung der Sudetendeutschen war er gewillt, Tausende junger deutscher Soldaten zu opfern. Das waren die Tatsachen, die Halder nach dem Putsch erklären würde.

Hitlers Haßtirade gegen Benes ging volle anderthalb Stunden weiter. An ihrem Ende hatten die Tausende im Berliner Sportpalast einen hysterischen, rasenden Haß auf die Tschechen.

Die Verschwörer saßen bis weit in die Nacht hinein neben dem Radio. Sie warteten auf die Reaktionen der Regierenden in der Welt. Man war entschlossen, daß Hitler nie wieder vor einem Mikrophon stehen und seine Drohungen hinausschreien dürfe.

* * *

Shimon war dankbar, als zwei Männer ihn am Kessel ablösten. Bei dem Brüllen des Windes konnten sie ihn nicht hören, und so nickte er und zeigte ihnen, wie man das Feuer beschicken konnte, ohne daß glühende Kohlen aus dem Kessel fielen.

Ein Klaps auf seine Schulter. Sein Ersatzmann schrie: „Schlaf ein wenig."

Shimon kroch zur Stahlleiter, die zu den Passagierdecks führte. Die *Darien* schlingerte um fünfundzwanzig Grad nach Steuerbord und um dreißig Grad nach Backbord; Leute kippten um wie Dominosteine. Die Männer an den Pumpen mühten sich vergeblich.

* * *

Während Murphy in der luxuriösen Suite im Hotel Royale auf und ab ging, fühlte er die Augen Timmons auf sich gerichtet.

„Mh, Murph ...", sagte Timmons mit finsterem Gesicht, „ich weiß nicht, ob ich für dich arbeiten will. Ich meine ... es war großartig, mit dir zu arbeiten. Ich weiß nicht, ob ich unsere Freundschaft ruinieren soll."

„Ich bitte dich nicht, mich zu heiraten, Timmons!", donnerte Murphy. „Ich will nur, daß du als Europakorrespondent für Trump arbeitest. Ich brauche einen Journalisten in München."

„Aber ... ich habe als Sportreporter angefangen." Timmons strich sich über die Haare. „Ich bin kein Politikreporter. München? Du willst, daß ich darüber schreibe, wie Chamberlain und Daladier mit Hitler und Mussolini ins Bett gehen, ja? Und wie sie Benes in Prag betrügen?"

„Genau!“, platzte Murphy heraus. „Du kannst es.“

„Nein. Du kannst es!“

„Ich kann es nicht. Das ist der Punkt.“ Murphy wirbelte herum und ergriff ein Bündel Papier mit den Namen der *Darien*- Passagiere. „Ich kann jetzt nicht weg; nicht, bis das hier nicht erledigt ist! Ich habe achthundert Menschen auf dem Hals.“

„Gut und schön, aber wenn die Großen Vier mit ihrem Hokuspokus zu Ende sind, werden wir ein paar Millionen mehr davon haben.“

„Ich brauche dich; du mußt für mich nach München gehen. Für mich darüber arbeiten, Timmons. Ich kann dir keine Lohnerhöhung geben, aber wenigstens weißt du dann, daß du für einen guten, geradeaus denkenden Mann wie Trump arbeitest anstatt für Craine.“

„Oder Hearst“, setzte Timmons hinzu.

„Das ist die größte Geschichte eines Verrats, seit Judas im Garten Gethsemane Jesus küßte. Und ich kann nicht weg. Was sagst du dazu, Timmons?“

Timmons schnaufte. Seine Hand fuhr erneut durch seine Haare, als wären sie Federn. „ Nun ja, du hast recht. Du hast recht.“ Er schnitt eine Grimasse. „Aber du bist der einzige, für den ich zurück nach Deutschland gehe. Ich habe dieses Land hassen gelernt. Wirklich hassen.“

Murphy lächelte. Er war gerade dabei, ein Team aufzubauen. Gestern hatte er Johnson angeheuert und als Korrespondent nach Prag entsandt. Tags zuvor hatte er Phipps vom INS weggelockt und eines der besten Teams in London zusammengezogen.

„Jetzt bleibt mir nur noch, den Rest dieser Million Dollar zu beschaffen, und wir sind am Ziel!“

* * *

Manuello Cabrillo musterte Murphy mit einem zweifelnden Blick. „Wir können Ihnen keine Zeit mehr geben, Senor.“

„Eine Million aufzutreiben, braucht Zeit. Die *Darien* befindet sich noch immer nördlich von Kuba. Wir können sie zurückrufen, wenn wir das Geld haben. Mr. Trump selbst hat siebenhunderttausend gegeben. Es gibt noch eine andere Summe, über die wir verfügen. Aber es ist nicht so viel wie das, was Sie fordern. Wir könnten das Geld als Verbindlichkeit, als Garantie –“

Cabrillo schüttelte den Kopf. „Wir haben Ihnen unsere Bedingungen genannt", sagte er mit einem Ausdruck des Desinteresses. „Die Verantwortung, auf sie einzugehen oder nicht, liegt natürlich bei Ihnen. Wenn nicht, kommen wir nicht ins Geschäft."

„Wir bitten nur um ein paar Tage. Das ist alles."

„Die Regierung von Kuba ist nicht darauf eingerichtet, unsere Frist zu verlängern."

„Das sind *Menschen* auf diesem Schiff –"

„Und wo sie herkommen, gibt es noch mehr davon." Cabrillo lächelte sarkastisch. „Senor, Sie erinnern mich an meine Schwester. Als wir klein waren, hatte ein Junge aus der Nachbarschaft Schlangen. Meine Schwester wollte ihm die Vogeljungen abkaufen, daß sie nicht gefressen würden. Er verkaufte sie ihr selbstverständlich. Sie war eine Närrin. Der Junge hatte immer wieder Vögel, sie an seine Schlangen zu verfüttern. Den Schlangen war es egal, welche Vögel sie fraßen." Er schüttelte den Kopf. „Tja. Die Nationalsozialisten haben Millionen von Vögeln. Warum wollen Sie ausgerechnet diese retten, Senor?" Er zuckte die Schultern.

Schlangen und Vögel. Nazis und Juden. Ein guter Vergleich. „Weil das diejenigen sind, denen ich helfen *kann* ... vielleicht kann. Sie sind nahe der Küsten meines Heimatlands, und ich will nicht –" Er beendete den Satz nicht, daß Amerika ebenso voller Schlangen sei, die mit kalten Augen schauen ...

„Ich kann nichts mehr für Sie tun, Senor. Wenn Sie das Geld nicht haben, dann –" Er zuckte die Schultern. „Sie sollten es allerdings aufbewahren. Wer weiß, wieviele Flüchtlinge noch an Ihren Küsten vorbeisegeln!"

War es das also? War das das Ende der Verhandlungen? „Warten Sie!", versuchte es Murphy noch einmal, während der kleine Kubaner nach seinem Hut griff und zur Tür ging. „Warten Sie." Murphy legte seine Hand auf den Seidenanzug. Er bettelte. „Nur ein paar Tage. Wir werden es bekommen."

Cabrillo schaute auf Murphys Hand. In seinen Augen lag Verachtung. „Vielleicht ein andermal, Senor. Ich muß den Zug erwischen und dann einen Dampfer heim nach Kuba."

Die letzte Möglichkeit war vorbei. Murphy hatte seine Fühler schon in den meisten lateinamerikanischen Ländern ausgestreckt. Nichts. Niemand war am Markt für Juden. Niemand wollte Juden. Nicht einmal, wenn man für sie zahlte. Nicht einmal eine kleine Bootsladung.

Cabrillo entfernte sich durch die Halle. Murphy sank auf ein Sofa und vergrub den Kopf in den Händen. Was blieb noch? Wohin sollte er sich wenden? Wie konnte er morgens noch in den Spiegel sehen, wo doch die Lage der *Darien* täglich verzweifelter wurde?

* * *

Der Wind hatte stark aufgefrischt, als Trump sein Bürogebäude am Times Square verließ. Er hielt seinen Hut fest und blickte zu den über einen Meter hohen, blitzenden Lettern auf. *Sieg für Darien-Flüchtlinge? ... Außenministerium wird die Quoten für 1940 bekanntgeben ...*

Es war nur ein Teilsieg, aber doch immerhin etwas. Den Familien an Bord der *Darien* könnte die Einreise in die Vereinigten Staaten aufgrund der Quoten von 1940 gestattet werden. Zwei Jahre bis dahin. Diese Garantie dürfte die Türen für ein befristetes Asyl öffnen, das Kuba verweigert hatte.

Der Chauffeur hielt die Tür von Trumps Automobil auf, während er über die Nachricht nachsann, die jetzt alles andere in den Schatten stellte: *Chamberlain fliegt zu Hitler nach München ... Vier Mächte beschließen das Schicksal der Tschechoslowakei ...*

Die letzte Nachricht war für Trump die schlimmste: *Hurrican vor Kuba treibt auf die Küste bei Kap Hatteras zu ...*

Seit dem frühen Morgen gab es mit der *Darien* keine Funkverbindung mehr.

Trump schob sich den Hut tief ins Gesicht, zog den Kopf ein und stieg in den Wagen. Was würde er Mrs. Rosenfelt heute erzählen? Sie hatte nichts gesagt, seit sie aus Miami zurückgekehrt waren. Er hatte den Eindruck gehabt, daß sie nicht einmal zugehört hatte, als er ihr von den Protesten und den Tausenden von Briefen erzählte, von denen die Büros des Staatssekretärs und Präsident Roosevelts überschwemmt worden waren. Sie hatte nichts gesagt, als er ihr erzählt hatte, wie sich die Frau des Präsidenten gegen die Herzlosigkeit einer solchen Politik ausgesprochen hatte.

Welche Neuigkeiten konnte er ihr bringen? *Freuen Sie sich! Ihre Familie wird in zwei Jahren auf einer Quotenliste für Einwanderer sein?* Würde sie darauf nicht entgegnen, daß zwei Jahre des Wartens eine lange Zeit für eine Frau von achtundsiebzig Jahren sei?

Er durfte ihr nicht sagen, daß man seit gestern abend keine Nachricht mehr von der *Darien* hatte. Letzten Berichten zufolge sollte sie hundert Meilen weit draußen sein und genau im Bereich des schlimmsten Orkans, der Neuengland seit hundert Jahren heimgesucht hatte.

Trump seufzte und knirschte mit den Zähnen. Er würde ihr nur von der ersten Schlagzeile erzählen: *Sieg für die Darien-Flüchtlinge.*

* * *

Klaus kroch über die Körper seiner Mitpassagiere auf die Stelle zu, an der er Maria und die Mädchen zusammengedrängt wußte. Er hatte wenig Hoffnung, daß jemand überleben werde – es sei denn, Kapitän Burton schaffte es irgendwie, die *Darien* recht bald zum Land zu fahren. Eine der Pumpen war kaputtgegangen. Das Schlingern des Schiffes machte eine Reparatur fast unmöglich, obwohl mehrere Männer daran arbeiteten.

Klaus hatte noch nie ein solches Getöse gehört. Der Wind heulte wie eine Million in der Hölle gefangener Seelen. Hundertachtzig Stundenkilometer, hatte Tucker geschätzt. Er war noch nie auf so wilder See gewesen. Aber Kapitän Burton würde sie durchbringen. Er hatte das Schiff zum Land hin gewendet. Es ist jetzt keine Küstenwacht mehr draußen, sie aufzuhalten.

Maria streckte ihm die Arme entgegen, als er sich ihrer Ecke näherte. Sie packte sein durchnäßtes Hemd, zog ihn zu sich, und erst dann bemerkte er, daß ihm kalt war. Zittern. Zähneklappern. Er legte den Kopf an sie, obwohl der Sturm versuchte, ihn wegzudrücken.

„Wie lange noch?“, schrie Maria gegen den heulenden Sturm an.

Er konnte nicht antworten. Sie hatten schon achtundzwanzig Stunden überlebt. Wie lange hielt das der alte Seelenverkäufer noch aus? Und sollte es die *Darien* tatsächlich bis in Ufernähe schaffen, wie könnte jemand aus diesem stählernen Sarg entrinnen? Würden die Brandungswellen ihnen nicht an den Felsen sämtliche Knochen brechen?

Klaus drückte ihr als Antwort den Arm. Von seinen Kindern war nichts zu hören. *Trudy. Katrina. Gretchen. Louise. Der kleine Israel. Hatte er sie hierhergebracht, um so zu enden?*

Dann dachte er an den kleinen Sarg, der an das Deck geschnallt war wie eine Galionsfigur. *Ada-Marie.* Vielleicht wären sie bald alle wieder vereint. Er hoffte und betete für seine Kinder, daß dieser Schrecken nicht zu lange dauere, daß der Todesschmerz schnell vorüber sei.

40. Wer will die kleinen Vögel kaufen?

Elisa traute ihren Ohren nicht. Sie wollte Tedrick die Pfeife von den selbstzufriedenen Lippen reißen und ins Gesicht schleudern. „Was meinen Sie mit ‚Nichts davon ist von Bedeutung'?" Sie schrie beinahe. Sie hatte die Nachricht von der Empörung des deutschen Oberkommandos über den Kanal gebracht, hier in dieses Büro, und nun sagte ihr Tedrick, ein Papier, das Hitler am Abend seines angekündigten Einmarschs überreicht werde, sei ohne Bedeutung.

„Ich mache keine Politik", sagte Tedrick herablasssend; „der Premierminister und das Kabinett machen Politik. Und diese ist, einen Krieg in Europa möglichst zu verhindern."

„Aber ... man sagte mir ... General Halder sei gegen einen Angriff auf die Tschechen!"

„General Halder steht unter Hitlers Befehl, wie die anderen Mitglieder des Oberkommandos. Unserem Premier wird oft ein Papier übergeben, das Meinungen über dieses und jenes vertritt. Hitler wird ein solches Papier verächtlich auf die Seite schieben und doch einmarschieren."

„Aber sie werden sich dagegen auflehnen!"

„Wer *sie?*"

„Die Generäle."

„So? Sie haben Informationen, daß sie – die Generäle – einen Putsch planen? Daß sie Hitler ermorden oder einsperren wollen, ja?"

„Nein. Nicht ausdrücklich."

„Na also." Tedrick wurde unwillig. „Haben Sie sich so in diese von ihnen verabscheute Arbeit gestürzt, daß Sie zur Prophetin geworden sind?"

„Nein. Aber es war da etwas Besonderes. Ich konnte es an seiner Stimme hören. Ich kenne ihn so gut –"

„Wir sind uns bewußt, *wie* gut Sie von Kleistmann kennen. Aber wenn Sie uns nicht mehr geben können, auf dem man aufbauen kann, als dieses Papier, das Hitler irgendwie zum Umdenken bewegen soll, dann wiederhole ich ihnen, was schon die ganze Welt weiß: In diesem Augenblick reist Herr Hitler von Berlin nach München, um sich mit Chamberlain, mit Daladier aus Frankreich und mit Mussolini zu treffen. Sie werden versuchen, das tschechische Problem aus der Welt zu schaffen." Er zündete ein Streichholz an und lehnte sich zurück. „Sie und die Generäle sind zu der Konferenz nicht eingeladen. Auch die

Tschechen nicht. Sie werden jede friedliche Lösung akzeptieren, ich bin sicher."

Elisa war dem Weinen nahe. Nie war sie so wütend gewesen! „Werden Sie diese Information an Chamberlain weitergeben?"

„Wenn er von München zurück ist."

Sie saß da, gequält und schweigend. Würde, fragte sie sich, das Oberkommando sich dem Führer einfach ein weiteres Mal unterwerfen?

„Dann sind Sie also mit mir fertig?"

„Fertig?"

„Was hat mein Einsatz für einen Nutzen für Sie gehabt, wo Sie doch nicht darauf hören?"

„Mein liebes Mädchen, die Regierung hört darauf. Und die Regierung trifft Entscheidungen, die auf vielen Umständen fußen. Unser Botschafter in Berlin wurde gefragt, Hitlers Absicht hinsichtlich einer Verhandlungslösung mitzuteilen. Sie sind nur eine Zuträgerin. Eine Übermittlerin. Eine von Hunderten, wie ich hinzufügen könnte."

„Dann sind Sie also fertig mit mir."

„Wir hätten gerne, daß Sie noch einmal nach Paris gehen, um von Kleistmann eine neue Kontaktperson zu nennen. Ein Treffen. Erkennungszeichen. Aber – ja. Ich bin sicher, Sie sind erleichtert. Ihr Rollenspiel ist zu Ende."

Sie starrte Tedrick an. Er entließ sie ohne ein Wort des Dankes. Es war wie ein Hinauswurf.

„Sie meinen, ich kann –"

„Gehen, wohin es Ihnen beliebt." Er lächelte. Steckte etwas hinter diesem Lächeln? Ein Wissen um etwas? Er zog eine Schublade auf und warf ihr einen Schlüssel zu. „Das Savoy-Hotel heute abend? Wir haben Ihr Zimmer für Sie behalten."

„Und was ist mit Shelby? Mit meinem Schutz?"

„Es gibt nichts, worüber sie sich Sorgen machen müssen. Sie können wieder Elisa Murphy sein."

„Einfach so?"

Er zog an seiner Pfeife. Der Rauch vor seinem Gesicht stieg in die Höhe. „Einfach so."

Elisa nickte und streckte die Hand nach der letzten Botschaft aus, die sie Thomas überbringen sollte. Ein Name. Ein Datum. Eine Uhrzeit. Sie würde sich daran erinnern. Sie gab das Papier Tedrick zurück, der es in seinem Pfeifenaschenbecher verbrannte.

* * *

Von Argentinien bis nach Venezuela ging Murphy die Liste der Länder durch, die dem Westen zuzuschlagen waren. Manche waren gerüchteweise unter dem Tisch in Transaktionen verwickelt, eine wenn auch nur unbedeutende Menge Flüchtlinge ins Land zu lassen. Aber niemand war an der *Darien* interessiert. Zu bekannt. Zu schlagzeilenträchtig. Manche könnten Fragen stellen. *Wieviel wurde bezahlt, und an wen?*

Es gab andere Schiffsladungen Flüchtlinge. Eine hatte zwei Monate in Istanbul vor Anker gelegen. Zwei andere waren von den Briten daran gehindert worden, Palästina zu betreten. Die Flüchtlinge an Bord dieser Schiffe waren von den Briten nach Mauretanien gebracht worden, wo sie jetzt hinter Stacheldraht gehalten wurden, von Türmen von Männern mit Maschinengewehren bewacht. In der Adria war eine leckgegangene Barke voller jüdischer Kinder mit dem Ziel Palästina gesunken. Ein anderes Schiff war in See gestochen, und seither hatte man nichts mehr von ihm gehört. *Tut uns leid. Aber man kann nicht alle retten.*

Das wurde alles zu Protokoll genommen, auch von den Delegierten. Murphy sprach mit allen; man schaute ihn mit demselben mitleidigen Lächeln an, das er auf dem Gesicht Cabrillos gesehen hatte. *Warum diese kleinen Vögel kaufen, wenn es so viele von ihnen gibt?*

Jeden Morgen stellte sich Murphy diese Frage selbst. Die Delegierten schüttelten den Kopf: „Nein, wir können nicht wegen weniger unsere Gesetze ändern, sonst wird unser Land von Ausländern überrannt."

Die Kälte dieser zivilisierten Begründung trieb Murphy in eine tiefe Niedergeschlagenheit, wie er sie noch nie erfahren hatte. Noch nicht einmal in Spanien, nicht einmal, als deutsche Bomben brutal auf Schulen, Heime und Kirchen gefallen waren. Die Abstumpfung des menschlichen Gewissens war am Ende genauso tödlich wie ein Maschinengewehr, das auf Menschen abgefeuert wurde.

Die schreckliche Last bedrückte Murphys Seele. Jeder Name war eine Person, ein Gesicht, ein Mensch mit Hoffnungen, Ängsten und dem Wunsch, auf dieser Erde leben zu dürfen. Das waren keine toten Zahlen oder Statistiken – das waren lebende, atmende, leidende, hoffende Menschen.

Warum diese kleinen Vögel kaufen, wenn es so viele andere von ihnen gibt? „Warum, Gott?“, fragte Murphy laut. Er wartete; er erwartete eine Antwort.

Und Gott antwortete ihm: *Alle auf der Darien hoffen auf ein Wort, das ihnen Freiheit verheißt. Aber niemand sagt es. Niemand streckt die Arme aus. „Jetzt nicht. Keine Zeit! Kein Platz!“ Ich werde die Trägheit und das Übel richten. Sie werden meine Worte vernehmen. „Ich war hungrig, und du gabst mir nicht zu essen; ich war durstig, und du gabst mir nicht zu trinken; ich war fremd, und du ließest mich nicht ein; ich war nackend, und du gabst mir kein Gewand; ich war krank und im Gefängnis, und du besuchtest mich nicht. Da du es nicht an dem Geringsten tatest, tatest du es nicht an mir!“*

Das also war die Antwort. *Emanuel, Gott mit uns.* War auch Jesus auf der *Darien*? War er unter den in die Irre gegangenen Schafen Israels? Wog er die Länder und die Herzen der Menschen?

Solche Gedanken waren zu groß für John Murphy. Er beugte seinen Kopf und weinte vor Kummer – nicht nur um die Menschen auf der *Darien*, sondern um eine gleichgültige Menschheit.

Nach einiger Zeit machte er das Licht an. Die Namensliste lag noch immer in seinem Schoß. Seine Augen hefteten sich auf einen Namen in der Mitte der Liste: *Shimon Feldstein. Alter: 29. Herkunft: Wien, Österreich.*

Murphy atmete tief. Warum hatte er ihn bis jetzt nicht gesehen? Er sprang auf und rannte zum Telephon. Er mußte Elisa anrufen. Sie mußte es wissen! Aber wohin sollte er anrufen? Das Savoy? Sie schien ihre Nachrichten von dort zu bekommen. Ja. Er würde London anrufen. Das Savoy-Hotel.

Er schloß die Augen und betete: „Herr, laß sie da sein.“

* * *

Grobe Hände schüttelten Shimon auf seinem Platz unter Deck. Der Sturm hatte nicht nachgelassen. Trotzdem hatte Shimon geschlafen. Er hob den Kopf, und Tucker legte ihm seinen Mund ans Ohr und überschrie das Brausen des Sturms: „Der Käptn braucht Sie im Ruderhaus!“

Shimon nickte und kämpfte sich hinter Tucker her, der irgendwie fähig war, im Rhythmus des bockenden Schiffs aufrecht zu gehen. Die Metalltreppe hinauf. Die Kraft des Windes war ungemein stark. Tukker wandte sich an Shimon, wie um ihn zu warnen. Er ging jetzt daran, die Luke zu öffnen. Sie mußten gegen das Wasser ankämpfen, sich an die Sicherungsleinen klammern.

„Bereit?“, schrie Tucker.

Ein Nicken. Shimon war sich nicht sicher, ob er bereit war. Die Luke ging auf; die brüllenden Winde hatten sie Tucker aus der Hand gerissen und saugten ihn hinaus auf Deck. Gequälte Schreie kamen von unten, als das Rasen sich vermehrte und den Schiffsbauch durchdrang. Shimon zog den Kopf ein und folgte. Er packte das Metall der Tür und half Tucker, sie zuzuschlagen und wieder zu sichern.

Die *Darien* war ein Spielzeugboot zwischen Bergen sich bewegenden, grauen Wassers. Shimon sah nichts als Wasser. Wände von Wasser. Gischtsprüher stachen ihn, bis er blind zu sein meinte. Verzweifelt hielt er sich an der glitschigen Sicherungsleine fest. Zentimeter um Zentimeter zog sich Tucker vorwärts. Shimon folgte Hand über Hand. Seine Beine fanden auf dem glitschigen, aufgewühlten Schaum, der die Platten bedeckte, kaum einen Halt.

Ein Ausrutscher, ein Fehltritt, und die sich über den Rumpf der *Darien* auftürmenden Wasser würden sie für immer zu sich ziehen. Shimon wunderte sich, wie sie so lange den Fluten hatten standhalten können.

Als Tucker nach vorne griff, um die Tür zum Ruderhaus zu öffnen, hielt er mit einer Hand die Sicherungsleine fest. Ein Blitz zuckte und erhellte das Gesicht Kapitän Burtons. Er mühte sich ab, das Ruder unter Kontrolle zu halten. Sein Gesicht war vor Anstrengung verzerrt. Tucker stieß nach vorn, ihm zu helfen, und Shimon sprang ihm nach, fiel zu Boden und trat mit seinen Füßen die Tür zu. Eine mächtige Welle schäumte empor und brach über Backbord.

Eine Erklärung war unnötig. Burton konnte das Ruder nicht länger allein halten. Shimon ergriff es zusammen mit den anderen beiden. Beständig tippte in einer Ecke des Ruderhauses ein vielleicht vierzigjähriger Mann drängend auf den Telegraphen. Hörte jemand? Und gab es überhaupt eine Möglichkeit zur Hilfe, selbst wenn die Nachricht den Sturm durchdringen könnte?

„Fünfzig Meilen!“, schrie Burton. „Fünfzig Meilen bis zur Küste. Wenn wir –“ Seine Worte verloren sich, aber es lag Hoffnung in seiner Stimme. Und er hatte die *Darien* schon so weit gebracht.

* * *

Murphy ließ seine Nachricht für Elisa beim Telephonfräulein des Savoy-Hotels zurück. Dann eilte er nach unten, um vor ihrem Anruf einen Bissen zu essen.

Gepäck, das den Evian-Delegierten gehörte, war im ganzen Foyer aufgestapelt. Die Konferenz war ohne Erfolg zu Ende gegangen. Die Teilnehmer jedoch sahen erholt und vergnügt aus; man plauderte in kleinen Gruppen. Murphy war der letzte in Evian verbliebene Journalist. Alle anderen waren nach München, Prag, nach London oder Paris unterwegs. Morgen würde Murphy abreisen.

Einen Übermantel auf dem Arm, stand der Vertreter Hollands neben einer Marmorsäule und wartete auf sein Gepäck. Murphy hatte ein halbes Dutzend Mal versucht, mit Pietr Vander in Verbindung zu treten – ohne Erfolg, ohne Antwort. Der kleine, korpulente Holländer hob eine Hand, ihn zu begrüßen.

Murphy änderte seine Richtung. Er versuchte den kleinen Hoffnungsschimmer, der ihn erfüllte, zu unterdrücken.

„Ah, Mr. Murphy", sagte Vander mit Wärme. „Haben Sie einen lateinamerikanischen Hafen für Ihr Schiff gefunden?"

„Nein", entgegnete Murphy. „Und ich hoffte, mit Ihnen über die Möglichkeit –"

„Befristete Aufenthaltsgenehmigung?" Vander nickte. „Ich dachte mir schon, daß Sie davon anfangen würden. Sind diese Leute auf einer Quotenliste? Haben sie vom amerikanischen Außenministerium schon einen Listenplatz erhalten?"

„Bis jetzt noch nicht. Wir arbeiten daran. Ein bißchen Bewegung hineinbringen."

Vander nickte. Der Page kam mit dem Koffer. „Wir sind nur ein Land für befristeten Aufenthalt. Aber wenn sich belegen läßt, daß diese Leute vor der Einwanderung in ein anderes Land stehen, können wir vielleicht darüber reden, sie für eine kurze Zeitspanne in Holland aufzunehmen. Es hängt jedenfalls alles von diesem Listenplatz ab." Er lächelte und übergab Murphy seine Visitenkarte. „Wenn das soweit ist – werden Sie mich anrufen?"

Murphy nickte. Es war nicht viel, aber es war zumindest ein kleines Licht der Hoffnung.

* * *

Die zierlichen Türme des Londoner Parlamentsgebäudes wurden auf dem Wasser der breiten Themse reflektiert. Wenn Elisa die Schanzanlagen im Hyde Park und bei St. James nicht gesehen hätte, wenn die Sandsäcke um den Buckingham Palace herum nicht gewesen wären – dann wäre es schwer zu glauben, die Welt sei bedroht.

Es kam ihr seltsam vor, daß sie von Tedricks Wachen unbegleitet durch London gehen konnte. Sie traute der Freiheit, die sie bei ihrem letzten Gang von diesen Büros weg empfand, nicht so recht. Nur noch eine Aufgabe war zu erfüllen. Noch ein kurzes Essen mit Thomas, und dann ihn an jemand anderen vermitteln. Armer Thomas. Gefangen zwischen Generälen und Gestapo-Agenten. Sie hoffte um seinetwillen, daß seine Generäle gewinnen würden. Sie hoffte das für alle.

Ein Zug dampfte über die Charing Bridge zur Bahnstation. Dort gab es Telephone; sie würde Murphy anrufen und ihm sagen, daß sie für immer bei der BBC fertig sei. Keine britischen Radiosendungen mehr. Sie konnte ihn in Paris treffen, nachdem sie Thomas gesehen hätte, und sie würden zusammen irgendwohin reisen. An einen Ort wie New Forest, wo es kein Radio gäbe.

Im Innern der weitgespannten Halle der alten viktorianischen Station boten Zeitungsjungen ihre Blätter an, wobei sie beim Hinausschreien der letzten Nachrichten über die Münchener Konferenz miteinander in Wettstreit standen:

„Die vier großen Mächte in München zur Beschlußfassung über das Schicksal der Tschechen!“

„Chamberlain hofft auf Frieden!“

„Ultimatum läuft ab!“

„Münchener Konferenz verspricht Frieden in unserer Zeit!“

Einen seltsamen Kontrast zu diesen Rufen bildeten die Männer und Frauen, die Gasmasken bei sich trugen. Bis zur Unterzeichnung des Friedensvertrags wollten sie kein Risiko eingehen.

Elisa wartete in einer Schlange vor einer Telefonzelle. Gesprächsfetzen drangen an ihr Ohr:

„Was mich anbelangt – wenn die Deutschen Gas abwerfen, gehe ich einfach hinaus und hole tief Luft ...“

„Ach, so weit wird es nicht kommen! Der Vertrag wird es zeigen. Chamberlain führt uns doch nicht wegen eines kleinen Gebiets in der Tschechoslowakei in den Krieg! Er wird es Hitler geben.“

Elisa wollte sich die Ohren zuhalten. Sie hätte Murphy später anrufen sollen. Als sie die Telephonzelle betrat, bemerkte sie plötzlich, daß sie kein Kleingeld hatte.

Deshalb verließ sie die Charing Cross Station und ging eilig zum Savoy-Hotel. Wie lange würde es noch dauern, bis das für sie reservierte Zimmer wieder für sie frei war? Wie würde Tedricks Stab sich fühlen, wenn nach so vielen Wochen von Shelbys Rollenspiel eine andere Elisa Murphy auf der Bühne erscheinen würde?

Aber niemand schien zu bemerken, daß diese Elisa kurzes Haar hatte – wieder blond, aber doch noch immer kurzgeschnitten wie bei Myrna Loy. Sie fuhr sich unbewußt mit der Hand über ihren Nacken.

„Nachrichten für mich?", fragte sie den Portier.

Eine Nachricht von Murphy wurde ihr ausgehändigt. *Rufe sogleich Evian an.*

Sie dachte nicht mehr darüber nach, daß ihr kein einziger neugieriger Blick geschenkt wurde. Sie eilte auf die kupferglänzenden Fahrstühle zu und in ihr Zimmer.

Es dauerte annähernd eine halbe Stunde, bis Elisa am anderen Ende der Leitung Murphy hörte.

„Ich hatte dich fast schon aufgegeben!"

„Ich bin in London", sagte sie – beinahe vergessend, daß Murphy zu keiner Zeit gewußt hatte, daß sie woanders gewesen war. „Ich bin mit allem durch. Ich will mit dir zusammensein, Murphy. Kannst du nach Paris kommen?"

„Ich habe einen Hoffnungsstrahl von Holland!", rief er. „Sie überlegen sich, der *Darien* befristetes Asyl zu gewähren! Und, Elisa, hör' zu: Die Passagierliste – Shimon Feldstein ist darauf!" Er lachte erleichtert und erschöpft. *„Shimon befindet sich auf der Darien!* Wir treffen uns in Paris! Nenne mir Zeit und Ort."

Zeit und Ort. Sie mußte vorher noch Thomas treffen. Aber danach war sie frei. „Leah spielt morgen abend in der Opéra; dort werde ich dich treffen, Liebling. Wir können ihr zusammen von Shimon erzählen!"

41. Das Sakrament

Der Wind hatte gedreht und trieb die *Darien* vom Land weg. Als eine Welle über den Bug brach, konnte Shimon erkennen, daß der weiße Sarg Ada-Marie Holbeins noch immer dort festgezurrt war. Das Symbol des Sargschiffes *Darien*!

Einen Augenblick dachte Shimon, das Schiff werde hochgehoben und kippe hintenüber, aber dann glitt die *Darien* doch wieder nach vorn.

„Irgendwelche Nachrichten?" schrie Kapitän Burton den erschrokkenen Funker an.

Ein langsames Schütteln des Kopfes war die Antwort. Kein Wort. Achtzehn Stunden seit der letzten Nachricht. Vielleicht konnte niemand die *Darien* empfangen. Sie waren allein, und sie bewegten sich auf die offene See zu.

* * *

Die Aufgabe, Murphy zweimal über den Atlantik und jetzt in Evian auf den Fersen zu sein, gefiel Hans Erb. Er mußte drei Tage lang, nachdem er Murphy in England verloren hatte, Himmlers Ärger über sich ergehen lassen. Aber sein Aufenthalt in Evian machte das mehr als wett. Er hatte jedes Telephongespräch abgehört und alle Versuche Murphys verfolgt, die Juden unterzubringen – irgendwo. Nirgendwo. Und dann hatte er Himmler die Trumpfkarte präsentiert:

„Er trifft sich mit seiner Frau in Paris."

„Georg Wand ist sich ziemlich sicher, daß er kurz davor ist, sie in Paris zu finden. Er hat mit ihrer Freundin Verbindung aufgenommen und –"

„Ja, Reichsführer, mit ihrer Freundin Leah Feldstein. Und ihr Mann scheint einer der Judenschweine an Bord dieses Schiffes zu sein, um das es so viel Geschrei gab. Elisa Murphy wird morgen abend John Murphy in der Opéra treffen; ich hörte es deutlich. Kein Versuch, es geheim zu halten. Sie klangen beide ziemlich erleichtert. Sie sagte, ihre Arbeit bei der BBC sei getan."

Heinrich Himmler ließ sich die Mitteilung seines Agenten durch den Kopf gehen und entgegnete dann: „Gut. Das vereinfacht die Dinge. Ich werde Wand in der Botschaft anrufen."

„Soll ich meine Verfolgung fortsetzen?“

„Nein, Erb. Sie haben Ihre Sache gut gemacht. Aber es würde nicht schaden, Murphy spüren zu lassen, daß wir nicht geschlafen haben. Nur, verletzen Sie ihn nicht. Und dann bleiben Sie weg von ihm. Er ist ein Narr und ein Ärgernis: Sie ist diejenige, hinter der wir her sind. Wir dürfen sie nicht wieder aus den Augen verlieren.“

* * *

Murphy erkannte den Deutschen, der auf der Mole, wo der Dampfer nach Genf wartete, auf ihn zukam. Er war einer der Männer, von denen Cabrillo erzählt hatte, sie seien hier, um Juden aus Deutschland für zweihundertfünfzig Dollar pro Kopf zu verkaufen.

Der Mann war lang. Blonde Bürstenhaare, kräftiger Hals und Hände wie ein Schmied. Er lächelte Murphy an.

„Hi“, sagte er wie ein Amerikaner!

„Sprechen Sie mit mir?“ Murphy fuhr instinktiv mit einem Finger an der Seite seiner leicht gehöckerten Nase entlang. Das war die Sorte Mensch, die unter den Nazis auf den Molen von New York gewesen war. Er sah gefährlich aus.

„Ja. Sie sind John Murphy, stimmt's? Amerikaner. Kein Zweifel. Aus Chicago vielleicht? Oder Detroit?“

„Ja und?“

„Mein Name ist Hans Erb“, sagte er strahlend.

„Wie ich schon sagte: Ja und?“ Murphy stieß die Hand des Mannes weg und schickte sich an, an ihm vorbeizugehen.

„Ich wollte Sie nur wissen lassen, daß wir Sie beobachten. Schon einen Ort für Ihre Juden gefunden? Die können jederzeit nach Hamburg zurückkehren!“, rief er, während Murphy weiterging.

Das *Evian*-Schild an der Mole wurde von dem polierten Messing an der Tür des Dampfers deutlich reflektiert. Murphy runzelte die Stirn, als er das Spiegelbild las: *‚Naive'*. Evian, von hinten gelesen, hieß ‚Naive'. Der Deutsche trat unter das Schild. Murphy konnte sehen, wie er grinste.

Die Konferenz von Evian über Hilfsmöglichkeiten für Flüchtlinge war zu Ende gegangen.

* * *

Es muß jetzt wieder Tag sein, dachte Maria. Sie waren nun schon seit vielen Stunden in diesem Metallsarg eingeschlossen. Das Schlingern der *Darien* schien etwas nachgelassen zu haben.

Seit dem Einsetzen des Sturms hatte niemand gegessen. Die Kinder, die während der Nacht seekrank gewesen waren, preßten jetzt die Hände auf die leeren Mägen. Es gab keine Möglichkeit überhaupt zu essen, bevor sie nicht außer Gefahr waren – falls sie es schaffen sollten.

Der Rabbi von Nürnberg saß in der Nähe der Krankenstube und hatte seinen Tallith aus Segeltuch umhängen. Seine Lippen bewegten sich in stillem Gebet. Hatte er während dieser langen und schrecklichen Prüfung je aufgehört zu beten?

Der kleine Israel wandte seinen Mund Marias Brust zu. Er allein würde genährt werden.

Wie der Rabbi von Nürnberg hatte der kleine Israel ohne Angst in der Mitte des Schreckens der Nacht gelegen. Maria zog ihre Bluse hoch und stillte ihn. Zu essen. Zu schlafen, ungestört. Aufzuwachen und die dunkle Todesangst nicht zu kennen, die sie umgab. Maria lächelte. Es schien seltsam, daß sie lächeln konnte; aber Israel trank und schaute sie mit so vertrauensvollen, zufriedenen Augen an, daß sie es einfach mußte.

* * *

Als irgendwo die Sonne aufging, wechselte die Schwärze der Nacht ins Tiefgraue. Kapitän Burton und Shimon befanden sich noch immer am Steuer. Das Schiff zeigte mit dem Bug nach Westen, und sie hatten sich im Laufe der langen Nacht nicht mehr als ein oder zwei Meilen von der Stelle bewegt.

Der Funker schlief. Als es im Ruderhaus heller wurde, rüttelte ihn Burton wach. Der Wind erhob sich erneut von Südosten. Wellen brachen gegen den Bug und drückten den leidenden Frachter wieder dem Land zu.

Mit dem Tagesanbruch kam im Ruderhaus wieder Hoffnung auf. Das Schlimmste hatten sie überlebt, wenn es die *Darien* bis zur Küste schaffen würde …

* * *

Eine lange Reihe junger Flieger stand in Habachtstellung, als Theo von ihnen Abschied nahm. Es hatte keine offiziellen Erklärungen gegeben, weshalb Theo und seine Söhne zur Prager Verteidigung überstellt werden sollten. Die meisten glaubten, es sei deshalb, weil der Name Theo Linder ohne Zweifel auf der Liste derer stand, die nach dem Willen Hitlers nach Deutschland vor Gericht gebracht werden sollten.

Wilhelm und Dieter waren ärgerlich, daß sie nicht an der Front bei der Einheit bleiben konnten, bei der sie ausgebildet wurden. Was die Gründe für die Überstellung auch sein mochten, Theo fragte nicht danach. Das Siegel Präsident Benes' persönlich war auf der Urkunde.

Mit einem letzten Salut schritt Theo vom Flugfeld. Das waren gute Männer. Sie hatten schnell gelernt und würden gegen die deutsche Luftwaffe zu kämpfen wissen.

Das Sudetenland befand sich in Unruhe. Ganze Familien waren aus ihren Häusern geflohen, hatten das Essen auf dem Tisch stehen lassen und die Felder nicht mehr bestellt. Der Zug nach Prag war mit Tschechen besetzt, die bis zuletzt mit dem Weggehen gewartet hatten. Die Nachricht, Frankreich habe entlang der Maginotlinie vom Ärmelkanal bis zur Schweizer Grenze anderthalb Millionen Männer postiert, hatte schließlich die meisten der noch zurückgebliebenen Tschechen überzeugt, daß dies tatsächlich das Ende des Friedens sei.

Theo war erleichtert, als er von den französischen Truppenbewegungen in Kenntnis gesetzt worden war. Dann aber bedrückte ihn die Nachricht, Premierminister Chamberlain fliege ein weiteres Mal zu einem Treffen mit Hitler. Diesmal nach München, ebenso der französische Ministerpräsident Daladier und Mussolini, um die Möglichkeit einer friedlichen Lösung der Tschechenkrise zu erörtern. Warum war Präsident Benes nicht zu der Konferenz eingeladen worden, die das Schicksal seines Landes entscheiden sollte? Die Möglichkeit eines Verrats der Tschechoslowakei durch Frankreich und England war gegeben – trotz der französischen Armee entlang der Maginotlinie.

Der Zug ratterte an einem kleinen Dorf vorbei. Die Kirche mit dem Zwiebelturm ragte in die klare Luft. Theo erinnerte sich: Es war Sonntag. *Ob an diesem Morgen jemand in die Kirche zum Gottesdienst gegangen ist oder waren auch dort alle geflohen?*

Anna, atemlos auf dem Perron und immer noch schön, umarmte

ihren Mann und ihre Söhne und flüsterte weinend: „Unser Herrgott hat uns nicht vergessen. Ihr seid daheim! Ihr seid daheim!"

Mit knurrenden Mägen folgten ihr die drei Flieger nicht bereitwillig oder gehorsam nach. Wilhelm und Dieter hatten an dem Gottesdienst in der anglikanischen Kirche noch nie freudig teilgenommen. Oft hatten sie in der halb leeren Kirche gesessen und mußten sich anstrengen, die englischen Worte zu verstehen. Sie hatten die Bibel auf Englisch gelesen. Kirchenlieder auf Englisch gesungen. Theo meinte, sie könnten sich sehr wohl auch beim Beten dieser Sprache bedienen; er selbst aber werde es weiterhin auf Deutsch tun.

Die Kirchgänger waren meistens Diplomaten oder andere auf Dienstreise befindliche Politiker sowie Geschäftsleute. Manchmal mischte sich eine Handvoll Touristen unter die kleine Gemeinde. Es waren aber weniger geworden, seit die Bedrohung durch einen nazistischen Einmarsch gewachsen war.

An diesem Morgen war es etwas anders als sonst. Jeder Platz auf den Kirchenbänken war besetzt. Männer und Frauen warteten vor den riesigen bronzenen Toren in einer Reihe, die sich schnurgerade bis auf die Straße hinaus erstreckte. Man nickte Anna grüßend zu. Sie lächelte vertraulich zurück.

Hatte die Furcht vor deutschen Bomben das Verlangen nach Gottes Nähe und Hilfe neu geweckt? Besann man sich wieder auf den Allmächtigen?

Theo stellte sich an das Ende der Reihe.

„Was hat das alles zu bedeuten?", fragte Wilhelm, als die Männer vor ihnen ihre Hüte abnahmen und die Kirche betraten. „Ich dachte, alle Touristen seien abgereist?"

Anna zuckte die Schultern, während ein eigentümliches Lächeln um ihre Lippen spielte. Sie wollte nicht verraten, daß dies die Männer und Frauen seien, die zur Suppenküche gekommen waren.

Theo, Wilhelm und Dieter schwiegen, als die Kirchenglocken zu läuten begannen. Dann nahm das Gemurmel in der Reihe ihre Aufmerksamkeit in Anspruch. Theo erkannte den weichen Akzent des Wienerischen.

„Deutsch?", fragte Dieter.

„Österreichisch", erklärte Theo. Dann ließ er ein kurzes Lachen hören. „Menschen aus Österreich, Anna? Erst bittest du sie zum Essen und dann zur Kirche?"

Wilhelm staunte, als er die Reihe der Kirchgänger betrachtete. Diese Fremden waren nicht nur aus Österreich, sie waren Juden!

Ab und zu waren jiddische Gesprächsfetzen zu hören. *„Guten Morgen, Frau Anna!“* Wieder und wieder wurde sie so gegrüßt, als sie das Gebäude betraten.

Alle Kirchenbänke waren besetzt. Viele standen entlang der Seitenschiffe und in Dreierreihe an der Rückwand. Die wuchtige Kirche faßte achthundert Menschen. Diesen Sonntag drängten sich über tausend unter den dunklen Holzbögen.

Anna, Theo und die Söhne blickten verwundert auf das Meer von Köpfen. Über ihnen befand sich eine kleine Seitennische, in der ein Dutzend erstaunter Engländer saßen. Der Pfarrer, ein kleiner grauhaariger Mann, trat nach vorne, und richtete sich die Brille. Er konnte es kaum fassen, eine so große Gemeinde vor sich zu haben.

Dann zupfte er an den Ärmeln seines Ornats und wies mit einer Handbewegung die Versammelten an aufzustehen und zu singen. „Seite 342 im Gesangbuch, bitte!“

Die Orgel schmetterte die Anfangsakkorde von *Ein feste Burg ist unser Gott.* Es war ein evangelisches Lied – aber die Gemeinde erkannte die Melodie sofort. Sie war allen bekannt aus Mendelssohns Sinfonie Nr. 5, „Die Reformation“. Viele hatten sie im Lauf der Jahre im Wiener Musikverein gehört. Bei einer so vertrauten Melodie sangen nahezu alle Martin Luthers berühmtes Kirchenlied mit:

Ein feste Burg ist unser Gott,
Ein gute Wehr und Waffen,
Er hilft uns frei aus aller Not,
Die uns jetzt hat betroffen.
Der alt böse Feind,
Mit Ernst ers jetzt meint;
Groß Macht und viel List
Sein grausam Rüstung ist;
Auf Erd ist nicht seinesgleichen.

Stehend begann die Gemeinde, verstehend mit den Köpfen zu nikken. Sie hatten bisher nicht gewußt, daß die Fünfte Sinfonie des jüdischen Komponisten Mendelssohn mit diesen Worten unterlegt war! Das Lied gewann bei der zweiten Strophe Kraft und Schwung. Laut hallte es durch das Kirchenschiff.

Mit unsrer Macht ist nichts getan,
Wir sind gar bald verloren,
Es streit für uns der rechte Mann,
Den Gott selbst hat erkoren.
Fragst du, wer der ist?
Er heißt Jesus Christ,
Der Herr Zebaoth,
Und ist kein andrer Gott;
Das Feld muß er behalten.

Hatte es jemals einen solches Gottesdient gegeben? Ein lutherisches Kirchenlied in einer anglikanischen Kirche gesungen von einer Gemeinde von Juden!

Und wenn die Welt voll Teufel wär
Und wollt uns gar verschlingen,
So fürchten wir uns nicht so sehr,
Es soll uns doch gelingen.

Als der letzte Orgelakkord unter dem Dach verhallte, hatte der Text alle gepackt, frisch und lebendig. Tränen flossen, als dann der Pfarrer eine Predigt über die Worte des jüdischen Rabbis von Galiläa hielt. „Ich bin der Weg, die Wahrheit und das Leben, niemand kommt zum Vater denn durch mich ..."

Nach seiner Predigt ergriff der Pfarrer noch einmal das Wort. „Ich weiß, weshalb die meisten von euch hergekommen sind. Ihr seid gekommen, um die Taufe zu erbitten."

Die Gemeinde hörte gebannt zu, während er fortfuhr: „Ja, ich weiß, daß euch der Besitz einer anglikanischen Taufurkunde helfen könnte, eine Einreisegenehmigung in andere Länder zu erhalten. Wenn aber die Deutschen in dieses Land einmarschieren, ist das nutzlos, denn sie haben es nicht auf Religion abgesehen, sondern auf Blut."

Anna ergriff Theos starke Hand und betete. Er war seit Jahren Christ, aber sein Glaube hatte ihm nicht geholfen, dem Schrecken Nazideutschlands zu entrinnen. Der Glaube würde auch ihre Söhne nicht retten. Nein. Alles, was den Deutschen etwas galt, war die Rassenreinheit. Reines Blut, Vollarier. Was würde aus ihnen werden, wenn die tschechische Regierung kapitulierte?

Die Stimme des Pfarrers bebte. „Letzte Woche kam ein Mädchen von sechzehn Jahren zu mir, um die Taufe zu erbitten. Ich gab ihr einen Katechismus und sagte ihr, sie solle wiederkommen, wenn sie sich mit ihm auskenne. Zwei Tage später kam sie zurück. Sie hatte den ganzen Katechismus in einer Sprache, die ihr nur vage vertraut ist, auswendig gelernt!"

Er machte eine Pause. „Ich hatte ... nicht erwartet ..." Er nahm die Brille ab und setzte neu an. „Ich habe das Kind getauft. Jetzt hat sie ihre Urkunde. Euch werde ich nicht zur Bedingung machen, ein Religionsbuch auswendig zu lernen! Es kommt mir nicht darauf an, welche Gründe ihr habt. Ich werde euch taufen – jeden, der darum bittet."

Ein erstauntes Murmeln ging durch die Menge. Noch einmal holte der Pfarrer tief Luft. „Ich bitte nur, denkt daran: Gott wird euch nicht von der Tür Seines Königreichs weisen, wenn ihr euch auf Seinen Sohn Jesus beruft! Das ist ebenfalls eine Sache des Blutes – das Blut Jesu, des Messias von Israel, das Lamm Gottes, wird euch von allen Sünden reinwaschen. Die Taufe ist ein Symbol Seines Todes und Seiner Auferstehung für uns. Er verbindet sich mit euch durch dieses Sakrament."

Köpfe begannen sich zu senken, gedankenvoll, im Gebet ihre Herzen nach ihren Motiven befragend. Der Pfarrer schloß: „Niemand wird abgelehnt. Was in euren Herzen geschieht, ist Gottes Sache."

An diesem Tag traten bis spät in die Nacht siebenhundertneunundzwanzig vor, um getauft zu werden. Und alle warfen sie einen dankbaren Blick auf Anna, die während all der Zeit stehend dabeiblieb.

42. Die Münchener Unterschrift

Als Anna, Theo und ihre Söhne kurz vor Mitternacht aus der Kirche kamen, warteten auf der Treppe bewaffnete tschechische Soldaten und riefen den Namen ‚Theo Lindheim'.

„Sie sind auf der Präsident Benes übergebenen Liste der auszuliefernden Verbrecher", erklärte ein großgewachsener Oberst ernst. „Sie müssen mit uns kommen, die ganze Familie."

Wilhelm sah aus, als ob er sich wehren wollte. Anna legte ihm eine Hand auf den Arm. *Die Gewehre – würden diese Männer sie benutzen?*

„Steigen sie in den Wagen, bitte." Der Offizier verbeugte sich knapp und schlug die Hacken zusammen. Er deutete mit der Hand auf die offene Tür einer schwarzen Limousine.

„Was ist passiert?", fragte Theo, von schlimmen Vorahnungen erfüllt.

In den Augen des Oberst standen Tränen. „Chamberlain und Daladier haben uns den Nationalsozialisten ausgeliefert. Wir müssen uns ihren Wünschen beugen."

„Das Sudetenland ist gefallen?"

„Weggegeben ohne einen Schuß." Die Schultern des Oberst sackten für einen Augenblick herab. „Jetzt – bitte, Oberst Lindheim. Für uns ist es hier vorbei. Präsident Benes ist zurückgetreten. Sie sind ein Bestandteil der Abmachungen. Bitte kommen Sie mit."

* * *

In der Deutschen Botschaft in Paris hob Georg Wand ein Glas, um auf das Ende der Tschechoslowakei anzustoßen. Hitler hatte recht gehabt. Von Anfang an. Feiglinge und Narren waren auf sein Geheiß nach München gekommen, und dort hatten sie ihre Unterschrift unter das Todesurteil der Tschechoslowakei gesetzt. Chamberlain nannte das Dokument ‚Frieden in unserer Zeit'. Es war der Frieden eines Friedhofs.

Sowohl für Thomas als auch für Ernst vom Rath war die Neuigkeit verheerend. Der Militärputsch gegen Hitler war zusammengebrochen.

Hitler jetzt beschuldigen, Deutschland in eine Feuersbrunst zu stürzen? Nicht ein einziger Tropfen Blut war von der Wehrmacht vergossen worden! Der Sieg über die Tschechen war vollständig – ganz so, wie es der Führer dem Volk gesagt hatte. Wer in Deutschland konnte sich jetzt gegen ihn erheben? Wenn er stolz durch die Straßen fuhr, jubelte ihm das Volk zu! Wagner-Opern würden gespielt. Jeder, der jetzt gegen ihn war, jeder, der zu wagen behauptete, er sei verrückt und werde Deutschland zerstören, würde zum Verräter erklärt und getötet werden.

Georg Wand stand selbstzufrieden im Mittelpunkt der Anwesenden. „Die Taktiken des Terrors, sehen Sie –", sagte er zu den Nazi-Diplomaten, „sind Elemente der modernen Kriegsführung. Weichlinge können dagegen nicht ankommen, denn sie haben Skrupel. Der Führer erteilt allen eine Lektion, oder etwa nicht? Ehre zu haben heißt, zu gewinnen oder zu verlieren." Er hielt einen Augenblick inne und lächelte Thomas merkwürdig an. „Was halten Sie davon, von Kleistmann? Sie mit Ihrem urpreußischen Kodex?"

„Ich denke, es hängt alles von Ihrer Definition des Gewinnens ab. Ist es nicht so, Wand?"

Georg Wand ging einen Schritt nach vorn. Er lächelte noch, aber sein Blick war hart. „Und ist Ihre Definition dieselbe wie die des Führers, von Kleistmann? Oder fühlen Sie sich über uns erhaben, wie Gerüchten zufolge manche Heeresoffiziere?"

Thomas hob nachdenklich sein Kinn. Die Antwort stand für ihn fest. Er würde sich nicht demütigen, Georg Wand auch nur für einen Augenblick einen Sieg über seine Seele einzuräumen.

„Ich kann nicht für die anderen Armeeoffiziere sprechen, Wand", sagte er mit einem Lächeln im Gesicht.

„Dann sprechen Sie für sich."

„Ich werde ihnen sagen, was ich in Ihrer Art zu siegen sehe."

„*Ihrer* Art, sagen Sie? Nicht *unserer* Art?"

Thomas lachte auf.

„Vor einigen Monaten sah ich Franz von Stucks Gemälde. Dämonisch! Der Gott der Zerstörung und der Schöpfung. Jetzt ist er Schöpfergott, aber er wird die zerstören, die ihm folgen. Er wird Deutschland zerstören."

Jemand ließ erschrocken ein Glas Champagner fallen. Es zerbrach auf dem Boden.

Thomas schrie nicht. Es tat so gut, das zu sagen. So gut, ins Licht zu kommen, nach so vielen Jahren der Dunkelheit. „Er ist die Verkörperung alles Bösen, und Bestien wie Sie sind seine Dämonen, Wächter der Höllentore. Und Adolf Hitler ist das Maul der Hölle."

Thomas fühlte sich erleichtert, obwohl er wußte, daß er sein Todesurteil gesprochen hatte. „Aber am Ende werdet ihr nicht gewinnen. Das Ende ist noch weit; ich kann es nicht sehen; nur weiß ich: Es kommt. Es muß kommen. Anstand und Ehre – das, was in euren Augen anständige Männer verdirbt. Eines Tages werdet ihr sehen, daß eure Höllentore dagegen nicht aufkommen. Das ist meine Antwort, Georg Wand: Ich stimme mit dem Führer *nicht* überein."

Absolute Stille erfüllte den Raum. Thomas hatte nicht etwa einen Nerv des Gewissens bei den anderen aus der Botschaft getroffen; er hatte bei den meisten vielmehr Zorn erregt, bei anderen wohl Angst. Ernst vom Rath starrte trübe auf das zerbrochene Glas am Boden. Er wußte, daß Thomas gerade Selbstmord begangen hatte. Er konnte Thomas nicht anschauen, konnte nicht zusehen, wie die Schlangenaugen Wands sich vor Freude weiteten, und wie dieser vorwegnahm, was getan werden muß, um diesen gutaussehenden, jungen Wehrmachtsoffizier abzutun, diesen Verräter des Reichs.

„Ja –" Wand stellte sich auf die Zehenspitzen. „Sie haben es alle gehört. Er verurteilt sich mit seinem vergifteten Mund selbst. Er ist von der jüdischen Hure infiziert, mit der er schläft. Der Führer hat auch in Rassenfragen recht. Eine Jüdin kann selbst wertvolles deutsches Blut anstecken. Diese Frau – Elisa Lindheim ist ihr Name, ihr *jüdischer* Name – hat Sie angesteckt!"

„Und welche Art Untermensch muß in das Bett deiner Mutter gekrochen sein, um dich zu zeugen, Georg Wand?" Thomas lächelte noch, selbst als Wands Faust sein Gesicht traf.

Die Stimme des Gestapo-Agenten wurde schrill. „Er steht unter Arrest! Sie sind alle Zeugen, wie er das Reich und unseren Führer beleidigt hat! Beide, er und diese Frau, müssen in Berlin vor Gericht! Wir werden sie alle kriegen ... alle!" Er wirbelte mit wütend rotem Gesicht auf seinen Absätzen herum. „Ich werde die ganze Angelegenheit binnen einer Stunde erledigen. Ich weiß, wo diese Frau zu finden ist. Oh ja, es gibt Regeln, die solche Leute befolgen; und die machen es für mich einfach, sie zu vernichten. Ich weiß, wo sie heute abend sein wird, von Kleistmann. Hören Sie?"

Thomas lächelte. „Nach wem genau sucht ihr?", fragte er. Er war überzeugt, daß Elisa sich bereits auf dem Weg hinaus aus Paris befand. Suzanne hatte ihr im Bistro die Nachricht überbracht. Elisa würde wissen, was die Ereignisse in München bedeuteten, und war deshalb längst weggefahren.

Er bedauerte nichts – nur daß Elisa ihn heute abend nicht gehört hatte. Ja, hätte er nur schon vor Jahren das alles in Berlin gesagt, als man noch etwas ändern konnte.

* * *

Niemand konnte zählen, wie oft letzte Nacht der Blitz in die Aufbauten eingeschlagen war. Tucker entdeckte als erster, weshalb die *Darien* Funksignale weder empfangen noch senden konnte: An der Spitze des vorderen Mastes war die Antenne beschädigt. Schief hing sie herunter, unterhalb von ihr baumelte das Kabel zum Funkgerät lose herum.

Noch immer waren die Wellen hoch, und das Schiff schlingerte gewaltig in der aufgewühlten See. Dennoch nahm sich Tucker eine der sechs Schwimmwesten und zeigte die Eisenleiter hinauf, die zur Mastspitze führte. Er hatte Shimon einmal erzählt, er habe seine Lehrzeit auf einem Segelschiff verbracht. Er könne auch in einem Sturm die Wanten hoch, hatte er geprahlt. Jetzt konnte er es beweisen.

Er drückte sich aus dem Ruderhaus und stemmte sich gegen den Wind. Während er sich zur Leiter vortastete, hielt er die Sicherungsleinen umklammert. Shimon hielt das Ruder; er verspannte sich vor Anstrengung, das Schiff auf Kurs zu halten. Kapitän Burton trat nach vorn, um Tucker besser beobachten zu können.

Tucker packte die erste Leitersprosse und zog sich daran hoch, bis seine Arme den Mast umarmten. Die Kraft des Windes riß ihm die Kapuze seines Ölzeugs vom Kopf; sie blähte sich an ihrem Kinngurt hinter ihm auf wie ein Drachen.

„Los, Tuck!“, schrie Burton und trat einen Schritt zurück, um Shimon am Ruder zu helfen. „Los, Tuck! Wir halten sie ruhig für dich!“

Tatsächlich schien sich die *Darien* für einige Augenblicke aufzurichten und ebene See zu durchpflügen. Dann schlug eine neue Welle gegen sie, brach über das Deck herein und klatschte gegen Tuckers Stiefel. Er kroch nach oben und schien dabei den Wind nicht zu beachten, der ihn wie das letzte Blatt an einem Zweig wegzublasen suchte. Auf halber Strecke hielt Tucker an und suchte an den glitschigen Eisensprossen einen festeren Griff zu finden; dann begann er wieder zu klettern.

Hoch und immer höher kletterte er, während der Regen von der Seite auf ihn einschlug. Er griff nach oben, packte das lose Funkkabel und zog es mit hinauf.

Nach zehn Minuten dieses gefährlichen Unterfangens kam er schließlich in Reichweite der abgerissenen Antenne. Er lehnte sich dicht an den Eisenmast, befestigte vorsichtig seinen Gurt an einem Haltegriff. Damit sicherte er sich so, daß er mit beiden Händen arbeiten konnte, ohne Angst haben zu müssen, weggerissen zu werden.

Shimon beobachtete das Drama: hier, hoch über den Decks, wo das Schlingern wie Peitschenschlagen sein mußte. „Ja, Tucker!" rief er. „Genau, wie du gesagt hast!"

In der Ferne zuckten Blitze, und Donner hallte gegen das Schiff. Dann kam das Blitzen näher, spaltete den Himmel eine Viertelmeile über Steuerbord. Wie als Antwort tanzte das Licht nach Backbord, und dann –

Das grelle Licht und der ohrenbetäubende Donner rissen Shimon und Burton von den Beinen. Das Rad drehte sich wild und unkontrolliert.

Das Schiff kippte nach Backbord, dann nach Steuerbord, bis Shimon von seinem Seitenfenster direkt auf ein Wellental hinausblicken konnte. Burton schleuderte seine Beine nach vorn, um das kreisende Ruder anzuhalten. Er schrie; Shimon konnte die Worte nicht verstehen. Alles hatte sich in Sekundenschnelle abgespielt, die *Darien* wurde hochgehoben und hatte sich um volle neunzig Grad gedreht.

Shimon sah zur Mastspitze hinauf. Tucker war noch dort; baumelnd hing er in seinem Gürtel. War das Rauch, das seinen Körper umgab, oder nur Gischt von den Wellen?

Im selben Augenblick sah Burton seinen Freund. Das Gesicht des Kapitäns verzerrte sich erschreckend. „Tuck!" schrie er. Mehr konnte Shimon nicht verstehen.

Der Funker blieb mit zusammengekniffenen Augen am Boden liegen. Es war hoffnungslos. Hoffnungslos ohne die Antenne. Er blickte hilfesuchend zu Kapitän Burton und zu Shimon. Das Funkgerät. Was sollten sie ohne Funkgerät denn nur tun?

* * *

Die grauhaarige Besitzerin des Bistros war sympathisch, aber resolut. Elisa saß allein – seit zweieinhalb Stunden! Und Thomas war noch immer nicht gekommen.

„Vielleicht wurde er aufgehalten, Mademoiselle?" Die alte Frau stellte einen Teller saftigen Kalbsbratens auf den Tisch. „Trotzdem, Sie müssen essen. Wann immer ein Mann mich versetzte, sagte ich: ‚Auch gut!' und habe gegessen! Und sehen Sie mich an: eine glückliche, alte Frau, wenn auch alleinstehend."

Elisa rührte den Wein nicht an. Sie wußte, daß sie in dieser Nacht der Nächte einen klaren Kopf behalten mußte. Sie hörte den traurigen französischen Liebesliedern zu, die ein Mädchen auf dem Akkordeon spielte. Sie trank Kaffee und wartete mit schlimmen Vorahnungen.

Es war zu Ende. Diese Wochen der Ränkespiele und der Gefahr hatten zu nichts geführt. Morgen würde die Übernahme der tschechischen Befestigungen durch die Nationalsozialisten abgeschlossen sein. Sie fühlte sich von Chamberlain und seiner britischen Regierung persönlich verraten. Ihr Vater war verraten worden, ihre Mutter, ihre Brüder, Präsident Benes. Und was würde jetzt aus ihnen werden? Sie brauchte sich die Frage nicht lange zu überlegen. Was über Österreich gekommen war, würde jetzt über die Tschechen kommen. Es würde nicht lange dauern, bis Hitler sein Versprechen bricht und vom Sudetenland aus nach Prag einmarschiert. Immerhin, noch war er nicht soweit. Vielleicht gäbe das Anna, Theo und ihren Brüdern genügend Zeit, Prag zu verlassen. Wenigstens hatten sie ihre Pässe. Dafür, ja, dafür waren diese sinnlosen Wochen gut gewesen.

Es war kurz vor acht Uhr. Elisa beschloß, nur noch fünf Minuten zu warten. Wenn sie sich noch länger aufhielte, würde sie zu spät zum Konzert kommen.

Etwas Schreckliches mußte Thomas widerfahren sein, weil er nicht kam. Sie hoffte und betete für ihn. Eine Minute noch würde sie warten und dann für immer aus diesem schrecklichen Geschäft aussteigen. Sich mit Tedrick in Verbindung setzen und ihm mitteilen, sie sei gescheitert. Was machte es jetzt, wenn ihr Inkognito aufflog? Welchen Nutzen sollte man von ihr haben – jetzt, da die britische Regierung vor Hitler kapituliert hatte.

Elisa wollte unbedingt Leah aufsuchen, die Freundin umarmen und ihr mitteilen: Shimon lebe, sei am Leben auf der *Darien*! Das war der einzig glühende Gedanke in der vollkommenen Dunkelheit, die sie heute abend im Herzen fühlte. Chamberlain rief: *„Friede, Friede!"* Aber es war nicht Friede. Der letzte Trumpf war durch eine einzige Unterschrift verspielt worden. Sie wollte ihre Enttäuschung hinausschreien!

Zunächst erkannte sie die junge Frau nicht, die ihr von der Steintreppe am anderen Ende des Raumes zuwinkte. Dann aber, als das

Mädchen zwischen den Tischen, an denen junge Männer saßen, hindurchging und sie verführerisch anlachte, erinnerte sich Elisa an die Prostituierte vom Panier Fleuri. Sie hatte für Elisa einmal Thomas eine Nachricht überbracht. Nun war sie auf Thomas' Bitte gekommen – aus demselben Grund.

„Hallo. Sie erinnern sich an mich, chérie? Ich brachte Thomas Ihre Nachricht. Als Sie beide frisch verliebt waren, glaube ich. Jetzt bittet er mich, Sie hier zu treffen." Die atemlose junge Frau warf eine Nachricht auf den Tisch. „Das Ende der Fahnenstange, wenn Sie mich fragen. Wieviele Männer bitten ein Mädchen wie mich schon darum, einer Dame eine Nachricht auszuhändigen?"

Elisa las den Zettel und erbleichte. *Verlasse sofort Paris! Die Gestapo ist uns dicht auf den Fersen. Es ist zu Ende, meine Geliebte. Kein Bedauern, bitte. Wir haben getan, was ehrenhaft ist. Ich liebe dich. Thomas.*

„Er sagte mir, Sie würden mich bezahlen." Suzanne lächelte. „Er gab mir zwanzig Francs. Ich brauche wenigstens das Doppelte, obwohl ich ein bißchen spät bin."

Elisa stopfte den Zettel in ihre Handtasche. Sie hatte auf einmal Angst. Als sie zwanzig Francs auf den Tisch warf, zitterten ihr die Hände; dann eilte sie aus dem Bistro. Suzanne machte sich an den unberührten Kalbsbraten.

43. „Wir werden ihrer nicht vergessen“

Shimon zog sich das Ölzeug sowie die wertvolle Schwimmweste an und streifte die Kapuze über. Kapitän Burton sah ihn nicht an, als er die Tür zuwarf und zur Brücke hinaustrat. Er hielt sich an der Reling fest, während der Orkan auf ihn einstürmte. Seine Hände waren stark. Diese Hände hatten schon tausendmal Paukendonner erzeugt, und jetzt würden sie ihm den Mast hinaufhelfen.

Der rauhe Hanf der Sicherungsleine schnitt nicht durch die Schwielen auf seinen Handflächen. Ja, er kann den Mast erklettern, so, wie er einmal die fünfzehn Meter senkrecht hinaufführende Leiter der Bühne im Musikverein erklettert hatte.

Wird Gott mit einem Blitz mir das Feuer Seiner Pauken senden, um mir das Leben aus dem Leib zu brennen?, fragte sich Shimon. Er hatte Angst. Er dachte an Leah. Er fragte sich, wo sie sei und was sie sagen werde, wenn sie von seinem Tod hörte. *Würde sie überhaupt davon hören?*

Der Wind wollte ihn zu Boden drücken, wollte ihn von der *Darien* schleudern, wie ein Pferd einen Reiter abwirft. Shimon zwang sich vorwärts, schaute hinauf, vorbei an dem schlaffen Körper Tuckers. Der Mast schwebte wie ein riesiges Kreuz über ihm. Er griff nach vorn, packte das kalte Metall der Leiter. Es war so glitschig – wie hatte Tukker es geschafft, nicht abzurutschen? Wasser ergoß sich über ihn, und eine Zeitlang balancierte die *Darien* auf einer Seite. Langsam schwang sie wieder in die Waagerechte zurück, und Shimon kämpfte sich weiter.

Er schrie gegen den Wind, ohne sein eigenes Wort verstehen zu können. In der Ferne zuckte Blitz um Blitz; Donnergrollen rollte über die Wasseroberfläche. Und Shimon betete. Er betete zu dem Gott seiner Väter, um Hände, die nicht abrutschen, und daß die Blitze woanders niedergingen.

Tucker schwang über ihm wie eine Strohpuppe. Einmal sah Shimon nach oben: *So hoch!* Er würde nicht wieder hinaufschauen, bis er es zur Spitze geschafft hätte. Nur hochklettern an diesem Kreuz, Sprosse um Sprosse. Er würde den Draht nehmen und ihn befestigen, wie es der kleine Mann im Ruderhaus erklärt hatte.

Ein kalter Schwall Salzwasser knallte ihm ins Gesicht und blendete ihn eine Weile. Es machte nichts. Der Orkan heulte mit neuem Zorn auf, während er weiter nach oben stieg. Wie Glocken klangen Metallkabel an dem Querstück.

Auf halbem Weg nach oben schaute Shimon über das Heck hinaus. Er sah das Blitzen eines Lichts. *Kein Blitz – ein Leuchtturm!* „Gott!“, rief er, „Gott, rette uns!“

Tatsächlich, über den Spitzen der Wellen sah er einen Leuchtturm! „Gott, rette uns!“, rief Shimon erneut und ergriff das Antennenkabel. Dann: „Gott, hilf mir!“ Tuckers Stiefel schlugen gegen Shimons Kopf. Er mußte über den Körper des Toten klettern. „Hilf mir!“, schrie er. Shimon tastete mit einer Hand nach der Lasche, die Tucker am Mast festhielt. Er zog. Sie blieb fest; der Leichnam schwang herum und schlug gegen ihn. Sein Fuß rutschte weg – „Bitte!“, rief er. Der Wind schien Hände zu haben, die ihn zurück an die Sprossen drückten. Noch einmal konnte er die Lasche ergreifen und zog stärker an ihr. Er fühlte, wie das Leder nachgab. Der Leichnam fiel an ihm vorbei in die aufgewühlten Wasser.

Shimon kletterte höher und schnellte mit der Hand nach der Antenne. Hinter der Brandung drehte sich das Leuchtturmlicht. *So nahe. So nahe. Sie hatten es nicht gewußt!* Er schlang den Arm durch die höchste Sprosse. Mit zitternden Händen verband er die beiden Enden des Kabels.

Ein Augenblick des Frohlockens – es war vollbracht! Er jubelte vor Freude über diesen Sieg. Ja! Sendet eure Nachricht!

Er schaute zum Leuchtturm und dann zurück, hinaus auf die See. Nicht weit von der Stelle, an der sich die *Darien* abmühte, donnerte ein Gebirge von Wasser auf sie zu! Shimon schrie entsetzt und umklammerte den Mast. Die Welle brodelte, kochte in ihrem Kamm.

Es war nichts zu machen. Gar nichts. So nahe, und jetzt würde es enden. Die Flutwelle grollte tiefer als der Donner und schlug zu.

Durch die Kraft der Welle wurde die *Darien* emporgehoben wie ein Blatt in einem Springbrunnen. Shimon wurde vom Mast gerissen.

Er japste nach Luft; das Wasser schlug über ihm zusammen und saugte ihn hinab in die Dunkelheit. Seine Lungen brannten, so rangen sie nach Sauerstoff. Er drosch mit Armen und Beinen um sich. Seine Finger krallten das Wasser; Blut stampfte ihm in den Ohren.

Und dann warf ihn die Hand der Tiefe nach oben – aus dem Wasser. Genug für einen Atemzug – und dann wieder hinab. Erneut drosch er mit den Gliedern gegen den Tod, kämpfte gegen das Wasser, nicht wissend, ob es nach oben oder nach unten ging. Wie lange?

Oh Gott – dort war Licht! Seine Schwimmweste drückte ihn über

Wasser und trug ihn auf einen neuen Wellenkamm. Er hustete, spuckte Wasser. Wo war die *Darien*? Sie befanden sich keine drei Meilen vor der Küste. Wo war das Schiff?

Shimon seufzte. Er bewegte sich auf den dunklen, wilden Himmel zu, glitt dann wieder an der Kante einer Welle hinab, und im Tal, schaukelnd wie ein kleines Boot, schwamm der Sarg von Ada-Marie.

Shimon kämpfte, ihn zu erreichen. Er versuchte zu schwimmen, spürte aber, daß er seinen rechten Arm nicht heben konnte; in seltsamem Winkel hing er an seiner Seite. Er wuchtete sich mit den Beinen voran und schlug mit seinem linken Arm gegen das Wasser. Die Strömung trieb den Sarg auf ihn zu. Er packte den Messinggriff und hielt ihn umklammert, während er Luft in seine gefolterten Lungen saugte. Eine weitere Welle trug sie sechs Meter hoch, und noch einmal gelang ihm ein Blick auf den Leuchtturm. Er trat sich die Stiefel von den Füßen, schwang ein Bein über den kleinen Sarg und legte sich auf ihn. Er drückte seine Wange gegen den kleinen weißen Schmuckkasten. Eine Blutlache von einer klaffenden Wunde unter seinem Auge bildete sich darauf. „Wo ist das Schiff?“, rief er. Aber von der *Darien* war nichts zu sehen.

* * *

Prag war heute nacht so still, schweigsam wie ein Grab. Theo hielt Annas Hand fest in der seinen, während das Automobil sich durch die Straßen schlängelte.

„Dürfen wir zurück, um Kleider für uns abzuholen?“, fragte Theo.

„Dazu ist keine Zeit“, kam die bedrückende Antwort.

„Vater“, rief Wilhelm, „warum wehren wir uns nicht?“

„Das wird nicht nötig sein“, sagte der Oberst, während sie in einen schmutzigen Weg einbogen, der zu einem kleinen Privatflughafen führte.

Ein Passagierflugzeug stand auf einem grasbedeckten Rollfeld. Der Streifen wurde von den Scheinwerfern eines Armeelastwagens in gespenstisches, blaues Licht getaucht, wie es in den Nächten der vergangenen Wochen in Prag geleuchtet hatte.

Anna keuchte, als sie die am Flugzeug lehnende Gestalt Präsident Benes' erkannte. Er sah um Jahre gealtert aus. Seine Augen waren rot umrändert.

„Sie sind alle da? Ja. Gut." Er trat zur Seite. Anna sah zwanzig Schritt hinter ihm seine Frau. Weiter hinten auf dem Feld wurde gerade ein zweites Flugzeug mit Gepäck beladen.

Theo und Anna stiegen aus dem Wagen, dann Wilhelm und Dieter. Theo überragte den gedrungenen Benes. „Herr Präsident –", begann er.

„Bitte", wehrte Benes ab. „Ich bin nur eine Privatperson." Er schaute auf seine Uhr. „In zehn Minuten werde ich wieder Dr. Benes sein, und all das wird hinter mir liegen." Sein Gesicht verfinsterte sich. „In zehn Minuten werde ich nicht mehr in der Lage sein, Ihnen zu helfen. Aber ich habe eine Dankesschuld abzutragen. Sie sind Pilot, ja?" Er zeigte mit einem Schwung seiner Hand auf das erste Flugzeug. „Heute nacht muß ich nach London fliegen."

Theo und Anna wechselten Blicke. Sie würden nicht ausgeliefert werden – sie wurden gerettet! Benes' letzter Akt als Präsident war, dafür zu sorgen, daß die Familie Lindheim sicher aus der Tschechoslowakei hinauskommt.

„Ihre Tochter und Ihr Schwiegersohn haben mir das Leben gerettet", sagte Benes schlicht. „Konnte ich mich revanchieren, ja?"

Theo schloß vor Dankbarkeit die Augen. Benes hatte ihn nicht verraten, wie er selbst verraten worden war. Theo nickte, unfähig zu sprechen. Was blieb zu sagen? *Friede in unserer Zeit* – koste es, was es wolle.

Benes schaute zum schwarzen Horizont, wo sich sein geliebtes Prag in Schrecken davor duckte, was das Tageslicht bringen mochte. „Das also ist das Ende aller unserer Hoffnungen", flüsterte Benes. Es war vorbei.

* * *

Georg Wand eilte triumphierend aus der Botschaft, daß er Elisa Murphy bei einem Konzert erledigen konnte, wie sie das Leben Albert Sporers an jenem Abend im Theater in Prag beendet hatte. Er winkte ein Taxi herbei.

Er war stolz, daß Himmler ihm diese Aufgabe überlassen hatte. Das war ein Abend totaler Freude. Die Tschechen waren am Ende. Die Armee marschierte ohne Widerstand über die sudetenländischen Bergpässe. Auch Benes war am Ende. Nicht so, wie er und Sporer es geplant hatten – aber dennoch!

Die Lichter der Opéra leuchteten strahlend hell. Ganz Paris war auf den Beinen und feierte die Nachricht, daß Frankreich doch nicht in den Krieg ziehen müsse. In London würde es ähnlich zugehen. Und Hitler würde nach Berlin als Eroberer und Prophet zurückkehren. Er hatte gegen den Widerstand des Oberkommandos gewonnen. Man würde nicht mehr wagen, ihn zu stürzen.

Auf dem Rücksitz seines Taxis prüfte Wand noch einmal seine Waffe. Eine nervöse Gewohnheit, seinen Revolver zweimal zu prüfen – eine, die er von Sporer angenommen hatte. Er lächelte. Irgendwie spürte er die Anwesenheit Sporers. Wie er ihn beobachtete. Wie er dem Zeitpunkt Beifall zollte. Dem Ort. Der Methode.

Sie hielten am Ende der Reihe der Automobile. „Lassen Sie mich hier heraus", befahl Wand triumphierend. Er bezahlte, gab dem Mann großzügig Trinkgeld, stieg aus und mischte sich unter die Männer und Frauen in ihren Abendgarderoben. Er war nicht dem Anlaß entsprechend gekleidet. Nur Straßenkleidung. Die Kleidung eines gewöhnlichen Mannes.

Wand eilte schnellen Schrittes auf die breite, in die Opéra führende Treppe zu. Er suchte die Gesichter und die Abendkleider nach einem Anzeichen seiner Beute ab. Sie würde John Murphy auf der Treppe treffen. Er hatte die Photographie von ihr im Hradschin gesehen. Eine schöne Frau. Er fragte sich, ob sie dasselbe weiße Kleid tragen werde. Er stellte sich das Rot des Blutes vor, wie es sich über den Stoff ausbreitete gleich einer leuchtenden Blume. Eine neue Zierde, die sie schmükken würde.

So viele Menschen. So viel Lärm. Aber sie wird auf John Murphy warten. Oder er auf sie. Noch nicht halb neun. Er konnte sie nicht verpaßt haben. Am Fuß der Treppe hob er sein Kinn wie ein Fuchs, der nach Beute witterte.

Ja, dort, in der Mitte, von dem verzierten Eingang eingerahmt, stand Elisa Linder. Lindheim. Er rief sich in Erinnerung, daß dieses schöne verräterische Geschöpf Jüdin ist. Sollte er auf Murphy warten? Ja, er würde warten. Er würde beide zusammen erledigen.

Ein schönes Gesicht, und ihr Haar glänzte golden. Seltsam, daß das keine Arierin war. Sie sah danach aus.

Wand stellte einen Fuß auf die erste Treppenstufe. Wie einfach wird es sein, ihr die Waffe in die Rippen zu drücken und sie in aller Stille von der Opéra wegzubringen. Ja so sollte man das tun. Der Gedanke vergnügte ihn. Er nahm noch eine Stufe. Dann –

Dann fühlte er den Druck eines Pistolenlaufs in seinem Rücken.

„Zurück!“ Es war die Stimme Thomas von Kleistmanns. Wands Augen weiteten sich. Dem Befehl wurde Nachdruck verliehen durch einen weiteren Stoß mit der Waffe. Er ging zurück und zuckte mit den Fingern. Wieder ein schmerzlicher Stoß. „Ich würde es nicht versuchen, Wand. Zurück!“ Wand gehorchte und ging noch ein paar Schritte zurück in den Schatten einer Gasse. Weg von der Menge.

„Wie sind Sie herausgekommen?“, fragte er. „Sie werden so nicht wegkommen!“

„Ich bin schon weg“, sagte Thomas und krümmte seinen Zeigefinger.

Kein Geräusch. Erstaunlich diese in Deutschland gefertigten Schalldämpfer. Georg Wand stieß Luft aus; Blut kam nach. Er knickte auf den Boden. Sein Kopf klatschte hart gegen das Pflaster.

Thomas war schon gut zehn Meter von ihm entfernt, als das Blut auf den Gehweg floß. Und niemand bemerkte es.

Er eilte zur Opéra, stand eine Weile am Eingang und schaute Elisa an, die auf der obersten Treppe stand, winkend, lächelnd. Aber nicht für ihn. Ein großgewachsener, schlaksiger Mann kam langsam durch die Menge, streckte seinen Arm nach Elisa aus, nahm sie bei der Hand und zog sie an sich. *John Murphy. Sieht tatsächlich aus wie ein Amerikaner!,* dachte Thomas lächelnd. Tatsächlich, Elisa liebt einen Amerikaner!

Hinter ihm rasselte geräuschvoll die Metro ein. Ein letzter Blick. *Elisa . . . Murphy!* Und Thomas eilte die Treppen hinab, um eine Bahn zu bekommen, irgendwohin . . .

* * *

Hunderte von Amerikanern starben in dem Orkan. Tausende von Booten und Häusern wurden zerstört Die Zeitungen sprachen vom *schlimmsten Sturm, der New England seit 100 Jahren heimgesucht hatte.* Landauf, landab waren Schäden entstanden, deren Höhe in die Millionen gingen. Die Schiffahrt im Hafen von Boston war lahm gelegt. Der Zugverkehr war unterbrochen. Das Windrad auf dem Empire State Building zählte 120 Meilen die Stunde. Flutwellen rissen Häuser aus ihren Fundamenten. Versicherungsgesellschaften zogen erschrocken Bilanz.

Es war so vieles zerstört, so viele waren plötzlich obdachlos, daß die

Amerikaner kaum zur Kenntnis nahmen, daß Hitler in die Tschechoslowakei einmarschiert war. Und der Untergang der *Darien*? Ach, ja, schade, schade. Aber man hatte seine eigenen Sorgen und keine Zeit, an das Schicksal dieser wenigen Hundert Flüchtlinge zu denken.

Ein paar kleine Randnotizen erschienen in den Zeitungen, in denen von einem Mann berichtet wurde, der die Verheerung überstanden hatte, indem er sich an einen winzigen Kindersarg anklammerte. Einige der Journalisten verglichen das Überleben Shimon Feldsteins mit einer Passage aus *Moby Dick.*

Als er mit seinem kleinen Sargschiff auf den trümmerübersäten Strand gespült wurden, hatte Shimon geweint. Den Sarg hatte er dann auf seine breiten Schultern geladen bis zu der Rot-Kreuz-Station. Er nahm ihn mit im Gepäckraum eines Zuges nach New York, wo sich zwei Wochen später das Außenministerim – widerstrebend – dem Druck beugte und einwilligte, Ada-Marie Holbein ihre letzte Stätte auf amerikanischem Boden zu geben.

* * *

Es war eine bewegende Feier. Eine Heimkehr. Shimon, den rechten Arm im Gips, hatte seinen linken um Leah gelegt. Murphy und Elisa hielten sich an den Händen, während sie hinter den Stühlen standen, auf denen Babbie Rosenfelt mit Mr. Trump saß. Nichten und Neffen waren da, auch Babbies Schwester. Eine große Familie. Und doch fühlte sich Babbie – aufrecht, wie mit einem Stock im Rücken dasitzend – heute allein.

Karl hielt das Cello neben sich wie einen Gefährten. Ludwig trug Elisas Geige in seinen Armen. Auf ein Zeichen des Rabbis traten Elisa und Leah vor und nahmen ihre Instrumente.

Shimon machte vor Babbie Rosenfelt eine knappe Verbeugung und sagte mit halb erstickter Stimme: „Beethovens Fünfte. *Andante con moto. Wir... werden ihrer... nicht vergessen!*" Er hob seinen gesunden Arm, und Elisa und Leah spielten noch einmal zusammen. Nur zwei Instrumente, und doch fast so bewegend, wie an dem Tag, als das *Darien*-Sinfonieorchester für den *Prinzen von Israel* gespielt hatte. *„Gelobt sei, der da kommt!"*

„Ich war ein Fremder, und du ließest mich nicht ein ..."

»Die Zion-Chroniken« von Bodie Thoene

»Die Zion-Chroniken« ist eine großangelegte äußerst spannende Serie vor dem Hintergrund des Überlebenskampfes des jüdischen Volkes nach dem Holocaust. Die Autorin Bodie Thoene ist hauptsächlich für Filmproduktionen tätig. Ihre »Zion-Chroniken« – vor dem Hintergrund der jüdischen Staatsgründung spielend – besteht aus fünf Bänden.

Der Weg nach Zion
Die Zion-Chroniken – Band 1
Edition C, Nr. E 72, 440 Seiten

Eine Tochter aus Zion
Die Zion-Chroniken – Band 2
Edition C, Nr. E 73, 328 Seiten

Die Rückkehr nach Zion
Die Zion-Chroniken – Band 3
Edition C, Nr. E 74, 468 Seiten

Licht über Zion
Die Zion-Chroniken – Band 4
Edition C, Nr. E 75, 440 Seiten

Das Tor nach Zion
Die Zion-Chroniken – Band 5
Edition C, Nr. E 78, 508 Seiten

FRANCKE
Verlag der Francke-Buchhandlung GmbH